BASTEI
LÜBBE

P.T. DEUTERMANN

JAGD AUF DIE "SCORPION"

Thriller

Ins Deutsche übertragen
von Birgit Dederichs-Bain

BASTEI
LÜBBE

BASTEI-LÜBBE-TASCHENBUCH
Band 13 597

Erste Auflage:
November 1994
Zweite Auflage:
Mai 1995
Dritte Auflage:
Mai 1997

Deutsche Lizenzausgabe 1994
Bastei-Verlag Gustav H. Lübbe
GmbH & Co., Bergisch Gladbach
Originaltitel: Scorpion in the Sea
Lektorat: Dr. Edgar Bracht
Titelbild: Tony Stone
Umschlaggestaltung:
Klaus Blumenberg
Satz: KCS GmbH,
Buchholz/Hamburg
Druck und Verarbeitung:
Brodard & Taupin, La Flèche,
Frankreich
Printed in France

ISBN 3-404-13597-0

Der Preis dieses Bandes
versteht sich einschließlich der
gesetzlichen Mehrwertsteuer.

Für S. C. D.,

einen ›Keeper‹

Mein Dank geht an die vielen Freunde, die mich zu diesem Projekt ermutigt, das Manuskrip gelesen und wohlmeinende Kritik geäußert haben, insbesondere Peter und Patty B., Joan M., Royce L. und Cathy N.; Barbara B. danke ich für die Begleitung des Manuskriptes durch die Sicherheitsüberprüfung.

SCORPION IN THE SEA

The Goldsborough Incident

Fischkutter ROSIE III vor der Nord-Ost-Küste Floridas
in der Nähe von Mayport
Dienstag, 15. April, 4 Uhr 45

Christian Mayfield goß sich aus der verbeulten Kanne, die am hinteren Schott des Steuerhauses befestigt war, noch einen Becher Kaffee ein. Die Rosie III lief mit einer Geschwindigkeit von sechs Knoten auf den Rand des Golfstroms zu. Etwa alle fünfzehn Minuten mußte das Schiff Regenwände passieren, die seinen breiten Bug wieder und wieder in die niedrige Dünung eintauchen ließen. In dem winzigen Steuerhaus war es stockdunkel; nur der grüne Widerschein des Radargerätes und der leicht rötliche Schimmer der Instrumentenanzeiger und des Kompasses waren zu sehen. Er ließ die Rosie auf dem ›Iron Mike‹, dem ›eisernen Rudergänger‹, wie der Autopilot im Fachjargon hieß, laufen. Ein Deck tiefer, über dem Maschinenraum, schliefen die beiden anderen zur Besatzung gehörenden Seeleute in einer ziemlich engen kleinen Kajüte. Er würde sie schon rausjagen, sobald sie den Golfstrom erreicht hatten und damit begannen, die Schleppnetze zu öffnen. Es war eine warme, feuchte Nacht; die Sicht betrug etwa zwei Meilen, außer in den Augenblicken, in denen eine Windbö das Boot erfaßte und die aufschäumende Gischt die Sicht praktisch auf Null reduzierte. Feuchtwarmer Wind blies durch die Türen von beiden Seiten in das Steuerhaus.

Mayfield griff in den kleinen Holzschrank neben dem Kartentisch und holte eine Flasche Jim Beam heraus. Der Mann war etwa Mitte Sechzig, hochgewachsen und hatte gerötete Gesichtszüge. Seine kräftige, grobschlächtige Gestalt und sein Auftreten erinnerten mehr an einen Farmer aus dem Mittleren Westen, obwohl er doch nun schon seit Jahrzehnten als Fischer zur See fuhr. Er goß zwei ordentliche Schlucke Whisky in seinen Kaffee und verstaute die Flasche wieder im Schrank. Danach fühlte er sich einigermaßen gestärkt und kletterte in den Kapitänsstuhl rechts hinter dem Steuerrad zurück. Er kniff die Augen zusammen und versuchte, durch die vom Regen gepeitschten Fenster etwas zu erkennen, aber es war nichts zu sehen. Ein klackender Scheibenwischer machte den Versuch, die Fenster sauberzuhalten, aber selbst die Regenböen konnten nichts gegen die Salzkruste ausrichten, die das Meerwasser auf den Scheiben hinterließ. Mayfield überprüfte die Instrumentenanzeiger, vor allem die Maschinentemperatur. Die Netze hatte er achtern draußen, so daß sie im Kielwasser gezogen wurden und sich die Leinen strafften. Die Schließvorrichtung der Schleppnetze war noch zusammengezogen, denn die Geschwindigkeit von sechs Knoten war viel zu schnell, um sie zu öffnen. Eigentlich war es ganz schön gefährlich, mit ausliegenden Netzen draußen herumzuschippern; sie würden das gesamte Netzwerk verlieren, wenn sich die Schließvorrichtung aus irgendeinem Grunde öffnen würde. Mayfield hatte sich angewöhnt, die Netze schon aus dem Weg nach draußen in die offene See auszuwerfen. Das sparte Zeit, wenn man einmal in den Fischgründen angekommen war oder plötzlich auf Spuren eines Fischschwarms stieß. Er konnte dann einfach auf Schleppgeschwindigkeit zurückschalten, das Netzsondenkabel betätigen, und das riesige Netz würde sich zu einem gewaltigen, alles verschlingenden Maul öffnen, ohne daß er den Kutter überhaupt anhalten müßte.

Er überprüfte die Meßwerte für die relative Windgeschwindigkeit; sechzehn Knoten voll auf dem Steuerbord-Bug. Durch die Regen- und Windböen werden wir wohl mit Dwarswind rechnen müssen, dachte er bei sich. Um sicherzugehen, drehte er sich in seinem Stuhl herum, drückte auf einen Knopf und schaute durch das hintere Fenster im Steuerhaus nach achtern: Am äußeren Heck erleuchtete ein kleines weißes Licht das Schlepptau, eine dicke Stahltrosse mit einem Durchmesser von sieben Zentimetern. In dem schwachen Lichtkegel der Hecklaterne fierte das Tau an Steuerbord achteraus. Er hatte also recht gehabt mit seiner Einschätzung, daß das Schiff nach Backbord versetzt wurde. Unter ihnen, in einer Tiefe von fünfzig Metern, schleppte sich die noch geschlossene Hülle des aus Stahl- und Nylon-Anteilen bestehenden Netzes etwas steuerbordlastig mit einer Geschwindigkeit von sechs Knoten hinter dem Schiff her.

Mayfield drehte sich wieder um und schaute nach vorn. Genüßlich schlürfte er den Kaffee; der warme Whisky und das gleichmäßige Dröhnen des Dieselmotors machten ihn schläfrig. Eigentlich kein schlechtes Leben, dachte er. Ich muß nicht ständig zwischen Arbeitsplatz und Wohnung hin- und herfahren, muß nicht den ganzen Tag in irgendeinem Büro sitzen, nicht einem Haufen geschwätziger Weiber zuhören und bin nicht irgendeinem Manager-Arschloch unterstellt, das sich für wahnsinnig wichtig hält. Statt dessen bekomme ich fast jeden Morgen die schönsten Sonnenaufgänge auf See zu sehen. Solche Gedanken würde er allerdings niemals laut äußern – im Gegenteil. Er ließ kein gutes Haar am Fischen und dem Los eines Fischers. In Wahrheit jedoch wollte er um keinen Preis ein anderes Leben führen.

Er verlagerte das Gewicht in seinem Stuhl, um der leichten Krängung des Schiffes nach steuerbord entgegenzuwirken. Er blickte auf den Radarschirm und sah die beiden Blips ungefähr acht Meilen vor der jetzigen Position der Rosie III, zwischen ihnen die krausen Silhouetten der Regen- und Windböen. Er lehnte sich zurück; plötzlich bemerkte er, daß die Maschine anzog, wobei der Dieselmotor ein heiseres Dröhnen von sich gab wie bei einer plötzlichen Belastung. Er spürte eine Veränderung in der Schiffsbewegung – fast eine Verlangsamung. Er runzelte die Stirn und lehnte sich vornüber, um einen Blick auf die Maschinenkontrollanzeige zu werfen: Die Kühltemperatur stieg langsam an. Verdammt noch mal, was war denn los? Aber jetzt wurde die Maschine erst recht schleppend; der Regler hatte automatisch die Treibstoffzufuhr erhöht, als Reaktion auf den gestiegenen Energiebedarf. Der Autopilot hatte gemerkt, daß sich die Geschwindigkeit verringerte, und versuchte, das zu kompensieren.

Mayfield wollte gerade aus seinem Stuhl gleiten, um das Schlepptau zu checken, als das Boot plötzlich stark nach Steuerbord krängte und der Bug mit einem plötzlichen Ruck nach Backbord überholte. Aus dem Augenwinkel heraus sah er, wie das Steuerrad nach Steuerbord herumwirbelte, als der Autopilot eine Drehung nach rechts versuchte, um wieder auf Kurs zu kommen. Mayfield wurde plötzlich unbehaglich zumute; das Problem mußte irgendwie mit dem Netz zusammenhängen. Als er versuchte, aus seinem Stuhl aufzustehen, legte sich die Rosie III, die nun mit voller Kraft voraus lief, nur noch mehr über. Von den Unterdecks drang schwach ein dumpfes Geräusch nach oben, und er konnte hören, wie einer seiner Männer etwas rief, aber durch die plötzlich stärker gewordene Krängung des Bootes war er in seinen Sitz gepreßt worden, als der Stuhl herumschwenkte, um seine senkrechte Position zu stabilisieren. Er schrie laut auf, als sich der heiße Kaffee auf seine Schenkel ergoß. So sehr er sich auch bemühte, er konnte den Steuerstand nicht erreichen.

Er bemerkte, daß der Schiffsrumpf jetzt seitwärts in die Dünung überholte. Irgend etwas Großes schien sich unter Deck plötzlich loszureißen, und er hörte, wie die Schubladen in der Kombüse mit einem lauten Krachen aufgingen und sich ihr Inhalt auf dem Boden verstreute. Im nächsten Augenblick legte sich das Boot ganz nach steuerbord. Die Maschine heulte auf und geriet völlig außer Kontrolle, als die Schiffsschraube für einen Moment aus dem Wasser herauskam. Durch die geöffneten Türen an beiden Seiten des Steuerhauses ergoß sich ein Schwall warmen Meereswassers. Die Maschine gab ein letztes, gurgelndes Geräusch von sich und erstarb dann völlig, als das Meerwasser durch die Türen der Kajüte auf dem Unterdeck in den Maschinenraum drang. Als das Boot schließlich kenterte, hatte Mayfield für einen Moment den Eindruck, er höre jemanden rufen, aber dann ergoß sich ein weiterer Wasserschwall über ihn, riß ihn aus seinem Stuhl und wirbelte ihn kopfüber im Steuerhaus herum, so daß er gegen den Steuerstand geschleudert wurde. Mit einem Schlag war er völlig nüchtern. Sein einziger Gedanke war, aus dem Steuerhaus hinauszukommen. Er versuchte verzweifelt, den Atem anzuhalten; gleichzeitig schlug er mit Armen und Beinen auf und ab, um sich aus dem Strudel zu befreien, wobei er mit mehreren harten Gegenständen zusammenstieß, bevor er endlich aus dem Steuerhaus hinaus und an die Wasseroberfläche gelangte. Er spuckte und prustete, seine Augen brannten wie Feuer, und in seinen Ohren dröhnte es wie ein Preßlufthammer. Ein paar Sekunden lang schwamm er im Kreis herum, versuchte, so gut es ging, die Kontrolle über die Situation wiederzugewinnen und sein pochendes Herz und seine nach Luft ächzenden Lungen zu beruhigen. Er konnte nichts sehen. Er schüttelte den Kopf mehrfach, um das Wasser aus den Augen zu bekommen, bevor ihm klar wurde, daß er sie fest zugekniffen hielt. Er öffnete sie gerade noch rechtzeitig, um zu sehen, daß der Bug der Rosie III *rückwärts* nach unten gezogen wurde – in einen kochenden Schaum aufgewühlten Wassers, auf dem ein Rettungsring, zwei Kartoffelkisten und anderes loses Zeug vom Oberdeck tanzten. Dann wurde es auf einmal sehr still – bis, ungefähr zwanzig Fuß entfernt, plötzlich sein erster Steuermann, Jack Corrie, wie eine losgebundene Boje aus dem Wasser herausschoß. Er versank fast wieder im Strudel seiner eigenen Bewegungen, gierig sog er die frische Luft ein. Er rang nach Atem und spuckte dabei die gehörige Menge Atlantik-Wasser, die er geschluckt hatte, wieder aus.

»Jack«, brüllte Mayfield, »Jack, hierher!«

Er versuchte zu winken, aber das Gewicht seines Armes drückte ihn wieder unter Wasser. Er bemerkte, daß es anfing zu regnen – dicke, fette Tropfen, die laut auf die Wasseroberfläche niederprasselten. Er verlor Jack aus den Augen, hörte ihn aber aus der Regenwand heraus rufen. Er begann, in Jacks Richtung zu schwimmen, wobei er nach einigen Zügen immer wieder innehielt, um nach ihm zu rufen, bis er mit einem Rettungsring der Rosie zusammenstieß. Dabei riß er sich die Unterlippe so böse auf, daß ihm vor Schmerz für einen Moment die Tränen in die Augen schossen und er den salzigen Geschmack von Blut und Meerwasser im Mund schmeckte. Er griff schnell nach dem Ring, bevor der in der Dunkelheit der Nacht verschwinden würde. Jetzt tauchte auch Jack wieder auf; er hielt sich an einer ungefähr zwei Meter langen Planke fest. Es war das Namensschild, das an der Brückennock der Rosie III gehangen hatte und dessen Messingbuchstaben ihn jetzt in der Dunkelheit aufleuchten ließen. Das Holzbrett war mit zwei Messinghaken an der Brückennock befestigt gewesen und schwamm nun als Treibgut herum.

»Verdammt noch mal, was ist denn passiert«, sprudelte Jack hervor. Er kroch auf die flache Seite des Brettes, hinter dem er bislang gepaddelt war, um dessen Tragkraft als Auftrieb zu nutzen. Er hatte nur seine Drillichunterwäsche an, die ihm jetzt ziemlich armselig in nassen Falten um den Körper schlotterte.

»Wenn ich das verdammt noch mal wüßte«, fuhr Mayfield ihn an. »Gerade schippern wir noch friedlich auf dem ›Iron Mike‹ daher, und in der nächsten Minute bin ich hier im Wasser. Hast du was von Buddy gesehen?«

Jack schüttelte den Kopf. Er hielt sein Gesicht in den Regen, um das brennende Salzwasser abzuwaschen. Mayfield bemerkte, daß Jacks Gesicht in einem schlimmen Zustand war; ein Auge war ziemlich geschwollen, und an der Stirn klaffte eine Wunde, aus der das Blut in einer schwarzen Linie die Wange herunterrann. Inzwischen war der Regen noch stärker geworden; er kam kübelweise herunter und peitschte die Wasseroberfläche auf. Dahinter war das Flackern von Blitzen zu erkennen. Der Regen prasselte weiter hart auf die Wasseroberfläche, die nun wie plattgewalzt schien. Jack griff nach einer Leine des Rettungsrings, so daß er nicht abgetrieben werden konnte. Sein Gesicht war aschfahl in der Dunkelheit, und sein Atem ging immer noch stoßweise.

»Er war in der Koje, genau wie ich«, sagte Jack. »Ich wurde wach, als ich rausflog und mit dem Kopf gegen das Schott knallte, und dann schoß das Wasser rein, als hätte irgendein Idiot eine verdammte Toilettenspülung betätigt. Und plötzlich bin ich im Wasser, und das Boot ist weg. Buddy – so eine verdammte Scheiße. Ich weiß nicht, was passiert ist; was sollen wir nur tun, Capt'n?«

Mayfield schüttelte den Kopf, um das Regenwasser aus dem Gesicht zu bekommen, aber das war ein vergebliches Unterfangen. Jack war noch jung, geriet leicht in Panik. Nicht, daß Mayfield nicht auch Angst hatte, aber er war lange genug zur See gefahren, um zu wissen, daß man sich gerade in einer brenzligen Situation zunächst einen Überblick über die Lage verschaffen mußte und nicht in Panik verfallen durfte. Jack war nahe daran, völlig die Fassung zu verlieren. Der Regen war kälter als das Meer. Das war wirklich ein Geschenk Gottes, denn

Schiffsbrüchige hatten eine Überlebenschance, wenn das Wasser nicht zu kalt war. Mit Jack und seiner Wunde könnte es allerdings ein anderes Problem geben, wenn die Haie die Witterung aufnähmen. Das verdammte Schiff war rückwärts untergegangen, nicht gesunken, sondern in einer Rückwärtsbewegung, achteraus. Obwohl es in nur zwanzig Sekunden gekentert war, erinnerte Mayfield sich daran klar und deutlich. Er zog ein Taschentuch aus seiner durch die Nässe schwer am Körper klebenden Hose. Den einen Arm steckte er durch den Rettungsring, um sich festzuhalten, mit dem anderen riß er das Taschentuch der Länge nach in zwei Teile. Er verband die beiden Streifen schnell durch einen Kreuzknoten.

»Halt' deinen Kopf mal nach vorne; ich muß dir die Schnittwunde auf der Stirn verbinden«, befahl er.

»Was für eine Schnittwunde?« fragte Jack und tastete mit der Hand nach der Wunde. Als er sie wieder wegzog, war sie voll mit schwarzem Blut.

»O Scheiße«, murmelte er leise.

Er zog die Planke näher zu sich heran und senkte den Kopf, bis er fast das Wasser berührte, während Mayfield versuchte, den Verband anzubringen. Natürlich war das Taschentuch völlig durchnäßt; aber vielleicht würde es die Blutung verlangsamen, und darauf kam es an. Jack brauchte man nicht erst zu erklären, warum. Schließlich war er auch Fischer und kannte die Gesetze des Meeres.

Als er fertig war, hielt Mayfield seine Uhr so nahe wie möglich ans Gesicht und drückte auf den Beleuchtungsknopf. Noch eine Stunde bis Sonnenaufgang. Er konnte Jacks Gesicht in der Dunkelheit kaum erkennen. Es regnete immer noch in Strömen. Das verdammte Boot war in einer Rückwärtsbewegung achteraus untergegangen. Er war sich absolut sicher. Er versuchte, die Lichter der beiden Kontakte, die er östlich der Rosie geortet hatte, irgendwo zu erspähen, aber der Regen hüllte alles in dunkle Nacht. Er hing sich tiefer in den Rettungsring hinein und bemühte sich, den Gedanken an Haie und Jacks offene Wunde zu verdrängen.

KAPITEL EINS

FÜNF TAGE VORHER

USS GOLDSBOROUGH (DD-920). Auf See, Einsatzgebiet der Mayport-Flotte. 10. April

Der Funker betrat das Steuerhaus, dessen Tür im plötzlichen Glanz des Sonnenlichtes, das von der bronzeschimmernden See reflektiert wurde, hell aufleuchtete.

»Officer of the Deck«, rief er und kniff dabei die Augen zusammen.«

»OOD, aye«, antwortete Lieutenant O'Connor von der Backbordseite der Brückennock.

»Dringender Einsatzbefehl, Sir.«

Der OOD kam von der Brückennock herein, schob sich die dunkle Brille auf die Stirn und nahm das Klippbord, auf dem die Fernschreiben befestigt wurden, entgegen. Er überflog schnell die ersten Zahlen, zeichnete die Mitteilung ab und ging hinüber zum Steuerhaus, wo Commander Johnston Michael Montgomery das warme Morgenlicht genoß.

»Dringender Einsatzbefehl, Captain«, meldete O'Connor. »Scheint mir jedoch 'n bißchen neben der Spur zu sein.«

Der Captain rekelte sich in seinem Stuhl und setzte sich wieder aufrecht hin – wogegen der Stuhl hörbar protestierte. Mike Montgomery war ein großer, gutgebauter Mann. Sein großes, nordisch anmutendes Gesicht mit der geraden Nase war von den Jahren auf See ständig gerötet. Er hatte buschige, weißblonde Augenbrauen. Er trug das blonde, inzwischen auch von grauen Strähnen durchzogene Haar streng aus der hohen Stirn gebürstet. Bekleidet war er mit der vorgeschriebenen Navy-Arbeits-Uniform, die aus einer verwaschenen Khakihose und einem ebensolchen Hemd mit kurzen Ärmeln bestand. An die Kragenspitzen seines Hemdes waren die mittlerweile angelaufenen silbernen Eichenblätter seines Ranges – eines Commanders, USN – geheftet, und auf seiner rechten Hemdtasche prangte der goldene Stern des Command at Sea, eines Befehlshabers in See. Handgefertige Seestiefel aus schwarzem Leder zerknitterten den Saum seiner Uniformhose. Er hatte sehr große Hände und ungeheuer muskulöse Unterarme, die das Klippbord aus Metall wie einen Fetzen Papier aussehen ließen.

»Das meiste, was wir machen, ist 'n bißchen neben der Spur, Tim. Laß mich mal sehen.«

Selbst wenn er ganz ruhig sprach, dröhnte seine Stimme. Während er den Inhalt des Fernschreibens sehr genau prüfte, beobachtete ihn die restliche Mannschaft auf der Brücke gespannt. Der wachhabende Bootsmannsmaat versuchte, den Funker dazu zu bewegen, ihm ebenfalls Einblick zu gewähren, aber der Funker, der sich ohnehin für etwas Besseres hielt, ignorierte ihn einfach.

»Tja, du hast recht, Timothy. Das ist wirklich mal was Neues. Sag bitte dem XO, daß er hochkommen soll. Quartergasket!«

Der wachhabende Steuermann kam von seinem Kartentisch nach vorne. »Aye, Sir?«

»Zeichnen Sie diese Position ein, und berechnen Sie mir den Kurs mit achtzehn Knoten.«

»Aye, aye, Sir.«

Der Captain drehte sich in seinem Stuhl herum und griff nach seinem lauwarmen Kaffee. Diese verdammten Bootsmannsmaate hatten schon wieder Salz reingetan; jemand mußte ihnen mal den Kopf waschen. Er wußte, daß die Wachhabenden auf der Brücke vor Neugier fast umkamen. Er würde es so einrichten, daß sie mithören könnten, wenn der Executive Officer, Lieutenant Commander Ben Farmer, sich meldete.

Wieder so ein vollkommen blödsinniger Auftrag für die Goldsborough, dachte er. Die Küstenwache hatte den Bericht eines Fischers aus Mayport weitergeleitet, der angab, am Rande des Golfstroms ein U-Boot gesichtet zu haben. Montgomery, ein Junggeselle, der in dem kleinen, hinter dem Flottenstützpunkt gelegenen Fischerort Mayport wohnte, kannte die meisten der Fischersleute persönlich. Er konnte sich gut vorstellen, was passiert war. Einer dieser alten Idioten, so wie Christian

Mayfield, stolpert in der Morgendämmerung an Deck, um über Bord zu pissen, und bildet sich ein – nach einer abendfüllenden Sitzung mit Dr. James Beam, völlig verkatert und halb im Delirium tremens –, ein verdammtes U-Boot zu sehen. Denkt, er sei wieder bei den Geleitzügen. Hat wahrscheinlich noch Glück gehabt, daß er nicht vor lauter Aufregung ins Meer gefallen ist. Und deshalb mußte jetzt die Goldborough, der einzige noch dampfgetriebene Zerstörer unter all den neuen mit Gasturbinen angetriebenen Fregatten und Zerstörern in Mayport, die ungefähr einhundert Meilen bis zum Golfstrom rausfahren und nach einem U-Boot Ausschau halten. Er seufzte laut. Das war die Art von Einsatzbefehl, die nur seine Vermutung bestätigte, daß sich seine Karriere, ebenso wie die der Goldsborough, ihrem Ende zuneigte.

Der Executive Officer kam durch die Tür, die zum CIC (Combat Information Center), der Operations-Zentrale, führte, auf die Brücke. Lieutenant Commander Ben Farmer war ein untersetzter, vorzeitig ergrauter Mann mit einem runden Gesicht.

»Ja, Sir, Captain. Der Steuermann sagte, wir müßten nach einem – Unterseeboot Ausschau halten?« Die Wachhabenden auf der Brücke sperrten die Ohren auf und versuchten dabei den Eindruck zu erwecken, als würden sie nicht zuhören.

»Tja, XO. Wieder so eine Dr.-Seltsam-Mission für unsere kleine Goldy. Einer von diesen Garnelenschiffern hat die Küstenwache über Seefunk angerufen. Sagte, er hätte ein U-Boot gesehen, und gab auch eine Position an. Verbandsführer Zwölf will, daß wir uns darum kümmern.«

Der Erste studierte das Fernschreiben. »Zum Teufel, das war ja vor vierundzwanzig Stunden«, brach es aus ihm heraus. »Gestern morgen. Das ist ganz schön lange her. Wir sollen heute nacht auslaufen. Einhundert Meilen hin, einhundert Meilen zurück, dazu noch einige Zeit für die Suchaktion, das bedeutet einen weiteren Tag im Einsatzgebiet.«

»Sie haben's erfaßt, XO. Ich vermute, daß bei diesem kleinen Trip J. Walker Martinson, Stabschef seiner Herrlichkeit des Großadmirals von Gottes Gnaden George T., seine aalglatte Hand im Spiel hatte.«

»Sir, wir benötigen Kurs 085, um zu dem ›Datum‹, der zuletzt bekannten Position, zu gelangen«, unterbrach der Steuermann.

»Sehr gut, Mr. O'Connor, Kurs 085, achtzehn Knoten!«

»Aye, aye, Sir.« O'Connor gab die Anweisungen an die Rudergänger weiter. Das schrille Läuten des Doppelmaschinentelegrafen war zu hören, und wenige Augenblicke später schwang die Goldsborough ihre in die Jahre gekommenen viertausend Tonnen Stahl in Richtung Osten und machte sich auf den Weg zum Golfstrom. Eine leichte Brise strömte ins Steuerhaus, raschelte in den Karten auf dem Kartentisch und wirbelte die stickige Luft auf, eine Mischung aus kaltem Zigarettenrauch und abgestandenem Kaffee.

Der Captain zerknüllte seinen Kaffeebecher und warf ihn durch die Brückennocktür über Bord. »XO, informieren Sie die Besatzung, daß wir rausfahren, um eine Meldung über die Position eines nicht identifizierten U-Boots zu überprüfen, und daß sich unsere Rückkehr zum Stützpunkt voraussichtlich auf morgen verschieben wird.«

»Aye, aye, Sir.« Farmer kam näher und fragte leise: »Glauben Sie tatsächlich, daß die ein richtiges U-Boot gesehen haben?«

Der Captain brachte seinen schweren Körper auf dem Stuhl in eine andere Position.

»Nein, XO. Das glaube ich nicht. Und wenn Verband Zwölf daran glaubte, hätte er mit Sicherheit nicht uns geschickt. Dann hätte die einen aus der neuen Spruance-Klasse genommen, ein richtiges ASW-(Anti-Submarine-Warfare)-Schiff zur U-Jagd, um sich die Sache mal anzusehen. Aber was soll's; besser als Löcher in den Ozean zu bohren bei ziellosen, simulierten OPZ-Übungen.«

Der XO schielte nochmals auf das Fernschreiben. Er brauchte eigentlich eine Brille, hatte sich bisher aber geweigert, eine zu tragen.

»Ja, Sir. Sie haben wohl recht. Wir müssen eine ASW-(U-Jagd)-Einsatzbesprechung für heute nachmittag, sagen wir 13 Uhr 30, ansetzen. Wenn wir die Sache durchziehen wollen, müssen wir die blauen und goldenen ASW-Teams postieren. Das heißt, vier auf Wache und vier Freiwachen, solange wir dranbleiben. Haben sie gesagt, wie lange wir nach diesem – eh – U-Boot suchen müssen?«

»Nichts dergleichen. Also werden wir uns die Nacht damit um die Ohren schlagen; dann setzen wir eine ›Wenn-nicht-anders-befohlen‹-Mitteilung ab und fahren so schnell wie möglich zurück. Wir müssen die Dampfkessel aus dem Verkehr ziehen; aus beiden kommt Rauch raus, und außerdem will ich bis Ende nächster Woche diese Hochdruck-Dampfventile abgeschraubt haben, so daß wir bei der Flottenübung noch mitmachen können.«

Der Diensthabende nickte. »Ich werde Ops anweisen, eine neue Bewegungsmeldung abzusetzen.«

»Okay, XO.«

Der Captain lehnte sich in seinem Stuhl zurück. Auf der Brücke wurde es merklich kühler, als sich das Schiff seiner Richtgeschwindigkeit von achtzehn Knoten näherte und aufs offene Meer hinauslief. Die Wachhabenden auf der Brücke unterhielten sich leise über diese plötzliche ASW-Mission. Die Nachricht verbreitete sich wie ein Lauffeuer auf dem Schiff, als die Signaltasten über die BÜ-Anlage den Ausguckposten davon erzählten und die Neuigkeit auch an die Männer in den Hauptmaschinenräumen weitergaben.

Mike Montgomery hatte seit ungefähr zwei Jahren das Kommando. Es hatte ihn ursprünglich sehr gereizt, einen Zerstörer zu befehligen. Die Zuteilung des Kommandos auf der Goldsborough war allerdings eher eine Enttäuschung gewesen. Die Goldsborough war ein siebenundzwanzigjähriger Vielzweck-Zerstörer, ausgerüstet mit drei automatischen Fünf-Inch-Kaliber-Geschützen, U-Jagd-Torpedos und sogar einer veralteten Unterwasserbomben-Ablaufbühne am Heck, dem Lieblingskind eines früheren Admirals, der diese Ablaufbühnen wieder in die Flotte einführen wollte. Die Goldsborough verfügte über vier Hochdruck-Dampfkessel, die eine Höchstgeschwindigkeit von zweiunddreißig Knoten erlaubten, vorausgesetzt, in den Hauptbereichen war alles seefest verzurrt, was kaum jemals der Fall war. Von der Wasserlinie aufwärts zeigte sie die klassischen Konturen eines großen modernen Zerstörers, obgleich sie im Zeitalter moderner, mit Schiffsabwehr-Raketen ausgerüsteter Kampfflugzeuge zur Selbstverteidigung gar nicht mehr fähig war. Ihre Achillesferse war die veraltete Dampfantriebsanlage, die zudem von einem Rumpf umgeben war, der allmählich auch den Jahren Tribut zollte. Die meisten ihrer Klasse waren außer Dienst gestellt worden, als die Unterhaltskosten nach und nach die Einsatzmöglichkeiten überstiegen. Die Goldsborough war jetzt der einzig verbliebene dampfgetriebene Zerstörer im Flottenstützpunkt Mayport, zwischen all den neuen gasturbinenangetriebenen Zerstörern der Spruance-Klasse, die mit achttausend Tonnen doppelt so groß und dabei nur ein Drittel so alt waren.

Wegen ihres Alters war die Goldsborough von der Einsatzliste gestrichen worden. Das bedeutete, daß sie nicht mehr an den sechs Monaten dauernden Einsätzen der Trägerverbände teilnahm. Sie blieb im Stützpunkt zurück und nahm an Flottenübungen und anderen Trainingseinheiten in den Gewässern vor der Küste Floridas teil, gelegentlich auch in der Karibik. Ihr war die undankbare Rolle zugefallen, ein Zerstörer zu sein, der ständig für alle möglichen, sich plötzlich ergebenden Sondereinsätze bereit sein mußte – so wie für diesen.

Mike war schon seit längerem klar, daß die Tatsache, daß sein Schiff nicht mehr auf der Einsatzliste stand, seine Chancen auf Beförderung zum Kapitän zur See der US-Navy wohl kaum erhöht hatten. Die zuständigen Auswahlausschüsse legten großen Wert auf die Berichte der Commander solcher Trägerschiff-Gefechtsverbände über die Tauglichkeit ihrer Befehlshaber auf den Zerstörern – vor allem bei Übungseinsätzen in Übersee.

Trotzdem war der Dienst auf der Goldsborough unter den Marinesoldaten, deren Beförderungen mehr von der Anzahl der Dienstjahre und Konkurrenzprüfungen abhingen, als von Einsätzen, sehr begehrt. Für viele, deren Frauen in der näheren Umgebung gute Arbeitsplätze gefunden hatten, war diese Situation, in der man nicht mehr sechs Monate hintereinander in Übersee zubringen mußte, von der Heimatnähe her schon fast mit einem normalen Dienst an Land vergleichbar, und trotzdem hatte man regulär Dienst an Bord.

Der Dienst auf der Goldsborough war sehr angenehm. Der Flottenstützpunkt Mayport, an der Mündung des St. Johns River bei Jacksonville, Florida, gelegen, wirkte noch überschaubar und strahlte eine freundliche und persönliche Atmosphäre aus. Es gab nur zwei Admirale, und einer von ihnen war meistens bei Einsätzen in Übersee beschäftigt. Auf Karriere bedachte Marineangehörige verstanden sehr schnell, daß die Wichtigkeit relativ unbedeutender Regularien und Vorschriften in direktem Zusammenhang mit Anzahl und Rang der anwesenden Admirale stand. Von daher war Mayport ein liebenswürdig rückständiger Flottenstützpunkt, besonders im Vergleich zu den weiter nördlich gelegenen riesigen Flottenstützpunkten Charlestown und Norfolk.

Der Steuermann unterbrach seine Gedanken: »Wir werden die angegebene Position nicht vor 15 Uhr 30 erreichen, Captain.« Montgomery wandte sich wieder dem U-Boot-Problem zu.

»Sehr gut. OOD, beraumen Sie eine ASW-Lagebesprechung mit allen Offizieren für 13 Uhr 30 an. Ich gehe jetzt nach unten.«

»Aye, aye, Sir. Wird erledigt.«

Der Captain glitt aus dem hohen Stuhl und streckte sich. Die See war vollkommen ruhig. Ihre Oberfläche schimmerte jetzt silbergrau im Dunst eines dieser typischen späten Frühlingstage vor der Küste Floridas. In der Entfernung waren auf der Wasseroberfläche überall kleine Punkte zu sehen, Fischerboote, Yachten und gelegentlich ein Krabbenkutter mit über Bord hängenden Netzen. Am Horizont war einer dieser riesigen Sechzigtausend-Bruttoregistertonnen-Schwergutfrachter zu erkennen, beladen mit Toyota-Fahrzeugen. Er wurde langsam größer, als er auf dem Weg zum Hafen von Jacksonville in die Mündung des St. Johns Rives einlief.

Mike war mehr als verwundert bei dem Gedanken, daß einer dieser Fischersleute ein U-Boot gesehen haben wollte. Die meisten Skipper, die er kannte, würden ein U-Boot nicht mal erkennen, wenn sie darüberfielen, abgesehen davon, daß einige oft gar nicht nüchtern genug wären, um überhaupt zu merken, daß sie über etwas gefallen waren. Als Junggeselle hatte er genügend Abende mit den Fischern in der Kneipe im Hinterzimmer von Hampton's Fish House verbracht, um mit ihren Trinkgewohnheiten vertraut zu sein. Diese ganze Sache würde sich als große Zeitverschwendung herausstellen. Er verließ das Steuerhaus durch die hintere Tür und machte sich auf den Weg zu seiner Kajüte.

KAPITEL ZWEI

Washington, D.C., Abteilung Fotoaufklärung des Verteidigungsministeriums, 10. April

Maryann Winters war außer sich vor Wut. Ihr Boß, Harry John, hatte es wieder einmal geschafft, sie zu befummeln, und sie hatte das nun bis obenhin satt. Es war wieder das Übliche gewesen – sie stand über das Mikroskop auf dem Analysatortisch gebeugt, was unglücklicherweise für jeden, der das Labor betrat, die beeindruckende Form ihres Allerwertesten besonders unübersehbar machte. Harry war hereingekommen und hatte sich – angeblich um zu sehen, woran sie gerade arbeitete – ebenfalls über den Tisch gebeugt. Maryann war sechsundzwanzig, alleinstehend und gut gebaut, und Harry schaffte es doch immer wieder, so nahe neben ihr zu stehen, daß seine rechte Hand ihr Hinterteil tätscheln konnte, während sie den Foto-Analysator betätigte. Er hatte diese wirklich tolle Technik: er beugte sich mit ihr hinunter, ließ seine Hand dabei umherwandern und atmete schwer in ihr linkes Ohr. Als wäre das nicht schon genug, war er auch noch Raucher, und sein Atem stank nach kaltem Zigarettenrauch. Er fand das sicher alles unglaublich cool. Maryann war soweit, ihn wegen sexueller Belästigung beim Civil Service Board, dem für beamtenrechtliche Angelegenheiten zuständigen Gremium, zu verklagen.

Rhonda, die in der Zentralablage im Büro nebenan arbeitete, hatte ihr geraten, doch einfach einen Schritt nach hinten zu machen und ihm mit ihren hohen Absätzen auf den Fuß zu treten. So war sie ihn jedenfalls losgeworden, als er dieses ›Ringelpietz-mit-Anfassen-Spielchen‹ bei ihr versucht hatte. Aber Maryann war entschlossen, es ihm richtig heimzuzahlen, und zwar durch die Ausschöpfung der beamtenrechtlichen Möglichkeiten – wenn sie es nur beweisen könnte. Ihr Freund, der für den Naval Investigative Service, den Marine-Aufklärungsdienst, arbeitete, hatte vorgeschlagen, einen violett färbenden Puder auf ihren Rock zu streuten. Das sei, so hatte er erklärt, das unsichtbare Zeug, das sie auf Köder aller Art streuen, z. B. auf Brieftaschen, wenn sie einen Dieb überführen wollten.

Dieser würde die Brieftasche berühren, und nach ungefähr einem Tag verfärbten sich seine Hände violett, wodurch der Beweis erbracht sei. Maryanne erwog ernsthaft, das Zeug zu benutzen.

Sie beugte sich wieder nach vorne, um noch einmal einen Blick durch die Analyse-Lupe zu werfen. Die Aufnahme, die sie jetzt sah, war von einem dieser neuen RQ-9X-Vögel. Sie zeigte den gesamten Küstenbereich des südlichen Mittelmeerraumes. Die Arbeit im Bereich der Satelliten-Aufklärung machte ihr großen Spaß. Der Satellit erfaßte zunächst alle Länder Nordafrikas, um dann zu den Hauptzielbereichen, den zentralen und östlichen Provinzen der Sowjetunion, hinüberzuschwenken. Die Aufnahmen des Mittelmeerbereiches hatten zum Ziel, die Gefechtsformationen für Marine und Luftwaffe im nordafrikanischen Einsatzbereich immer auf dem neuesten Stand zu halten. Da Maryann aber in der Marine-Abteilung arbeitete, bezog sich ihre Aufgabe nur auf die Analyse von Häfen und Flottenstützpunkten. Sie rollte die Aufnahme von links nach rechts, so daß der Satellitenausschnitt genau mit den terrestrischen Gegebenheiten korrelierte. Sie konsultierte ihre Liste mit den Angaben über strategische Zielinstallationen, bewegte dann das Fadenkreuz hinüber nach Ras Hilal, das direkt an der Küste lag, und drückte auf Vergrößerung. Sorgfältig überprüfte sie die Anzahl der mittelgroßen und kleinen Patrouillenboote und stellte fest, daß die sechs U-Boote der Foxtrott-Klasse noch auf ihrem Platz waren. Sie drehte sich zum Computer, gab einen Code ein und drückte auf ›Enter‹. Sie beugte sich wieder über das Okular. Es war jetzt der gleiche Ausschnitt mit den gleichen Koordinaten – aufgenommen vor einem Monat – zu sehen; diese Aufnahme wurde jetzt über die neue gelegt, eine häufig benutzte Technik in der Foto-Aufklärung, um Veränderungen festzustellen. Sie überprüfte wieder die Anzahl der Schiffe und stellte fest, daß auf der neueren Aufnahme ein Boot mehr zu sehen war. Sie gab diese Veränderung in den Computer ein und brachte damit die entsprechenden Marine-Gefechtsinformationen automatisch auf den neuesten Stand.

Harry Johnson kam in den Analyse-Raum zurück, und Maryann drehte – fast schon in Abwehrhaltung – den Kopf, um zu sehen, wer es war, aber diesmal war er vollbepackt mit Akten. Er durchquerte das Büro, nickte grüßend, lächelte ihr verschwörerisch zu, so, als teilten sie ein Geheimnis miteinander, und ging durch die Seitentür wieder hinaus. Warte nur ab, du Miststück, dachte sie und wandte sich wieder ihrer Arbeit zu. Sie gab drei weitere Codes ein und schaltete das Infrarot-Display an, das die Ziele – als eine Funktion der Hitze-Differentiale – im Schwarz-weiß-Kontrast darstellte. Der Satellit war schon ein komischer Vogel: Er schoß normale Aufnahmen und war gleichzeitig in der Lage, Infrarot-Aufnahmen zu machen. Sie schaute wieder ins Okular und fand etwas Merkwürdiges. Zwei U-Boote, die sich an einem Pier gegenüberlagen, wiesen unterschiedliche Merkmale auf: Eins zeigte die normale Kattunfärbung der Hitze- und Kältefelder, die über den ganzen Bootskörper verteilt waren. Das andere jedoch wies über die gesamte Länge völlig homogene Hitzfelder auf, so, als sei es in einen Ofen gesteckt und auf eine gleichbleibende Temperatur erhitzt worden.

Komisch, dachte sie. Sie rief noch mal die Aufnahme des Vormonats ab; beide U-Boote, die an diesem Pier festgemacht hatten, wiesen vergleichbare kattungefärbte Hitze- und Kältemuster auf. Gut, hier liegt also eine Veränderung vor, aber was hat das zu bedeuten, fragte sie sich. Sie wußte, was sie jetzt zu tun hatte, und fürchtete sich gleichzeitig davor. Sie mußte Harry davon in Kenntnis setzen. Sie dachte einen Moment darüber nach. Wenn sie ihn jetzt rufen würde, nachdem er heute morgen ihr Hinterteil getätschelte hatte, würde er bestimmt glauben, sie sei interessiert, und das war wirklich das letzte, was sie wollte. Dann würde sich der alte Stinkstiefel auch noch ermutigt fühlen.

Sie überlegte noch mal. Also die Hitzemuster waren unterschiedlich. Wahrscheinlich hatten diese verdammten turbantragenden Gauner das Ding an dem Tag gestrichen, an dem der Ausschnitt aufgenommen wurde. Wer konnte schon wissen, was sie als nächstes vorhatten. Wenn auch beim nächsten Aufnahmevergleich dieser Unterschied noch zu sehen sein sollte, würde sie mit Bob Voss, dem anderen Marine-Aufklärungs-Analytiker, reden. Er könnte es dann Harry sagen. Sie schaute auf ihre Uhr; es war schon fast Mittag; Ägypten könnte sie vor der Mittagssonne noch schaffen. Sie freute sich immer auf die Pyramiden, die sie durch das Stereoskop sehen konnte.

KAPITEL DREI

USS GOLDSBOROUGH. Auf See,
Einsatzgebiet der Mayport-Flotte,
Donnerstag, 10. April

Die Offiziere erhoben sich, als der Captain die Offiziersmesse betrat. Er nickte dem XO zu und nahm seinen Platz am Kopfende des Tisches ein. Der Exec blieb stehen. Das Schiff rollte langsam auf seinem Weg in die offene See über den kontinentalen Graben. Die Aussicht durch das Seitenfenster auf der anderen Seite des Tisches gab abwechselnd den Blick auf graue See und hellblauen Himmel frei. Der Exec eröffnete die Lagebesprechung.

»Okay. Männer, ob Sie es nun glauben oder nicht, wir haben Kurs genommen auf eine angegebene Position, und zwar die zuletzt bekannte eines nicht identifizierten Unterseebootes. Zu verdanken haben wir das dem Bericht der Besatzung eines Fischkutters von gestern morgen sechs Uhr.«

Am Tisch erhob sich erstauntes Gemurmel. Mehr als vierundzwanzig Stunden waren inzwischen vergangen; das war in der Tat eine kalte Spur. Den Offizieren war klar, daß die Chancen, etwas zu finden, praktisch gleich Null waren.

»Ja, ich weiß«, fuhr der Exec fort. »Das ist wahrscheinlich als Drill gedacht. Aber: die Mitteilung von Verband Zwölf war ziemlich deutlich: rausfahren, prüfen, berichten. Also fahren wir da raus, und wir werden ASW-Teams einsetzen, blau und gold, Wachwechsel in vierstündigem Rhythmus, um sechzehn Uhr beginnend. In der Wachaufstellung haben sich einige Veränderungen ergeben; machen Sie sich damit im Anschluß an unsere Besprechung vertraut. Ops, übernehmen Sie bitte.«

Der Exec nahm auf seinem Stuhl neben dem Captain Platz, und Lieutenant Wayne Foster, der Operations Officer, stand auf. Er ging hinüber zu dem tragbaren Gestell am Ende des Tisches und legte das erste Blatt auf.

»Captain, XO, ich schlage vor, eine erweiterte Suchquadrat-Aktion unter Einsatz von Plan vier alpha bei Ankunft im Zielgebiet durchzuführen – wie hier zu sehen. Laut den Ausführungen von XO haben wir die ganze Nacht Zeit. Ich empfehle daher, das Suchquadrat auf fünf Meilen Seitenlänge auszudehnen, es dann wieder einzugrenzen und das Gebiet gegen zehn Uhr morgen früh zu verlassen, um gegen fünfzehn Uhr zurück in Mayport zu sein. Captain, ich habe hier die Änderungsmeldung für unseren Einsatz für Sie zur Unterschrift bereit.«

Er schlug die nächste Seite auf, die eine Matrix mit Statusangaben über die wichtigsten Sensoren des Schiffes zeigte.

»Ich schlage vor, die erste Annäherung im Sonar-Passiv durchzuführen, um der – wenn auch sehr unwahrscheinlichen Möglichkeit – Rechnung zu tragen, daß sich dort in der Gegend doch noch ein Unterseeboot aufhält. Wir haben während der letzten Stunde gemäß Einsatz- und Annäherungsverfahren eine akustische Suche und Horchauswertung durchgeführt. Natürlich halten wir Ausschau nach U-Boot-Radarfrequenzen, falls es irgend etwas rausstrecken sollte, um sich mal die Gegend anzugucken, was natürlich sehr unwahrscheinlich ist.«

Ensign Benson, First Lieutenant, meldete sich: »Wayne, so wie ich das verstanden habe, ist unser Sonar-Gerät Dreiundzwanzig im Passiv doch so gut wie gar nicht zu gebrauchen. Wozu soll es denn dann gut sein?«

Foster nahm die Frage zustimmend zur Kenntnis: »Wenn wir jetzt schon anfingen, aktiv zu senden, wo wir noch ungefähr fünfzig Meilen von der zuletzt bekannten Position entfernt sind, könnte uns jedes Unterseeboot in diesem Umkreis hören und wüßte, daß ein Zerstörer im Anrücken ist. Sollte es sich noch auf dieser Position befinden, ist es deshalb günstiger für uns, so ruhig wie möglich ranzufahren und das Sonar erst dann aktiv zu schalten, wenn die Möglichkeit eines Kontaktes gegeben ist. Das setzt natürlich voraus, daß sich dort überhaupt ein nicht identifiziertes Unterseeboot aufhält.« Er blickte zum Captain hinüber.

»Gute Überlegung«, warf der Captain ein. »Um es noch einmal deutlich zu machen, Jungs: Alles, was wir vorliegen haben, ist der Bericht eines Skippers von einem Fischkutter. Dieser Skipper glaubt, ein U-Boot oder – um genau zu sein – ein

Tauchboot gesehen zu haben. Er glaubt auch, die genaue Position zu kennen. Nun wissen wir ja alle, daß diese Jungs zwar ungefähr wissen, wo Mayport liegt, aber nie genau, wo sie sich gerade befinden, so daß wir die Positionsangabe mit Vorsicht genießen sollten. Hinzu kommt, daß es inzwischen natürlich auch eine ziemlich kalte Spur ist.« Der Captain lehnte sich zurück. »Wenn Sie meine Meinung hören wollen – ein völlig sinnloses Unterfangen. Auf der anderen Seite wäre ich aber ganz schön sauer, wenn wir da rausführen, halbe Sache machten, die Suche nachlässig betrieben, zum Stützpunkt zurückkehrten und dann am nächsten Tag einen weiteren Bericht über die Sichtung eines U-Boots vorfänden. Also, fahren wir da raus und führen die Sache ordnungsgemäß durch, okay?«

Die Offiziere nickten, und der Captain gab dem Operations Officer Zeichen fortzufahren. Dabei gab er sich alle Mühe, einen interessierten Gesichtsausdruck aufzusetzen: er haßte Lagebesprechungen in der Offiziersmesse – schon wegen der Stühle, die viel zu unbequem waren.

»Ja, Sir«, sagte der Operations Officer, »das ist auch der Grund, weshalb ich das erweiterte Suchquadrat vorgeschlagen habe, denn das ursprüngliche Datenmaterial ist wahrscheinlich nicht sehr zuverlässig. Captain, eine Frage noch: Hat jemand geprüft, ob es eins von den Unsrigen war oder ist?«

»Nein, und damit werden die Meister an Land auch nicht herausrücken, bis wir oder eine andere Navy-Einheit einen Bericht über einen Kontakt vorlegen. Wenn wir nichts finden, wird das Ganze im Papierkorb landen, und das war's.«

»Ja, Sir. Also, wir fahren in das Zielgebiet, so wie ich es hier konfiguriert habe: Sonar passiv, Seeraumüberwachungs-Radar aktiviert, Luftraumüberwachungs-Radar passiv, TACAN abgeschaltet, Torpedo-Täuschungskörper kurz Stag und abgeschaltet, Echolot abgeschaltet, beide Wellen. Sobald wir die Zielkoordination erreicht haben, gehen wir auf aktiv und werden die ganze Nacht herumpingen.«

Der XO fragte: »Mit welchen Wasserverhältnissen müssen wir dort rechnen?«

»Ziemlich bescheiden, XO«, antwortete Forster. »Wir sind genau am Rande des Golfstroms, also haben wir es mit sehr starken thermalen Zwischenfronten zwischen dem einundzwanzig Grad Celsius warmen Wasser des Stroms zur Küstenseite hin und dem fünfundzwanzig Grad Celsius warmen Wasser im Strom selbst zu tun. Das wird sich auf das aktivierte Sonar wie eine Glaswand auswirken. Da vermischt sich alles mögliche: Zeug aus der Grenzschicht und tonnenweise akustische Signale des Lebens unter Wasser. Wenn ein U-Boot sich verstecken wollte, könnte es wohl kaum einen besseren Platz finden, außer wenn die Nordwand-Verhältnisse auftreten; dann kann es da unten ganz schön ungemütlich werden.«

Im Geiste nickte der Captain zustimmend. Ops hatte untertrieben, was die Gefährlichkeit der North Wall anging. Der Golfstrom, dieser herrliche, sechzig Meilen breite Kanal mit warmem, tropischen Meereswasser, der sich entlang der Ost-Küste der Vereinigten Staaten bis zum Hatteras Gebiet von Nord- und Süd-Carolina erstreckte, dann den Atlantik durchzog, um das Leben im Nordatlantik, auf Island und den Britischen Inseln zu ermöglichen – dieser Golfstrom war ein mächtiges und gefährliches Hindernis für jedes Problem, das im Zusammenhang mit der U-Jagd auftrat – sogar bei guter Witterung. Wenn über dem Festland bestimmte atmosphärische Bedingungen vorherrschten, wurde die North Wall zu eben jenem schiffeversenkenden Strudel, der Cape Hatteras den Spitznamen ›atlantischer Friedhof‹ eingebracht hatte.

Forster blätterte weiter auf der nächsten Tabelle, die verschiedene Diagramme von Sonarstrahlen zeigte.

»Linc Howard hat die heute morgen für mich zusammengestellt. Sie zeigen die wahrscheinlichen Rückstrahlkurven der Schallstrahlenverlaufskurven in der Umgebung, die wir da draußen vorfinden werden. Das hier zeigt die Verhältnisse außerhalb des Stroms, das hier die innerhalb, und diese beiden zeigen, wie es in den Grenzgebieten aussieht. Letzteres gibt zu wenig Freude Anlaß, denn hier ist alles durcheinander. Und Sie müssen sich immer vergegenwärtigen, daß dieses Grenzgebiet bis zu fünf Meilen breit sein kann.«

»Wie auch immer«, fuhr Forster fort, »dem ist nicht mehr viel hinzuzufügen. Wir wissen weder, um welchen U-Boot-Typ es sich handelt, noch ob sich überhaupt ein U-Boot in der Nähe der angegebenen Zielposition aufgehalten hat; und da wir die Suche entlang der Seitenwand des Stromes durchführen, werden wir durch die Wasserverhältnisse mit einer Menge von vermeintlichen Kontakten, d. h. falschem Alarm, und sehr starken Hintergrundgeräuschen rechnen müssen. Hinzu kommt, daß das kontinentale Riff hier abfällt, d. h. daß die Wassertiefe, die auf dem Riff zwischen einhundert und hundertdreißig Metern beträgt, nun bis auf dreitausenddreihundert Meter in den atlantischen Abgrund abfallen kann, so daß wir im aktiven Zustand Widerhall und Rückkopplungen einkalkulieren müssen. Das beste wäre, wenn wir dem Burschen so viel Angst einjagen könnten, daß er sich entschlösse zu fliehen; dann könnte uns vielleicht durch die Bootsbewegung eine Peilung gelingen. Ich wünschte, wir hätten dafür einen Hubschrauber zur Verfügung.«

»Von Luftunterstützung war nicht die Rede, Ops«, warf der Captain ein. »Vielleicht würden sie uns so einen Küstenhopper rausschicken, wenn wir einen Kontakt orten könnten, der etwas handfestere Daten bietet und nicht nur ein reines Fantasiegebilde zu sein scheint. Aber selbst dann wäre ich mir nicht so sicher – vor allem nicht an einem Freitagmorgen. Soweit ich weiß, hat auch niemand Bereitschaft.«

Er drehte sich zu Lieutenant Lincoln Howard, dem Anti-Submarine-Warfare-Offizier und dem einzigen farbigen Offizier an Bord des Schiffes um. »Linc, Sie hatten mir zugesagt, auf dem Computer, den wir für CIC-Zwecke gekauft haben, ein Programm zu entwerfen, mit dem wir die Sonar-Verhältnisse kontinuierlich berechnen können. Haben Sie das schon gemacht?«

»Ja, Sir. Das wird auch ein guter Testlauf sein«, antwortete Howard.

»Sehr gut. Stellen Sie sicher, daß wir die Berechnungen während des gesamten Einsatzes durchführen. Dann haben wir auch dem Commodore etwas zu bieten. Er schien sich für die Sache zu interessieren.«

»Aye, aye, Sir. Das dürfte kein Problem sein.«

Lieutenant Forster hatte seine Ausführungen damit beendet. »Nun, zumindest kommt bei dem Ganzen eine ASW-Übung herum«, sagte er. »Captain, XO, gibt es sonst noch etwas, das wir erwähnen sollten?«

Bevor der XO etwas sagen konnte, stand der Captain auf und erstickte damit jede Diskussion im Keim. Die anderen erhoben sich ebenfalls.

»Solche Einsätze sind Teil des Jobs, Jungs«, verkündete er. »Laßt uns das einfach durchziehen, sorgfältig Ausschau halten und rechtzeitig zum Wochenende zurück sein. Versucht, Kollisionen mit Fischkuttern oder Netzen zu vermeiden. Danke, das ist alles.«

Die Offizere blieben stehen, bis der Captain und der XO den Raum verlassen hatten. Draußen, im Durchgang zur Offiziersmesse, bedeutete der Captain dem XO, ihn in die Kapitänskajüte auf dem nächsten Deck zu begleiten. Er betrat die Kajüte, schmiß seine Goldsborough-Baseball-Mütze auf die Koje und ließ sich in einen Sessel fallen, wobei er dem XO signalisierte, sich ebenfalls zu setzen.

»Also, was halten Sie davon, XO, will man uns mal wieder einen reinwürgen, oder was soll das?«

Der XO grinste. Diese Diskussion hatten sie schon oft geführt. Der Captain war überzeugt, daß der Stab von Verband Zwölf und besonders der Chef des Stabes, Captain J. W. Martinson III, ihn, Montgomery, und damit automatisch die Goldsborough, auf dem Kieker hatten. Mike war kein Unschuldslamm, was seine Beziehungen zum Hauptquartier anging. Er war dafür bekannt, Berichte zu schreiben, in denen er offene Kritik an den lokalen Versorgungs- und Instandhaltungsstrukturen übte, wenn Aufgaben nicht korrekt ausgeführt wurden. Darin spiegelte sich auch seine Überzeugung wider, daß die gesamten Einrichtungen an Land einzig und allein existierten, um die Schiffe zu unterstützen. Seitdem er das Kommando übernommen hatte, konnte er sich aber des deutlichen Eindrucks nicht erwehren, daß einige ›Elemente‹, die in den Einrichtungen an Land arbeiteten, die Schiffe nur als ein überflüssiges Übel betrachteten. Unter den Seeleuten war Mike auch für seine Anordnung berüchtigt, daß sich jeder Stabsoffizier, der an Bord des Schiffes kam, zuerst bei ihm melden mußte. Die Stabsoffiziere waren von ihren Bossen angewiesen, sich über die materielle, administrative und operative Einsatzbereitschaft der Schiffe, die zum Verband gehörten, auf dem laufenden zu halten. Auf den meisten Schiffen hatten sie es mit ihren entsprechenden Counterparts in der Schiffsbesatzung zu tun. Auf der Goldsborough dagegen hatten sie es mit einem Kommandanten zu tun, der ihnen immer ziemlich deutlich zu verstehen gab, daß sie sich in etwas einmischten, das sie nichts anging. Und meistens war dem auch so.

»Sie werden langsam zum Paranoiker und leiden unter Verfolgungswahn, Captain.«

»Scheiße, Ben, Sie wissen doch, daß auch Paranoiker Feinde haben.« Sie lachten beide über diesen alten Witz.

»Aber«, fuhr Mike fort, »was mich etwas beunruhigt, ist, daß dieser kleine Scheißer, Captain J. Walker Martinson, ganz genau weiß, daß ich die Goldy unbedingt bei der Flottenübung dabei haben will. Das ist in diesem Sommer unsere einzige Chance, aus Mayport herauszukommen, und die Männer freuen sich drauf. Das würde diesem Affenarsch so richtig ähnlich sehen, irgendwie etwas Blödes – so wie diesen Einsatz – als Vorwand zu finden, damit wir nicht mitkönnen.«

Der XO nahm nun auch seine Schirmmütze ab und fuhr sich mit den Fingern durch das schütter werdende Haar. Er war ein dienstälterer Lieutenant Commander und – dank einer Reihe von Dienstjahren bevor er seine Ernennung erhielt – im gleichen Alter wie der Captain. Ben Farmer war ein außerordentlich seeerfahrener Offizier, der sich nicht so leicht ein X für ein U vormachen ließ. Außerdem verfügte er über einen ausgezeichneten Instinkt, wenn es um die politischen Spielchen der Navy ging. Er hatte seine zwanzig Jahre hinter sich und in dieser Zeit das unerschütterliche Vertrauen gewonnen, daß das Schlimmste, was ihm passieren konnte, eine vorzeitige Versetzung in den Ruhestand war. In privaten Unterhaltungen hielt er mit seiner Meinung nicht hinter dem Berg.

»Ich weiß nicht, Skipper, ich nehme eigentlich eher an, daß der Chef des Stabes zu beschäftigt ist, um für die Goldsborough eine solche Geschichte einzufädeln, selbst wenn Sie ihm manchmal ganz schön auf die Nerven gehen.«

»Aber doch höchstens einmal täglich, XO!«

»Ja, Sir«, grinste Farmer, »ich weiß. Aber im Grunde kostet uns diese Kapriole doch nur einen Tag, und die Anlage braucht sowieso einige Tage, um auszukühlen. Wir hatten ja ohnehin nicht damit gerechnet, am Wochenende was an den Hauptdampfventilen tun zu können. Also sehe ich vom Zeitplan her keine Gefahr.«

Der Captain seufzte. »Wahrscheinlich haben Sie recht, solange nicht noch irgend so ein vermaledeiter Fischkutter-Skipper sich einbildet, irgendwas gesehen zu haben.«

Der Exec grinste wieder: »Sie wohnen doch Tür an Tür mit den Jungs und sehen sie die ganze Zeit. Warum reden Sie nicht mal mit denen?«

Der Captain nickte: »Genau das hatte ich vor. Ich werde mal mit Chris Mayfield sprechen. Das ist so 'ne Art Vaterfigur unter den Skippern. Werde ihm raten, seine Bourbon-Marke zu wechseln. Der billige Fusel ruft zu leicht Halluzinationen hervor.«

Das war auch so eine Sache, die die ranghohen Stabsoffiziere im Verbandshauptquartier störte: Mikes Wohnort und Lebensstil. Er wohnte auf einem älteren, renovierten Hausboot unten im Jachthafen von Mayport und war für seine ausgedehnten Züge durch die Nachtclubs an den Stränden von Jacksonville bekannt, wohingegen ein ehrbarer Kommandant mit Frau und Kindern in den Wohnquartieren des Stützpunktes lebte. Ein Kommandant, der was auf sich hielt, war zudem kein freilaufender Junggeselle, der einen Sportwagen fuhr und seine Freiheit auch noch wie ein einfacher Seemann ungehemmt auskostete. Weder Kollegen noch Angehörige des Stabes waren jemals deutlich damit herausgerückt, aber die Mißbilligung stand ihnen deutlich im Gesicht geschrieben – falls man sich darum scherte. Verstärkt wurde sie durch die Tagsache, daß einige Ehefrauen diesen Lebensstil offensichtlich gar nicht so unattraktiv fanden.

»Natürlich nur«, sagte der Exec, »wenn die nicht tatsächlich ein U-Boot gesehen haben.« Für einen Moment nahm sein Gesicht einen besorgten Ausdruck an.

»Völlig ausgeschlossen, XO, glauben Sie mir«, schnaubte Mike. »Die ganze Sache ist ein völliger Blödsinn, und Martinson weiß das. Verband Zwölf ist einfach immer noch sauer wegen meines Berichts, in dem ich mich über die Ausführung der Reparaturarbeiten an den Hauptdampfventilen auf der Werft beschwert habe. Es muß sie wirklich zur Weißglut bringen, wenn ich jetzt melde, daß sie noch immer undicht sind. Sie werden schon sehen – sie versuchen nur, mir ans Bein zu pinkeln.«

Der Exec hatte seine eigenen Ansichten über die Kunstfertigkeiten der Navy, wenn es darum ging, jemandem ans Bein zu pinkeln, aber er behielt sie lieber für sich, wenn sein Kommandant auf das Thema ›Stab des Kreuzer- und Zerstörer-Verbandes‹ zu sprechen kam.

»Ja, Sir, so wird's wohl sein. Wir werden die Sache hier ordentlich durchziehen und uns dann wieder wichtigeren Angelegenheiten zuwenden.«

»Genauso machen wir's, XO. Ob das nun ein Gruß von Martinson und seiner Firma ist oder nicht, wir müssen uns um die Hauptmaschine kümmern und zusehen, daß die Dampflecks geflickt werden. Wir werden alles wie besprochen ablaufen lassen. Dann setzen wir einen ernstzunehmenden Bericht ab und sehen zu, daß wir wieder zurückkommen.«

KAPITEL VIER

Das Navy-Relief-Büro – Hilfsorganisation für Angehörige der Navy, Flottenstützpunkt Mayport, Florida, Donnerstag, 10. April

Diane Martinson seufzte geduldig und beschloß, es noch einmal zu versuchen. Es war der dritte Versuch, einer sehr jungen Ehefrau eines Petty Officer Third Class, der auf der Fregatte John L. Hall Dienst hatte, die wichtigsten Grundlagen von Haushaltsplanung und Wirtschaften zu vermitteln. Sie bemühte sich sehr, ihre Gereiztheit zu unterdrücken. Ihre Ausführungen verdeutlichten exakt den Kern der Navy-Relief-Arbeit, für die sie sich freiwillig gemeldet hatte, aber, lieber Gott, manchmal war es wirklich unglaublich anstrengend.

»Versuchen wir es noch einmal, Mrs. Esposito«, sagte sie, »das ist nämlich sehr wichtig. Wir wissen also, wieviel Geld monatlich als Sold von der Navy auf die Bank überwiesen wird, ja?«

Es war offensichtlich, daß Mrs. Esposito, die versuchte, das schreiende Baby auf ihrem Schoß zu beruhigen und gleichzeitig einen temperamentvollen Vierjährigen davon abzuhalten, die Seiten aus einer der Illustrierten im Wartezimmer herauszureißen, absolut nichts verstand.

»Señora, isch weiße nix von diese Gehalto; meine Mann mir sagen, wieviel Geld er bekommen un wieviel isch ausgeben für alles. Die Bank mir dann sagen, keine Scheckbücher mehr schreiben, warum? Nix genug Geld diese Monat? Aber letzte Monat, alles okay. Ernesto – laß das! Immediamente!«

Diane rollten sich vor lauter Frust bald die Fußnägel auf. Die arme Frau hatte nicht den leisesten Schimmer von Kontenführung. Die Banken im Ort waren bekannt dafür, freudig die von der Regierung ausgestellten Sold-Schecks von den Soldatenfrauen entgegenzunehmen, und ehe die sie sich dann versahen, versanken sie auch schon in einem Meer von Überziehungskrediten, Mastercards und Gebühren für geplatzte Schecks. Die

Frau hatte sich aus ihrem Stuhl hinübergebeugt und schimpfte mit dem Vierjährigen.

Auf der anderen Seite des Wartezimmers waren ein Matrose und seine Frau von der Szene offensichtlich unangenehm berührt. Die Frau machte einen nervösen Eindruck; ihr Mann hatte seinen Blick gelegentlich über den Rand der Zeitung hinweg wohlgefällig auf Dianes Beinen ruhen lassen. Diane preßte die Knie unter dem Tisch so fest wie möglich zusammen. Ihr gerader Rock ließ der Fantasie in der Tat nicht viel Raum. In dem kleinen Büro war es jetzt, mitten am Nachmittag, schwülheiß; ihre ärmellose Bluse war feucht und durchgeschwitzt, und ihr dunkles Haar hing schlaff und kraftlos herunter. Sie hatte sich schon oft gefragt, ob es wirklich so eine gute Idee gewesen war, sich freiwillig zum Navy-Relief-Dienst zu melden. Ihr Aussehen schien einige ihrer ›Kunden‹ abzulenken. Mehr als einmal hatte sie schon deutliche Angebote erhalten – nach dem Motto: Ich meine, wir sollten doch noch etwas intensiver über mein Problem sprechen, sagen wir, vielleicht im EM-Club. Sie ließ dann geschickt einfließen, daß ihr Mann der Chef des Stabes des Kreuzer- und Zerstörer-Verbandes Zwölf war, und meistens war die Sache damit erledigt. Sie entschloß sich, es nicht weiter mit Mrs. Esposito zu versuchen.

»Mrs. Esposito, ich glaube, für Sie wäre es am besten, sich wieder an die Bank zu wenden. Die haben Fachleute, von denen einige auch gut Spanisch sprechen. Die können ihnen die Sachen besser erklären als ich. Wenn ich jetzt die Bank anrufe und einen Termin ausmache, werden Sie auch hingehen?«

Mrs. Exposito hatte dem Vierjährigen gerade mit einer Plastikhaarbürste eins auf den Hinterkopf gegeben. Diane zuckte zusammen, das Kind begann zu schreien. Mrs. Esposito warf ihre Hände verzweifelt in die Höhe, als hätte das Kind, weil es jetzt auch noch zu weinen anfing, nun endgültig sämtliche Regeln des Anstands vergessen. Sie schüttelte ihren Kopf in Unverständnis über diese Angelegenheit der Kontenprüfung, erklärte sich aber einverstanden, zu dem Mann in der Bank zu gehen. Sie lächelte Diane freundlich zu, schnappte sich das Baby, den schreienden Jungen, ihre rautenförmig gemusterte

Tragetasche, die beiden Handtaschen und verließ unter vielfachen Dankesbezeugungen das Büro.

Diane seufzte. In diesem Augenblick kam Jenny Frames, die sich ebenfalls freiwillig gemeldet hatte und heute zum Dienst eingeteilt war, aus dem hinteren Büro und bedeutete dem Seemann und seiner Frau, zu ihrem Schreibtisch zu kommen. Ihr Mann war der Erste auf der Dale, dem bewachten Raketenkreuzer, der in Mayport stationiert war. Der Seemann schaute fast enttäuscht drein.

»Du siehst aus, als würdest du selber ein bißchen Unterstützung vom Navy-Hilfswerk gebrauchen, Diane«, flüsterte sie ihr im Vorbeigehen zu. »Ich kümmere mich um diese Leute. Warum läßt du's nicht für heute gut sein?«

Diane nickte. »Ich glaube, du hast recht. Die Zeit fliegt, wenn ... usw., usw ...« Jenny schnitt ein Gesicht und wandte sich den Leuten an ihrem Schreibtisch zu. Diane rückte vom Tisch zurück und stand auf. Auf dem Löschpapier waren zwei Schweißflecken von ihren Unterarmen zu sehen. Die Klimaanlage am Fenster versuchte ihr Bestes, brachte aber nur wenig Abkühlung. Sie war sich bewußt, daß der Matrose sie mit anerkennenden Blicken beobachtete, als sie in das hintere Büro ging, um ihre Sachen zu holen. Du solltest dich wirklich etwas altmodischer kleiden, wenn du hierhin gehst, dachte sie bei sich. Diane Martinson war eine große elegante Brünette, die, egal bei welcher Gelegenheit und in welcher Aufmachung, die Blicke auf sich zog; ob sie morgens um zehn Uhr im Navy-Supermarkt einkaufen ging oder bei einem der vielen gesellschaftlichen Anlässe innerhalb der Navy, an denen ihr Mann teilnahm, ein teures Cocktailkleid trug.

Sie war keine Titelbildseiten-Schönheit im herkömmlichen Sinne. Sie hatte weit auseinanderstehende, dunkle Augen, eine lange, nicht ganz gerade Nase, fein geschwungene Augenbrauen und volle Lippen; ihr Gesicht hatte etwas Südamerikanisches an sich. Sie war nicht sportlich, dadurch war ihre Figur weicher, üppiger als die vieler anderer Frauen, die aktiv an den Tennis- und Jogging-Veranstaltungen auf dem Stützpunkt teilnahmen. Sie zog nie Shorts an, sondern bevorzugte tagsüber der Figur schmeichelnde Röcke und einfach geschnittene Blusen. Abends trug sie dreiviertellange Designer-Abendkleider, die ihre schönen Beine betonten. Sie gehörte zu den Frauen, die am Strand keine Bikinis trugen, sondern Einteiler vorzogen, und es frustrierte die anderen Ehefrauen gehörig, daß Diane mit ihrem Stil, ihre Reize hier zu verhüllen, mehr Interesse zu erregen schien als sie selbst mit ihrer Art, sich fast völlig zu entblößen.

Diane war von Natur aus eher reserviert und zurückhaltend, ihr Gesichtsausdruck vermittelte – vor allem Männern – den Eindruck kühler Gleichgültigkeit. Sie hatte sich schon vor langer Zeit damit auseinandersetzen müssen, eine aufreizende Wirkung auf Männer zu haben, und erkannt, daß Flirten die Dinge nur schlimmer machte. Jetzt, mit vierzig, schien ihr, daß ihre kühle Art, Männer auf Distanz zu halten, sie offensichtlich für einige – vor allem unter den Seeleuten – nur um so interessanter machte und manchmal genau die umgekehrte Wirkung hervorrief, besonders bei den gleichrangigen Kollegen und Konkurrenten ihres Mannes, z. B. den höheren Stabsoffizieren oder den Befehlshabenden auf See und an Land.

Ihre Mutter, eine große, eher unansehnliche Frau, hatte mit ihrer Tochter gefühlt, als diese versuchte, das ganze Aufheben zu verstehen.

»Du hast eben das ›gewisse Etwas‹«, pflegte sie zu sagen. »Das mußt du einfach akzeptieren und lernen, damit zu leben.«

Niemand konnte ihr ganz genau erklären, was denn dieses ›gewisse Etwas‹ war, aber die Jungs und später die Männer schienen es zu wissen.

Diane holte ihre Handtasche und die Autoschlüssel aus dem hinteren Büro und verließ das kleine weiße Gebäude am Fuße des Leuchtturms, in dem das Navy-Relief-Büro untergebracht war. Sie überquerte schnell den Sandparkplatz und öffnete beide Türen ihres Autos, um die angestaute Hitze entweichen zu lassen. Der Frühling in Nord-Florida war wie anderswo der Hochsommer. Die Hitze aus dem Auto traf sie wie ein Hammer und zerstörte endgültig ihre Frisur. Die Kleider klebten ihr am Körper. Schließlich glitt sie seitlich in das immer noch aufgeheizte Auto, schloß die Türen, ließ per Knopfdruck die Fenster herunter, rutschte noch ein paarmal auf dem heißen Vinylsitz hin und her und fuhr los. Sie schaltete die Klimaanlage gar nicht erst ein. Das lohnte sich nicht für die nur drei Minuten dauernde Fahrt zu den am Strand gelegenen Wohnquartieren der höheren Offiziere.

Sie parkte den Wagen in der Einfahrt und ging hinein. Das Haus war im Stil einer Ranch gebaut, hatte drei Schlafzimmer und lag geschützt hinter großen Palmen. Alle Häuser der höheren Offiziere in Mayport verfügten über air-conditioning, die das drückende, feucht-heiße Klima Floridas erträglich machte. Sie ging direkt ins Schlafzimmer, zog ihre Kleider aus und ging unter die Dusche. Sie ließ das kühle Wasser eine ganze Weile über ihre Haut laufen, um alle Spuren der verzweifelten Hoffnungslosigkeit des ständigen Kommens und Gehens der Soldatenfrauen, die sich auf das Eheleben in der Navy eingelassen hatten, ohne die geringste Ahnung, was damit auf sie zukommen würde, abzuwaschen. Warum um alles in der Welt heiratete ein junges Mädchen einen Seemann? Ihr eigenes Gewissen erinnerte sie daran, daß sie selbst einen Seemann geheiratet hatte. Sie lächelte. Nein, das war wohl nicht ganz dasselbe; ich habe einen Offizier geheiratet, der damals schon Lieutenant Commander war und inzwischen Senior Captain mit Aussicht auf die Ernennung zum Admiral ist. Über J. W. Martinson III konnte man sicherlich vieles sagen; aber niemand käme auf die Idee, ihn als Seemann zu bezeichnen. Sie lächelte wieder bei dem Gedanken.

Zweimal die Woche leistete sie in der ehrenamtlichen Wohlfahrtsarbeit Dienst: an einem Tag als sogenannte ›Gray Lady‹ im Marine-Hospital drüben auf dem Marine-Luftstützpunkt südlich von Jacksonville und an einem weiteren im Navy-Relief-Büro, hier in Mayport. Die Arbeit im Krankenhaus setzte ihr gefühlsmäßig weniger zu als die im Navy-Relief-Büro, weil die Tätigkeit der ›Gray Ladies‹ eher unpersönlich war. Die Krankenschwestern waren diejenigen, die zu ihren Patienten ein emotionales Verhältnis aufbauten; die ›Gray Ladies‹, deren Name sich von ihrer zweckmäßigen, undefinierbaren grauen Uniform ableitete, waren mehr für die Aufgaben zuständig, für die den Krankenschwestern die Zeit fehlte, und blieben dadurch im Hintergrund. Die Arbeit im Navy-Relief-Büro hingegen bedeutete, sich mit dem Einzelschicksal auseinanderzusetzen, und es war jedesmal aufs neue niederschmetternd, auch wenn sie nur an einem Tag in der Woche dort Dienst tat. Navy Relief war die von der Navy gesponserte Hilfsorganisation, deren Dollars und Ratschläge dazu gedacht waren, den ›dornigen Weg zu ebnen‹, auf den sich viele junge Seeleute begaben, wenn sie versuchten, eine Familie zu ernähren. Die Navy bezahlte alleinstehende junge Seeleute ziemlich gut und mit steigenden Dienstjahren und -graden erhöhte sich der Sold. Aber für einen jungen Seemann, der sich gerade zum Dienst bei der Marine eingeschrieben hatte, dann heiratete und mit an Sicherheit grenzender Wahrscheinlichkeit auch noch Kinder in die Welt setzte, reichte das Geld vorne und hinten nicht aus. Die Navy gestattete den meisten jungen Marineangehörigen nicht, in den Navy-Wohnquartieren zu wohnen, und hoffte, mit dieser bewußten Politik frühen Eheschließungen entgegenzuwirken, damit die Soldaten sich erst einmal ein paar Dienstabzeichen auf ihre Uniform verdienten, womit eine bessere Bezahlung einherging.

Von den Frauen der höheren Marineangehörigen wurde erwartet, daß sie einen Teil ihrer Zeit für die Arbeit in der Navy Relief zur Verfügung stellten, als hätten sie sich durch die Tatsache, daß sie mit höheren Offizieren verheiratet waren, automatisch besondere Fähigkeiten erworben, die für die oft nicht sehr gebildeten und verängstigten Soldatenfrauen von Nutzen sein konnten. Diane wußte, da war ein scharfer Kontrast zwischen ihrem recht großzügigen Lebensstil als Ehefrau eines Captain mit Haus am Meer, zwei Autos, schönen Möbeln und der Not der bedrängten jungen Frauen, die das baufällige Büro der Navy Relief betraten. Andererseits, was machte denn ihr Leben schon aus? Sie hatte keine eigenen Kinder, keine eigene berufliche Karriere und auch keinen Job; es blieben also nur Hausarbeit, Einkaufen und viermal die Woche abends gesellschaftliche Verpflichtungen. Das waren normalerweise irgendwelche langweiligen Veranstaltungen oder Empfänge innerhalb des gesellschaftlichen Rahmens der Navy. In Washington, dem letzten Dienstort, hatte sie kurzzeitig in der Immobilienbranche gearbeitet, aber J. W. war es nicht recht, daß sie häufig abends und auch an den meisten Wochenenden weg war, weil das seiner von ihm intensiv betriebenen gesellschaftlichen Kampagne ›Flagge zeigen im Hauptquartier‹ entgegenlief. Damit war ihre neue ›Karriere‹ erledigt gewesen. Sie war danach an die Universität zurückgegangen und hatte ihren Magister gemacht. Die Urkunde verkam jetzt ungerahmt in einer von J. W.s Schreibtischschubladen. Ursprünglich hatte sie sie zu seinen vielen Auszeichnungen und Zertifikaten an die Wand hängen wollen, aber ihr Gatte war dagegen gewesen; er fand, daß seine Leistungen herausgestellt werden müßten; schließlich sei er der Ernährer, derjenige, der das Geld heranschaffte, und ihr Magister in englischer Literatur würde wohl kaum dafür sorgen, daß etwas zu essen auf den Tisch kam.

J. W. – das war ein Kapitel für sich! Das deprimierende Gefühl, das der Arbeitstag im Navy-Relief-Büro bei ihr hervorgerufen hatte, ging langsam über in einen nur zu bekannten Schmerz: dieses krampfartige Zusammenziehen der Magengrube, wenn sie an die Zukunft ihrer Ehe dachte. Vor einigen Jahren schon war ihr klargeworden, worin ihre Hauptaufgabe in dieser Ehe bestand: ein politisch akzeptables, dekoratives, präsentes Anhängsel zu sein. Sie war damit ein weiterer, abgehakter Punkt in J. W.s sorgfältig geplantem Erledigungsmosaik, seinen umfassenden, auf ein Ziel ausgerichteten Bemühungen: die Ernnenung zum Rear Admiral.

Admiral zu werden war für J. W. Martinson mehr als nur ein erstrebenswertes Ziel in seiner beruflichen Laufbahn. Er hatte Diane vom ersten Tag ihrer Ehe an erklärt, daß sein vorrangiges Lebensziel darin bestand, den Admiralsrang zu erlangen. Sie mußte zugeben daß er niemals versucht hatte, die Anstrengungen, die mit der ganzen Kampagne verbunden sein würden, herunterzuspielen oder zu verstecken. Er war fest entschlossen, absolut alles Erforderliche mitzumachen, um den ersehnten und begehrten ersten Stern zu erhalten – ob es sich dabei nun um sechsmonatige Trennungen bei Flottenübungen in Übersee, um einen vierzehnstündigen Arbeitstag, wenn er an Land Dienst tat, die gewissenhafte Teilnahme an allen gesellschaftlichen Verpflichtungen oder das vollständigen Aufgehen in allem, was seine gegenwärtigen Aufgaben von ihm verlangten, handelte. Er wiederholte oft, daß ein Kreuzer- und Zerstörer-Verband eben nicht um 16 Uhr 30 ›den Griffel fallen lassen konnte‹ und Feierabend hatte. Von ihr wurden dafür Verständnis und Unterstützung bei seinen Aufgaben rund um die Uhr erwartet. Sie würde sich um die Kinder und den Haushalt kümmern, während er mit ganzem Einsatz – und ihrer Hilfe natürlich – seinen Feldzug in eigener Sache führte.

Nur hatten sie keine Kinder bekommen. Seither behandelten sie das Thema Kinder wie ein rohes Ei. Nachdem sie zwei Jahre lang versucht hatten, Kinder zu bekommen, hatte sie vorgeschlagen, daß sie sich beide untersuchen ließen. Er hatte das abgelehnt mit der Begründung, daß das Problem fast immer bei der Frau lag und daß sie als Ergebnis der Untersuchung vielleicht eine Antwort erhielte, die sie lieber nicht hören wollte. Sie hatte darüber eine Weile nachgedacht und sich dann doch untersuchen lassen – mit dem Ergebnis, daß J. W. sich in diesem Fall geirrt hatte. Sie hatte ihm davon nie etwas gesagt, weil ihr inzwischen klar geworden war, daß sein Ego unter dieser glatten, hochpolierten Schale einen solchen Schlag nicht hätte verkraften können.

Wie selbstgefällig ich doch war, dachte sie nicht zum ersten Mal. Dachte, ich hätte den Knaben durchschaut. Ihr Liebesleben war nach einigen Jahren und dem stillschweigenden Eingeständnis, daß ihre Ehe kinderlos bleiben würde, zur Routine geworden; weniger ein Akt der Leidenschaft als vielmehr der gegenseitigen Rücksichtnahme. Er ging an seine Aufgaben mit Energie und Hartnäckigkeit heran und fiel spätabends oft todmüde ins Bett, erschöpft von dem Tag, der hinter ihm lag, und der Aussicht, vor dem Morgengrauen wieder aufstehen zu müssen, um vor dem derzeitigen Admiral im Büro zu sein.

Während sein Beruf ihn völlig in Anspruch nahm und wahrscheinlich auch ausfüllte, brachte die Ehe Diane kaum noch Erfüllung. Ohne eine eigene Familie ödete sie das Leben in der Navy inzwischen an. Mit den durchorganisierten, geschäftigen Aktivitäten der Frauenclubs inner- und außerhalb des Stützpunktes konnte sie nichts anfangen. Sie mochte die verschlagene Art vieler Frauen nicht, auf der eine Seite die Dienstgrade ihrer Männer ständig hervorzukehren und gleichzeitig zu behaupten, unter den ›Mädels‹ gäbe es natürlich keine Unterschiede. Diane hatte kein Interesse am Bridgespiel, hatte es nicht nötig zu joggen und war völlig unbegabt fürs Tennisspielen. Sie zog es vor, sich mit einem guten Buch zurückzuziehen. Wenn sie nicht in offizielle Verpflichtungen eingebunden war, hielt sie lieber auf Distanz und beobachtete amüsiert die politisch-taktischen Spielchen.

Gelegentlich hatte J. W. ihre innere Unruhe bemerkt. Er hatte dann wieder die alte Platte aufgelegt, »daß wir die Spielregeln akzeptieren müssen, Diane, wenn wir in diesem Geschäft Erfolg haben wollen.« Auf den Führungsebenen der Navy sei kein Platz für Non-Konformisten, Sonderlinge, Unruhestifter oder Offiziere mit streitsüchtigen Ehefrauen. Aber eins war ihr klargeworden, seitdem sie in Florida angekommen waren: Wenn sie ihre Zeit nur damit verbringen sollte, am Strand herumzuliegen, würde sie auch bald ab elf Uhr morgens ihre Zuflucht bei Wodka-Longdrinks suchen oder bei dem gebräunten, gutaussehenden jungen ›Frischfleisch‹, das auf dem Teil des Navy-Strandes, der direkt hinter ihrem Patio lag, jeden Nachmittag ab 16 Uhr 30 den Abfall einsammelte. Daher auch die Freiwilligen-Dienste.

Manchmal hatte sie sich ausgemalt, wie es sein würde, eines Tages an den Strand zu gehen, deutliches Interesse zu signalisieren, einen der Jungs mit nach Hause zu nehmen und bis zur Erschöpfung zu vögeln. Und danach? Bei dem ›Und danach‹ hatte ihre Vorstellungskraft immer aufgehört. Aber in ihrer Fantasie blieb es eine exotische Ablenkung, wenn ihr geschätzter, liebevoller und so vielversprechender Ehemann, der Chef des Stabes, bei seinem furchtbar aufregenden, anstrengenden Arbeitstag noch einige Minuten Zeit für seine Frau fand. Nicht daß es heutzutage noch zu viel führte. Und jetzt wußte sie auch endlich, warum.

J. W. brachte einfach das Büro mit nach Hause. Während der ersten Stunde erzählte er ihr, was sich zugetragen hatte, und sie war immer wieder erstaunt, wieviel Bedeutung er dem Klatsch beimaß. Manchmal fragte sie sich, ob hohe Offiziere der Navy überhaupt jemals richtig arbeiteten im Büro. Aus ihren nächtlichen Gesprächen, d. h., sofern er lange genug wach blieb, um zu reden, hatte sie oft den Eindruck gewonnen, daß er einen großen Teil des Tages damit zubrachte, sich darüber auf dem laufenden zu halten, welcher seiner Konkurrenten wohin fuhr und welcher begehrenswerte Einsatz ihm zugeteilt wurde. Vielleicht war das der Grund, warum er abends diese beiden schwarzen Koffer mit nach Hause brachte und sich mit ihnen bis in die frühen Morgenstunden in seinem Arbeitszimmer einschloß. Der Admiral schien dagegen eine viel ausgeglichenere Lebenseinstellung zu haben; jeden Tag um siebzehn Uhr konnte man ihn auf dem Golfplatz antreffen. Für J. W. war die Sache klar: Der Admiral konnte Gold spielen, weil sein Stabschef die ganze Arbeit machte, und so sollte es auch sein.

Sie drehte die Dusche ab, schüttelte ihr Haar aus und versuchte, es mit Fön und Frisierbürste in Form zu bringen. Ihr Körper wurde von der Klimaanlage getrocknet. Sie hätte es schaffen können, die glänzende Fassade weiter aufrechtzuerhalten, weiterhin die pflichterfüllte Ehefrau zu spielen. Das Ganze hatte nur einen kleinen Schönheitsfehler: die Wave Commander in Norfolk, die offensichtlich seit zwei verdammten Jahren der emotionale Mittelpunkt in J. W.'s Leben war!

Sie bürstete ihr Haar weiter und beruhigte sich langsam wieder. Mehr zufällig hatte sie herausgefunden, daß ihr Mann eine Freundin hatte. Anfangs war sie furchtbar verletzt gewesen, hin-und hergerissen zwischen Gefühlen der eigenen Unzulänglichkeit, dem schmerzlichen Verlust von Intimität durch das Eindringen einer anderen Frau und der Frage, ob er sich dadurch für die Kinderlosigkeit ihrer Ehe entschädigen wollte. Aber bei längerem Nachdenken war ihre Verletztheit in Zorn und Wut umgeschlagen. In Wirklichkeit lag J. W. nur etwas an seinen eigenen Ambitionen. Es war keine Rede von einer auf Liebe beruhenden ehelichen Partnerschaft, in der sich einer um den anderen kümmerte. Sie hatte – Ironie des Schicksals – ebenso eine Rolle zu spielen wie die Frau ohne Gesicht in Norfolk – geschrieben und in Szene gesetzt von J. W. Martinson III auf seinem Weg zum Admiralsrang. Die Wave Commander arbeitete im ›Allerheiligsten‹, dem Büro des Oberbefehlshabers über die Atlantische Flotte selbst. Diane war sich hundertprozentig sicher, daß ihr lieber Ehemann seine Freundin und ihren einzigartigen Zugang ebenso hemmungslos für seine Karriere benutzte wie sie selbst.

Sie wußte noch nicht, was sie tun würde. Wenn überhaupt etwas. Sie war ziemlich sicher, daß J. W. nicht ahnte, daß sie es wußte. Er war eingebildet genug, darauf zu bauten, daß sie es nicht wissen konnte. Sie konnte sich inzwischen darauf verlassen, daß ihre Wut die Oberhand behalten würde, wenn Gefühle von Verletztsein und Verzweiflung sie gelegentlich unvorbereitet überkamen. Was wirklich schmerzte, war die verlorene Chance einer echten Liebe in ihrem Leben. Und mit vierzig waren die Gelegenheiten langsam dünner gesät.

Sie schaute auf ihre Uhr. Sie hatte noch zwei Stunden Zeit, bevor sie sich wieder einmal anziehen und zurechtmachen mußte für einen weiteren der vielen Empfänge im Offiziers-Club zu Ehren irgendeines hohen Tieres. Sie hatte es längst aufgegeben, die Übersicht über die jeweiligen Ehrengäste zu behalten. J. W. unterrichtete sie immer auf das genaueste, während er sich ankleidete und auf der Fahrt im Auto. Sie hörte pflichtbewußt zu, merkte sich einige wesentliche Punkte, so daß sie gegenüber dem Mann der Stunde etwas Intelligentes von sich geben konnte, und spielte dann wieder die Rolle des dekorativen Anhängsels, während ihr Gatte sich unter die Partygäste mischte, sicherstellte, daß er vom Admiral gesehen wurde, und sich über Neuigkeiten auf dem Stützpunkt informierte. Sie war vor langer Zeit zu dem Schluß gekommen, daß Navy-Empfänge bewußt so schrecklich langweilig gestaltet wurden, damit die Männer danach lechzten, wieder auf See zu kommen. Viele der anderen Offiziere, selbstverständlich alle verheiratet, die auf so einer Party zu ihr kamen und einige Worte mit ihr wechselten, waren das genaue Ebenbild ihres Mannes: sehr beschäftigt, sehr wichtig und sehr daran interessiert, über sich selbst, ihre Karriere, ihre Kommandos zu sprechen – und wie sehr allen ihren Untergebenen klar wäre, daß das hier jemand sei, mit dem man rechnen müsse.

Sie beschloß, sich etwas hinzulegen. Einen Augenblick lang stand sie nackt am Schlafzimmerfenster und starrte über die Dünen hinter dem Haus hinweg auf die silbrig-blaue See. Die Erkenntnis, daß J. W. bei der kompromißlosen Verfolgung seines Ziels auch ihre Ehe aufs Spiel gesetzt hatte, hatte nur ihr tiefes Bedürfnis nach etwas, das in ihrem Leben fehlte, genährt; etwas Vitales, Leidenschaftliches, das sie als Frau erfüllen würde. Sie wußte, daß sich dabei sexuelle und intellektuelle Sehnsüchte mischten, aber auch der Wunsch, daß noch irgend etwas passieren müßte, bevor es für sie zu spät war. Die Entdeckung der Affäre ihres Mannes hatte sie aus dem Gleichgewicht gebracht und Zweifel an ihrem eigenen Selbstwertgefühl als Frau aufkommen lassen. Sie fragte sich, ob sie wirklich den Mut hatte, nach dem zu suchen, was sie brauchte, und ob sie, wenn sie es denn finden sollte, auch die Verwegenheit haben würde, es durchzustehen.

Vielleicht, dachte sie, vielleicht gibt es wirklich keinen anderen Weg, als selbst eine Affäre zu beginnen. Sie mußte über sich selbst lachen bei dem Gedanken und erinnerte sich an einen Vorfall im letzten Jahr, als eine ihrer Bekannten auf dem Stützpunkt das ›Reservat verlassen hatte‹, wie J. W. zu sagen pflegte und mit einem ›engen Freund‹ ein verlängertes Wochenende in einem der Freizeit- und Ferienzentren im Süden Floridas verbracht hatte, während ihr Mann im Mittelmeer im Einsatz war. Die Frau war schließlich zu einem Fall für die Klapsmühle geworden, hin- und hergerissen zwischen ihrem körperlichen Wunsch nach einer Wiederauflage und dem schrecklichen Schuldkomplex, der durch das ›Jedermann-weiß-es-Syndrom‹ auf einem kleinen Stützpunkt wie Mayport natürlich noch verstärkt wurde. Die arme Frau hatte ihrem Mann schließlich alles gestanden – entgegen dem etwas zynischen Rat ihrer verheirateten Freundinnen (›in jedem Fall alles ableugnen, meine Liebe, denn das ist es, was die Männer hören wollen‹), und mußte dann – natürlich zusammen mit ihren ›Freundinnen‹ – durch den emotionalen Sumpf, den der Versuch, eine Beziehung zu kitten, mit sich bringt. Diane zitterte schon bei dem bloßen Gedanken.

Sie überlegte, ob sie ein Valium nehmen sollte, entschied sich statt dessen für ein Aspirin und schlüpfte ins Bett. Den Wecker stellte sie auf 16 Uhr 30. Fantasie ist gefragt, meine Liebe, hab Mut zur Fantasie! »Es ist einfach zu anstrengend, Affären zu haben«, war einer von J. W.s Lieblingssprüchen, und J. W.

mußte es ja wissen, dieser Hurensohn. Und trotzdem war sie verwundert: Ihre Ehe reduzierte sich immer schneller auf ein reines Vorspielen falscher Tatsachen, ein ›So-tun-als-ob‹; aber wenn sie sich selbst die Frage stellte, was sie denn tun wollte, wo sie hingehen würde, wußte sie keine Antwort. Sie mußte ihr Problem in den Griff bekommen, dachte sie beim Einschlafen, hatte aber nicht die leiseste Ahnung, wie.

KAPITEL FÜNF

Das Diesel-elektrische Unterseeboot AL AKRAB
vor der Nord-Ost-Küste Floridas,
Donnerstag, 10. April, 18 Uhr

Der Kommandant saß am Kopfende des Tisches in der winzigen Offiziersmesse und hüllte sich in eisiges Schweigen. Es waren noch vier weitere Wachoffiziere anwesend: sein Stellvertreter, der Stellvertretende Kommandant, der auch der Politoffizier an Bord war, der Operationsoffizier als Erster Wachoffizier sowie der Waffeneinsatzoffizier als Zweiter Offizier und der Leitende Ingenieur. Hinter dem Stuhl des Kommandanten stand der Musaid, der älteste Portepeeunteroffizier, der Vertrauensmann des Captain. Es sprach der Politoffizier. Immer noch!

»Der Fehler ist deshalb ein kollektiver. Die Tatsache, daß der Wachhabende die Kontrolle über die Tiefenhaltung verlor und mit der Turmoberkante durchbrach, stellt nicht mehr und nicht weniger als die Summe von Ausbildungsfehlern, zugegebenermaßen einem Mangel an Disziplin seinerseits und nicht ausreichender Einarbeitungszeit in seinem Ausbildungsprogramm an Bord der Al Akrab dar. Es ist politisch nicht vertretbar, nur den Wachhabenden zur Verantwortung zu ziehen. Der operationale Fehler hat seine Wurzeln in den gesamten Aktivitäten der kollektiven Organisation. So wie die Erfolge der Organisation immer der Gruppe als Ganzem zuzuschreiben sind, so sind auch die Fehler immer bei der Gruppe in ihrer Gesamtheit zu suchen. Das ist die politische Lehre, die daraus zu ziehen ist.«

Der Politoffizier lehnte sich zurück und verschränkte die Arme. Der Kommandant weigerte sich, ihn anzuschauen, und stierte weiter geradeaus, wobei seine dunklen Augen das gegenüberliegende Schott fixierten. Es gab Momente, in denen jeder U-Boot-Kommandant seinen Politoffizier liebend gerne in ein Torpedorohr gesteckt und in den Abgrund gefeuert hätte. Das war ein solcher Moment.

Der Kommandant war ein großer, hagerer Mann mit haselnußbraunen, habichtartigen Gesichtszügen, deren scharfe Konturen jeden Winkel und jede Muskellinie bestimmten. Unter den ausgeprägten Augenbrauen lagen tiefschwarze, weit auseinanderstehende Augen – das Vermächtnis von türkischem Einfluß auf seine beduinische Abstammung. Seine Nase war kurz und stark gebogen, was die Ähnlichkeit mit einem Raubvogel nur verstärkte. Seine Lippen waren schmal und verliefen in einer dünnen scharfen Linie. Eine latente Anspannung war bei ihm spürbar, sowohl durch die Art, wie er andere Menschen und Gegenstände anstarrte, als auch durch seine Körperhaltung – immer etwas nach vorn gebeugt, die unruhigen Hände vor dem Körper, als lauerte er ständig darauf, etwas an sich zu reißen.

Der Kommandant schwieg weiterhin. Die Spannung stieg ins Unerträgliche. Der Erfolg der gesamten Mission hing ausschließlich davon ab, nicht entdeckt zu werden, und daran änderten auch die ganzen sozialistischen Phrasen und Schlagworte des Politoffiziers nichts. Die Sowjets boten eine ausgezeichnete U-Boot-Ausbildung. Diese ausgezeichneten Leistungen hatten sich allerdings fast ins Gegenteil verkehrt, seit sie jedem militärischen Kommandanten einen Politoffizier mit den bekannten sozialistischen Phrasen, der ganzen politischen Kamelscheiße, an den Hals hängten.

»Möchte sonst noch jemand etwas sagen?« fragte er leise.

Der Politoffizier, der sich selbst liebend gern reden hörte, lehnte sich nach vorn, als wolle er von neuem das Wort ergreifen. Der Kommandant streckte den Finger warnend in seine Richtung, und der Chefideologe vom Dienst sank wieder zurück in seinen Stuhl, nachdem er den angespannten, nichts Gutes versprechenden Gesichtsausdruck des Kommandanten abwägend zur Kenntnis genommen hatte.

»Möchte sonst noch jemand etwas sagen?«

Schweigen breitete sich um den Tisch aus. Nur das Summen der Ventilatoren und das gelegentliche Knarren des Bootsrumpfes durch den Druck in fünfundachtzig Meter Tiefe waren zu hören. Vor dem mit einem Vorhang abgetrennten Eingang zu der winzigen Offiziersmesse setzte ein Steward Tassen und Teller auf einen Serviertisch; er wartete darauf, die Offiziersmesse für das Abendessen vorbereiten zu können. Der Kommandant schaute jeden einzelnen der um den Tisch Versammelten an.

»Dann werde ich das Wort ergreifen, und alle werden genau zuhören. Es mag sich ja um einen kollektiven Fehler handeln, aber seid versichert, daß jeder weitere zu einer harten individuellen Bestrafung führen wird. Einer extrem harten.« Er hielt kurz inne, während die vier Offiziere ihn mit wachsendem Unbehagen ansahen. Sein Stellvertreter öffnete nochmals kurz den Mund, als wollte er etwas sagen, besann sich aber im gleichen Augenblick eines Besseren. Der Kommandant fuhr fort und ließ dabei seine Augen wie ein stereo-optisches Visier um den Tisch schweifen.

»Wie jeder hier Anwesende weiß, lautet unser Auftrag, uns hier versteckt zu halten und die Ankunft des amerikanischen Flugzeugträgers Coral Sea abzuwarten, des Flugzeugträgers, der unser Heimatland, ›die Dschamahirija‹, das Land der sich selber regierenden Volksmassen, 1986 bombardiert und ein Lieblingskind des Obersts getötet hat. Unsere heilige Mission befiehlt uns, den Träger auf seinem Weg zurück zum Stützpunkt zu überraschen und wenn möglich zu versenken. Die Coral Sea ist zum gegenwärtigen Zeitpunkt in der Karibik. Sie wird in Kürze zu ihrem Stützpunkt in Mayport zurückkehren. Unser Nachrichtendienst kennt im Augenblick nur den ungefähren, aber noch nicht den genauen Zeitpunkt der erwarteten Ankunft im Hafen. Wir werden allerdings rechtzeitig informiert werden, um alles vorbereiten zu können. Bis dahin lautet unser Auftrag, das Angriffsgebiet zu erkunden *und unentdeckt zu bleiben*!«

Für einen kurzen Moment schwieg er.

»Das alles ist nichts Neues«, erinnerte er die Anwesenden.

Er hielt wieder inne, um einen Schluck kalten Tee zu trinken. Die anderen wagten nicht, sich zu rühren.

»Wenn wir vor diesem Zeitpunkt entdeckt werden«, fuhr er fort, »dann war alles umsonst: unsere viertausend Meilen lange Reise, die ungezählten Ausbildungsstunden, die Täuschung all der sowjetischen Ausbilder und Ratgeber in unserem Heimatland, die Belastung, so viele endlos lange Tage unter Wasser bleiben zu müssen, die ständige Gefahr, von einem der amerikanischen Kriegsschiffe, die in diesem Gebiet ihre Übungen durchführen, entdeckt zu werden – alles *umsonst*. Diese Mannschaft wurde handverlesen, sorgfältigst geschult; jeder einzelne wurde für politisch zuverlässig erklärt und erhielt die bestmögliche Ausbildung, die ihn auf höchste operationelle Einsatzbereitschaft vorbereitet. Dieses Unterseeboot wurde mit allen erforderlichen Ersatzteilen und jeder nur denkbaren zusätzlichen Ausrüstung, die wir anforderten, ausgestattet. Die anderen fünf Boote unserer Marine wurden dafür teilweise ausgeschlachtet: Wir haben ihre Ersatzteile; wir haben ihre Torpedos, und wir haben einige aus ihrer Mannschaft.«

Die Stimme des Kommandanten klang beherrscht, aber die Drohung war unüberhörbar. Die Anspannung in seinem Gesicht verlieh seinen Worten die Wirkung von Pistolenkugeln.

»Diese Mission ist drei Jahre lang geplant worden. Drei Jahre. Unter größter Geheimhaltung. Mit hohen Kosten. Der Rest unserer Marine weiß nicht, wo wir uns aufhalten. Unsere sowjetischen Berater wissen es nicht – sie denken, wir sind irgendwo im Golf von Sidra. Alle sowjetischen U-Boot-Berater wurden zu einer besonderen Jagd-Expedition in den Süden des Landes geflogen, um sie vom Stützpunkt fernzuhalten, weg von dem Köder, der an unserem Ankerplatz in Ras Hilal liegt. Wenn wir jetzt von den Amerikanern entdeckt werden, einhundert Meilen vor der amerikanischen Küste, versteckt in ihren eigenen Navy-Operationsgebieten, dann war das alles wirklich umsonst. *Und* sie werden uns töten. Sie werden uns verfolgen und töten, denn allein unsere Anwesenheit hier stellt einen Affront gegen den Stolz der großen amerikanischen Navy dar. So liegen die Dinge.«

Der Kommandant schwieg, lehnte sich in seinen Stuhl zurück und öffnete das Pistolenhalfter, das er an der rechten Hüfte trug. Der Musaid, der noch hinter ihm stand, straffte sich. Jeder befehlshabende Offizier der Streitkräfte war mit einer Pistole bewaffnet, selbst an Bord. Er nahm die große russische Automatik aus dem Halfter und legte sie vor sich auf den Tisch. Vier Augenpaare starrten auf die Pistole und dann wieder auf ihn. Mit seinem Kinn deutete er auf die Waffe.

»Ich werde persönlich«, erklärte er, »das nächste *Individuum* exekutieren, daß sich das zuschulden kommen läßt, was der

Wachhabende heute morgen riskiert hat: den Erfolg der gesamten Mission und das Boot. Er hat in der Morgendämmerung die Kontrolle über die Tiefenhaltung verloren bei weniger als einer Meile Abstand von einem Fischkutter. Wenn uns irgend jemand von der Besatzung des Kutters gesehen hat, können wir unvorstellbar große Probleme bekommen. Unsere einzige Hoffnung und mögliche Rettung ist die Arroganz der Navy, die solchen Berichten aller Voraussicht nach keinen Glauben schenken wird. Habt ihr mich verstanden? Muß ich euch meine Entschlossenheit demonstrieren?«

Die Offiziere wußten nicht, ob sie nicken oder den Kopf schütteln sollten. Schließlich ergriff der Stellvertretende das Wort.

»Eure Befehle sind klar. Wir werden die gesamte Mannschaft informieren. Es wird nicht wieder vorkommen.«

»Sehr gut. Ich habe dem nichts hinzuzufügen.«

Ein Klopfen an dem Süll der Tür zur Offiziersmesse unterbrach sie.

»Herein«, befahl der Kommandant.

Ein Unteroffizier aus der Zentrale schob den Vorhang zur Seite und betrat den Raum. Er schien sehr nervös zu sein. Die Spannung im Raum war jetzt mit den Händen zu greifen. Er übergab dem Kommandanten einen Bericht über einen Kontakt. Seine Augen weiteten sich bei Anblick der Pistole. Der Kommandant faltete das Papier auseinander und überflog die Mitteilung. Sein Gesicht verdunkelte sich.

»In Ordnung. Ich habe es zur Kenntnis genommen. Ich werde gleich dort sein.«

Der Bote entfernte sich, wobei er sich beim Rausgehen im Vorhang verhedderte. Der Kommandant schaute die vier Anwesenden nacheinander an.

»Jetzt werden wir es sehen. Wir haben einen amerikanischen Zerstörer entdeckt, der nördlich von uns mit dem Pingen begonnen hat, ungefähr an der Stelle, an der sich heute morgen der *kollektive* Fehler ereignete.«

Der Politoffizier befeuchtete seine Lippen und schien auf seinem Stuhl immer kleiner zu werden. Es gab keine Telefonverbindung zur Führung der Abteilung ›Politische Sicherheit‹ im

Hauptquartier, und diese Pistole lag immer noch auf dem Tisch. Der Kommandant starrte sie an.

»Bewegt euch und informiert jeden einzelnen über mein Dekret.«

Sie beeilten sich, von ihren Sitzen hochzukommen, und verließen die Offiziersmesse einer nach dem anderen, wobei sie peinlich darauf achteten, nicht in die Nähe des Kommandanten zu geraten. Als sie draußen waren, steckte der Steward seinen Kopf durch den Vorhang. Er erblickte den Kommandanten und sah dann die schwarze Pistole. Er stieß einen überraschten Laut aus und zog sich schnell wieder zurück.

Der Kommandant blieb noch einen Moment sitzen und versuchte, seine Gedanken zu ordnen. Diese verdammten Idioten! Bei dem Bericht über die Feindberührung, den Kontakt, hatte sich seine Magengrube in kalter Angst zusammengezogen. Ihm wurde übel bei dem Gedanken, daß die ganze Sache vielleicht schon aus und vorbei sein könnte. Er zwang sich, mehrmals tief durchzuatmen. Er hörte, daß sich der Musaid hinter ihm leise bewegte. Der Kommandant schob seinen Stuhl zurück und drehte sich um, um ihm ins Gesicht sehen zu können.

Der Musaid war ein massiger Mann, mit groben, orientalisch anmutenden Gesichtszügen, schwarzem Schnäuzer und Backenbart. In seinen Augen war ein wilder, ungestümer Ausdruck. Er war weniger groß als vielmehr sehr breit gebaut und zehn Jahre älter als der Kommandant. Seit neun Jahren war er der Schatten und Leibwächter des Kommandanten sowie sein engster Vertrauter, seit dieser das Kommando auf der Al Akrab übernommen hatte. Sie waren zusammen in Sewastopol ausgebildet worden. Der Kommandant schaute ihn einen Moment an und nickte dann.

»Du willst etwas sagen, Musaid.«

»Pascha«, sagte er und benutzte die traditionelle Anrede für Herr und Gebieter, »Pascha, die Besatzung besteht aus Freiwilligen. Diese Anordnung wird ihr Verhalten verändern. Aus Angst, einen Fehler zu begehen, werden sie vielleicht gerade in einer Situation, die Handeln verlangt, nichts unternehmen.« Er schien noch mehr sagen zu wollen, verfiel jedoch in Schweigen.

Der Kommandant hatte großen Respekt vor dem älteren

PUO, der eine Position bekleidete, die ungefähr der vergleichbar war, die die amerikanische Navy mit ›Chief of the Boat‹, Vertrauensmann, bezeichnete. Der Musaid hatte von Anfang an bei den U-Boot-Streitkräften gedient und war einer der ersten Unteroffiziere, die von der Armee für die noch in den Kinderschuhen steckende Marine rekrutiert worden waren. Er war auch einer der ersten, der zur Ausbildung zu den sowjetischen Marinestreitkräften geschickt wurde. Er verfügte über mehr militärische Erfahrung als der Kommandant selbst.

In der Öffentlichkeit, sobald der Kommandant an Land ging, war der Musaid immer unmittelbar hinter ihm. Und an Bord war der Musaid immer genau dort zu finden, wo sich der Kommandant gerade aufhielt; ob in der Zentrale oder in irgendeinem anderen Teil des Schiffes – der Musaid tauchte sofort auf, sogar auf See. Aber während der vier Jahre, in denen der Kommandant das Kommando hatte, war der Musaid viel mehr geworden als der Vertrauensmann vom Dienst, Leibwächter und Fahrer: Er war zu einem geschätzten Ratgeber geworden, der auch dafür sorgte, daß alle politischen Richtlinien, die die Besatzung betrafen, umgesetzt wurden. Die Tatsache, daß er älter war als der Kommandant, war wichtig; ermöglichte sie doch, sich – wenn auch vorsichtig – als beruflich auf einer Stufe stehend zu betrachten. Der Kommandant schätzte diese Beziehung und war sehr behutsam mit allem, was er tat und sagte, um sie nicht aus dem Gleichgewicht zu bringen.

»Musaid, vielleicht hast du recht«, antwortete der Kommandant. »Aber im Moment gilt meine Anordnung. Sie betrifft die Offiziere mehr als die Mannschaft. Ich werde mir über die Wirkung auf die Mannschaft Gedanken machen. Es wäre hilfreich, wenn du der Besatzung verdeutlichen könntest, daß das eine Sache ist, über die sich die Offiziere Gedanken machen müssen. In einigen Tagen werde ich dich um deinen Rat bitten. Es wäre auch hilfreich, und darum möchte ich dich bitten, wenn du soviel Zeit wie möglich in der Zentrale verbringen könntest, um sicherzugehen, daß den Wachhabenden nicht mehr solche Fehler unterlaufen wie heute morgen – wenigstens eine Zeitlang. Wenn meine Befehle bekannt gemacht worden sind, werden wir uns wieder beraten.«

»So soll es sein, Pascha. Ich werde dort sein, bis der Auftrag erfüllt ist.«

Der Kommandant nickte geistesabwesend, als der Musaid sich entfernte. Als Gedankenstütze nahm er sich vor, ihn im Auge zu behalten, denn der Musaid neigte dazu, die Dinge zu wörtlich zu nehmen: Er würde sich jetzt wahrscheinlich nur noch aus der Zentrale entfernen, wenn er tot umfiele. Der Kommandant lehnte sich wieder zurück. Er wußte, daß der Steward draußen wartete und daß er selbst dringend in der Zentrale erwartet wurde. Aber er mußte zunächst sein inneres Gleichgewicht wiederfinden. Er bemühte sich, die unangenehme Sitzung mit seinen Führungsoffizieren für einen Moment zu verdrängen. Er dachte über ihre Mission nach, dachte an die Nacht zurück, in der sie losgefahren waren. Das war schon fast einen Monat her. Er versuchte, sich die freudige Erregung jener Nacht wieder zu vergegenwärtigen, fast als wollte er damit die Furcht, die jetzt langsam von ihm Besitz ergriff, vertreiben.

Der Stützpunkt in Ras Hilal war in sanftes Mondlicht getaucht gewesen. Das Unterseeboot hatte in der mondhellen Nacht wie ein Killerwal geglitzert: die Seiten schwarz und glänzend, der Kommandoraum, der sich majestätisch über dem runden Schiffskörper erhob, wie eine feste, unbezwingbare Rückenflosse hervorragend. Er hatte in der Nähe der Stelling auf dem Pier gewartet, sein Gesicht in die kühle Nachtluft gehalten, die aus der Wüste herüberwehte und sich mit der abklingenden Hitze des Tages und dem Geruch des Wüstensands mischte. Hinter ihm hatten die Abgase der leerstehenden Hauptantriebsmaschinen die Wasserlinie bewegt und abwechselnd heiße Blasen auf der Oberfläche tanzen lassen und dampfenden Wasserstaub aufgeworfen, als eine schwache Dünung vom Hafeneingang her das U-Boot erfaßte. Beißender, feuchter Diesel-Abdampf hatte über dem Kommandoturm gehangen und bei den beiden Ausguckposten Hustenreiz ausgelöst. Der Kommandant verwendete immer den Begriff ›Turm‹, nicht die moderne Ausdrucksweise ›Segel‹. Dhaus, die traditionellen Fischerboote, hatten Segel. U-Boote hatten Türme.

»Wo bleiben die nur alle«, hatte er sich gefragt. Es wird Zeit. Er hatte einen verärgerten Seufzer ausgestoßen. Stabsoffiziere.

Machten immer viel Wind um nichts. Weder er noch seine Fellachen brauchten eine Verabschiedung. Sein Pulsschlag war leicht beschleunigt. »Es wird Zeit«, hatte er ungeduldig gedacht, »es wird Zeit.«

Zu dieser späten Stunde waren die Gebäude auf dem Stützpunkt und der Hafen in tiefe Dunkelheit getaucht. Es war sehr still. Rund um den Hafen blinkten schwach die grünen und roten Lichter der Fahrwasserbojen. Die niedrige Dünung schwappte ruhig gegen die Felsen unter dem Pier und versetzte das Strandgut dabei in leicht tänzelnde Bewegungen. Er hatte sich gefragt, wie viele der Menschen, die jetzt in der staubigen Kaserne oder in den Patrouillenbooten am nächsten Pier schliefen, auch nur ahnten, was sich hier abspielte. Er erinnerte sich, daß ihn gefröstelt hatte. Die kühle Nachtluft, die von den Sanddünen der Wüste in den Hafen kam, erinnerte ihn an früher.

Im Osten hatten die Lichter von Benghasi den Horizont erhellt. An jedem Ende des Piers lehnten zwei Festmacher an den Vertäupollern und warteten auf den Befehl, die Leinen loszumachen. Gegen das helle Mondlicht hoben sich ihre Körper wie dunkle unförmige Gestalten ab. Sie schienen ein Schläfchen zu halten. Ein weiterer Mann stand in der Nähe des Landungsstegs und schlürfte aus einer Tasse Tee. Genau vor dem Kommandoturm war die beeindruckende Silhouette des Musaid zu erkennen. Es sah aus wie ein Janissary, ein Angehöriger der Kerntruppe des Heeres in der Blütezeit des türkischen Kaiserreiches.

Auf der anderen Seite des Piers hatte das Schwesterschiff seines Unterseebootes gelegen, die Al Khyber, still und dunkel, wie ein totes Schiff. »Nicht verwunderlich«, dachte er. So wie sie und einige der anderen U-Boote ausgenommen worden waren, um die Al Akrab auszurüsten! Auf der anderen Seite des Hafens lag ein Schlepper mit abgeblendeten Lichtern etwas abseits von seiner eigenen Mini-Pier; an seiner Seite war ein vertrauter, langer dunkler Schatten zu erkennen. An einem weiteren Pier nicht weit weg hatten die anderen vier U-Boote der Foxtrott-Klasse jeweils in Zweierpäckchen festgemacht. Auf den Decks waren jetzt einige Gestalten zu erkennen. Schließlich war die Entsendung eines ihrer Boote zu einem richtigen Einsatz kein alltägliches Ereignis.

Der Kommandant erinnerte sich, mit seinen Blicken immer wieder die einzige Zufahrtsstraße, die von dem Hügel zum Haupteingang des Stützpunktgeländes führte, abgesucht zu haben, aber von dem Wagen mit den Stabsoffizieren war immer noch nichts zu sehen. Innerlich hatte er bereits alle Stabsoffiziere verflucht, als er endlich zwei Scheinwerferpunkte erkennen konnte.

Der Wagen raste die Straße hinunter, schneller als die meisten auf dieser unebenen, schlecht gepflasterten Straße fahren würden. Der Stützpunkt war noch gar nicht so alt, aber das Thema ›Instandhaltung‹ – ob bei Schiffen oder Straßen – spielte in der Marine seines Landes keine große Rolle. Die Scheinwerfer fegten sprunghaft über den Horizont und tauchten die Fenster der dunklen Gebäude und der Vorratsschuppen entlang der Wasserfront in helles weißes Licht, als der Fahrer des Wagens versuchte, den Schlaglöchern auszuweichen. Der Kommandant hatte sich zu seiner vollen Größe, fast ein Meter achtzig – ein Nachteil für das Leben in den beengten Räumlichkeiten eines U-Bootes – aufgerichtet, um seine Ungeduld zu unterstreichen. Er hatte über seine Schulter geblickt, um sicherzugehen, daß keiner von seiner Mannschaft auf dem Deck des U-Bootes herumlungerte, aber es waren nur die beiden Gesichter am Ausguck des Kommandoturms zu sehen und die bewegungslose Silhouette des Musaid.

Seine Befehle vom Hauptquartier der Verteidigung waren eindeutig gewesen: die offizielle Verabschiedung abwarten und dann ohne weitere Verzögerung losfahren. Er blickte wieder auf seine Uhr, als der Wagen bis auf den Pier vorfuhr. Die beiden Festmacher setzten sich auf und rieben sich die Augen, als der Lichtschein der Scheinwerfer sie erfaßte. Der Kommandant hatte bemerkt, daß der Wagen ein großer Mercedes war, kein Armeefahrzeug. Sonderbar.

Die Limousine hatte mit scharfem Bremsen gestoppt, dann waren die Scheinwerfer ausgeschaltet worden. Der Fahrer, ein massiger Mann in Zivilkleidung, hatte sich aus dem Fahrzeug gewuchtet und den gesamten Pier mit den Augen abgesucht. Der Kommandant hatte ihn nicht erkannt, aber als er sah, wer auf der Beifahrerseite ausstieg, hatte sein Erstaunen keine Grenzen gekannt. *Er selbst!* Er war vor Erregung fast erstarrt, als der Oberst auf ihn zukam. Er trug das Wüstengewand seines Beduinenstammes; seine schwarzen Augen glitzerten im Mondlicht. Der Kommandant erinnerte sich, daß eine Woge von Stolz ihn erfaßt hatte; der Oberst selbst war gekommen. Vor lauter Aufregung hatte er vergessen zu salutieren.

Hinter dem Oberst waren noch ein älterer Armeeoffizier und ein Zivilist aus dem Wagen gestiegen, aber sie waren dort stehengeblieben. Der Kommandant erkannte den Offizier: Er hatte vor dem letzten Umsturzversuch den Rang eines Generalmajors bekleidet. Aber dann hatte eine allgemeine Degradierung stattgefunden, um dem Erlaß des Obersts genüge zu tun, wonach ›Oberst‹ jetzt der höchste Rang im Lande sein sollte. Der Fahrer ließ seine Blicke noch immer aufmerksam über den Pier, das Unterseeboot und den Stützpunkt hinter ihnen schweifen.

»Muquaddam Muhammad Al Khali! Sei mir gegrüßt«, hatte der Oberst mit seiner heiseren Flüsterstimme gesagt. »Eine gute Nacht, um eine Jagd zu beginnen, glaubst du nicht auch?«

Der Kommandant versuchte krampfhaft, seine Stimme wiederzugewinnen. Sein Hals war trocken, und sein Herz schlug vor Aufregung. »Eine ausgezeichnete Nacht, Oberst. Für eine ganz außergewöhnliche Jagd.«

Der Oberst hatte gelächelt, und sein dunkles, scharfkantiges Gesicht dem U-Boot zugewandt. Seine Augen glänzten begierig und heimtückisch, als er das Boot mit seinem Blick umfing. Die Gestalten auf dem Kommandoturm waren in Regungslosigkeit erstarrt, als sie erkannten, wer da mit dem Kommandanten sprach.

»Diese Jagd muß von Erfolg gekrönt werden, Muhammad Al Khali«, sagte der Oberst beschwörend. Seine heisere, fast flüsternde Stimme, die jeder im Lande kannte, formte die Worte gestochen scharf.

»Die Schreie nach Gerechtigkeit erschallen noch immer in der Wüstenluft. Diese Mission – zweifelst du an ihrem Erfolg?«

»Nein, Oberst«, hatte der Kommandant geantwortet. »Wir kämpfen für eine gerechte Sache. Aber der Erfolg wird von mehreren Faktoren abhängen. Die amerikanische Navy ist stark und mächtig.«

Das Gesicht des Obersts verdunkelte sich, seine Lippen wurden zu einem dünnen Strich zusammengepreßt. Der Kommandant konnte seinen Blick nicht von diesem Gesicht mit seinen stechenden schwarzen Augen und den tief eingekerbten Runzeln und Falten lösen. Das Gesicht eines Schakals. Und auch das Wesen eines Schakals: grausam, zäh, intelligent und gnadenlos, wenn es um das eigene Überleben ging. Den Kommandanten durchjagte ein Angstschauer; vielleicht war er mit seiner Bemerkung über die amerikanische Navy zu weit gegangen.

»Die amerikanische Navy muß für die Verbrechen, die sie begangen hat, zur Rechenschaft gezogen werden. Für die Verbrechen gegen die Dschamahirija, das Volk, die Revolution und meine Familie«, krächzte der Oberst, und seine Stimme überschlug sich fast. Seine Augen fixierten den Kommandanten. »Auch deine Blutsverwandten, dein Volk, vergiß das nicht.«

»Jawohl, Oberst. Das habe ich nicht vergessen.«

Der Oberst hatte den Blick wieder auf das U-Boot gerichtet. »Dieses Schiff, Al Akrab, ist es einsatzbereit?« fragte er und fuhr dann fort, ohne die Antwort des Kommandanten abzuwarten.

»Al Akrab«, hatte er sinnend wiederholt, »Der Skorpion. Ein passender Name für diese Mission: Bis vor die amerikanische Küste fahren, sich in den Gewässern auf die Lauer legen, versteckt, aber den Stachel jederzeit zum Stich bereit und die Kraft, zuzustechen, wenn die Zeit gekommen ist. Haben wir dir für die Reise und die heilige Mission alles gegeben, was du erbeten hast?«

»Ja, Oberst. Alle unsere Wünsche wurden auf das großzügigste erfüllt. Wir sind bereit.«

Der Oberst hatte genickt. »Das ist gut. Der Jagd ist es wert. Ihr werdet die Amerikaner überraschen, keine Angst. Unser Sicherheitsdienst hat exzellente Arbeit geleistet. Nicht in ihren kühnsten Träumen würden sie mit so etwas rechnen.«

»Das ist unser entscheidender Vorteil, Oberst«, hatte der Kommandant erwidert und es plötzlich kaum erwarten können, wegzukommen. »Aber wir müssen losfahren, um vor der nächsten Satellitenaufklärung getaucht zu sein.«

Der Oberst hatte das Gesicht verzogen und mit den Zähnen geknirscht. »Ihre Satelliten sind das Werk des Teufels. Aber ich wollte mit dir persönlich sprechen, um dir mein Vertrauen auszusprechen. Du gehörst zu meiner Familie, Muhammad Al Khali, und ich zu deiner. In unseren Stämmen fließt das gleiche Blut. Deshalb befehligst du diesen Einsatz. Dein Pflichteifer zeichnet dich aus; du kämpfst für die gleichen Ziele, und deshalb genießt du unser Vertrauen. Und du mußt mir vertrauen. Du und deine Besatzung werdet nicht ausgesandt, um zu sterben, sondern um die schweren amerikanischen Verbrechen zu rächen. Die Dschamahirija wird dafür sorgen, daß ihr wohlbehalten zurückkehrt.«

Der Kommandant hatte in ehrerbietiger Zustimmung genickt. »Unser Vertrauen ist grenzenlos, Oberst. Wir werden Gerechtigkeit üben, so wie es geschrieben steht.«

»So gehe denn hin, Skorpion, und setze deinen Stachel gegen die gottlosen Amerikaner ein. Es ist Gottes Wille.« Dann hatte der Oberst ihn noch im traditionellen Grußritual umarmt und geküßt.

»Inschallah, Gott sei mit dir. Sein Wille geschehe.«

Der Oberst drehte sich um, geräuschlos umspielten die Gewänder seine Gestalt. Die Männer am Wagen beeilten sich, wieder einzusteigen, noch während der Oberst einstieg. Die Tür war kaum geschlossen, als der Fahrer auch schon losfuhr und die Limousine in einer einzigen Drehung auf dem Pier wendete und wieder an Land fuhr. Der Kommandant hatte aufgeatmet und der Versuchung widerstanden, sich die Stirn abzuwischen. Er hatte sich umgedreht und auf das Ende des Piers hinuntergeblickt.

»Festmachen!« hatte er gebrüllt, und die beiden Männer an jedem Pierende waren aufgesprungen. Zwei Bootsmaaten stiegen aus dem Vorderluk auf dem Deck des U-Boots herauf, einer lief nach vorne und der andere nach achtern. Er erinnerte sich, daß er noch gedacht hatte, daß sie die ganze Zeit über direkt unter dem Lukausstieg gewartet haben mußten. Wachsam und zu jeder Zeit einsatzbereit, wie das von ihnen erwartet wurde. Äußerste Wachsamkeit war das Gebot der Stunde für alle während dieser Mission. Er hatte gespürt, wie seine Nerven zu vibrieren begannen, als er schnellen Schrittes den Vorsprung hinaufgegangen war, sich nach vorne gewandt und dem Musaid zugenickt hatte und schließlich die Leiter zur Manövrierstation oben am Kommandoturm hinaufgeklettert war, durch die Abgaswolken aus den Maschinen. Der Mann auf dem Pier hatte die kurze, stählerne Stelling eingeholt; der Kommandant erinnerte sich an das schrille Geräusch von Metall, das auf Beton kratzte. Oben auf dem Kommandoturm hatte der Wachhabende über die Bordanlage gesprochen. Vorne auf dem Bootskörper hatte der Musaid die Festmacher überwacht, als sie die Taue zum Ablegen vorbereiteten.

»Klar zum Ablegen?« hatte er gefragt, als er sich in das winzige Cockpit oben am Kommandoturm zwängte. Seine Augen brannten von den Dieselabgasen, durch die er geklettert war.

»Ja, Kommandant«, antwortete der Wachhabende. »Alles ist bereit. Die Hauptmaschinenkontrolle ist in minütlicher Bereitschaft. Das war *er*, nicht wahr? Ich habe mir das nicht nur eingebildet?«

»Er persönlich. Das ist eine große Ehre. Ein glückverheißender Beginn.« Mit seinen Blick hatte er nochmals den Pier überprüft. »Sehr gut, nun denn. Leinen los.«

Der wachhabende Offizier hatte den Männern am Pierende ein Handzeichen gegeben, und die beiden Bootsmaate an Deck kappten die Festmacherleinen. Das U-Boot war sehr langsam gerollt, ein paar Grad zu jeder Seite, fast unmerklich, als zögere es, sich auf den Weg zu machen. Tief in seinem Bauch änderte sich das Geräusch der drei Hauptantriebsmotoren, als die Schiffsingenieure die Einstellung auf dem Kontrollstand neu konfigurierten. Wieder hüllte eine Rauchwolke den Pier ein. Die Männer an Deck zogen die Taue schnell an Bord, Hand über Hand, so daß sie nicht durchs Wasser gezogen wurden. Der wachhabende Offizier kletterte auf die Fuß-Reling des Cockpits hoch und lehnte sich hinaus, um die Taue vorschiffs und achtern im Blick zu haben.

Der Kommandant erinnerte sich, an Land zurückgeblickt und gesehen zu haben, wie der dunkle Wagen oben auf dem Hügel anhielt. Das U-Boot hatte schnell an Fahrt gewonnen, und die frische Nachtluft hatte die Dieselabgase weggeweht.

Der Kommandant hatte den Hafeneingang mit seinem Fernglas nach Auffälligem abgesucht. Hinter ihnen wurden die Motoren des Schleppers angeworfen, und eine große graue Rauchwolke hing über ihm, als er sich auf den Weg zu dem Pier machte, von dem sie gerade abgelegt hatten. Der Kommandant hatte dem Wachhabenden einen Stoß in die Rippen versetzt.

»Der Köder«, hatte er gesagt, »unser Platzhalter.«

»Ich hoffe, daß er auch wirklich authentisch ist«, hatte der Wachhabende geantwortet und den Kurs um ein paar Grad korrigiert, um einer Boje auszuweichen. »Man sagt ja, daß diese amerikanischen Satelliten die Schuhe, die vor dem Eingang einer Zawiya, einer Moschee, abgestellt sind, zählen können.«

Der Kommandant hatte gelacht.

»Wahrscheinlich stimmt das auch, aber was könnten sie in unserem Falle schon sehen? Eben nur, wie viele Schuhe vor dem Eingang zur Moschee abgelegt wurden! Geschwindigkeit auf zwölf Knoten erhöhen. Wir müssen unsere Tauchposition vor zwei Uhr erreicht haben.«

Das Unterseeboot hatte leicht zu stampfen begonnen, als es von den ersten Aufläufern einer stärkeren Dünung, die in den Hafen liefen und von einem entfernten Sturm über dem Mittelmeer rührten, erfaßt wurde. Die Bootsmaaten auf dem Vorderdeck versenkten die Vertäupoller, zurrten die Bootshaken fest und verstauten sie in den Hohlräumen unter der Gräting. Dabei behielten sie immer den Bug im Auge, um auf plötzlich überschlagende Wellen vorbereitet zu sein. Jeder gab dem Kommandoturm ein Handzeichen, und dann verschwanden sie durch den Lukeinstieg. Der Musaid überprüfte noch einmal alles, stieg dann ebenfalls das Vorschiff-Einstiegsluk hinab und schloß den Lukendecken hinter sich. Der Kommandant erinnerte sich an das Geräusch des Suchperiskops, das sich im eingefetteten Ausfahrrohr drehte, als der Navigator auf seiner Station unten in der Angriffszentrale die Peilung begann. Die Meeresbrise hatte frische und saubere Luft herangeführt, zur Abwechslung einmal ohne jede Spur von Sand und Staub. Das Kielwasser des Bootes hinterließ eine breite Spur auf der dunklen Wasseroberfläche, die parallel zu der glänzenden Spur des Mondscheins auf dem Wasser verlief. Der Stützpunkt lag im

Dunklen, glitt achteraus vorbei und verschwand jetzt langsam, als sie den Hafen verließen. Keiner von ihnen nahm das ständige Rumpeln und Rumoren der Dieselmotoren, die das U-Boot aus dem Hafen trugen, überhaupt noch wahr.

Der Kommandant erinnerte sich, daß er tief durchgeatmet und gespürt hatte, wie ein Adrenalinstoß durch seinen Körper fuhr. Es hatte endlich begonnen. Sie würden noch ungefähr eine Stunde fahren müssen, bis sie auf hoher See wären und tieferes Gewässer erreicht hätten. Zeit genug. Der Köder würde dann schon ihren bisherigen Platz eingenommen haben, und dieses U-Boot hier würde auf seinem Weg hinaus ins Mittelmeer bereits in den dunklen Tiefen des Golfs von Sidra verschwunden sein, unerreichbar für die forschenden feindlichen Augen dort oben im Weltraum. Selbst wenn man davon ausging, daß der Satellit auch in der Dunkelheit Aufnahmen machen könnte, was hätte sich schon verändert: Es lägen immer noch sechs alte, außer Dienst gestellte, sowjetische U-Boote der Foxtrottklasse an ihren Piers – wie schon seit neun Monaten. Das war ihre gesamte Unterseeboot-Flotte, die die Amerikaner aber nicht für einsatzfähig hielten und deshalb auch nicht als Bedrohung ansahen. Bei diesem Gedanken hatte er in der Dunkelheit lautlos gelacht. Zu neunzig Prozent lagen die Amerikaner richtig! Der Skorpion war in das tiefe Meer entschlüpft, und niemand würde ihn vermissen.

Er wurde wieder in die Gegenwart zurückgeholt, als dem Steward draußen vor dem Vorhang zur Offiziersmesse Besteck und Silberplatten hinfielen. Er rieb sich mit beiden Händen durchs Gesicht und überlegte, wie er weiter vorgehen sollte. Gebrochene Geräusche des Lebens an Bord eines getauchten U-Bootes drängten sich in seine Überlegungen und störten seine Konzentration. Ihm war bewußt, daß seine Drohung, den nächsten, der einen schwerwiegenden taktischen Fehler begehen würde, zu exekutieren, extrem war, und daß er sie wahrscheinlich bald abmildern müßte. Aber diese Mission war zu wichtig, um etwas zu riskieren. Wenn er ihre Wachsamkeit mit Todesdrohungen fördern mußte, dann war ihm auch dieses Mittel recht. Ihre Marine hatte nur diese eine Chance, den arroganten Imperialisten einen Schlag zu versetzen.

Er nahm die Pistole vom Tisch und steckte sie in das Halfter zurück. Er machte sich auf den Weg zur Zentrale; schweigend folgte ihm der Musaid, der draußen im Gang gewartet hatte. Er kletterte die kurze Stahlleiter hinauf und sah sich um. Die Wache war vollständig angetreten, Tiefenrudergänger, Steuermann, Tauchoffizier, Sicherheits-Offizier. Sie grüßten ihn wie immer. Also hatten sich seine Befehle noch nicht herumgesprochen. Er überflog die Instrumenten-Anzeiger. Das Boot fuhr nullastig, in fünfundachtzig Metern Tiefe, mit südlichem Kurs, fort von dem gefährlichen Kontakt, den sie nordwestlich geortet hatten. Der Musaid ging hinüber zum Standort des Tauchoffiziers und stellte sich hinter den Tiefenrudergänger.

»Lage«, befahl der Kommandant, und nahm seinen Standort in der Nähe des Periskopschachts ein.

»Tiefe fünfundachtzig Meter, Trimm null, eine Welle, Geschwindigkeit drei Knoten, Schleichfahrstufe zwei«, meldete der Wachhabende, ein junger Palästinenser. Palästinenser waren die besten Offiziere, überlegte er, smart, schnell und pflichteifrig. Und rachsüchtig. Das war wichtig.

»Wir haben einen interessanten Kontakt geortet«, fuhr der wachhabende Offizier fort. »Es scheint sich um einen Zerstörer nordwestlich von uns zu handeln, mit Sonar im Aktivmodus.«

Der Kommandant ging hinüber zur Sonar-Anlage. »Audio einschalten«, befahl er.

Der junge Beduine, der das Gerät bediente, hatte das beste Gehör der gesamten Unterseeboot-Marine. Während er weiter konzentriert horchte, griff er nach oben und betätigte einen Schalter. Augenblicklich war die ganze Kommandozentrale von dem gesamten Lautspektrum des Lebens unter Wasser erfüllt: das zischende Rollen der See selbst, das Knacken, Brechen und Ticken, und da, ganz in der Ferne, war das deutliche ri-i-i-i-ng eines Sonars im Aktivmodus zu hören. Der Kommandant fluchte stillschweigend vor sich hin.

»Audio abschalten«, befahl er. Er bemerkte, daß der Stellvertretende in die Zentrale gekommen war, und wandte sich an den Wachoffizier.

»Hat er sich pingend genähert, oder hat er erst auf seiner jetzigen Position mit dem Pingen angefangen?«

»Wir notierten die Schraubenbewegung eines sich nähernden Schiffes, zusammen mit anderen Schiffsbewegungen. Es ist ein reger Schiffsverkehr zum und vom Golfstrom zu beobachten«, antwortete der wachhabende Offizier. »Plötzlich begann dieses Schiff zu pingen.«

Der Palästinenser schaute zum Stellvertreter hinüber; er schien zu erkennen, daß etwas Besonderes im Gange war.

Kommandant Al Khali fluchte laut. Er ging davon aus, daß sich dieses Kriegsschiff leise genähert hatte und dann erst begonnen hatte, nach etwas zu suchen. Hätte das Schiff schon gleich nach Verlassen des Stützpunktes angefangen zu pingen, hätte das lediglich auf einen Übungseinsatz zum Testen des Sonars, des Navigations- und Entfernungsmeßgerätes zur akustischen Peilung besonders von Unterwasserobjekten, hingedeutet. So aber, nachdem das Schiff erst in dem Gebiet mit dem Pingen begonnen hatte, in dem die Skorpion heute morgen unter Umständen hätten gesehen werden können, hatte das eine völlig andere Bedeutung. Es mußte der Fischkutter gewesen sein. Sie mußten gesehen worden sein.

»Kurs Ost 090, in den Golfstrom. Wenn wir die seitliche Temperaturgrenzschicht erreicht haben, bleiben wir in dieser Schicht und nehmen Kurs Süd, in entgegengesetzter Richtung zu dem Zerstörer. Jetzige Tiefe beibehalten.«

»Wird ausgeführt, Kommandant.«

Der Wachoffizier gab schnell die Befehle an den Rudergänger. Das Unterseeboot fuhr völlig lautlos, wenn es unter Wasser von den batteriegespeisten Elektromotoren angetrieben wurde. Es krängte jetzt leicht, als es sich nach Backbord drehte. Der Wachoffizier dachte mit – keine großen Ruderanstellwinkel und daher auch keine zurückgebliebenen Wasserwirbel, die dem feindlichen Sonar als Spur dienen könnten. Der Kommandant nickte anerkennend.

Er ging zurück zur Sonar-Anlage und klopfte dem Bootsmaat leicht auf die Kopfhörer. Ohne ein Wort nahm der Bootsmaat sie ab und reichte sie dem Kommandanten, der sie aufsetzte. Er horchte mit gespannter Aufmerksamkeit und konzentrierte sich auf Frequenz und Typ des Pingens.

»Mit welcher Sonar-Ausführung haben wir es zu tun?« fragte er den Bootsmaat.

»Amerikanisch, SQS-23«, antwortete der junge Mann. »Eine alte Sonar-Anlage.« Der Junge hatte die Sonar-Ausbildungsstätte der sowjetischen Navy in Sewastopol besucht und dort sogar die Russen in Erstaunen versetzt. Er verfügte über ein Gehör, das feinste Geräusche unterscheiden konnte, und er liebte seine Arbeit.

Aha, dann muß es also ein älteres Schiff sein, dachte der Kommandant. Der aktive Ping-Modus ließ klar auf ein älteres Schiff schließen – wahrscheinlich mit sehr geringer oder gar keiner Tauglichkeit im Sonar-Passiv-Modus. Doppelschrauben deuteten auf einen Zerstörer und nicht auf eine Fregatte. Auf einem alten Zerstörer gab es auch keine dieser verfluchten Helikopter. Vielleicht hatte das Glück sie doch noch nicht verlassen.

Er zwang sich zur Konzentration und versuchte, die Geräusche des Lebens unter Wasser zu verdrängen. Die Ping-Frequenz blieb gleichmäßig, erhöhte sich nicht und fiel nicht ab. Kein erkennbarer Doppler-Effekt. Also betrieben sie eine Rundum-Suche.

Der Kommandant hatte bewußt diese Gegend als Versteck ausgewählt, damit das im Abstand von einigen Tagen durchzuführende Schnorcheln problemlos vonstatten gehen konnte. Das Operationsgebiet des Stützpunktes Jacksonville war voll von dieselbetriebenen Fischkuttern, Vergnügungsdampfern und durchfahrenden Handelsschiffen. Die nächtlichen Geräusche des Dieselmotors eines Unterseebootes bei Schnorchelfahrt würden sich für ein Sonar im Passivmodus wie jede andere Dieselmaschine anhören. Solange sich auf den Meeren kleine und mittelgroße Schiffe mit Dieselmotoren tummelten, war das eine perfekte Tarnung. Das galt allerdings nur, solange man sich nicht einem Fischerboot auf dem Präsentierteller darbot. Er wäre am liebsten auf den Wachhabenden von heute morgen losgestürmt und hätte ihn gleich an Ort und Stelle erschossen, im Angesicht der Gefahr, die er durch seinen Fehler heraufbeschworen hatte. Was ihn jedoch unter anderem davon abhielt, war das Risiko, daß der Feind es hören könnte.

Er nahm die Kopfhörer wieder ab und gab sie zurück. Er mußte nachdenken. Wie jeder U-Bootfahrer hätte er am liebsten das Periskop ausgefahren, um zu sehen, was oben los war, aber das wäre in der jetzigen Situation, zu Beginn einer Suchaktion, der reine Wahnsinn. Vielleicht später, sagen wir gegen drei Uhr, wenn ihre Verfolger müde und gelangweilt sein würden.

»Grenzschichten?« fragte er.

»Jawohl, die erste Temperaturgrenzschicht ist in fünfundzwanzig Metern Tiefe; eine zweite in circa achtzig Metern Tiefe.«

Der Kommandant dachte nach. Zwei Schichten, das war gut. Der junge Palästinenser hatte wieder einmal mitgedacht und das Boot genau unter die zweite Schicht manövriert. Der Ozean teilte sich, besonders in der Nähe der Wasseroberfläche, in horizontale Wärmeschichten wie ein riesiges, flüssiges Parfait. In den warmen Gewässern vor der Nordküste Floridas war die erste Schicht normalerweise zwanzig bis fünfundzwanzig Meter tief mit einer Wassertemperatur von etwa fünfundzwanzig Grad Celsius. Die nächste Schicht war wesentlich kälter und unterschiedlich dick. Die Schichten unter diesen ersten beiden waren viel kälter und dichter. Die Grenzen zwischen den Schichten verhielten sich wie die Grenzlinie zwischen Luft und Wasser, die die suchenden Schallwellen eines Sonar-Gerätes brachen, so wie das Bild eines Fisches unmittelbar unter der Wasseroberfläche in einem Teich nicht die Stelle ist, an der sich der Fisch gerade befindet. Dieser Effekt konnte also eine gute Tarnung sein für ein Objekt, das so manövrierbar war, daß die Grenzschicht immer zwischen ihm und dem suchenden Sonar blieb. Mit den beiden Schichten befanden sie sich in Sicherheit, und wenn sie erst einmal in die vertikale Seitenwand des Golfstroms eingetaucht waren, wo es zu den beiden horizontalen Schichten auch noch vertikale Gradienten gab, wären sie vollkommen außer Gefahr.

Er spitzte seine Lippen. Vielleicht würden sie dann zurückkommen, um sich den Zerstörer einmal anzusehen. Er wollte unbedingt wissen, wer ihr Verfolger war, falls sie tatsächlich verfolgt würden. Es war zwar riskant, aber unter den gegebenen Wasserbedingungen wäre auch ein Sonar im Aktivmodus nach wenigen tausend Metern blind. Eine Schallmessung war völlig unmöglich. Er traf seine Entscheidung: Sie würden für eine Weile aufmerksam weiterhorchen, Distanz zu dem Zerstörer halten und in den wirbelnden Schichten am Rande des Golfstroms unsichtbar bleiben. Wenn sie einen weiteren Überwasserkontakt, der das Radarbild ihres Periskops tarnen könnte, orteten, würde er zurückdriften, östlich des Zerstörers bleiben, immer im Schutze des stürmischen Golfstroms, und ihn sich einmal ansehen. Eine Übung, ja, das wäre eine Übung, eine Art Generalprobe für den Tag, an dem die Coral Sea auf ihrem Weg zum Hafen auftauchen würde. Übung macht den Meister. Daran glaubten sogar die Amerikaner.

Er bemerkte, daß sein Stellvertreter ihn aufmerksam beobachtete. Der Musaid hatte wie versprochen seine Position in der Zentrale eingenommen. Der Captain entschied sich, die Kommandozentrale zu verlassen, damit seine Befehle mitgeteilt werden konnten.

»Ich bin in meiner Kajüte zu finden«, teilte er mit. Ich werde dort zu Abend essen. Beginnt mit der Passiv-Peilungsanalyse. Ich möchte seinen Bedrohungsradius ermittelt haben. Ruft mich, falls das Signal lauter wird oder falls der Doppler weiter zunimmt.«

»Ja, Kommandant«, erwiderte der wachhabende Offizier.

»Du hast sie auf eine gute Position manövriert, Yassir«, sagte er zum Wachhabenden.

»Vielen Dank, Kommandant.«

KAPITEL SECHS

USS GOLDSBOROUGH, Einsatzgebiet der Mayport-Flotte
Donnerstag, 10. April, 20 Uhr

»Captain in Zentrale«, schallte es durch den Raum, als Mike die abgedunkelte Gefechtszentrale betrat. Das ASW-Team war um den Hauptkartentisch versammelt, auf dem der Plan für die nächtliche Suchaktion ausgebreitet war. Er ging zu dem Tisch hinüber. Der Weapons Officer, der gleichzeitig als Evaluierer die Lage einzuschätzen hatte, grüßte ihn.

»N'Abend, Captain, Sir. Die Geschwindigkeit beträgt zwölf Knoten. Wir sind bei der vierten Teilstrecke der erweiterten Suchquadrat-Aktion.« Er wies auf ein kleines Scheinwerferlicht, das unter der Glasabdeckung des Kartentisches angebracht war und die tatsächliche Position der Goldsborough in Relation zu den eingezeichneten und markierten Strecken der Suchquadrate auf den Plan projizierte.

»Sensoren-Status?«

»SPS-10 Seeraumüberwachungs-Radar aktiviert; SPS-40 Luftraumüberwachungs-Radar in Bereitschaft, TACAN in Bereitschaft, alle Feuerleitradars in Bereitschaft, Sonar aktiv, Echolot ausgeschaltet, Anweisungsradar aktiviert.«

»Sehr gut. Wie sehen die Sonar-Verhältnisse aus?«

»Total beschissen, und wahrscheinlich kommt es noch schlimmer«, antwortete der Weapons Officer mit einem schiefen Grinsen. »Im Moment verschrecken wir hier nur ein paar Millionen Garnelen, die gar nicht wissen, wie ihnen geschieht, und wahrscheinlich laden wir die Gegend um den Bug herum mit soviel Energie auf, daß es da noch wochenlang leuchten wird.«

»Ihre ausgesprochenen diplomatische Art ist unbezahlbar, Weps! Aber Sie können mir ruhig ganz unverblümt sagen, wie es aussieht . . .«

Die Männer am Kartentisch grinsten und der Weapons Officer schüttelte den Kopf. In unmittelbarer Nähe des Kartentisches stand ein Computer. Der Weps zeigte auf das Schallwellen-Diagramm, das auf dem PC-Bildschirm flimmerte.

»Wir haben die erste Schicht in sechsundzwanzig Meter Tiefe und eine weitere bei ungefähr achtzig Meter. Nach bestmöglicher Schätzung unseres zuständigen Navy-Gurus liegt der westliche Rand des Golfstroms etwa zehn Meilen östlich unserer jetzigen Position. Die Injektions-Temperatur hält sich bei circa einundzwanzig Grad Celsius, aber gelegentlich treffen wir auch schon auf fünfundzwanzig Grad Celsius Wassertemperatur, so daß wir uns also genau über der Temperaturgrenzschicht befinden, wobei ich hier von den vertikalen Schichten spreche. Sonar zeigt an, daß wir uns vor Störstrahlungen kaum noch retten können.«

Captain Montgomery zog sich einen dreibeinigen Schemel zu dem Tisch herüber und ließ seinen schweren Körper vorsichtig darauf nieder. Es herrschte Schweigen in der Zentrale; das Wachteam konzentrierte sich auf die ASW-Aufnahme. Die großen Plottafeln aus Plexiglas, auf denen sonst die Luftraumaufnahmen zu sehen waren, lagen im Dunkeln. Der Plottisch war jeweils mit zwei Leuten besetzt: dem Plotter, der auf dem Radarschirm oder einem entsprechenden Aufsatzgerät Bewegungsvorgänge von fahrenden Schiffen oder Objekten in bestimmten Zeitabständen festhielt und jetzt die Position der Goldsborough in Abständen von drei Minuten einzeichnete, um die zurückgelegte Strecke zu markieren, und dem Melder, der für die Kommunikation mit der vier Decks tiefer gelegenen Sonar-Kontrolle zuständig war. Der Evaluierer, der ebenfalls an der BÜ-Anlage hing, stand mit dem Brückenoffizier und dem Wachhabenden Offizier unten im Sonar-Kontrollraum in Verbindung.

»Irgendwelche Überwasser-Kontakte?«

»Nicht viele – ein paar Fischerboote, die nachts auf Fang gehen, gelegentlich ein Handelskahn . . . und natürlich die übliche Versammlung von Ausflugsbooten, Schmugglern und Drogenhändlern. Nichts Aufregendes.«

»Irgendein anderes Navy-Schiff in der Nähe?«

»Eine K-mart-Fregatte, fünfzehn Meilen nördlich, die entsprechend dem für diese Woche herausgegebenen Einsatzplan einen ›volle-Kraft-Voraus-Lauf‹ macht und die Maschinen austestet. Sonst nichts. Damit gehört uns heute nacht das gesamte Einsatzgebiet ganz allein.«

»Uns und unserem Unterseeboot.«

Der Weapons Officer schnaufte. »Ja, Sir. Richtig. Wir haben ja unser ureigenes Unterseeboot. Captain, wenn da wirklich so 'ne stinkende Röhre von U-Boot rumschwimmt und sich verstecken will, dann gelingt ihm das auch.«

Der Captain beugte sich über die Kartenzeichnung und vertiefte sich in das Bild, das über die Überwasser-Kontakte und den vorgesehenen Streckenverlauf bei der Suchquadrat-Aktion Aufschluß gab. Bei der erweiterten Suchquadrat-Aktion handelte es sich um eine klassische Methode, die dann eingesetzt wurde, wenn nur vage Anhaltspunkte über den Standort des gesuchten Objektes vorlagen. Richtig berechnet, erlaubte der Streckenverlauf die Durchsuchung eines größtmöglichen Gebietes unter geringstmöglichem Zeitaufwand. Das Schiff würde zwei Meilen in östlicher Richtung fahren, sich dann nach rechts wenden und drei Meilen in südlicher Richtung zurücklegen, dann vier Meilen Richtung Westen fahren usw. Die Strecken waren dem vorgegebenen Wirkungsbereich des Sonars angepaßt, so daß während der ganzen Nacht zu beiden Seiten des Schiffes eine akustische Peilung zum Aufspüren über Grund laufender bzw. getauchter Objekte durchgeführt werden konnte.

Montgomery und seine Männer wurden von einer Ansage über das 29MC-System, die Bordsprechanlage, überwacht, die mitteilte, daß Sonar übernommen hatte.

»Sonar-Kontakt, Peilung eins-eins-null, Abstand zwo-vier-fünf-null, kein Doppler, Zielpegel mittel, Klassifizierung folgt.«

Die Männer am Kartentisch zeichneten den Kontakt mit Rotstift auf die Karte ein und warteten auf die weitere Klassifizierung.

»Brücke meldet, kein Kontakt auf der angegebenen Peilung«, sagte der Weapons Officer. Dann ließ sich wieder die Stimme aus der 29MC vernehmen

»Sonar-Kontrolle klassifiziert Kontakt nicht als U-Boot. Wahrscheinlich Meeresleben.«

Die Erleichterung war allen anzumerken. Der Captain stand auf.

»Davon werden wir wahrscheinlich während der Nacht noch

eine ganze Menge mehr kriegen. Bleibt auf dieser Route – sie ist so gut oder schlecht wie jede andere. Der Radargast, der das Seeraumüberwachungs-Radar bedient, soll verstärkt auf plötzlich auftauchende Objekte achten, besonders auch auf dem Anweisungsradar. Ich bin in meiner Kajüte.«

»Aye, aye, Sir.«

Der Captain verließ das CIC und ging zurück zur Brücke. Es war eine klare Nacht, der Himmel hing voller glitzernder Sterne, und dazwischen stand der abnehmende Mond. Die kühle Nachtluft tat Montgomery gut. Am Horizont blinkten einige Lichter der Fischkutter und kleineren Boote. Am Morgen würden sie wohl Dunst und Nebel bekommen, da der Taupunkt seinen Sättigungsgrad über den östlichen warmen Gewässern des Golfstroms erreichte. Er kletterte für einige Minuten in seinen Kapitänsstuhl.

Wenn da wirklich ein U-Boot draußen wäre, fragte er sich, wer in aller Welt könnte das sein? Unterseeboote tauchten doch nicht einfach aus dem Nichts hier auf und verschwanden dann wieder. Amerikanische U-Boote durchfuhren das Gebiet die ganze Zeit – zu Übungszwecken für die Überwasser-Einheiten und die ASW-Luftwaffen-Staffeln des Marinefliegerstützpunktes in Jacksonville auf ihrem Weg zu anderen Einsätzen. Unterseeboote von verbündeten Nationen nahmen manchmal die Trans-Atlantik-Route, um an Flottenübungen teilzunehmen, aber das war ziemlich selten der Fall. Die Meldung dieses Fischers hatte sich so angehört, als wäre das U-Boot tatsächlich an der Wasseroberfläche gesehen worden. Ein U-Boot. Das ließ eigentlich eher auf ein konventionelles, diesel-elektrisch betriebenes Boot schließen als auf ein nuklear betriebenes, das fast nie auftauchte, weil dazu einfach keine Notwendigkeit bestand. Hinzu kam, daß der Fischer von einem Boot und nicht von einem Periskop gesprochen hatte.

Der Bootsmann brachte ihm einen Pappbecher mit Kaffee ohne Milch, mit zwei Stückchen Zucker, so wie der Captain ihn gern trank. Er murmelte ein ›Danke‹ und lehnte sich wieder in seinen Stuhl zurück. Ein Diesel-Boot also. Aber wem gehörte es und was suchte es hier in unmittelbarer Nähe des Golfstroms? Jacques Costeau hatte sich ein U-Boot zugelegt und führte neue

Unterwasser-Forschungen durch! Scherz beiseite – die ganze Sache ging irgendwie nicht auf und ergab keinen Sinn. Die Sowjets würden doch kein Diesel-Boot quer durch den Atlantik schicken, um irgendwelche nachrichtendienstliche Tätigkeiten auf See auszuführen – da käme schon eher ein Atom-U-Boot in Frage. Aber jede Bewegung der sowjetischen Atom-U-Boote wurde vom Nachrichtendienst der Navy peinlichst genau beobachtet.

Es gab eine weitere Meldung über einen Sonar-Kontakt, der aber kurze Zeit später auch wieder als Meeresleben klassifiziert wurde. Der Golfstrom war wie die Aorta des Atlantiks: sie strotzte nur so von lebenden Organismen, die sich in einer nie versiegenden, wimmelnden Flut die Ostküste der Vereinigten Staaten hinaufpumpte, um eine Nahrungskette zu erhalten, die sich von Florida bis hinter Island erstreckte. Aber es war sicher kein guter Platz für eine ASW-Übung, dachte er. Das war, als wollte man in einem vollbesetzten Fußballstadion eine einzelne Unterhaltung heraushören. Durch den wirbelnden Strudel des Lebens unter der Meeresoberfläche, den ungestüm brandenden Wasserfall, der sich mit einer Geschwindigkeit von bis zu drei Knoten in Richtung Norden voranschob, und das Kaleidoskop von Temperaturgradienten entstanden in der See dreidimensionale Schattenzonen, in denen sich ein größeres Objekt mühelos verstecken konnte. Bei derartigen Bedingungen konnte ihr Sonar nicht mehr viel ausrichten, da die Schattenwellen gebrochen und abgelenkt wurden; aktives Sonar hatte hier die gleiche Wirkung wie Gewehrsalven in einem tiefen Canyon. Ihm war völlig klar, daß ein Unterseeboot, das nicht darauf angewiesen war, sich von oben ein Bild zu machen, sehr viel besser über die Gegebenheiten Bescheid wußte als ein Überseeschiff. Er seufzte laut. Sie würden das Spiel mitspielen, nichts finden und zurückfahren. Ein wahrscheinlich perfekter Auftrag für ein Paar, das seine besten Zeiten hinter sich hatte: Montgomery und die Goldborough.

Er dachte über seine sich dem Ende zuneigende Karriere bei der Marine nach. Das war nicht immer so gewesen. Er war im Mittleren Westen auf die Universität gegangen und hatte sein Studium dank eines Navy-ROTC-Stipendiums mit einem Diplom in

Betriebswirtschaft gekrönt. Außerdem konnte er noch einige Auszeichnungen in Football vorweisen. Seine Eltern waren mächtig stolz gewesen, als ihm das Offizierspatent erteilt worden war. Als erster in der Familie konnte er einen goldenen Streifen am Ärmel vorweisen. Sein erster Einsatz hatte ihn auf einen Zerstörer der Pazifikflotte geführt, wo er – während des ersten Jahres seiner Marinezugehörigkeit – den besonderen Vergnügungen, die es mit sich brachte, ein lediger, junger Offizier im exotischen Orient zu sein, frönen konnte. Im zweiten Dienstjahr hatte er eine bestrickende Blondine aus San Diego geheiratet, aber dann war Vietnam wie ein Wirbelsturm über den westlichen Horizont hinweggefegt, und die Einsätze auf seinem Zerstörer hatten sich in eine strapaziöse Schinderei verwandelt, bei der sechs Monate Dienst in den Staaten mit sieben oder manchmal acht Monaten Einsatz in Übersee, in Reichweite der Küstenartillerie vor der Küste Nord- und Süd-Vietnams, wechselten.

Seine erste, nur kurzwährende Ehe war diesem Einsatzrhythmus zum Opfer gefallen. Seine junge Frau hatte sehr bald genug davon gehabt, immer allein zu sein, und als er eines Tages von einem Einsatz in Vietnam zurückkam, fand er nur noch das Schreiben eines Rechtsanwaltes vor, das ihn darüber informierte, daß seine Frau wegen seelischer Grausamkeit die Scheidung eingereicht habe und beabsichtigte, eine neue Ehe einzugehen – mit besagtem Rechtsanwalt. Sie war aus ihrer gemeinsamen Mietwohnung in San Diego ausgezogen. Dort staubten die Dinge, die sie zurückgelassen hatte, langsam ein: seine Zivilkleidng, die Hi-Fi-Anlage und seine im Entstehen begriffene Buchsammlung. Aus dem Brief des Anwalts ging hervor, daß sie keinerlei Ansprüche an ihn stellte, weder in Form von Unterhalt noch in Form von gemeinsamem Eigentum. Ihr neuer Ehemann würde ihr ein besseres Leben bieten. Er hatte anschließend nur einmal versucht, mit ihr Kontakt aufzunehmen, und die Unterhaltung war wie mit einer völlig Fremden gewesen. Er war von der Art ihres kalkulierten und nüchternen Abgangs ziemlich niedergeschmettert gewesen, und daran hatte auch der wohlgemeinte Trost von älteren und in solchen Dingen erfahrenen Offizieren an Bord, die ihm sagten, daß er doch ziemlich gut davongekommen sei, nichts geändert.

Als Reaktion auf dieses plötzliche Ende seiner Ehe hatte er sich mit ganzer Kraft auf seinen Job gestürzt wie jemand, der mit seinem Leben sonst nichts anzufangen weiß. Nach weiteren zwei Jahren Dienst auf einem Schiff hatte er sich – gegen den Rat seines Ersten Offiziers und des Captain, die die Tätigkeit bei der Süßwasser-Marine nicht als karrierefördernd betrachteten – freiwillig zu den Patrouillen-Booten gemeldet, die für den Einsatz auf den Flüssen im Landesinneren aufgestellt wurden. Nach fast vierjähriger Tätigkeit in einer immer bürokratischer werdenden, immer stärker von Papierkram bestimmten Navy hatte ihn das Neue am Einsatz auf den mit Geschützen bewaffneten Patrouillenbooten gereizt und ihn in diesen exotisch-fremd anmutenden Landkrieg in Süd-Ostasien hineingezogen. Anstatt seinen Kriegsdienst gemütlich und sicher auf einem Schiff auf See abzuleisten, mit drei Mahlzeiten am Tag in der Offiziersmesse, gemachtem Bett und frischer Wäsche sowie Freistunden für den Verwaltungskram, hatte er sich dafür entschieden, am Puls des Geschehens zu sein, dort, wo es am gefährlichsten war.

Seine erste nächtliche Freindberührung in einem engen Wasserweg in der berüchtigten Geheimzone von Rung Sat hatte ihn allerdings sehr schnell geheilt und ihm jegliche Illusion über eine Art von exotischem Hollywood-Abenteuer geraubt. Das plötzliche Dröhnen von Maschinengewehr-Artilleriefeuer, das auf seine Boote gerichtet war, Mündungsfeuer, das aus dem schwarzen Dschungel links und recht neben ihm einschlug, das Zerbersten der Windschutzscheiben auf den Booten im Kugelregen, heiße Messingpatronen-Hülsen, die von den oben montierten Fünfzig-Millimeter-Zwillingsflak-Geschützen ins Steuerhaus prasselten, die Schreie der Verwundeten im Wasser und an Land hatten ihm die grausame Realität des Nahkampfes vor Augen geführt. Seit dieser Nacht war nichts mehr wie vorher. Er hatte seine dreizehn Monate durchgestanden, wild entschlossen zu überleben und seine Männer und seine Boote sicher nach Hause zu bringen, und das war ihm auch gelungen.

Nach diesem ›Ausflug‹ ins Landesinnere wurde er für zwei weitere Jahre Einsatz im Kampfgebiet auf einen anderen Zerstörer und später auf einen Raketenkreuzer abkommandiert, wo er zum Lieutenant Commander befördert wurde und somit seiner bereits recht eindrucksvollen Sammlung einen weiteren Streifen hinzufügen konnte – die Früchte seines sechsjährigen Einsatzes in diesem scheinbar nie endenwollenden Krieg in Vietnam. Gegen Ende seines zweiten Einsatzjahres auf dem Träger wurde er in eine Kollision auf See verwickelt und anschließend auf ein anderes Schiff der Pazifikflotte beordert. Nach zwölf Jahren bei der Marine konnte er auf mehr Dienstjahre auf See zurückblicken als die meisten Offiziere in ihrer gesamten zwanzigjährigen Laufbahn. Das Personalbüro hatte danach auf einen Landeinsatz gedrängt, aber das Stigma, das ihm seit dem Zusammenstoß anhaftete, hatte der Zuteilung eines Einsatzes als Erster Offizier im Wege gestanden, so daß er lieber einen weiteren Einsatz auf See durchsetzte, diesmal im Stab einer Träger-Staffel. Die zwei Jahre dort im Stab hatten seinen Horizont enorm erweitert und dazu beigetragen, den Makel der Kollision zu beseitigen. Nach dem Einsatz im Stab sowie einer sechsmonatigen Vorbereitung auf dem Navy-Schulungs-Institut für Erste Offiziere in Newport, hatte man ihm sofort den Job eines Ersten im Range eines Lieutenant Commander zugeteilt.

Dieser Job führte ihn zur Abwechslung einmal in die Atlantik-Flotte, fand aber im wesentlichen an Land statt. Sein Schiff war zu zwei jeweils sechsmonatigen Einsätzen im Mittelmeer eingeteilt, bei denen offenbar hauptsächlich Wert auf frische Farbe, poliertes Messing und blankgewienerte Schuhe gelegt wurde. Ein stärkerer Kontrast zu den rohen und ungeschliffenen Umgangsformen in der Pazifik-Flotte nach den langen Kriegsjahren war kaum denkbar. Es war auch ein starker Kontrast zu dem Freilauf und der Selbstständigkeit, die der Einsatz in Vietnam mit sich gebracht hatte. Mike Montgomerys undiplomatischer Arbeitsstil fiel nun ziemlich deutlich auf. Nacheinander versuchten zwei seiner Befehlshabenden in väterlicher Zuneigung Mike die Notwendigkeit eines liebenswürdigen politischen Verhaltens nahezubringen, vor allem, je mehr die Zuteilung eines Kommandos in greifbare Nähre rückte. Sein zweiter CO hatte ihn dazu überredet, zum ersten Mal in fünfzehn Jahre eine Tätigkeit an Land anzunehmen, und zwar im Hauptquartier der Zerstörer-Streitkräfte der Atlantik-Flotte: Dadurch sollte Mike endgültig das Grüne hinter den Ohren loswerden, was politisch-taktisches Verhalten anging.

Er verbrachte drei Jahre im Hauptquartier und wurde während dieser Zeit auch zum Commander ernannt. Allerdings wurde ihm erst im dritten Jahr das Kommando auf einem Schiff angetragen, und dies nur, weil sein Admiral Präsident des Auswahl-Komitees war. Nachdem die Liste mit den für ein Kommando vorgesehenen Namen veröffentlicht worden war, hatte der Chef des Stabes deutlich gemacht, daß er in der Beurteilung von Mikes Verdiensten während seiner langen Tätigkeit auf See und besonders im Krieg, durch die er sich von allen anderen Kandidaten abhob, mit dem Admiral übereinstimmte; allerdings hätten der Makel einer Kollision auf See zusammen mit Mikes eigenwilligen, unduldsamen Ansichten über die Navy-Einrichtungen an Land ihn fast um die Zuteilung eines Kommandos gebracht. Als ihm schließlich ein Kommando offeriert wurde, hatte der Chef des Stabes ihm auch geraten, nicht zu versuchen, ein besseres zu erhalten, es würde kein zweites geben. Auf diese Weise war er auf der alten Goldy gelandet, einem Schiff, das in weniger als einem Jahr außer Dienst gestellt werden sollte und mit dem er jetzt, in dieser herrlichen Nacht, im Einsatzgebiet vor der Küste Floridas ausgerechnet nach einem U-Boot suchen sollte. Er seufzte wieder und glitt aus seinem Stuhl. Langsam begann er das Wochenende herbeizusehnen.

»Ich bin in meiner Kammer zu finden, OOD.«

»Aye, aye, Sir. Möchten Sie bei Kontakten verständigt werden.«

»Nur wenn sie als mögliches U-Boot klassifiziert werden, Frank.«

»Aye, aye, Sir. Dann werden wir Sie wohl kaum benachrichtigen müssen.«

»Wahrscheinlich wohl nicht.«

KAPITEL SIEBEN

Das Unterseeboot AL AKRAB, getaucht;
Freitag, 11. April, 3 Uhr 15

Der Kommandant, dessen hageres Gesicht durch den Mangel an Schlaf noch angespannter wirkte, war auf dem Weg in die Zentrale. Das trübe rote Licht im Haupteingang ließ sein Gesicht gespenstisch grau erscheinen – mit dunklen Schatten unter den Augen. Muhammad Al Khali kletterte die kurze Leiter zur Zentrale hoch und bemerkte augenblicklich die veränderte Atmosphäre: Die Anspannung der Wachhabenden war deutlich spürbar; nur der wachhabende Offizier, derselbe, der am gestrigen Morgen das Boot quergelegt hatte, schaute ihn direkt an, wobei sein Gesicht zu einer fahlen Maske erstarrte. Die Androhungen vom Vortag hatten sich also herumgesprochen. In einer Ecke der Zentrale hatte der Musaid seinen mächtigen Körper in einen Stuhl gezwängt und überwachte die Arbeit des Tiefenrudergängers und des Steuermanns – wie eine steinerne Palastwache. Auch er sah nicht aus, als hätte er besonders viel geschlafen.

»Lage?«

Der wachhabende Offizier räusperte sich nervös.

»Lage: das feindliche Schiff ist weiterhin west-nordwestlich von unserer Position. Das passive Peilungsverfahren ergibt einen gegenwärtigen Abstand von ungefähr zweiundzwanzigtausend Metern. Aber – hier handelt sich sich um einen zusammengesetzten Wert. Es geht nach einem bestimmten Suchmuster vor, wodurch es sich manchmal etwas weiter von uns entfernt und dann wieder näher kommt. Unsere Tiefe beträgt einhundert Meter, die Sekundärschicht ist vor etwa einer Stunde etwas abgesunken. Die verfügbare Batteriestärke beträgt zweiundneunzig Prozent.«

Der junge Offizier, der offensichtlich beduinisch-ägyptischer Abstammung war, hatte Schweißperlen auf der Stirn, obwohl die Temperatur in der Zentrale nicht mehr als vierundzwanzig Grad Celsius betrug. Der Kommandant bestätigte die Meldung nicht wie sonst üblich, sondern stierte weiterhin auf den wachhabenden Offizier. Die anderen Wachhabenden, denen das ausdauernde Schweigen langsam unheimlich wurde, rührten sich nicht und beschäftigten sich weiter intensiv mit ihren Instrumenten. Volle dreißig Sekunden vergingen, bevor der Kommandant seine Augen von dem wachhabenden Offizier löste; sein Blick hatte die im Raum stehende Todesdrohung erneuert, die die gesamte Mannschaft schon seit Stunden lähmte.

»Bericht über Überwasser-Kontakte.«

Der wachhabende Offizier schluckte, warf einen Blick auf die Statusanzeige über dem Torpedo-Kontrollstand und fuhr dann fort: »Jawohl. Wir haben außer dem feindlichen Zerstörer fünf weitere aktive Überwasser-Kontakte geortet. Sie bleiben allerdings auf einer Stelle oder treiben, so daß man auf Fischerboote schließen kann. Nur bei zweien sind Maschinengeräusche auszumachen.«

»Sehr gut. Nähert sich uns der Zerstörer jetzt auf einer östlichen Teilstrecke seines Suchquadrats?«

»Ja. Laut Plott sollte er jetzt bis auf fünfzehntausend Meter herankommen und dann nach Süden abdrehen. Er scheint sein Quadrat bei jeder Teilstrecke um zwei- bis dreitausend Meter zu vergrößern.«

Der Stellvertreter kam von ganz hinten am Heck zurück in die Zentrale. Offensichtlich hatte die Wache ihm Bescheid gegeben. Er sah nicht gut aus und war nicht der geborene Frühaufsteher.

»Wo befindet sich der nächstgelegene Überwasser-Kontakt?« fragte er.

»Peilung null-eins-null, Abstand viertausend Meter. Seit einer Stunde keine Maschinen-, sondern nur Generatorengeräusche, aber, mit Verlaub: alle unsere Angaben über Entfernungen beruhen auf passivem Peilungsverfahren und sind daher nicht präzise.«

»Ja, ich verstehe. Aber in jedem Fall trifft ja wohl die Angabe zu, daß wir auf einhundert Meter sind.«

Er schaute wieder auf den Plotter. Die daran arbeitenden Männer machten Platz, damit er die Zeichnung besser einsehen konnte. Sein Stellvertreter blieb an der Seite stehen.

»Ich erteile die folgenden Befehle«, erklärte der Kommandant: »Kurs null-eins-null. Ich will in unmittelbare Nähe dieses Kontaktes gelangen und dann an ihm vorbeiziehen, so daß sein Echolot zwischen uns und dem Zerstörer ist. Dann werde ich auf Periskoptiefe gehen und mir die Sache ansehen, aber erst, nachdem der Zerstörer nochmals nach Süden abgedreht hat. Wir müssen äußerst genau auf den Doppler seiner Schrauben achten, um den genauen Zeitpunkt der nächsten Drehung zu ermitteln. Ich werde diesen Überwasser-Kontakt benutzen, um auf dem Radar das Periskop zu tarnen. Jetzige Tiefe beibehalten. Geschwindigkeit allmählich auf acht Knoten erhöhen, auf drei Knoten zurückfahren, wenn wir uns unter dem Kontakt befinden.

»Jawohl.«

Während die entsprechenden Befehlsmeldungen weitergegeben wurden, ging der Kommandant hinüber zur Sonar-Anlage.

»Untersuche Peilungen null-eins-null. Ich möchte die Kontakt-Geräusche hören.«

Der Mann am Sonar nahm die Einstellung vor und reichte ihm dann die Kopfhörer. Nachdem der Kommandant es sich bequem gemacht hatte, konzentrierte er sich mit mönchischem Ernst auf die Geräuschkulisse. Das Tuckern eines kleinen Dieselgenerators war zu hören, aber da war auch noch ein anderer, knirschender Ton. Montgomery zog sich die Kopfhörer vom Kopf.

»Berichtige meine Befehle: Kurs null-drei-fünf; an dem Kontakt in zwei Teilstrecken vorbeiziehen. Er hat Hochseefischerei-Netze ausliegen. Ich kann die Winden hören.«

Der Gesichtsausdruck des Wachhabenden machte deutlich, daß er sich jetzt noch unbehaglicher fühlte. Er hätte vor der Klassifizierung den Kontakt auf Geräusche von Netzwinden überprüfen müssen. Das U-Boot hätte sich in den Netzen verfangen können.

»Stellvertreter.«

»Ja.«

»Gefechtsstufe eins.«

»Musaid, gebt den Befehl weiter. Gefechtsstufe eins.«

Sofort erhob sich der Musaid und eilte nach draußen. Im Gegensatz zu Überwasser-Schiffen, bei denen das Auslösen des Mannschaftsalarms jeden aus seiner Koje geschmissen hätte, wurde der Befehl auf U-Booten ruhig und schnell von Mund zu Mund weitergegeben, um jeden verräterischen Lärm, der durch den Schiffskörper in die allzeit lauschende See dringen könnte, zu vermeiden. Innerhalb von fünf Minuten waren alle Gefechtsstationen besetzt, und das Boot war in vier wasserdichte Abschnitte unterteilt. Die Temperatur in der Zentrale stieg fast augenblicklich an. Der Waffeneinsatzoffizier übernahm die Leitung am Gefechtsstand, der Stellvertreter die Leitung des Lagebildes, und zwei Bootsmänner besetzten die Tiefenruder. Der Mausaid nahm wieder seine Position in der Zentrale ein, um die Tätigkeit der Tiefenrudergänger zu beaufsichtigen.

»Geräusche des Fischkutters auf den Lautsprecher«, befahl der Kommandant.

Aus dem Lautsprecher über der Sonar-Anlage ertönte ein krachendes Zischen, das plötzlich von dem entfernten Ping eines Zerstörer-Sonars unterbrochen wurde. Der Kommandant legte dem Sonar-Mann die Hand auf die Schulter.

»Sag mir Bescheid, wenn du glaubst, daß wir in nördlicher Richtung an dem Kontakt vorbei sind. Gib mir ein Handzeichen, wenn du feststellen kannst, daß sich die Peilung ändert.«

Der Sonar-Mann nickte und horchte weiter angespannt auf die Geräusche aus seinem Kopfhörer.

Das Unterseeboot fuhr in nordöstlicher Richtung in der Absicht, an der Backbordseite des Fischkutters vorbeizuziehen. Einmal vorbei, würden sie Kurs nach Norden nehmen, wodurch sie den Winkel einhielten, der den Fischkutter zwischen ihnen und dem Zerstörer halten würde. Sobald der Zerstörer sich nach Süden wandte, könnte das U-Boot auf Periskop-Tiefe gehen und das Sehrohr ausfahren. Der Fischkutter würde alle Sonar-Echos aus der Richtung des Unterseebootes tarnen, und dadurch, daß er sich zudem von ihnen wegdrehte, zeigten die Schrauben des Zerstörers in ihre Richtung, wodurch sein eigener Horchbereich ziemlich undeutlich wurde. Jegliches Radar-Echo, das von dem Periskop ausgehen könnte, würde mit denen des Fischkutters verwechselt werden. Der Kommandant durchdachte seinen Plan nochmals und kam zu dem Schluß, daß er durchführbar sei.

Er konzentrierte sich wieder auf das Pingen, das zwischen dem Tuckern des Diesels und den Windengeräuschen des Fischkutters zu hören war, und wartete auf die Veränderung des Dopplers beim Pingen. Wenn der Zerstörer bis auf elf Meilen herangekommen war, würde das geübte Ohr eine Frequenzerhöhung feststellen können. Drehte er wieder ab, würde die Frequenz erneut niedriger werden, ungefähr wie das Pfeifen eines vorbeirasenden Zuges. Der Kommandant baute seine Zuversicht, unentdeckt zu bleiben, auf drei Überlegungen auf: Es war erst kurz nach drei Uhr morgens, einer Zeit also, in der die Verrichtungen des Tages abebbten und die Aufmerksamkeit der Menschen nachließ. Das Fischerboot stellte sowohl für das Radar als auch für das Sonar eine gute Tarnung dar. Und wenn sich der Zerstörer nach Süden wandte und damit Schrauben und Ruder in Richtung des Unterseebootes zeigten, würden die von ihm selbst erzeugten Geräusche genau in dem Bereich liegen, in dem sonst möglicherweise ein Kontakt ausgemacht werden könnte. Der Sonar-Mann hob die Hand.

Der Kommandant nickte. »Kurs null-null-null, Geschwindigkeit sieben Knoten. Langsam auf fünfzig Meter gehen.

Das Boot geriet bei der Linksdrehung in eine leichte Achterlastigkeit und krängte merklich nach steuerbord. Die Luft in der Zentrale war ziemlich stickig geworden, mit allen Männern auf ihren Gefechtsstationen. Alle schienen hellwach und auf ihre Instrumente konzentriert zu sein.

»Erbitte Erlaubnis, die Mündungsklappen zu öffnen«, ließ sich der Waffeneinsatzoffizier vernehnmen.

»Abgelehnt. Keinerlei Geräusche, bis er nochmals nach Süden abgedreht hat.«

Wenn der Zerstörer über Möglichkeiten zur passiven Breitbandanalyse verfügte, würde das Geräusch des Öffnens der äußeren Torpedoklappen auf der Analyseskala wie der Ausdruck eines Herzschlages abzulesen sein, solange es eine klare akustische Peilung gab. Und das wußte der Kommandant. Er wollte den Fischkutter erst in einer eindeutigen Blocker-Position wissen, bevor er irgend etwas unternahm, das ihrem Gegner eine eindeutige Klassifizierung ermöglichst hätte. Das ASW-System hatte seine Tücken, war selten eindeutig und ließ somit fast immer Raum für Interpretationen. Je mehr er davon produzieren konnte, um so besser für die Al Akrab.

»Kommandant, der Doppler.«

Der Kommandant horchte. Die Frequenzveränderung im Pingen war deutlich hörbar. Der Zerstörer hatte also nach Süden abgedreht, weg von ihnen.

»Peilung zum Zerstörer?«

»Zweihundertfünfzig Grad.«

»Peilung zum Fischktter?«

»Dreihundert Grad, Sir.«

»Auf fünfundzwanzig Meter Tiefe gehen. Geschwindigkeit drei Knoten. Kurs beibehalten. Stellvertreter, Meldung, wenn sich die Peilungen bis auf fünf Grad einander genähert haben.«

»Jawohl.«

Während sie darauf warteten, daß die taktisch-geometrischen Überlegungen aufgingen, beobachtete der Kommandant den Tiefenmesser; der Tiefenrudergänger brachte das Boot vorsichtig auf fünfundzwanzig Meter, fünf Meter unter Periskoptiefe.

»Peilungsdifferenz?«

»Zweiundzwanzig Grad«, antwortete der Stellvertreter.

»Sehr gut.« Sie warteten noch ein bißchen. Der Kommandant versuchte, den Gefühlszustand der Mannschaft abzuschätzen. Waren seine Befehle tatsächlich verbreitet worden, so war davon – jedenfalls im Moment – nichts zu spüren. Jetzt war es wieder die fantastisch ausgebildete Mannschaft, die er in den Wochen unermüdlichen Trainings vor Beginn der Mission kennengelernt hatte.

»Neun Grad Differenz, Mittelpeilung zwo-vier-fünf.«

»Sehr gut. Kurs null-sechs-fünf. Geht auf zwanzig Meter. Mündungsklappen können jetzt geöffnet werden.«

Das Unterseeboot drehte sich langsam auf den neuen Kurs. Damit war der Zerstörer direkt achteraus, was bedeutete, daß sich der Fischkutter auf dem gleichen Peilstrahl wie der Zerstörer befand.

»Fischkutter hat jetzt die Täuschungszone erreicht«, meldete der Sonar-Mann.

Durch das ausgeführte Manöver lagen jetzt der Zerstörer, der Fischkutter und das U-Boot auf einer Linie. Gleichzeitig befanden sich der Zerstörer und der Fischkutter im toten Winkel des U-Boot-Sonars, das achtern angebracht war, direkt bei den Schiffsschrauben. Sowohl der Zerstörer als auch das U-Boot standen sich nun mit ihrer jeweiligen ›Blind-Zone‹ gegenüber.

»Sehr gut. Tiefe?«

»Zweiundzwanzig Meter, nähern uns zwanzig Metern«, antwortete der Musaid. »Das Boot ist nullastig. Einundzwanzig Meter. Trimm nach vorne.«

Ächzende Pumpengeräusche waren in den Bilgen zu hören, als Meereswasser in die Bugraumbilge strömte, um das Boot nullastig auf Periskoptiefe auszurichten.

»Zwanzig Meter.«

»Periskop ausfahren.« Kommandant Muhammad Al Khali beugte sich nach vorn, um auf die Sehrohrgriffe zu warten, während das glänzende Messsingrohr lautlos aus seinem Hydraulikzylinder fuhr. Er stand auf der Bugseite des Sehrohrs und schaute genau achterwärrts in Richtung des Zerstörers. Als das Sehrohr aus dem Schacht hervorkam, schnappte der Kommandant sich die Griffe und drückte sie nach unten. Seine Augen hielt er auf das Okular gepreßt, als es durch die Wasseroberfläche stieß. Als erstes sah er den Fischkutter, ein mittelgroßer Krabbenkutter, von dessen Spieren ein weißes Licht aufs Wasser hinunterschien; große Netzsondenkabel liefen Richtung achtern.

»Abstand zum Fischkutter bestimmen!« Er hatte das Sehgerät stereo-optisch auf das schimmernde Bild des Fischkutters fokussiert. Der Fokus wurde durch Prismen-Winkel auf einen geschätzten Abstand übersetzt, der auf der Kontrollanzeige neben dem Periskop abzulesen war.

»Geschätzter Abstand zehntausend Meter«, las einer der Plotter ab.

Der Kommandant hielt vergeblich nach dem Zerstörer Ausschau; das weiße Licht, das die Spieren des Fischkutters zierte, blendete ihn. Er machte schnell einen Dreihundertsechzig-Grad-Schwenk, um sicherzugehen, daß sich da oben keine weiteren Objekte befanden. Durch das Periskop war nichts zu entdecken. Nur der schwache Mondschein schien durch eine dünne Wolkendecke. Er richtete das Sehrohr wieder auf den Fischkutter und schwenkte dann auf eine Seite des Kutters. Da – ein weißes Licht. Es fokussierte das Periskop und stellte die höchste Schärfen- und Vergrößerungsstufe ein.

»Abstand zum Zerstörer bestimmen!«

»Zwölftausendfünfhundert Meter.«

»Zielwinkel zweihundertvierzig.«

»Zweihundervierzig. Plotter-Auswertung begonnen.«

»Geschätzte Geschwindigkeit zehn Knoten eingeben. Kurs einhundertachtzig.«

»Plotten läuft.«

»Ausgezeichnet.« Der Kommandant betrachtete das Bild in der höchsten Vergrößerungsstufe.

»Kurs backbord dreihundert.«

Er mußte den Fischkutter links von seiner eigenen Position haben, um eine bessere Sicht auf den Zerstörer zu haben. Die weiße Beleuchtung war immer noch zu hell. Allmählich wurden die Konturen des Kriegsschiffes sichtbar. Es war ein großer Zerstörer, aber keiner von den neuen kastenförmigen Riesen. Dieser hier hatte Masten und verfügte über mindestens zwei große Geschütze. Was Al Khali jetzt geboten wurde, war eine fast vollständige Heckansicht und ein Teil von Backbord achtern. Das auffälligste Merkmal waren jedoch die beiden Geschütze auf den Aufbauten. Ein Zerstörer der Forrest-Sherman-Klasse. In der Tag schon ein älteres Modell. Das erklärte auch das aktive Sonar.

»Zielwinkel zweihundertdreiundzwanzig. Abstand?«

»Dreizehntausendachthundert Meter.«

»Klassifizierung: Zerstörer der Forrest-Sherman-Klasse. Hull-Nummer nicht sichtbar. Periskop einfahren!«

Der Kommandant trat vom Sehrohr zurück, das mit einem Zischen in seinen Schacht glitt.

»Bis auf null-neun-null gehen, Tiefe hundert Meter, Geschwindigkeit zehn Knoten.«

Es war an der Zeit, von hier zu verschwinden und die trüben

Tiefen des Golfstroms wieder aufzusuchen. Das Periskop war lange genug draußen gewesen, um möglicherweise auf einem Radarschirm aufgefallen zu sein. Er konnte sich gut vorstellen, was dann auf dem Zerstörer ablief. Wenn sie das kurze Signal auf dem Radarschirm bemerkt hatten, würden sie darüber diskutieren, die Anwesenheit des Fischkutters in ihre Überlegungen einbeziehen und sich schließlich auf eine Bewertung einigen. Dann würde man den Kommandanten benachrichtigen. Das alles würde seine Zeit dauern. Bis dahin wären sie längst verschwunden.

»Mündungsklappen geschlossen«, meldete der Waffeneinsatzoffizier.

Es gehörte zur Routine, bei der Klassifizierung feindlicher Kriegsschiffe in Gefechtsbereitschaft zu gehen. Mehr als ein Unterseeboot war bei einer derartigen Aktion von einem wachsamen und kampfbereiten Zerstörer versenkt worden. Nichts konnte einen solchen Angriff so erfolgreich beenden wie ein Torpedo, selbst wenn er nur in die Peilung des sich nähernden Zerstörers geschossen wurde. Während der gesamten Zeit, in der sich das Boot auf Periskoptiefe befunden hatte, war sein Gefechtsteam in Angriffsbereitschaft gewesen.

»Gefechtsstufe eins zurücknehmen«, befahl der Kommandant. Der Befehl wurde über die Fernsprech-Bordanlage weitergegeben, und die Männer begannen, ihre Gefechtskontrollstände wieder zu sichern, und verließen, bis auf die normale Wache, die Zentrale. Der Stellvertreter näherte sich dem Kommandanten:

»Das ist gut gelaufen.«

»So ist es. Sie haben nicht alles vergessen. Jetzt wollen wir sehen, ob dieser Zerstörer ein Jäger oder ein Ziel ist.«

Er blickte auf das Tiefenmanometer, das, während er sprach, die Fünfundachtzig-Meter-Marke überschritt. Fast wieder zurück im Schutze der zweiten Schicht und in akustischer Sicherheit. Der alte Bootsrumpf knarrte unter dem zunehmenden Druck der See. Der Kommandant runzelte die Stirn. Eine der Propellerwellen gab ein dröhnendes Geräusch von sich. Sie horchten auf das Pingen des entfernten Zerstörers. Die Frequenz des Dopplers blieb niedrig. Er hatte also nicht umgedreht.

»Ein Ziel«, verkündete der Kommandant verächtlich. In seinem Innern jedoch dankte und lobpries er Allah aus vollem Herzen.

KAPITEL ACHT

USS GOLDSBOROUGH, Flottenstützpunkt Mayport, Freitag, 11. April, 15 Uhr

Von der Brücke aus beobachtete Mike ungeduldig, wie der Hafenlotse seine Schlepper durch das Anlegemanöver bugsierte. Die Liegeplätze im Hafen von Mayport waren immer überbelegt – auf einigen waren bis zu vier Schiffe vertäut; manchmal betrug der Abstand zwischen dem Bug des einen und dem Heck des anderen nur circa fünfzehn Meter. Für konventionelle Anlegemanöver war so gut wie kein Platz. Deshalb stoppten die meisten Schiffe die Maschinen, nachdem sie in den Hafen eingelaufen waren, und ließen sich von den Schleppern der Hafenpiloten seitlich auf einen der engen Liegeplätze bugsieren. Die Goldsborough ließ sich willig, wenn auch langsam längsseits neben eine der neuen Perry-Fregatten schieben, deren Skipper das Anlegemanöver von der Brückennock aus beobachtete. Er winkte Mike zu. Seine Stimme hallte in dem sich schnell verringernden Abstand zwischen den Stahlseiten der beiden Schiffe wider:

»Na, gute Fahrt gehabt?«

»Es geht«, antwortete Mike, »bis auf gestern. Da mußten wir bis zum Rand des Golfstroms raus, um nach einem N. I. (nicht identifiziertes Objekt) zu suchen. War natürlich reine Zeitverschwendung.«

Die Goldsborough stieß sachte gegen die Kamele, im Wasser treibende Holzfender, die zwischen den Liegeplätzen angebracht waren. Sie ächzten für einen Augenblick unter dem Gewicht der viertausend Tonnen.

»Mhm, hab' den Bericht gestern in meinem Eingang gesehen«, antwortete der andere Captain, »da hatte wohl einer Halluzinationen.«

Die Festmacher reichten die Anlegeleinen der Goldsborough auf das nächste Schiff weiter, auf dem einige Matrosen sie schnell an der Beting vertäuten.

»Anzunehmen; aber wahrscheinlich war er dazu noch im

Vollrausch. Jedenfalls nicht die geringste Spur von einem U-Boot. Wie ich schon sagte, reine Zeitverschwendung.«

»Sir, Schiff ist vertäut«, meldete der Exec aus dem Steuerhaus. »Erbitte Genehmigung, seeklar zurück zu machen.«

»Genehmigung erteilt«, erwiderte Mike. Er winkte dem anderen Commander zu und ging zurück ins Steuerhaus. »Was liegt für heute nachmittag noch an?«

»Mal sehen«, antwortete der Exec und konsultierte seine Notizen. »Wir müssen die Hauptmaschinenanlage abschalten, so daß die Dampfkessel auskühlen können. Dann hat unser lieber Proviantmeister angemeldet, daß auf dem Pier noch Vorräte stehen, die eingeladen werden sollen, und Sie selbst, Captain, wollten rübergehen und beim Commodore reinschauen. Abgesehen davon werden wir – die restliche Mannschaft, die noch Dienst hat – dem Schiff morgen eine Süßwasser-Dusche verpassen; Samstage sind für so was immer gut, und sobald die Vorräte an Bord sind, wollte ich den Jungs freigeben.«

»In Ordnung. Ich werde den Commodore anrufen, sobald die Telefonleitung steht, und dann auf einen Sprung rübergehen. Stellen Sie fest, ob Linc die Aufzeichnungen hat machen können. Dann kann ich dem Commodore mitteilen, daß zumindest etwas bei der Sache rumgekommen ist.«

»Aye, aye, Sir.«

Bevor er nach unten ging, vergewisserte sich Mike mit einem letzten Blick auf Liegeplatz und Festmacher, daß alles in Ordnung war. In seiner Kajüte zog er sich eine saubere Khaki-Uniform an und ersetzte die klobigen Stiefel, die er auf See trug, durch glänzende schwarze Lackhalbschuhe. Der Commodore, Captain Eli Aronson, legte großen Wert auf korrekte Erscheinung – sowohl bei den Schiffen als auch bei den Kommandanten! Captain Aronson war der direkte Boß jedes befehlshabenden Offiziers in Mayport. Er selbst war direkt dem Admiral unterstellt, der der Oberbefehlshaber des Kreuzer- und Zerstörer-Verbandes Zwölf war. Obwohl Aronson nur vier Streifen hatte, wurde er Commodore genannt, weil er eine ganze Schadron von Schiffen unter Befehl hatte. Es gab noch zwei weitere Commodore in Mayport: dem einen unterstand das Fregatten-Geschwader, und der andere befahl das Versorgungsschiff-Geschwader, Hilfsschiffe, Schlepper und das einzige Reparaturschiff.

Das Telefon läutete. Ein IC-Techniker testete die Anlage und meldete, daß die Landverbindung hergestellt sei. Mike rief im Büro des Commodore an und erhielt die Auskunft, daß er vorbeikommen könne. Er hängte ein, schnappte sich die Kapitänsmütze mit den messingfarbenen gestickten Schlaufen, Rührei genannt, und verließ seine Kajüte. Er ging geradewegs nach achtern durch den engen Gang, der auf das mittschiffs gelegene Versorgungsdeck führte. Die Mannschaft war dabei, die schweren schwarzen Landanschluß-Elektrokabel an Bord zu hieven, die die Stromversorgung des Bordnetzes mit zweitausend Ampère vom Pier aus aufrechterhalten sollten, damit die Hauptdampfmaschinen für die anstehende Reparatur stillgelegt werden konnten. Er nickte den Männern, die sich mit den schweren Kabeln abmühten, zu und erreichte über die Wetterdecks das Achterdeck, auf dem sich immer eine Menge Leute tummelten, wenn ein Schiff in den Hafen zurückkam. Der Decksoffizier sah ihn kommen und verschaffte ihm Platz, so daß er an der wogenden Menschenmenge vorbei konnte. Aus den Schiffs-Lautsprechern ertönten vier Gongschläge und die Nachricht ›Goldsborough – Kommandant verläßt Schiff.« Mike grüßte den Deckoffizier und salutierte der amerikanischen Flagge, die am Heck wehte. Dann ging er über den schmalen Landungssteg auf das nächste Schiff, dessen Lautsprecher ›Goldsborough-Kommandant überquert‹ meldeten.

Über das Achterdeck der Fregatte und die Stelling gelangte er auf den Pier. Das Büro des Commodore lag auf einem künstlich angelegten Hügel über den Piers – nur einen Katzensprung entfernt. Zur Pier-Seite hin hatte das Büro große, getönte Spiegelglas-Scheiben, die von außen nicht einsehbar waren.

Wahrscheinlich saß der Commodore jetzt dort oben an seinem Schreibtisch und beobachtete, wie Montgomery den Pier hinabschritt. Das Wetter heute nachmittag war typisch für Mayport: klar, sonnig und heiß. Eine leichte Brise wirbelte an der Uferstraße ein paar Papierfetzen auf. Da Freitag war, strömten schon viele Seeleute in lockerer Freizeitkleidung dem Strand entgegen, wobei sich ihr Aufzug deutlich von Mikes frischgebügelter Khaki-Uiform und seinen glänzenden Schuhen abhob. Hoffentlich ist ›Seine Exzellenz‹ gut gelaunt, dachte Mike. Er war immer ein bißchen nervös vor solchen Treffen mit Captain Aronson, der wegen seines hitzigen Temperaments an der ganzen Küste gefürchtet war.

Im Vorzimmer des Commodore wurde Mike Montgomery von Commander Bill Barstowe, dem Stabsoffizier des Zerstörer-Verbandes Zwölf, begrüßt. Glücklicherweise war Bill ein guter Freund, denn in seiner Position konnte er jedem Commander das Leben entweder erleichtern oder aber ziemlich schwer machen. Er hatte seine Jahre als Commander auf See bereits hinter sich und konnte aufgrund seiner Erfahrung bei der Informationsweitergabe an den Commodore als wertvoller ›Filter‹ fungieren.

»Michael«, sagte er in herzlichem Ton und stand auf, als Montgomery sein Büro betrat, »na, was macht das tiefe blaue Meer, Sir?«

»Immer noch tief und blau, Bill. Und noch immer ohne Unterseeboote – sollte ich vielleicht noch hinzufügen.«

»Setzen Sie sich. Der Commodore spricht gerade mit jemandem in Washington. Kaffee?« Er griff nach seinem eigenen Becher, der auf der Ecke seines überladenen Schreibtisches stand.

»Nein, danke. Es ist fast schon Zeit für ein Budweiser. Und außerdem bin ich eh' schon mit Kaffee abgefüllt.«

»Okay, bei mir dauert's nur eine Minute.«

Während Barstowe sich einen Kaffee holte, schaute sich Mike in dem Büro um. Der Schreibtisch brach unter der Last der Papierstöße fast zusammen. Selbst die Hektik, die der Job eines Zerstörer-Commanders – in Friedenszeiten wohlgemerkt – mit sich brachte, war nichts im Vergleich zum Job eines Stabsoffiziers oder gar eines Leitenden Stabtsoffiziers. Oder eines Chefs des Stabes, dachte er finster. Er war immer noch überzeugt, daß hinter dem kleinen Ausflug an den Golfstrom seine persönliche Nemesis im Gruppen-Stab, seine persönliche Gottheit der Vergeltung, Captain J. W. Martinson III, steckte. Barstowe kam zurück.

»So, so«, sagte er und setzte sich wieder hin, »es gab also

keine U-Boote dort draußen, die den aufrechten Bürgern von Alt-Mayport, unseren lieben Garnelenfischer-Freunden, auflauern wollten?«

»Nicht ein einziges«, gab Mike aus dem dick gepolsterten Sessel zurück und streckte die Beine vor sich. »Wir hätten die Zeit sinnvoller nutzen können, wenn wir hiergeblieben wären. Dann hätten die Maschinen mal richtig auskühlen und man hätte mit der Reparatur der Lecks an den Dampfkesseln anfangen können.«

»Ja, Sir, ich weiß. Sogar der Commodore war etwas verwundert, aber der Chef des Stabes . . .«

»Also doch«, rief Mike aus. »Ich wußte es die ganze Zeit. Der Typ hat einen Rochus auf die Goldsborough und läßt keine Gelegenheit aus, uns eins auszuwischen. Der versucht nur, uns aus der Flottenübung rauszuhalten.«

Barstowe grinste. »Sachte, sachte. Daraus können Sie ihm aber nun keinen Strick drehen, denn erstens befand sich die Goldy zu dem Zeitpunkt schon auf See, und zweitens war sie diese Woche auch zum Dienst eingeteilt – genaugenommen ist sie es sogar noch bis heute nachmittag sechzehn Uhr.«

Wie fast jeder andere Commander auf dem Stützpunkt wußte auch Barstowe, daß Montgomery und Martinson nicht gut aufeinander zu sprechen waren. So was gab's halt: Die beiden waren sich vom ersten Augenblick an unsympathisch gewesen. Es war eben Pech für Mike, daß er einen Dienstgrad weniger aufzuweisen hatte als Martinson und in der Hierarchie zwei Stufen unter ihm stand. Martinson hatte seinen Ruf als Leuteschinder weg. Das einzig Gute an ihm war seine bildschöne Frau.

Ein Verwaltungsunteroffizier steckte seinen Kopf durch die Tür. »Der Commodore läßt bitten, Captain Montgomery.«

»Danke«, sagte Mike. »Bill, bleiben Sie sauber. Vielleicht sehen wir uns ja noch dieses Wochenende.«

Barstowe erhob sich schneidig. Er war ein Jahr älter als Montgomery und stand aufgrund seiner Position im Stab auch in der Hierarchie über ihm. Er hatte sich aber angewöhnt, die umgekehrten Regeln militärischer Höflichkeit anzuwenden, redete alle befehlshabenden Offiziere mit ›Sir‹ an und vermittelte ihnen den Eindruck, als seien sie ranghöher und nicht umgekehrt. Natürlich war das nichts weiter als eine kleine Schmeichelei, aber es war eins der Geheimnisse seiner großen Beliebtheit und Tüchtigkeit als ranghöchster Stabsoffizier beim Chef des Stabes.

»Und vergessen Sie nicht, Mike – heute abend um achtzehn Uhr ist der Empfang für die P-3-Leute. Sie hatten doch sicher sowieso vor hinzugehen, stimmt's?«

Mike stöhnte. Das hatte er völlig verdrängt. Noch einer von diesen verdammten Empfängen. Dazu noch einer, der dem Admiral besonders am Herzen lag, denn er legte großen Wert darauf, die Typen, die die Schiffe fuhren, und die Jungs von den U-Jagd-Flugzeugen zusammenzubringen, so daß ein Gemeinschafts-, ein ›Wir-Gefühl‹ entstand. Genau das, was man sich für einen Freitagabend wünschte. Barstowe hatte ihn amüsiert beobachtet. Mike brachte ein höfliches Lächeln zustande und sagte: »O ja, natürlich. Das würde ich doch nicht versäumen wollen, sich mit ein paar überbezahlten Fliegern unterhalten zu müssen. Rrrrrgh!«

Barstowe lachte und wies ihm den Weg über den Korridor hinunter zum Büro mit dem Spiegelglas. Mike ging den Gang hinunter, vorbei an den Kämmerchen der untergeordneten Offiziere, und klopfte an die Tür des Chefbüros bzw. an den Rahmen, denn der Commodore hatte in seinem Büro hölzerne Schwingtüren, die unwillkürlich an die Saloons vergangener Zeiten erinnerten. Sie waren das Erbe eines früheren Amtsinhabers, der den Ehrgeiz hatte, sein Büro wie das Hauptquartier der Pazifik-Flotte von Chester Nimitz im Zweiten Weltkrieg aussehen zu lassen.

»Jaah«, rief der Commodore gedehnt, »herein.« Mike trat ein und ging hinüber zu dem Sessel aus Lederimitat, der dem riesigen Schreibtisch des Commodore genau gegenüberstand. Der Commodore machte keine Anstalten aufzustehen, bedeutete Mike aber mit dem Kopf, sich zu setzen. Eli Aronson war ein kleiner untersetzter Mann mit unverhältnismäßig großem Kopf und Oberkörper gegenüber den kurzen Beinen. Aufrecht stehend brachte er es auf eine Gesamtgröße von einem Meter, fünfundsechzig Zentimetern und fünf Millimetern. Er hätte seinen Hals schon ganz schön strecken müssen, um jemanden von Mikes Größe zu grüßen. Er war stolz auf seinen jüdischen Glauben und nur allzuschnell bereit, sich darüber mit jedem anzulegen. Sein Gesicht mit der gekrümmten Nase erinnerte Mike an die alten Patriarchen früherer Zeiten; es fehlte nur noch der lange wehende Bart, und das Bilderbuch-Image von Moses wäre perfekt gewesen. Commodore Aronson las gerade eine Mitteilung und markierte einige Stellen mit einem gelben Leuchtstift. Er fuhr noch eine Minute fort und legte das Papier dann auf einen Stapel anderer Meldungen. Er schaute auf und fixierte Mike mit seinen lebhaften dunklen Augen.

»Gute Woche auf See gehabt? Maschinen in Ordnung?«

»Ja, Sir. Ziemlich produktiv. Allerdings müssen wir dieses Wochenende noch die Lecks an den Hochdruck-Dampfventilen dichten. Wir freuen uns nämlich wirklich auf die Flottenübung.«

Aronson nickte: »Kann ich mir denken. Besser als hier rumzuhängen. Was war mit diesem Bericht über die Sichtung eines U-Boots? Irgendwas dran?«

Mike schüttelte den Kopf: »Nein, Sir. Wir haben zwar den Golfstrom entdeckt, aber das war auch so ziemlich alles.« Sein Versuch, ein bißchen locker zu sein, traf allerdings auf wenig Gegenliebe.

»Soweit ich weiß, wurde der schon vor einiger Zeit entdeckt«, entgegnete Aronson. »Also war es reine Zeitverschwendung, aber schließlich weiß man das bei U-Booten nie.«

»Hat jemand mal bei unseren Leuten oder denen vom Nachrichtendienst nachgefragt, um herauszufinden . . .«

»Nein«, fiel Aronson ein, der die Angewohnheit hatte, Leute mitten im Satz zu unterbrechen. »Es gab nur diese Meldung der Fischer über ein U-Boot, und die Küstenwache hat sie an uns weitergeleitet. Hätten uns diese Landratten nur telefonisch benachrichtigt, dann hätten wir ihnen wahrscheinlich gesagt, sie sollten uns mit dem Quatsch in Ruhe lassen. Aber sie haben eine schriftliche Meldung über den Dienstweg abgesetzt; also schicken wir ein Schiff raus. Ihr Jungs macht jetzt also einen netten Abschlußbericht, und das war's dann, und alles hat seine Ordnung. Klar?«

»Ja, Sir.«

»Gut. Sonst noch was? Sie kommen doch zu diesem Empfang heute abend – der Admiral wird genau registrieren, wer von den Seinen erscheint und wer nicht!«

»Ja, Sir«, antwortete Mike mit unbewegtem Gesichtsausdruck. Aronson blickte ihn aufmerksam an.

»Sie werden zwar kommen, aber Sie haben nicht die geringste Lust dazu, nicht wahr?«

Mike wand sich etwas, bevor er antwortete: »Och, eigentlich macht es mir nichts aus; es ist nur . . .«

»Ja, ja – geschenkt! Sie wollen sich einfach nicht an die Spielregeln halten. Das ist Ihr Problem. Als Skipper sind Sie gar nicht schlecht, aber wenn es um Navy-Politik geht, sind Sie ein hoffnungsloser Fall.«

Über das Etikett ›hoffnungsloser Fall‹ war Mike etwas verstimmt: »Ich dachte, es sei mein Job, ein guter Skipper zu sein.«

»Ach, lassen Sie mich mit Ihrer ›Ich dachte, es sei mein Job-Scheiße‹ zufrieden«, schnaubte Aronson.

Er lehnte sich in seinem Stuhl zurück und betrachtete Mike einen Augenblick. Dann fuhr er fort. »Ich bemühe mich«, sagte er geduldig, »für Sie sturen Bock eine Beförderung zu erreichen. Ein geschickter und erfahrener Skipper zu sein öffnet Ihnen zwar die Tür in die Vorstandssitzung; zur Beförderung vorgeschlagen werden Sie aber nur, wenn Sie auch politisch geschickt und erfahren sind. Und das bedeutet, daß Sie heute abend ein freundliches und interessiertes Gesicht aufsetzen und sich nicht wie üblich bereits nach der ersten halben Stunde verdrücken werden. Haben Sie übrigens jemals vor zu heiraten?«

Die letzte Frage traf Mike unvorbereitet. »Ich nehme an, wenn die richtige Frau . . .«

»Ja, ja, schon gut. Also sehen Sie zu, daß Sie Ihre Lecks repariert bekommen und mir den Abschlußbericht bis heute abend vorlegen. Ich sehe Sie dann im Club.«

Mike stand auf und verließ das Büro. Als er schon halb durch den Flur war, fiel ihm ein, daß er dem Commodore nichts über Lincs neues System zur Aufzeichnung der Sonar-Verhältnisse gesagt hatte. Barstowe erwartete ihn am Ende des Korridors.

»Alles in Ordnung? Gibt es noch was, das ich wissen sollte?«

»Mhm, ich soll heiraten, bevor ich heute abend in den Club komme.«

Mike setzte seine Mütze auf und verließ das Gebäude. Er ignorierte Barstowes spöttischen Gesichtsausdruck.

»Jemand bestimmtes?« fragte Barstowe.

KAPITEL NEUN

Offiziers-Kasino, Flottenstützpunkt Mayport,
Freitag, 11. April, 18 Uhr 30

Mike stand an der Hauptbar des Kasinos und genoß sein Bier. Er war darauf vorbereitet worden, sich zu langweilen, und er war nicht enttäuscht worden. In dem großen Saal, der für Empfänge dieser Art vorgesehen war, war es bereits ziemlich heiß und stickig; die Klimaanlage konnte gegen die ständig wachsende Menge in sommerliches Weiß gekleideter Offiziere schon längst nichts mehr ausrichten. Mehrheitlich waren es Flieger und Kapitäne; ungefähr zwei Drittel von ihnen hatten Ehefrauen im Schlepptau. Da er nichts Besseres zu tun hatte, ließ Mike seinen Blick in dem sich weiter füllenden Saal umherschweifen und schaute sich dabei – wenn auch mit mäßigem Interesse – die anwesenden Ehefrauen an.

Soeben war der Admiral, ein großer, asketisch wirkender Mann Mitte Fünfzig, mit seiner Frau eingetroffen, was das übliche, respektvolle Raunen unter den treuen Anhängern hervorgerufen hatte. Direkt hinter ihm gingen der Stabschef und seine Frau. Die Frau des Admirals war eine freundlich aussehende Dame, die für jeden ein Lächeln hatte und über die Gabe verfügte, den Eindruck zu erwecken, als erinnere sie sich an alle und jeden. Die Frau des Stabschefs dagegen war ein ganz anderes Kaliber. Mike erinnerte sich an sie von anderen ähnlichen Anlässen her. Sie konnte keinen gleichgültig lassen. Ihre schönen, glänzenden dunklen Augen, die sie, während sie ihrem Mann durch die Menge folgte, auf einen unbestimmten Punkt etwa zwei Meter vor ihm gerichtet hielt, zogen Mike in ihren Bann. Wenn sie die anerkennenden Blicke der in der Mehrzahl aus Männern bestehenden Menge bemerkte, so gab sie das jedenfalls nicht zu erkennen. Er beobachtete sie, während sie durch den Raum schritt; ihre Bewegungen waren von kühler, lässiger Anmut und Eleganz. Er mußte unwillkürlich an das leichte Wellenkräuseln denken, das eine stolze Jacht inmitten kleinerer, eher unscheinbarer Boote beim Einlaufen in einen

Hafen hervorruft. Er fragte sich, wie eine Frau, die so aussah, jemals bei einem so eiskalten Typ wie J. W. Martinson III, der seinesgleichen suchte, landen konnte.

»Da lohnt es sich schon hinzugucken, nicht wahr«, sagte plötzlich eine Stimme hinter ihm. Mike drehte sich um. Ein Commander, dessen Rang durch die goldenen Flügel auf seinem Hemd ausgewiesen wurde, schaute an ihm vorbei auf Diane Martinson.

»Amen«, sagte Mike. »Schade, daß sie schon vergeben ist.«

»Nach ihrem Gesichtsausdruck zu schließen, scheint das ›Vergeben‹ aber wohl auch nicht mehr sehr häufig vorzukommen! Der Typ scheint um einiges mehr an dem Admiral interessiert zu sein als daran, ihr das zu geben, was sie braucht. Und sie ist definitiv auf der Suche.«

Mike lachte: »Und das können Sie auf eine Entfernung von sechs Metern und nach einer Heck-Backbord-Teilansicht feststellen?«

Der Commander lächelte vielsagend. »Die Kleine sendet auf der SEX-Welle, mein Lieber. Und da entgeht mir nichts, auch wenn ich verheiratet bin.«

Sie gingen an die Bar zurück, als die Martinsons in der Menge der Offiziere und ihrer Ladies, die sich um Admiral Walker scharten, verschwanden.

»Übrigens, mein Name ist Don Pringle; ich bin Skipper einer VP-4.« Pringle war ein mittelgroßer, gutaussehender Mann, dessen wilder, ungebändigter Schnäuzer aggressiv aus seinem gebräunten Gesicht hervorragte.

Mike gab ihm die Hand. »Mike Montgomery, CO auf der Goldsborough.«

»Ist das eins von den ASW-Schiffen der Spruance-Klasse? Allerdings ist mir der Name dabei noch nicht untergekommen.«

»Nein, wir gehören eigentlich auch nicht zu diesem ASW-Geschäft. Wir sind spezialisiert auf AAW, Flugzeugabwehr. Wir holen die Dinger vom Himmel. Die Goldsborough ist ein ganz gewöhnlicher Zerstörer mit aufmontierten Geschützen.«

»Flugzeuge vom Himmel holen! Jetzt halten Sie aber mal die

Luft an. Kein Wunder, daß wir mit euch nichts zu tun haben. Typen wie ihr seid ganz schön gefährlich.«

Mike lachte: »P-3s schießen wir normalerweise nicht ab, es sei denn, es handelt sich um einen absoluten Notfall – und dann fischen wir die Piloten immer auf, damit ja kein Tagegeld verloren geht . . .«

»Nur Kommunisten und andere unerwünschte Subjekte hätten die Dreistigkeit, auf eine P-3 zu schießen, geschweige denn sie runterzuholen, verehrter Lackschuhträger«, erwiderte Pringle leutselig. »Wir sind viel zu wertvoll. Schlimm genug, daß die Sowjets jetzt schon SAMS in ihren Periskopen stecken haben sollen; wenn jetzt auch noch unsere eigenen Blechkähne zu Feinden würden, das wäre zuviel. Wie wär's mit noch 'nem Bier?«

»Aber immer doch. Was halten Sie von dieser netten kleinen Versammlung?«

Sie gingen zusammen zur Bar, holten sich noch zwei Bier und gingen durch eine der Flügeltüren hinaus auf die Veranda, um dem ansteigenden Lärm der Cocktail-Party zu entfliehen.

»Och, ich denke, die Idee ist schon ganz in Ordnung, denn eigentlich haben wir mit euch Jungs ja nie Kontakt, außer auf See oder bei einem Briefing für eine bevorstehende Flottenübung oder über See-Funk. Auf die Dauer ist das ziemlich unpersönlich, wissen Sie. Ich hab' eben mit einem gesprochen, der ist Skipper auf einem der Spruance-Zerstörer, und der will so eine Art ›Tag der offenen Tür‹ organisieren; meine Offiziere könnten dann einen Tag auf See an Bord seines Schiffes verbringen und umgekehrt kämen seine Jungs dann auch mal bei unseren Patrouillenflügen mit. Ist sicher gut, gelegentlich in die Schuhe des anderen ›armen Teufels‹ zu schlüpfen.«

Mike nickte. »Stimmt, dafür spricht 'ne ganze Menge. Wir haben zwar hier in Mayport die ganze Hubschrauberflottille, aber ihr seid ja doch weit weg – drüben auf dem Marinefliegerstützpunkt in Jacksonville. Außerdem führt die Goldsborough diese ASW-Geschichten nur als Zusatzaufgabe durch; sie ist inzwischen ein Vierteljahrhundert alt, und ihr Sonar ist ausschließlich im Aktiv-Modus noch zu etwas nutze. Wir sind weg vom Fenster, wenn es um die hochentwickelte Passiv-Technik geht, aber genau darum dreht sich heute alles.«

Während er sprach, ließ Mike seinen Blick durch die Menge schweifen in der Hoffnung, noch etwas von Diane Martinson zu erblicken, aber sie war nirgends zu sehen. Er fragte sich, was Pringle zu der Aussage veranlaßt hatte, sie sei auf der Walz.

»Ja schon, aber das ist auch das einzige, was wir vom Flugzeug aus machen können«, fuhr Pringle fort, »wenn wir nicht gerade eine Pingerboje abwerfen. Aber das tun wir erst dann, wenn wir verdammt sicher sind, daß wir den Schweinepriester eingekreist haben. Wir benutzen einen aktiven Pinger und feuern dann beim nächsten Drüberfliegen einen Torpedo ab. Aber bis dahin haben wir meistens schon Stunden gebraucht, um den Knaben zu lokalisieren. Es bedarf einer ganzen Menge Sono-Bojen, Zeit und Geduld.«

Mike drehte sich wieder zur Bar um. »Genau das hasse ich an ASW. Auf dem Überwasserschiff bringt man Stunden damit zu, jede Spur zu deuten, und weiß doch nie, ob man es tatsächlich mit einem U-Boot oder nicht doch mit einem Walfisch zu tun hat.«

Pringle nickte. »Man sagt ja nicht umsonst, daß ASW zwar für Anti-Submarine-Warfare steht, aber genausogut auch für ›*A*bsolut *S*innloses *W*ursteln‹ . . .«

Mike trank sein Bier aus. »Sie sprechen mir aus der Seele. Hat mich gefreut, Sie kennenzulernen, aber jetzt muß ich sicherstellen, daß mein Boß mich sieht, damit er weiß, daß ich hier war, und mit ein bißchen Glück kann ich dann unbemerkt von hier verschwinden und an den Strand.«

»Sie sind Junggeselle? Ich dachte, ihr ›Blackshoes‹ wärt alle verheiratet.« Pringle schien überrascht.

»Frei und ungebunden, wie es so schön heißt. Deshalb will ich jetzt auch unbedingt hier raus. Dann also bis zum nächsten Mal über Funk.«

Sie verabschiedeten sich, und Mike machte sich auf den Weg, um den Commodore zu finden. Er mußte dem Admiral seine Aufwartung machen und dann diesen Trip geschickt nutzen, um sich unbemerkt abzusetzen – ungeachtet der anderslautenden Anweisungen des Commodore. Er bahnte sich vorsichtig seinen Weg durch die Menge in den zweiten Empfangssaal, wobei er darauf achtete, trotz seiner massigen Gestalt niemanden anzustoßen. Er nahm keine Notiz von den umherschwirrenden Gesprächsfetzen und der von den vielen Zigaretten immer dicker werdenden Luft; gelegentlich nickte er einem seiner Commander-Kollegen grüßend zu. Im zweiten Empfangssaal fand er den Commodore, den Admiral und den Chief of Staff, die in einer Ecke zusammenhockten. Um sie herum war eine kleine Ansammlung von Schiffsoffizieren, die sich bemühten, den Eindruck zu erwecken, als lauschten sie den Worten des Admirals mit größtem Interesse. Da über berufliche Dinge gesprochen wurde, waren keine Ehefrauen vertreten, und auch die bezaubernde Mrs. Martinson war nicht in der Nähe. Mike mischte sich unter die kleine Gruppe und kam schließlich nahe genug an den Commodore heran, um ihn mit einem Kopfnicken zu grüßen, was dieser erwiderte. Er wünschte Admiral Walker einen guten Abend und konnte aus den Augenwinkeln beobachten, daß Captain Martinson ihn ansah. Er beschloß jedoch, ihn für den Augenblick zu ignorieren. Der Admiral stellte ihm eine Frage.

»Nun, Captain, sind Sie draußen letzte Nacht auf U-Boote gestoßen?«

»Nein, Sir.« Er fuhr mit einer Beschreibung der durchgeführten Suchaktion und der ausgesprochen schwierigen Sonar-Bedingungen in diesem Teil des Einsatzgebietes fort. Die umstehenden Offiziere hörten aufmerksam zu. »Ich glaube, da hat jemand phantasiert«, schloß er.

Der Admiral nickte. »Das ist gut möglich. Fischen kann manchmal recht ermüdend und langweilig sein.«

Captain Martinson fiel ein: »Das gilt auch für ASW. Sind Sie sicher, daß Sie sich bei der Suche genug Mühe gegeben haben, *Captain* Montgomery?« Martinson betonte das Wort ›Captain‹ bewußt so, daß für alle Anwesenden deutlich wurde, für wie unangemessen er diesen Titel hielt. Ein Offizier, der ein Schiff befehligte, wurde immer mit ›Captain‹ angesprochen, selbst wenn sein eigentlicher Dienstgrad nur Kapitänleutnant war. Mike drehte seinen Kopf, so daß er Martinson direkt ins Gesicht sah.

»Soviel Mühe, wie die Meldung rechtfertigte, Chief of Staff.«

Die Gespräche um sie herum verstummten. Der Commodore, der hinter dem Admiral stand, warf ihm über dessen rechte Schulter einen verärgerten Blick zu, der nur Mikes plötzliche Erkenntnis bestätigte, daß er wieder einmal ein bißchen zu weit gegangen war. Der Admiral, der die nicht beabsichtigte Ungebührlichkeit bemerkt hatte, lächelte amüsiert.

»Ich bin sicher, daß Sie Ihr Bestes gegeben haben, Captain. Wenn da draußen wirklich ein U-Boot ist, werden wir sehr wahrscheinlich noch mehr darüber hören. Gentlemen, jetzt brauche ich noch was zu trinken. Eli, du siehst aus, als könntest du auch noch einen vertragen. Komm, laß uns gehen.«

Die beiden ranghohen Offiziere entfernten sich, und die Gruppe der restlichen Offiziere war im Begriff, sich aufzulösen, aber für Martinson war die Angelegenheit noch nicht erledigt.

»Geschickt gemacht, Montgomery. Sie haben dem Admiral gerade zu verstehen gegeben, daß *Sie* entscheiden, welche Aufträge wichtig sind und welche nicht. Wirklich sehr clever«, sagte er mit einem herablassenden Lächeln.

Mike spürte eine Welle von Ärger in sich hochsteigen; am meisten war er jedoch auf sich selbst wütend, weil ihm sein Mundwerk wieder einmal durchgegangen war, bevor er sein Gehirn eingeschaltet hatte, aber er beherrschte sich und schwieg. Gemäß Navy-Protokoll durfte ihn Martinson als der Ranghöhere wie einen gemeinen Seemann mit dem Nachnamen anreden. Allerdings war das in diesem Fall eine bewußte Beleidigung. Martinson trank sein Glas aus. Er war fast so groß wie Montgomery, hatte gutgeschnittene, aristokratische Gesichtszüge und einen langsam zurückgehenden Haaransatz. Wenn er zu Untergebenen sprach, wiesen seine Züge immer den Anflug eines spöttischen Lächelns auf. In Navy-Kreisen war er als ›Killer‹ bekannt, der nur seinen Favoriten zu Beförderungen verhalf und eventuelle Konkurrenten mit ausgesucht scharfen, verschlagenen Tauglichkeits-Berichten ausschaltete bzw. aus dem Felde schlug. Er sprach mit einem aufgesetzten Neu-England-Akzent.

»Ich höre«, sagte er, »daß Sie in dem Dorf Mayport selbst wohnen. Wenn ich mich richtig erinnere, liegt das doch genau neben den Piers für die Fischfangkutter. Vielleicht hätten Sie die Güte, dieses Wochenende mit einigen der Fischersleute zu sprechen, und vielleicht könnten Sie auch herausfinden, was eigentlich los war.

Die Küstenwache«, fuhr Martinson fort, »war alles andere als auskunftsfreudig. Es könnte nützlich sein, die Vorgeschichte dieser Meldung etwas näher zu untersuchen. Glauben Sie, daß Sie das bewerkstelligen könnten? Oder anders ausgedrückt, wenn *ich* Sie bäte, sich darum zu kümmern, wäre das wichtig genug?«

Er bedachte Mike mit einem überheblichen Blick, so als würde er über eine nicht vorhandene Lesebrille seine Nase entlang blicken. Weil Mike größer war als der Chef des Stabes, ging die Wirkung allerdings etwas verloren.

»Ich glaube, das kann ich bewerkstelligen, Chief of Staff«, sagte Mike gleichmütig.

»Oh, das freut mich aber sehr. Es wäre noch begrüßenswerter, wenn Sie uns über das Ergebnis unterrichten könnten.«

Er lächelte eisig, drehte sich um und entfernte sich, um wieder die Gesellschaft des Admirals zu suchen. Er hatte ›uns‹ gesagt, als gäbe es ein königliches Triumvirat, dem dieser Untertan hier am Montag Bericht erstatten sollte. Ein anderer CO, der in der Nähe gestanden und die Unterhaltung gehört hatte, drohte Mike freundlich mit dem Zeigefinger, als der Chef des Stabes sich mit schnellen Schritten entfernte.

»Sie haben wirklich ein flottes Mundwerk, Michael«, sagte er mitfühlend, aber auch mit einem Anflug von beruflicher Erleichterung, weil ein anderer auf der schwarzen Liste des Stabschefs stand. Commander Brian Thomas Duffy hatte das Kommando auf einer Fregatte der Perry-Klasse. Er war mittelgroß, rothaarig und hatte ein rundes irisches Gesicht.

Mike zuckte mit den Schultern. »Man kann nicht immer gewinnen. Der hat mich auf dem Kieker, seit ich den ersten Bericht abgesetzt habe, in dem ich mich über die miese Versorgung der Schiffe durch die Dienststellen an Land beschwert habe.«

»Ja, davon habe ich gehört«, sagte Duffy mit einem unterdrückten Lachen. »Aber das muß doch mehr als, warten Sie, ja, mehr als ein Jahr her sein, nicht wahr? Höchste Zeit, daß das mal gesagt wurde, aber ich war heilfroh, daß Sie es gesagt haben und nicht ich.«

Mike schaute auf ihn hinunter und versuchte, jeden Anflug von Verachtung in seiner Stimme zu verbergen. Er hatte nicht viel übrig für die Ja-Sager, jene befehlshabenden Offiziere, die nie ein offenes Wort der Kritik wagten, obwohl er in ruhigeren Momenten selbst zugeben mußte, daß sie damit besser fuhren als er. Duffy deutete seinen Blick richtig.

»Ja, ja – ich weiß«, sagte er und trank sein Glas leer, »wenn mehr von uns den Mund aufmachten, stünden die Dinge vielleicht besser. Aber, gestatten Sie mir die Frage, haben Sie von den Dienststellen an Land einen besseren Service erhalten, nachdem Sie ihnen die Meinung gesagt hatten? Ich wette, nein.«

»Wenn keiner was sagt«, antwortete Mike, »wird sich nie etwas tun.«

»Nein, ich glaube, da liegen Sie falsch«, sagte Duffy und schüttelte den Kopf. »Wir leben in Friedenszeiten, und in solchen Zeiten werden die Dienststellen an Land die Flotte nie so unterstützen, wie sie eigentlich sollten. Sie sind derjenigen, der unrealistische Vorstellungen hat. Alles, was Sie damit erreicht haben, ist, daß Sie sich postwendend einen Ruf als Querulant eingehandelt haben und die da oben seitdem alles, was Sie tun, skeptisch beäugen.«

»Vielleicht«, sagte Mike. »Aber ich betrachte es als die Pflicht eines Commanders, die Dinge beim Namen zu nennen.«

»Auch hier bin ich anderer Ansicht«, sagte Duffy und richtete seinen Blick an Mike vorbei auf jemanden auf der anderen Seite des Saals. »Es ist unsere Aufgabe als verantwortliche Commander, die Erwartungen unserer Vorgesetzten zu erfüllen und nicht, sie zu verärgern und ihnen Schwierigkeiten zu machen. Nur so haben wir eine Chance, befördert zu werden und dadurch dann in eine Position zu gelangen, die es erlaubt, einige der Dinge, die im argen liegen, wieder geradezubiegen. Ich muß gehen. Alles Gute, Michael.«

Mike trank sein Bier aus. Er wußte, daß Duffy wahrscheinlich recht hatte, aber es wurmte ihn. Einer seiner Commander während seiner Zeit als XO hatte ihm das gleiche gesagt. Die Navy ist wie ein Monolith – weder gut noch böse, sie *ist* einfach. Und sie ist erfolgreich, weil sich ihre Offiziere, insbesondere die befehlshabenden, einem bestimmten professionellen Standard anpassen. Sicher kann man versuchen, das System umzukrempeln, aber dann muß man auf erhebliche Schwierigkeiten gefaßt sein.

Es war Zeit zu gehen. Der Commodore hatte zur Kenntnis genommen, daß er da gewesen war. Auftrag erfolgreich erledigt, jedenfalls teilweise, dachte er mit einem schiefen Grinsen. Er ging durch die Menschenmenge zu einer Seitentür, die auf den Gang führte. Auch hierher hatten sich einige Party-Gäste verzogen, so daß er seine Schritte in Richtung Haupteingang des Kasinos etwas verlangsamen mußte. Unterwegs suchte er die Toilette auf. Als er wieder herauskam, erspähte er den Chief Staff Officer der Zerstörer-Schwadron in der Nähe der Eingangstür, wo er sich angeregt mit zwei Fliegern unterhielt. Unauffällig änderte er die Richtung und ging den Gang wieder zurück, wendete sich dann nach rechts, schritt durch eine Patio-Tür und – stieß mit Diane Martinson zusammen.

Sie berührten sich dabei für den Bruchteil einer Sekunde und traten sofort verwirrt zurück. Er hatte den feinen Duft ihres Parfums aufnehmen können und gemerkt, wie weich sich ihr Körper anfühlte. Für einen kurzen Augenblick hatte sein rechter Handrücken auf ihrem Bauch gelegen. Sie waren beide überrascht und etwas verlegen und begannen, sich gleichzeitig zu entschuldigen. Ein Dutzend flotter Sprüche ging ihm durch den Kopf, aber der Blick aus ihren dunklen, abschätzenden Augen verwirrte ihn. Sie standen regungslos und starrten sich wohl eine Sekunde länger als üblich an; für einen kurzen Moment entstand zwischen ihnen eine tiefe, unterbewußte Verbindung. Dann nahm ihr Gesicht einen halb lächelnden, halb stirnrunzelnden Ausdruck an, sie ging an ihm vorbei, und weg war sie.

Er stand da wie ein verschüchterter Teenager, unfähig, seine Gefühle in Worte zu fassen. Sie war fast so groß wie er – wahrscheinlich ihre hohen Absätze. Ein Teil von ihm wollte ihr einfach nachlaufen, sich nochmals entschuldigen und irgend etwas tun, damit sie noch einen Moment bliebe. Aber dann setzte sich seine Vernunft durch, die ihm riet, zu machen, daß er fortkam, solange er noch konnte! Warum in Gottes Namen ausgerechnet die Frau des Stabschefs! Er beeilte sich, durch die Seitentür auf den Parkplatz zu gelangen. In seinem Kopf drehte sich ein ganzes Karussell von Bildern, die ihre verwirrende Schönheit in ihm hervorgerufen hatte.

Er schloß die Fahrertür seines weißen 1966-Alfa-Romeo-Coupés mit festem Verdeck auf, in Liebhaberkreisen als ›der große Alfa‹ bekannt. Er glitt in den Wagen und startete den Motor, der ein sattes, brummendes Geräusch von sich gab. Etwas schneller als notwendig fuhr er von dem für die Offiziere reservierten Parkplatz, wobei er davon ausging, daß der Chief Staff Officer sein Gehen entweder gehört oder gesehen hatte.

Was hatte sie wohl allein dort draußen in dem Patio gemacht? Vielleicht hatte sie dieser Empfang genauso gelangweilt wie ihn? Er wünschte, er hätte sie einen Moment länger aufhalten können. Er fuhr durch den Stützpunkt, vorbei an den Piers und den Werften und verließ das Gelände durch das Haupteingangstor. Er bog nach rechts ab und ließ den Zaun, der das Flugfeld auf einer Länge von eineinhalb Meilen eingrenzte, hinter sich. Der Flottenstützpunkt und der Mayport-Marinefliegerstützpunkt, auf dem vier Schwadronen ASW-Helikopter stationiert waren, gehörten zusammen. Über den dichten Palmenhainen, die die Landebahnen umsäumten, waren die Spitzen der Flugzeughallen zu sehen. Um den eigentlichen Ort Mayport zu erreichen, mußte er nahezu den gesamten Marinekomplex umfahren; das entsprach einer Entfernung von fast vier Meilen.

Dort, wo der St. Johns River und der Intracoastal Waterway zusammentrafen, lag das winzige Fischerdorf Mayport. Der St. Johns River floß die Ostküste Floridas in Richtung Norden herauf, durch den Hafen und die Stadt Jacksonville und dann östlich in den Atlantik, wogegen der kanalartige Intracoastal Waterway parallel zur Ostküste Floridas verlief. Die beiden Schiffahrtswege trafen in einer Art Y-Kreuzung wenige Meilen vor der Mündung des St. Johns River im Landesinneren zusammen. Ein Fährdienst verband die Uferseite des St. Johns, an der Mayport lag, mit dem gegenüberliegenden, so daß die Autobahn hinauf nach Georgia, entlang der Küste Floridas, nicht unterbrochen wurde.

Eine Reihe von Fischkuttern hatte ihren Liegeplatz in Mayport und war an dem veralteten Holzpier im Kanal vertäut. Es gab ein großes Restaurant, das sich auf Meeresfrüchte spezialisiert hatte und eine historische Touristenattraktion war, das Hampton's Fish House. Es lag genau am Schnittpunkt der beiden Wasserstraßen und direkt neben der Anlegestelle der Fähre. Mayport selbst bestand aus ein paar Geschäften, die hauptsächlich Angelgerätschaften, Köder und Bier verkauften, und einer Tankstelle. Zwischen der Anlegestelle der Fähre und dem eigentlichen Fluß verliefen zwei staubige, nicht asphaltierte Straßen um eine Ansammlung baufälliger Holzhäuser. Auf der anderen Seite der Piers für die Fischkutter lag der Jachthafen von Mayport.

Mike fuhr auf der mit einer dicken Splittschicht bedeckten Straße zum Hafen hinunter, parkte, ging am Hafenbüro vorbei, überquerte einige Schwimmpiers und erreichte schließlich sein Hausboot, die Lucky Bag. Sobald er die Tür geöffnet hatte, wurde er mit einem heiseren, rauhen ›Scheißlicht‹ begrüßt. Es war die Stimme des großen afrikanischen Graupapageis, der auf der Sitzstange eines A-förmigen Gestells im Hauptwohnbereich saß. Der Papagei streckte seinen Kopf nach vorne und begann mit dem typischen Begrüßungsritual des Kopfneigens und Hin-und-Herbewegens, mit dem die Männchen und Weibchen einander begrüßen. Mike ließ seinen Aktenkoffer auf die Ledercouch fallen und ging zu dem Gestell hinüber. Zum Entzücken des Papageis fing auch Mike an, seinen Kopf hin- und herzubewegen. Sie rezitierten dann gemeinsam das Repertoire des Papageis an anstößigen Ausdrücken, und als die formale Begrüßungszeremonie vorüber war, nahm Mike den Vogel auf seine Schulter und ging ins Schlafzimmer, um seine Navy-Uniform auszuziehen und in seine ›Jachthafen-Uniform‹ zu schlüpfen, die aus einer khakifarbenen Badehose, einem T-Shirt und uralten Turnschuhen bestand.

Die Lucky Bag war ein umgebauter Fischkutter von circa sechsundzwanzig Metern Länge mit entsprechend breitem Bootsrumpf und Tiefgang. Die gesamte ursprüngliche Innenausstattung war herausgenommen und neu gestaltet worden, so daß mittschiffs jetzt der Hauptwohnbereich lag, vorlichs zwei Schlafkajüten und ein Badezimmer für Gäste und direkt achtern vom Wohnzimmer die Kombüse. Unterdecks nahm Mikes geräumige Schlafkabine den gesamten hinteren Bereich ein. Die Schiffsmaschinen waren entfernt worden, und in dem Maschinenraum, der an den Küchenbereich grenzte, waren jetzt ein Dieselgenerator, die Installation für die Klimaanlage und übriggebliebene Gerätschaften untergebracht. Im ehemaligen Deckshaus befanden sich das Steuerhaus und eine große Kajütentreppen-Leiter zum vorlichs gelegenen Wohnbereich, wogegen das gesamte hintere Deck zu einer großen, überdachten und windgeschützten Veranda, die sich bis zum Heck erstreckte, umgebaut worden war. Da das Boot in Bugrichtung an dem Pier vertäut war, konnte man von der Veranda aus das gesamte Gebiet der beiden zusammentreffenden Wasserstraßen überblicken.

Mike mixte sich in der Küche einen Gin-Tonic und stieg dann mit dem Papagei den achtern gelegenen Niedergang zur Veranda hinauf, um den Sonnenuntergang zu genießen. Nach einem Abend ernsthafter Navy-Gespräche und einer Woche auf See erschien ihm der noch schöner als sonst. Ein in Rot- und Orangetönen gefärbter Abendhimmel, der von hellen Fadenwölkchen durchzogen war, erstreckte sich über die Palmen am gegenüberliegenden Ufer. Die Wasserstraße selbst erstrahlte in einem funkelnden orangefarbenem Licht, das sich immer wieder in der unentwegten Parade kleinerer Schiffe in beide Richtungen brach. Vom Atlantik, hinter dem Jachthafen und dem hinter Bäumen verborgenen Marinestützpunkt, kam eine leichte Brise auf. Die schrillen Schreie der Seemöwen, das Tuckern kleinerer Schiffe und das Musikgemisch, das aus den Radios vorbeifahrender Boote erklang, bildeten einen wohltuenden Kontrast zur metallenen Welt eines Kriegsschiffes mit seiner drangvollen Enge und seiner angespannten Atmosphäre. Er empfand ein diebisches Vergnügen bei dem Gedanken, daß er sich, indem er sich auf dieses alte Hausboot auf dem Fluß begab, der Navy vollständig entziehen konnte.

Flußaufwärts war das laute Tuten aus dem Horn der Autofähre zu hören, als sie vom gegenüberliegenden Ufer in Richtung Mayport ablegte. Ein schwächeres Echo ertönte daraufhin von einem Fischkutter, der sich auf seinem Weg in die Wasserkreuzung befand. Die beiden Skipper tauschten Signale zum Passieren der Kreuzung aus. Von seiner Mündung in der Nähe des Stützpunktes bis hinauf nach Jacksonville war der St. Johns auch für große Ozeandampfer befahrbar, deshalb war für jeden, der hier in diesem stark befahrenen Kreuzungsbereich ein Schiff navigierte, größte Aufmerksamkeit angesagt. Mike setzte Hooker, so nannte er den Papagei, auf der Rückenlehne eines Schaukelstuhls ab, worauf ihn dieser umgehend mit Verwünschungen bedachte und ein kleines Kot-Bömbchen auf die Zeitung fallen ließ, die Mike zum Schutz des Teppichs aus Peddigrohr immer ausgebreitet liegen ließ. Er holte sein Fernglas, das an der Tür zur Kajütentreppe hing, aus der Schutzhülle und justierte es; bei dem einlaufenden Fischerboot handelte es sich um die Rosie III. Das paßt gut, dachte er, Chris Mayfield. Vielleicht kann ich jetzt rausbekommen, was es mit der ganzen Sache wirklich auf sich hat, und krieg' dabei eventuell auch noch frischen Fisch fürs Abendessen. Er legte das Fernglas weg und nahm Hooker wieder hoch; der Vogel kletterte seinen Arm hinunter, nahm einen Schnabel voll Gin-Tonic und legte den Kopf zurück, um zu schlucken.

»Du wirst dich wieder mal in die Scheiße reiten, Vogel.«

»Hol's der Teufel«, krächzte der Papagei und nahm einen weiteren Schluck. Dann machte er sich leicht schwankend auf den Rückweg zu Mikes Schulter.

»Blöder Vogel«, brummte Mike.

Mike verließ die Veranda über das Hauptdeck an der Backbordseite und ging über die Stelling auf den Pier. Er winkte einer Gruppe von Mädchen zu, die ihr Boot fürs Wochenende herrichteten. Die Blonde mit dem großen Busen lud ihn ein, doch mal vorbeizuschauen. Er bestätigte die Einladung, ohne jedoch eindeutig zu- oder abzusagen. Mit Hooker auf der Schulter ging er über die schwimmenden Ankerplätze zu dem Sandparkplatz und machte sich über die nicht-asphaltierte Straße auf den Weg Richtung Fischkutterpier.

Die Rosie III dockte gerade ein, umgeben von einer Wolke

von Dieselabgasen und den aufgeregten Schreien der Seemöwen, die begierig darauf lauerten, etwas von den beim Reinigen der Netze abfallenden Resten zu erhaschen. Mike konnte den alten Mayfield in der Tür des Steuerhauses sehen. Christian Mayfield war um die Siebzig und hatte fast sein ganzes Leben als Fischer in diesen Gewässern zugebracht. Er hatte immer ein ziemlich ärmliches Auftreten und klagte fortwährend darüber, daß alles so teuer war, aber Mike war bekannt, daß ihm ein Drittel von Hampton's House sowie eine Reihe von Grundstücken im Ort gehörten. Mayfield würde einem Navy-Offizier normalerweise nicht einmal die Tageszeit sagen, aber Mikes Lebensstil, seine Wohnung auf einem Hausboot und seine Angewohnheit, Hooker mit in die Hinterzimmer-Bar von Hampton's House zu bringen, hatten ihm gefallen.

Die Touristen gingen in den vorderen Teil von Hampton's Bar; der hintere Teil, der durch die Küche vom Restaurant getrennt war, war für die Einheimischen reserviert, und der Barkeeper, ein riesiger Schwarzer mit Namen Siam, duldete keine Ausnahme von dieser Regel. An dem Tag – vor fast eineinhalb Jahren –, als er auf das Hausboot zog, hatte Mike beschlossen, einmal auszukundschaften, was in Hampton's so alles los war. Er war – mit Hooker auf der Schulter – in den vorderen Teil der Bar gegangen. Der Vogel hatte die Kellnerin hinter der Theke völlig verwirrt, vor allem, als er mit seinen deftigen Ausdrücken begann. Sie hatte Mike aufgefordert, die Bar zu verlassen, denn Tiere seien im Restaurant nicht erlaubt. Mike hatte sich geweigert, solch verallgemeinernde Bestimmungen anzuerkennen, und dann hatte Hooker die Situation auf die Spitze getrieben, indem er zu allem Überfluß noch in voller Lautstärke ein Schimpfwort losgelassen hatte, das die Kellnerin sichtlich bestürzte. Sie hatte Siam gerufen, der auch als Rausschmeißer fungierte. Als dieser feststellen mußte, daß der Unruhe stiftende Gast genau so groß und schwer wie er selbst war, und überdies fasziniert von dem Vokabular des Papageis, hatte er Mike in die hintere Bar eingeladen. Er hatte ihm später einmal gesagt, daß er neugierig auf das Repertoire des Papageis gewesen sei, denn nach Siams Meinung war Fluchen so etwas wie eine ›hohe Kunst‹. Siam und Hooker hatten dann einen

Vergleich ihrer Schimpfworte und Flüche angestellt, der offensichtlich zu Siams Befriedigung ausgefallen war. Danach hatte er versucht, dem Papagei den Kopf zu tätscheln, worauf ihm dieser prompt ein Stück Fleisch aus der Hand gebissen hatte – zur großen Belustigung der Stammgäste. Seitdem gehörte Mike zu den Einheimischen, und es bereitete Siam diebische Freude, Uneingeweihte dazu zu verleiten, den Vogel zu streicheln. Er hatte auch immer eine kleine Holzkiste, die mit einem Handtuch ausgelegt war, griffbereit unter der Theke für die Fälle, in denen Hooker zuviel getrunken hatte und umkippte.

Mike betrat Hampton's durch den an der Küche gelegenen Seiteneingang und vermied dadurch das luxuriöser aufgemachte, vordere Foyer. Die Hinterzimmer-Bar bestand aus einem kleinen, einfachen Raum, mit nur fünf abgetrennten Sitznischen auf der wasserwärts gelegenen und einer langen Theke mit Barhockern, an der unten eine stählerne Stützleiste für die Füße angebracht war, auf der landwärts gelegenen Seite. Die Fußleiste war aus den Abgasrohren der ursprünglichen Fähre hergestellt worden. Der größte Teil der zum Wasser gelegenen Seite bestand aus Glas und gab die Aussicht auf ein mit einem Gitter umgebenes Deck und einen Ponton frei; daran konnten die Stammgäste, die mit ihren Booten draußen unterwegs waren, ihre Boote festmachen und direkt auf ein Bier in die hintere Bar kommen. Die Wand hinter der Theke war mit Spiegelglas vertäfelt, so daß diejenigen, die das Trinken ernsthaft betrieben, nicht erst gefährliche Manöver auf ihrem Barhocker ausführen mußten, um die Aussicht zu genießen.

Als Mike eintrat, war Siam gerade damit beschäftigt, Gläser zu polieren, und schien sich wenig um den einzigen anwesenden Gast zu kümmern. Als Siam dann den Papagei erblickte, holte er die Holzkiste raus und schob sie die Theke runter. Dann begann er, für Mike einen Gin-Tonic mit extra viel Limonensaft zu mixen, denn Hooker war versessen auf Limonen. Mike setzte sich auf einen Barhocker am Ende der Theke und wartete auf Mayfield. Er fragte sich, ob er auf dem Schiff anrufen sollte, um sich zu vergewissern, daß mit dem Stillegen der Hauptmaschinenanlage alles in Ordnung ging. Der Chief Engineer würde an Bord bleiben, bis die Feuer unter den Heizkesseln völlig erloschen waren und das Schiff von Land aus mit Strom versorgt wurde. Ein weiterer guter Grund für die Heizer, an Bord bleiben zu müssen, wenn alle anderen frei hatten. Mike beschloß, noch eine Stunde zu warten, um nicht den Eindruck zu erwecken, als würde er sich Gedanken machen, obwohl er das eigentlich immer tat. Mayfield kam durch die Seitentür herein und bestellte lautstark ein Bier. Er erblickte Mike am Ende der Theke und gesellte sich zu ihm.

»Hallo, du häßlicher Furzvogel«, krächzte er mit seiner Reibeisenstimme und schaute Hooker finster an.

»Fick deine Mama«, kreischte Hooker und ließ eine Ladung in Richtung von Mayfields rechtem Stiefel fallen, der diesen gerade noch rechtzeitig wegzog. Mayfield stank zu gleichen Teilen nach Schweiß, Fisch, Bourbon und Dieselöl.

»Dreckiger kleiner Scheißer«, sagte er. »He, Siam, dieser verdammte Vogel hat gerade hier aufs Deck geschissen. Was für einen Saftladen führst du hier eigentlich?«

Siam schüttelte nur den Kopf; er war kein großer Redner vor dem Herrn. Mike hatte Hooker einige Minuten an dem Gin-Tonic herumlutschen lassen, und der Papagei bekam jetzt sehr schnell eine eindeutige Schlagseite. Eine Kellnerin aus der vorderen Bar kam herüber, um eine Schale Eiswürfel zu holen. Als sie den schwankenden Papagei auf der Theke herumtaumeln sah, schüttelte sie mißbilligend den Kopf. Genug war genug; Mike nahm Hooker von der Theke und legte ihn in die Handtuchkiste, wo er sofort die Augen schloß, in einem Haufen von Federn versank und seinen Rausch ausschlief. Mayfield beugte sich rüber und guckte in die Kiste.

»Du murkst diesen kleinen Scheißer noch ab, wenn du ihn weiter so saufen läßt«, sagte Mayfield.

»Na, dir hat es bisher ja auch nicht sonderlich geschadet, wenn ich mich nicht irre«, antwortete Mike.

»Ich bin lange zur See gefahren – härtet Leber und Lunge ab. Was spielt sich eigentlich zur Zeit bei der verdammten Navy ab? Ich glaub', ich hab' die 920 dieser Tage am Golfstrom gesehen.«

»Das hast du auch. Irgend so ein Scheißschwätzer hat 'ne Meldung abgesetzt über ein Unterseeboot da draußen. Und wir kriegten die ehrenvolle Aufgabe, danach zu suchen. Du weißt nicht zufällig, wer das war, oder?«

»Doch, weiß ich schon. War Maxie Barr von der Brenda. Hat mich deswegen auch vor kurzem über Seefunk angerufen. Er und ich sind im ›Willy Twice‹ (2. Weltkrieg) zusammen auf den Liberties (amerik. Frachtschiff während des 2. Weltkriegs) gesegelt; dachte sich natürlich, daß ich auch 'n Tauchboot erkennen würde, wenn mir eins unterkäme. Und er behauptet, daß es ein verdammtes Tauchboot war, das halb auftauchte und dann wieder runterging. Er hatte eine Scheißangst.«

»Hat er wirklich von einem Tauchboot gesprochen?«

»Ja, hat er. Hab' ich doch gerade gesagt, oder? Sagte, daß die verdammten Nazis zurück seien und daß er der Navy Bescheid geben würde, damit die einen rausschickten, um ihnen Feuer unterm Hintern zu machen.«

Mike starrte auf seinen Drink und schüttelte den Kopf. Draußen war es schon fast dunkel. Die Lichter in der Bar wurden von dem Glas reflektiert und ließen die Silhouetten der Boote auf dem Fluß schwächer werden. Siam kam die Theke heruntergeschlendert.

»Noch mal das gleiche?« fragte er und zeigte mit dem Kinn auf ihre Gläser.

»Mhm«, sagte Mayfield. »Aber gib dem Matrosen hier bloß 'ne Limonade, damit er aufhört, seinen Papagei vollaufen zu lassen. Schau dir dieses armselige Stück Scheiße da drinnen doch bloß mal an, da muß man sich doch wirklich schämen.« Hooker öffnete ein Auge, gähnte und tauchte wieder ab.

»Na ja, wir sind also rausgefahren und haben die Nacht damit zugebracht, 'ne Menge Fische mit unserem Sonar abzumurksen«, sagte Mike. Meiner Ansicht nach muß sich Maxie im Delirium befunden haben oder sonst was. Wenn er wirklich ein U-Boot gesehen hat, dann muß es seiner Beschreibung nach ein Diesel-Boot gewesen sein. Bei uns sind aber gar keine Diesel-Boote mehr in Dienst.«

»Aber die verdammten russischen Hurensöhne, die haben doch Diesel-Boote, hab' ich recht?«

»Schon, aber auch die schicken keine Diesel-Boote über den Teich, um hier in den amerikanischen Gewässern rumzufurzen, allerhöchstens eins von ihren Riesen-Atom-U-Booten, aber, Mensch, das würde man doch niemals so auf der Wasseroberfläche sehen.«

Mayfield nickte. »Irgendwas muß er da draußen gesehen haben. Noch über Funk kauderwelschte er vor Angst so unverständlich daher wie ein gottverdammter Kanake.«

Siam brachte den Nachschub. Die Bar füllte sich langsam, als sich die Männer von den Fischkuttern zu einem harten Trinkgelage einfanden. Mike wollte eigentlich keinen weiteren Drink, aber es war Freitag abend und außerdem wäre es unhöflich gewesen, die Einladung abzulehnen. Beim nächsten Mal war er dran, Mayfield einen auszugeben, aber er selbst wollte keinen mehr, deshalb trank er bewußt langsam.

»Und, sucht die Navy weiter?« fragte Mayfield, wobei seine Stimme gleichgültig klang, aber seine alten Augen hatten einen ernsten Ausdruck, als er Mike von der Seite anblickte.

Mike schüttelte langsam den Kopf. »Nein. Wir haben noch nicht mal einen ordentlichen Bericht erstellt und zu den Akten genommen. Falls nicht noch eine Navy-Einheit die Sichtung aus eigener Anschauung bestätigen kann, ist das Ganze nie passiert.«

»Scheiße. Genau wie die verdammten Bullen«, grollte Mayfield. »Irgend so ein Arschloch schneidet dich auf der Straße, du nimmst seinen Führerschein und erstattest Meldung, und die Bullen erzählen dir die gleiche Geschichte. Sie haben's nicht selbst gesehen, also können sie's auch nicht aufnehmen.«

Mike stimmte ihm zu. »Tja, so ist das nun mal. Ihr fangt das U-Boot in euren Netzen und bringt seinen Arsch rein, wir beschlagnahmen dann sein dickes Ende und schmücken uns mit dem Verdienst.«

Mike schaute Mayfield einen Augenblick an, und dann sagten beide wie aus einem Munde: »Genau wie die Bullen.«

Sie lachten. Mike trank sein Glas aus und bestellte für Mayfield noch ein Bier. Das Geld ließ er auf der Theke liegen. Er stand auf, nahm den Papagei hoch und legte den betrunkenen Vogel vorsichtig in seine linke angewinkelte Ellenbogenbeuge.

»Willst du einen Fisch haben?« fragte Mayfield über die Schulter.

»Gern.«

»Geh zu Jack; hat 'n paar schöne Snapper in der Kühltruhe.«

»Danke, Captain. Und paßt auf das U-Boot auf.«

Mayfield trank sein zweites Bier aus und ging zum dritten über. Er wischte sich den weißen Schaum von der Oberlippe und rülpste laut. »Ich werd's schon finden, Michael. Verlaß dich drauf.«

Mike verließ die Bar und machte sich über die Sandstraße auf den Weg zu dem Pier, an dem die Fischkutter anlegten. Bei der Rosie III blieb er stehen. Jack, der zum Saubermachen eingeteilt war, spritzte gerade das Deck mit einem Schlauch ab, und spülte die Reste von Fischen, Eingeweiden und Seetang aus den Netzen durch die Wasserlauflöcher entlang dem Deck. Ein paar hundert Seemöwen kreisten im Licht der Scheinwerfer über ihm. Jack bedeutete Mike mit einer Kopfbewegung, daß er sich bedienen sollte. Mike ging zum Deckshaus und öffnete den alten Kühlschrank, der mit dünnen, wenig vertrauenerweckenden Ketten an dem Schott befestigt war. Er suchte einen schönen, eineinhalb Pfund schweren roten Schnappfisch aus, steckte den Finger durch die Kiemen und ging wieder an Deck zur Gangway. Buddy gab ihm eine Plastiktüte mit einem Dutzend großer Garnelen.

»Hab' zu viele für mich zurückgelegt, um sie alle selbst zu essen«, rief er und versuchte die Möwen zu übertönen.

Mike bedankte sich und trug den Fisch und seine Tüte Garnelen zurück zum Jachthafen. Hooker schlief noch immer tief und fest auf Montgomerys angewinkeltem Ellenbogen. Es war inzwischen fast völlig dunkel, als er über die Sandstraße zurück zum Jachthafen ging, ein Touristenpärchen, das auf dem Weg zum Restaurant war, schaute ihm verwundert nach.

Zurück an Bord der Lucky Bag, legte er den Papagei im Wohnzimmer in eine Holzkiste, die der in der Bar aufs Haar glich, damit er seinen Rausch ausschlafen konnte. Dann ging er in die Kombüse, um den Fisch und die Garnelen zu säubern. Er stieg den kurzen Aufgang auf den hinteren Teil der Veranda hinauf und zündete den gasbetriebenen Grill an, der auf einigen Ziegelsteinen befestigt war. Zurück in der Kombüse, schüttete er die gesäuberten Garnelen in einen Glasteller und gab etwas

Catalina-Sauce darüber; den Fisch pinselte er mit Olivenöl ein. Aus dem Kühlschrank nahm er eine halbe Stange älteren französischen Weißbrots und eine Flasche Kendall Jackson Chardonnay. Er entkorkte sie, schnappte sich ein Glas und den Fisch und ging wieder nach oben. Er machte es sich in einem tiefen Rattansessel gemütlich, wartete darauf, daß der Grill heiß wurde, und genoß sein Glas Weißwein, während er den in der Dunkelheit vorbeifahrenden Booten zusah.

Er nahm das Telefon, wählte die Nummer des Schiffes und wies den OOD an, daß er dem Command Duty Officer auftragen solle, ihn zurückzurufen. Er setzte sich wieder in den knarrenden Stuhl und trank einen Schluck Wein. Vielleicht würde er später noch bei einem der Clubs am Wasser vorbeischauen, um zu sehen, was gebacken war. Oder er würde mal ausprobieren, ob die vollbusige Blondine von nebenan es mit der Einladung ernst gemeint hatte. Vielleicht würde er aber auch nur seinen Fisch essen und sich hinhauen. Eine Woche auf See mit unzähligen nächtlichen Anrufen über Kontakte und den frühmorgendlichen Einsatzübungen schlauchte ihn inzwischen mehr als zu seiner Lieutenant-Zeit. Das Telefon klingelte, und der CDO erstattete ihm Bericht über den Status der Hauptmaschine. Mike diktierte schnell einen vorsichtig formulierten Bericht über die U-Boot-Suche, und der CDO versprach, ihn noch an diesem Abend abzusetzen. Als der Grill heiß genug war, legte er das Brot auf eine Ecke und setzte dann ein schon ziemlich angeschwärztes Kuchenblech quer über den Stahlgrill. Er röstete die marinierten Garnelen zwei Minuten lang von einer Seite, wendete sie und ließ sie noch eine Minute auf der anderen Seite schmoren, bevor er sie runternahm. Dann setzte er den Grillrost höher, legte den Fisch darauf, und reduzierte die Hitze.

Während der Fisch langsam garte, setzte er sich wieder, kostete von den Garnelen und dachte über das geheimnisvolle Unterseeboot nach. Ein Tauchboot. Offensichtlich hatte Maxie genau diesen Begriff benutzt. Beide, Maxie ebenso wie Mayfield, hatten im Zweiten Weltkrieg in den Geleitzügen Dienst getan. Sie wußten, wie ein U-Boot aussah. Mayfield hatte ihm erzählt, daß er eines über Wasser gesehen hätte, nachdem ein

Zerstörer es bei einem Angriff aufgeschlitzt hatte. Es habe wie ein ausgenommener großer Fisch ausgesehen, der auf dem Wasser hin- und hergerollt sei, ganz mit rotem Staub bedeckt; aus einer klaffenden Wunde an der Seite seien Dieselöl und menschliche Körper herausgeschleudert worden. Dann habe es sich überlegt und sei in den Tiefen des Meeres verschwunden. Mike wußte natürlich, daß die modernen nukleargetriebenen U-Boote längst nicht mehr so aussahen; selbst dieselelektrischgetriebene waren heute stromlinienförmiger und ähnelten mit ihren Schwanzflossen mehr den Atom-U-Booten. Die einzige Ausnahme bildeten die älteren russischen Boote, aber die waren schließlich nur Kopien der letzten Klasse von U-Booten der Nazis, bevor ihr Tausendjähriges Reich aus den Bahnen geriet.

Er goß sich noch etwas Wein ein, ging ins Wohnzimmer, um nach Hooker zu sehen, und kam wieder auf das Veranda-Deck zurück. Er wendete den Fisch. Ein U-Boot. Er hatte gehofft, eine wilde Geschichte über ein großes *Etwas* zu hören, das in den frühen Morgenstunden an der Wasseroberfläche zu sehen gewesen sei; etwas, das ein Betrunkener oder ein kurzsichtiger alter Mann, der die ganze Nacht aufgewesen war, leicht mit einem auftauchenden Unterseeboot verwechselt haben könnte. Aber wenn Maxie es als Tauchboot bezeichnet hatte, dann hatte er auch etwas ganz anderes als ein normales Unterseeboot gesehen.

Er nahm den Fisch und das heiße Brot vom Grill und legte beides auf ein Holzbrett. Aus dem Kühlschrank nahm er eine schon recht verschrumpelte Tomate und schnitt einige keilförmige Stückchen aus einer Zitronenscheibe; anschließend setzte er sich an den Tisch auf der mit einem Windschutz versehenen Veranda, um sein Abendessen einzunehmen. Der Verkehr auf dem Fluß hatte jetzt nachgelassen, nur gelegentlich fuhren noch kleine Boote in der Dunkelheit vorbei, deren schwache Maschinengeräusche vom Summen der in den Windschutz fliegenden Mücken überlagert wurden. Nach dem Abendessen wusch er das Geschirr ab, überlegte kurz, ob er noch ausgehen sollte, entschied sich aber, es für heute gut sein zu lassen. Das Alter fordert langsam seinen Tribut, dachte er bei sich.

KAPITEL ZEHN

Jachthafen Mayport,
Sonntag, 13. April, abends

Mike befreite seine Glieder aus der verrenkten Position an dem Pier, von dem aus er Arbeiten am Bug der Lucky Bag ausgeführt hatte, und begann, seine Anstreich-Utensilien einzusammeln. Er hatte drei volle Stunden damit zugebracht, einen Streifen abblätternder Farbe an der Wasserlinie auszubessern. Wie immer bei solchen Reparaturen war das auszubessernde Stück zu Beginn knapp einen Meter lang gewesen, und am Ende hatte er auf einer Länge von drei Metern die alte Farbe abkratzen, schmirgeln, Vorstreich- und Deckfarbe auftragen müssen; das hatte fast den ganzen Nachmittag in Anspruch genommen.

Zeit für ein Bier! Es war später Nachmittag, und die Sonne hatte immer noch Kraft. Er fühlte einen leichten Kopfschmerz von dem vielen Terpentin, das er zum Reinigen benutzt hatte. Seine Hände waren voller Farbe, und glänzende Schweißperlen bedeckten seinen Körper über dem Sonnenschutzmittel, das er auf Brust und Rücken aufgetragen hatte. Er hörte ein leises Pfeifen von drüben an dem Pier. Als er hinüberblickte, sah er zwei Typen in einer Schaluppe, die auf jemanden am Ende des Arbeitsdocks starrten. Da die Sonne ihn blendete, schirmte er die Augen mit einer Hand ab und erkannte zu seinem großen Erstaunen Diane Martinson oben auf den Stufen, etwa fünfzehn Meter entfernt. Ihr Mann, der Chef des Stabes, stieg gerade die Treppe hinunter. Diane war mit einem engen weißen Rock und einer ärmellosen Bluse bekleidet; im Haar trug sie ein buntes Band. Die niedrig stehende Abendsonne gab wahrscheinlich mehr von ihrer Figur preis, als ihr bewußt war. Sie trug eine dunkle Sonnenbrille und war neben dem Torpfosten oben an der Treppe stehengeblieben. Sie wühlte in ihrer Handtasche und ignorierte die interessierten Blicke, die sie auf sich zog.

Ihr Mann ging vorsichtig über den Schwimmpier zur Lucky Bag, wobei er genau aufpaßte, wohin er trat. Mike begann, sich in seinem Aufzug – Badehose und Sneakers – etwas unbehaglich zu fühlen, als er ihn kommen sah. Der Chief of Staff trug einen weißen Sommeranzug aus Leinen mit dazugehörigem Strohhut. Die meisten amerikanischen Männer hätten in einem solchen Aufzug eher lächerlich gewirkt, nicht so Captain Martinson, der mit dem nötigen Stil und Selbstbewußtsein auftrat. Als er noch ungefähr sechs Meter von der Lucky Bag entfernt war, blieb er stehen und drehte sich nach seiner Frau um. Sie schaute ihn vielsagend an, kam dann mit offensichtlichem Widerwillen die Treppe herunter und ging in Richtung der Pontons. Captain Martinson wartete auf sie, und dann gingen sie zusammen zum Hausboot weiter. Während sie sich dem Boot näherten, musterte Martinson die Lucky Bag.

»Das ist also das berühmte Hausboot?« fragte er.

»Ja, Sir«, sagte Mike und blickte über Martinsons Schulter auf Diane.

Sie fühlte sich offensichtlich sehr unwohl, und Mike fragte sich, ob das mit seinem Arbeits-Aufzug zu tun haben könnte. Sie schien es zu vermeiden, ihn anzuschauen. Mike hatte während der letzten eineinhalb Jahre täglich im Fitness-Raum der Goldborough trainiert und wußte, daß er einen ganz passablen Anblick bot; dennoch zog er den Bauch sicherheitshalber lieber ein paar Zentimeter ein. Ob sie sich an ihren Zusammenstoß an der Türschwelle im Kasino erinnerte? Der Chief of Staff ergriff das Wort:

»Wir gehen zum Abendessen ins Hampton's, und ich dachte, ich komme mal auf einen Sprung vorbei. Hatten Sie schon Gelegenheit, sich bei den Fischern wegen dieser U-Boot-Meldung umzuhören?«

Mike legte den Pinsel weg und nahm einen Lappen, um sich die Hände abzuwischen. »Ja, Sir, hab' ich gemacht. Allerdings hab' ich nicht mit dem sprechen können, der die Meldung gemacht hat; der ist noch auf See. Aber nach dem, was mir Chris Mayfield – der ist hier so 'ne Art väterliche Leitfigur für die Fischer – erzählt hat, schwört der Typ Stein und Bein, daß er ein *Tauchboot* gesehen hat. Er hat genau diesen Ausdruck benutzt.«

Jetzt schaute Diane ihn aber ganz bewußt an! Oder bildete er sich das nur ein? Ihre Augen waren hinter der dunklen Sonnenbrille versteckt.

»Ein Tauchboot«, wiederholte Martinson nachdenklich. »Dieser Ausdruck ist heutzutage wirklich ungewöhnlich, es sei denn, der Mann ist schon in einem fortgeschrittenen Alter.«

»Maxie Barr heißt der Skipper, und er ist wahrscheinlich in Chris' Alter, also Ende Sechzig, vielleicht siebzig. Ich nehme an, er ist alt genug, um im letzten Weltkrieg noch Tauchboote gesehen haben zu können.«

Diane stand nervös wartend hinter ihrem Mann und schaute jetzt über den Fluß auf die Parade vorbeiziehender Boote. Die beiden Männer in der Schaluppe nebenan starrten sie weiter unverhohlen an. Mike mußte sich anstrengen, um sich auf das, was Martinson sagte, zu konzentrieren.

»Also, wenn der wirklich was gesehen hat, dann kann es sich nur um ein konventionelles und kein nukleargetriebenes handeln«, überlegte Martinson und schaute nachdenklich über die Wasserstraße.

Dann bemerkte er das nervöse Verhalten seiner Frau hinter ihm. Er runzelte die Stirn. Er hatte sie gebeten, ihn auf das Hausboot zu begleiten, aber sie hatte sich eigenartig geziert. Ein unangenehmes Schweigen senkte sich auf die kleine Gruppe, und Mike fühlte sich etwas lächerlich, so wie er da stand, mit mehr Schweiß am Körper als Kleidungsstücken, die Hände voller Terpentin.

»Diane, das ist Commander oder vielmehr *Captain* Michael Montgomery, CO auf der Goldsborough. Michael, meine Frau Diane.«

Diane nahm ihre Sonnenbrille ab und kam nach vorn, um Michael grüßend zuzunicken.

»Captain«, sagte sie mit ruhiger Stimme, ohne ihm direkt ins Gesicht zu sehen.

Mike lächelte und schaute sie geradewegs an, und plötzlich sah er in ihren Augen, daß sie ihn wiedererkannte. Er hatte das Gefühl, daß sie sich an ihn erinnerte, aber das zu verbergen suchte.

»Diane«, sagte er, »ich würde Ihnen gerne die Hand geben, aber . . .«, er hielt seine Hände hoch, die voller Farbe waren.

Sie lächelte verlegen, sagte aber nichts.

»Sie sind ziemlich bekannt unter den Captains der Zerstörer,

Michael. Ist ja auch nicht so häufig, daß einer in solch schwelgerische Pracht auf so einem herrlichen alten Boot lebt«, sagte Martinson. »Sie werden wohl viel Zeit mit Reparaturen zubringen, vor allem bei einem Bootsrumpf aus Holz.«

»Kann man wohl sagen, Sir. Abblätternde Farbe paßt nicht so gut zu der von Ihnen zitierten Pracht. Möchten Sie sich einmal umsehen?«

»J. W., wir müssen gehen. Wir haben doch reserviert . . .«, warf Diane ein und blickte über ihre Schulter unruhig in Richtung Restaurant.

»Ich bin sicher, daß sie den Tisch reserviert halten werden, Diane«, sagte Martinson und zu Mike gewandt: »Ja, ich würde es mir sehr gerne anschauen, natürlich nur, wenn es Ihnen keine zu großen Unannehmlichkeiten bereitet.«

»Überhaupt nicht. Es ist eigentlich ein recht komfortables Heim. Kommen Sie an Bord.«

»Sind Sie sicher, daß wir Sie nicht stören, Captain?« fragte Diane besorgt. »Wir könnten ja ein andermal wiederkommen.«

»Sie stören ganz und gar nicht«, antwortete Michael, dessen Neugier durch ihr offensichtliches Bestreben, so schnell wie möglich wegzukommen, plötzlich geweckt wurde. »Hier entlang bitte.«

Mike zeigte Diane das Fallreep, das hinauf zum Deck der Lucky Bag führte, und kletterte hinter ihr die dreistufige Leiter hoch, gefolgt vom Chief of Staff. Sein Herz setzte beim Anblick ihrer geschmeidigen Hüften so unmittelbar vor seinem Gesicht einen Schlag lang aus. An Bord angekommen, führte er sie durch das Vorschiffsluk hinunter und zeigte ihnen die beiden Gästekabinen – mit dem angrenzenden Badezimmer – und den Hauptwohnbereich.

Das Wohnzimmer war mit einer Länge von zehn und einer Breite von sieben Metern überraschend groß und erstreckte sich über den gesamten Mittschiffsbereich unter dem Hauptdeck. Auf jeder Seite befanden sich vier messingumrandete Bullaugen, an denen Vorhänge hingen. Wände und Decke waren mit unterschiedlich gemasertem, dunklem Furnierholz vertäfelt. Ein großer Orientteppich bedeckte den gesamten Boden, und in der Mitte des Raumes, genau gegenüber dem mit Gas betriebenen offenen Kamin auf der Steuerbordseite, stand eine gemütlich aussehende Couchgarnitur aus Leder. An den Wänden auf der Backbordseite waren Bücherregale angebracht, und im hinteren Teil des Wohnzimmers stand ein ziemlich großer Eßtisch mit sechs Lehnstühlen. Über dem Tisch hing ein Kerzenleuchter aus Messing, der aus dem Steuerrad eines Schiffes gefertigt worden war. In dem achtern gelegenen Schott befanden sich drei Türen: Eine führte in die Kombüse, eine zum Schlafzimmer des Captain und die dritte zu der Kajütenleiter, die zu dem achtern gelegenen Veranda-Deck hinaufführte.

»Also das ist ja wirklich ausgesprochen elegant«, sagte Martinson. »Es ist viel größer, als es scheint.«

»Na ja«, sagte Mike und versuchte das durch die Klimaanlage verursachte Frösteln zu ignorieren, »es war halt mal ein Fischkutter, und deshalb war unterdecks viel Platz für den Fang gelassen worden.«

Diane schreckte auf, als Hooker sich aus einer Ecke des Zimmers mit einem deftigen Ausdruck zu Wort meldete.

»Ein Papagei«, rief sie aus und schien dabei für einen Augenblick ihr Unbehagen zu vergessen. »Das gibt's doch gar nicht. Hat er gerade etwas gesagt?«

Mike merkte, wie er rot wurde.

»Achten Sie nur nicht darauf, was der Vogel sagt; sein Vokabular ist nicht stubenrein.«

Er hoffte inbrünstig, daß Hooker sich nicht in weiteren Kostproben seines Wortschatzes ergehen würde. Er zeigte ihnen die Kombüse und ließ sie einen Blick in sein Schlafzimmer, das den gesamten Raum unter der Heckveranda einnahm, werfen.

Das Schlafzimmer, in dem ein großes Bett stand, war ebenfalls vertäfelt. Zu der einen Seite lag ein separates Badezimmer, und auf der anderen befanden sich in die Schotts eingebaute Schubladen. Im hinteren Schott waren drei Bullaugen, durch die das glänzende Licht der untergehenden Sonne das Zimmer durchflutete.

Der Chief of Staff schien von alledem sehr angetan und ignorierte den offensichtlichen Wunsch seiner Frau zu gehen. Als er in der Tür zu seinem Schlafzimmer stand, bemerkte Mike auf einmal ihr Parfum.

»Das ist wirklich alles sehr gediegen«, wiederholte Martinson, »ich glaube, ich kann die Anziehungskraft durchaus nachempfinden.« Er drehte sich zu seiner Frau um. »Vielleicht sollten wir uns auch mit dem Gedanken tragen, ein Hausboot zu kaufen, wenn ich pensioniert bin. Was hältst du davon, Diane? Könntest du dir das vorstellen, ich meine, würde es dir Spaß machen? Ich könnte mir das ganz gut vorstellen.«

Diane zog ihre Augenbrauen hoch. »Pensioniert? Du? Das wird ja wohl noch ein paar Jährchen dauern, mein Lieber.«

Aus Martinsons Gesicht war die Verstimmung abzulesen. »Oh, mhm, ja sicher, selbstverständlich«, sagte er hastig. »Damit wollte ich nicht zum Ausdruck bringen, daß ich mich jetzt schon in den Ruhestand begeben wollte. Es war – ach, vergiß es. Ich glaube, wir machen uns jetzt besser auf den Weg.«

Mike war der gereizte Unterton in dieser kurzen Unterhaltung nicht entgangen. Er führte sie über den engen Aufgang auf den hinteren Teil der Veranda am Heck des Bootes; von dort aus hatten sie einen Blick über die gesamte, sich in ihrem Glanz vor ihnen ausbreitende Wasserstraße. Dieser Teil der Veranda war von allen Seiten mit einem Windschutz umgeben, und die Überdachung bestand aus Fiberglas, das auf einem röhrenförmigen Stahlgestell befestigt war. Auf dem Boden lagen Teppiche aus Peddigrohr, und die Einrichtung bestand aus einer Mischung von Holz- und Rattan-Armlehnstühlen, einem Tisch und ein paar alten Barhockern. In einer Ecke, auf ein paar Ziegelsteinen, befand sich der Grill. Innen an den Seiten lief eine Holzleiste entlang, und von der Überdachung hing ein großer Ventilator herunter. Vor ihnen erstreckte sich in beiden Richtungen das herrliche Panorama des Küstenkanals, und die Geräusche und Gerüche des Wassers, die zu ihnen herübergetragen wurden, standen in eigenartigem Kontrast zu der antiseptischen, klimaanlagengekühlten Atmosphäre des unterdecks gelegenen Bereiches.

Mike bot ihnen etwas zu trinken an, aber Martinson, der nun plötzlich auf die Wünsche seiner Frau Rücksicht zu nehmen schien, lehnte entschieden ab und bestand darauf, daß sie nun aber wirklich gehen müßten. Mike geleitete sie durch die Tür und dann über die Backbordseite der Veranda zurück auf das Hauptdeck zur Gangway. Der Chef des Stabes entschuldigte sich für die Störung, dankte ihm für die Führung und stieg dann brüsk die Leiter hinab. Unten drehte er sich um und wartete auf seine Frau. Diane blieb oben einen Augenblick stehen. Mike vermied es, sie anzustarren. Er hätte nicht genau sagen können, was ihre Attraktion ausmachte – sie war nicht schön im herkömmlichen Sinne, aber sie hatte eine so unglaublich weibliche, körperliche Ausstrahlung, wie er sie vorher noch nie bei einer Amerikanerin gefunden hatte. Sie erinnerte ihn an die französischen Frauen, die er auf seinen Reisen getroffen hatte. Auch bei ihnen war ihm zu allererst immer ihre betont weibliche Ausstrahlung aufgefallen, bevor er überhaupt andere Einzelheiten wahrgenommen hatte. Diesmal streckte sie ihm ihre Hand entgegen, und Mike ergriff sie – trotz Terpentin und Farbe.

»Haben Sie ganz herzlichen Dank für die Führung, Captain«, sagte sie mit unbewegtem Gesichtsausdruck. »Ich finde Ihr Schiff wunderschön.«

Mike hielt noch immer ihre Hand. Er schaute ihr direkt in die Augen und sagte: »Es war schön, Sie hier zu haben, Diane. Sie sind jederzeit willkommen.«

Fast schien es, als wollte sie lächeln, aber dann ließ sie Mikes Hand abrupt los und stieg das Fallreep hinunter. Er schaute ihnen nach, als sie über den schwimmenden Pier gingen und dann die Treppe hinaufstiegen. Sie ging seitlich hinter ihm wie Freitag im Offizierskasino. Oben angekommen, drehte sie sich noch einmal um, aber sie winkte nicht. Einer der Jungs in dem Boot nebenan ahmte einen Ohnmachtsanfall nach und ließ sich in gespielter Verzweiflung in die Segel der Schaluppe fallen.

»Ich bin verli-i-i-iebt«, deklarierte er theatralisch.

Ich glaube, ich kenne das Gefühl, dachte Mike verwundert.

KAPITEL ELF

Mayport, Hampton's Fish-House,
Sonntag, 13. April, 19 Uhr

Diane setzte ihre Sonnenbrille wieder auf, um ihre Augen gegen das grelle Licht im Speiseraum des Restaurants zu schützen. Sie saßen an einem Fenstertisch. J. W. bestand immer auf einem Fenstertisch. Die Abendsonne strömte durch die getönten Spiegelglasscheiben, durch die man die Flußkreuzung überschauen konnte. Das gleißende Licht wurde noch verstärkt durch die glitzernden Reflektionen tanzender Prismen kabbeliger Wellen auf dem Kanal. J. W. schlürfte seinen Martini und schaute sich dabei im Restaurant um, um festzustellen, ob jemand von Bedeutung da war. Diane hielt sich an ein Glas gekühlten Weißweins. Sie dachte über Mike Montgomery nach.

Vor ihrem geistigen Auge sah sie sein Bild, wie er aufrecht, groß und muskulös auf dem Pier stand, sein nackter, athletischer Körper von Schweißperlen bedeckt und mit Farbe beschmiert und seine Augen, die sie unverhohlen über den Pier hinweg taxierten. Sie hatte J. W. gesagt, daß sie oben an dem Pier warten würde, aber er hatte darauf bestanden, daß sie ihn begleitete. Es würde nur eine Minute dauern, er wollte ihn nur eben etwas fragen. J. W. war die Treppe hinuntergestiegen, wobei er nicht bemerkt hatte, daß sie – unter Mikes forschendem Blick und der Unsicherheit, die sie selbst in sich aufsteigen spürte – zurückblieb. Aber dann war sie von dem Hausboot sprichwörtlich angezogen worden wie die Motte vom Licht; in ihr hatte sich ein köstlicher Vorgeschmack ausgebreitet, in den sich nur leicht das Wissen mischte, daß sie im Begriff war, sich in Gefahr zu begeben. Die bewundernden Blicke der beiden jungen Männer in der Schaluppe und ihre jugendlichen Possen waren ihr nicht entgangen, aber sie hatte nur Augen für Michael Montgomery gehabt, und in ihrem Bauch hatten – durch die Gleichgültigkeit ihres Mannes lange verschüttet geglaubte – Schmetterlinge vibriert. J. W., so sann sie vor sich hin, hat seine Karriere und seine Affäre. Ich frage mich . . .

»Diane?« J. W. schaute sie an.

»Tut mir leid. Ich war abwesend. Die Sonne blendet so. Was hast du gerade gesagt?«

»Ich sagte, daß der Commodore und Mrs. Taylor hier sind. Wir sollten hinübergehen und ›Hallo‹ sagen.«

»Geh du nur«, antwortete sie. »Ich werde ihnen schon zum richtigen Zeitpunkt von hier aus zuwinken.«

»Das ist aber nicht besonders freundlich von dir.«

»Sie ist auch keine besonders gute Freundin von mir«, erwiderte Diane förmlich.

J. W.s Gesicht nahm einen ›Oh-entschuldigen-Sie-bitte‹-Ausdruck an; er stieß einen Stuhl zurück, nahm sein Martiniglas in die Hand und bahnte sich einen Weg durch den sich schnell füllenden Speiseraum. Diane winkte den Taylors pflichtbewußt im richtigen Moment zu und gab sich dann – während sie sinnend über den Kanal blickte – wieder ihren Gedanken hin.

Sie fragte sich, wann sie, wenn überhaupt, J. W. jemals damit konfrontieren würde, daß sie Bescheid wußte. ›Wissen‹ tat sie eigentlich nichts – sie hatte nur das Gespräch der Frauen mit angehört, die sich über die hübsche kleine Wave Commander in Norfolk ausließen. Aber es paßte. Eine weitere Kerbe in J. W.s ›Imagestab‹. Wenn sie es ihm wirklich heimzahlen wollte, würde sie einen Monat bis zur nächsten Sitzung des Auswahlkomitees warten und dann mit einer schmierigen, lauter ›Jeder-soll-es-wissen-Scheidungsklage‹ einen richtigen Skandal auf dem Stützpunkt hervorrufen. Nur, wie sollte es dann weitergehen? Genau wie in ihren Tagträumen über eine schöne Nachmittags-Affäre mit einem der gutaussehenden jungen Männer vom Strand waren die ›Danach-Szenarios‹ immer ganz schön deprimierend. Was würde sie denn mit einer Scheidung schon anfangen können? Wo würde sie danach hingehen und leben? Selbst das Gehalt eines langgedienten Navy-Captain reichte für einigermaßen anständige Unterhaltszahlungen nicht aus. Wie J. W. sagen würde, was ist also Sinn und Zweck des Ganzen?

Außerdem fühlte sie auch tief im Herzen, daß sie J. W.s Navy-Karriere nicht einfach wegen der Befriedigung, die ihr das brächte, vernichten konnte. Er lebte so voll und ganz für

Karriere und Beruf, daß eine solche Geschichte den Mann selbst vernichten würde. Sie hätte ihn eben von Anfang an als das erkennen müssen, was er eigentlich war; daß unter der glitzernden Uniform, dem weltklugen und kultivierten Auftreten und Charme die sterile Seele eines pflichterfüllten Bürokraten steckte, eines Mandarins, der vorwärtskam um des Vorwärtskommens willen, der das Spiel mit vollendetem Geschick spielte. Die ›spezielle Bekannte‹ – das war der Ausdruck, den die Frau im Toilettenraum benutzt hatte –, reihte sich da nahtlos ein: eine weitere Facette des guten Lebens, das der Kollektion – erfolgreiche Karriere, vorzeigbare Ehefrau, schöne Autos, die richtigen Anzüge – hinzugefügt werden konnte. Viele Männer in der Navy glichen sich in dieser Beziehung – sie versuchten bei ihrem Streben nach den richtigen Dingen, die Werte englischer Oberklassenangehöriger zu imitieren. Eine ziemlich kostspielige Ethik, die aus dem tiefsitzenden Einfluß der königlichen Navy auf die amerikanische Navy herrührte. Ein Schiffsoffizier wurde unabhängig von seinem gesellschaftlichen Hintergrund allein vermöge seines Offizierspatentes ›gesellschaftsfähig‹.

Der Kellner trieb sich versuchsweise in ihrer Nähe herum, aber sie schickte ihn mit der Bestellung eines weiteren Glases Weißwein weg.

Und nun, an dieser entscheidenden Schnittstelle in ihrem Leben, tauchte plötzlich Michael Montgomery an ihrem Horizont auf – wie ein kraftvoll fahrendes Motorboot, das sich einem kleinen Segelboot nähert. Sie war sich seiner latenten physischen Anziehungskraft bewußt. Er lebte offensichtlich so, wie es ihm gefiel, und schien sich – nach J. W.s gelegentlichen Äußerungen zu urteilen – nicht zu scheuen, den ganzen Navy-Einrichtungen von Zeit zu Zeit ein paar unerfreuliche Wahrheiten ins Gesicht zu schleudern. Also eine Art rebellischer männlicher Einzelgänger an der politischen Wasserkante, und männlich war wirklich alles an ihm. Bei dem Zusammenstoß an der Türschwelle hatte seine Hand für einen ganz kurzen Augenblick ihren Bauch berührt, und sie konnte sie dort immer noch spüren. Eine zufällige, unbeabsichtigte Berührung, doch ein Teil von ihr hätte sich am liebsten umgedreht, wäre auf den

Patio zurückgegangen und hätte ihn gepackt. Sie lächelte bei dem Gedanken. Der arme Mann wäre wahrscheinlich vor Schreck über die Mauer gesprungen. Und dennoch – ihn hatte das auch nicht kalt gelassen; da war sie sich sicher.

Sie war daran gewöhnt, daß Männer auf sie körperlich reagierten, aber das hier war spontan und unbeabsichtigt gewesen; ein Aufflackern unverhüllter Lust, bevor die erwarteten gesellschaftlichen Umgangsformen schlagartig wieder die Kontrolle übernahmen wie Stückpforten, die nach der plötzlichen zur Schau-Stellung von Kanonen eines Schiffes in vorderster Stellung wieder herunterfielen. Auch heute abend wieder, auf dem Dock‹, und später auf dem Boot war für kurze Zeit ein unterbewußter Strom sexueller Energie geflossen. Und das vor den Augen ihres Mannes, der für all das völlig blind war. Sie wäre am liebsten davongerannt, als J. W. darauf bestand, daß sie mit ihm zum Boot gehen sollte. Es würde J. W. niemals in den Sinn kommen, daß seine pflichtbewußte Frau ein sexuelles Interesse an einem anderen Mann haben könnte, auch nicht, wenn er seine eigene Affäre geschickt und mit der ihm eigenen reibungslosen Effizienz managte. Er kam zum Tisch zurück.

»Taylor ist eine wichtige Figur in den Versorgungs- und Reparaturkreisen«, verkündete er, als er sich setzte. »Wir sind auf gute Beziehungen zu denen angewiesen, wenn wir diese Exoten der Spruance-Klasse am Laufen halten wollen. Bedauerlich, daß du nicht rübergekommen bist. Sie ist gar keine so schreckliche Person.«

»Sie ist zweifellos eine perfekte Navy-Ehefrau; mein Problem ist nur immer, daß ich nicht weiß, nach welchem Drehbuch wir gerade vorgehen, wenn wir rübergehen und vorgeben, daß wir uns ja sooo sehr freuen, sie zu sehen.«

»So muß es ja gar nicht sein«, beklagte er sich. »Wir brauchen solche Beziehungen, Leute, in deren Gesellschaft wir uns wohl fühlen und mit denen wir – wenn erforderlich – Geschäfte machen können. Hier, die Karte. Wir sollten besser bestellen. Es wird langsam voll hier.«

Diane studierte die Karte lustlos. Der Kellner war zurückgekommen, und plötzlich entschied Diane, daß sie doch Hunger hatte.

»Ich nehme den gefüllten Hummer«, erklärte sie. J. W. zog die Augenbrauen hoch und überprüfte seine eigene Wahl nochmals. Sie wußte, daß sich J. W. immer eine Höchstsumme setzte, über die er nicht hinausgehen wollte, bevor sie zum Essen ausgingen. Wenn sie sich also etwas Teureres bestellte, suchte er sich gezwungenermaßen immer ein billigeres Gericht aus, um im Rahmen des Budgets zu bleiben. Sie beobachtete aus den Augenwinkeln, wie er sich wand, während er im Kopf die Beträge zusammenrechnete.

»Ich glaube, wir sollten dazu auch einen guten Wein nehmen«, erklärte Diane. »Vielleicht einen Pouilly Fuisse; der paßt sehr gut zu Hummer, meinst du nicht auch, Schatz?«

J. W. schluckte und nickte, während er versuchte herauszufinden, was im Kopf seiner normalerweise recht fügsamen Frau vorging. Das Budget konnte er jetzt schon vergessen. Nachdem der Kellner gegangen war, beugte er sich vor.

»Sag mal, Diane – ist alles in Ordnung? Normalerweise gestattest du dir solche Eskapaden in einem Restaurant nicht.«

»Was meinst du mit Eskapaden, J. W.?« fragte Diane unschuldig.

»Nun, ich meine Hummer, Pouilly Fuisse – feiern wir vielleicht etwas?«

Sie lachte ein lautes, melodisches Lachen, was einige der Männer, die sie bereits vorher verstohlen über die Speisekarten oder die Schultern ihrer Frauen hinweg angeguckt hatten, in ihre Richtung blicken ließ.

»Es war deine Idee, daß wir ausgehen sollten«, erwiderte sie lebhaft. »Ich will nur einen schönen Abend haben und zur Abwechslung mal keine Rücksicht aufs Budget nehmen. Bei all den Tagegeldern, die du durch deine Dienstreisen nach Norfolk angespart hast, sollten wir uns das eigentlich leisten können. Wo übernachtest du eigentlich, wenn du in Norfolk bist – in diesem schrecklichen B. O. Q.?«

»Stimmt, allerdings ist es nicht so schrecklich, wie du es darstellst. Sie haben schon viel daran gemacht. Das einzig Unangenehme ist, daß der Speisesaal abends geschlossen ist. Das heißt, daß man für das Abendessen andere – äh – Vorkehrungen treffen muß.«

Sie wäre beinahe damit herausgerückt, als sie ihn über ihr Weinglas anblickte, aber er hatte den Kopf gedreht, um aus dem Fenster zu blicken, daher war ihm der glitzernde Ausdruck in ihren dunklen Augen entgangen. Andere Vorkehrungen!

»Komischer Typ, dieser Montgomery«, sagte er nachdenklich, während er immer noch aus dem Fenster schaute.

»Was meinst du damit?« fragte Diane, und jetzt war es an ihr, das Gesicht abzuwenden.

»Nun, so wie er lebt. Was müssen seine Offiziere von ihm denken? Alle anderen Commanders leben in den Wohnquartieren auf dem Stützpunkt, und er haust wie so ein Bohémien in diesem schäbigen kleinen Dorf.«

»Wahrscheinlich gefällt ihm das so. Und das Boot sah nicht aus wie das Zuhause eines Bohémiens. Das Wohnzimmer hätte eher aus einer Landhaus-Stil-Zeitschrift stammen können. Was hat er eigentlich für einen Hintergrund?« fragte sie, während sie ihren Blick auf den Tisch gerichtet hielt und mit ihrem Weinglas spielte.

J. W. zuckte mit den Schultern: »Nichts Aufregendes. Offizierspatent vom NROTC, wenngleich er wohl kaum den typischen Absolventen darstellt. Hat, soweit ich mich erinnere, viel Zeit in Vietnam zugebracht – Patrouillenboote, Zerstörer. Ich habe mir seine Akte einmal angesehen, als wir das erstemal mit ihm Probleme hatten. Damals hatte er an Gott und die Welt einen Bericht geschickt, in dem er sich über die schlechten Reparaturarbeiten auf einer unserer lokalen zivilen Werften beklagte. Hat viel Aufruhr verursacht. Ich mußte viel Zeit damit zubringen, die Wogen in den aufgebrachten Werftkreisen wieder zu glätten.«

»Hatte er denn recht – hatten sie die Arbeiten schlecht ausgeführt?«

»Ach, weißt du, das ist immer schwer zu sagen. Es ist sehr subjektiv. Aber der Punkt ist, daß wir diese zivilen Werften in Friedenszeiten mehr benötigen als die uns. Also müssen wir uns mit unserer Kritik zurückhalten. Einige konstruktive Kritikpunkte wären wahrscheinlich sachdienlicher gewesen als eine ganze Reihe der Sachen, die er vorgebracht hat. Und natürlich brachte er es auch dem Zerstörer-Kommandeur in Norfolk zur

Kenntnis. Also mußten wir auch ihn besänftigen. Danach hat er noch ein- oder zweimal ähnliche Berichte abgesetzt. Das kommt davon, wenn man keinen ordentlichen Dienst an Land in Washington gemacht hat. Der hat seine ganze Zeit auf See verbracht, nur unterbrochen von einem kurzen Landeinsatz im Stab des Typenkommandeurs in Norfolk. Hat überhaupt kein politisches Gespür, wenn du mich fragst. Ehrlich gesagt weiß ich gar nicht, wie er es eigentlich geschafft hat, ein Kommando zu erhalten. Ich nehme an, die vielen Jahre in Vietnam haben sich da als hilfreich erwiesen; er hat eine ganze Menge Streifen am Ärmel. Aber das Schiff pfeift wirklich aus dem letzten Loch; wird im nächsten Jahr außer Dienst gestellt, soweit ich weiß. So gesehen, hat man ihm das richtige Kommando erteilt. Alles in allem ist er aber schon ein Querulant.«

Während der Kellner die Salate brachte, dachte Diane über J. W.s Beschreibung nach.

»Er schien aber doch ganz nett, als er uns auf seinem Boot herumführte«, fuhr sie fort, »gar nicht wie ein Querulant.«

»Nun«, lächelte ihr Mann nachsichtig, »ich glaube, Frauen finden ihn attraktiv. Er ist jung und fit und bei seiner Mannschaft sehr beliebt; der fällt es natürlich leicht, sich mit jemandem zu identifizieren, der so offensichtlich nicht ins Establishment paßt. Aber so wird er nie seinen Kapitän Ersten Ranges machen – die Mannschaft sitzt nun mal nicht im Auswahlkomitee, ist es nicht so?«

»Schade«, murmelte sie.

»Was meinst du denn damit?«

»Nun, ich denke, die Navy müßte doch eigentlich froh sein, ein oder zwei, ich weiß nicht genau, wie ich es ausdrücken soll, vielleicht ›Unkonventionelle‹ seines Ranges in Diensten zu haben. Wenn alle Navy Captains aus dem gleichen Holz geschnitzt wären, dann hätte es ein Feind im Ernstfall doch ziemlich leicht. Nach dem, was ich gelesen habe, waren sie im Zweiten Weltkrieg jedenfalls ganz bestimmt nicht alle gleich.«

»Das stimmt wohl für den Zeitpunkt, als der Krieg sich ausweitete. Aber zu Beginn waren sie alle ziemlich gleich.«

»Vielleicht hatten wir deshalb unser Pearl Harbour«, hielt sie ihm entgegen.

»Touché«, lachte er. »Aber heutzutage spiegelt sich der Einfluß der Navy in einem viel breiteren Spektrum außenpolitischer Angelegenheiten wider. Das bedeutet, daß unsere Aktivitäten auf höchster politischer Ebene genauestens überprüft werden. Unsere Schiffe verfügen heute über eine weit größere Feuerkraft, in einigen Fällen über mehr, als während des gesamten Zweiten Weltkrieges verschossen wurde. Es ist deshalb sehr wichtig, daß unsere Schiffskommandanten verläßlich und beständig sind und über einen politischen Instinkt verfügen, in dem, was sie sagen oder tun – ob in der Navy oder anderswo. Und bei Commander Montgomery weiß ich nie, was er als nächstes sagt oder tut; deshalb fühle ich mich unwohl bei dem Gedanken, daß er oder Leute seines Schlages das Kommando über ein Schiff haben. Wir versuchen, den möglichen Schaden, den er anrichten kann, einzugrenzen, indem wir sein Schiff – offiziell natürlich aus anderen Gründen – von der Liste der Übersee-Einsätze gestrichen haben und ihm im allgemeinen eher überflüssige oder unwichtigere Aufträge erteilen, wie jetzt diese alberne U-Boot-Geschichte. Ich bin sicher, daß er glaubt, der Stab habe ihn auf dem Kieker. Aber wir haben für solche Sperenzchen einfach keine Zeit. Wir haben den gelegentlichen ›Einsamen Wolf‹, der nicht im Team mitspielen will, okay – dann stecken wir ihn in einen Käfig. Wie die Sizilianer sagen ›rein geschäftlich, nichts Persönliches‹.«

»Angenommen, er würde eine neue Seite zeigen und – in deinen Worten – respektierlich werden, würdest du deine Meinung über ihn und sein Schiff ändern?« Diane versuchte, ihre Frage so unbeteiligt wie möglich klingen zu lassen, so, als würde sie nur höfliche Konversation betreiben.

Martinson spitzte die Lippen, so, als würde er ernsthaft über ihre Frage nachdenken.

»Nein, das glaube ich nicht. Hauptsächlich, weil sich solche Typen nicht wirklich ändern. In den meisten Fällen werden sie immer streitsüchtiger, bis sie ihrem Vorgesetzten schließlich eine Handhabe bieten, ihnen das Kommando zu entziehen. Ich glaube, seins läuft sowieso nur noch sechs Monate, hat also keine große Bedeutung mehr. Findest du ihn interessant?«

Jetzt war es an Diane, sich zu verstellen; J. W. mochte gleichgültig sein, aber er war kein Idiot.

»Nicht besonders. Ich dachte nur, daß es interessant sei herauszufinden, wie das Navy-Establishment auf so einen Mann reagiert. Ich fragte mich, ob er in irgendeiner Form eine Bedrohung darstellt.«

J. W. lachte: »Nein, Diane. Das Droh-Potential ist vollständig auf unserer Seite. Wir haben ihn unter Kontrolle. Er muß nur etwas genauer beobachtet und gelegentlich diszipliniert werden. Das ist eigentlich alles Teil meines Jobs als Chef des Stabes. Ah, da kommt ja der Wein.«

KAPITEL ZWÖLF

Das Unterseeboot AL AKRAB
im Operationsgebiet der Mayport-Flotte,
Dienstag, 15. April, 4 Uhr 35

»Sonar, hält dieser Kontakt weiter auf uns zu?« Der Kommandant schwang das Periskop von Süd nach West herum und versuchte, in der Dunkelheit über ihm Lichter auszumachen.

»Ja, Kommandant. Die drei in unserer unmittelbaren Nähe bewegen sich überhaupt nicht: nur Generatoren, aber keine Maschinengeräusche. Der andere nähert sich uns nach wie vor mit langsamer Geschwindigkeit von Südwesten. Er muß Regenböen passieren.«

»Ja, ich weiß. Ich kann die Lichter der drei anderen sehen, aber diesen kann ich nicht ausmachen. Klarmachen zur Schnorchelfahrt beenden.«

Durch die Befehlsübermittlungsanlage wurde die Anordnung nach achtern weitergegeben. Kurz darauf änderte sich das Geräusch der großen Dieselmotoren, als die Ladegeneratoren abgeschaltet wurden. Die schnorchelten bereits seit ein Uhr, wobei sie immer die gleiche Taktik angewandt hatten, die darin bestand, sich hinter einen Fischkutter zu positionieren, so daß der Kutter zwischen ihnen und dem Festland war. Dann gingen sie auf Periskoptiefe, steckten den Schnorchel durch die Wasseroberfläche und ließen die Dieselmotoren an, um die Batterien aufzuladen. Selbst wenn hier auf dem Meeresboden in der Nähe des Flottenstützpunktes wirklich Unterwasserhorchgeräte installiert waren, würden die das Anwerfen eines weiteren Dieselmotors neben den vielen anderen Fischkuttern, die sich hier während ihrer nächtlichen Fangzüge aufhielten, gar nicht bemerken. Die relative Position war vor allem für das Starten wichtig; danach kam es nur darauf an, in der Nähe der Fischkutter zu bleiben, um den Diesel zu tarnen. Nach drei Stunden waren sie nun auf drei Seiten, im Norden, Süden und Westen, von Fischerbooten flankiert, die zum Glück keinen blassen Schimmer von dem dreitausend Tonnen schweren Fisch hatten, der da in ihrer unmittelbaren Nähe lauerte. Heute nacht hatten sie auch noch den Vorteil durchziehender Regenböen, die das Geräusch- und Schalldiagramm noch undeutlicher machten.

Der Kommandant suchte die Wasseroberfläche mit dem Periskop ein weiteres Mal rundherum ab; er konnte die Lichter der auf drei Seiten nur wenige Meilen entfernt liegenden Fischkutter sehen: weiße Punkte an langen Spieren mit rot-weißen Warnlichtern. Wegen der guten Geräuschtarnung war er so lange hier geblieben, aber mit diesem neuen Kontakt, der sich von Südwesten näherte, wurde es Zeit, das – zeitweilige – Nest zu verlassen. Und da auf drei Seiten Netze auslagen, würde er sich zunächst in Richtung Südwesten halten müssen, bevor er Richtung Osten ins offene Meer zurückfuhr – weg von der Küste in die Sicherheit, die der Golfstrom bot.

»Periskop einfahren.«

Das Periskop glitt in den Schacht zurück, und die Griffe schnappten mit einem metallischen Klicken ein.

»Schnorchelfahrt beenden.«

»Schnorchelfahrt beenden, jawohl.«

Fast augenblicklich erstarb das Geräusch des Dieselmotors, und jeder spürte den Druck auf den Ohren durch die Druckveränderung im Boot.

»Schnorchelklappe wird geschlossen. Schnorchelklappe ist zu. Schnorchel fährt ein«, meldete der Schiffstechnische Offizier.

Die Lampen auf der Statusanzeige für die Bootskörperöffnungen wechselten von rot über orange schließlich nach grün, was anzeigte, daß alle Öffnungen sicher geschlossen waren. Der Druck im Boot stabilisierte sich. Die Männer in der Zentrale bewegten ein paarmal die Kiefermuskeln, um dadurch den Druck auszugleichen.

»Die Hauptmaschinenkontrolle meldet, daß auf Elektromotoren und Batteriebetrieb umgestellt ist, Geschwindigkeit drei Knoten; klar für jeden weiteren Befehl. Dieselmotoren sind tauchklar.«

Kommandant Al Khali rieb sich die Augen und dachte kurz nach. Das Boot kroch mit einer Geschwindigkeit von drei Knoten in einer Tiefe von zwanzig Metern daher, und die Wache wartete auf den Kursbefehl. Er sah, wie der Musaid auf seinem Stuhl hin und her rutschte. Die ständige Wache in der Zentrale hatte Spuren hinterlassen; seine Augen lagen tief in ihren Höhlen. Er mußte etwas unternehmen, denn der PUO nahm diese Aufgabe wie vermutet wieder einmal mit religiösem Eifer wahr – wie bei einer Totenwache. Außerdem fehlte ihm sein Schatten! Aber auch bei anderen im Boot forderte sein Erlaß Tribut. Al Khali schob die störenden Gedanken beiseite und konzentrierte sich völlig auf die Überwasser-Bilder.

»Kurs backbord zweihundertdreißig, Geschwindigkeit sechs Knoten; auf fünfundvierzig Meter gehen.«

»Kurs zweihundertdreißig, Geschwindigkeit sechs Knoten, auf fünfundvierzig Meter gehen.«

Das U-Boot neigte sich schräg nach unten, und die Schraubenwellen vibrierten leicht, als die Technische Wache die Einstellungen justierte: Der Tiefenrudergänger hatte die Tiefenruder auf leichte Vorlastigkeit eingestellt, die vorderen Tiefenruder neigten nach unten, die hinteren zeigten leicht nach oben – wie ein Flugzeug, das taucht. Der Leitende Ingenieur nutzte die Geschwindigkeit des Bootes, um die befohlene Tiefe zu erreichen.

»Peilung zum näherkommenden Kontakt?«

»Peilung zweihundertfünfzig, aber durch die schlechten Überwasser-Wetterverhältnisse ist sie nicht präzise.«

»Das machte nichts; Kurs zweihundertdreißig bietet einen ausreichenden Abstand.«

»Werden nach etwa dreißig Metern passieren.«

»Ausgezeichnet«, antwortete der Kommandant. Er schnitt eine Grimasse, um seine angespannten Gesichtsmuskeln zu dehnen. Auch er war hundemüde.

Das Schnorcheln erforderte eine präzise Tiefenkontrolle. Wenn das Boot unter der Wasseroberfläche nur ein wenig zu tief abtauchte, schloß sich augenblicklich das Kopfventil im Schnorchel, was zu einem sofortigem Vakuum im Boot führte, da die Maschinen jetzt anstelle der Außenluft die Luft aus dem Boot ansaugten. Wenn das Rohr dann wieder frei war, gab es nochmals eine sehr unangenehme Druckveränderung. Es war äußerst hart und unangenehm für die Mannschaft, wenn die

Tiefenkontrolle nicht nahezu einhundertprozentig funktionierte. Daher mußte der Kommandant ständig in der Zentrale sein. Unter normalen Umständen konnte der Kommandant das Schnorcheln der Wache überlassen, aber es gab zu vieles, was schief gehen konnte, entweder mit der Tiefenkontrolle, den Überwasser-Kontakten oder auch mit dem Diesel. Und die möglichen Folgen eines Irrtums wogen schwer genug, um die Anwesenheit des Kommandanten zu rechtfertigen. Er fragte sich langsam, wie er sich denn verhalten würde, wenn wirklich noch jemand einen schwerwiegenden Fehler begehen würde und er seinen eigenen Erlaß befolgen müßte. Ihm wurde klar, daß er mit der Mannschaft sprechen mußte. Er mußte die sich anbahnende Krise, die er selbst heraufbeschworen hatte, entschärfen. Der Blick aus Musaids rotumrandeten Augen traf ihn jedesmal wie ein stiller Vorwurf.

»Tiefe fünfundvierzig Meter, Boot ist nullastig, halten Kurs zweihundertdreißig.«

»Sehr gut. Peilung zum näherkommenden Kontakt?«

»Peilung beträgt zweihundertfünfundfünfzig. Langsam nach rechts. Doppler hoch.«

»Sehr gut«, sagte Al Khali.

Nach rechts ziehen bedeutete, daß sie zwar nahe an dem Fischkutter vorbeifahren würden, aber nicht unter ihm, für den Fall, daß er ein Netz hinter sich herzog. Aber das war eigentlich kaum anzunehmen, denn Boote fuhren im allgemeinen wesentlich langsamer, wenn sie die Netze geöffnet hatten. Das hier war wahrscheinlich unterwegs zu den anderen, um ihnen Gesellschaft zu leisten.

»Ich werde mir eine Tasse Tee genehmigen«, sagte er, ohne jemanden direkt anzusprechen. Der auf der Wache für Botengänge zuständige Maat sprang auf und bewegte sich nach achtern, um den Koch hochzuscheuchen.

KAPITEL DREIZEHN

Das Unterseeboot AL AKRAB, getaucht,
Dienstag, 15. April, 4 Uhr 55

Ihnen verblieben genau zehn Sekunden Vorwarnzeit, als das Netzsondenkabel der Rosie III an der gesamten Seitenlänge des Unterseebootes vorbeikratzte – vom Bug bis zum Rumpf des Kommandoturms. Das Boot schlingerte durch den unerwarteten Ruck, mit dem es durch die plötzliche Einwirkung von achtzig Tonnen Kuttergewicht aus seiner Achsenlage geworfen wurde, vorübergehend in einen achterlastigen Neigungswinkel. In der Zentrale wurden alle durcheinander gewirbelt, bis auf den Sonar-Mann, den Tiefenrudergänger und den Rudergänger, die auf den Sitzen ihrer Instrumentenkonsolen angegurtet waren. Der heiße Tee des Kommandanten ergoß sich auf den Rücken des Sonar-Mannes, worauf der gepeinigte Matrose einen Schmerzensschrei ausstieß, der aber übertönt wurde von dem Getöse nicht festgezurrten Gerätes, das jetzt überall in der Zentrale herumgeschleudert wurde, und dem entsetzlichen, schrillen Lärm der an dem äußeren Stahlkörper des U-Bootes vorbeikratzenden Stahltrosse. Die Kontrollampen in der Zentrale gingen aus und dann wieder an, und für einen kurzen Augenblick wogte eine Staubwolke über ihren Köpfen.

Die Al Akrab, der Skorpion, fand schnell in eine gleichlastige Lage zurück, aber schon kurz darauf versuchten die Männer wieder, verzweifelt um ihr Gleichgewicht zu kämpfen. Das Unterseeboot, das in getauchtem Zustand eine Wasserverdrängung von fast dreitausend Tonnen aufwies und mit einer Geschwindigkeit von sechs Knoten fuhr, hatte den achtzig Tonnen schweren Fischkutter in weniger als dreißig Sekunden unter Wasser gezogen. Dabei hatte ihm der Autopilot des Kutters noch zugearbeitet, als er versuchte, das Boot durch eine Drehung wieder auf Kurs zu bringen. Diese Drehung jedoch geriet ihr zur tödlichen Spirale und besiegelte endgültig das Schicksal der Rosie III.

Der Kommandant war der erste, der seine Geistesgegenwart

wiedergewann. Er versuchte aufzustehen, zwängte sich in eine halb aufgerichtete Stellung am Hauptgefechtsstand, als das Unterseeboot wieder in einer horizontalen Lage war.

»Alle Maschinen stop«, brüllte er. »Ruder hart Steuerbord! Lastigkeit beibehalten.«

Der Tiefenrudergänger zog sein Ruderjoch bis zum Anschlag zurück und versuchte, den Steigruderwinkel, der dadurch hervorgerufen wurde, daß sie gegen die Stahltrosse und das Netz trieben, beizubehalten. Durch die gleichzeitige Rechtsdrehung bewegte sich die Turmvorderkante in die Richtung, in die das Boot gezogen wurde, drehte, wodurch Netz und Trosse mit einem lauten metallischen Rutschgeräusch abgestreift werden konnten. Die vorübergehende Achterlastigkeit hielt die verhedderte Masse aus Netz und Kurrleine von ihren Schrauben fern. Geriet die Stahltrosse in die Schrauben des U-Boots, hätte das ihren eigenen Untergang besiegelt. Der Kommandant gab schnell seine Befehle, um die dynamische Stabilität wieder herzustellen. Für einige Sekunden war ein unheilvoller dröhnender, brodelnder Laut achtern zu hören.

»Alle Maschinen voraus, schnelle Fahrt! Ruder mittschiffs! Recht so. Tiefe?«

»Tiefenanzeiger passiert dreißig Meter, Sir!«

»Auf zwanzig Meter gehen.« Er richtete sich nun ganz auf und griff nach dem Hörer der BÜ-Anlage, als sich das Boot nochmals abfing.

»Hauptmaschinenraum, Meldung!«

Einen Moment lang blieb es ruhig. Die Stille wurde nur gelegentlich von den Geräuschen der Wachmannschaft in der Zentrale unterbrochen, die versuchte, wieder auf die Füße zu kommen und einen Teil der heruntergefallenen Sachen aufzuheben. Bei dem Gedanken an das, was soeben passiert war, spürte der Kommandant, wie sich seine Magengrube zu einem schmerzhaften Klumpen zusammenzog. Ohne daß er jemals eine solche Erfahrung gemacht hatte, wußte er, daß sie sich in einem Schleppnetz verfangen hatten. Er fragte sich, ob sie den Kutter zum Kentern gebracht hatten.

»Kommandant, Hauptmaschinenraum meldet, alle Systeme funktionieren. Wir überprüfen jetzt die Abschnitte. Aber bisher erfolgte keine Meldung über Feuer oder Wassereinbruch.«

»Sehr gut.« Er stellte die Befehlsübermittlungsanlage ab. »Tiefe?«

»Dreiundzwanzig Meter, Kommandant, nähern uns zwanzig Metern.«

»Empfehle, auf drei Knoten zurückzugehen, Kommandant«, ließ sich der Musaid von seinem Eckplatz neben dem Stand des Leitenden Ingenieurs vernehmen. Ich bin ein Idiot, sagte der Kommandant zu sich selbst. Ich habe schnelle Fahrt befohlen, und dann vergessen, sie zurückzunehmen. Bei einer Geschwindigkeit von zwölf Knoten könnte die Turmoberkante bei dieser Tiefe leicht die Wasseroberfläche durchbrechen.

»Alle Maschinen langsam voraus. Auf drei Knoten gehen. Klarmachen zum Auftauchen.«

Das Wachteam beeilte sich, die Instrumententafeln entsprechend einzustellen. Er blicke zu seinem Vertrauensmann hinüber und nickte. Der Blick sollte soviel ausdrücken wie: Danke fürs Mitdenken, als ich unaufmerksam wurde. Musaids mahagonifarbenes Gesicht blieb ausdruckslos, als er zurücknickte. Überall waren jetzt Stimmen zu hören, als die Mannschaft sich langsam hochrappelte und versuchte, die Ordnung im Boot wiederherzustellen. Der Kommandant beobachtete den Tiefenmesser und den Staudruck-Fahrtmesser, während er darauf wartete, daß sich die Geschwindigkeit auf drei Knoten reduzierte. Dann befahl er das Ausfahren des Periskops und schaute sich – nachdem das Rohr die Wasseroberfläche durchbrochen hatte – um. Dunkelheit. Tiefe Dunkelheit und Regen. Auf der Glasoptik des Sehrohrs hinterließen die Regentropfen ihre Spuren. Zweimal glaubte er, weiße Lichter in östlicher Peilrichtung erkennen zu können, aber es konnten ebensogut herabrinnende Tropfen auf dem Periskop sein. Er beschrieb mit dem Rohr eine Dreihundertsechzig-Grad-Drehung und bewegte sich dabei im Krebsgang um die glänzende Messingsäule. Während er weiter hindurchschaute, rief er dem Sonar-Mann zu:

»Sonar, was ist zu hören?«

»Regen, Kommandant, nichts als Regen.«

»ESM-Mast ausfahren.«

Hinter dem Periskop war eine weitere Stahlröhre angebracht, die am Ende mit einer elektronischen Horchvorrichtung ausgestattet war. Auf der anderen Seite der Zentrale betätigte der Wachhabende Offizier eine Schalttafel; der ESM-Mast fuhr aus, und drei Oszillographen begannen zu flimmern. Einer der untergeordneten Offiziere glitt in den Konsolensitz und justierte die Anzeigentafel.

»Radarsuche einleiten – sowohl luftgestütztes als auch Überwasserschiff – Radar.«

»Kommandant, ich entdecke eine Raytheon-Vorrichtung. Peilung null neun fünf, Klassifizierung – Fischkutter-Radar.« Der Oberbootsmann drehte an zwei Knöpfen, während er das Spektrum absuchte. »Noch einer auf einhundertvierzig, sonst nichts, keine weiteren Schiffsaussendungen.«

»Sehr gut. ESM-Mast einfahren.«

Der Kommandant drehte das Periskop auf null neun fünf und dann auf einhundertvierzig. Er hatte immer noch den Eindruck, weiße Lichter zu sehen, aber der starke Regen hüllte alles in Dunkelheit. Er mußte jetzt eine Entscheidung treffen. Er hatte den Befehl zum Auftauchen gegeben, weil er wissen mußte, was mit dem Fischkutter passiert war. Aber die grüne Anzeige der Digitaluhr im Sehrohr zeigte an, daß sie nur noch eine Stunde von der Dämmerung auf See trennte. Sollte er bis Tagesanbruch warten, um festzustellen, was er sehen konnte? Er glaubte, daß er Lichter gesehen hatte. Bei dem Regen ließ das darauf schließen, daß die drei Fischkutter wahrscheinlich weniger als fünf Meilen entfernt waren; zumindest einer von ihnen hatte sein Radar eingeschaltet. Aber würde er es auch beobachten, während er mit den Netzen beschäftigt war? Als er sein Gesicht vom Sehrohr hochhob, bemerkte er, daß sein Stellvertreter ihn vom Plottisch aus mit unbewegtem Gesicht ansah. Er fragte sich wahrscheinlich, wer dafür erschossen werden würde. Er hat Angst, dachte der Kommandant. Ich auch.

»Periskop einfahren. Was empfiehlt der Stellvertretende Kommandant?«

Der überraschte Stellvertreter sah einen Moment lang beunruhigt aus, aber dann schien er sich zu fassen.

»Kommandant, ich denke, wir sollten auftauchen. Ja, wir

müssen feststellen, ob Schäden am Turm sind und ob dieses verfluchte Boot gekentert ist. Und ob es Überlebende gibt!«

Die Augen des Kommandanten verengten sich. Er schluckte. Überlebende. Darüber hatte er überhaupt noch nicht nachgedacht. Einige der Männer in der Zentrale hatten den Blick auf ihn gerichtet. Überlebende.

»Periskop ausfahren.«

Das Periskop glitt langsam nach oben, und er suchte das Gesichtsfeld nochmals sorgfältig ab. Keine Lichter. Die Nacht schien immer finsterer und der Regen dichter zu werden. Das plötzliche Zucken eines Blitzes überraschte ihn, so daß er leise fluchend vom Rohr zurückschreckte. Die Offiziere, die ihn beobachteten, konnten in seinen Augen die Reflektion des blauweißen Blitzes sehen, als hätte er einem Schweißer zugeschaut. Der Blitz hatte ihn vorübergehend seiner Nachtsicht beraubt.

»Periskop einfahren!«

Im Unterbewußtsein wartete er auf das grollende Geräusch eines Donnerschlages, das man manchmal auf Periskop-Tiefe hören konnte. Es war Zeit, eine Entscheidung zu treffen. Die Dämmerung würde bald heraufziehen.

»Periskop ausfahren. Auftauchen«, befahl er. Er hielt sein Gesicht auf das Periskop gepreßt und suchte unter ständigem Drehen unaufhörlich das Gesichtsfeld ab, während das Boot ankippte und das Wasser mit donnerndem Schwall aus den Ballasttanks herausströmte. Er schaute nicht auf, bis er an den heftigen Regenböen, die jetzt über ihnen zu hören waren, merkte, daß aus dem Unterseeboot wieder ein Überwasserschiff geworden war. Während er aufmerksam den dunklen Horizont absuchte, registrierte er im Unterbewußtsein die routinemäßige Befehlslitanei und die abschließende Meldung des Leitenden:

»Kommandant, das Boot fährt nullastig an der Wasseroberfläche.«

Er trat vom Periskop zurück und richtete sich wieder auf.

Der Blick des Wachhabenden ruhte auf ihm. »Kommandant, soll eine Radarsektorsuche eingeleitet werden?«

Der Kommandant starrte ihn an, und seine ganze Wut über das Geschehene entlud sich auf den unglücklichen Wachhabenden Offizier.

»Du bist wohl vollkommen übergeschnappt. Ein Auffangen unseres Radars wäre die beste Bestätigung unserer tatsächlichen Anwesenheit – mehr noch als der physische Anblick unseres Bootes. Da hinten liegt ein ganzer Marinestützpunkt voller Schiffe, die das auffangen könnten.«

Inzwischen schrie er die Worte nur noch hinaus, und die Männer wichen vor ihm zurück.

»Ich habe euch allen tausendmal gepredigt: Das Radar ist ein Feuerleitgerät! Es ist zum Töten da, nicht für Panorama-Rundblicke!«

Er spürte, wie seine Hände die Sehrohrgriffe so hart umfaßten, daß es schmerzte.

Ruhig, beruhige dich; du mußt dich wieder unter Kontrolle bekommen.

»Nein«, knurrte er und versuchte, ruhiger zu atmen. »Wir müssen unsere Augen benutzen.« Und dann drehte er sich zu dem Wachhabenden um und blickte ihn direkt an.

»Vor allem muß jeder seinen Kopf benutzen. Das ist das wichtigste.«

Er starrte auf die weißen Gesichter der Männer in der Zentrale. Nacheinander sah er jeden einzelnen an. Er wollte sich vergewissern, daß sie den Grad der Gefahr, den jede Aussendung vom Boot bedeutete, verstanden hatten. Zaghaftes Kopfnicken. Er wandte sich wieder dem Wachhabenden zu.

»Luke öffnen. Wachhabender, wir bleiben auf Batteriebetrieb. Steuermann, Kursänderung auf einhundertachtzig. Ich möchte die gleiche Strecke, die wir eben gekommen sind, zurückfahren. Geschwindigkeit auf fünf Knoten erhöhen.« Er drehte sich zu dem Musaid um.

»Musaid, trommle das Spezialteam zusammen. Es soll sich bereit halten, auf meinen Befehl durch das Zentraleluk an Deck zu kommen. Stellvertreter, rekonstruiert den Weg, den wir in den letzten fünfzehn Minuten zurückgelegt haben, und zwar auf das genaueste. Berichtigt den Kurs entsprechend. Feuerleitkontrolle, ESM-Mast ausfahren. Die Männer am ESM-System sollen auf Station bleiben und mich beim Empfangen feindlichen Radars sofort benachrichtigen.«

Während die Wache in der Zentrale sich beeilte, seine Befehle auszuführen, ging er nach vorne zum Turmaufgang und begann hinaufzuklettern. Zwei Ausguckposten hasteten vor ihm die Leiter hinauf. Ein frischer, warm-feuchter Luftstrom drang an ihm vorbei ins Boot. Salzwasser spritzte ihm ins Gesicht. Im Turm hörte sich das Geräusch des niederprasselnden Regens lauter an.

Seine Augen waren noch nicht auf die Dunkelheit eingestellt gewesen, als er den Turm hochkletterte. Das machte ihn jetzt doppelt blind. Er hatte nicht daran gedacht, Regenkleidung anzulegen. Dafür wurde er jetzt bestraft: Der Regen durchnäßte ihn bis auf die Haut – seine Haare, sein Gesicht, seine Uniform. Die beiden Ausguckposten waren durch das gleißende Licht im Innern genauso nachtblind. Alle drei warteten geduldig, während sich das Boot langsam drehte und der Regen jedes andere Geräusch erstickte. Ohne die Diesel bewegte sich das Boot so lautlos wie ein Geist, ein dunkler Schatten im Meer.

Nach fünf Minuten konnte er allmählich wieder sehen. Der Kommandant lehnte sich über die Vorderseite des Turms. Der Regen peitschte ihm ins Gesicht. Demnach mußte der Wasserabweiser weggerissen worden sein, ebenso wie das Piedestal zur Befestigung der Positionsseitenlampen. Eine Kratzspur zog sich über die gesamte Höhe des Turms – der aufgerissene Stahl glitzerte im Regen. Er dankte Allah, daß das Sehrohr nicht ausgefahren war, als es passierte. Der Regen ließ plötzlich nach, und die Sicht wurde in alle Richtungen besser. Als der Regen nahezu völlig aufgehört hatte, ergriffen alle drei die Ferngläser, die die Ausguckposten mit nach oben genommen hatten. Nach wenigen Minuten konnte er die blinkenden Lichter der drei Fischerboote am östlichen Horizont, der allmählich heller wurde, sehen.

»Kommandant«, erklang des Musaids ruhige Stimme aus der Befehlsübermittlungsanlage. »Das Spezialteam ist unter dem Zentraleluk versammelt.«

»Ausgezeichnet. Es soll sich einsatzbereit halten. Augen auf Nachtsicht vorbereiten.«

Das Spezialteam war ein sieben Mann starker Trupp von Marine-Infanteristen. Sie hielten sich ganz für sich in den vor-

schiffs gelegenen Mannschaftsquartieren auf und hatten mit dem Rest der Crew wenig zu tun. Es handelte sich um kräftige, schweigsame, kampferprobte Soldaten, die für gewöhnliche Seeleute nur Verachtung übrig hatten. Sie hatten alle palästinensische Ausbildungslager durchlaufen und verbrachten den größten Teil ihrer Zeit damit, sich körperlich fit zu halten und ihre AK-47-Maschinengewehre zu reinigen. Ihr Anführer war ein furchterregend aussehender dunkelhäutiger Algerier aus dem Atlas-Gebirge. Nur ein kurzes Wort des Musaid würde genügen, um mit jedem Überlebenden kurzen Prozeß zu machen.

»Kommandant«, ertönte die Stimme seines Stellvertreters über die Bordanlage. »Wir fahren jetzt die gleiche Strecke zurück. Bei der momentanen Geschwindigkeit werden wir noch etwa zehn Minuten benötigen, um das Gebiet, in dem sich der – äh – Zwischenfall ereignet hat, ganz abgedeckt zu haben. Uns verbleiben noch dreißig Minuten bis zur Dämmerung.«

»Sehr gut. Geschwindigkeit auf sieben Knoten erhöhen.«

Der Befehl wurde bestätigt. So, dachte er bei sich, und wie finde ich jetzt ein oder zwei schwimmende Männer mitten im Ozean, wenn überhaupt welche da sind? Er suchte – ebenso wie die beiden Ausguckposten – die gesamte Gegend aufmerksam mit dem Fernglas ab. Noch dreißig Minuten bis zur Dämmerung, der offiziellen Zeit fürs Sterneschießen, wenn die ersten Dämmerungsschatten den Horizont leicht gegen den Nachthimmel abhoben. Die Luft war kühl, und die Sicht verbesserte sich schlagartig nach dem Abziehen der Regenböen. Es mußte sich alles sehr schnell abgespielt haben. Ein Licht. Er brauchte ein Licht, so daß sie auf das Boot aufmerksam würden. Schiffbrüchige würden sich schon bemerkbar machen, wenn sie eine Lichtquelle sahen. Er befahl der Zentrale, das Such-Periskop auszufahren, die Optik auf die Wasseroberfläche auszurichten, das in dem Sehrohr installierte Licht einzuschalten und damit hin- und herzuschwenken. Die Prismen des Periskops würden einen dünnen weißen Lichtkegel aufs Wasser hinunterwerfen. Für Schiffe und Boote am Horizont würde der Lichtstrahl nicht sichtbar sein, aber elf Meter tiefer, auf der

Wasseroberfläche, würde ein Schiffbrüchiger ihn vielleicht erblicken.

Er hörte, wie das Sehrohr hinter ihm bis zur vollen Höhe ausfuhr und hin- und herzuschwenken begann wie eine Kobra, die auf Beutefang war. Er hielt seine Augen auf sein schweres russisches Fernglas gepreßt, um seine Nachtsicht nicht zu gefährden, und suchte unablässig das tiefschwarze Wasser ab.

Sie kehrten jetzt bereits seit sechs Minuten auf dem Weg zurück, den sie unter Wasser gefahren waren. Plötzlich zogen ihn die Ausguckposten am Ärmel und zeigten in Richtung Backbord voraus. Er justierte sein Fernglas. Da. Er konnte etwas Weißes im Wasser erkennen. Der beißende Geruch von Dieseltreibstoff lag auf einmal sehr deutlich in der Luft. Der Kommandant griff nach dem Schalter der Bordanlage.

»Alle Maschinen stop. Alle Maschinen langsam zurück. Spezialteam an Deck.« Er drehte sich zu dem Dienstälteren der beiden Ausguckposten um. »Gut gemacht. Ihr könnt jetzt nach unten gehen.«

Die Männer schauten ihn einen Moment lang ungläubig an, dann nahmen sie ihre Ferngläser ab, kamen von ihrem Ausguckstand herunter und verschwanden durch das Luk der Zentrale. Kurze Zeit später erschien Musaids Kopf über der Luken-Süll.

Vorn, auf der nassen schwarzen Back des Unterseebootes, schoben sich in dem trüben roten Licht, das aus dem Zentraleluk nach oben drang, sieben grobschlächtige Gestalten an Deck. Jede von ihnen trug ein Gewehr.

»Zwanzig Grad backbord; alle Maschinen stop; Sehrohrlicht dimmen«, befahl der Kommandant nach unten in die Kommandozentrale.

Die Befehle wurden von unten bestätigt, und das Boot drehte sich in Richtung der beiden weißen Objekte vorn im Wasser. Der Kommandant nahm weitere Kurskorrekturen vor, während sie sich auf etwas zubewegten, das aussah wie zwei Männer im Wasser. Als sich seine Fahrtgeschwindigkeit fast auf Null reduziert hatte, begann das große Unterseeboot im Wasser zu rollen. Die Dämmerung setzte jetzt, nachdem der Regen abgezogen war, immer stärker ein. Die Fischerboote am Horizont waren zwar immer noch als Lichtpunkte zu erkennen, aber die Lichter waren jetzt schwächer gegenüber dem heller werdenden Horizont. Glücklicherweise waren sie einige Meilen weit entfernt. Die Zeit wurde knapp. Das hier mußte schnell erledigt werden.

Die beiden Überlebenden begannen zu winken, als sie die dunklen Umrisse des Unterseebootes erkannten. Aber einer der Männer hielt plötzlich inne, hob die Hand zum Gesicht, als wollte er ausmachen, wer sich ihnen denn da so geräuschlos näherte. Das Unterseeboot, das seine Geschwindigkeit jetzt auf reine Steuerkraft verringert hatte, rollte langsam in einer kaum merklichen Dünung.

Sie sahen so klein aus mit sieben Achteln ihres Körpers unter Wasser – winzige Eisschollen in der schwarzen See. Der Musaid schaute von dem beengten Raum auf der Brücke auf den Kommandanten. Die Spezialtruppe stand in Reih und Glied an Deck, die Waffen in der Dunkelheit angelegt. Er konnte die Männer im Wasser jetzt rufen hören. Ihre Stimmen spiegelten eine Mischung aus Angst und Erleichterung, gefunden worden zu sein, wider. Das Boot war jetzt ganz nahe herangekommen; es fuhr durch eine Öllache und Gerätschaften des Fischerbootes, die auf dem Wasser schwammen. Als die Männer im Wasser die Soldaten und ihre Gewehre erblickten, verstummten sie; sie schienen auf einmal zu begreifen, was die schweigende Reihe bewaffneter Soldaten auf der Back bedeuten könnte.

Der Kommandant hob die Hand, wartete, bis das U-Boot mit den schwimmenden Männern fast auf gleicher Höhe war, und ließ den Arm fallen. Maschinengewehrsalven durchbrachen plötzlich die Nacht, und ihr hämmerndes Geräusch drang bis zu den zurückschaudernden Männern unter Deck vor. Zehn Sekunden später war auf der Wasseroberfläche nichts mehr zu sehen außer der Öllache und einigen Überresten von Gerätschaften der Rosie III, darunter ein Rettungsring, der an der Bootsseite entlangtrieb.

»An Deck«, rief der Kommandant. »Rettungsring einholen.«

Der diensthabende Unteroffizier übergab sein Gewehr seinem Hintermann, und rannte an Deck zurück, vorbei am Kommandoturm. Die trampelnden Geräusche seiner Stiefel waren auf dem Deck zu hören. Er kletterte auf die Ausbauchung der Ballasttanks achtern, setzte seinen Fuß in eins der Wasserlauflöcher, die sich entlang der Wasserlinie des Bootes befanden, und streckte seinen Arm nach dem Rettungsring aus, der achteraus an der Seite des Bootes vorbeitrieb. Der Kommandant sah dem Ganzen von oben befriedigt zu. Auf dem Ring würde nämlich ein Name zu lesen sein. Die anderen Gerätschaften, die auf dem Wasser herumschwammen, würden in wenigen Stunden in alle Winde zerstreut sein, aber der Rettungsring wäre weiter auf der Wasseroberfläche getrieben und der Beweis dafür gewesen, daß die Rosie gesunken war.

»Klarmachen zum Tauchen«, befahl er über die Bordanlage, als die Männer auf der Back einer nach dem anderen durch das Zentraleluk wieder einstiegen; ihre Gewehre hielten sie vor sich. Der Unteroffizier, den weißen Rettungsring im Arm, wartete ungeduldig. Der Kommandant blickte zum Musaid hinüber, der mit unbewegtem Gesichtsausdruck auf das von Ölstreifen durchzogene Wasser starrte.

»Nun, Musaid, was sagst du? Das mußten wir doch tun, oder?«

Der Musaid nickte grimmig und versuchte, das Bild der von Kugeln aus den AK-47 durchsiebten Gestalten und Gesichter zu verdrängen.

»Nun denn«, befahl der Kommandant in sanftem Ton, »Brücke freimachen.«

Er warf einen letzten Blick auf die Wasseroberfläche, dann betätigte er die Befehlsübermittlungsanlage und gab den Tauchbefehl. Der Musaid ließ sich in das Zentraleluk hineinfallen und glitt den Niedergang nach alter Seemannsmanier in Sekundenschnelle hinunter, wobei er die Sprossen nur mit den Stiefelspitzen berührte, während er mit den Händen, die in Handschuhen steckten, das Geländer hinunterrutschte.

Kommandant Al Khali unterdrückte die Schuldgefühle, die in ihm aufstiegen, wenn er daran dachte, was sie den Männern im Wasser angetan hatten. Es widersprach jedem Gesetz und jeder Tradition auf See. Würde das auch ihr Schicksal sein, wenn es schließlich zu dem letzten Zusammentreffen mit dem amerikanischen Trägerschiff käme? Die Mission, erinnerte er sich selbst. Du mußt die Mission in deinen Gedanken an vorderster Stelle plazieren. Nichts darf dich davon ablenken. Er beschwor das Feuer, das in den Augen des Obersts damals an dem Pier geleuchtet hatte, wieder herauf. Diese Mission ist ein Rachefeldzug, der in traditioneller Weise ausgeführt werden muß! So wie es im Heiligen Buche geschrieben steht. Das Töten dieser beiden unschuldigen Männer war erforderlich. Es war erforderlich für das Überleben seiner Männer und der heiligen Mission. Trotz der tropischen Lufttemperatur überlief ihn ein kalter Schauer. Er kannte den eigentlichen Grund für seine Schuldgefühle: Er hätte gar nicht so nahe an dem Fischerboot vorbeifahren dürfen. Diese beiden Männer mußten wegen eines von ihm begangenen, dummen Fehlers sterben. Das war schon sein zweiter gravierender Fehler bei dieser ganzen Unternehmung. Der erste war seine genauso dumme Ankündigung, daß der nächste, der einen schwerwiegenden Fehler beginge, von ihm exekutiert werde. Es wäre nur rechtens, wenn er sich jetzt selbst erschießen würde. Die zischenden Geräusche der aus den Ballasttanks entweichenden Luft und die plötzliche Neigung des Bugs nach unten holten ihn in die Wirklichkeit zurück. Er schüttelte den Kopf und schaute sich noch einmal um, bevor er durch das Zentraleluk einstieg und das Unterseeboot das Tauchmanöver begann.

KAPITEL VIERZEHN

Jachthafen Mayport,
Mittwoch, 16. April, 18 Uhr 30

Mike Montgomery parkte seinen Alfa an der üblichen Stelle im Jachthafen und blieb noch eine Minute im Auto sitzen. Er rieb sich die Augen. Er hatte drei harte Tage hinter sich. Bei der leichten Bewölkung und dem Sprühregen, der Montag abend eingesetzt hatte, wurde es ziemlich schnell dunkel. Bei solchen Wetterverhältnissen wünschten sich Pendler eine Intervall-Scheibenwischer-Anlage! Auf der Goldsborough war es hektisch zugegangen: die technischen Reparaturen, vier unangekündigte Inspektionen seitens des Stabes, zwei Captain's Mast Sessions, Einsatzbesprechungen für die bevorstehende Flottenübung und zusätzlich die jeweils zum Monatsende anstehenden Tätigkeitsberichte. Am Montag war es so spät geworden, daß er in seiner Kajüte an Bord geschlafen hatte und gar nicht mehr nach Hause gefahren war.

Dem Geräusch auf dem Verdeck seines Autos nach zu schließen, schien sich der Regen zu einer Dauereinrichtung zu entwickeln. Er setzte sich seine Kapitänsmütze auf, schloß den Reißverschluß seiner khakifarbenen Jacke und kletterte aus dem Wagen. Er bemerkte eine kleine Gruppe von Männern, die am Anfang des Piers unter der Straßenlaterne zusammenstanden. Irgend etwas schien nicht zu stimmen. Er wollte wissen, was los war, und ging zu ihnen hinüber.

Einer der jüngeren Männer erkannte ihn und nickte ihm grüßend zu. »'n Abend Capt'n«, sagte er.

»'n Abend«, grüßte Montgomery zurück. »Was ist los?«

»Chris Mayfield 's überfällig«, sagte einer der älteren Fischer in dem breiten Akzent Nord-Floridas. »Er wollte ganz früh heute morgen zurück sein, aber keiner hat seitdem von ihm oder der Rosie auch nur das geringste gesehen oder gehört. Dabei hab'nse 'n alle über Funk gesucht. Habt'r doch, Jungs, oder?« Ein Chor gedämpfter ›Jas‹ erklang zur Bestätigung.

Eine schwarze Regierungs-Limousine tauchte aus der Dunkelheit auf und bremste am Kopfende des Piers. Die Scheibenwischer kratzten laut über die Windschutzscheibe. Zwei Offiziere der Küstenwache stiegen aus, Lieutenant der eine, Ensign der andere. Der Lieutenant kam geradewegs auf die Gruppe zu.

»Guten Tag, meine Herren. Ich bin Lieutenant Barker von der örtlichen Küstenwache«, stellte er sich vor.

Er erblickte Mike, drehte sich zu ihm um und salutierte. »Commander«, sagte er und wandte sich wieder den Fischersleuten zu.

»Wir haben den Bericht über den überfälligen Fischkutter erhalten, aber uns sind während der letzten vierundzwanzig Stunden keine Meldungen über Vorfälle oder Unfälle in den Fanggebieten zugegangen. Wenn uns jemand von Ihnen auf der Karte zeigen könnte, in welchem Gebiet sich die Rosie III aufgehalten haben könnte, würden wir bei Sonnenaufgang eine Suchaktion einleiten.«

»Warum macht'r das'n nich' schon jetzt«, fragte einer der Männer, dessen weißes Haar und rotes Gesicht in auffälligem Kontrast zu seiner schwarzen Wetterkleidung standen.

»Weil die Witterung zur Zeit nicht den Mindestanforderungen für Helikoptereinsätze nach Einbruch der Dunkelheit entspricht«, erwiderte der Offizier geduldig. »Alle Fischerboote, die sich draußen aufhalten, sind über Seefunk alarmiert, ebenso wie ein paar Zerstörer, die sich zu Übungszwecken im Einsatzgebiet aufhalten. Damit halten schon eine ganze Menge Leute die Augen offen. Wenn das Wetter es erlaubt, schicken wir bei Sonnenaufgang direkt einen Helikopter raus und schalten die Luftraumüberwachung ein. Aber wir brauchen genauere Angaben, wo sie sich aufgehalten haben könnte.«

Der ältere Fischer spuckte geräuschvoll über die Seite des Piers.

»Scheißkram, Mister«, sagte er. »Die hätt'n doch überall sein können. Der alte Mayfield 's doch verdammt noch mal hingefahren, wo er wollte – genau wie wir andern auch. Es bindet doch keiner von uns dem andern auf die Nase, wo besonders gute Fanggründe sind.« Zustimmendes Murmeln erhob sich unter den restlichen Männern.

Der Lieutenant sah verärgert aus. Der Ensign wartete darauf, in sein gezücktes Notizbuch, das langsam naß wurde, etwas eintragen zu können. Montgomery mischte sich ein: »Lieutenant«, sagte er, »sind Sie neu in diesem Distrikt?«

»Ja, Sir. Seit zwei Monaten. Ich kam von Seattle hierher.«

Mike nickte. »Wissen Sie, hier läuft das so ab: Die Jungs fahren raus und haben ihre Hauptfanggebiete zwischen dem Golfstrom und der Küste, natürlich abhängig davon, worauf sie es gerade abgesehen haben. Mayfield arbeitet am Rand des Golfstroms – dort, wo die Wassertemperaturen- und qualitäten unterschiedlich sind. Das sicherste ist, wenn Sie eine gerade Linie von der Mündung des St. Johns River bis zum Strom ziehen und dann ein Suchquadrat entlang der inneren Grenzschichten des Stroms in nördlicher und südlicher Richtung einrichten, sagen wir auf einer Länge von dreißig Meilen. Wenn er beim Fischen in Schwierigkeiten geraten ist, wird er sich wahrscheinlich dort aufgehalten haben. Und wenn er auf dem Weg nach draußen ein Problem hatte, dann werden Sie ihn irgendwo auf dieser östlichen Linie entdecken.«

»Vielen Dank, Sir«, erwiderte der Lieutenant. »Sind Sie im Auftrag der Navy hier draußen?«

»Nein, ich wohne hier«, sagte Mike und deutete mit dem Kopf zum Jachthafen. »Die Jungs sind meine Nachbarn.«

»Verstehe, Sir. Nun, hier werden wir nicht viel mehr erfahren. Das Boot ist seit zwölf Stunden überfällig. So wie ich das sehe, bedeutet das noch nicht zwangsläufig, daß etwas passiert sein muß.«

Der Ensign hatte sein Notizbuch zugeklappt und schaute sehnsüchtig zum Auto.

»Wenn Mayfield nich' rechtzeitig reinkommt, hängt er sich ans Radio«, ließ sich ein anderer Fischer vernehmen. »Quatscht doch dauernd auf'm gottverdammt'n Funk, stimmt's nich'?« Die Zustimmung war unüberhörbar.

Der Lieutenant zuckte mit den Schultern: »Ich glaube, das ist alles, was wir hier im Augenblick tun können.« Und zu der Gruppe der Fischer gewandt: »Wenn jemand von Ihnen noch etwas Wichtiges erfährt, rufen Sie uns bitte an.«

Die Fischer schauten ihn nur an. Sie mochten die Leute von der Küstenwache nicht, denn sie waren diejenigen, die Lizenzen

und die Einhaltung der Sicherheitsvorschriften überprüften. Sie waren nur dann ein Thema, wenn es Probleme auf See gab. Der Lieutenant salutierte Montgomery, dann stiegen er und der Ensign wieder in ihren Dienstwagen und fuhren weg. Mike zog die Schultern hoch. Heute nacht würde es sich wohl einregnen. Das andere Ufer der Wasserstraße erschien nur noch wie ein grauer Dunst, sogar die Seevögel waren verstummt. Die kleine Ansammlung der Männer unter der Straßenlaterne sah aus, als wäre sie in dem Lichtkegel gefangen. Mike schlug den Kragen seiner Jacke hoch.

»Wir laufen morgen für einige Übungen auf See aus«, sagte er. »Ich werd's so einrichten, daß wir möglichst viele von Chris' üblichen Fanggründen absuchen werden. Ich hoffe, daß die morgen früh einen Hubschrauber rausschicken können.«

»Danke, Capt'n«, sagte der weißhaarige Fischer. »Gottverdammte Küstenwache. Die sind nie sehr schnell dabei, wenn es sich nur um 'n Fischerboot handelt. Ein wichtiger Bankier, auf einer schicken Jacht, tja, das wäre was ganz anderes.« Einige der Männer hatten sich entfernt und waren schon auf dem Weg zu Hampton's Hinterzimmer-Bar.

»Verdammter Mist, Whitey«, sagte Mike. »Wahrscheinlich ist bei Chris die Funksprechanlage an Bord kaputtgegangen. Und er will nicht reinkommen, bis er fertig ist. Hat wahrscheinlich 'n tollen Fang aufgetan und will nicht, daß ihr was davon mitkriegt. Da wird er sich auch nicht groß Gedanken machen; das wird er erst, wenn er merkt, daß sein Vorrat an Jim Beam zu Ende geht.«

Der alte Mann lachte nicht. »Ich weiß nich', Capt'n, das sieht ihm so gar nich' ähnlich. Schon drei Tage, wenn man Montag und alles mitzählt. Und Montag is' er ja auch raus. Kein Mensch hat was von d'r Rosie gehört. Ich kann mir da keinen Reim drauf machen. Als hätte ihn die See verschluckt.«

Montgomery klopfte dem alten Mann auf die Schulter. »Du fängst schon an, Seeungeheuer zu sehen, Whitey. Wird Zeit, daß du das sein läßt. Sag dem fetten Barkeeper bei Hampton's, daß er euch eine Runde auf meine Rechnung geben soll. Chris wird davon Wind bekommen und schnell zurückkommen, damit er nicht leer ausgeht.«

»Tja, das würd' er wohl, stimmt's nich'?« grinste Whitey.

Mike ging zum Wagen zurück und nahm seinen Aktenkoffer heraus. Dann machte er sich auf den Weg zur Lucky Bag. Er mußte noch einigen Papierkram erledigen, und morgen würde es früh losgehen mit der zweitägigen Einsatzübung. Wenn die vorderen Dampfabsperrventile dicht hielten, würden sie nächsten Dienstag an der Flottenübung im Süden teilnehmen können. Wenn nicht – aber mit dem Gedanken wollte er sich lieber gar nicht erst befassen. Der Goldsborough war ihr Alter langsam anzusehen; einige Teile der Dampfkesselräume waren über und über mit Schweißnähten bedeckt.

Das mit Mayfield ist komisch, dachte er. Er war berüchtigt für seine Vorliebe, stundenlang über Seefunk zu quatschen. Es sah ihm gar nicht ähnlich, überhaupt nichts von sich hören zu lassen. Andererseits waren diese Fischersleute schon ein ganz schön unabhängiger Haufen. Er ging durch die Tür des Steuerhauses an Bord und schaltete den Alarm ab. Von unten empfing ihn ein vertrautes Kreischen.

»Scheißlicht«, ließ sich der Papagei vernehmen.

»Sparflamme, Vogel«, erwiderte sein Besitzer und schaltete das Licht an.

KAPITEL FÜNFZEHN

USS GOLDSBOROUGH, Flotteneinsatzgebiet, Donnerstag, 17. April, 17 Uhr 30

Der Captain saß auf seinem Stuhl und stierte nach draußen in den andauernden Regen und die einbrechende Dunkelheit. Bei dem böigen Wind, der heulend durch die Gänge pfiff, fuhr das Schiff mit reduzierter Geschwindigkeit. Die Brückenwache bewegte sich zwar nicht gerade auf Zehenspitzen durch das Steuerhaus, aber es war nichts von der sonst üblichen gegenseitigen Aufzieherei zu hören. Das rote Licht auf der Box der Befehlsübermittlungsanlage, die vor seinem Stuhl installiert war, leuchtete auf.

»Brücke, Hauptmaschinenraum«, ertönte es aus der Box.

»Brücke, aye«, antwortete Mike.

»Capt'n, eine der Speisewasserpumpen reagiert auf dem Kontrollsystem nicht. Sie erscheint auf dem Regelgerät, schaltet sich aber beim ersten Anforderungssignal ab. Wir müssen sie runternehmen und das Kontrollsystem noch mal überprüfen.«

»Was bleibt denn dann noch übrig, Snipe – eine Speisewasserpumpe vorne, die funktioniert?«

Es entstand eine kleine Pause. »Ja, Sir. 1A speist den 1 A Kessel; 1B hat ein Dampfleck von eintausendzweihundert Pfund, und jetzt reagiert 1C nicht auf die Kontrollsystemsignale.«

»Okay, Snipe. Überprüfen Sie die Möglichkeit, das Regelgerät bei 1B abzuschalten und es nach 1C zu transferieren. Wenn wir vorne nicht über zwei funktionierende Pumpen verfügen, können wir uns die Übung nächste Woche abschminken.«

»Snipe, aye. Ich red' mal mit dem Chief.«

Mike lehnte sich zurück und beobachtete, wie das rote Licht erlosch. Seine Gemütslage verdüsterte sich noch mehr: Damit hatten sich wohl die Flottenübung und ihre Chancen, wenigstens für kurze Zeit aus Mayport rauszukommen, erledigt. Diese verdammten Haupt-Speisewasserpumpen. Erst vor einem Jahr waren sie auf der Navy-*Scheiß*werft in Philadelphia überholt worden! Natürlich in deren nie versagender, bekannter

Tradition, beschissene Arbeit zu leisten. Das, plus ein paar Hochdruck-Dampflecks achtern sowie ein defekter Schmierölreiniger und ein in Abständen auftretendes Wasserkonsistenz-Problem im 2B-Kessel ... – jedes für sich gesehen war kein alarmierendes Problem. Zusammengenommen würden sie aber ausreichen, um den Commander der Trägergruppe dazu zu bewegen, sie von der Einsatzliste für den Trip in die Karibik zu streichen. Und sein ihm besonders wohlgesonnener Freund in der Führungsspitze, Captain Martinson, würde davon geradezu entzückt sein. Mike trank seinen kalten Kaffee aus, zerknüllte den Pappbecher und warf ihn durch die Brückennocktür über Bord. Der Bootsmannsmaat, der ihm gerade noch mal eingießen wollte, beschloß, lieber noch ein bißchen zu warten. Der Radarreflektor schien plötzlich die Aufmerksamkeit des Deckoffiziers zu erregen. Der Regen hatte zugenommen und prasselte jetzt stärker gegen die Fenster. Ein heller, schmaler Keil der späten Nachmittagssonne stand tief am westlichen Horizont, und es schien, als würden ihn die grauen Wolken fast ins Meer drücken.

Zum Teufel noch mal, dachte er. Wir machen es, so gut wir können. Altes Schiff, reduzierte Ersatzteilverfügbarkeit – das alles war ja gar nicht weiter verwunderlich, wenn man darüber nachdachte. Schließlich sollte die Goldy im nächsten Jahr eingemottet werden. Gute Mannschaft – aber nicht die beste. Die Besten gingen immer auf die brandneuen Schiffe, sozusagen als Vorhut-Mannschaft, vor der Indienststellung der Schiffe. Und das machte ja auch Sinn. Alles sehr vernünftig und professionell ... – aber eben auch enttäuschend.

Wir befinden uns schließlich nicht im Krieg, sagte er sich immer wieder, und das kannst du ja wohl auch nicht wollen. Er mußte lernen, sich damit zufriedenzugeben, daß er während der ganzen Dauer seines Kommandos keine anderen als Routine-Übungseinsätze in heimischen Gewässern fahren würde. Er hätte genausogut gleich auf ein Reserve-Ausbildungsschiff gehen können. Er fragte sich manchmal, was für ein Gefühl es gewesen sein mußte, so einen Zerstörer im Krieg zu befehligen. Mit Sicherheit interessanter als seine jetzigen Aufgaben. Ganz unerwartet tauchte vor seinem geistigen Auge das Bild von

Diane Martinson auf, wie sie dort oben auf demSchwimmpier im Jachthafen stand und die Nachmittagssonne die Silhouette ihres schönen Körpers einfing. Sie hatte in ihrer Handtasche gewühlt und war sich ihrer Wirkung auf die männlichen Vertreter der Sterblichen offensichtlich gar nicht bewußt. Oder doch? Vergaß eine schöne Frau jemals die Wirkung, die sie auf Männer hatte? Vergiß es, du Schafskopf. Sie ist verheiratet, sie ist Teil der Navy, sie ist die Frau dieses verdammten Chef-des-Stabes-Klugscheißers, und außerdem – wie heißt es doch unter Soldaten immer so feinfühlend – ›scheißt man nicht auf die eigene Türschwelle‹. Es gab schließlich eine Menge anderer gutaussehender Frauen, wenn man sich am Strand umblickte. Und trotzdem ging ihm ihr Bild nicht aus dem Kopf. Es beunruhigte ihn. Es war jedenfalls schöner als Speisewasserpumpen.

»Captain?«

Er richtete sich überrascht auf, als er den Operations Officer vor sich sah.

»Was gibt's, Ops?«

»Sir, Sie erinnern sich doch, daß wir während unserer Testfahrt auch nach dem verschollenen Fischer Ausschau halten sollten?«

»Ja, sicher. Wenn ich mich recht erinnere, hattet ihr doch ein generelles Suchgebiet und einen Suchkurs abgesteckt. Haben wir uns auch daran gehalten?«

»Ja, Sir, das haben wir, und wir haben auch schon siebzig Prozent des Gebietes durchsucht. Zwei zusätzliche Ausguckposten sind den ganzen Tag oben. Tja, und jetzt haben wir den offiziellen Bericht der Küstenwache über ein vermißtes Boot erhalten. Wir sind jetzt damit beauftragt, uns drum zu kümmern, weil die wissen, daß wir sowieso hier draußen sind. Morgen kommt einer von den Küstenknaben raus, um für die offizielle Suchaktion das Kommando zu übernehmen, und dann haben wir noch das hier vom Stab bekommen.« Er gab Mike die Funkmitteilung.

Mike fischte in seiner Jackettasche nach der roten Signallampe, schaltete sie ein und las die Mitteilung. Er seufzte und reichte sie zurück.

»Okay. Dann fahren wir da mal rüber und führen eine

Abfangkurs-Gebietssuche durch, obwohl ich nicht glaube, daß wir bei dem Regen heute nacht überhaupt was sehen können. Und ich glaube auch, daß sie sich auf das falsche Gebiet konzentrieren. Mayfield fischt am Rand des Golfstroms, nicht dreißig Meilen davon entfernt, küstenwärts. Aber bitte, wenn die das so haben wollen – sagen Sie dem XO, er soll eine Streckenberechnung durchführen für unser Rendezvous mit dem Typen von der Küstenwache. Wenn Verband Zwölf eine konzentrierte Suchaktion durchführen will, dann kriegt sie auch eine. Ist sowieso das einzige, wozu wir heutzutage noch gut sind. Geben Sie dem XO Bescheid.«

»Aye, aye, Sir«, antwortete der Operations Officer und verließ die Brücke.

Zehn Minuten später berichtete der Brückenmeldegast, daß einer der Ausguckposten auf dem oberen Teil des Schiffes Dieselgeruch gemeldet hatte. Der Officer of the Deck ging auf die Luv-Seite der Brückennock hinaus. Der Regen war inzwischen nur noch ein leichtes Tröpfeln. Das Schiff schlich mit einer Geschwindigkeit von fünf Knoten daher, während die Schiffsingenieure sich bemühten, die Probleme mit der Dampfantriebsanlage zu beheben.

»Capt'n«, rief er von der Brückennock, »ich glaube, hier drüben ist eine Öllache. Alle Maschinen stop! Fahrt wie erforderlich.«

»Alles stop. Fahrt wie erforderlich«, wiederholte der Lee-Rudergänger und drückte die Messinggriffe des Doppelmaschinentelegrafen wieder zurück in eine senkrechte Hoch- und Tiefeinstellung. Als Reaktion darauf schrillten die Glocken des Doppelmaschinentelegrafen.

Mike stand auf und ging hinaus auf die Brückennock. Es roch plötzlich stark nach Dieselöl. Man konnte die Öllache in der zunehmenden Dunkelheit nicht sehen, aber der Gestank war unverkennbar in der normalerweise klaren Seeluft.

»Du hast recht, Jimmy. Das stinkt wirklich nach Öl. CIC soll die Stelle einzeichnen, und wir gucken uns hier mal etwas genauer um.«

Er hatte plötzlich ein ungutes Gefühl im Magen. Dem

Gestank nach zu urteilen konnte es sich nicht nur um den schmutzigen Inhalt einer leergepumpten Bilge handeln.

Er rief den Signalgasten oben zu, die beiden Scheinwerfer, die einen Durchmesser von dreißig Zentimetern hatten, einzuschalten. »Signaler, sucht beide Seiten ab – nach allem, was auf dem Wasser treibt.«

»Signaler, aye«, erscholl eine Stimme aus der Dunkelheit von Deck 04.

Kurz danach durchbohrte ein gelber Lichtkegel die Finsternis. Der leichte Regen glitzerte in dem auf- und abfegenden Strahl, bis er auf die Wasseroberfläche hinunterzeigte. Dort war jetzt die verräterische, in vielen Farben schillernde Ölspur zu sehen. Das Schiff begann leicht zu rollen, als die Fahrkraft nachließ, und kam langsam zum Stillstand.

»Ruder hart backbord, Jimmy, und bring sie dann auf drei Knoten. Wir werden genau hier 'ne langsame Spirale fahren. Mal sehen, was wir dabei finden.«

»Aye, Capt'n.«

Der Deckoffizier gab die Befehle weiter. Es dauerte ein paar Minuten, bis das Schiff reagieren konnte; sie mußten an der Seite über Bord gucken und die Spur von abgelassenem treibendem Abfall beobachten, um festzustellen, daß es sich tatsächlich bewegte. Drei Knoten – schaffst du das, fragte Mike sich. ›Oldy Goldy‹, alte Goldy, nannte die Mannschaft das Schiff. Auf einmal sah er in dem Lichtstrahl etwas auf dem Wasser treiben.

»Hey, Signaler, leuchtet noch mal zurück nach da vorne«, rief er. »Ich hab' da was gesehen.«

Der Signalgast richtete den Scheinwerfer auf die Höhe des Bugs aus. Auf der Brückennock erfaßte der Lichtstrahl eine Reihe von Köpfen: Die meisten der Brückenwache waren auf die Nock herausgekommen, um bei der Suche zu helfen. Sie schauten angestrengt auf das Wasser, um zu sehen, was dem Captain aufgefallen war. Eine kleine Gruppe hatte sich auch auf der Back versammelt, nachdem die Bootsmänner die Nachricht von der Ölspur verbreitet hatten. Dann sahen es zwei Männer zur selben Zeit: »Halt«, riefen sie gleichzeitig, aber der Signalgast hatte es jetzt auch bemerkt und hielt den Lichtstrahl voll auf den Bug gerichtet. Es sah aus wie eine Art Brett, dunkel und glänzend in der ölverschmierten See. Der vordere Teil des Schiffes glitt langsam an ihm vorbei.

»Holt den großen Netztrichter auf die Back; Jimmy, nimm die Goldy langsam zurück, so daß wir genau hier halten können.«

Über die Bordanlage erhielten die Bootsmannsmaate den Befehl, den großen Trichter hochzubringen. Es handelte sich um ein trichterförmiges Netz mit langem Stiel, das dazu gedacht war, Zeug von den Wetterdecks des Schiffes aus dem Wasser hochzuholen. Zerstörer erhielten oft den Auftrag, Treibgut einzusammeln, z. B., wenn ein Trägerflugzeug abgeschmiert war. Es war einfacher, den Netztrichter herunterzulassen als ein Boot. Das Schiff vibrierte leicht, als der Deckoffizier die Steuerbordschraube zurückdrehte, das Schraubenwasser dabei auf der anderen Seite hielt und den Bug behutsam in Richtung der im Wasser glänzenden Planke drehte. Die Back wurde plötzlich erleuchtet, als die Luken geöffnet wurden und die Gruppe der Bootsmannsmaate an Deck kam. Mit sich schleppten sie die Einzelteile des Stiels und das Netz selbst. Der Erste Offizier erschien auf der Back. Mike mußte unwillkürlich lächeln: Der XO verfügte über den richtigen Instinkt – tauchte immer da auf, wo was los war. Er war froh, Ben Farmer als Ersten zu haben. Jetzt hatte die Mannschaft den Netztrichter zusammengebaut und hielt ihn über die Bordwand. Das Netz war zwar zwei Meter tief, aber es war trotzdem kein leichtes Unterfangen, einen Gegenstand wie diese Planke einzuholen. Einige Minuten vergingen unter Schimpfen und diversen Richtungsanweisungen, dann gelang es den Männern, das Brett an Bord zu hieven. Der Signalgast hielt den Scheinwerfer auf das Netz gerichtet, während es an Bord gehievt wurde, und alle sahen die Messingaufschrift zur gleichen Zeit.

»Ach, du Scheiße«, rief der Deckoffizier aus, »das ist ein Namensschild.«

Die Mannschaft an Deck drehte die Planke um, und der Name der Rosie III leuchtete ihnen in Messingbuchstaben entgegen. Die Buchstaben waren groß genug, um von der Brücke aus gelesen werden zu können.

»Ich gehe runter, OOD«, sagte Mike mit finsterem Gesicht. »Weisen Sie die Bootsmannsmaate an, eine Markierungsboje runterzulassen und zu verankern. Das Wasser ist hier nicht sehr tief, und ich möchte die Stelle markieren, an der wir es gefunden haben.«

»Aye, aye, Sir. Quartermaster, Wassertiefe unter Kiel? Sir, sollen wir die Küstenwache informieren?«

»Ja, das wäre gut. Informieren Sie sie, daß wir eine zuletzt bekannte Position haben«, befahl Mike, als er die Brücke verließ.

Über zwei innen angebrachte Niedergänge stieg er hinunter, ging aufs Hauptdeck hinaus und nach vorne zur Back. Die Bootsmannsmaate traten zur Seite, als er das ansteigende Stahldeck hinaufging. Hier unten war der Ölgestank wesentlich stärker. Die nasse Planke war von einem dünnen Ölfilm überzogen. So, wie es da in den Schlingen des Netzes an Deck lag, hatte es fast Ähnlichkeit mit einer Leiche. Der Obermaat salutierte, als Mike ans Netz trat.

»Ist das der, den wir gesucht haben, Capt'n?«

»Das ist er«, erwiderte Mike.

Was hast du bloß hier draußen gemacht, Chris, dachte er. Alles deutete auf eine Katastrophe hin. Er bückte sich, um das Namensschild näher zu betrachten, als könne er dadurch das Ereignis, dessen unseliger Vorbote ein Namensschild in einer Öllache war, ungeschehen machen. Drei Maate begannen, einen Anker an einem aufgerollten Manilatau zu befestigen, während ein vierter eine Ankerboje von den Rettungsleinen löste. Der Oberbootsmann zeigte auf den Rand der Planke.

»Das sieht aus wie ein Einschußloch, Capt'n.«

Mike beugte sich tiefer. Ungefähr fünfzehn Zentimeter rechts von der letzten römischen Ziffer war ein rundes Loch mit glattem Rand. Das Loch ging durch bis auf die andere Seite des Brettes, wies dort aber einen sehr zerfetzten Rand auf; an der Rückseite des Loches fehlte auch ein langer Holzsplitter. Er suchte das Brett sorgfältig von oben bis unten ab, aber es waren keine weiteren Beschädigungen festzustellen. Es sah wirklich aus wie ein Einschußloch, ungefähr Kaliber dreißig, stark genug, um das Holz auf der anderen Seite abzureißen. Er richtete sich wieder auf und wischte seine ölverschmierten Hände an seinem Taschentuch ab. Das Wasser spritzte hoch, als die Bootsmänner den Anker über die Bordwand warfen, und das Ankerspill gab beim Abspulen bis auf den Grund in einhundert Metern Tiefe ein pfeifendes Geräusch von sich.

Mike kehrte zur Brücke zurück und ließ den Operations-Offizier kommen.

»Ops, erstellen Sie einen Bericht folgenden Inhalts: Wir haben das Namensschild der Rosie III gefunden und sind auf eine Öllache gestoßen. Wir werden heute nacht in diesem Gebiet bleiben und nach Schiffsbrüchigen und Treibgut Ausschau halten. Sagen Sie ihnen, daß wir 'ne Ankerboje runtergelassen haben, und geben Sie ihnen die Position an. Ich nehme an, daß der Typ von der Küstenwache morgen hier rauskommen will, um zu übernehmen. Deshalb sollten Sie ihm auch den lokalen Wetterbericht schicken, damit er kapiert, daß keine besondere Eile erforderlich ist. Heute nacht werden wir sowieso nichts mehr sehen, und ich bezweifle stark, daß wir Mayfield und seine zwei Jungs finden werden.«

»Aye, aye, Sir. Sollen wir eine Echolot-Wache aufstellen? Das Wasser ist hier nicht sehr tief, und vielleicht können wir das Boot auf dem Grund entdecken?«

Mike nickte. »Jaah, das können wir machen, obwohl unsere Meeresbodenkarten nicht detailliert genug sind, um das Boot zwischen den normalen Schallsignalen, die vom Meeresgrund zurückgeworfen werden, zu orten. Aber machen Sie's trotzdem. Wir werden alles aufzeichnen, was wir finden, und es dann der Küstenwache übergeben, damit die es weiterverfolgen. Leiten Sie um diese Position herum eine erweiterte Suchquadrat-Aktion ein, langsame Geschwindigkeit und wirklich enge Seitenstrecken – ich will, daß wir uns von dieser Position hier nicht mehr als fünf Meilen entfernen.«

»Aye, aye, Sir.«

»Ach – und, Ops – teilen Sie ihnen mit, daß wir bei der Untersuchung des Namensschildes auf etwas gestoßen sind, das wie ein Einschußloch aussieht. Klassifizieren Sie den Funkspruch als ›dringend‹. Informieren Sie Verband Zwölf und den Commodore.«

»Aye, aye, Sir. Ein Einschußloch? Is' die Rosie vielleich' mit Drogenschmugglern oder so was zusammengerasselt?«

»Ich weiß es nicht, Ops, und das Meer verrät uns nichts.«

KAPITEL SECHZEHN

Hauptquartier der Kreuzer- und Zerstörergruppe Zwölf, Freitag, 18. April, 18 Uhr

Mike schüttelte seinen Regenmantel aus, als er das Gruppenhauptquartier, ein weißes ›Übergangs-Gebäude‹ aus dem Zweiten Weltkrieg, das einen Block vom Büro des Commodore entfernt lag, betrat. Ein Verwaltungsunteroffizier, der hinter einem Schreibtisch saß, auf dem es keine einzige freie Stelle mehr gab, zeigte ihm, wo er Mütze und Mantel ablegen konnte, und wies ihm den Weg zum Büro des Admirals.

»Sie sind schon alle da, Sir«, sagte er und kehrte an seinen Schreibtisch zurück. »Sie haben nur gewartet, daß die Goldy festmachte.«

»Danke«, sagte Mike und ging den Flur hinunter.

Er fragte sich, wer ›alle‹ waren. Der Bote aus dem Stab des Commodore hatte an dem Pier auf ihn gewartet. Besprechung mit Verband Zwölf, sobald die Goldsborough vertäut war. Er war sofort aufgebrochen und hatte den Rest des ›Seeklar-zurück‹ dem Ersten überlassen.

Die Tür zum Sitzungssaal war offen, und er ging hinein. In der Mitte des Saales stand ein langer Tisch, um den zehn Stühle mit Armlehnen angeordnet waren. Am Ende des Saales befanden sich ein Rednerpult, eine Leinwand, und für das ›Fußvolk‹ waren zu beiden Seiten Stühle aufgestellt. In den abgedunkelten Fenstern summten zwei Klimaanlagen. Als Mike eintrat, war der Admiral, der am Kopfende des Tisches saß, gerade im Gespräch mit dem Commodore und dem Chef des Stabes. Einige der Stabsoffiziere des Verbandes Zwölf hatten auf den Seitenstühlen Platz genommen. Der Stabsoffizier des Chef des Stabes des Z-Geschwaders Zwölf, Bill Barstowe, erblickte Mike und zeigte auf einen Stuhl gegenüber dem Commodore. Er bedeutete dem Commodore diskret, daß Mike eingetroffen war.

»Captain«, nickte ihm der Commodore grüßend zu, als Mike sich hinsetzte. Der Admiral und Captain Martinson brachen ihre Unterhaltung ab, und der Admiral drehte sich zu Mike herum, um ihn zu grüßen.

»Captain«, sagte er förmlich. »Schön, daß Sie gleich gekommen sind. Gegenstand dieser Besprechung sind die Rosie III und der Einsatzplan der Goldsborough. Der Commodore und ich waren ziemlich damit beschäftigt, Ihre Berichte über den Zustand der technischen Anlagen zu verdauen; Sie haben da eine Reihe von Ausfällen an der Hauptmaschinenanlage aufgedeckt. Ich habe gehofft, daß die Goldy nächste Woche mit in Richtung Süden fahren könnte, aber jetzt bin ich mir nicht mehr so sicher, daß das eine gute Idee ist. Was denken Sie?«

Mike war der selbstgefällige Ausdruck auf Martinsons Gesicht nicht entgangen, und er merkte einen Anflug von Ärger in sich aufsteigen. Der Commodore warf ihm einen vielsagenden Blick zu. Jetzt war nicht der richtige Zeitpunkt, um Dampf abzulassen. Er atmete tief durch.

»Ja, Sir, einzeln betrachtet ist keines unserer Probleme schwerwiegend, aber in der Häufung bietet zumindest der Zustand des vorderen Heizraums – im Hinblick auf einen dreiwöchigen Einsatz – Anlaß zu berechtigten Zweifeln. Meine Jungs haben rund um die Uhr gearbeitet, um das Problem mit der Speisewasserpumpen-Kontrolle in den Griff zu bekommen, aber jetzt sind wir an dem Punkt angelangt, an dem wir auf Ersatzteile angewiesen sind, und die erfordern Zeit. Das gleiche gilt für den Schmierölreiniger im Maschinenraum II.«

Der Admiral nickte verständnisvoll. »Ich weiß, daß Sie und Ihre Mannschaft sich darauf gefreut hatten, durch die Flottenübung mal eine Zeit rauszukommen. Aber höchstwahrscheinlich würden Sie's gerade mal bis Gitmo oder San Juan schaffen und dort den größten Teil der drei Wochen an dem Pier rumhängen müssen. Ich befürchte, daß die Goldy einfach ihrem Alter Tribut zollt, und ich verstehe völlig, daß es immer schwieriger wird, für die Dampfantriebsanlage entsprechende Ersatzteile zu finden. Ich denke, Sie werden mir zustimmen, daß es unter diesen Umständen einfach keinen Sinn macht.«

»Ja, Sir«, seufzte Mike resigniert.

Er hatte das zwar fast erwartet, war jetzt aber trotzdem enttäuscht. Der Commodore blickte den Tisch hinunter. Er war dafür zuständig sicherzustellen, daß die Schiffe einsatzfähig waren und ihre Aufgaben erfüllen konnten, auch die älteren Zerstörer, die jetzt zu Ausbildungszwecken genutzt wurden; daher fiel der Makel jetzt auch auf ihn; aber er war auch Realist und schien niemanden zur Verantwortung ziehen zu wollen.

»Zum nächsten Punkt«, fuhr der Admiral fort, »die Sache mit dem Fischkutter: Es war gute Arbeit, Teile des Wracks zu finden; da war Ihr Riecher besser als unserer, aber, wie ich höre, kennen Sie die Fischer in Mayport ganz gut.«

Zwei der Stabsoffiziere, die auf den Stühlen entlang der Wand saßen, schmunzelten vielsagend, als wollten sie sagen, »und was das für ein Verrückter ist, der doch tatsächlich in diesem Nest Mayport wohnt, noch dazu auf einem Boot«.

»Allerdings – scheinen wir es jetzt mit geheimnisvollen Umständen zu tun zu haben«, fuhr der Admiral fort und hielt mit seinen eleganten Händen einige Papiere in die Höhe. »Sie haben gehört, was die Küstenwache gefunden hat?«

»Nein, Sir, ich glaube nicht; wir haben heute morgen nur eine kurze Übergabe gemacht, noch einige Versuchsläufe mit den Maschinen angestellt und sind dann auf schnellstem Wege zurück.«

»Der Fischkutter war mit einem sogenannten ›Tethered Eye‹, einer Art elektronischem Auge, ausgerüstet. Kennen Sie dieses System?« fragte Martinson.

»Ja, Sir«, nickte Mike.

Er hatte vor etwa sechs Monaten über ›das Auge‹ gelesen. Es handelte sich um eine Miniatur-Unterwasser-Fernsehkamera, die an einem Fiberoptik-Steuer- und Datenübertragungskabel hing und bis in zweihundert Meter Tiefe eingesetzt werden konnte. Die kugelförmige Glasspitze der Schutzhülle war mit einem winzigen Sonar-Sendeempfänger ausgestattet und zusätzlich mit einer starken Lichtquelle versehen. Dadurch sah die Vorderseite, hinter der die Linse saß, wie ein Auge aus. Die Küstenwache war dazu übergegangen, ›das Auge‹ einzusetzen, um sich einen schnellen Überblick über den Zustand von Wracks zu verschaffen und vor allem um Lebenszeichen von vielleicht eingeschlossenen Schiffsbrüchigen aufzufangen.

»Nun«, fuhr der Admiral fort, »den Kutter haben sie gefunden; er lag auf der Seite auf dem Meeresgrund – allerdings ungefähr eintausend Meter von der Stelle entfernt, an der Sie die Markierungsboje gesetzt haben. Er hatte die Netze ausgelegt und war in keiner Weise beschädigt; keine Anzeichen einer Kollision, eines Feuerausbruchs, einer Explosion oder eines anderen Unfalls.«

Mike runzelte die Stirn. Warum war die Rosie dann gesunken?

»Kompliziert«, sagte Martinson, »wird die Geschichte erst durch Ihre Meldung über ein angebliches Einschußloch in dem Namensschild, das Sie der Küstenwache übergeben haben. Wir haben sie noch nicht an die Presse weitergegeben; wir wollten die Rückkehr der Typen von der Küstenwache abwarten. Wir werden das Brett dem hiesigen Polizeilabor übergeben und einen Untersuchungsbericht anfordern. Das Problem ist natürlich: Was tun wir, wenn sich herausstellt, daß es sich tatsächlich um ein Einschußloch handelt?«

Mike lehnte sich zurück. Angeblich? Angenommen?

»Es sah hundertprozentig wie das Einschußloch einer Gewehrkugel aus«, sagte er. »Glatter Rand beim Eintritt, zerfetzter an der Austrittsstelle und lange, abgerissene Holzsplitter auf der Rückseite. Sonst war an dem Brett keine Beschädigung festzustellen.«

»Wir wissen Ihre Meinung zu schätzen, Captain«, erwiderte Captain Martinson. »Dennoch möchten wir das Ergebnis der forensischen Untersuchung abwarten, denn davon werden die weiteren Schritte abhängen.«

»Inwiefern, Sir?«

»Nun«, sagte der Admiral, »abgesehen von dem Einschußloch ist die Rosie III – soweit es die Navy betrifft – ein abgeschlossener Fall. Unfall auf See. Das Meer enthält viele solcher Rätsel, und die sind ein Fall für die Küstenwache – nicht für die Navy. Weist das Brett tatsächlich ein Einschußloch auf, haben wir es mit einem gänzlich anders gelagerten Fall zu tun, der untersucht werden muß.«

»Ja, aber Sir«, protestierte Mike, »auch das ist eine Angelegenheit der Küstenwache – Gesetzeshoheit innerhalb eines dreihundert Meilen breiten Küstenstreifens. Ich nehme an, daß sie das Boot bergen und näher untersuchen kann, wenn sie will. Chris Mayfield war ein Freund von mir, aber was hat das mit der Navy zu tun?«

»Weil«, sagte der Commodore, der nun zum ersten Mal das Wort ergriff, »die Ortsansässigen sagen, daß das etwas mit dem Unterseeboot zu tun haben könnte.«

»Unterseeboot? Welches Unterseeboot?« fragte Mike, dem im Moment entfallen war, daß er selbst in der vorherigen Woche eine Suchaktion nach einem Unterseeboot durchgeführt hatte. »Ach, du lieber Gott, doch nicht diese Meldung über die Sichtung eines Unterseebootes?«

Er lachte ungläubig. Aber keiner der Anwesenden verzog auch nur eine Miene. Der Commodore beugte sich nach vorne und erläuterte es ihm.

»Tja, Sie denken wahrscheinlich, daß da jemand schlecht geträumt hat, und wenn Sie mich fragen, so glaube ich das auch, aber die lokalen Fischer – vor allem Mr. Barr, Skipper auf der guten alten Brenda, – schwören, daß da eins war. Sie glauben, daß Mayfield möglicherweise noch unter uns wäre, wenn wir es gefunden hätten. Für sie ist das Einschußloch im Namensschild der Beweis, daß er mit jemand im Streit aneinandergeraten ist.«

»Aber wir haben über das Einschußloch doch gar nichts nach draußen verlautbaren lassen, oder?m fragte Mike.

»Ja, Mike, das stimmt schon«, erklärte der Commodore geduldig, »aber Sie kennen diese Jungs doch – die bringen immer irgendwie in Erfahrung, was läuft. Vielleicht hat jemand nicht dicht gehalten – oder der von der Küstenwache hat mit seinen Leuten im Hauptquartier über Seefunk gesprochen – wer weiß das schon so genau. Aber gerade deshalb wollen wir ja, daß die Bullen sich das Namensschild mal ansehen.«

Mike schüttelte den Kopf. Alle schauten ihn an – aber er kapierte immer noch nicht. Was hatte denn die Navy damit zu tun?

»Das bedeutet, Captain«, sagte Martinson mit einem leisen Anflug von Triumph in seiner Stimme, »daß – sollte die Polizei zu dem Schluß kommen, es handele sich um ein Loch verursacht durch eine Gewehrkugel – wir ein Schiff in das Operationsgebiet entsenden müssen, um nochmals nach dem U-Boot zu suchen.«

Das war es also – mit einem Schlag wurde alles klar. Martinson hatte den Admiral überredet, ihn unter dem Vorwand von technischen Problemen für diesen kleinen Nebenschauplatz hierzubehalten. Mike schaute einen Augenblick lang hilfesuchend auf den Commodore.

»Glaubt denn hier irgend jemand«, fragte er rhetorisch, »daß dort draußen ein nicht identifiziertes, diesel-elektrisches U-Boot rumfährt und Fischkutter versenkt?«

»Nein, Mike. Das glaubt niemand von uns«, kam der Commodore dem Admiral zuvor. »Aber wenn die Fischersleute daran glauben und die Zeitungen davon Wind bekommen und das verbreiten, müssen wir uns vorbereitet zeigen: Wir nehmen unsere Pflicht ernst und sind das Problem bereits pro-aktiv angegangen. Die Küstenwache ist dafür nicht zuständig.«

»Wir werden diese Information jetzt sofort in die Dienstwegkanäle der Abteilung Öffentlichkeitsarbeit geben«, sagte der Admiral. »Mit dieser Geschichte will ich offensiv umgehen und nicht darauf warten, bis die lokalen Zeitungen anfangen zu zetern, es müsse endlich etwas geschehen. Wir fühlen auch dem Nachrichtendienst auf den Zahn, um herauszubekommen, ob vielleicht den Russen ein U-Boot abhanden gekommen ist. Was Sie betrifft – können Sie an der dreiwöchigen Flottenübung wegen Ihrer Maschinenprobleme zwar nicht teilnehmen, wohl aber lokale Einsätze durchführen. Also werden wir jetzt für alle Fälle verkünden, daß die Goldsborough den Auftrag erhalten wird, am Montag wieder rauszufahren. Bis zu diesem Zeitpunkt wird das Polizeilabor die Einschußloch-Theorie entweder bestätigt haben oder nicht, und die Goldsborough wird – je nachdem – entweder eine weitere Woche mit der Suche nach unserem Phantom-U-Boot zubringen oder nicht.«

Mike senkte den Blick und nickte. »Ist wohl nur fair – schließlich haben wir das Problem gefunden. Aber würden Sie nicht lieber eine richtige ASW-Kapazität vor Ort schicken? Die Goldy ist ja wohl kaum ein U-Jäger erster Wahl.«

»Die Goldy ist genau soviel Schiff, wie wir für dieses Unternehmen abstellen wollen«, sagte Martinson ausgesucht höflich. »Wie Sie selbst erst kürzlich bemerkten, glauben wir ebensowenig wie Sie, daß an dieser Unterseeboot-Theorie viel dran ist.«

Das saß! Mike schwieg. Die Goldy war gut genug für jede Scheißhausaufgabe – das meinte der Chef des Stabes damit; aber eben nicht für Flottenübungen. Die Stabsoffiziere, die ganz auf den Chef des Stabes geeicht waren, grinsten ganz offen, während sie unschuldig auf den Boden niederblickten. Schließlich hatte der Commodore, dem die Spannungen nicht entgangen waren, ein Einsehen und schaltete sich ein: »Es handelt sich um eine Niedrigwasser-Operation, Mike. Die großen Sonars der Spruance-Klasse sind im Aktiv-Modus in niedrigen Gewässern keinen Pfifferling wert. Wenn man in diesen Operationsgebieten etwas aufspüren will, vor allem ein Diesel-Elektrisches, das auf Batterie läuft, braucht man ein aktives Sonar, und ihr habt ein Dreiundzwanziger: Die Dreiundzwanziger wurden für die Arbeit im Aktiv-Modus konzipiert, und im vorliegenden Falle ist Aktiv-Modus angesagt.«

»Und falls Sie auf eins stoßen«, sagte Martinson, »haben Sie doch sogar Unterwasserbomben an Bord, wenn ich mich richtig erinnere. Sie können es anhand der Öllache klassifizieren. So hat man das im Zweiten Weltkrieg ja auch gehandhabt.«

Die Stabsoffiziere lächelten über den kleinen Scherz, als Martinson sich beifallheischend umsah.

»Sie erteilen mir die Erlaubnis, die Unterwasserbomben zur Klassifizierung einzusetzen?« fragte Mike mit unbewegtem Gesichtsausdruck. Der Admiral stieß einen verärgerten Seufzer aus.

»Nein, Captain, das tut er nicht. Kommen Sie schon, Mike – das ist ein Scheißhausauftrag, okay? Wir behelligen damit noch nicht einmal unsere Bosse – nur die Leute von der Öffentlichkeitsarbeit. Fahren Sie da raus, und tun Sie so als ob! Sollten Sie auf einen Kontakt stoßen, verfahren Sie nach der üblichen Friedenszeiten-Prozedur, um herauszufinden, was und wer es ist. Die Friedenszeiten-Regelungen gelten für den gesamten Einsatz. Wenn Sie nächsten Freitag wieder einlaufen, ist das alles aus und vorbei, und wir haben unseren guten Willen gezeigt. Tut uns leid mit dem Fischkutter usw. Laßt uns aus einer Mücke keinen Elefanten machen! Das fällt alles unter die Rubrik ›Schadensbegrenzung in Friedenszeiten‹ durch die Abteilung Öffentlichkeitsarbeit.«

Mike lehnte sich zurück. Endlich wurde Klartext gesprochen.

»Ja, Sir«, erwiderte er, »verstanden. Wir werden Montag morgen zum Auslaufen bereit sein.«

Der Commodore ließ sich nochmals vernehmen: »Sagen wir lieber Montag nachmittag – dann können wir noch abwarten, was der mittägliche Versorgungspendler von Jacksonville an Bord hat. Vielleicht bringt er ein paar Ersatzteile, die Sie brauchen können.«

»Gute Idee«, sagte der Admiral und begann, seine Papiere zusammenzupacken, wodurch er das Ende der Besprechung signalisierte.

Mike mußte flüchtig an das denken, was Mayfield in der Kneipe gesagt hatte. Maxie Barr hatte es ›Tauchboot‹ genannt, nicht Unterseeboot. Glauben Sie... Aber in dem Moment stand der Commodore auf, und die Besprechung war beendet.

»Kommen Sie noch mit in mein Büro, Mike. Ich möchte einen vollständigen Bericht über die schiffstechnischen Probleme. Vielleicht kann man die Lieferung von einigen Teilen beschleunigen.« Er drehte sich zu Commander Barstowe um. »CSO, Sie können mit Captain Martinson noch die andere Angelegenheit, über die wir gesprochen haben, durchgehen.«

Die beiden Offiziere verließen den Raum und machten sich auf den Weg zum Büro des Z-Geschwaders Zwölf. Es hatte aufgehört zu regnen. Die Schiffe, die an dem Pier vertäut waren, glitzerten in dem gleißenden Licht der Quartz-Halogen-Straßenlampen. Keiner von beiden sprach auf dem Rückweg. Mike war noch immer wütend über die ganze Angelegenheit – die altersschwachen Gerätschaften der Antriebsanlage, die Streichung der Kreuzfahrt in die Karibik zur Flottenübung –, aber auch unangenehm berührt von der Tatsache, daß sein Schiff nicht einsatzbereit war. Und jetzt hatte er auch noch diese ganze Unterseeboot-Scharade am Bein. Wenn das Kommando über ein Schiff so aussah, dann sollten sie es sich irgendwo hinstecken. Jetzt erst mußte er auch an die Mannschaft denken. Sie hatte – angespornt durch die Aussicht auf eine richtige Flottenübung und karibische Freihäfen – hart gearbeitet und würde die Schnauze ganz schön voll haben. Er mußte zurück und sie noch heute abend informieren. Der Commodore mußte seine Gedanken gelesen haben.

»Manchmal können Kommandos ganz schön frustrierend sein, Mike«, sagte er, als sie das dunkle Bürogebäude betraten. Zu dieser späten Stunde arbeitete nur noch ein Verwaltungsunteroffizier in dem Gebäude des Geschwader-Stabes, alle anderen waren längst gegangen. Der Commodore rief kurz seine Frau an, um ihr mitzuteilen, daß er in ein paar Minuten zu Hause sein werde. Sie gingen in sein Büro; der Commodore nahm an seinem Schreibtisch Platz und bedeutete Mike, sich zu setzen.

»Also, was diese ganzen technischen Mängel angeht; ich möchte einen vollständigen Bericht in Form einer Meldung. Listen Sie die zehn dringlichsten Probleme auf, beschreiben Sie die Fehlerquelle und was Sie zur Reparatur brauchen. Sehen Sie zu, daß er noch heute rausgeht, so daß die Jungs vom Type Commander drüben im Hauptquartier in Norfolk ihn noch mit der Samstagmorgen-Zustellung bekommen. Lassen Sie die Dampfantriebsanlage am Wochenende aufgeheizt, so daß Sie am Montag wieder rausfahren können, sagen wir sechzehn Uhr Auslaufzeit. Das gibt Ihnen Montag morgen Zeit aufzutanken, Vorräte einzuladen, usw.«

»Ja, Sir«, sagte Mike und nickte. »Der Ingenieur sollte den Bericht eigentlich schon fertig haben. Aber ich muß auf dem Schiff anrufen und die Heizer anweisen, die Anlage nicht abzuschalten.«

Der Commodore wies auf das Telefon auf seinem Schreibtisch, und Mike erledigte den Anruf.

»Was mich betrifft«, fuhr der Commodore fort, »nehme ich an, daß Sie sich im Hinblick auf die Einschußloch-Geschichte nicht irren. In all den Jahren in Vietnam sind Ihnen bestimmt ein oder zwei untergekommen, nicht wahr?«

»Ja, Sir. Das stimmt allerdings.«

Der Commodore lehnte sich in seinen Stuhl zurück und ließ

seinen Blick auf Mike ruhen. Im Licht der Schreibtischlampe war nur das Vorderteil seines Hemdes zu sehen. Sein Gesicht lag im Dunklen, und Mike konnte seinen Gesichtsausdruck nicht erkennen. Es entstand eine lange Minute des Schweigens. Dann beugte sich der Commodore vor; der Schein der Schreibtischlampe gab sein Alter preis.

»Wissen Sie, Sie haben da drüben nicht viele Freunde«, begann er. Mike war klar, daß mit ›da drüben‹ das Hauptquartier des Geschwaders Zwölf gemeint war.

»Dieser Martinson macht in einem fort Bemerkungen wie: ›Die Goldy ist auf dem absteigenden Ast, sie kann ihre Dienstpflichten nicht mehr erfüllen, nicht mal einfache wie diese Flottenübung, und jetzt noch dieser ganze Blödsinn über einen Fischkutter und ein Unterseeboot‹«, ergänzte der Commander.

»Den haben ja wohl nicht wir ins Leben gerufen«, stichelte Mike.

»Nein, aber Sie hängen voll und ganz drin. Irgendwie ist diese ganze ›Dr.-Seltsam-Mission‹ mit der Goldsborough verknüpft. Was ich Ihnen sagen will, ist: Passen Sie auf. Martinson genießt das Vertrauen des Admirals und hat Einfluß – viel mehr als ich. Seine Abneigung Ihnen gegenüber ist offensichtlich, und Sie kennen seinen Ruf als Karrierekiller. Wenn er jedesmal, wenn von Ihnen gesprochen wird, eine spitze Bemerkung fallen läßt, wird der Admiral zu guter Letzt Ihren Namen nicht mehr hören können; dann wird Martinson versuchen, ihn soweit zu kriegen, daß er Sie unter irgendeinem unberechtigten Vorwand entläßt.«

Mike lehnte sich zurück und schüttelte ungläubig den Kopf. »Ich weiß, daß ihnen ein paar Sachen nicht gepaßt haben und ich auf der schwarzen Liste bin. Aber die Probleme, über die ich mich ausgekotzt habe, gibt es nun mal.«

Der Commodore verharrte einen Moment schweigend. »Ihnen wurde ein Kommando zugeteilt, Mike«, begann er dann mit neutraler Stimme. »Ein Kommando in Friedenszeiten auf einem alten Schiff ohne Auftrag. Sie stehen in Konkurrenz zu den Typen auf den neueren Schiffen, die im Mainstream der Flottenübungen mitmachen und zu Einsätzen in Übersee geschickt werden. Das allein ist schon ein echter Nachteil. Darüber hinaus haben Sie sich mit Ihren Scheißbeschwerden, die Sie während des letzten Jahres verschickt haben, keinen Gefallen getan. Sie haben der Versorgungsabteilung und der Reparaturabteilung und den Werften und jedem anderen, der nicht Ihren Vorstellungen im Hinblick auf Unterstützung der Flotte entsprach, ›Saures gegeben‹. Ich habe Sie nach der ersten gewarnt, aber drei Monate später schicken Sie wieder eine raus.«

»Aber alles, was ich in diesen Berichten festgehalten habe, entspricht den Tatsachen. Sie . . .«

»Ja, ja. Sie haben das Kind beim Namen genannt, aber das hatte zur Folge, daß einige ranghöhere Offiziere zur Verantwortung gezogen wurden, und das paßt denen überhaupt nicht in den Kram. Die hängen sich dann ans Telefon und beklagen sich bei Martinson über ihre eigenen Probleme und jammern, daß sie sich die Scheiße von so einem Typ von der Flotte nicht anhören müssen, zumal es doch neben der Goldsborough noch eine Reihe anderer Schiffe gibt, die auf Versorgung angewiesen sind, etc. Der Admiral zieht mich auf einer Party zur Seite und sagt, ich solle die Goldsborough wieder zur Raison bringen; man müsse sich anpassen, um zurechtzukommen – ach, verdammt, Sie kennen doch die Litanei. Aber Ihr größtes Vergehen in den Augen unserer sehr konservativ eingestellten Navy ist, daß Sie anders sind: Sie sind nicht verheiratet, leben nicht in den Wohnquartieren, sondern auf einem Hausboot, Sie verbringen Ihre Freizeit an den Stränden, Sie fahren einen teuren Sportwagen – ich weiß, ich weiß«, hob der Commodore abwehrend die Hand, als Mike sich in seinem Stuhl protestierend nach vorne beugte.

»Aber die Navy ist nun mal ein sittenstrenger Verein«, fuhr der Commodore fort. »In Friedenszeiten wird auf Konformität mehr Wert gelegt als auf alles andere; nur die Wahrung des äußeren Scheins, die Fassade ist noch wichtiger. In Friedenszeiten, in denen sich ja realiter nicht viel tut, übernimmt der äußere Schein die Rolle der Realität, weil alle Teile der Streitkräfte in einen Abwehrmechanismus verfallen, um nicht den Einsparungen der Haushälter, die das Militär über die Klinge springen lassen wollen, zum Opfer zu fallen – jetzt, wo das

Land es nicht mehr braucht. Ich betone ausdrücklich: in Friedenszeiten.«

Er stand auf und begann, hinter seinem Schreibtisch auf- und abzuschreiten, wobei er durch die getönten Scheiben auf die grauen Kriegsschiffe im Hafenbecken blickte. »Ich weiß, wovon ich spreche. Ich wollte eins der Norfolk-Zerstörer-Geschwader in der Nähe des Flottenhauptquartiers. Aus Gründen der Optik. Die ›Optik‹ ist in Friedenszeiten der Schlüssel zu jeglicher Beförderung, vor allem wenn man versucht, von der 0-6er- in die 0-7er-Gehaltstufe zu kommen und möglichst noch einen Admiralsstern zu ergattern. Statt dessen bin ich hier unten gelandet, in diesen – vergleichsweise – völlig unbedeutenden Gewässern Floridas. Hinzu kommt, daß ich jüdischen Glaubens und jederzeit bereit bin, mich deswegen anzulegen; das unterscheidet mich eben auch von den anderen. Ich bin ein zu kurz geratener Typ in einer Welt der großen Männer. Meine Streitlust rührt nicht zuletzt daher. Dann bin ich auch noch ziemlich jähzornig. Und deshalb habe ich wenig Hoffnung, jemals Admiral zu werden. Nicht wegen eines dieser Faktoren allein, sondern weil sie mich insgesamt zu jemandem machen, der anders ist als der Rest – verstehen Sie den Unterschied, auf den ich hinaus will?«

Er hielt einen Moment inne und schaute Mike mit einem bitteren Lächeln auf seinem zerfurchten Gesicht an.

»Wahrscheinlich nicht«, seufzte er. »Also, hier ist eine Regel für Beförderungen: Man kann sich leisten, anders zu sein, solange man – ›man‹ bezieht sich hier auf ›Kommando über ein Schiff, ein Geschwader, sogar eine Küstenstation‹ – keine Probleme meldet. Wir leben in Friedenszeiten, in denen die Navy keine Probleme hat, und sollte es dennoch welche geben, sind sie gefälligst intern zu halten, vielen Dank. Als ich noch CO eines Schiffes war, habe ich Probleme nach oben gemeldet und wurde dabei von einem verhältnismäßig wohlwollenden Commodore unterstützt. Jetzt, wo ich selbst Commander eines Geschwaders, wo ich selbst der Commodore bin, erhalte ich einige nicht sehr verschleierte Warnungen, wenn ich denen da oben mit Schwierigkeiten komme. Wenn Sie auf dem Stuhl sitzen, auf dem ich jetzt sitze, bekommen Sie von oben folgendes zu hören: Aha – Sie haben also Probleme? Wir wollen davon nichts hören, okay? Sehen Sie zu, daß Sie sie lösen. Sonst setzen wir jemand dahin, der dazu imstande ist, verstanden? Das macht die sogenannte höhere Befehlsebene aus. Es ist wichtig, daß das System erkennt, ob Sie als Commander in der Lage sind, das Spiel mitzuspielen oder nicht. Aber wenn Sie ein Befehlshaber im Range eines Captains sind oder Commodore eines Geschwaders, dann wollen die feststellen, ob Sie das Spiel beherrschen, ohne sich zur Lösung ihrer Probleme an die nächsthöheren Ebenen zu wenden.«

»Aber sicherlich«, unterbrach Mike, »wissen die da oben doch auch, daß Schiffe alle möglichen Probleme haben – Personalprobleme, technische Probleme, Versorgungsprobleme. Die können doch nicht im Ernst annehmen, daß hier unten an der Wasserfront alles in Butter ist, oder?«

»Natürlich nicht. Aber vergessen Sie nie – die sind ja auf dem gleichen Weg nach oben gelangt wie Sie auch und haben während ihres Kommandos offensichtlich alle Hürden genommen, ohne daß es Probleme gab, die sie nicht gelöst hätten, indem sie sie –mit oder ohne fremde Hilfe – behoben oder einfach unter den Teppich gekehrt haben, bis ihr Nachfolger den Job übernahm. Sie haben schon sehr früh begriffen, daß ›Probleme unter der Navy-Decke zu halten‹ der Schlüssel zu allem ist. Natürlich muß intensiv an Problemlösungen gearbeitet werden, und dabei soll man sich auch der jeweiligen Strukturen des Systems bedienen, aber es muß vor allem unauffällig geschehen, und die Navy darf nicht schlecht dabei wegkommen.«

Der Commodore blieb wieder vor den Spiegelglasscheiben stehen und starrte durch die getönten Scheiben auf die Schiffe.

»Wir werden dem Marinekorps, dessen schwerwiegendstes Vergehen darin besteht, das Korps in irgendeine Form von Mißkredit zu bringen, immer ähnlicher. Und jetzt diese Sache mit dem Unterseeboot, die den Stoff für eine wirkliche Geschichte in sich birgt, um die Navy dabei entweder schlecht oder – was noch schlimmer wäre – lächerlich aussehen zu lassen. Also, passen Sie auf und machen Sie es richtig – viele taktische Situationsberichte, Suchaktionspläne, das ganze Brimborium perfekter, professioneller Operationen. Schreiben Sie die Situationsberichte in uncodierter Sprache, so daß sie gleich an die Zeitungen weitergegeben werden können und die Idioten von der Öffentlichkeitsarbeit gar nicht erst nachdenken müssen – nicht daß sie das überhaupt könnten. Bedenken Sie immer, was die ganze Übung eigentlich soll. Denn wenn Sie das nicht tun, und die Sache damit endet, daß die Navy dumm dasteht, sind Sie sehr angreifbar, weil Sie auf einem Schiff sind, das 'ne Menge Probleme hat, und weil Sie als jemand bekannt sind, der Öl statt Wasser ins Feuer der Versorgungsstrukturen schüttet, okay? Martinson und Co. werden das erste Zeichen von Starrköpfigkeit seitens der Goldsborough benutzen, um Ihrer Kommandozuteilung endgültig den Garaus zu machen. Haben Sie mich verstanden?«

»Ja, Sir. Das habe ich«, erwiderte Mike finster und stand auf. Er starrte ebenfalls einen Moment aus dem Fenster. Die Goldborough lag etwas weiter links, nur knapp neben dem Blickfeld, das von hieraus einzusehen war. Der Commodore ging zu seinem Schreibtisch zurück und setzte sich hin.

»Und, Mike – da ist noch etwas, bevor Sie mir jetzt sagen, daß die Ihnen das Kommando aberkennen und sich irgendwo hinstecken sollen: Denken Sie immer daran, daß Sie der Captain sind. Sie haben den Eindruck, daß die ganze Welt auf Ihnen rumhackt, und vielleicht möchten Sie einfach ›ihr könnt mich mal‹ sagen und die Brocken hinschmeißen. Aber das würde Ihre Jungs, Ihre Offiziere und Ihre Mannschaft auf Gedeih und Verderb irgendeinem ›Supermann‹ ausliefern, der an Bord gebracht würde, um alles in Ordnung zu bringen, und 'ne Menge Leute würden unter einem solchen Streber-Typen, der nichts zu verlieren hat und nur einen Weg kennt, nämlich den nach oben, ganz schön leiden müssen, verstehen Sie? Wenn man ein Kommando akzeptiert, dann gilt das für die gesamte Laufzeit – in guten und in schlechten Zeiten. Es heißt ja immer, mit einem Schiff sei das wie mit einer Frau – kostspielig, wenn man sie in Schale halten will. Aber ein Kommando ist wirklich wie eine Eheschließung in einer römisch-katholischen Kirche: Man ist mit dieser grauen Hexe solange verheiratet, bis einer von beiden stirbt bzw. die Ablösung an dem Pier erscheint.«

Mike stand einen langen Moment schweigend am Fenster. »Ja, Sir«, sagte er, als spräche er mit seinem eigenen Spiegelbild. »Ich habe Sie verstanden – und vielen Dank für den Ratschlag.«

Der Commodore grinste ihn im Halbdunkel des Büros an. »Jaah«, sagte er gedehnt, »und wie hat Ihnen – abgesehen von der kleinen Unannehmlichkeit – ansonsten die Aufführung gefallen, Mrs. Lincoln?«*

Mike grinste ebenfalls. »Sie haben recht, Commodore. Gute Nacht, Sir.«

Mike verließ das Büro und ging über den Kai zum Schiff zurück. Er hoffte, daß der XO noch an Bord war; so wie er Ben kannte, würde er solange bleiben, bis sein CO mit den neuesten Nachrichten zurückkam. Ben war ein verdammt guter Erster Offizier. Er hatte nichts von dieser ›Achtstunden-Mentalität‹ an sich, die bei vielen jüngeren Offizieren zu finden war. Die betrachteten den Dienst an Bord heutzutage nur als normalen Job und nicht als besondere Lebensart, wie man es ihm noch beigebracht hatte. Vielleicht ähnelte er in Friedenszeiten – besonders auf einem alten, nicht mehr für Flottenübungen einsatzfähigen Schiff tatsächlich mehr einem Job als einer Lebensart. Drei seiner Matrosen gingen vorbei, in der üblichen Freizeitmontur, bestehend aus Jeans, Sneakers und T-Shirts. Sie grüßten ihn höflich, aber in ihren Gedanken waren sie offensichtlich schon am Strand. An die Goldsborough, die da hinten lag, dachten sie jetzt nicht mehr. Seine Gedanken hingegen kreisten ständig um das Schiff, das jetzt vor ihm auftauchte.

Der Wachhabende auf dem Achterdeck sah ihn den Pier herunterkommen, und wenige Augenblicke später schrillten die vier Glocken, und es ertönte ›Goldsborough – Kommandant kommt an Bord‹ über den Pier. Während er die Stelling hinaufschritt, bemerkte er, daß es wieder angefangen hatte zu regnen. Er konnte das Ächzen des alten Schiffes an dem Pier hören; sein stählerner Rumpf preßte die Seitenfender gegen die stark mit Kreosot durchtränkten Pfähle. Sei mir gegrüßt, du graue Hexe.

* Präsident Lincoln wurde im Theater ermordet.

KAPITEL SIEBZEHN

Jachthafen Mayport,
Samstag, 19. April, früher Nachmittag

Mike kam nach einem einstündigen Hanteltraining gerade aus der Dusche, als das Telefon läutete. Er griff nach einem Handtuch und ging ins Schlafzimmer, um den Hörer abzunehmen.

»Captain«, meldete er sich, weil er für einen Moment vergessen hatte, daß er ›an Land‹ – auf seinem Boot – und nicht in seiner Kapitänskajüte war.

»Ja, Sir, Captain, hier CDO. Es hat einen Verkehrsunfall gegeben, Sir.«

»Also gut«, seufzte Mike und breitete das Handtuch auf dem Bett aus, um sich hinzusetzen, »was ist passiert?«

»Soweit wir wissen, hat sich Heizer Quigley von der B-Sektion – er gehört zu den Jungs im Heizungsraum achtern – mit seiner Harley drüben in Orange Park um einen Brückenstützpfeiler gewickelt. Ich habe keine Informationen, wie es genau passiert ist. Wir sind vom NAS JAX (Naval Air Station, Jacksonville) Hospital angerufen worden.«

»Ist er am Leben?«

»Ja, Sir. Aber er ist ziemlich schlimm zugerichtet. Der Offizier der B-Sektion ist auf dem Weg dorthin, und den XO kann ich nicht erreichen.«

»Ist schon in Ordnung. Ich werde rüberfahren. Schicken Sie die bei Personalunfällen erforderlichen Meldungen raus und was sonst noch erledigt werden muß. Hat er Familie?«

»Er ist alleinstehend, Sir. Seine Eltern leben in Fall River, Massachusetts. Ich kann Ihnen ihre Telefonnummer geben; das Krankenhaus hat sie auch schon und wird sie anrufen. Er ist ungefähr zwanzig, vielleicht einundzwanzig.«

»Okay, danke. Sorgen Sie dafür, daß der Wachoffizier des Geschwaders benachrichtigt wird, und bitten Sie ihn, den Geschwader-Arzt zu informieren. Teilen Sie ihm mit, daß ich auf dem Weg zum Krankenhaus bin.«

»Aye, aye, Sir. Tut mir leid.«

»Wahrscheinlich nicht so leid wie Quigley. Ist der Typ in Ordnung?«

»Die Ingenieure schienen das zu denken; zumindest ist er keiner von diesen nutzlosen Ärschen.«

»Okay, danke.«

Er hängte ein und sah auf seine Uhr. Die Klimaanlage ließ ihn plötzlich frösteln. Es war zwar nicht allzu heiß draußen, aber die Luftfeuchtigkeit betrug immer noch beinahe hundert Prozent. Obwohl sein Körper nach dem Hanteltraining schmerzte, fühlte er sich besser. Um Streß abzubauen, gab es doch nichts Besseres, als ein paar Eisen zu stemmen.

Er fand noch eine saubere weiße Sommeruniform, staffierte das Hemd mit Schulterstreifen und Insignien aus und ging nach oben. Als er das Boot abschloß, bemerkte er, daß wieder Wolken aufzogen. Noch mehr Regen kündigte sich an. Er ging in das Steuerhaus zurück und schnappte sich zur Sicherheit einen Plastikregenmantel. Er stülpte sich die Kapitänsmütze auf den Kopf und ging zu seinem Alfa.

Er verließ den Jachthafen und fuhr auf der A1A in Richtung Süden. Für einen Samstagnachmittag herrschte wenig Verkehr. Alle, die zum Strand wollten, waren schon dort, obgleich der bewölkte Himmel nicht sehr einladend aussah. Er fuhr in westlicher Richtung an den Stränden von Mayport, Jacksonville und Neptune vorbei zur Jones-Point-Brücke, die sich über den St. Johns spannte, der an dieser Stelle südlich von Jacksonville zwei Meilen breit war. Er konnte die Naval Air Station, den Marinefliegerstützpunkt, zu seiner Rechten sehen, als er den Buckel in der Mitte der Brücke überquerte, der den Schiffsverkehr auf dem Fluß ermöglichte.

Genau das, was die Goldy zum jetzigen Zeitpunkt brauchte, dachte er – noch mehr Aufmerksamkeit auf sich lenken. Einer von den Jungs fährt sein Motorrad zu Schrott, und das Schiff wird zu einer Verkehrssicherheits-Inspektion verdonnert. Und der Commodore hatte ihm geraten, nur ja keine Probleme zu haben. Er dachte an den jungen Matrosen im Krankenhaus, und die ganzen verwaltungstechnischen Belastungen, die so ein Verkehrsunfall ›an Land‹ nach sich zog, reduzierten sich auf ihre eigentliche Bedeutungslosigkeit. Ein gerade mal Zwanzigjähriger auf seiner Harley, Geld in der Tasche und das Wochenende vor sich – statt dessen würde er jetzt rostfreie Stahltische, weiße Lampen und Leute mit grünem Mundschutz durch einen Nebel von Schmerzen sehen. Er verzog das Gesicht. Der arme Teufel.

Auf der anderen Seite des Flusses fuhr er ungefähr zwei Meilen auf der Route 301 und bog dann in Richtung Hintereingang der Naval Air Station ab; der Weg zum Krankenhaus war ausgeschildert. Es begann leicht zu regnen, als er auf den Parkplatz fuhr. Er hielt Ausschau nach einer Parklücke in der Nähe des Haupteingangs. Wie üblich gab es keine freien, und er begann Runden zu drehen, und wartete, daß jemand wegfuhr. Die heftigen Regenfälle hatten stellenweise große Pfützen hinterlassen. Das Hauptgebäude des Krankenhauses, das von Palmen umgeben war, spiegelte sich in den Wasserlachen wider. Endlich fuhr ein Wagen weg, und er lenkte seinen Alfa zu der Lücke und parkte ein. Er ergriff den Regenmantel und ging zum Haupteingang.

An der Rezeption fragte er nach der Notaufnahme, und man wies ihm den Weg durch einen langen, grünen Flur rechts neben dem Wartezimmer, auf dem eine ständige Prozession von Krankenhauspersonal, Patienten aus den Reihen der Aktiven, Pensionierten, Angehörigen und gelegentlich einem Uniformierten umherirrte. Offensichtlich schien an Samstagen viel los zu sein. Er folgte den Schildern zur Notaufnahme, wo er sich dem diensthabenden Corpsman, einem Armeeangehörigen, gegenüber auswies.

»Ja, Sir, Capt'n«, sagte der Corpsman, ein großer, dünner Schwarzer, der den goldenen Stern auf Mikes rechter Hemdentasche bemerkt hatte. »Sie haben ihn gleich nach der Einlieferung operiert. Er ist im Aufwachraum Vier. Das ist im vierten Stock. Die Aufzüge sind gleich da drüben.«

Mike bedankte sich und fuhr nach oben. An der Aufnahme in der Chirurgie erwartete ihn eine Schwester. Der Diensthabende in der Notaufnahme hatte sie telefonisch vorgewarnt, daß der CO von Quigleys Schiff auf dem Weg nach oben sei. Die Schwester, ein Navy Lieutenant, war hin- und hergerissen zwischen zwei klingelnden Telefonen und einem ungeduldig aussehenden jungen Arzt. Sie sah Mike ängstlich an, aber er winkte ab. »Lassen Sie sich Zeit. Ich kann warten.«

Sie warf ihm einen dankbaren Blick zu und wandte sich wieder ihren drei Zirkusarenen zu. Mike schaute sich um. Der Verwaltungstrakt der Chirurgie lag im Schnittbereich von zwei Fluren.

Auf einer Seite erreichte man durch metallene Schwingtüren den Flur, der zu den Operationssälen führte; auf der anderen Seite führte der Gang hinter den Schwingtüren zu den Stationen und den gesonderten Aufwachräumen. An der Wand hingen neben richtungsweisenden Schildern verblaßte Poster mit den Sicherheitsvorschriften und Haus- und Besuchsordnungen des Krankenhauses. Mike ahnte, daß sich der eigentliche Betrieb hinter den Schwingtüren abspielte. Nach einem Blick auf eine unbequem aussehende alte Holzbank, die an einer Wand stand, zog er es vor stehenzubleiben. Sonst hielt sich im Aufnahmebereich niemand auf – bis Diane Martinson durch die Schwingtüren, hinter denen man zu den Aufwachräumen gelangte, trat.

Ihre Blicke trafen sich über den Raum hinweg. Keiner von beiden sagte etwas. Sie trug die traditionelle Krankenhausuniform der ›Gray-Ladies-Freiwilligendienste‹, die so genannt wurden, weil das gestärkte Hemdblusenkleid in zweckmäßigem Grau gehalten und nur mit einem akkuraten weißen Rand abgesetzt war.

Diane war ungeschminkt und hatte ihr Haar zu einem praktischen Knoten aufgesteckt. Für Mike sah sie trotzdem wie eine ›Eine-Million-Dollar-Frau‹ aus. Sie kam auf ihn zu – ihre Mimik war sehr beherrscht. Er wußte nicht, ob er sie mit Diane oder Mrs. Martinson ansprechen sollte. Ihr Gesichtsausdruck wurde ernster, je näher sie kam, und er erinnerte sich wieder, warum er hier war.

»Captain Montgomery – Sie sind gekommen, um sich nach dem Heizer Quigley zu erkundigen.« In ihren flachen Krankenhausschuhen mußte sie zu ihm aufblicken.

»Ja, das stimmt«, erwiderte er und vermied eine direkte Anrede.

Die Krankenschwester knallte den Telefonhörer auf die Gabel und stieß einen verärgerten Seufzer aus.

»Diese verfluchten Bürokraten! Man sollte sie zur Hölle schicken. Die vergessen, was unsere eigentliche Aufgabe hier ist!«

Sie faßte sich wieder und drehte sich zu Mike und Diane herum.

»Danke, Captain, daß Sie so geduldig waren. Im Moment geht es hier zu wie im Zirkus.«

»Kein Problem, Lieutenant. Mit solchen Situationen hab' ich's auch gelegentlich zu tun. Wie geht es Quigley, dem Jungen aus meiner Crew?«

Aus einem Gestell an der Wand zog die Schwester ein metallenes Klippbord mit Kurven und Diagrammen hervor und schlug es auf.

»Nicht sonderlich gut, Sir«, erwiderte sie. »Er hat zwei gebrochene Beine, einige gebrochene Rippen, wahrscheinlich eine Lungenverletzung und einige Hautabschürfungen. Ich fürchte, es handelt sich um die typischen Verletzungen bei einem Motorradunfall.«

Sie war sich nicht sicher, ob ihre freimütigen Äußerungen den hochgewachsenen Commander nicht verärgert hatten, und schaute auf.

»Kann ich ihn sehen?« fragte Mike, »ist er bei – mhm – Bewußtsein?«

»Ja, Sir, ich glaube schon. Mrs. Martinson, Sie sind doch wieder in den Aufwachraum zurückgegangen – ist Heizer Quigley bei Bewußtsein?«

»Ja, aber er steht unter sehr starken Beruhigungsmitteln. Soll ich Ihnen den Weg zum Aufwachraum zeigen, Captain?«

Sie hatte die förmliche Anrede gewählt, so, als ob sie sich niemals vorher getroffen hätten. Wieder schien sie durch seine Anwesenheit unangenehm berührt zu sein. Er entschied, es bei dieser förmlichen Anrede zu belassen, wenn sie es denn so haben wollte.

»Das wäre sehr freundlich von Ihnen, Mrs. Martinson. Ich werde versuchen, ihn so wenig wie möglich anzustrengen.«

Er drehte sich zu der Krankenschwester um.

»Der Offizier seiner Einheit, Lieutenant Sorento, soll auch auf dem Weg hierher sein. Ich möchte ihn sprechen, bevor ich gehe, und ich benötige eine Amtsleitung, um seine Eltern anzurufen.«

»Selbstverständlich, Sir. Sie können von Dr. Henrys Büro aus telefonieren, gleich da drüben. Und – bleiben Sie nicht zu lange bei Quigley. Der Junge wird seine ganze Kraft brauchen.«

Innerlich mußte Mike lächeln: Eine vierundzwanzigjährige Krankenschwester sprach von einem einundzwanzigjährigen Matrosen als ›der Junge‹.

»Ich verstehe. Mrs. Martinson, wenn Sie mir jetzt den Weg zeigen könnten . . .«

Diane ging vor ihm durch die Schwingtür, die in den Frischoperierten-Bereich führte. Unter all den antiseptischen Gerüchen des Krankenhauses nahm er schwach den Duft ihres Parfums wahr. Ihr Uniformkleid raschelte beim Gehen. Er bemerkte, daß er einen halben Kopf größer war als sie. Obwohl es zu einem festen Knoten zusammengesteckt war, sah er, daß sie kräftiges, dichtes Haar hatte. Vor der nächsten Schwingtür, auf der ›Aufwachraum Vier‹ stand, blieb sie stehen.

»Außer Quigley liegen hier noch zwei andere Patienten«, sagte sie leise über die Schulter. »Eine Appendektomie, die Frau eines Marineangehörigen, und ein Kind, bei dem ausgerechnet die Gallenblase entfernt werden mußte. Quigley liegt ganz am Ende, hinter den geschlossenen Vorhängen. Er – er bietet keinen sehr erfreulichen Anblick.«

Sie wartete, um festzustellen, ob er noch Fragen hatte.

»Helfen Sie hier des öfteren aus?« fragte er.

Sie schaute kurz zu ihm hoch, als wolle sie die Angemessenheit einer persönlichen Frage unter den gegebenen Umständen abwägen.

»Ja, einmal die Woche. Normalerweise an einem Wochentag. Aber heute wurde Unterstützung gebraucht, deshalb bin ich eingesprungen. Sollen wir hineingehen?«

Er nickte, und sie stießen beide die Tür auf. Der Aufwachraum war in vier Bereiche unterteilt: In jedem standen ein Einzelbett mit Vorrichtungen für Schläuche, Monitore, daneben Stahltische mit medizinischen Instrumenten auf Stahltabletts. Die Betten waren von freistehenden fahrbaren Vorhanggestellen, die als Abtrennung dienten, umgeben. Wegen der bewußt schwachen Beleuchtung und der – durch die zunehmende Bewölkung – früh einsetzenden Dunkelheit war das Licht im Raum sehr gedämpft.

Diane zeigte auf Quigleys Bett und trat zur Seite, um ihn vorbeizulassen. Mike schauderte. Er hoffte sehr, niemals in einem solchen Raum aufwachen zu müssen.

Quigley lag auf dem Rücken, seine Arme in Schienen neben dem Körper. Durch die Quetschungen schien sein bleiches Gesicht um die geschwollenen Augen blau, grün und gelb angemalt zu sein. Über die ganze Stirn zog sich eine lange rote Schnittwunde. Schläuche ragten aus seiner Nase und aus beiden Armen. Seine Armschienen waren an der Bettkante befestigt, um sicherzustellen, daß die IV-Schläuche nicht bewegt wurden. Seine Beine waren ebenfalls geschient und lugten unter der Decke hervor wie die Beine eines Marshmallow-Mannes. Mike erkannte den Mann wieder, aber in dem Bett, umgeben von dem ganzen Zubehör der Intensivbehandlungs-Apparaturen, wirkte er viel kleiner. Er hatte ein Auge halb geöffnet, und plötzlich begriff Mike, daß er ihn ansah. Er vergaß ganz die Anwesenheit von Diane Martinson und beugte sich tiefer zu Quigleys Gesicht hinunter.

»Menschenskind, Snipe! Sie sehen aber nicht so aus, als würden Sie heute abend die Zwanzig- bis Vierundzwanziger im Heizraum Zwei übernehmen können.«

Quigley versuchte zu lächeln, aber seine geschwollenen Lippen ließen kaum die Andeutung einer Bewegung zu.

»Versuchen Sie besser nicht zu sprechen«, fuhr Mike fort. »Hier sind einige Ladies anwesend, und die sind wahrscheinlich nicht an den Ton von Heizern gewohnt! Jetzt hören Sie mir zu: Mr. Sorento ist auf dem Weg hierher, und er wird hier bleiben, bis wir wissen, daß die Gefahr überstanden und Sie auf dem Wege der Besserung sind. Das Krankenhaus hat Ihre Eltern bereits benachrichtigt, und ich werde sie ebenfalls anrufen, sobald wir hier fertig sind. Wenn sie runterkommen möchten, werden wir uns um ein Hotelzimmer in der Nähe kümmern, okay?«

Quigley zuckte ein paarmal mit den Augenlidern; Tränen quollen hervor. Mike nahm seine Hand; sie fühlte sich heiß und trocken an.

»Es tut weh; ich weiß, daß es weh tut, mein Junge. Aber hier sind Sie in guten Händen, und wenn wir nächste Woche rausfahren, werden wir einen abstellen, der bei Ihnen bleibt. Wir werden Sie nicht allein lassen. Diane – Mrs. Martinson – kann ich bitte ein Tempo oder etwas Ähnliches haben?«

Er nahm das sterile Papiertuch aus Dianes Hand und tupfte Quigleys Augen ab. Diane beobachtete ihn von hinten und wunderte sich, wie sanft dieser ausgewachsene Mann mit dem Matrosen umging. Bisher war sie ranghohen Offizieren nur in Situationen begegnet, in denen ein gewisses Maß an professionellem Imponiergehabe und ein glattes, fast schon macho-ähnliches Auftreten an der Tagesordnung waren. Und nun hielt Montgomery die Hand dieses jungen Mannes, sprach die ganze Zeit beruhigend auf ihn ein und wischte seine Tränen ab, als wäre es sein Sohn. Zum ersten Mal erfüllte sie ein anderes Gefühl neben der zweifellos bestehenden sexuellen Anziehungskraft, die sie spürte, wann immer sie sich trafen. Sie faßte sich schnell, als sie merkte, daß er im Begriff war zu gehen.

»Okay, Snipe«, sagte er, »der Arzt wird bald hier sein. Ich werd' Ihre Leute jetzt gleich anrufen, damit sie wissen, was los ist. Halten Sie die Ohren steif.«

Diane begleitete Mike bis zu den Schwingtüren. Er lächelte sie flüchtig an; sie bemerkte, daß seine Augen auch nicht völlig trocken geblieben waren.

»Können Sie eine Weile bei ihm bleiben?« fragte er.

Sie nickte. »Meine Ablösung kommt in etwa zwanzig Minuten; bis dahin werde ich bei ihm bleiben.«

Er nickte, dankte ihr und ging hinaus, um die Anrufe zu erledigen. Vom anderen Ende des Aufwachraumes fragte die junge Frau, die sich von ihrer Appendektomie erholte, Diane, ob dieser hochgewachsene Offizier der Kapitän eines Schiffes sei.

»Das ist er wirklich«, sagte Diane, »im wahrsten Sinne des Wortes.«

Die Frau runzelte die Stirn und verstand nicht ganz, wovon Diane sprach. Sie bat Diane um ein Glas Wasser.

KAPITEL ACHTZEHN

Marinefliegerstützpunkt Jacksonville,
Samstag, 19. April, 16 Uhr 30

Als Mike seine Telefonate erledigt, nochmals nach Quigley gesehen und mit Lieutenant Sorento gesprochen hatte, war es weit nach vier Uhr. Aus dem Foyer des Krankenhauses sah er, daß es noch stark regnete und sich der Himmel weiter zuzog. Er schlüpfte in seinen Regenmantel aus Plastik, schob die Mütze tiefer in die Stirn und lief zum Auto. Seine Schuhe waren schon nach wenigen Metern durch die Pfützen neben den Parklücken völlig durchnäßt.

Er erreichte den Alfa und zwängte sich hinein, wobei ihm der aufschlagende Regenmantel in die Quere kam. Der Regen prasselte auf das Verdeck des Wagens nieder, als sei er wütend, daß Mike es geschafft hatte, im Trockenen zu sitzen. Er ließ den Motor an und wartete darauf, daß der Regen etwas nachließe, um besser sehen zu können. Nach einigen Minuten vergeblichen Warten, beschloß er, trotzdem loszufahren.

Nachdem er das Licht eingeschaltet hatte, bahnte er sich seinen Weg durch die Reihen parkender Autos. Das Hauptgebäude des Krankenhauses war durch die Regenwände schon gar nicht mehr zu sehen – wie verschluckt. Er mußte den Wagen auf dem Parkplatz mehrere Male anhalten, um sich zu orientieren, und nutzte die Straßenbeleuchtung als Markierungslinie, um die enge Ausfahrtstraße zu finden. Er kroch im ersten Gang dahin, um sicherzugehen, daß er nicht von der Straße, die jetzt kaum noch von den überschwemmten Entwässerungsgräben auf beiden Seiten zu unterscheiden war, abkam. Er wußte, daß die Gräben über einen Meter tief waren, und das hier war ein ernstzunehmender tropischer Regenguß. Ein Wetterleuchten zuckte in den dunklen Wolken über ihm, gefolgt von einem kräftigen Donnerschlag. Er stellte die Scheibenwischer auf die höchste Stufe, aber auch das nutzte wenig. Der gesamte Straßenbereich vor ihm war ein gelb-weißer Keil niederprasselnder Regentropfen.

Als er aus der zweiten Kurve herauskam, wäre er fast in ein anderes dort stehendes Auto hineingefahren; es wies eine Schlagseite nach rechts auf. Als er näherkam, sah er, wie der Wagen sogar noch mehr nach rechts abrutschte; die Bremslichter flackerten im Regen. Schließlich hing er in einem gefährlichen Winkel, halb auf der Straße, halb im Graben. Es war ein Volvo-Kombi. Mike verlangsamte die Geschwindigkeit; er sah, wie der Fahrer des Volvos sich bemühte gegenzusteuern, aber dadurch schlitterte das Heck des Wagens endgültig die wenigen Zentimeter zum Graben hinüber und versank nun völlig darin. Das rechte hintere Antriebsrad wühlte das Wasser auf, als das rechte Bremslicht eintauchte und das Vorderteil des Wagens sich so hoch hinausschob, daß die Scheinwerfer die Wipfel der Palmen auf der gegenüberliegenden Straßenseite erleuchteten. Dann erloschen die Lampen des Volvos mit einem Schlag durch den Kurzschluß, den das Wasser im System auslöste. Ein Volvo weniger, dachte er, als er so nahe wie möglich heranfuhr, die Warnblinkanlage einschaltete und die Handbremse anzog.

Den Motor ließ er laufen, um Licht zu haben. Als er gerade aussteigen wollte, sah er, wie die Fahrertür des Volvos geöffnet wurde und eine Frau ausstieg. In dem grellen Scheinwerferlicht erkannte er Diane Martinson. Sie hatte keinen Regenmantel an und ihre Gray-Lady-Uniform war im Handumdrehen völlig durchnäßt. Sie ging um den Wagen herum und nahm das Heck in Augenschein. Sie schlug mit der Faust auf die Heckscheibe und stolperte nach hinten, als der Wagen noch tiefer im Graben versank. Sie verlor das Gleichgewicht und landete unsanft auf dem Boden.

Mike sprang raus, vergaß seine Mütze und rannte zu der Stelle, an der sie im strömenden Regen sitzengeblieben war – in einer circa fünf Zentimeter hohen Wasserlache. Er kämpfte gegen den plötzlichen, starken Drang, laut loszulachen, und reichte ihr seine Hand. Er zog sie von der Straße hoch. Sie stand da und blinzelte in den Regen; sie hatte ihn noch nicht erkannt.

»Verdammt«, schrie sie. »Ich konnte die Straße nicht mehr erkennen. Sehen Sie sich meinen Wagen an. Seinen Wagen. Er wird mich umbringen!«

Dann erkannte sie ihn, und ihr wurde bewußt, daß sie ihn an beiden Händen festhielt. Sie ließ los, drehte sich um und starrte auf den Wagen. Der Regen prasselte noch heftiger nieder.

»Hallo«, versuchte er den Lärm des Regens zu übertönen, »schnappen Sie sich Ihre Handtasche und setzen Sie sich in meinen Wagen. Ich fahre Sie zur Exchange-Tankstelle; da kriegen wir einen Abschleppwagen.«

Er begann, sich in Richtung Alfa in Bewegung zu setzen, aber sie stand nur da und starrte auf den Volvo. Er ging zurück, nahm sie beim Arm und zog sie zu seinem Wagen. Er bugsierte sie auf den rechten Vordersitz. Dann lief er zurück zu dem Volvo, öffnete vorsichtig die Fahrertür und nahm ihre Handtasche heraus; der Wagen sackte immer noch tiefer in den Graben ein. Er rannte zum Alfa zurück, öffnete die Beifahrertür und gab ihr die Tasche. Anschließend holte er aus dem winzigen Kofferraum des Alfa ein Lichtsignal. Er versuchte, das Ding in Gang zu bringen, aber sobald er die Spitze abgerissen hatte, war der Zünder jedesmal völlig durchnäßt.

»Du mich auch«, sagte er und warf das Lichtsignal in den Graben.

Er stieg wieder ein. Diane saß da – durchnäßt bis auf die Haut, die Lippen zusammengepreßt, den Tränen nahe. Der Regen prasselte laut auf das Verdeck.

»Scheiße«, sagte sie.

»Scheiße, aye«, sagte er und legte den Rückwärtsgang ein.

Er setzte zurück und fuhr dann um die sinkende Limousine herum. Jetzt schlich er noch vorsichtiger auf der Straße dahin; ein Straßengraben, der ein Drittel eines Volvos verschlang, konnte mühelos einen ganzen Alfa verschlingen. Diane schwieg die nächsten fünfzehn Minuten. Er fuhr im ersten Gang über die im Umkreis des Golfkurses gelegenen Straßen zur Exchange-Tankstelle. Es regnete immer noch, aber nicht mehr ganz so stark.

Als sie ankamen, war alles dunkel. Mike wurde klar, was los war, als ein Tankwart von dem kleinen Büro aus abwinkte: Stromausfall. Er lenkte den Alfa neben die Tür des Büros und rollte die Scheibe hinunter. Widerwillig kam der Mann zur Tür.

»Wir haben geschlossen«, rief er. »Kein Strom.«

»Ich brauche kein Benzin, ich brauche einen Abschleppwagen«, rief Mike durch den Lärm, den der herabprasselnde Regen auf dem Vordach aus Metall verursachte. »Da liegt ein Volvo im Graben in der Nähe des Krankenhauses.«

Der Tankwart schüttelte den Kopf.

»Der Abschleppwagen ist schon unterwegs; Karambolage von drei Autos auf der Hauptstraße. Sie können einen Auftrag dalassen, wenn Sie wollen, und wir kommen raus, sobald wir können. Aber das wird eine Weile dauern – wahrscheinlich morgen.«

»Okay, dann machen wir das.«

Mike rollte die Scheibe wieder hoch und manövrierte den Alfa unter die Überdachung der Zapfsäulen. Er schaute zu Diane hinüber. Die Haare klebten ihr an der Stirn; die Gray-Lady-Uniform war nur noch eine aufgeweichte Masse nasser Baumwolle. Er ertappte sich dabei, daß er sie schon wieder anstarrte. Einen Augenblick lang schaute sie ihn ebenfalls direkt an, dann senkte sie den Blick.

»Ich muß J. W. anrufen«, sagte sie schicksalsergeben. »Je eher ich es hinter mir habe, desto besser. Ich nehme an, die können uns auch nicht helfen.«

»Im Moment nicht, aber sie werden später rausfahren oder morgen früh – wenn der Regen etwas nachgelassen hat und sie auf diesem Teil des Stützpunktes wieder Strom haben – und den Wagen rausziehen. Ich werd' jetzt reingehen und die Cops über eine Stützpunktleitung anrufen, damit die einen Abschleppauftrag erteilen. Da drüben ist ein Münzfernsprecher, von dem aus man nach draußen telefonieren kann. Ich kann Sie nach Hause fahren, und dann müssen Sie wahrscheinlich morgen früh noch mal rauskommen. Ich glaube, das ist leider alles, was wir im Moment tun können.«

Sie nickte, fischte eine Münze aus ihrem Portemonnaie, stieg aus und ging zu der Telefonzelle. Mike stieg ebenfalls aus und ging hinein, um der Stützpunkt-Polizei den Unfall mit dem Volvo zu melden. Der Regen auf dem Blechdach der Zapfsäulenüberdachung hörte sich wie Hagel an. Der Tankwart füllte den Abschleppauftrag aus, Mike unterschrieb. Als er hinauskam, stand sie mit dem Rücken zu ihm an der Ecke des Bürovordaches. Ihre Schultern hoben und senkten sich verdächtig. Beunruhigt ging er zu ihr hinüber. Sie weinte lautlos vor sich hin, die Arme über dem Bauch verschränkt; ihre Brust hob und senkte sich stoßweise. Er legte seine rechte Hand auf ihre Schulter.

»He, was ist passiert?«

Sie drehte sich nicht um, sondern blieb einfach so stehen und versuchte, die Fassung wiederzuerlangen. Er wartete schweigend – seine Hand ruhte noch auf ihrer Schulter –, bis sie wieder sprechen konnte. Durch das Bürofenster verfolgte der Tankwart die Szene. Jemand fuhr die Tankstelle an, stellte fest, daß es keinen Strom gab, und fuhr wieder weg, wobei die Scheinwerfer des Wagens die beiden für einen kurzen Moment erfaßten. Schließlich begann sie zu sprechen:

»Er hat gesagt – gesagt, ich müßte hierbleiben, bis sie den Wagen rausgeholt haben. Er hat gesagt, ich hätte im Krankenhaus warten müssen, bis der Regen nachgelassen hat. Er hat gesagt, ich hätte meinen Wagen nehmen sollen und jetzt, wo ich seinen kaputt gefahren habe, solle ich gefälligst zusehen, wie ich ihn repariert bekomme und ja nicht eher nach Hause kommen. Das ist es, was mein lieber Ehemann zu sagen hatte – unter anderem!«

Sie schloß frustriert die Augen. Mike schüttelte den Kopf.

»Hören Sie, Diane«, sagte er in ihr linkes Ohr, um gegen den Lärm des Regens auf dem Dach anzukommen, »wahrscheinlich werden sie den Wagen erst morgen früh rausholen können; bei der Dunkelheit machen die solche Grabenarbeiten nicht. Sie können es auch nicht dadurch beschleunigen, daß Sie hier rumhängen. Ich fahre Sie nach Hause. Sie lassen denen einfach eine Kreditkarte hier, und dann können wir fahren.«

Sie drehte sich halb zu ihm um, wobei sie sich ein bißchen gegen ihn lehnte; sie war immer noch dem Weinen nahe. Sie roch nach feuchter Baumwolle, diesem vertrauten Parfum und nassen Haaren. Er hatte plötzlich das Bedürfnis, sie in die Arme zu nehmen – statt dessen führte er sie zum Büro zurück. Sie gingen hinein, und sie übergab ihnen ihre Kreditkarte, damit ihre Daten erfaßt werden konnten. Es regnete zwar immer noch, aber inzwischen war der tropische Monsun in einen der typischen, anhaltenden Regenschauer Floridas übergegangen. Der Tankwart versuchte offensichtlich, sich einen Reim darauf zu machen, warum auf der Karte ›Captain‹ stand, der Mann in ihrer Begleitung aber ein ›Commander‹ war. Er wollte gerade nachfragen, aber als er in das Gesicht der Frau schaute, hielt er es für besser, sich um seine eigenen Angelegenheiten zu kümmern.

Als sie im Büro alles erledigt hatten, gingen sie zum Alfa zurück. Er fuhr los in Richtung hintere Ausfahrt des Stützpunktes. Diane versank in Schweigen, während sie über den St. Johns zur Jones Point Bridge zurückfuhren. Sie kramte aus ihrer Tasche einen Kamm hervor und machte den halbherzigen Versuch, ihr nasses Haar etwas in Form zu bringen, bevor sie es seufzend als vergebliches Unterfangen aufgab. Aus den Augenwinkeln heraus beobachtete er sie. Das Kleid klebte an ihrem wohlgestalteten Körper und betonte ihre weiblichen Formen. Er konzentrierte seinen Blick auf die Straße.

»Ich kann nicht nach Hause«, erklärte sie einige Minuten später, als sie nach der Brücke die A1A Richtung Norden nahmen, »nicht nach dem, was er gesagt hat. Das kann ich einfach nicht.«

Er schwieg eine lange Minute und machte dann den entscheidenden Vorstoß:

»Ich kann eine heiße Dusche anbieten, eine Waschmaschine, einen Trockner und einen Drink auf der ›Lucky Bag‹; Sie erinnern sich, ich bin der Typ mit dem Hausboot?«

Er hielt den Blick immer noch auf die Straße gerichtet. Was, verdammt noch mal, machte er da? Eine innere Stimme sagte ihm, daß er sich unglaublich dumm verhielt; eine andere sagte: du begehrst sie – ihr Mann nicht. Du hast selten eine Frau so sehr begehrt wie diese. Sie kann dir ja immer noch sagen, daß du sie lieber bei einem Nachbarn absetzen sollst.

»Danke. Ich glaube, ich nehme Ihr Angebot an. Es klingt, als wäre es genau das, was der Arzt in einem solchen Falle verordnen würde«, sagte sie mit ausdrucksloser Stimme.

Jetzt war es an ihr, den Blick auf die Straße zu richten. Auf der Fahrt zurück nach Mayport schwiegen sie beide – jeder mit seinen eigenen Gedanken beschäftigt. Als sie auf dem Parkplatz im Jachthafen ankamen, zog gerade eine weitere stürmische Regenfront durch. Sie rannten, so schnell sie konnten, zum Boot. Er war froh, daß es regnete – so konnte ihn niemand mit ihr sehen. Sein Herz schlug bis zum Halse, als sie an Bord kletterten, und das hatte nichts mit dem schnellen Sprint über den Pier zu tun. Er schaltete das Licht an und zeigte ihr den Weg zum Wohnzimmer. Sie blieb mitten im Zimmer stehen, völlig durchnäßt, und schaute sich um. Ihr war offensichtlich unbehaglich zumute. Hooker, der auf seiner Stange saß und sein Federkleid schüttelte, starrte Diane an, als das Licht anging. Er neigte seinen Kopf ein paarmal nach vorne und hinten und stieß dann ein lautes anerkennendes Pfeifen aus. Diane lächelte.

»Ist es schlimm, mhm, Vogel?« fragte sie.

»Das war ein Kompliment«, lachte Mike. »Hier geht's zu den ›Erfrischungsräumen‹.«

Er führte sie zu einer der vorne gelegenen Gästekabinen, holte einen bodenlangen Morgenrock aus ungeschnittenem Samt hervor, zeigte ihr, wo die Dusche war, sah nach, ob genügend Handtücher da waren, und gab ihr einen von den Wäschebeuteln, die bei der Navy verwendet wurden. Sie nahm ihre Tasche mit und bedachte ihn mit einem kurzen Lächeln. Dann schloß sie die Tür. Er ging nach achtern, um ebenfalls aus seinen nassen Kleidern zu kommen und zu duschen. Er trocknete sich im Badezimmer ab und überlegte einen Moment, was er anziehen sollte. Sie würde im Bademantel sein – es wäre unpassend, wenn er sich vollständig ankleiden würde. Er nahm eine Badehose heraus und zog darüber seinen eigenen Bademantel aus ungeschnittenem Samt. Er machte sich gerade an der Bar zu schaffen, als sie eine halbe Stunde später wieder erschien. Er versuchte krampfhaft, sie nicht anzustarren.

Sie hielt den Wäschebeutel mit dem nassen, schlaffen Inhalt in der Hand. Der weiße Bademantel ging ihr bis zu den Knöcheln. Das dicke, noppenartige Material des Bademantels enthüllte nichts, aber das Stückchen weißer Spitze, das er im Wäschebeutel erspäht hatte, bestätigte seine Vermutung. Ihr dunkles nasses Haar war glatt nach hinten gekämmt und lag eng am Kopf; es reichte bis an den Kragen ihres Bademantels. Das betonte ihre fein geschwungenen Augenbrauen und den starken Kontrast zwischen ihrer samtenen, weißen Haut und den dunklen Augen. Sie versuchte ein Lächeln, bevor sie seinem Blick auswich. Sie hatte die Signale in seinen Augen erkannt.

»Ich glaube, ich werd's überleben«, sagte sie.

»Sie sehen – wunderschön aus.« Er war nahe dran, rot zu werden. »Was hätten Sie gerne«, fragte er mit einer Kopfbewegung in Richtung Bar.

»Einen Brandy, glaube ich«, sagte sie und kam näher. »Ja, einen Brandy. Es ist zwar nicht kalt, aber heute war ein ›Brandy-Tag‹.«

»Ein Brandy soll's sein, bitte sehr. Gleich dahinten in der Kombüse stehen Waschmaschine und Trockner, falls Sie das Zeug wieder hinkriegen wollen. Seifenpulver ist in dem Schrank über der Waschmaschine.«

Während sie sich um die Wäsche kümmerte, schüttete er zwei Courvoisier in Cognacschwenker und trug sie zum Couchtisch hinüber.

»Gottverdammich«, sagte Hooker. Mike ging zu ihm hin.

»Ja, Vogel. ›Gottverdammich‹ ist genau richtig. Willst du einen Schluck?«

Er kippte den Schwenker, so daß Hooker seinen Schnabel in das Glas stecken konnte, aber im letzten Moment schüttelte er sein Gefieder und wich vor den aufsteigenden Dünsten zurück.

»Sie lassen den Vogel doch nicht wirklich Alkohol trinken, oder?«

Sie ging zu Hookers Stange, und Mike gab ihr den zweiten Schwenker. Sie standen nebeneinander und schauten dem Vogel zu, der sich von einer Seite auf die andere bewegte, um sie beide im Blick zu haben. Mike war sich ihrer Nähe sehr bewußt; er konnte ihr nasses Haar riechen und eine Spur ihres Parfums, das trotz der äußeren Reinigung haften geblieben war. Ein Teil seines Inneren stellte in Windeseile einen Vergleich zwischen Diane und den Frauen an, die er – selten genug – aus der Jacksonville-Beach-Bar-Szene abgeschleppt hatte. Diane strahlte die Selbstsicherheit aus, die allen gutaussehenden Frauen zu eigen ist, gepaart mit dem gereiften Bewußtsein der eigenen Sexualität und ohne die schüchternen Ausschmückungen und koketten Kunstgriffe der jungen ledigen Schar. Sie beobachtete Hooker, der – immer noch von einem Bein auf das andere tretend – sie beide ebenfalls anschaute.

»Dieser Papagei ist der geborene Trinker«, sagte Mike. »Aber er bevorzugt dieses fruchtige Zeug – Wein, Gin-Tonic, Rum-Tonic.«

»Wird er denn davon nicht betrunken?«

»O doch! Und wenn er anfängt, hin- und herzuschwanken, muß ich ihn in seine ›Ausnüchterungskiste‹ legen, in der er seinen Rausch ausschläft.«

Sie streckte die Hand aus und streichelte Hookers Kopf. Mike hielt den Atem an: Hooker war für Amputationen bekannt. Aber diesmal bog der Papagei seinen Kopf zur Seite, schaute Diane erst mit dem einen und dann mit dem anderen Auge an, um dann – o Wunder – den Kopf nach vorne zu neigen, damit sie die leuchtend-grünen Federn an seinem Hals kratzen konnte.

»Er muß Sie mögen«, sagte Mike. »Normalerweise würden Ihnen jetzt ein paar Stücke fehlen.«

»Wo haben Sie ihn her«, fragte sie und nippte an ihrem Cognac.

»Ich habe ihn vor zwei Jahren in Norfolk gekauft. Ich wollte schon immer einen Papagei haben, aber sie neigen dazu, sehr anhänglich zu werden, und man kann sie nicht allein lassen. Als ich dann wußte, daß ich auf ein Schiff beordert würde, das nicht mehr zu Übersee-Einsätzen fuhr, habe ich mir gedacht, daß ich es jetzt riskieren könnte.«

»Was ist denn, wenn Sie länger als nur ein paar Tage auf See sind?«

Sie nippte vorsichtig an ihrem Cognac. In einer Hand hielt sie den Schwenker, mit einem Fingernagel der anderen Hand fuhr sie sacht durch das glänzende Gefieder auf dem Hinterkopf des Papageis. Hooker hielt seinen Kopf nach unten geneigt und stieß dabei leise Laute aus. Ihr Mantel stand oben etwas offen, so daß der Ansatz ihres Busens zu sehen war. Mikes Blick war hin- und hergerissen zwischen ihrem Busen und dem Fingernagel, mit dem sie durch die Nackenfedern des Papageis strich.

»Dann kommt er mit.« Er lächelte zu ihr hinunter. »Als Captain kann ich mir das jetzt erlauben – vorher ging das nicht.«

Sie standen zusammen an der Stange, ohne sich zu berühren und doch ganz nah. Sie streichelte den Papagei. Mike versuchte, seine körperliche Erregung zu unterdrücken und so zu tun, als ob sich nichts zwischen ihnen abspielte. Ein Platzregen trommelte plötzlich auf das Kabinendach. Das Boot schaukelte leicht in dem Wind, der vom Intracoastal-Kanal herüberwehte.

Sie betrachtete den Papagei lange. Dann ging sie in den nach achtern gelegenen Teil des Wohnzimmers, in dem die Couch stand. Sie blieb einen Moment davor stehen, als müßte sie eine Entscheidung treffen. Er beobachtete sie aufmerksam; die Art, wie sich der Mantel an ihre Hüften schmiegte, erregte ihn. Das gedämpfte Rauschen der Waschmaschine in der Kombüse stand im Wettstreit mit dem Geräusch des Regens. Sie schüttelte leicht den Kopf und setzte sich dann hin. Den Mantel zog sie sittsam über die Beine. Mike bemerkte, daß er den Atem angehalten hatte. Er entspannte sich und ging zu ihr hinüber.

»Ach Scheiße«, krächzte der Papagei.

Beide brachen in Gelächter aus – etwas lauter als normal. Er setzte sich und schaute sie an. Sie lächelte.

»Einen Moment lang dort drüben . . .«, sagte sie.

»Ja, ich auch. Wahrscheinlich der Cognac.«

Sie schaute ihn an. Ihre Augen schienen in dem gedämpften Kabinenlicht fast purpurfarben.

»Nein, es ist nicht der Cognac. Ich wollte – ich meine, wir sind doch beide erwachsene Menschen. Sie sind sehr nett zu mir gewesen, und J. W., mein Mann, ist das nicht. Es ist alles etwas kompliziert. Ich habe vor kurzem etwas entdeckt: Mein Mann hat eine Freundin.« Sie schlug peinlich berührt die Augen nieder.

Mike wußte nicht, was er sagen sollte, also schwieg er weiter. Sie blickte ihn wieder an.

»Sie sind ein gutaussehender Mann, und als ich dort drüben neben Ihnen stand, da – habe ich etwas gefühlt. Ein Teil in mir würde so gern meinem Verlangen nachgeben, aber der andere Teil, der sechzehn Jahre lang verheiratet ist, hält mir immer wieder die unausweichlichen Konsequenzen vor Augen.«

Sie schaute ihm einen Moment direkt ins Gesicht, bevor sie mit glänzenden Augen fortfuhr:

»Ich glaube nicht, daß ich die Voraussetzungen für eine Affäre mitbringe – das Betrügen, die Geheimnistuerei. Ich bin der Typ, der gleich am nächsten Morgen alles zugibt und nicht bereit ist, das durchzustehen, was dann folgen würde. Das meine ich mit Konsequenzen. Das habe ich in der Navy zu oft gesehen.« Sie wandte ihren Blick wieder ab. Er wollte etwas sagen, aber sie legte einen Finger auf seine Lippen.

»Nein, lassen Sie mich zu Ende erzählen, bevor ich den Mut verliere. Ich habe mir gewünscht – ich tue es eigentlich immer noch –, daß Sie mit mir schlafen. Als wir im Offiziers-Club zusammengestoßen sind und auch wieder, als Sie uns das Boot gezeigt haben, habe ich diese Anziehungskraft gespürt. Ich glaube, Sie haben das gleiche empfunden.«

Er wartete – in seinem Kopf drehte sich alles.

»Wie Sie sich wahrscheinlich schon gedacht haben«, fuhr sie fort, »funktioniert meine Ehe nicht. Ist ›funktionieren‹ das Wort, das man heutzutage dafür verwendet? Nein, das trifft es nicht richtig.«

Ungeduldig warf sie den Kopf zurück und nahm einen Schluck Cognac. Sie vermied es, ihn direkt anzusehen.

»J. W. und ich sind an dem Punkt des ›So-tun-als-ob‹ angelangt. Bei unserer Heirat hat er mir verkündet, daß seine Navy-Karriere an allererster Stelle stehe, daß er entschlossen sei, Admiral zu werden, und daß die Erlangung des Admiralsrangs einhundertprozentigen Einsatz erfordere. Ich war damit einverstanden. Ich sollte mich um die Familie kümmern und alles Erforderliche tun, um seine Karriere zu unterstützen. Wir haben alles versucht, um Kinder zu bekommen, aber es hat nicht geklappt, was zur Folge hatte, daß sich unsere Ehe ganz und gar auf seine Karriere konzentrierte. Eine Zeitlang war das sogar ganz interessant. Er erklomm die Sprossen sehr schnell, und die Leute hielten ihn für einen ›Überflieger‹.«

»Aber . . .?«

»Aber – ich mußte feststellen, daß seine Karriere für meine eigenen Belange nicht mehr viel Platz ließ. Ich habe Verschiedenes versucht – Immobilienmaklerin in Washington, zurück auf die Uni –, was die Leere in meinem Leben auch für eine Weile ausgefüllt hat. Aber J. W. macht unmißverständlich klar, daß ich alles tun könnte, was ich wollte, solange es nicht mit meiner ›Unterstützungsrolle‹ kollidierte.«

»Und das war natürlich bei allem, was Sie in Angriff nahmen, der Fall.«

»Ja. Das wurde mir – wenn auch auf subtile Art und Weise – immer wieder klargemacht. Und jetzt finde ich heraus, daß er mit irgendeiner Frau in Norfolk ein Verhältnis hat. Ich habe erkannt, daß ich zwar ein wichtiges Teilstück des Rahmens, aber nicht des Gemäldes bin. Das hätte ich mir eigentlich denken können, die Ehefrau erfährt es immer zum Schluß.«

Mike hätte sie am liebsten in die Arme genommen, so greifbar war ihre Verletztheit.

»Kennen Sie die Frau?« fragte er.

»Nein. Ich habe ziemlich zufällig davon erfahren. Ich wünsche fast, ich hätte es nicht. Zu allem Überfluß ist sie auch noch in der Navy: Eine Wave Commander im Stab des Fleet Commanders in Norfolk. J. W. fährt ständig zu allen möglichen Besprechungen nach Norfolk, weil der Admiral Konferenzen verabscheut. Sie hat ein Apartment draußen am Virginia Beach. Er bucht ein Zimmer im BOQ, wohnt aber bei ihr. Offensichtlich geht das schon seit zwei Jahren so.«

»Wie haben Sie denn das alles herausgefunden?«

Sie stieß ein kurzes bitteres Lachen aus.

»Auf einem dieser schrecklichen Empfänge im Offizierskasino. Als ich in der Toilettenkabine war, kamen zwei Frauen in den Waschraum. Sie sprachen über J. W., wie gut er aussähe, und über – sie.«

Mike lehnte sich auf der Couch zurück. Er wußte nicht, was er tun sollte. Daß ihre Gefühle verletzt worden waren, tat ihm leid. Aber gleichzeitig veränderte die Untreue ihres Mannes in gewisser Weise die Gleichung. Er erinnerte sich an die Bemerkung des Fliegers, daß sie auf der Suche sei. Er fragte sich, ob sie letztlich – entgegen aller anderslautenden Beteuerungen – nicht doch selbst zu einer Affäre bereit war. Mit einem bittersüßen Lächeln schaute sie zu ihm herüber, als könne sie Gedanken lesen. Er merkte, wie er langsam rot wurde.

»Weiß er, daß Sie es wissen?« fragte er, um sich von seinen eigenen Gedanken abzulenken.

»Nein«, sagte sie und schüttelte den Kopf. »Eine Zeitlang war ich ziemlich verletzt, aber ich weiß nicht, was eine Konfrontation bringen würde. Er hat seine Karriere, sein schönes Büro, seine Mitarbeiter, die auf einen Wink bereitstehen, eine Geliebte und eine vorzeigbare Ehefrau. Ich habe meine ehrenamtliche Tätigkeit im Krankenhaus und im Navy Relief Office, die abendliche Runde von Empfängen, eine sehr schöne Wohnung am Strand und einen vorzeigbaren Ehemann. Die meisten Frauen in Amerika würden mich darum beneiden. Aber in letzter Zeit fühle ich mich innerlich ziemlich leer. Ich denke immer, daß es doch noch etwas anderes geben muß – kennen Sie das Lied: ›Ist das denn schon alles gewesen‹?«

Sie lächelte wehmütig und nippte wieder an ihrem Cognac.

»Und dann sage ich mir immer, daß das töricht von mir ist, daß es Tausende von Frauen gibt, die nicht einen Bruchteil von dem haben, was ich habe, und daß ich endlich erwachsen werden und mit dem Gejammere aufhören muß. Vielleicht wird ja sogar er eines Tages erwachsen werden.«

Sie schüttelte wieder den Kopf, als wollte sie Ordnung in ihre Gedanken bringen.

»Ich glaube, was ich verzweifelt suche, ist das Gefühl – tja – gebraucht zu werden, als Frau, als Ehefrau oder auch als Freundin. Und jetzt sitze ich hier, auf dem Hausboot eines Junggesellen, mit nichts an unter diesem Mantel – nur ein paar Meter von einem sehr attraktiven und verständnisvollen Mann entfernt. Ein Teil von mir sagt, Diane, er begehrt dich und du ihn, tu's doch in Gottes Namen; und der andere sagt, sei kein völliger Idiot! Verheiratete Frauen ziehen bei Affären immer und ohne Ausnahme den kürzeren und werden verletzt, selbst wenn ihr Mann sie auch betrügt.«

Sie schüttelte wieder – diesmal sehr langsam – den Kopf.

»Was rede ich mir nur zusammen? Vielleicht sollte ich am besten zusehen, daß ich hier möglichst schnell rauskomme.«

Er rückte ein Stückchen näher, beugte sich zu ihr herüber und streichelte ihre Wange mit dem Handrücken. Sie wandte ihm ihr Gesicht zu.

»Sie müssen Ihr eigenes Leben leben.«

Sie schaute ihn an; in ihren Augen stand eine Frage. Für einen Moment nahm er ihr Gesicht in die Hände – dann lehnte er sich zurück.

»Jetzt bin ich dran. Ich war kurzzeitig mit einer jungen Frau verheiratet, von der ich glaubte, daß ich sie kannte; kam von einem Übersee-Einsatz zurück und mußte feststellen, daß sie mich ausgerechnet wegen eines Anwalts verlassen hatte und daß ich nichts, aber auch gar nichts von ihr – und wahrscheinlich von Frauen im allgemeinen – wußte. Ich lebe jetzt seit – na – fast genau so vielen Jahren wie Sie verheiratet sind, nämlich sechzehn, allein. In all dieser Zeit hab' ich es mir zur unumstößlichen Regel gemacht, niemals hinter einer verheirateten Frau her zu sein. Ich bin da abergläubisch, sehen Sie: Wenn ich heute mit der Frau eines anderen eine Affäre habe, wird sich das später einmal rächen. Vielleicht verliebe ich mich eines Tages und heirate, und dann kommt irgendein böswilliger Bastard vorbei und verführt meine Frau, und ich erfahre davon und kann absolut nichts tun, weil ich mich desselben Vergehens schuldig gemacht habe. Das klingt vielleicht albern, aber es ist nun mal so. Und glauben Sie mir, Lady, es ist ein Kreuz, denn wenn eine attraktive, verheiratete Frau das ›Ich-möchte‹-Signal aussendet, werden all' die süßen unverheirateten Dinger mit einem Schlag völlig uninteressant. Ich weiß auch nicht genau, was das ist, ich vermute – reiner Instinkt.«

Verärgert warf er die Arme nach oben.

»Es stimmt«, fuhr er fort, »ich würde Ihnen diesen Mantel liebend gerne ausziehen, aber just in diesem Moment würde mir mein Gewissen in die Quere kommen. Aber nicht wegen mangelnder Inspiration.«

Sie schauten sich lange in die Augen. Aus ihrem Kehlkopf kam ein schwacher Laut, als sich ihre Augen mit Tränen füllten. Er glitt zu ihr hinüber und hielt sie in seinen Armen, während sie weinte – tiefe herzerweichende Schluchzer, die nach ein paar Minuten von hektischem Luftholen unterbrochen wurden. Er tätschelte ihren Rücken, flüsterte ihr zu, daß alles gut werde und daß sie versuchen solle, ruhiger zu atmen. Schließlich beruhigte sie sich ein wenig. Er stand auf, ging zum Badezimmer und kam mit einem nassen Tuch zurück. Er wusch ihr sanft das Gesicht ab, entfernte die Reste von Mascara und Rouge auf ihren Wangen. Sie hielt die Augen geschlossen, und er war froh darüber. Er bezweifelte, daß er sich sonst hätte zurückhalten können, dieser Frau die Liebe zu geben, die sie so sehr ersehnte. Mit dem Tuch folgte er den Konturen ihres Gesichts: Welch ein Narr mußte der Mann sein, der eine solche Frau ignorierte. Plötzlich bemerkte er, daß er einen Bärenhunger hatte.

»Haben Sie Hunger?« fragte er.

Sie öffnete die Augen und schaute ihn einen Moment lang mit leerem Blick an, als bemühe sie sich, den Sinn der Frage zu erfassen. Er versuchte es noch einmal.

»Ich bin kein schlechter Koch, und ich habe gerade festgestellt, daß ich am Verhungern bin. Ich könnte uns eben etwas machen, und dann bringe ich Sie nach Hause.«

Sie nickte schnell.

»Ja, das wäre sehr nett. Und vielen Dank – für alles.«

Ihre Stimme zitterte. Sie hatte verstanden, daß er versuchte, die Anspannung zu lösen. Sie waren beide nahe daran, von ihrem Verlangen überwältigt zu werden. Er schaute einen Augenblick in ihr Gesicht hinunter.

»Ich werde mich wahrscheinlich irgendwo hintreten, wenn Sie gegangen sind«, gab er lächelnd zu, »ich bin unschlagbar, wenn es darum geht, sich auszumalen, was alles hätte sein können.«

Sie schaute ihn ebenfalls direkt an. Ein Lächeln begann sich auf ihrem Gesicht auszubreiten.

»Sex ohne Intimität ist meistens eine Katastrophe, Captain«, sagte sie. »Das habe ich in einem schlauen Buch gelesen, also muß es stimmen. Die Tatsache, daß Sie die Situation nicht ausgenutzt haben, erfüllt mich mit dem Wunsch, die Sache – die Sache hier nicht so einfach enden zu lassen. Ich würde gerne eine vertrautere Beziehung zu Ihnen haben. Ja. Vertrautheit – das ist das richtige Wort. Ich glaube, das ist mein grundlegendes Problem – der Mangel an Vertrautheit. Ich brauche so dringend einen Menschen, der mir nahesteht. Könnten Sie sich mit dieser Idee anfreunden?«

Er schwieg einen Moment mit ernstem Gesicht.

»Ja, ich glaube schon, aber Sie müssen wissen, daß ich nicht an reine Freundschaften zwischen Männern und Frauen glaube, wenn zwischen ihnen eine sexuelle Anziehungskraft besteht. Das ist dann für beide nur eine frustrierende Übung. Ich bin voll und ganz für Vertrautheit, aber nur, weil dadurch die Liebe um so tiefer wird.«

Sie nickte zustimmend.

»Ja. Ich weiß noch nicht, was ich als nächstes tun werde, aber daß ich etwas tun werde, steht außer Frage, jetzt, nachdem J. W. eindeutig die Grenze überschritten hat.«

»Nun, Sie wissen wahrscheinlich, daß ich in der Hitliste Ihres Mannes nicht sehr weit oben stehe, und ich selbst halte beruflich auch nicht viel von ihm und seinen taktischen Spielchen. Ich hoffe verdammt, daß er es nicht bis zum Admiral bringen wird, obwohl er – wie die Dinge im Moment stehen – wohl mehr Aussichten hat, den Stern zu erlangen als ich jemals den Kapitän zur See. Ich glaube, Sie müssen sich entscheiden, ob Sie wieder frei sein wollen oder nicht. Falls ja, würde ich Ihr Angebot liebend gerne annehmen.«

»Die Ironie des Ganzen ist«, sagte sie seufzend, »daß ich glaube, daß er mit ihr genausogut etwas angefangen haben kann wegen ihres Zugangs zum ›Inneren Heiligtum‹ des Fleet Commanders als auch aus jedem anderen Grund. Aber vielleicht sehe ich das alles viel zu rational – vielleicht findet er sie einfach viel attraktiver.«

»Das halte ich für höchst unwahrscheinlich.«

»Zu freundlich, vielen Dank, Sir«, sagte sie mit einem Lächeln. »Sie machen uns jetzt besser etwas zu essen, bevor wir uns mit dem Gerede wieder in eine schwierige Situation bringen.«

Sie stand auf, ging hinüber zum Bullauge und starrte über die Binnenwasserstraße in den Regen. Er trat hinter sie und mußte sich beherrschen, sie nicht einfach in die Arme zu schließen. Ihre Gesichter spiegelten sich in dem Bullaugenglas wider – verschwommene Umrisse in dem schwachen Kabinenlicht.

»Ich fühle mich sehr zu Ihnen hingezogen«, sagte er mit leiser Stimme. »Fast würde ich sagen, ich bin verliebt, aber das ist es wahrscheinlich nicht – jedenfalls noch nicht. Aber ich glaube, daß ich sehr gerne hätte, wenn es Liebe würde. Und wenn es soweit ist, möchte ich Sie in die Arme nehmen, Sie lieben und Sie bitten, bei mir zu bleiben. Bis dahin . . .«

»Bis dahin«, beendete sie seinen Satz, »möchte ich mich mit Ihnen treffen, Sie kennenlernen und mir über meine eigenen Gefühle klarwerden. Ich weiß, daß ich nicht so weitermachen kann, wie bisher, sonst werde ich verrückt.«

Er spielte mit ihren Haarspitzen – das machte es einfacher, die Hände von ihrem Körper zu halten.

»Gut«, sagte er. »Auf diese Weise können wir uns beide darüber klarwerden, ob es sich bei diesem Gefühl nicht nur um einen – wie es mein Erster immer ausdrückt – vorübergehenden Kurzschluß zwischen Gehirn und Leistengegend handelt.«

Sie drehte sich zu ihm um, starrte ihn einen Moment ungläubig an, bevor Bewegung in ihr Gesicht kam und ihre Lippen das Wort ›Kurzschluß‹ formten. Dann verlor sie sich in hilflosem Gelächter.

»Okay, Leute, ›Schappi-Zeit im Städtchen‹«, verkündete er mit lauter Stimme. Er ließ sie am Bullauge stehen. Sie lachte noch immer.

»Ich mache Sie darauf aufmerksam, daß ich als Koch einen bestimmten Ruf habe«, rief er von der Kombüsentür. »Ich werde jetzt ein Gourmet-Abendessen zubereiten, aber zuerst müssen wir hier mal etwas Atmosphäre reinzaubern.«

Er brachte eine Flasche Weißwein aus der Küche mit und forderte sie auf, sich wieder auf die Couch zu setzen. Er zelebrierte das Entkorken der Flasche an der Bar, schenkte ein und trug die Gläser zur Couch hinüber. Er stellte sie auf dem Couchtisch ab, ging zur Stereoanlage hinüber und legte eine Kassette von Vivaldi auf. Dann drehte er am Kamin das Gas an und stellte die Flamme so ein, daß der Eindruck einer offenen Feuerstelle mit Holzscheiten entstand. Nachdem er zwei oder drei Tischlampen ausgeknipst hatte, kehrte er zur Couch zurück und verbeugte sich theatralisch. Schweigend applaudierte sie dieser Inszenierung einer Verführungsszene.

»Ein bißchen spät zwar, aber unerläßlich«, sagte er. »Nur damit Sie wissen, daß ich weiß, wie so was geht. Schließlich habe ich einen Ruf zu verlieren. So, und jetzt entspannen Sie sich einfach, und ich werde sehen, was die Küche zu bieten hat.«

»Danach müssen wir uns überlegen, wie Sie mich heute nacht nach Hause schaffen«, rief sie ihm nach, als er auf dem Weg in die Kombüse war.

»Ganz einfach«, rief er zurück.

Eine halbe Stunde später kehrte er mit einem Tablett zurück, auf dem sich in Kräuterbutter geschwenkte Garnelen, warmes Stangenbrot und Salat befanden. Sie aßen mit großem Appetit. Sie waren jetzt entspannter und genossen die Gesellschaft des anderen. Sie ließen sich Zeit und waren noch immer beim Essen, als ein plötzlicher Stromausfall die Lichter verlöschen ließ und Vivaldi zu einem abrupten Ende brachte. Auch die Klimaanlage stellte ihre Arbeit ein, und der Regen war in der plötzlichen Stille viel deutlicher zu hören.

Sie waren so in ihre Unterhaltung vertieft, daß sie dem Stromausfall keine Beachtung schenkten. In dem flackernden Feuerschein blieben sie noch eine weitere Stunde auf der Couch sitzen und erzählten einander über ihr vergangenes und gegenwärtiges Leben. Sie berichtete von ihrem Leben als Ehefrau eines Navy-Angehörigen, den langen Trennungen, dem Neid, der sie manchmal erfüllte, wenn sie andere Navy-Ehefrauen sah, die ganz in ihrer Familie aufgingen, während ihre Männer auf See waren, dem Versuch, mühsam ihren Weg durch die langsame Auszehrung ihrer Ehe zu finden – darüber nachdenkend, wann genau ihr Mann die Gesellschaft oder vielleicht sogar die Liebe einer anderen Frau gesucht hatte.

Er beschrieb ihr seine Jahre nach der Trennung von seiner Frau, in denen er sich ganz auf seine berufliche Karriere gestürzt, unterbewußt dann entschieden hatte, für eine Weile keine festeren Beziehungen zu Frauen mehr einzugehen, und wie sich dieses ›für eine Weile‹ im Laufe der Jahre konsolidiert hatte. Sie sann über die Parallelen nach, wie beide ihre persönliche Existenz durch berufliche Karrieren definiert hatten, zunächst bewußt und danach – wie so oft im Leben – aus reiner Gewohnheit.

Mike hörte gespannt zu. Dianes Anwesenheit erfreute ihn, und er gab sich damit zufrieden, sie anschauen zu können. Er hatte das Gefühl, daß sie auf zwei Ebenen kommunizierten: Auf der ersten spielte sich ein Potpourri von notwendigen, aber nicht sehr tiefgreifenden Informationen ab, die zwei Leute voneinander wissen sollten. Auf der zweiten war die hämmernde Verstärkung ihres Verlangens zu spüren, kleine, vitale Gesten der Körpersprache und der Nuancen im Ausdruck, das Berühren, ohne zu berühren – das köstliche Vorspiel der Vereinigung. Er war sehr überrascht, in sich selbst den Beginn jener wunderbar-erwartungsvollen Vorempfindung von Liebe zu spüren. Dieses Gefühl hatte er seit Jahren nicht mehr genossen. Beide vermieden tunlichst, sich zu lange direkt in die Augen zu sehen, als ob ihnen bewußt sei, daß schon ein langer Blick ausreichte, um die Leidenschaft, die sie im vorsichtigen Herantasten an ihre gegenseitigen Gefühle zügeln wollten, zu entflammen.

Sie sprachen über die Navy und darüber, daß sie von ihr sowohl gelegentlich überrascht als auch enttäuscht worden waren. Er erzählte ihr von seiner Zeit in Vietnam, erst als Skipper auf einem Patrouillen-Kanonenboot auf den Flüssen und später auf einem Zerstörer in Reichweite der Küstenartillerie und im Tonkin Golf, und daß er geglaubt hatte, sich Verdienste im Kampf zu erwerben sei das beste, was er für seine Karriere tun könne.

»Und dann haben Sie herausgefunden«, sagte sie, »daß die cleveren jungen Männer, die sich im Dunstkreis zukünftiger Admirale aufgehalten haben, diejenigen waren, die sich frühzeitige Beförderungen und vielversprechende Positionen in der Nähe der Machtzentren unter den Nagel rissen und nicht unbedingt diejenigen, die eine Karriere auf See vorzuweisen hatten.

»So ist halt das System«, erwiderte er. »Nachdem ich begriffen hatte, wie es funktionierte, hätte ich auch mitspielen können, aber ich habe mich dagegen entschlossen, bin auf See geblieben – mit dem Ergebnis, daß heute andere die modernen Schiffe haben und zu Einsätzen nach Übersee fahren.«

Sie fragte ihn, ob er es die vollen dreißig Jahre in der Navy aushalten werde. Mike schüttelte gedankenvoll den Kopf: »Ich glaube nicht. Seitdem ich in der Navy bin, war mein einziges

Ziel, ein Kommando zu erhalten. Jetzt, nachdem ich es habe, scheint mir, als hätte ich mein Ziel zu niedrig gesteckt.«

»Aber viele Offiziere erhalten niemals ein Kommando«, erinnerte sie ihn.

»Ja schon, aber in Wahrheit hat ›ein Kommando zu haben‹ ja gar nichts mit meinen Vorstellungen gemein, die aus meiner Zeit als junger Offizier herrühren: der Captain dies, der Captain das, der allmächtige Captain in seiner Kabine oder auf der Brücke. Die Glocken läuten auf dem Achterdeck, wenn du kommst und gehst, und alle stehen auf, wenn du den Raum betrittst. Während der ersten Tage nach Übernahme meines Kommandos habe ich im Geiste immer hinter mich geschaut, wenn alle aufstanden, um zu sehen, ob der Captain hinter mir stand – dann fiel der Groschen langsam. Und dann liest du in den Navy-Vorschriften, wofür der Captain alles persönlich und schließlich und letzten Endes und unwiderruflich verantwortlich ist – und dir sträuben sich die Haare. Ich fing an, nachts wachzuliegen und mir vorzustellen, was ich in dieser oder jener Situation tun würde. Ich träumte von bestimmten Manöversituationen, in denen die gesamte Brückenwache wie erstarrt auf mich blickte, um von mir den Zauberbefehl zu hören, der eine Kollision oder das Sinken des Schiffes oder den Zusammenstoß mit dem Pier vermiede. Darüber bin ich hinweg, aber es hat eine ganze Weile gedauert. Die Last der Verantwortung hat mir die Schönheit der Blüte, die da heißt ›Kommando auf See‹ gründlich verleidet, das kann ich Ihnen versichern.«

Sie lächelte mitfühlend. »Hört sich ganz danach an, als ob einige romantische Vorstellungen auf den Boden der Realität zurückgeführt worden seien. Und vielleicht kommt noch eine sehr lebhafte Einbildungskraft dazu.«

Er lachte. »Ich vergesse immer, daß Sie ja die Ehefrau eines Navy-Angehörigen sind: Sie müssen das alles schon einmal gehört haben.«

»Nein, nicht direkt. J. W. hat sein erstes Kommando spielend bewältigt, als wäre dies etwas, das ihm von Hause aus zustünde. Er ist ein eitler Mann – das ist mir schließlich klar geworden. Er hat sich mit dem Kommando niemals sonderlich belastet, aber es war auch nur eine Aufgabe von kurzer Dauer.

Er sagte mir, daß seine ›Mentoren‹ ihm geraten hatten, die Zeit seiner – wie Sie es ausdrückten – ›Exponiertheit durch ein Kommando‹ zu begrenzen. Rückblickend glaube ich, daß er einfach zu wenig Phantasie besaß, um sich über die Bürden eines Kommandos besondere Sorgen zu machen.«

Mike fühlte sich durch die Gespräche über ihren Mann unangenehm berührt – diese erste innere Stimme meldete sich wieder zu Wort. Er stand auf, ging zu Hookers Stange hinüber, setzte den Papagei auf seine linke Hand und kam wieder zur Couch zurück. Während er sprach, kratzte er den Vogel am Kopf.

»Also, die Goldsborough, das ist hauptsächlich Arbeit und wenig Vergnügen – Vergnügen meine ich hier im beruflichen Sinne. Wir wursteln uns durch den Friedenszeiten-Drill von Ausbildungseinheiten, über Mannschaftswechsel bis hin zu Wartungsarbeiten – zumeist ziemlich langweilige Operationen. Es wäre etwas anderes, wenn wir mit der Flotte an richtigen Übersee-Einsätzen teilnehmen könnten, aber die Goldsborough ist zu alt. Jedermann weiß, daß sie im nächsten Jahr außer Dienst gestellt wird, also ist keiner mehr besonders an dem Schiff interessiert. Wir tun so, als seien wir ständig für den Ernstfall gerüstet, aber die ganze Mannschaft weiß, daß es sich nur um eine Exerzierübung handelt. Man kann ihr nicht länger etwas vormachen, und ich versuche es auch gar nicht mehr. Ich hätte mir die Zuteilung eines besseren Kommandos gewünscht – ein Schiff, das zu Flottenübungseinsätzen mitfahren kann, statt der alten Goldy.«

»Wie sind Sie denn überhaupt zu der Goldsborough gekommen«, fragte sie, denn sie hatte noch J. W.'s Ausführen über die Non-Konformisten, die man in besondere ›Käfige‹ steckte, im Ohr. »Die ganzen Verdienste, die Sie erworben haben, lassen normalerweise bessere Dinge erhoffen als ein Ausbildungsschiff.«

Er nickte seufzend.

»Weil ich auf meinem dritten Schiff eines Nachts Scheiße gebaut – entschuldigen Sie –, einen folgenschweren professionellen Irrtum begangen habe, der zu einer Kollision führte. Die Zentrale ließ mich wissen, daß ich nur wegen meiner im Krieg erworbenen Auszeichnungen überhaupt ein Kommando erhielte. Natürlich war das über die Goldsborough kein Traumkommando, aber Sie wissen ja, wie das ist: Sie können akzeptieren oder ablehnen, aber im letzteren Fall wird man Ihnen nie wieder ein Kommando anbieten. Also habe ich zugegriffen.«

»Mich interessiert diese Kollisionsgeschichte«, sagte sie in ruhigem Ton. Sie hatte sich auf der Couch zurückgelehnt, ihr Gesicht blieb im Dunkeln. »Ehrlich gesagt, machen Sir mir nicht den Eindruck eines Mannes, der solche Fehler begeht.«

Er starrte auf die glänzenden Federn des Papageis – sein Blick verlor sich in der Ferne, als er an jene Nacht vor vielen Jahren zurückdachte. Er stand auf und ging zu einem der Bullaugen hinüber.

»Ich war damals Evaluator im CIC, der ranghöchste Offizier des Wachteams. Wir befanden uns in einer nächtlichen Träger-Abschirm-Formation – kurz nach ein Uhr morgens. Der OOD verlor die Orientierung und hatte Probleme mit einem taktischen Funkspruch zur Positionsänderung. Während er sich mit dem Junior Officer um eine Lösung bemühte, signalisierte der Officer in Tactical Command auf dem Träger, daß das Manöver ausgeführt werden solle. Der OOD rief den Captain und berichtete ihm über seine Schwierigkeiten, und schließlich – viel zu spät – benachrichtigte er mich. Ich kam auf die Brücke, um ihm zu helfen; der Captain tauchte etwa eine Minute später auf. Er war wütend, daß er gerufen worden war, und wurde richtig sauer, als er merkte, daß seine gesamte Brückenwache den Überblick verloren hatte.

Er war ein Schreihals, also fing er an, zu brüllen und jedem den Kopf abzureißen, ohne sich genau über die taktische Manöversituation des Schiffes informiert zu haben. Der OOD verfiel in eine Art ›Papagei-Haltung‹: Sagen Sie mir, was befohlen werden soll, Boß, und ich werde Ihre Befehle blindlings weitergeben. Ich hatte die Schnauze voll, angeschrien zu werden, vor allem, weil ich gar keinen Fehler begangen hatte und eigentlich nur helfen wollte. Also hielt ich mein Maul und sagte gar nichts. Während sich all das abspielte, waren ringsherum Schiffe unterwegs. Es war stockfinster und windig, deshalb wurde alles über Radar gemacht. Bei Tageslicht, wenn wir die anderen Schiffe hätten *sehen* können, wäre das alles wahrscheinlich niemals passiert.«

»Was ist denn passiert?«

»Der Captain begann schließlich, Manövrieranweisungen zu geben, was nach internationalem Seerecht gleichbedeutend mit der Übernahme des Kommandos ist. Somit war der Rest von uns jetzt überflüssig. Er befahl dem OOD, nach backbord zu drehen. Instinktiv wußte ich, daß das der falsche Befehl war. Auf der Marineakademie hämmern sie einem geradezu ein, daß man in Notsituationen, in denen das Risiko einer Kollision besteht, niemals nach backbord steuern dürfe. Aber wegen der Vorgeschichte und weil ich jetzt zu ängstlich oder zu beleidigt war, schwieg ich. Als nächstes war auf unserem Steuerbordbug eine große schlanke Silhouette mit roten Backbord-Positionsseitenlampen zu sehen, ein höllischer Lärm folgte, und alles und jedes flog durch die Luft. Drei unserer Matrosen, die sich im vorderen Kajütenbereich aufhielten, wurden vom Bug des Kreuzers regelrecht zu Hackfleisch zerquetscht.«

Gedankenverloren starrte Mike nach draußen. Wieder sah er das dunkle Steuerhaus, die im schwachen Schein des Radarbildschirms blaßgrün leuchtenden Gesichter der Wachhabenden Offiziere, ihre vor Furcht weit geöffneten Augen, während der Captain gleichzeitig Fragen und wüste Beschimpfungen durch die Gegend brüllte und dann den verhängnisvollen Befehl gab. Nicht backbord. Sag's ihm. Steh' hier nicht einfach so 'rum. Niemals backbord. Los, sag's ihm. Sag's ihm!

»Und das haben sie Ihnen angelastet?« Mit ihrer Frage holte sie ihn in die Wirklichkeit zurück. Er schwieg einige Augenblicke, bevor er antwortete.

»Nicht direkt. Offiziell erklärten die Untersuchungskommission und danach das Kriegsgericht den Captain und den OOD für verantwortlich. Den OOD, weil er den Captain nicht sofort nach Auftreten der Probleme gerufen und den Captain, weil er in extremer Bedrängnis die falsche Richtung befohlen hatte. Als Hauptverantwortlicher wurde der Captain abgelöst. Mich machte man zu einer ›Prozeßpartei‹ – so bezeichnen Untersuchungskommissionen Mitschuldige. In einem Punkt wurde ich entlastet: Die ursprüngliche Manövrierempfehlung, die wir vom CIC ausgegeben hatten, war die korrekte Interpretation des Signals gewesen, und beide, sowohl der Captain als auch der OOD, hatten sie ignoriert. Aber – der offizielle Untersuchungsbericht lastete mir an, daß ich nichts gesagt hatte, obwohl ich glaubte, daß der letztliche Manövrierbefehl des Captains falsch sei. Sie sagten, daß ich – und dies sei mir wahrscheinlich auch klargewesen – einen besseren Überblick über die Manövriersitutation als der Captain gehabt habe. Der Präsident der Kommission hielt mir einen Vortrag über die Pflicht eines Offiziers, seine Gedanken zu artikulieren, ohne Rücksicht auf mögliche persönliche Konsequenzen. Weil der Captain rechtlich das Kommando übernommen hatte, konnten sie mir offiziell nichts anhaben. Aber wahrscheinlich haben Sie auch schon einmal gehört, daß das System niemals vergißt oder vergibt. Es ist zwar nie in einer Beurteilung aufgetaucht, aber der Makel, an einem Unglück beteiligt gewesen zu sein, scheint einem in der Navy lange anzuhaften.«

Sie schüttelte ungläubig den Kopf. »Und Sie glauben bis heute, daß ein Teil davon auf Ihre Kappe geht?«

»Tja«, sagte er mit gesenktem Kopf, »eine Zeitlang habe ich versucht, es zu rationalisieren, indem ich mir einredete, alles versucht zu haben, aber ich erinnere mich zu lebhaft und zu oft an diese kleine innere Stimme auf der Brücke, die mir zurief, *etwas zu tun* statt nur herumzustehen, weil man mir auf die Füße getreten hatte ...«

»Aber was wäre denn passiert, wenn Sie etwas gesagt hätten – hätte der Captain seinen Befehl widerrufen?«

»Wahrscheinlich nicht. Er hatte immer mehr von einem ›Sender‹ als einem ›Empfänger‹ an sich. Aber es hätte zumindest theoretisch die Chance bestanden, daß wir durch ein mögliches Zögern seinerseits nur einen ›Beinah-Zusammenstoß‹ statt eines großen Knalls mitten in der Nacht und drei Leichensäcken zu vermelden gehabt hätten. Und das muß ich mir ankreiden.«

Sie schwieg. Er kam zur Couch zurück, setzte Hooker auf seine Schulter und griff nach seinem Weinglas.

»Und jetzt sind Sie der stolze Befehlshaber der Goldsborough?«

»Vor dem Hintergrund früherer Süden, ja. Ich meine, eins ist doch klar, die hätten mir doch auch überhaupt kein Kommando mehr anbieten können, also ist ein halbvolles Glas besser als ein leeres. Aber ein Großteil der beruflichen Befriedigung, die normalerweise die Ausübung eines Kommandos über einen Zerstörer mit sich bringt, fehlt bei dem alten ›Goldy-Mädchen‹. Wie bei dieser albernen Unterseeboot-Geschichte.«

»Ich hörte, wie J. W. davon sprach. Er hat es mehr als einen Scherz dargestellt – allerdings auf Ihre Kosten, wenn Sie es genau wissen wollen.«

»Das überrascht mich nicht«, seufzte er. »Der Commodore hat mich wissen lassen, daß der Chief of Staff mich und meinen Lebensstil mißbilligt.«

Er schwieg einen Moment, als ihm die Ironie der Situation – hier im Dunkeln mit der Ehefrau des Chief of Staff – klarwurde, und fragte sich, ob sie das ebenfalls bemerkt hatte. Er sprach schnell weiter.

»Und es handelt sich wieder um so eine typische Mission für die Goldsborough. Einige Fischer meldeten, ein Tauchboot – das ist der Ausdruck, den sie benutzten – gesehen zu haben. Nach ihrer Schilderung müßten sie tatsächlich ein aufgetauchtes deutsches Unterseeboot aus dem Zweiten Weltkrieg im Operationsgebiet unserer Flotte gesichtet haben. So ein Blödsinn. Aber trotzdem werden wir rausgeschickt und finden natürlich absolut nichts. Die Chance, daß ein fremdes konventionelles Boot hier vor der Küste Floridas operiert, ist praktisch gleich Null. Vielleicht in Kriegszeiten, aber jetzt? Quatsch. Niemand hätte auch nur den geringsten Grund dafür. Dann verschwindet letzte Woche plötzlich eins der hiesigen Fischerboote. Wir erhalten Befehl, nach ihm zu suchen, und finden eine Öllache und ein Namensschild. Mit Hilfe eines Roboter-Kamerasystems spürt die Küstenwache das Boot auf dem Meeresgrund auf. Keine Beschädigungen, keine Löcher, Brandspuren oder ähnliches. Sehr geheimnisvoll. Aber daraus läßt sich doch keine plausible Verbindung zu einem Unterseeboot herstellen.«

Er sprach über die verschiedenen Theorien im Zusammenhang mit dem gesunkenen Fischkutter und erzählte ihr etwas von Chris Mayfield und der als vermißt geltenden Crew. Er erzählte ihr auch von dem Einschußloch in dem Namensschild. Sie hörte aufmerksam zu.

»Und wegen des Einschusses behaupten nun einige Fischer im Ort, daß sich das Phantom-U-Boot Mayfield geschnappt habe. Der Admiral reagiert mit pro-aktiver Schadensbegrenzung durch die Abteilung ›Public Relations‹, um die Navy nicht dem Vorwurf auszusetzen, sie habe sich nicht gekümmert. Also muß die Goldy nächste Woche noch mal raus, um nach dem Phantom-U-Boot Ausschau zu halten. Das ist doch lächerlich. Wenn Mayfield tatsächlich mit jemandem eine Auseinandersetzung hatte, liegt es doch näher, auf Drogenhändler zu tippen.«

Sie drehte sich zu ihm herum.

»Und wenn es nun wahr wäre?« fragte sie ihn. »Wenn da draußen tatsächlich ein Unterseeboot ist und den Fischkutter versenkt hat?«

»Ich bitte Sie«, protestierte er und setzte sich auf. »Zwischen uns und den Sowjets herrscht doch Friede, Freude, Eierkuchen. Das ergibt doch gar keinen Sinn.«

»Und wenn es sich gar nicht um ein russisches Unterseeboot handelt? Verfügen nicht auch andere Länder über konventionelle Unterseeboote? Dieselboote, wie Sie sie nennen?«

Er stand wieder auf und setzte Hooker auf seiner Stange ab. Er begann, in dem dunklen Wohnraum auf- und abzugehen.

»Ja, natürlich. Unsere NATO-Verbündeten haben sogar ausschließlich Dieselboote, mit Ausnahme der Briten und der Franzosen – die haben auch einige nukleargetriebene. Aber . . .«

»Sie klassifizieren dieses Ding immer so, als könne es nur aus einer – wie soll ich es nennen – bekannten Quelle kommen, wie die Russen oder die Europäer, die in der Nato sind. Ich glaube, ich habe J. W. aber auch schon über andere Länder reden gehört, wie Nord-Vietnam oder Israel oder einige der arabischen Länder – einige der ›bad guys‹. Wenn dort draußen wirklich ein Unterseeboot ist, könnte es nicht eins von ihren sein?«

Er drehte sich zu ihr um; im Schein des Kaminfeuers sah er ihre weiße Gestalt auf der Couch. Die fachsimplende Ehefrau eines Captains. Eine plötzliche Besorgnis erfüllte ihn. War er von allen guten Geistern verlassen, die Frau eines ranghohen Offiziers anzumachen? Er war froh, daß sie in diesem Moment in der Dunkelheit seine Augen nicht sehen konnte. Aber sie hatte ihren Punkt gemacht – was, wenn es nun wirklich einer dieser ›crazies‹, dieser unberechenbaren Verrückten wäre? Er dachte einen Moment darüber nach.

»Ich gehe davon aus«, sagte er, »daß es möglich wäre ... schließlich haben die Deutschen im Krieg auch bis zu zwölftausend Meilen zurückgelegt und ebenso unsere Jungs im Pazifik. Diesel ist ausgesprochen sparsam. Bei großen Entfernungen haben sie ihre höchste Leistungsfähigkeit. Wenn jemand ein Dieselboot – sagen wir vom Mittelmeer aus – hier einsetzen wollte, wäre das möglich.«

Er schüttelte den Kopf, bevor er fortfuhr.

»Aber weshalb? Sollte Yassir Arafat etwa einen Zermürbungskrieg gegen die Fischkutter-Flotte der Vereinigten Staaten beginnen wollen? Die meisten dieser Turbanträger haben höchstens drei oder vier Boote, die meist nicht mal einsatzfähig sind. Sie müssen zugeben, Diane, es ergibt keinen Sinn. Ein Schiff den ganzen langen Weg an die Ostküste der USA zu entsenden, um die Krabbenkutter-Flotte von Mayport zu versenken? Wahrscheinlicher ist, daß sich jemand einen Joint reingezogen oder zu tief in eine Flasche Jim Beam geschaut hat. Irgendein alter Sesselfurzer, der von den Geleitzügen während des Zweiten Weltkrieges träumt, aufwacht und U-Boote sieht.«

Sie stand auf und ging zum Bullauge hinüber. Der Sturm hatte sich gelegt, das Gewitter zog seewärts und zwischen den über dem Ozean zusammengeballten Wolken entstand eine beeindruckende Ton- und Lichtshow.

»Zumindest kommen Sie auf diese Weise raus«, sagte sie sehnsüchtig. »Ich muß zu Hause bleiben – womit wir beim Thema wären, denn ich sollte besser aufbrechen, bevor mein liebreizender Ehemann die Stützpunkt-Polizei benachrichtigt, um nach seinem verlorengegangenen Auto – und eventuell nach seiner Ehefrau – Ausschau zu halten.«

Er kam zu ihr ans Bullauge und schaute auf sie hinunter. »Nach dem, was ich zuletzt darüber gehört habe, interessiert es

Ihren Mann keinen Pfifferling, wo Sie die Nacht verbringen, solange er seinen Volvo unversehrt wiedersieht.«

Sie lächelte liebreizend: »Einer der Gründe, warum ich den größten Teil der Nacht mit Ihnen verbracht habe, mein Herr.«

Bevor er wußte, wie ihm geschah, drehte sie sich um, legte ihre Hände auf seine Schultern und küßte ihn. Bevor er überhaupt reagieren konnte, hatte sie sich schon wieder abgewendet. Das Versprechen, das durch die kurze Berührung ihres Körpers übermittelt wurde, rief in ihm ein schmerzhaftes Verlangen hervor.

»Wie spät ist es«, fragte sie anschließend sachlich.

Er schaute auf seine Uhr und versuchte, seine Stimme wiederzufinden.

»Es ist halb eins: Märchenstunde – glaube ich.«

»Ja«, erwiderte sie mit traurigem Lächeln, »Märchenstunde.«

Er räumte die Weingläser und die Reste des Abendessens ab und ging zur Kombüse.

»Keine übertriebene Geschichte«, rief er über die Schulter. »Wir bleiben bei dem, was tatsächlich passiert ist, mit Ausnahme Ihres Besuches hier. Ich habe Sie beim Auto aufgelesen, Sie zur Tankstelle gebracht und dann haben wir dort gewartet in der Hoffnung, daß sie etwas unternehmen würden. Als das nicht geschah, sind wir nach Orange Park zum Abendessen gefahren, kamen zurück, haben gewartet, und dann habe ich Sie direkt nach Hause gebracht. Ich hatte wegen des Motorradunfalls – über den der Stab inzwischen informiert sein dürfte – auch einen guten Grund, mich in der Gegend des NAS aufzuhalten.«

»Was mache ich denn mit meinen Kleidern?« fragte sie.

»Nehmen Sie sie aus der Maschine und stecken Sie sie für zehn Minuten in den Trockner. Stellen Sie ihn auf ›leicht knitternd‹ – das bestätigt Ihre Geschichte, Wind und Wetter ausgesetzt gewesen zu sein.«

»Ich könne ihm ja auch erzählen, daß mich ein supergeiler Matrose abgeschleppt und mich unzählige Male genommen hat. Ich würde dann gerne einmal sein Gesicht sehen.«

Sie sprach leise, aber der bittere Unterton war nicht zu überhören. Er hielt inne – einen Teller in seiner Hand.

»Nun, Sie können jederzeit anrufen. Wenn Sie Brücken hinter sich abbrechen möchten – hier ist Ihr Boot.«

Eine leise Besorgnis war aus seiner Stimme zu hören. Sie lachte in der Dunkelheit.

»Ich hab' ja noch nicht einmal Ihre Telefonnummer«, sagte sie.

»Die geb' ich auch nicht jedem. Die muß man sich erst verdienen.«

»Das kann noch eine Weile dauern«, flüsterte sie.

»Dann sollten Sie wahrscheinlich keine Brücken abbrechen. Noch nicht«, sagte er. »Das macht es nämlich ganz schön schwierig, zurück über den Fluß zu kommen.«

Als sie in den Wohnquartieren ankamen, lag alles im Dunklen. Noch nicht einmal ein Terrassenlicht leuchtete. Sie stieg aus. Ihr Haar war noch feucht von dem Weg zwischen Hausboot und Wagen. Ihre Gray-Lady-Uniform glich einem zerknitterten feuchten Sack. Sie beugte sich zum Wagenfenster hinunter.

»Ich weiß gar nicht, wie ich Ihnen danken soll, Commander«, sagte sie mit lauter Stimme – falls ungebetene Zuhörer lauschen sollten. »Wir werden den Wagen morgen früh abholen, sobald sie ihn aus dem Graben gezogen haben.«

Er lächelte ihr von der Wagentür aus zu. Sie schloß sie und ging brüsk den Weg zu den Wohnquartieren hinauf. Als sie die Haustür aufschloß, ging drinnen das Licht an. Märchenstunde.

KAPITEL NEUNZEHN

USS GOLDSBOROUGH,
Montag, 21. April, 17 Uhr 30

Die Goldsborough schob sich mit leicht rollenden Bewegungen durch die Tide-Strömung des St. Johns River und nahm Richtung auf das offene Meer. Es war Ebbe. Die Nachmittagssonne war eine willkommene Abwechslung nach dem verregneten Wochenende. Auf beiden Seiten der Flußmündung schimmerte der goldene Sandstrand. Seemöwen wirbelten über den Rand der reißenden Strömung, und auf den Felsen an der Mole im Umkreis des Stützpunktes saßen überall Angler, die auf Flundern aus waren. Die Temperaturen bewegten sich um dreißig Grad, und alle schienen nach den Regenfällen und jetzt, nachdem das Schiff wieder ausgelaufen war, besserer Stimmung zu sein.

Mike saß in seinem Stuhl auf der Brücke und beobachtete, wie der Officer of the Deck das Schiff an den Fahrwassertonnen vorbei hinaus ins offene Meer steuerte. Eine warme Brise strömte durch die Brückenfenster in das Steuerhaus, und das Summen der Gebläse war nach der ganzen Hektik des Auslaufens ein tröstliches Geräusch. Er war froh, dem Hafen und den gesamten sich aufspielenden ›Unterstützungs- und Serviceeinheiten‹ für eine Weile entkommen zu sein.

Heute morgen war es im Hafen wie auf einem aufgescheuchtem Hühnerhof zugegangen: Versorgungs- und Materialzüge waren entlang der Bordwand aufgefahren, der Commodore war mit einer Gruppe Ingenieuren erschienen und hatte die Hauptantriebsanlage in Augenschein genommen. Wie immer hatten sich ausgerechnet am Tag des Auslaufens in letzter Minute die Personalprobleme gehäuft. Einige aus der Mannschaft hatten den Eindruck vermittelt, es ginge auf große Fahrt – zu einem Übersee-Einsatz und nicht zu einer einwöchigen Übung. Es waren auch mehr Ehefrauen und Freundinnen als sonst an dem Pier versammelt gewesen.

Mike hatte die Mannschaft bisher nicht über die Einzelheiten ihres Einsatzes unterrichtet – ihm fehlten noch die richtigen Worte. Auf dem Schiff ging das Gerücht um, sie sollten wieder nach diesem geheimnisvollen Unterseeboot, das irgendwie in Zusammenhang mit dem Untergang der Rosie III stehen sollte, suchen. Lassen Sie es echt aussehen, hatten der Admiral und der Commodore ihm mit auf den Weg gegeben. Wahrung der Fassade *über alles*! Als sie die Sandbank des St. Johns hinter sich gelassen hatten und der Bug des Schiffes in den ersten Atlantikbrecher einstampfte, traten die Männer in Erwartung aufschäumender Gischt von der Bordwand zurück – aber sie blieb aus. Unter dem Einfluß eines Bermuda-Hochs, das sich im Südosten aufbaute, war die Wasseroberfläche fast spiegelglatt und ruhig.

Mike dachte ans Wochenende zurück: In der Erinnerung kostete er seine – wie wollte man es nennen – ›Begegnung‹ mit Diane nochmals voll aus. Er merkte, daß ihn ein ernsthaftes Verlangen ergriffen hatte. Er fürchtete fast, daß er im Begriff war, sich zu verlieben. Es war erst zwei Tage her, aber er sehnte sich so sehr danach, sie wiederzusehen, daß er fast wünschte, daß noch ein anderes Maschinenteil kaputt ginge, damit sie gezwungen waren, schnell wieder den Hafen anzulaufen. Er errötete leicht bei diesem unloyalen Gedanken und orderte einen Kaffee. Der Bootsmann sprang auf, um ihm eine Tasse zu besorgen. Typisch für einen Seemann, der gerade aus einem erholsamen Urlaub zurückkommt, dachte er. Er fragte sich, wie vielen seiner Besatzungsmitglieder, die heute nachmittag mit ausgelaufen waren, wohl ebenfalls noch das Parfum einer Frau anhaftete. Der Frau des Stabschefs, du Schafskopf, meldete sich die Stimme in seinem Inneren zu Wort. Ich weiß, ich weiß.

Er hatte Hooker schon Sonntag nachmittag aufs Schiff gebracht, um nicht zu offenkundig zu machen, daß ein Tier an Bord war. Die Mannschaft wahrte darüber ein konspiratives Schweigen, denn der Papagei verlieh dem Captain in ihren Augen ein besonderes Flair. Er bemühte sich jedoch, nicht zuviel Aufhebens darum zu machen, und brachte Hooker immer in seiner ›Ausnüchterungskiste‹ versteckt und nur an Wochenenden, wenn nur noch wenige von der Mannschaft auf dem Schiff verblieben waren, an Bord. Sein Kabinensteward hatte ihm erzählt, daß die Zahl derjenigen, die etwas in seiner Kajüte zu tun hatten, immer ganz plötzlich zunahm, wenn Hooker dort war. Elektriker mußte plötzlich Leitungen überprüfen, Heizer die Klimaanlage, und der Verwaltungsunteroffizier leerte seinen Ausgangskorb statt einmal täglich stündlich. Hookers Wortschatz erregte viel Bewunderung, und Mike hegte den Verdacht, daß die Matrosen ihn während ihrer Besuche durchaus erweitert hatten.

»Sir, empfehle Revierfahrt«, sagte der XO, der gleichzeitig der Navigationsoffizier war.

»Ja, okay, aber sobald wie möglich seeklar! Wo ist denn der Ausgangspunkt für dieses verrückte Spielchen?«

»Kurs null-acht-fünf während der nächsten achtzig Meilen«, erwiderte der Exec. »Ich schlage vor, in nördlicher und südlicher Richtung entlang dem Strom ein Quadrat abzuarbeiten.«

Er musterte den Captain einen Moment lang; dann kam er näher an den Stuhl heran, außer Hörweite der Brückenwache.

»Haben Sie vor, die Mannschaft zu informieren, Capt'n?«

»Das muß ich wohl.«

Mike glitt aus seinem Stuhl und ging hinüber zum Kartentisch an der hinteren Wand des Steuerhauses. Der XO folgte ihm. Sie schauten einen langen Augenblick schweigend auf die Karten.

»Sobald ich herausgefunden habe, wie ich das bewerkstelligen kann, ohne in lautes Gelächter auszubrechen.«

Der Exec nickte nachdenklich.

»Es ist schon komisch«, sagte er. »Aber ich kann mir einfach nicht vorstellen, daß sich da draußen tatsächlich ein feindliches Unterseeboot herumtreibt, das Fischerboote versenkt.«

»Da sollten Sie auch nicht zuviel Gehirnschmalz drauf verschwenden, XO«, brummte Mike. »Was wir wirklich brauchen, sind ein paar erfindungsreiche Lageberichte, die deutlich machen, wieviel Arbeit wir in die Sache stecken. Ich habe Ops eine Adressatenliste für die Meldungen gegeben. Die erste sollte heute abend, sagen wir gegen achtzehn Uhr rausgehen. Vielleicht sollten wir darin einen generellen Überblick über unsere beabsichtigte Vorgehensweise geben, mhm?«

»Ja, Sir. Irgendein Vorschlag Ihrerseits, wie die aussehen soll?«

»Nein«, grinste Mike den XO an. »Ich warte auf die Vorschläge meiner Führungskräfte. Ihr Jungs benutzt jetzt mal eure lebhafte Phantasie. Ich werde es dann genehmigen, okay?«

Der Exec schüttelte den Kopf.

»Okay, jawohl, Sir«, sagte er.

Mike schwieg und blickte auf die Karte, die die Einsatzgebiete um Jacksonville zeigte.

»Vielleicht sollten *Sie* die Mannschaft in Kenntnis setzen, XO. Ich glaube, wenn ich das tue, wird zu deutlich, was ich von der ganzen Sache halte, und damit möchte ich die Mannschaft nicht infizieren. Wir haben unsere Befehle, und die müssen wir ausführen –, was ich davon halte. Sie hängen sich ans 1MC und erzählen's ihnen anhand der Fakten, die uns vorliegen. Ich werde in meine Kabine gehen und schmollen.«

Der Exec lachte. »Schmollen, aye. Verdammt, ich wünsche, wir wären Richtung Süden unterwegs.«

»Ja, ich auch«, sagte Mike betrübt. »Darüber bin ich wirklich am meisten sauer. Wir sind hier oben mit diesem Pipifax beschäftigt, und die anderen, die wichtigen Figuren, fahren zu richtigen Navy-Einsätzen. Fast wünsche ich mir, daß hier oben tatsächlich ein Unterseeboot rumführe, dann könnte ich wenigstens etwas versenken und jemanden umbringen.«

Der Exec war von diesem untypischen Ausbruch von Bitterkeit seines normalerweise eher ausgeglichenen Kommandanten etwas überrascht.

»Und ansonsten, Captain, hatten Sie ein schönes Wochenende?« fragte er unschuldig.

Mike starrte ihn an. Der XO konnte doch unmöglich . . .

»Jaah«, erwiderte Mike gedehnt, »ansonsten war mein Wochenende prima: Regen Tag und Nacht, Stromausfälle, die der Klimaanlage auf meinem Boot besonders gut getan haben, einer meiner Jungs, der mit seinem Motorrad abgeschmiert ist – doch, alles in allem ein wirklich tolles Wochenende. Rrrrgh.«

»Oh, Sir, verstehe. Wir werden Sie rufen, wenn wir mit dem Suchplan und dem ersten SITREP so weit sind.«

»Danke, XO.«

Gegen neunzehn Uhr – Mike war in seiner Kabine und streichelte Hookers Kopf – klopfte es an der Tür, und der Exec kam herein. Mike schaute auf.

»N'Abend, XO. Haben Sie den Plan fertig?«

»Ja, Sir. Den Plan, den ersten SITREP und einige Notizen über das, was ich der Mannschaft mitteilen will.«

»Okay. Lassen Sie mich mal sehen. Zurück auf deine Stange, Vogel.« Das ›A‹-förmige hölzerne Gestell stand direkt neben seinem Schreibtisch.

Der Papagei war mit dieser Behandlung nicht einverstanden und warf dem XO einen bösen Blick zu. Dann begann er, seinen Schnabel an dem Holzgestell zu wetzen. Der XO gab Mike seinen Schnellhefter, wobei er gebührend Abstand von dem Vogel hielt – er mochte Vögel nicht besonders. Mike las sich den generellen Plan für die Suche und den Entwurf für den ersten Situationsbericht durch. Er nickte beim Überfliegen.

»Okay, das hört sich gut an.«

Er paraphierte die Freigabe in der dafür vorgesehenen Zeile auf dem Berichtsentwurf und gab ihn dem XO zurück.

»Sie sprechen sich für eine Orientierung nach Süden aus – ich nehme an, eins ist so gut wie das andere.«

»Ja, Sir. Es ist Jacke wie Hose. Nur auf eins machte mich der ASW-Offizier aufmerksam: Wir sollten den Boden der Gebiete, die wir durchsuchen, vermessen, Sie wissen schon – Wracks einzeichnen, Höhenzüge und Ähnliches. Wir haben zwar eine Meeresboden-Konturkarte, aber wir sollten bei jeder Auffälligkeit die Sonar-Bilder, die wir erhalten, vergleichen, falls wir dem Kerl jemals in diesen Gebieten hinterherjagen müssen.«

»Dem Kerl? Vorsicht, XO. Sonst fangen Sie noch an, den Unsinn zu glauben.«

Der Exec grinste verlegen.

»Na ja«, sagte er, »wo es doch jetzt so aussieht, als ob ich die Mannschaft informieren soll, muß ich mich ja auf meine Rolle vorbereiten.«

»Ja, ja, schon gut. Irgendwer muß ja ›Mr. Aufrichtig‹ spielen. Warum also nicht Sie. Und dem Vorschlag mit dem Vermessen der Meeresbodenverhältnisse stimme ich zu. Die Jungs von den Minensuchkommandos nennen das Meeresbodenvermessung.

Die bearbeiten die ganze Zeit die Hafengebiete und die Zufahrten zu unseren Hauptflottenstützpunkten; sie vermessen und vermessen und vermessen – wirklich alles, was über den Meeresboden hinausragt. Dadurch können sie auch feststellen, wenn so ein Arschficker dort eine Mine installiert, weil die dann nicht eingezeichnet ist. Das braucht allerdings ganz schön Zeit.«

»Ja, Sir, das stimmt. Aber Sie erinnern sich doch an Lincs Computerprogramm? Er hat einen PC oben in der Zentrale, den wir zur Erstellung der Karten benutzen können. Er brennt darauf, ihn auszuprobieren, und das scheint dafür die perfekte Gelegenheit zu sein.«

»Ich bin einverstanden. Dann können wir das aufzeichnen und dokumentieren und ihn für eine Preisauszeichnung beim Programm für taktische Verbesserungen vorschlagen. Ein cleverer Junge.«

»Ja, Sir. Jetzt noch eine Sache hinsichtlich der Wachaufstellung: Ich kann eigentlich nicht verantworten, das Schiff in die ASW-Bereitschaftsstufe Zwei zu versetzen für etwas, das wir beide für Einbildung halten. Wir müssen das hier schließlich eine ganze Woche machen. Da werden uns die Wachoffiziere schnell ausgehen, wenn wir sie an Steuer- und Backbord aufstellen, je sechs Stunden auf Wache und sechs Stunden Freiwache. Wenn wir einen Kontakt orten, der nach etwas aussieht, können wir immer noch auf ASW-Stufe Eins gehen. Bis dahin drei Wachen auf der Brücke und im CIC, ist das okay?«

Mike schwenkte nachdenklich mit seinem Stuhl hin und her. Die Überlegungen des Ersten machten Sinn, solange die Prämisse stimmte, daß nämlich da draußen nichts war. Hier draußen, korrigierte er sich selbst. Aber wenn sie auf etwas stoßen würden und dieses sagenumwobene Unterseeboot angreifen würde, wäre das Schiff schlechter auf die Verteidigung vorbereitet, als wenn Gefechtsstationen eingenommen gewesen wären. Einem Captain würde man vieles verzeihen, aber bestimmt nicht, unvorbereitet zu sein. Die vom Stab würden sich ins Fäustchen lachen, wenn der ›Quertreiber von der Goldsborough‹ mit heruntergelassenen operativen Hosen erwischt werden würde.

»Machen wir das so, XO«, erwiderte er. »Ich lasse Ihnen die Dreierwache anstelle von Backbord und Steuerbord, aber ich möchte, daß die Torpedos und die Unterwasserbomben abschußbereit und genügend Leute am Sonar und im CIC sind, um gegebenenfalls rasch Verteidigungsmaßnahmen einleiten zu können, okay?«

»Ja, Sir, das ist kein Problem«, nickte der Exec. »Die Sonarmänner sind sowieso im Sechsstundenrhythmus eingeteilt, wegen der Meeresbodenerfassung. Wir haben nicht genug Sonarmänner, um eine Dreierwache vorzunehmen. Und es ist ja keine große Sache, die Waffenkonsolen aktiviert und einsatzbereit zu haben, solange wir die Torpedorohre nicht besetzen müssen. Es bedeutet aber, daß wir scharfe Torpedos geladen und die Wasserbomben mit Zündern scharf gemacht haben müssen.«

Mike nickte.

»Ich weiß. Ich werde die Waffenfreigabepapiere abzeichnen. Wir müssen auch sehr sorgfältig Gefechtsanweisungen herausgeben – kein Waffeneinsatz, bevor ich ihn nicht ausdrücklich befehle. Wir greifen nur bei positiver Identifizierung oder bei einem feindlichen Akt an. Ich würde ungern ein durchfahrendes U. S.-U-Boot oder – was das anbetrifft – ein russisches treffen. Ich will nur ein, zwei Sachen in petto haben, falls irgendwas unseren Weg kreuzt, wobei ich nicht glaube, daß das passieren wird.«

»Ja, Sir, nur: irgendwas hat den Weg der Rosie III gekreuzt.«

»Ich weiß, aber ich werde deshalb verdammt noch mal nicht an die Existenz eines blöden Unterseebootes glauben. Es ergibt einfach keinen Sinn. Unterseeboote geben sich doch nicht mit Fischerbooten ab. Die sind doch auf die großen Kähne aus wie Träger und Supertanker.«

»Es sei denn, es wäre Teil ihres Auftrages, unentdeckt zu bleiben, dann würde es sich schon mit einem Fischer abgeben.«

Mike drehte sich zu seinem Ersten um.

»Sie fangen an zu glauben, daß an der Sache doch was dran ist, stimmt's?«

Der Exec beschäftigte sich noch einen Moment mit seinem Stapel Papier. Dann sah er den Captain an.

»Das erzählen sie einem doch immer beim Geheimdienst, Capt'n«, sagte er. »Man muß von den Möglichkeiten, nicht von der Absicht, ausgehen. Und *möglich* ist es, daß sich da draußen ein feindliches diesel-elektrisches Unterseeboot aufhält. Wir haben eine Sichtungsmeldung von einem Typen vorliegen, der im Zweiten Weltkrieg ein U-Boot gesehen hat, und der hat das Ding auch exakt – nämlich Tauchboot – benannt. Wir haben einen Vorfall auf See mit einem Fischkutter, bei dem Anzeichen von Gewalt festzustellen sind – wie Sie wissen, haben die Bullen bestätigt, daß es sich bei dem Loch um einen Einschuß handelt. Nach außen hin nehmen unsere ›hohen Tiere‹ es wichtig genug, um ein Schiff – falls erforderlich sogar eine ganze Woche – rauszuschicken, um sich die Sache mal anzusehen. Sicher ist es höchst unwahrscheinlich, aber, nun ja, *möglich* ist es.«

Der Erste Offizier blickte ernst drein. Mike runzelte die Stirn.

»Sie waren bei der Besprechung mit Admiral Walker nicht zugegen, XO, aber ich stimme Ihnen im Hinblick auf die theoretische Möglichkeit zu. Es stimmt – sie schicken uns raus, aber sie haben Norfolk davon nichts mitgeteilt – es ist alles nur für die Lokalpresse gedacht. Wie dem auch sei, wir ziehen die Sache vernünftig durch, und ich behalte meine Meinung für mich. Dann können Sie die Jungs richtig heiß machen, damit sie ihr Bestes geben. Also los.«

»Aye, aye, Sir«, antwortete der Exec und sammelte seine Papiere ein.

Mike entging die Erleichterung in seiner Stimme nicht, ebenso wie die unausgesprochene Bitte, wenigstens so zu tun, als ob er es ernst nehmen würde, denn wenn die Messe und die Mannschaft einen anderen Eindruck bekämen, würden sie es auf die leichte Schulter nehmen.

»In ein paar Minuten werde ich mich ans MC1 hängen und die Mannschaft informieren«, sagte der Exec. »Wir werden dann gegen einundzwanzig Uhr, wenn wir den Ausgangspunkt erreicht haben, mit der Suche beginnen.«

»Wo die Rosie gesunken ist?«

»Ja, Sir. Das hat keine taktische Bedeutung, sondern es ist symbolisch gemeint. Hier sind ein paar andere Jungs gestorben, und das macht es für die Mannschaft einfacher nachzuvollziehen, warum wir hier sind.«

»Gute Überlegung. Ich werde gegen zweiundzwanzig Uhr nach oben kommen, um zu sehen, wie es läuft. Sagen Sie Linc, daß ich sein neues Spielzeug vorgeführt haben will.«

Um zweiundzwanzig Uhr ging Mike hinauf ins Combat Information Center. Das Kontrollzentrum war abgedunkelt. Nur das grüne Flimmern auf den Bildschirmen und die schwache rote Deckenbeleuchtung erhellten den Raum, der jetzt sehr voll war, ein wenig.

»Captain auf Station«, verkündete der Watch Supervisor, als er Mike durch die Tür kommen sah.

Mike ging zum Hauptkartentisch hinüber. Die Suchstrecken waren auf transparentem Pauspapier eingezeichnet. Darunter war die Meeresboden-Konturkarte mit einem Klebeband befestigt. Der PC des ASW-Offiziers, Lieutenant Lincoln Howard, stand neben dem Tisch.

»Zeigen Sie mir, wie das funktioniert, Linc.«

»Aye, Sir. Grundsätzlich kann ich die Videoaufzeichnung auf dem Sonarschirm über einen Scanner Port in den PC reinholen, so, als würde ich ein Dokument abtasten, nur daß ich hier ein Bild bekomme. Die Meeresboden-Konturkarte habe ich bereits als ein Dokument eingegeben, und ich halte den jeweiligen Kartenausschnitt des Gebietes, durch das wir gerade fahren, in einem Fenster. Ein weiteres, leeres Fenster ist ebenfalls aktiviert. Wenn wir nun über bestimmte Bodenbeschaffenheiten, die auf der Karte vermerkt sind, fahren, kann ich über das Sonar ein Standbild der Schirmanzeige erhalten, das ich dann über den Scanner Port in das zweite Fenster hereinhole. Anschließend bringe ich das Videobild mit diesem Kartenausschnitt zusammen und speichere es. Wenn wir nun in dieses Gebiet zurückkommen, kann ich erst die Videoaufzeichnung unserer gegenwärtigen Position in einem Fenster aufrufen und danach das aktuelle Sonar-Videobild, um festzustellen, ob sie sich unterscheiden. Ist das der Fall, kann man davon ausgehen, daß etwas da ist, was vorher nicht da war.«

Der Captain nickte zustimmend.

»Das ist ganz schön raffiniert. Ich nehme an, wir müssen

dazu jeweils den gleichen Weg nehmen, den wir bei der ersten Aufzeichnung genommen haben.«

Linc grinste. »Sie haben's erfaßt, Sir. Sonst würden die Bodenmerkmale von den Schallwellen aus einem anderen Winkel aufgezeichnet und könnten sich unterschiedlich darstellen. Deshalb gebe ich bei jeder Datei auch Kurs, Geschwindigkeit und Schallortungsbedingungen ein. Hier können Sie eine sehen, die wir gerade erstellt haben.«

Mike schaute auf den PC-Bildschirm. In einem Fenster war ein Ausschnitt der Meeresbodenkarte, in einem zweiten, größeren eine Sammlung krummer weißer Linien vor einem bernsteinfarbenen Hintergrund zu sehen. Es sah wie einer dieser Rohrsach-Tests aus, den Psychologen benutzen.

»Mhm . . .«

»Ja, ich weiß, Sir«, sagte der ASW-Offizier. »Man erhält keine klar umrissenen Konturen. Gemäß Karte haben wir es hier mit einer Anhöhe zu tun, einer Felsspitze, die sich etwa vierzig Meter über den Meeresgrund erhebt. Bei einer Wassertiefe von ungefähr einhundertdreißig Metern könnte man annehmen, daß es sich um ein auf dem Meeresgrund liegendes oder sich in der Nähe des Meeresbodens aufhaltendes Unterseeboot handelt. Da wir jedoch wissen, daß hier eine Anhöhe ist, können wir es ignorieren.«

»Aber angenommen, ein Unterseeboot wüßte um diese Anhöhe und wollte sich verstecken – könnte es sich dann nicht neben dem Felsen positionieren, z. B. in seinem akustischen Schatten, wenn es wüßte, aus welcher Richtung wir kämen? Würden wir den Kontakt dann nicht mit der Felsspitze verwechseln?«

»Ja, genau, Sir. Aber das werden mir meine kleinen Fenster ja berichten, vor allem, wenn wir zweimal aus verschiedenen Richtungen passieren könnten. Ich weiß nicht, wie es mit einem in der Nähe liegenden Unterseeboot aussehen würde, aber ich weiß, daß es anders aussehen würde. Dann könnten wir es umkreisen und seinen Arsch da rauspingen.«

»Wirklich beeindruckend. Das heißt also, daß wir während der Suchaktion – solange wir dazu Zeit haben – mindestens zwei Bilder von allen Bodenbeschaffenheiten, in deren Nähe sich so ein Dreckskerl womöglich verstecken könnte, aufzeichnen.«

»Ja, Sir«, sagte Linc dankbar. »Der größte Teil hier auf dem Kontinentalschelf ist ziemlich flach, obwohl es auch Unmengen von Schluchten gibt. Aber es wäre verdammt hart, wenn man in eine von denen hineingehen wollte, weil das Wasser richtig in sie runterstürzt und dabei eine wahnsinnige Strömung verursacht, mal ganz abgesehen von der Gefahr durch Schlammrutsch.«

»Ich möchte mich auf die inneren Ränder des Golfstroms konzentrieren«, sagte Mike nachdenklich. »Alles, was passiert ist, hat sich kurz dahinter ereignet. Das Wasser ist unruhig, und die Grenzschichten sind akustisch gesehen ein schwieriges Problem, aber genau dort würde sich ein Unterseeboot verstecken. Akustisch könnte es sich ein Bild vom Operationsgebiet der Flotte machen und wäre doch für Überwasser-ASW-Einheiten praktisch unsichtbar. Jemand soll mir mal eine große Karte des gesamten Gebietes bringen.«

Der Surface Supervisor ging zum Kartentisch und raschelte mit den großen Karten, bis er schließlich eine herauszog, auf der die Zufahrten zum St. Johns River und jeweils einhundert Meilen des Operationsgebietes zu beiden Seiten zu sehen waren. Er breitete sie auf dem Plottisch aus.

Mike nahm einen weichen Bleistift und zeichnete einen fünf Zentimeter breiten Streifen entlang den saisonalen inneren Rändern des Golfstroms ein.

»Hier«, sagte er, »hier würde sich unser Freund herumtreiben, wenn er es auf irgend etwas im Operationsgebiet abgesehen hätte. So, und jetzt gebt mir mal die Koordinaten der Position, an der die Rosie gesunken ist.«

Der Steuermann gab den Längen- und Breitengrad an. Mike markierte die Stelle auf der großen Karte mit einem ›X‹. Er zeigte auf die Bleistiftmarkierung:

»Laßt uns diesen Bereich durchkämmen. Während der nächsten achtundvierzig Stunden in südlicher Richtung von der Sinkposition der Rosie. Anschließend durchforsten wir die Mitte des Operationsgebietes und gucken uns dabei alle auffälligen Objekte auf dem Meeresgrund genauer an – wenn ich mich richtig erinnere, liegen hier mehrere Wracks, und es gibt ungefähr ein Dutzend Erhebungen oder Felsspitzen. Danach suchen wir den nördlichen Bereich des Streifens entlang dem Golfstrom ab.«

Er trat von der Karte zurück und warf einen Blick auf das gesamte Bild, um das Ausmaß der Suchaktion abzuschätzen.

»Wir sollten auch jedesmal, wenn wir ein Bild erstellen, die Lotung ablesen«, ließ sich der Exec vernehmen, der – wie üblich – im Combat aufgetaucht war, weil der Captain sich dort aufhielt.

»Hi, XO. Ah ja, dem stimme ich zu, denn Sie denken wahrscheinlich an die anfängliche Suchtiefe für Torpedos, richtig?«

»Ja, Sir. Wenn wir Feindkontakt bekommen, rufen wir Lincs Bilder auf und programmieren gleichzeitig eins von unseren Fischchen so, daß es nicht versucht, unterhalb der eigentlichen Wassertiefe zu operieren.« Er bemerkte Lincs Gesichtsausdruck. »Wo ist das Problem, Linc?«

»Nun, Sir, das Problem hierbei ist, daß unsere U-Jagd-Torpedos bei diesen Tiefen immer den Meeresboden erreichen werden – es ist einfach nicht tief genug. Aber für die Wasserbomben könnten die Echobilder tatsächlich von Nutzen sein. Sehen Sie, wenn die Wassertiefe laut Karte einhundertdreißig Meter beträgt und wir ein Ziel anvisieren, das auf dem Grund liegt, würden wir die Zündung auf einhundertdreißig Meter einstellen. Aber wenn die tatsächliche Tiefe nur einhundert Meter betrüge, dann würden sie nie explodieren. Die Angaben auf dieser Karte sind über vierzig Jahre alt. In der Zwischenzeit kann viel passiert sein. Wir brauchen unbedingt genauere Daten.«

Mike nickte nachdenklich. Die anderen Mitglieder des ASW-Teams standen um sie herum und hörten der Diskussion zu.

»Okay«, sagte er. »Macht das mal so. Versucht, gute Bilder aller Besonderheiten zu produzieren. XO, vielleicht sollten wir die Torpedorohre doch nicht vorbereiten, was meinen Sie?«

»Aber Captain«, warf Howard Linc ein, »der Vorteil eines Torpedos ist doch, daß er schnell abgefeuert werden kann. Wenn wir einen Torpedo in einer bestimmten Peilung orten, können wir eben in diese Richtung abfeuern. Kann sein, daß er sich in den Grund bohrt oder darauf explodiert, aber vielleicht werden der zweite oder dritte Fisch, den der Kerl auf uns abfeuern will, abgelenkt, und eventuell erreicht unser Torpedo ja sogar sein Ziel und reißt dem Kerl den Arsch auf. Wegen der Wasserbomben ist es erforderlich, daß wir uns genau über ihm positionieren. Das braucht Zeit, besonders, wenn er versucht abzuhauen. Ich meine jedenfalls, wir sollten auf jeder Seite einen abschußbereit haben.«

»Okay, XO. Ich lasse mich überzeugen. Ihr Jungs scheint euch ja gut auszukennen. Versuchen wir es einmal so. XO, ich gehe jetzt auf die Brücke. Haben Sie noch etwas für mich?«

»Nein, Sir – nichts, das nicht bis morgen früh warten könnte.«

»Okay.«

Mike ging durch die Vordertür des CIC hinaus auf die abgedunkelte Brücke. Der Bootsmann brauchte eine Weile, bevor er ihn entdeckt und angekündigt hatte. Es war eine klare Nacht, und der Mond leuchtete hell – daher war es nicht ganz so dunkel. Mike durchquerte den Raum und schwang sich in seinen Stuhl. Der Bootsmann erschien mit einer Tasse Kaffee. Mike nahm sie, trank aber nicht. Es war schon zu spät für Kaffee; er wollte keine schlaflose Nacht riskieren. Aber um dem Maaten gegenüber nicht unhöflich zu sein, hielt er die Tasse mit beiden Händen fest.

Die Jungs bauten diese kleine Operation genau richtig auf, überlegte er. Der ASW-Offizier hatte ein tolles kleines Spielzeug in seinem PC. Was auch immer dabei herauskam, er mußte sicherstellen, daß Linc dafür eine gebührende Anerkennung bekam. Er lehnte sich zurück. Die See lag schwarzglänzend vor ihm, nur erhellt von einer breiten Mondlichtallee, die sich an der Decke des Steuerhauses widerspiegelte. Das Schiff kreuzte mit einer Geschwindigkeit von zehn Knoten herum, was für einen Zerstörer so gut wie nichts war. Es war fast windstill. Natürlich ist das alles Blödsinn, dachte er. Wir tun so, als ob – und erhalten auf diese Weise eine vernünftige Meeresbodenkonturkarte. Vielleicht kann ich mich auch endlich um alle diese Tauglichkeitsberichte kümmern, die sich in meinem

Eingangskorb stapeln. Und dann war da noch letztes Wochenende, ja, letztes Wochenende.

Er fragte sich, wie er und Diane sich wiedersehen könnten – falls sie sich wiedersehen würden. Er ging einfach davon aus; sie würden sich treffen. Irgendwie. Er versuchte wohl zum hundertsten Mal die Nachricht zu verdauen, daß seine Nemesis im Stab eine Affäre hatte und Diane davon wußte. Er hatte sich mit dem Problem herumgeschlagen, ob er sich darüber freuen sollte oder nicht, aber seine inneren Stimmen kamen übereinstimmend zu dem Schluß, daß J. W.s Mid-life-Unbesonnenheit, sein Ehebruch, die Tür für Mike Montgomery ziemlich weit geöffnet hatte. In seinen Tagträumen spielte er die Möglichkeit durch, Diane zu seiner Frau zu machen. Sie war so alt wie er oder vielleicht sogar ein kleines bißchen älter. Aber was spielte das für eine Rolle. J. W. begehrte sie nicht, und Mike entdeckte, daß er selbst sie sogar sehr stark begehrte. Jeder erzählte ihm, er solle sich häuslich niederlassen, heiraten, eine Familie gründen, in den Wohnquartieren auf dem Stützpunkt leben. Und nun? Er mußte innerlich lachen. Wenn er und Diane zusammenkämen, könnte keiner von beiden in der Navy bleiben. Er würde ohne Umschweife für die Zerrüttung der Ehe eines ranghöheren Offiziers durch sein liederliches Junggesellenleben verantwortlich gemacht werden. Über die Tatsache, daß Martinson eine Freundin hat, würde man geflissentlich hinwegsehen. Aber was sollte es. Er würde wahrscheinlich sowieso sehr bald seinen Abschied von der Navy nehmen müssen, und sie hatte das Navy-Leben bestimmt bis obenhin satt. Er wußte, daß Diane nicht zu den Frauen gehörte, die man einfach benutzen konnte wie diese hohlen, aufgeblasenen Strandhäschen, die er manchmal mit an Bord genommen hatte. Er spürte, daß eine Beziehung mit Diane eine ernstzunehmende Angelegenheit war. Er versuchte, das Ganze unter dem Deckmantel der Lässigkeit eines gereiften Junggesellen runterzuspielen – die Frau will ein bißchen Spaß haben, okay, nimm sie und hab Spaß – aber nicht mehr. Das Problem war nur, daß er schon mehr als nur ein bißchen verliebt war.

Er trank nun doch einen Schluck von seinem Kaffee. Das

nächste Wochenende könnte das einzig Interessante an dieser Woche werden. In jedem Fall interessanter als diese Pipifax-Aufgabe. Er gähnte, lehnte sich in seinem Stuhl zurück und blickte auf das nächtliche Meer. Ein Unterseeboot. Es war wirklich zum Lachen.

KAPITEL ZWANZIG

Commissary des Marinestützpunktes Mayport, Dienstag, 22. April, morgens

Diane Martinson schob ihren Einkaufswagen an der Reihe mit den Frühstücksmüslis vorbei zur Fleischtheke. Zweimal in der Woche erledigte sie hier ihre Einkäufe – heute jedoch völlig mechanisch: Sie kaufte die gleichen Sachen, die sie immer einkaufte, drehte die gleichen Runden durch den Supermarkt des Stützpunktes, die sie jedesmal drehte.

Ihre Gedanken waren noch immer mit Mike Montgomery beschäftigt. J. W. hatte ihrer Geschichte über den Unfall ungeduldig zugehört, kurz die Stirn gerunzelt, als sie ihm erzählte, wer ihr zu Hilfe geeilt war, sich aber mehr auf den Volvo und wann er gehoben werden könnte, als auf die Tatsache, daß seine Frau einige Zeit mit diesen eigenbrötlerischen Kommandanten der Goldsborough verbracht hatte, konzentriert. Er hatte einfach das Licht ausgemacht und war wieder ins Bett gegangen. Dann hatte er sich noch darüber beklagt, daß sein Sonntag jetzt wohl dafür drauf gehen würde, mit dem verdammten Wagen ›rumzumachen‹, und vielen Dank für die Reparaturrechnung. Diane erinnerte sich, daß sie gedacht hatte, daß er sich ruhig um den Wagen kümmern könnte, während sie . . . sie lächelte bei diesem unerhörten Gedanken. Ihr Lächeln wurde breiter, als sie sich ausmalte, daß sie J. W. so etwas tatsächlich einmal ins Gesicht schleudern würde. Sie fragte sich, ob er ins Stottern geraten würde.

»Sind Hamburger so amüsant, Diane?« fragte eine weibliche Stimme neben ihr.

Sie drehte sich um und sah sich der Frau von Admiral Walker gegenüber, die ebenfalls auf dem Weg zur Fleischtheke war. Diane zwang sich schnell zu einem Lachen.

»Ich habe gerade über unsere Geschichte mit dem Volvo drüben in NAS Jax nachgedacht«, sagte sie leichthin. »Wir haben den Wagen immer als ›Schiff‹ bezeichnet, und jetzt war es fast eins.«

»George hat mir von Ihren Schwierigkeiten am Wochenende erzählt«, sagte Mrs. Walker. »J. W. sagte, daß Sie Schlimmes durchmachen mußten. Welch ein Glück, daß Commander Montgomery in der Nähe war.«

Diane fragte sich, ob aus Mrs. Walkers Worten eine versteckte Anspielung herauszuhören war.

»O ja, das war es allerdings. Ich weiß nicht, was ich sonst da draußen getan hätte – meinen versinkenden Wagen vor Augen. Obwohl auch sein kleiner Sportwagen bei diesem Platzregen ein Periskop gebraucht hätte.«

»Ja, ich habe den Wagen einmal gesehen. George meint, daß er für den Captain eines Zerstörers ziemlich auffällig sei, aber Commander Montgomery scheint ja ohnehin ein – ein anderes Leben zu führen als die meisten von uns.«

Diane nahm ein paar Teile aus der Fleischtheke und fuhr weiter die Auslage entlang. Mrs. Walker machte das gleiche und blieb dabei in ihrer Nähe, so daß sie sich weiter unterhalten konnten.

»Anderes Leben?« fragte Diane. »Er fährt einen Sportwagen, und er erzählte mir, daß er auf einem alten Hausboot im Jachthafen wohnt. Davon abgesehen schien er mir ziemlich normal, wenngleich ich mich frage, wie er wohl in den Sportwagen hineinpaßt.«

»Ja, er ist ziemlich groß, nicht wahr? Aber George sagte, er hätte ziemlich unkonventionelle – ich glaube, er sagte – Vorstellungen über seinen Umgang mit dem Rest der Navy in Mayport. Anscheinend beschwert sich Montgomery häufig. Aber Sie wissen ja, wie das mit diesen jungen COs ist. Ich bin sicher, das hat alles nichts zu bedeuten. George war sehr erfreut, daß er Sie gerettet und zugesehen hat, daß Sie nach Hause kamen. Aber wo in aller Welt haben Sie sich bei diesem schrecklichen Wetter nur die ganze Nacht versteckt – George sagte, daß J. W. ihm gesagt hatte, daß Sie fast die ganze Nacht an der Tankstelle warten mußten?«

Dianes weibliche Antennen begannen zu vibrieren. Sie spürte, daß hinter dieser Frage mehr als nur beiläufiges Interesse steckte. Ohne daß das rundheraus gesagt wurde, wußte Diane, daß ihr Aussehen für die weniger attraktiven Frauen auf dem Stützpunkt immer Anlaß zu Verdächtigungen bot. Sie hätte viel darum gegeben, nur einmal in ihrem wohlanständigen Leben mit dem liebenswürdigsten Lächeln zu antworten, daß Commander Montgomery und sie sich für acht Stunden ein Motel genommen haben, um mal so richtig zu vögeln. Während sie darüber nachdachte, wurde ihr klar, daß sie sehr gerne mit dem ›großen Commander‹ etwas in dieser Richtung unternehmen würde. Instinktiv war ihr auch klar, daß die Initiative von ihr ausgehen mußte. Sie war überrascht, als sie merkte, daß ihr dieser Gedanke keine Probleme bereitete. Offensichtlich hatte ihr Unterbewußtsein eine Entscheidung getroffen. Aber jetzt war es erst einmal Zeit für die Märchenstunde Teil Zwei.

»Wir haben eine Weile an der Tankstelle gewartet. Sie war durch den Sturm ohne Strom, deshalb sind wir nach Orange Park rübergefahren und haben in einem dieser schrecklichen Gasthäuser am Straßenrand abgewartet. Ich habe gehört, daß Orange Park ein hübsches kleines Städtchen gewesen sein soll, aber jetzt ist es ein einziger Neonlichtreklamestreifen. Gegen zweiundzwanzig Uhr sind wir zum NAS zurückgefahren und haben dort weiter gewartet.«

Mrs. Walker war an der Fleischtheke fertig und bereit, sich den nächsten Gang vorzunehmen.

»Orange Park war nie ein hübsches Städtchen, meine Liebe. Klein ja, aber nie hübsch. Wie dem auch sei – ich freue mich, daß der Wagen wieder läuft. Wir wollen doch nicht, daß Sie mangels Zweitwagen Ihre ehrenamtliche Tätigkeit aufgeben müßten, nicht wahr? Es macht schon einen Unterschied, glauben Sie mir. Bis dann mal.«

Sie winkte mit den Fingerspitzen in Dianes Richtung und bog in den Gang mit den alkoholfreien Getränken ein. Als Mrs. Walker verschwunden war, ging Diane weiter die Fleischtheke entlang. Neugieriges, altes Weibsstück. Eigentlich war sie ja gar nicht so alt, und im Grunde wurde sie auch von den meisten Frauen der Stabsoffiziere sehr geschätzt. Einige der Admiralsgattinnen trugen die Rangabzeichen ihrer Männer sehr deutlich mit sich herum; das tat sie fast nie. Aber das eben war ein unmißverständliches Nachforschen gewesen: *Wo in aller Welt* haben Sie sich nur versteckt ... Im Klartext hieß das: Aufpassen, Baby, das hier ist ein Dorf – ein Navy-Dorf.

Diane warf den Kopf zurück und ging zur Kasse. Mitgefangen – mitgehangen. Sie hatten nichts Verwerfliches getan, aber vielleicht hätten sie das besser. Wenn die obere Gesellschaftsschicht der Navy-Kreise diskret wegschauen konnte, wenn J. W. sich bei seinen Besuchen im Navy-Hauptquartier in Norfolk mit einer anderen Frau abgab, konnte sie gefälligst auch wegschauen, wenn Mrs. J. W. Martinson sich entschloß, über die Stränge zu schlagen. Natürlich wußte sie im Innern, daß das alles fromme Wünsche waren. Der Admiral wußte wahrscheinlich ziemlich gut über die Geliebte seines Stabschefs Bescheid, hatte aber seiner eigenen Frau davon nichts erzählt. Wenn Diane dabei ertappt würde, daß sie sich außerhalb des ›Reservats‹ herumtrieb, würde das sofort einen Skandal nach sich ziehen. Tu, was wir dir sagen, nicht, was *wir* tun. Die Navy ist eine Männerwelt.

»Guten Morgen, Mrs. Martinson«, sagte der junge Mann an der Kasse. »Heute haben wir ja nicht viel.«

»Guten Morgen«, erwiderte sie. »Ja, Sie haben recht. *Heute bekomm' ich nicht viel.*«

Sie schenkte ihm ein Tausend-Watt-Lächeln, das ihn aufforderte, den Doppelsinn zu erfassen. Prompt gab er den Beutel Orangen gleich dreimal ein.

KAPITEL EINUNDZWANZIG

Die AL AKRAB, 600 Meilen östlich des Golfstroms,
Dienstag, 22. April, 1 Uhr

»Überwasser-Kontakt, Peilung einhundert, Abstand nicht zu ermitteln, kommt näher, Zusammensetzung eins, einschraubig, Klassifizierung Handelsschiff.«

»Sehr gut.« Der Kommandant hängte den Hörer – das Telefon befand sich neben seiner Schlafkoje – ein und schaute auf den Tiefenmesser über der Koje. Sechzig Meter. Das Unterseeboot befand sich seit zwei Nächten an der Treffpunkt-Position. Es hatte noch keine Kontakte gegeben. Die Position befand sich abseits der normalen Schiffahrtswege. Aber jetzt, am dritten Tage ihres Zeitfensters, näherte sich ihnen ein einzelnes Schiff. Mit etwas Glück würde das der Tanker Ibrahim Abdullah sein. Sie würden es in etwa einer Stunde genau wissen; dann nämlich müßte der Tanker das verabredete Erkennungssignal geben. Genau um Mitternacht Ortszeit sollte der Tanker drei Handgranaten über Bord werfen. Den Lärm würde man meilenweit hören können. Das Unterseeboot würde daraufhin auftauchen. Während der letzten Sehrohrbeobachtung bei Sonnenuntergang waren die Wetterverhältnisse ideal gewesen. Die Sonarstation klingelte ihn wieder an.

»Ja?«

»Kommandant, der Kontakt hat Geschwindigkeit auf zwanzig Umdrehungen gedrosselt; er hält weiter auf uns zu, aber jetzt sehr langsam. Peilung immer noch einhundert.«

»Sehr gut. Schützt eure Ohren um Mitternacht.«

»Jawohl, wir sind bereit.«

»Informiere den Wachoffizier, daß ich um Mitternacht zur Mannschaft zu sprechen wünsche, falls das unser Kontakt ist.«

»Wird erledigt.«

Er schaute auf seine Uhr. Dreiundzwanzig Uhr zwanzig. Noch etwa vierzig Minuten. Er legte sich wieder hin. Ihre Fahrt zu der Rendezvous-Position war ohne Zwischenfälle verlaufen. Sie hatten die Zeit dazu benutzt, eine Bestandsaufnahme fälliger kleinerer Reparaturen zu machen – Pumpen, Motoren, Ventile –, die übliche Einkaufsliste. Der Tanker war für diesen Auftrag mit einem Ersatzteillager ausgerüstet worden. Ebenso hatte er Proviant, Dieseltreibstoff und Trinkwasser für sie an Bord, was sich sehr gut traf, denn einer ihrer Kondensatoren war ausgefallen. Unterseeboote mußten – ebenso wie Überwasserschiffe – ihr gesamtes Trinkwasser aus Salzwasser destillieren. Diese Anlage bezeichnete man als Frischwassererzeuger. Normalerweise hatte Unterseeboote nur geringe Vorräte an Trinkwasser. Der Ausfall eines Kondensators war deshalb ein ernstzunehmendes Problem.

Wenn sich das Wetter halten würde, könnten die Männer für ein paar Stunden aus dem U-Boot raus und sich auf dem Tanker eine heiße Dusche und eine warme Mahlzeit gönnen. Er fragte sich, ob Frauen an Bord sein würden. Die russischen Berater hatten ihm erzählt, daß die Mannschaften ihrer Versorgungsschiffe fast vollständig aus Frauen bestünden. »Umfassende Serviceschiffe« – wie sie mit anzüglichem Blick hinzugefügt hatten. Er hatte einige der russischen Frauen gesehen und sich gefragt, worin der Unterschied zwischen ihnen und den anderen Maschinen an Bord bestand. Er hatte nie geheiratet und auch kein gesteigertes Interesse an einer festen Beziehungen zu einer Frau. Sie befriedigten zwar sexuelle Bedürfnisse, machten aber ansonsten nur Scherereien.

Er mußte sich zurückhalten, um nicht gleich in die Zentrale zu gehen. Er fühlte, daß die Mission an einem Scheidepunkt angelangt war. Es gab immer noch Zeiten, in denen er kaum glauben konnte, daß sie wirklich taten, was sie taten, und daß er – unter allen U-Boot-Kommandanten – für diese ›Mutter aller Missionen‹ ausgewählt worden war. Es war ein langer Weg bis hierher gewesen.

Seine Eltern waren Bedienstete in dem Herrenhaus eines britischen Geschäftsmannes in Tripolis gewesen. Zusammen mit vier weiteren Geschwistern war er in einer Einzimmer-Behausung aufgewachsen, die man an die hintere Hofmauer des Herrenhauses angebaut hatte. Seine ›Pflichten‹ als Kind hatten sich darauf beschränkt, den Gärtnern zur Hand zu gehen. Keines der Kinder hatte jemals das Haupthaus betreten dürfen. Er hatte nur immer seinen Vater von den vielen Zimmern, der wunderschönen Einrichtung und den unvorstellbaren Essensmengen erzählen hören. Seine Mutter hatte sie alle Arabisch lesen und schreiben gelehrt, aber bis zum Zeitpunkt der Revolution, die die koloniale Ordnung völlig umgestülpt und die Welt eines jeden Betroffenen dramatisch verändert hatte, hatte er niemals einen Fuß in eine Schule gesetzt.

Sobald er alt genug war, war er in die Armee eingetreten. Dort hatten ihm seine angeborene Intelligenz und schnelle Auffassungsgabe rasch zu Erfolg verholfen und die Aufmerksamkeit seiner Vorgesetzten auf ihn gelenkt, die verzweifelt auf der Suche nach Einheimischen, die als Offiziersanwärter in Frage kamen, waren. Er war der Artillerie zugeteilt worden, wo er von grimmig dreinblickenden russischen Beratern in die tödliche Mathematik der Ballistik eingewiesen wurde. Weil er vom gleichen Stamm wie der Führer der jungen Nation war, wurde er etwas schneller befördert als die meisten seiner Offizierskameraden.

Parallel zu der technischen Ausbildung lief die politische Erziehung. Er lernte, daß sich die ganze Welt unter Führung der Vereinigten Staaten und ihrer Verbündeten gegen sein Land verschworen hatte, weil es die Sünde begangen hatte, das Joch des Kolonialismus abzuschütteln. Deshalb versuchten sie jetzt, sein Land innerhalb der Grenzen des nordafrikanischen Wüstensandes zu isolieren. Die einzig verläßlichen Freunde in diesem globalen Szenario seien die Sowjets gewesen, die sie mit Waffen, Ausbildung und Beratern sowie einem Markt für das kostbare Öl versorgt hatten, als die arabische Welt ihr erstes Öl-Embargo verhängte. Russisch hatte er durch den Umgang mit den Beratern und auf der Schule gelernt.

Eines Tages hatten die Sowjets ihnen sechs Unterseeboote überlassen. Damals war er schon zehn Jahre beim Militär gewesen. In der Armee und der Luftwaffe hatte man nach Freiwilligen für den Dienst auf Unterseebooten gesucht, denn der Führer wollte die bewaffneten Kräfte des Landes um diese neue, tödliche Dimension verstärken. Von seinem Kommandeur, einem Oberst mit der gleichen ethnischen Zugehörigkeit, war er ermutigt worden, sich als Freiwilliger, auf der Basis seiner politischen Zuverlässigkeit, zu melden, hauptsächlich, um den Einfluß der Familie auf diese neue, aufregende Facette der nationalen Streitkräfte zu erweitern. Wegen seiner Russischkenntnisse und seiner angeborenen technischen Begabung war er schnell aufgenommen worden. Dem folgte die intensive, völlig ungewohnte Erfahrung des Lebens in der Sowjetunion, wo er die Schule für Besatzungen von Unterseebooten besuchte. Nach Abschluß der einjährigen Ausbildung war ihm das Kommando über ein russisches Unterseeboot der Foxtrott-Klasse übertragen worden, und seit diesem Zeitpunkt war er Kommandant.

Technisch gesehen war sein Unterseeboot nicht einfacher einsatzbereit zu halten als die anderen fünf, aber über die Jahre war es ihm gelungen, eine fähige Mannschaft und zuverlässige Offiziere zu rekrutieren. Viele von ihnen waren Freiwillige aus anderen arabischen Nationen. Was noch wichtiger war – sie blieben ständig auf dem gleichen Unterseeboot, da sein Land den Grundsatz der turnusmäßigen Rotation, den andere Marinen eingeführt hatten, nicht billigte. Als das internationale Klima seinem Lande gegenüber immer feindlicher wurde, investierte man verstärkt in die Unterseeboote, für den Tag, an dem sie ins Mittelmeer hinaus und ihr Land gegen die sich ausweitende Macht der Imperialisten verteidigen oder den verhaßten Zionisten einen Schlag versetzen müßten. Die Al Akrab hatte sich wegen ihrer Einsatzbereitschaft einen Ruf erworben, der sie zum geborenen Kandidaten für diese fantastische Mission, die Ehre ihres Landes nach dem heimtückischen amerikanischen Angriff wiederherzustellen, machte.

Wieder läutete das Telefon.

»Ja?«

»Kommandant, der Kontakt hat die Maschinen gestoppt.«

»Sehr gut. Nach steuerbord auf null-zehn gehen; passive Peilungsanalyse während der nächsten dreißig Minuten; Abstand bestimmen.«

»Wird erledigt.«

Er kletterte aus seiner Koje und zog die Seestiefel an. Natürlich waren dreißig Minuten passives Plotten Zeitverschwendung. Aber es würde die Wartezeit überbrücken. Das mußte das Versorgungsschiff sein. Es wurde Zeit, die Mannschaft ins

Bild zu setzen. Aber zuerst mußte er auf das Signal warten, um ganz sicherzugehen. Er ging nach achtern zur Komandozentrale.

Als er dort ankam, fand er das gesamte taktische Team um das Plot versammelt. Alle drei Minuten gab der Sonar-Mann der Plottisch-Besatzung die Peilung zum Kontakt, die er aus der Horchanalyse der Maschinengeräusche herleitete, bekannt. Währenddessen fuhr das Unterseeboot mit einer gleichbleibenden Geschwindigkeit von fünf Knoten weiter nach Norden, im rechten Winkel zur ursprünglichen Peilung. Nach dreißig Minuten würden die Peilungen zusammenlaufen, und eine grobe Abstandsbestimmung könnte erfolgen. Wenn der Kontakt sich auch bewegte, wurde das Verfahren komplizierter und dauerte wesentlich länger. Aber für ein – fast – stillstehendes Ziel würde *eine* Strecke für eine erste grobe Schätzung ausreichen. Es war eine gute Übung für die Wachoffiziere: Das Unterseeboot konnte den überaus wichtigen Abstand zum Ziel bestimmen, ohne einen Laut von sich zu geben oder das Sehrohr zu zeigen. Er warf einen Blick auf seine Uhr. Noch zehn Minuten. Er setzte sich auf den Stahlhocker neben dem Periskop – und wartete.

Um Mitternacht fragte er nach dem geschätzten Abstand.

»Dreitausendfünfhundert Meter«, erwiderte der Wachhabende Offizier. Der Steuermann trug die Zahl in das Logbuch ein. Sie warteten.

»Zurück auf einhundertundzehn«, befahl der Kommandant. Er würde jetzt mit der Annäherung beginnen.

Um fünf Minuten nach Mitternacht waren in gleichmäßigem Abstand drei metallische Töne im Boot zu hören. Der Kommandant lächelte. »Klarmachen zum Auftauchen«, befahl er.

Fünf Minuten später verkündete der Stellvertreter, daß das Boot klar zum Auftauchen sei. Der Kommandant bestätigte und griff nach dem Hörer der Befehlsübermittlungsanlage.

»Ruhe«, begann er mit der traditionellen Ermahnung, die jeder wichtigen Ankündigung vorausging. »Im Namen Allahs, des Barmherzigen: In wenigen Minuten werden wir auftauchen, um uns mit unserem Mutterschiff, dem Tanker Ibrahim Abdullah, zu treffen. Unser Führer hat es hierhergesandt, um uns mit frischem Proviant, Treibstoff und Wasser zu versorgen. Vielleicht hat sie für ein paar besonders Glückliche auch Post an Bord.

Unser Plan sieht vor, für die nächsten vierundzwanzig Stunden längsseits zu gehen. Das hängt davon ab, ob die Witterungsverhältnisse weiterhin so ruhig bleiben und ob andere Kontakte sich nähern. Alle haben die Erlaubnis, sich an Bord des Versorgungsschiffes zu begeben, ein Bad zu nehmen, die frische Luft zu genießen und vielleicht auch ein paar andere Dinge. Sämtliche Kleidung und Bettwäsche werden gereinigt. Aber vorher sind noch einige Aufgaben zu erledigen. Wir müssen eine volle Ladung Treibstoff sowie Wasser und Proviant an Bord nehmen, bevor irgend jemand irgendwohin geht. Wenn wir dann aus welchem Grund auch immer schnell tauchen müssen, hätten wir so die wichtigsten Sachen erledigt.

Die erste Hälfte des Auftrages ist ausgeführt. Wir sind vor die Küste des Feindes gefahren, haben seine Operationen ausgekundschaftet und haben uns in Vorbereitung auf die zweite Phase mit den Meeresbodengegebenheiten vertraut gemacht. Dieses Rendezvous ist der entscheidende Einschnitt: von hier fahren wir in das Patrouillengebiet zurück und warten auf den amerikanischen Träger.

Denkt daran, unsere Mission ist noch ein Geheimnis. Die Besatzung der Ibrahim weiß nur, daß wir nach Amerika befohlen worden sind, um eine wichtige Vergeltungsaktion durchzuführen. Sie kennt weder Zeit noch Ziel. Bewahrt über das letzte Ziel unserer Mission Stillschweigen. Wenn sie darüber spekulieren will, lächelt verschwörerisch, laßt ihrer Fantasie freien Lauf, aber bestätigt unseren Auftrag nicht. Wenn das Überraschungsmoment wegfiele, wären wir alle dem Tode geweiht. In der Überraschung liegt unser alleiniger Schutz vor der amerikanischen Navy.

Und jetzt – klar zum Auftauchen. Allah sei mit uns. Das ist alles.«

Fünfzehn Minuten später manövrierte das Boot seine Nase in Position längsseits des Tankers. Die dröhnenden Geräusche der Diesel erfüllten den sich verringernden Abstand zwischen den hohen, aus Stahlplatten bestehenden Seitenwänden des Tankers und dem Unterseeboot. Der Tanker war ein alter griechischer Mehrzweckfrachter, der vor drei Jahren in Piräus für die Spezialkraftstoff-Route entlang der nordafrikanischen Küste gekauft worden war. Vor sechs Monaten war er auf der Militärwerft in Benghasi für diese Versorgungsschiff-Mission umgerüstet worden. Von außen sah er aus wie jeder andere mittelgroße Tanker, mit Deckaufbauten und Schornstein achtern, einem langen flachen Deck vorschiffs, und einem weiteren Aufbau mit Brücke und Kabinen vorne am Bug. Seine Wasserverdrängung betrug fünfundzwanzigtausend Tonnen. Nichts an seinem äußeren Erscheinungsbild wies auf Besonderheiten hin.

Im vollen Mondlicht war seine dunkle Silhouette zu sehen, als das Unterseeboot sich längsseits heranschob. An der Seitenwand waren bereits spezielle Fender angebracht. Sie ächzten und quietschten, als das Unterseeboot längsseits glitt und festmachte. Schwere Seile schlängelten sich zum Deck des U-Bootes hinunter. Dann zog die Mannschaft Festmacher aus Drahttauwerk herunter, um das Boot zu sichern. Während des ganzen Vorgangs lief eine Maschine weiter, so daß die Batterien aufgeladen wurden und das Boot in Bereitschaft war, um – sollten sie entdeckt werden – schnell ablegen zu können.

Nach dem Anlegen ließ die Tankermannschaft einen Kraftstoff- und einen Wasserschlauch hinunter, und das lebenswichtige Auffüllen begann. Gesprächsfetzen gingen zwischen der Tankermannschaft oben an Deck und den Besatzungsmitgliedern des U-Bootes hin und her, aber der wichtigste Tagesbefehl war zunächst der unverzichtbare Transfer. Beim Runterlassen der Proviant- und Ersatzteilpaletten stieß die Dampfwinde dichte Dampfwolken, die über die Bordwand wehten, aus. Die Mannschaften arbeiteten bis drei Uhr dreißig, bevor das Auftanken und Trinkwasserauffüllen abgeschlossen und der größte Teil der Vorräte an Bord war. Das Wetter hielt sich immer noch, und alle legten bis später am Morgen eine Pause ein. Falls ein Notfall eintreten sollte und das U-Boot schnell ablegen müßte, waren die wichtigsten Nachschuboperationen abgeschlossen.

Um neun Uhr morgens ließ die Tankermannschaft ein Fallreep an der Bordwand hinunter, und die erste Hälfte der Besatzung des U-Bootes stieg das erste Mal nach fünf Wochen an

Deck. Es war ein stinkender, verlotterter Trupp, der sich da – angesammelte schmutzige Wäsche und Bettbezüge unter dem Arm – auf das Mutterschiff hinaufschleppte. Oben angekommen waren sie entzückt über die Nachricht, daß Frauen an Bord waren und ihnen unbegrenzte Mengen an heißem Badewasser zur Verfügung standen sowie ein besonderes Essen den ganzen Tag lang im Speiseraum auf sie wartete.

Die andere Hälfte der Besatzung blieb als Wachaufstellung an Bord, um bereits einen Teil der Vorräte zu verstauen. Sie kümmerten sich auf um die anstehenden Reparaturen, wobei sie darauf achteten, kein System völlig auseinanderzunehmen, für den Fall, daß sie schnell vom Versorgungsschiff ablegen mußten. Die Rendezvous-Position war gewählt worden, weil sie abseits der befahrenen Schiffahrtswege lag. Die Gefahr, auf ein anderes Schiff zu stoßen, war daher relativ gering. Soweit ihr Nachrichtendienst von ihren russischen Freunden in Erfahrung bringen konnte, lag sie abseits der Bahnen der Spähsatelliten.

Nach der ersten Hälfte seiner Crew stieg der Kommandant die Strickleiter gegen zehn Uhr hinauf. Er wurde vom Master, dem Kapitän des Tankers, begrüßt, der ihm den Politischen Offizier, einen Oberstleutnant des Nachrichtendienstes, vorstellte. Der Kommandant erkannte in ihm den Offizier, der in jener Nacht, als sie losfuhren, in Begleitung des *Obersts* auf den Pier gekommen war. Er war um einige Jahre älter als der Kommandant. Er bedeutete ihm, ihm in seine Kabine zu folgen. Er wies den Tankerkapitän an, der Wache höchste Aufmerksamkeit einzuschärfen, während sich die beiden Armeeoffiziere berieten. Sein ganzes Auftreten ließ klar erkennen, daß ihm diese Nachschuboperation unterstand. Sie gingen zum Backsaufbau und stiegen einige Aufgänge bis zum dritten Deck über dem Rohrleitungsdeck des Tankers hinauf. Es war ein fast windstiller, strahlender Sonnentag. Das Unterseeboot lag an der Seite der Ibrahim im Schatten der östlichen Sonne versteckt. Sie erreichten die Kabine des Oberstleutnants, ein – vor allem im Vergleich zur winzigen Kabine des Kommandanten – geräumiges Wohnquartier mit traditionell eingerichtetem Wohn- und Schlafzimmer sowie angrenzendem Bad.

Der Oberstleutnant bot höflich Tee an und erkundigte sich der Tradition entsprechend zunächst nach Gesundheit und Wohlbefinden des Kommandanten. Er war ein dunkelhäutiger, ungemein kräftiger Mann, der mehr wie ein Türke denn ein Beduine aussah. Bis zum letzten Staatsstreich, der Gaddhaffi dazu veranlaßt hatte, alle Dienstränge so zu degradieren, daß ›Oberst‹ der höchste Rang war, hatte er den Rang eines Generalmajors inne. Er war vom gleichen Stamme wie Gaddhaffi, daher konnte man ihm trauen. Er rauchte unaufhörlich stinkende französische Zigaretten.

Der Kommandant sprach über die Ereignisse bei der Durchquerung des Atlantiks und der ersten Woche vor der Küste Floridas. Den Vorfall des Durchbrechens der Wasseroberfläche mit der Turmoberkante ließ er zunächst unerwähnt, berichtete aber in allen Einzelheiten von der Versenkung des Fischkutters. Die grauen Augen des Oberstleutnants verengten sich.

»Wie hat der Feind darauf reagiert?«

»Gar nicht – soweit uns bekannt ist. Wir hörten einen Zerstörer, der später am darauffolgenden Tag in dem Gebiet operierte, aber es gab keine Anzeichen einer richtigen Suchaktion. Sie müssen zu dem Schluß gekommen sein, daß es sich um einen Unfall gehandelt habe. Ich bin überzeugt, daß sie keine Ahnung davon haben, daß wir hier sind.«

»Und es gab keine Überlebenden, ja? Es wurde sichergestellt, daß keiner mehr im Wasser war, um später die Geschichte zu erzählen?«

Der Kommandant schluckte und nippte an seinem Tee, um sein Unbehagen zu verbergen. Er hatte das, was sie getan hatten, immer noch nicht verarbeitet. Es hatte so viele eherne Gebote des Wüstenkodexes verletzt, und in gewisser Weise unterschied sich das Meer nicht so sehr von der Wüste. Auch einem Feind würde man Beistand leisten, wenn er hilflos der Wüste ausgeliefert war. Vielleicht würde man ihn später töten, aber nie würde man ihm das fundamentale Recht auf Rettung verweigern. Die beiden Männer im Wasser zu erschießen war eine unausweichliche Notwendigkeit gewesen, aber sein Instinkt hatte sich mächtig dagegen gesträubt.

»Doch, Effendi, es gab zwei Überlebende. Wir haben sie im

Wasser mit Maschinengewehren erschossen. Noch während wir zusahen, haben sich die Haie um den Rest gekümmert.«

»Und du bist sicher, daß ihr nicht gesehen worden seid?«

Der Kommandant überlegte schnell. Es war anzunehmen, daß der Oberstleutnant im Anschluß mit dem Politoffizier der Al Akrab sprechen wollte. Dieser große Held würde sicher von dem Vorfall des ›Querlegens‹ berichten.

»Doch, es kann sein, daß wir gesehen worden sind. Es war am zweiten Tag im Einsatzgebiet. Der Wachoffizier verlor kurzzeitig die Kontrolle über die Tiefenhaltung, und die Turmoberkante durchbrach für einen Augenblick die Wasseroberfläche – wir nennen das ›querlegen‹. Es hielten sich zwar Fischkutter in der Nähe auf, aber es war noch dunkel – Morgendämmerung. Ich bezweifle, daß jemand von ihnen uns gesehen hat.«

»Gab es eine Reaktion der Navy?«

»Zufällig war ein Zerstörer draußen, der dann am nächsten Tag rausgefahren kam und in dem Gebiet rumpingte, aber das machen sie immer. Es ist ihr Übungsgebiet. Ob Zerstörer oder Fregatten – die pingen alle da draußen herum und trainieren ASW. Im Schutze des Golfstroms konnten wir ihn beobachten. Nach einer Weile drehte er ab und lief Freitag morgen wieder in den Hafen zurück – wie immer. Diese Amerikaner sind sehr berechenbar: montags fahren sie raus, Freitag mittag zurück. Sie müssen sehr religiös sein.«

Der Oberstleutnant, der lange Jahre als Attaché in den Staaten gelebt hatte, schnaubte verächtlich. Offensichtlich hatte der Kommandant keinen Schimmer von der Bedeutung des Wochenendes in Amerika.

»Wurde der Wachoffizier, der diese Situation herbeiführte, bestraft?«

»Ich erließ ein Dekret, wonach der nächste, der einen solchen Fehler begeht, mit dem Tode bestraft wird.«

Der Oberstleutnant zog die Augenbrauen hoch. Dieser junge Offizier war stahlhart. Die überlebenden Tatzeugen zu töten und nun diese Drohung gegenüber der eigenen Mannschaft. Der *Oberst* hatte eine gute Wahl getroffen.

»Hat es weitere Vorfälle gegeben?«

»Nicht außer dem, für den ich verantwortlich zeichne und

der dazu führte, daß wir den Fischkutter versenkten«, sagte er mit ruhiger Stimme. Besser gleich die Wahrheit sagen, dachte er. Vielleicht respektiert das der Ältere.

Der Oberstleutnant schaute einen langen Augenblick aus dem Bullauge. Dann stand er auf und ging zu seinem Schreibtisch hinüber. Er holte einen dünnen Umschlag hervor und übergab ihn dem Kommandanten.

»Er enthält die neuesten nachrichtendienstlichen Schätzungen, wann der Träger zum Stützpunkt zurückkehren wird. Und eine Ergänzung des Plans.«

»Eine Ergänzung des Plans?«

»Wir haben einige zusätzliche Waffen für die Al Akrab. Das ist streng geheim. In den Anweisungen ist alles beschrieben. Warum liest du es nicht jetzt, mein Sohn. Wenn wir fertig sind, werde ich uns etwas zu essen hierherkommen lassen.«

Der Kommandant öffnete den Umschlag und überflog den Einsatzbefehl. Er schaute auf. »Minen?« fragte er ungläubig.

Der Oberstleutnant lehnte sich zurück und lächelte. »Ja, Minen. Wir werden zwei Angriffe auf diesen Träger ausführen. Der erste wird stattfinden, wenn wir ihn auf seinem Weg zurück zum Stützpunkt angreifen. Der zweite wird erfolgen, wenn er tatsächlich in den Hafen einläuft.«

Der Kommandant errötete: »Ihr meint, falls wir versagen.«

Der Oberstleutnant schaute ihn an. Einen durchdringenden Augenblick lang. Dann stand er auf und begann, in der Kabine auf und ab zu schreiten. Das Sonnenlicht drang jetzt durch die Bullaugen herein. Der Kommandant empfand die Helligkeit – nach den langen Wochen in dem schwachen Licht des Unterseebootes – nahezu unerträglich. Der Oberstleutnant blieb stehen und sah ihn wieder direkt an.

»Kommandant, das ist ein kühner Plan. Eine ehrgeizige Mission. Ein Vergeltungsschlag gegen die amerikanische Navy – für die Verbrechen, die sie gegen die Dschamahiriya verübt hat. Falls er – aus welchem Grunde auch immer – fehlschlägt, falls sie euch finden, bevor der Träger zurückkommt, oder euch während des Angriffs schnappen, dann haben wir enorm große Anstrengungen unternommen – nur, um wieder gedemütigt zu werden.«

Er beugte sich nach vorne und starrte auf den Kommandanten hinunter. Seine schwarzen Augen glänzten. »Es darf nicht fehlschlagen«, sagte er mit drohender Stimme. »Verstehst du das?«

Er brauchte einen Moment, um sich zu beruhigen. »Schau«, sagte er, »du und ich, wir sind beide Militärs. Die Politiker denken immer, daß bei uns alles nach Plan laufen muß, nur weil wir in Reih und Glied marschieren können und unsere Uniformen Bügelfalten aufweisen. Aber militärische Operationen verlaufen nicht so, nicht wahr? Ihr seid schon zweimal nahe daran gewesen, die ganze Mission aufs Spiel zu setzen – völlig nachvollziehbare Vorgänge in Anbetracht eures gefährlichen Auftrages. Sogar vorhersehbar. Wahrscheinlich wird noch mehr passieren, bevor diese Sache hier zu Ende gebracht ist. Wir hoffen das natürlich nicht, aber du und ich, wir wissen es besser, nicht wahr? Inschallah, hab' ich nicht recht? Gottes Wille geschehe. Aber die Politiker gehen davon aus, daß der gesamte abenteuerliche Auftrag – zack, zack – genau nach Plan abläuft. Die Minen sind nur ein zusätzliches Strategieelement. Selbst wenn ihr einen optimalen Schuß auf den Träger abfeuern könnt, ihn auch trefft und beschädigt, so wissen wir doch beide, daß ihr ihn wahrscheinlich nicht versenken könnt.«

Er hielt inne, um sich mit der Glut der letzten Zigarette eine neue anzuzünden. Er flippte die Kippe in einen Abfalleimer. Der stinkende Qualm im Zimmer verdichtete sich im hellen Sonnenlicht zu blauem Dunst.

»Der *Oberst* erwartet, daß der Träger vernichtet wird. Ein Schiff, vor allem ein amerikanischer Super-Träger, ist nicht vernichtet, wenn er sich – wie schwer beschädigt auch immer – in den Hafen schleppen kann. Wir Militärs wären damit zufrieden, ihn einsatzunfähig zu machen, Hunderte ihrer Männer zu töten, wie sie es bei ihrem kleinen Überraschungsangriff gemacht haben. Sie im Schlaf zu töten, ja? Das ist Gerechtigkeit, und Gerechtigkeit ist ein triftiger Grund für eine Mission wie diese. Aber Dey Gaddhaffi befielt ›vernichten‹. Nun sage mir, ob ich recht habe: Ein Schiff ist erst vernichtet, wenn es auf dem Grunde des Meeres liegt, stimmt's? Das heißt es doch?«

Der Kommandant nickte. Langsam begriff er die zugrundeliegende Logik. Wenn die Amerikaner sie vertrieben, würden sie danach erleichtert aufatmen. Sie hätten gewonnen und würden sich einigermaßen sicher fühlen. Sie würden keinesfalls an Minen denken, doch nicht vor der eigenen Haustür. Der Oberstleutnant beobachtete ihn gespannt. Er sah, wie es in ihm arbeitete, wie er es schließlich akzeptierte und sogar guthieß.

»Jetzt begreifst du es, mein Sohn, nicht wahr. Kleine Attentäter in Lauerstellung! Ihr greift an und reißt ihm hoffentlich den Bauch mit Torpedos auf. Dann werdet ihr, so Gott will, die Flucht antreten. Den Träger wird man zum nächsten Hafen geleiten, der zufälligerweise der ist, auf dem er stationiert ist. Dann werden die Attentäter ihren Auftrag vollenden. Komm, ich möchte, daß du sie dir ansiehst. Dann muß ich dir noch ein paar andere Dinge zeigen, und dann kannst du dich ausruhen, ein heißes Bad nehmen und ein gutes Essen genießen. Du kannst meine Kabine benutzen, solange du möchtest. Aber laß sie uns zuerst anschauen.«

Sie verließen die Kabine und gingen den Weg zurück, den sie gekommen waren, hinunter auf das lange Flachdeck zwischen den beiden Aufbauten. Die Luft über den Tankdecks stank nach Treibstoff. Zwischen den vorschiffs und achtern gelegenen Deckaufbauten standen die Arbeiter an der mittschiffs installierten Winde neben zwei Paletten; jede enthielt zwei braune zylindrische Formen. Sie sahen aus wie Torpedos ohne Schrauben, jede etwa sechs Meter lang, mit einem Durchmesser von fast sechzig Zentimetern; sie waren in einem matten Braun gestrichen. Während die Arbeiter herumstanden und darauf warteten, die Paletten auf das Unterseeboot hinunterzulassen, stellte der Oberstleutnant die besonderen Eigenschaften heraus. Mit einer Handbewegung wies er auf die Minen.

»Sie sind in Frankreich hergestellt worden. Die Franzosen sind wundervolle Leute – wenn es um Geschäfte geht, lassen sie sich nie von Bündnisüberlegungen oder ihrer eigenen Rhetorik stören, ist es nicht so? Siehst du die Sensoren? Druck, Magnetismus und das ›Ohr des Schiffezählers‹, die Akustik zur Erfassung der vorbeifahrenden Schiffe. Ich bin nur ein Militär, aber man hat mir diese Dinge erklärt. Ich nehme an, daß dir das alles bekannt ist.«

Der Kommandant nickte. Das hatte zur Ausbildung in Russland gehört. Allerdings nicht an französischen Minen. Aber eine Seemine war eine Seemine: Sie funktionierte weltweit nach den gleichen Prinzipien. Minen lagen passiv auf dem Meeresgrund, bis sie durch ein festgelegtes Ziel gezündet wurden. Sie konnten so eingestellt werden, daß sie durch das Magnetfeld des Stahlrumpfes eines über sie hinwegfahrenden Schiffes gezündet wurden oder durch das Druckdifferential eines großen Bootkörpers, der sich im Wasser über ihnen bewegte. Die Akustik der Mine erfaßte die Anzahl der Schiffsbewegungen, wodurch es auch möglich war, daß ein Minensuchboot mehrere Male über eine Mine hinwegfuhr, ohne daß das geringste passierte. Die Mine konnte so eingestellt sein, daß sie erst zündete, nachdem zehn oder fünfzehn Schiffe über sie hinweggefahren waren, oder sie konnte auf eine Kombination eingestellt sein: keine Aktivität bis zur zehnten Schiffsbewegung, dann Zündung beim nächsten Kontakt, der ein genügend großes Magnet- und Druckfeld erzeugt. Wirklich ausgeklügelte Minen konnten aktiviert und zu Torpedos werden, die vom Boden hochstiegen und ihre Ziele verfolgten, was jedoch seine Aufmerksamkeit erregte, war die Größe dieser Minen: sie waren gigantisch.

»Der Sprengkopf?« fragte er.

»Etwas ganz Besonderes. Einhundertachtzig Kilo mit Gas verstärkter Semtex. Das dürfte ausreichen, um sogar einen Flugzeugträger in die Luft zu jagen, hab' ich recht? Und dann vier davon? Ich glaube, diese Attentäter sind wertvolle Verbündete.«

»Der Haken bei der Sache wird darin liegen, sie zu plazieren«, sann der Kommandant – eingeschüchtert von der Größe der Sprengköpfe. Das waren Monster. Und der Semtex war mit Gas angereichert.

»Der Einfahrtskanal zum Hafenbecken für die Träger in Mayport ist nur zwanzig bis dreiundzwanzig Meter tief«, fuhr er fort. »Wir müssen aufgetaucht reinfahren. Und es gibt ein Problem mit dem Fluß. Die Flußströmungen vermischen sich mit der Tideströmung an der Mündung. Dann bleiben die Minen vielleicht nicht dort liegen, wo wir sie plaziert haben. Damit muß ich mich noch mal beschäftigen.«

»Ladet sie in das Unterseeboot«, befahl der Oberstleutnant. Dann nahm er den Kommandanten beim Arm und zog ihn zurück zum vorderen Decksaufbau. Der Kommandant spürte, daß er irgend etwas Wichtiges nicht bedacht hatte. An Deck warteten der Kapitän der Ibrahim und der Waffeneinsatzoffizier der Al Akrab auf sie. Der Waffeneinsatzoffizier ergriff als erster das Wort.

»Kommandant, von diesen Minen wußte ich nichts.«

»Ich auch nicht, Leutnant«, erwiderte der Kommandant. »Aber es hat eine Erweiterung des Plans gegeben.«

»Aber wo sollen wir sie denn lagern, vorschiffs oder achtern?«

Jetzt fiel dem Kommandanten ein, was ihn beunruhigt hatte. Die Erweiterung ihres Waffenarsenals um vier Minen stellte ein Problem dar. Sie hatten eine volle Torpedoladung an Bord, das bedeutete, daß alle zehn Torpedorohre, sechs vorne und vier achtern, bestückt waren, ebenso wie die Nachladeplätze. Sie müßten, um die vier Minen unterzubringen, vier Torpedos entladen, denn Minen wurden von den Torpedorohren aus eingesetzt. Vier große Torpedos zu entladen bedeutete, daß – durch das ganze Unterseeboot – die Torpedoladevorrichtung zusammengesetzt, die Torpedoluken geöffnet und dann vier scharfe Torpedos mit äußerster Vorsicht aus dem Unterseeboot herausgeholt werden mußten, und das alles, während man längsseits an einem anderen Schiff festgemacht hatte. Die Entfernung jedes einzelnen Torpedos würde Stunden brauchen. Der Kommandant erklärte dem Oberstleutnant das Problem.

»Kann man sie nicht einfach an Bord nehmen und irgendwo festzurren?«

Der Oberstleutnant war niemals an Bord eines Unterseebootes gewesen, soviel stand fest. Der Kommandant schüttelte den Kopf. »Das ist unmöglich. Sie müssen in den Torpedo-Stauräumen untergebracht werden, und alle Rohre sind voll. Meine Mannschaft schläft buchstäblich auf den Torpedos, Oberstleutnant, so gedrängt ist es an Bord.«

Der Oberstleutnant stieß einen verärgerten Seufzer aus. Hier hatte jemand was vermasselt.

Der Waffeneinsatzoffizier schaltete sich ein. »Kommandant, wenn wir die Dinger tatsächlich an Bord nehmen müssen, gibt es einen schnelleren Weg, obwohl es eine Verschwendung wäre.«

»Der wäre?«

»Wir schotten die anderen Abteilungen des Bootes ab und feuern die vier Torpedos aus den Heckrohren. Dann laden wir die Minen in die hinteren Torpedorohre. Das wird zwar immer noch ein paar Stunden dauern, aber wir müssen die scharfen Torpedos dann nicht durch das ganze Boot herausbringen. Das wäre der sicherere Weg, aber, wie gesagt, sehr verschwenderisch.«

»So wird's gemacht«, befahl der Oberstleutnant. »Die Minen sind ein wichtiger Bestandteil des Plans.«

Der Kommandant zuckte mit den Schultern. Der Oberstleutnant würde die Verantwortung übernehmen.

»Dazu brauche ich einen Teil der Mannschaft zurück an Bord«, sagte er zum Oberstleutnant. »Effendi, das Angebot deiner Gastfreundschaft wird bis heute abend warten müssen.«

»Können das deine Leute nicht ohne dich bewerkstelligen?«

»Nein, Effendi. Wenn wir mit großen Waffen wie Torpedos oder Minen hantieren, muß ich an Bord sein. Wenn ein Fehler begangen würde oder es zu einem Unfall käme, sänke die Ibrahim genauso auf den Meeresgrund wie das Boot. Und wir müssen die Sache durchziehen, solange das Wetter sich hält.«

Der Oberstleutnant war beeindruckt. »Dein Wunsch sei Befehl, Kommandant. Wenn die Minen verstaut sind, habe ich noch einige andere Dinge mit dir zu besprechen. Kannst du den Politischen Offizier beim Laden der Minen entbehren?«

Der Kommandant hatte also richtig vermutet. Er war erleichtert, daß er über den Vorfall, bei dem sie sich quergelegt hatten, berichtet hatte.

»Ich werde ihn unverzüglich an Bord schicken«, sagte er.

Er sehnte sich nach einem heißen Bad, aber das Laden der Minen und das Abfeuern der vier Torpedos mußte er persönlich überwachen. Die Mannschaft würde nicht begeistert sein, den freien Nachmittag zu verlieren.

Eine halbe Stunde später schoß das Unterseeboot den ersten von vier Torpedos ab. Sein Heck wies dabei einen Zwanziggradwinkel zur Bordwand der Ibrahim auf. Der Kommandant hatte angeordnet, daß der Zündungsdraht unterbrochen wurde. Dadurch plumpsten die zwei Tonnen schweren Torpedos, deren Antriebssysteme und Gefechtsköpfe auf diese Weise entschärft worden waren, völlig harmlos auf den Meeresgrund in über dreitausend Meter Tiefe. Der Waffeneinsatzoffizier hatte sie scharf abfeuern wollen, aber der Kommandant, der die Möglichkeit eines Kreisläufers nie ausschloß, hatte sich dafür entschieden, sie statt dessen zu entschärfen.

An Deck hatte die Mannschaft inzwischen die Torpedoladeluke, die achtern vom Turm lag, entriegelt. Die Männer an der Winde auf der Ibrahim hatten die vier Minen zum Unterseeboot hinuntergelassen. Sobald die Besatzung die Torpedotransporteinrichtung zusammengebaut hatte und das Unterseeboot wieder längsseits lag, nahm der Mann an der Winde die Schlinge der ersten Mine auf und balancierte sie – mit der Nase leicht nach unten baumelnd – über die obere Mulde der Gleitschiene. Sechs Männer drückten und schoben die Mine auf die Position auf der Gleitschiene, auf der sie langsam in den hinteren Torpedoraum hinunterglitt. Da es keinen Stauraum für Ersatzladungen gab, wurde jede Mine direkt in ein Torpedorohr geladen. Bei Sonnenuntergang waren alle in den Torpedorohren geladen, und die Mannschaft begann, die Transporteinrichtung zu zerlegen und die Ladeluke wieder zu verriegeln.

Im Torpedoraum achtern brüteten derweil der Weapons Officer und der Elektroniktechniker über den in Französisch verfaßten Handbüchern. Sie mußte jede einzelne Mine wieder teilweise aus dem Rohr herausnehmen, um die Aktivierungseinstellungen für die Stärke von Magnetfeld, Druck und Zähler vorzunehmen. Bei jeder einzelnen Mine stellten sie bei den Magnetfeldern die höchstmögliche Stufe ein, davon ausgehend, daß ein Flugzeugträger mit fast hunderttausend Tonnen das größtmögliche Magnetfeld erzeugen würde. Den Zähler stellten sie auf null; damit würde die Mine beim ersten Kontakt mit einem Druck- und Magnetfeld, das ihren Einstellungen entsprach oder größer war, gezündet werden und explodieren. Zusätzlich stellten sie in der elektronischen Steuereinrichtung jeder Mine einen ›Und‹-Zündimpuls ein. Das bedeutete, daß beides zusammenkommen mußte, sowohl maximaler Druck als auch maximaler Magnetfluß.

Drei Minen konnten sie erfolgreich programmieren, aber die vierte nahm die Kombinationseinstellungen nicht an. Sie riefen den Kommandanten, der nach hinten kam, um sich die Sache anzusehen. Der Torpedoraum achtern befand sich direkt neben der letzten Abteilung des Unterseebootes. Dahinter lag nur noch der Raum mit der Ruderanlage. Seine Decke fiel nach hinten ab, um sich den Konturen des Bootskörpers anzupassen. Dadurch, daß die Abteilung direkt hinter dem Hauptmaschinenraum lag, war es sehr heiß. Durch das Öffnen und Schließen der Mündungsklappen war ölverschmiertes Meerwasser in die Bilge gelangt, und der winzige Raum war extrem feucht. Die Decke war völlig mit Rohren und elektrischen Leitungen bedeckt. Mehr als drei Männer paßten kaum in den Raum.

Die inneren Mündungsklappen der Torpedos, die in Chrom und Messing glänzten, füllten das hintere Schott aus. Während eines Angriffs war ein Mann im Torpedoraum achtern stationiert. Er konnte jedes Rohr manuell bedienen, für den Fall, daß der ferngesteuerte Abfeuermechanismus, der vom Waffeneinsatzgefechtsstand in der Zentrale bedient wurde, ausfiel. Vier Hochdruckluftbehälter mit Rohrleitungen, die einem Druck von dreitausend Pfund pro Quadratzoll standhalten konnten, quollen aus dem Schott über jeder Mündungsklappe hervor. Auf einen Feuerbefehl hin entwich die Luft aus den Behältern in den hinteren Teil der Rohre und preßte dadurch die Geschosse ins Meer hinaus. Bei Torpedos war der Scharfstellhebel mittels eines kurzen Stücks Wolfram-Drahtes, den man Zünddraht nannte, mit einem Haken im Torpedorohr verbunden. Wenn der Fisch ausgestoßen wurde, spannte sich der Draht und löste dadurch den Hebel auf dem Rücken des Torpedos aus, wodurch das Antriebssystem gestartet, der Kreisel angeschlossen würde und der Umdrehungszähler die eingestellte Geschwindigkeit erreichen konnte. Bei Minen hingegen aktivierte der Draht nur die Batterien und den Computer der Mine. Die Mine würde sich dann erst etwa siebzehn Meter achteraus vom Unterseeboot entfernen, bevor sie auf den Meeresboden absinken und sich dabei scharf machen würde.

»Was ist los«, fragte der Kommandant. Er hielt sich leicht gebückt, um mit dem Kopf nicht anzustoßen. In der extremen Feuchtigkeit verlor seine Uniform augenblicklich Form und Sitz. Der Waffeneinsatzoffizier und der Leitende Ingenieur hatten bis auf Shorts und Uniformmütze alles abgelegt. Die Temperatur in dem winzigen Raum betrug nahezu fünfunddreißig Grad Celsius. Die Seiten des Handbuchs wellten sich in der feuchten Hitze.

»Dieses Scheißding läßt sich einfach nicht einstellen«, beklagte sich der Waffeneinsatzoffizier. »Es bleibt auf der automatischen Grundeinstellung, d. h. Zähler null und Druck bzw. Magnetfeldfluß auf Minimaleinstellung.«

Er ging in die Hocke.

»Wenn wir diesen Hurensohn in die Flußmündung plazieren, würde er augenblicklich scharf und das erstbeste, einigermaßen große Fischerboot, das drüberführe, in die Luft sprengen – wenn er nicht vorher sogar uns erwischte.«

Der Kommandant nickte. »Ein Fischerboot hatten wir ja schon mal«, grübelte er. Der Leitende grinste. Ihn plagten keine besonderen Skrupel, wenn es um das Töten von Amerikanern, Zivilisten oder auch anderen ging.

»Ich empfehle, daß wir sie entschärfen und abfeuern. Wir sollten sie loswerden. Ich trau' dem Braten nicht, vor allem bei einem fehlerhaften Computer«, sagte der Waffeneinsatzoffizier.

Der Kommandant dachte eine Minute darüber nach. Vielleicht gab es doch noch eine Verwendung für diese letzte Mine. Ihm war gar nicht wohl bei dem Gedanken, in den Heckrohren keine Torpedos zu haben. Für ein flüchtendes Unterseeboot war es immer eine willkommene Ablenkungstaktik, dem verfolgenden Zerstörer zwei Fische vor den Bug zu knallen. Alle Operationen würden in sehr seichten Gewässern durchgeführt werden. Das Abschießen einer Mine unmittelbar vor einem verfolgenden Zerstörer könnte gerade das Richtige sein – wenn sich das Unterseeboot schnell genug in sichere Entfernung bringen könnte. Soviel Semtex würde die vordere Hälfte eines Zerstörers problemlos in die Luft sprengen, aber es könnte auch die Schrauben und Tiefenruder eines Unterseebootes zertrümmern, wenn es in wenigen hundert Meter Entfernung explodierte. Ein Stachel in seinem Schwanz – wenn auch ein höchst gefährlicher –, wie es sich für einen Skorpion ziemte.

»Nein«, sprach er laut aus. »Wir behalten sie. Wir laden sie mit Grundeinstellung und kennzeichnen die Mündungsklappe mit ›Nur manuelle Einstellung‹. Ich möchte nicht, daß diese hier vom Gefechtsstand aus betätigt werden kann.«

Er sah die Besorgnis im Gesicht des Waffenoffiziers.

»Sehen wir es doch einmal so«, sagte er. »Die Hecktorpedos haben wir über Bord geworfen. Mit der hier haben wir wieder einen neuen Stachel in unserem Schwanz. Es stimmt schon, daß wir sie nicht bei dem Angriff auf den Flugzeugträger einsetzen können. Aber gegen einen uns verfolgenden Zerstörer?«

Er konnte die sich breitmachende Einsicht an ihren Augen ablesen.

»So sei es«, sagte der Waffeneinsatzoffizier.

Der Leitende war nicht ganz so überzeugt. Wie weit würde sich eine solche Waffe entfernen, bevor sie sich selbst scharf machen würde? Aber er schwieg.

KAPITEL ZWEIUNDZWANZIG

An Bord des Mutterschiffes IBRAHIM ABDULLAH, Dienstag, 22. April, 17 Uhr

Der Kommandant genoß die wohltuende Wärme des Bades. Die Kajüte des Oberstleutnants hatte tatsächlich eine Wanne. Tanker der Handelsmarine, die in ihren Ausmaßen über Deck keinen Einschränkungen unterlagen, verfügten über Kabinen, die viel größer und komfortabler waren als die der meisten Kreuzfahrtschiffe. Die Größe der Kabinen richtete sich nach den Aufbauten, die proportional zu dem Fünfundzwanzigtausend-Tonnen-Fassungsvermögen des Rumpfes waren. In dem warmen Wasser konnte er die Anstrengungen der letzten fünf Wochen für einen Moment vergessen. Über die Bordlautsprecheranlage wurden Aufnahmen arabischer Rundfunkprogramme gespielt – hochwillkommen bei seiner Besatzung, die auf dem Tankerdeck herumlümmelte und den Sonnenuntergang genoß.

Sie hatten wirklich Glück, denn die See blieb spiegelglatt. Das große Schiff bewegte sich sehr langsam und beeinträchtigte das längsliegende, häßliche, schwarze Objekt kaum. Er überließ sich seinen Gedanken, hörte halb dem draußen spielenden Radioprogramm zu und dachte an zu Hause. Ein Geräusch aus der Schlafkajüte holte ihn zurück.

»Wer ist da?« rief er.

»Jenan, Effendi«, antwortete eine leise Stimme. »Ich bin die Masseuse des Oberstleutnants.«

Da der Kommandant nicht wußte, was er darauf erwidern sollte, sagte er gar nichts – eine Angewohnheit, die sich bei seinem Aufstieg zum Kommandanten als hilfreich erwiesen hatte. Die Masseuse des Oberstleutnants. Er blickte an seinem langen, mageren Körper hinunter. Eine Massage. Eine angenehme Aussicht, solange es sich nicht um eines von diesen türkischen zweihundert-Pfund-Weibern handelte, denen es Vergnügen bereitete, das Fleisch ihrer Kunden durchzukneten. Falls sie in diese Kategorie fiel, würde er sie wegschicken.

»Ich komme«, rief er durch die Badezimmertür. Keine Antwort. Er fragte sich, ob sie noch da war. Er stand auf, stieg aus der Wanne und schlüpfte in einen bodenlangen Frotteebademantel, der an der Tür hing. Er rubbelte sein kurzes, drahtiges Haar ab und ging in den Schlafraum der Kabine.

Jenan war kein zweihundert-Pfund-Weib. Sie war sehr jung und schlank, hatte eine dunkle Hautfarbe und dunkle Augen. Sie trug ein durchgehendes Gewand aus weißer Baumwolle, das über den Boden streifte. Sie schaute ihn nicht direkt an, sondern hielt ihren Blick sittsam nach unten gerichtet. Sie stand auf der einen Seite des großen Bettes, neben einem fahrbaren, kleinen Tisch, auf dem kleine, mit Öl gefüllte Flacons standen. Auf dem Bett waren Handtücher ausgebreitet. Sie war zwar nicht schön, aber auch nicht unattraktiv. Er glaubte, den Ansatz eines Lächelns auf ihrem Gesicht entdeckt zu haben, aber dann wurde ihm klar, daß sie darauf wartete, daß er sich hinlegte. Wo sollte er mit dem Mantel hin? Er hatte sich darunter kein Handtuch um die Lenden gewickelt. Da ihm Peinlichkeiten unangenehmer waren als Nacktheit, ging er schließlich zum Bett hinüber, drehte ihr den Rücken zu, streifte den Mantel ab und legte sich mit der Bauchseite auf die Handtücher. Sofort bedeckte sie sein Gesäß mit einem Handtuch, kniete neben ihm auf dem Bett nieder und begann, seinen Rücken zu massieren.

Seine Muskeln waren verkrampft und angespannt – zum Teil rührte das von seiner Nervosität, allein in einem Zimmer mit einer fremden Frau auf dem Bett zu liegen. Sie verfügte wahrscheinlich noch über andere Vorzüge außer Massagen, aber er war vorsichtig. Er hatte seine Besuche bei den Prostituierten in der Nähe des Flottenstützpunktes vor zwei Jahren eingestellt – nicht irgendwelcher moralischer Bedenken, sondern dieser neuen Krankheit aus Amerika wegen. Seine Abstinenz hatte sich als vorausschauend erwiesen. Zwei Offiziere mittleren Ranges waren im letzten Jahr plötzlich vom Unterseeboot-Flottenstützpunkt ins Militärhospital verlegt worden, wo sie angeblich an geheimnisvollen Komplikationen einer Lungenentzündung starben. Die Amerikaner hatten sich mächtig über das Chemische-Waffen-Programm des *Obersts* aufgeregt, dabei war dieses neue Virus doch – laut den Auskünften ihrer sowjetischen Berater – aus einem der amerikanischen Labors für die Entwicklung von Waffen zur biologischen Kriegsführung entwichen. In den Vereinigten Staaten sprach man von Tausenden von Toten.

Die forschenden Finger der jungen Frau und das Öl wirkten Wunder auf seinem Rücken. Sie war offensichtlich eine ausgebildete Masseuse. Sie bearbeitete ganze Muskelstränge, ging von einem zum nächsten über Verbindungen, von deren Existenz er bis dato gar nichts gewußt hatte. Er war ihr dankbar, daß sie nicht versuchte, ihn sexuell zu erregen. Auch daß sie nicht sprach, schien ihm an ein Wunder zu grenzen. Zum jetzigen Zeitpunkt konnte er auf weitere Komplikationen in seinem Leben verzichten. Er fiel in einen entspannten Schlaf.

Als er eine Stunde später wach wurde, lag er immer noch auf dem Bauch. Über seinen Rücken war ein leichtes Bettuch gebreitet. Inzwischen war es fast dunkel geworden. Die einzigen Geräusche, die zu vernehmen waren, stammten aus den Belüftungsrohren, durch die feuchte Atlantikluft in die Kabine strömte. Er hörte, wie jemand leise an die Tür klopfte. Er stützte sich auf die Ellbogen.

»Ja?«

»Ich bringe das Abendessen, Effendi.« Die Stimme der jungen Frau.

»Einen Moment.«

Er stand auf, schaltete die Tischlampe ein und zog den Bademantel an. »In Ordnung, komm herein.«

Sie rollte den Teewagen zum Tisch und deckte auf. Dann verließ sie das Zimmer so leise, wie sie es betreten hatte. Das Telefon läutete. Er schaute es einen Moment an, dann nahm er den Hörer ab.

»Captain, hier spricht der Master. Der Oberstleutnant bittet Euch, ihn in meiner Kajüte anzurufen, wenn Ihr mit dem Abendessen fertig seid. Er möchte die Pläne noch weiter besprechen – was immer das heißen soll. Die Durchwahl ist zwo-null-eins.«

»Das wird geschehen. Vielen Dank. Sind alle Verladungen abgeschlossen?«

»Ja. Aber wir haben jetzt einen Überwasser-Kontakt ausgemacht, der unter Umständen ein Problem werden könnte. Er ist noch ungefähr zweiunddreißig Meilen entfernt, und der geringste Abstand, mit dem er an uns vorbeifahren wird, wird immer noch etwas mehr als neun Meilen betragen, aber wir müssen ihn trotzdem beobachten.«

»Richtet dem Oberstleutnant aus, daß ich ihm für sein Entgegenkommen, seine Kabine benutzen und alleine speisen zu dürfen, danke, aber ich bin gerne bereit, ihn jetzt zu empfangen. Dann . . .«

»Ja, verstehe.« Der Master hatte schon aufgelegt.

Fünf Minuten später betrat der Oberstleutnant die Kabine, grüßte den Kommandanten und schenkte sich eine Tasse Tee ein.

»Bist du ausgeruht und erfrischt«, erkundigte er sich und nahm auf der Couch Platz, während der Kommandant sein Abendessen einnahm.

»Das bin ich in der Tat. Ihr seid sehr großzügig gewesen.«

»Gut. Waren Jenans Dienste – zufriedenstellend?«

»Sie hat mich ausgezeichnet massiert. Ich glaube, ich bin mittendrin eingeschlafen.«

»Ja, das passiert. Wenn du es wünscht, schicke ich sie dir nach dem Essen zurück – falls sie sonst noch etwas für dich tun kann.«

Der Oberstleutnant zog fragend die Augenbrauen in die Höhe. Der Kommandant mußte über die wenig subtile Fragestellung lächeln.

»Das wird nicht notwendig sein, Oberstleutnant. Ihr wart bereits außerordentlich entgegenkommend. Ihr habt neue Informationen für mich?«

»Ja«, erwiderte der Oberstleutnant, stand auf und ging zu seinem Schreibtisch, wobei er sich eine Zigarette anzündete. »Ich möchte den ursprünglichen Plan nochmals durchgehen und dir dann das genaue Datum mitteilen, an dem wir den Träger zurückerwarten. Ich habe es bewußt bis kurz vor der Abfahrt zurückgehalten, damit das Geheimnis auch eins bleibt – ich denke, wir verstehen uns?«

»Sehr weise. Also – der Plan: Die erste Phase haben wir bereits abgeschlossen. Diese sah vor, daß wir die amerikanische Küste erreichen und die Operationsgebiete in der Nähe der

Einfahrt zum Flottenstützpunkt erkunden. Diesen Auftrag haben wir ausgeführt – einschließlich der Erstellung einer guten Meeresbodenkonturkarte, um Verstecke ausfindig zu machen, sollten wir verfolgt werden.«

»Gibt es solche Stellen?« fragte der Oberstleutnant und zog heftig an seiner Zigarette.

»Ja, es gibt einige Wracks – Tanker, die im Krieg von den Deutschen torpediert wurden. Ein paar davon sind so groß, daß wir uns in einer Notsituation längsseits positionieren können. Darüber hinaus gibt es noch topographische Prägungen, unterseeische Wadis – wenn man sie so bezeichnen will – und Hügel. Auf dem Sonar sehen sie alle wie Kontakte aus, aber wenn die Amerikaner dann ihre Karte konsultieren, sehen sie eine Felsspitze und werden sie ignorieren. Wir haben einen großen Teil unserer Wartezeit damit zugebracht, unsere Karten nach solchen Örtlichkeiten abzuklopfen.«

»Mußtet ihr dazu euer eigenes Sonar einsetzen?«

»Nein, das hätten wir niemals getan. Das Sonar eines Unterseebootes sendet einen leicht zu erfassenden Schall aus. Ein Sonarmann auf einem Überwasserschiff würde ihn sofort identifizieren. Nein – wir haben unser Echolot zur Tiefenmessung benutzt. Echolot-Geräusche sind überall gleich. Fischer benutzen sie auf der ganzen Welt, und der Ton geht geradewegs nach unten, was auch hilfreich ist. Noch etwas Tee?«

»Danke. Deine Befehle sahen auch vor, Operations-Schemata der Verteidigungskräfte zu erstellen. War das möglich?«

Der Kommandant lachte und stieß seinen Stuhl vom Tisch ab. Die Luft stank nach Zigarettenrauch. Ihn überkam ein plötzliches Verlangen, ebenfalls zu rauchen, aber er hielt sich zurück.

»Es gibt keine Verteidigungskräfte«, sagte er. »Die Amerikaner sind nicht wie wir. In den Operationsgebieten sind zahlreiche Schiffsbewegungen zu verzeichnen, aber ausschließlich zu Übungszwecken. Unsere russischen Freunde haben uns ja erzählt, daß sie niemals vor ihrer eigenen Küste patrouillieren. Ich wollte ihnen nicht glauben, aber es stimmt. Es sind keine Verteidigungskräfte da.«

Der Oberstleutnant sann einen Moment darüber nach. »Aber macht es das denn nicht fast noch schwieriger? Wenn es keine regelmäßigen Patrouillen gibt, müßt ihr euch auf außerplanmäßige Begegnungen mit Kriegsschiffen einstellen, nicht wahr?«

»Stimmt genau. Aber die amerikanischen Kriegsschiffe sind beim Auslaufen nie besonders leise. Sie haben ihre gesamte Elektronik und ihre Sonare eingeschaltet, und gewöhnlich laufen ihre Maschinen auf Hochtouren. Wir können sie immer hören. Jedes Unterseeboot könnte das. Ich glaube, selbst wenn sie uns als Kontakt orteten, würden sie geradewegs vorbeifahren, so sicher fühlen sie sich in ihren eigenen Gewässern. Und es gibt so viele Fischkutter und Handelsschiffe in diesem Gebiet, die auch alle Radar- und Sonareinrichtungen und Echolote benutzen. Solange die Amerikaner keinen Verdacht schöpfen, sind wir hier einigermaßen sicher.«

»Das ist wirklich erstaunlich«, sagte der Oberstleutnant und zündete sich die nächste Zigarette an. »Ich hoffe, das stört dich nicht«, sagte er und wies auf die Schwaden von blauem Dunst.

»Ich habe früher selbst geraucht, gestehe es mir heute aber – leider – nicht mehr zu.«

Der Oberstleutnant lachte. »Ich blase ein bißchen Rauch in deine Richtung. Ich habe schon so oft versucht aufzuhören – ohne jeden Erfolg. Also – ihr habt das Zielgebiet erkundet, Flucht- und Ausweichmanöver vorbereitet und festgestellt, daß ihr dort relativ ungehindert operieren könnt.«

»Das Schlüsselwort ist ›relativ‹, Oberstleutnant. Auf dem Stützpunkt sind über zwanzig Zerstörer und Fregatten stationiert. Wenn die auch nur die leiseste Vermutung hätten . . .«

»Ja, verstehe. Jetzt zum Minen-Szenario: Das ist ja ein ganz neues Element. Ihr werdet für die Planung Zeit benötigen.«

Der Kommandant stand vom Tisch auf und starrte durch das Bullauge in die Dunkelheit.

»Das wird eine sehr gefährliche Operation werden. Wir werden in aufgetauchtem Zustand reinfahren müssen, dazu nachts und wahrscheinlich bei schlechtem Wetter – so Allah will. Es darf auch erst zu einem relativ späten Zeitpunkt erfolgen, vielleicht nur ein oder zwei Nächte bevor der Träger zurückkehrt.«

Der Kommandant kam zum Tisch zurück. Der Oberstleutnant stand ebenfalls dort und nickte.

»Dem stimme ich zu. Das Legen der Minen wird ihnen die erste richtige Gelegenheit bieten, euch auf die Spur zu kommen. Sie würden sehr schnell auf den Zusammenhang zwischen der Rückkehr des Trägers und eurer Anwesenheit kommen. Aber würden die Minen es ihnen nicht unmöglich machen, aus dem Hafen auszulaufen?«

Der Kommandant schüttelte den Kopf.

»Nein – sie sind auf Flugzeugträger eingestellt. Ein Zerstörer würde sie nicht auslösen. Mit Ausnahme einer einzigen.«

»Einer einzigen?« fragte der Oberstleutnant alarmiert.

»Eine ließ sich nicht einstellen. Sie ist auf die Standardeinstellung programmiert, d. h. auf erstes Schiff, ersten Zählkontakt und minimale Druck- und Magnetfelderzeugung. Ich habe sie als Verteidigungswaffe behalten.«

Der Oberstleutnant schüttelte den Kopf.

»Hab' ich es nicht gesagt – eine von vieren funktioniert nicht richtig. So laufen eben militärische Operationen. Das werden Politiker nie verstehen.«

»Ich sehe das anders: drei von vieren funktionieren. Für moderne Waffen ist das gut. Sogar für französische.«

»Ich weiß, was du meinst«, lachte der Oberstleutnant. »Also – nehmen wir an, es gelingt euch, die Minen zu legen, und ihr nehmt eine Angriffsposition ein. Wo würdet ihr euch denn positionieren, nachdem wir euch das Ankunftsdatum des Trägers mitgeteilt haben?«

»Südlich der Flußmündung gibt es eine Kette seichter unterseeischer Täler und Hügel. Sie befindet sich auf der Anfahrtsroute für Schiffe, die aus der Karibik zurückkehren. Die Wassertiefe beträgt nur wenig über einhundertzwanzig Meter, was für diese hiesigen Gewässer viel ist. Mein Plan besteht darin, zwei an Drähten befestigte, britische elektronische Peilungsbojen, die am Meeresboden fixiert sind, an der Wasseroberfläche in Position zu bringen, um die elektronischen Signale des Trägers aufzufangen, sobald er am Horizont auftaucht. Der Träger hat ein unverwechselbares Radar, auf das die Bojen eingestellt sind. Ich werde sie in jeweils drei Meilen Entfernung auf beiden Seiten von uns positionieren. Aus der Luft und auf der Wasseroberfläche werden sie wie Fischerbojen aussehen – davon wimmelt es hier nur so. Unser Boot wird zwischen ihnen auf dem Meeresboden liegen.«

»Wie erhaltet ihr denn die Signale von den Bojen, wenn sie am Meeresboden fixiert sind?«

»Bei Zielerfassung übermitteln sie mit Hilfe eines Wandlers ein Niedrigfrequenzsignal an den Boden der Boje. Wir haben einen Decoder in unserem Sonar-Empfänger, der aus diesem Signal die Peilung herauslesen kann.«

Der Oberstleutnant nickte zustimmend.

»Zu Beginn«, fuhr der Kommandant fort, »werden die Peilungen der Bojen fast parallel sein; wenn der Träger näherkommt, werden auch die Peilungen beginnen, sich einander zu nähern: Dadurch wird uns eine ungefähre Abstandsbestimmung ermöglicht, und wir können mit der Programmierung unserer Torpedoschußlösung beginnen. Wenn er dann so nahe herangekommen ist, daß die Peilungen verschmelzen, werden wir auftauchen und feuern. Dann werden wir so schnell wie möglich abhauen.«

»So einfach ist das, Kommandant?« Der Oberstleutnant lächelte. Der Kommandant drehte sich vom Bullauge weg.

»Nein, natürlich nicht. Vielleicht könnte es tatsächlich so einfach sein, aber es gibt eine Reihe von Faktoren, die die ganze Sache gefährden können: Wir könnten vorher gesehen werden; die Bojen könnten auffallen; der Träger könnte in einem Geleitzug von Zerstörern und Fregatten fahren, so daß unsere Torpedos ihr Ziel nicht erreichen können; vielleicht ist es neblig, oder es fliegt eine Helikopter-Eskorte mit. Alles mögliche könnte schiefgehen. Aber wir bauen ganz stark auf das Überraschungsmoment. Die kommen nach Hause, nachdem sie viele Wochen fort gewesen sind. Wahrscheinlich laufen die Zerstörer zuerst ein, denn der Träger wird für die Einfahrt in das winzige Hafenbecken am längsten brauchen. Vielleicht sind ja auch gar keine Zerstörer mehr dabei? Vielleicht hat er die ja bereits draußen auf See entlassen, so daß sie andere Stützpunkte anlaufen können? Diese Frage müßte übrigens unser Geheimdienst noch beantworten: Welche Eskorte begleitet den Träger, und wo sind die stationiert?«

Der Oberstleutnant nahm ein Notizbuch heraus und machte eine kurze Eintragung. »Ich werde sie weiterleiten.«

»Die werden seine Ankunftszeit wahrscheinlich so berechnen, daß er bei Flut ins Hafenbecken einläuft, wenn die Flußströmungen in der Einfahrt am geringsten sind. Das gibt uns ein präziseres Zeitfenster als die Angabe eines Datums. Wenn ich bis auf sechstausend Meter Angriffsabstand an ihn herankommen und sechs Torpedos vom Typ fünfzig auf ihn abfeuern kann, kann ich ihm die Eingeweide rausreißen. Wenn alle Torpedos auf der gleichen Seite treffen, mag es sogar gelingen, ihn zum Kentern zu bringen. Inschallah.«

Der Oberstleutnant stand auf.

»In Gottes Händen, in der Tat. Was für ein unglaublicher Coup wird das sein. Vor allem, wenn ihr ohne jegliche Spuren entkommen könnt, so daß sie gar nicht wissen, wer es getan hat. Das schulden wir diesen arroganten Bastarden. Schließlich war es die amerikanische Navy, die zum ersten Mal im frühen 19. Jahrhundert nach Tripolis kam, um unsere Korsaren im Mittelmeerraum ›einzudämmen‹ – das ist das Wort, das sie in ihren Geschichtsbüchern verwenden. Seitdem sind sie immer wieder gekommen. Jetzt sind wir an der Reihe! So, ich werde jetzt den versiegelten Umschlag holen, der das Ankunftsdatum des Trägers enthält, und dann solltest du besser von Bord gehen. Der Kapitän hat mich unterrichtet, daß sich uns ein Schiff nähert.«

»Ich muß meine Besatzung anweisen, sich wieder an Bord zu begeben.«

Der Oberstleutnant betätigte das Kombinationsschloß des Safes in seinem Schreibtisch.

»Das habe ich bereits angeordnet und hoffe, daß du mir diese Anmaßung verzeihst«, sagte er über die Schulter hinweg. »Dein Schiff ist fertig zum Ablegen. Hier.«

Er übergab dem Kommandanten einen einzelnen braunen Umschlag, der auf der Rückseite mit rotem Siegellack verschlossen war. Der Kommandant befühlte das ölige Wachs. Der Oberstleutnant lächelte.

»Sehr traditionell, nicht wahr? Das muß mal jemand im Kino gesehen haben. Aber somit kennst jetzt nur du das

Datum. Mir hat man es nicht mitgeteilt, und ich habe diesen Umschlag nicht geöffnet. Er kommt direkt von IHM.«

Der Kommandant brauchte nicht zu fragen, wer ER war. Er nahm den Umschlag und steckte ihn in die Hosentasche.

»Noch eine letzte Sache«, sagte der Oberstleutnant.

»Ja?«

»Ich bin angewiesen worden, dich an den letzten Paragraphen der Befehle für diese Mission zu erinnern und deine Bestätigung einzuholen.«

Das Gesicht des Kommandanten versteinerte. Der letzte Paragraph war kurz, aber eindeutig gewesen: Falls die Mission fehlschlagen sollte und das Unterseeboot den Angriff auf den Träger nicht erfolgreich durchführen konnte, war der Kommandant gehalten, dafür Sorge zu tragen, daß den Amerikanern keine physischen Beweise in die Hände fielen, aus denen Rückschlüsse auf die Ursprünge der Mission abzuleiten waren. Er hatte den Befehl – falls erforderlich –, das Unterseeboot samt Besatzung zu zerstören. Draußen konnte er das Dröhnen der Dieselmotoren des Unterseebootes hören.

»Ich bin der einzige an Bord der Al Akrab, der diese Auflagen kennt«, erwiderte der Kommandant vorsichtig. »Und ich werde tun, was getan werden muß, wenn und falls die Zeit dafür kommt.«

Der Oberstleutnant nickte. »Es tut mir leid, daß ich das ansprechen mußte, aber wir können es uns nicht leisten, daß noch mehr Finger auf uns zeigen.«

Er schaute einen Augenblick auf den Teppichboden, als versuche er, sich an seinen Text zu erinnern. Dann blickte er ihn mit einem schwachen Lächeln an:

»Natürlich haben wir volles Vertrauen, daß sich solche Maßnahmen als völlig überflüssig erweisen.«

Der Kommandant blickte ihn an – und schwieg. Er erhob sich, setzte seine Mütze auf und öffnete die Kabinentür, um hinauszugehen. Der Master der Ibrahim wartete draußen im Gang.

»Es sieht so aus, als ob der Kontakt in etwa zehn Meilen Entfernung an uns vorbeifahren würde«, sagte er. »Das sollte kein Problem sein, nicht wahr?«

Der Kommandant nickte. »Trotzdem werden wir jetzt ablegen. Eure Gastfreundschaft war ausgezeichnet. Fahrt Ihr jetzt nach Hause zurück?«

Der Master lachte. »Nein, wir werden nach Aruba fahren, um eine Ladung speziellen Rohöls an Bord zu nehmen. Teil der Tarnung. Seit dem Minen-Vorfall im Roten Meer verfolgen die Amerikaner die Route aller unserer Schiffe von Hafen zu Hafen. Deshalb müssen wir jetzt irgendwo auf der anderen Seite des Atlantiks auftauchen, um die Sache hier geheimzuhalten.«

Sie gingen zusammen zurück zu der steuerbords gelegenen Leiter und überquerten das leere Tankdeck.

»Wie könnt Ihr verhindern, daß die Besatzung über die Sache hier redet?« fragte der Kommandant. »In Aruba – meine ich.«

»Wir gehen nicht an Land. Wir docken an eine Offshore-Pumpstation an. Innerhalb von achtzehn Stunden haben wir vollgeladen, und dann ab nach Hause.«

Sie erreichten das Fallreep. Der Kommandant drehte sich zum Kapitän um: »Nehmt meinen herzlichen Dank entgegen. Das heiße Bad hat gutgetan, und meine Besatzung hat Eure Gastfreundschaft sehr genossen.«

Der Master lächelte und nickte. Dann wandte sich der Kommandant zum Oberstleutnant um.

»Richtet IHM aus, daß wir verstehen, wie diese Mission enden muß – so oder so –, und daß wir auf Gott vertrauen, der Gerechtigkeit widerfahren lassen wird.«

»Gott sei mit Euch, Kommandant«, sagte der Oberstleutnant. »Eure Mission dient der Gerechtigkeit. Zeigt es ihnen.«

»Das werden wir.« Sie umarmten sich mit dem traditionellen Abschiedsgruß. Der Kommandant kletterte die Bordwand hinunter auf das in der Dunkelheit wartende Unterseeboot.

KAPITEL DREIUNDZWANZIG

USS GOLDSBOROUGH, Operationsgebiet Jacksonville, Freitag, 25. April, 12 Uhr

Der Klang von acht Glocken, die jeweils in vier Zweiergruppen läuteten, hallte durch das Schiff – der offizielle Beginn des Nachmittags. In der Offiziersmesse beendeten die Offiziere gerade ihr Mittagessen, drehten die Tassen herum und stellten sie auf die Unterteller, damit der Steward Kaffee eingießen konnte. Mike saß am Kopfende. Ein Dessert hatte er gerade abgelehnt, während der neben ihm sitzende Exec es genoß, denn es war sein Lieblingsnachtisch – Bananensahnetorte. Strahlendes Sonnenlicht strömte durch die vorderen Bullaugen in den Raum, und das Schiff rollte sanft auf der ruhigen See.

»Dieses Mistzeug setzt sofort am Bauch an, XO«, sagte Mike.

»Ja, Sir, stimmt. Gut zu wissen, daß wenigstens ein System auf diesem Schiff funktioniert. Und bisher ist es ja dort nicht hängengeblieben.«

»Warten Sie's nur ab, Henry Higgins, eines Tages wird das Ihnen bestimmt noch passieren.«

»Sie scheinen es ja ziemlich erfolgreich zu vermeiden, Captain, daran ist die ganze Gewichtheberei sicherlich nicht unbeteiligt«, sagte der Operations Officer.

Mike zuckte innerlich zusammen. Ops neigte manchmal zu etwas unterwürfigem Verhalten.

»Ja schon, die Eisen halten die Muskeln fit, aber um Bananensahnetorte wieder runterzukriegen, müßte ich regelmäßig laufen; 'n bißchen schwierig auf 'nem Blechkahn. Na, vielleicht dieses Wochenende.«

»Fahren wir heute zurück, Captain?« fragte einer der Lieutenants. Mike rührte seinen Kaffee um, bevor er antwortete.

»Wir haben um neun Uhr heute morgen einen SITREP abgesetzt. Wenn die wollen, daß wir am Wochenende draußen bleiben, sollten wir eine entsprechende Anweisung in den nächsten paar Stunden erhalten. Es hängt davon ab, wie die PR-Typen das Ganze aufgezäumt haben. Wir haben ihnen wahrlich genügend glänzende Prosa zukommen lassen.«

»Ich schätze, daß wir heute abend reinfahren«, sagte der Exec. »Den SITREP heute morgen haben wir schon wie eine Art Abschlußbericht formuliert. Die müßten jetzt schon mit einem verdammt guten Grund ankommen, um uns das Wochenende draußen zu halten. Ich wette, daß wir reinfahren – auch wegen dieser neuen Bestimmung, nach der durch weniger Wochenend-Operationen Kraftstoff eingespart werden soll.«

»Vielleicht machen sie aus der Goldy noch ein hydrographisches Forschungsschiff«, murmelte der Engineer.

»Nicht ausgeschlossen. Was sich Linc da ausgedacht hat, hat eine sehr interessante Sammlung von Meeresbodendaten ergeben. Ich wußte z. B. überhaupt nicht, daß hier so viele Wracks rumliegen«, sagte Mike.

»1942 war die Ostküste für Tanker eine verdammt üble Gegend«, sagte der Exec. »Es wird erzählt, daß man sie von den Stränden der Küste rauf und runter brennen sehen konnte. Die verdammten U-Boote hatten damals ihre große Zeit.«

»Was hat sie denn schließlich besiegt?« fragte der Versorgungsoffizier.

»Radar und Geleitzüge«, erwiderte der Exec. »Solange die Tanker allein fuhren, haben die Deutschen sich einen nach dem anderen geschnappt. Als sie dann nur noch in Gruppen rausgeschickt wurden – ein paar Zerstörer, vielleicht ein kleinerer Träger mit Flugzeugen, die über Radar verfügten –, war der Spaß vorbei. Das Wrack eines deutschen U-Bootes gehört übrigens auch zu unserer Sammlung. Das zu erfassen hat denen vom Sonar neulich mächtig Spaß gemacht.«

Der Waffeneinsatzoffizier mischte sich in die Unterhaltung ein.

»Ich hab' gehört, daß man sich oben in Charlestown einen Taucher chartern kann, der einen zu einem U-Boot-Wrack vor der kalifornischen Küste rausbringt. Liegt auf fünfzig Meter. Man kann rein und drinnen herumschwimmen. Hat immer noch Torpedos an Bord, und tote Deutsche sind auch immer noch drin.«

»Is' ja toll«, ließ sich der Engineer vernehmen. »Da würd' ich wirklich drauf steh'n – mit den Schwimmflossen an 'n paar Skelette stoßen. Die sollten die gefälligst in Ruhe lassen. Ein gesunkenes Kriegsschiff ist eine nationale Grabstätte, zum Teufel noch mal.«

»Ja, die deutsche Regierung hat sich auch darüber beschwert. Ich war Teil der OpNav; wir haben uns dann überlegt, wie wir ihn aus dem Verkehr ziehen könnten. Er hatte sogar einige Schädel aus dem U-Boot im Schaufenster seines Geschäftes für Tauchzubehör ausgestellt. Ganz schön hart.«

»Tja«, merkte Mike an, »so kann's euch gehen, wenn ihr bei einem ASW-Einsatz den kürzeren zieht. Der eine oder andere von euch verbringt dann die Ewigkeit in einem gesunkenen Schiff.«

Die Offiziere am Tisch rutschen unbehaglich hin und her. Die Anspielung auf den Tod auf See war ihnen unangenehm.

»Es gibt auch eine Reihe von Zerstörern, die zusammen mit diesen U-Booten vor der Küste auf Grund liegen«, fuhr Mike fort, »mal abgesehen von den ganzen Handelsschiffen, die in brennendem Öl fritiert wurden, wenn die U-Boote sie erwischten. Ein Torpedoschuß auf einen Zerstörer bedeutet normalerweise das Ende. Unsere Gefechtsausbildung, während der das Drehbuch dann auf einmal vorsieht ›Torpedotreffer vorschiffs‹, vermittelt nicht die leiseste Vorstellung, wie es in Wirklichkeit sein würde. Natürlich müssen wir das üben, aber in den meisten Fällen haben wir ungefähr eine Minute, um Mütze und Mantel zu nehmen und den Arsch in Richtung See in Bewegung zu setzen.«

»Na ja«, warf der XO ein, »wenn man am Bug oder Heck getroffen würde, könnte man einige schadensbegrenzende Maßnahmen einleiten und das Schiff wahrscheinlich über Wasser halten. Aber bei einem Torpedotreffer mittschiffs – da stimme ich Ihnen völlig zu – würden wir nur unsere Zeit verschwenden.«

»Is' das nich' 'n bißchen wie bei dieser netten kleinen Geisterjagd, XO?« fragte der Ops.

Offensichtlich hatte er sich an die anfänglichen Kommentare Mikes zu dem Vorfall mit dem Fischerboot erinnert. Mike warf dem Exec einen Blick zu, bevor er antwortete:

»Tja, es stimmt, wir sind auf kein Unterseeboot gestoßen – andererseits, werfen wir doch mal einen Blick auf die Fakten: Da ist der Skipper eines Fischkutters, der meldet, daß er etwas gesehen hat, das wie ein U-Boot aussah. Dann haben wir einen weiteren Fischkutter mit einem sehr erfahrenen Skipper, und das Schiff geht ohne erkennbaren Grund unter. Es gibt keine Überlebenden, nicht einmal einen Hinweis, daß sich Leute an Bord befunden haben. Beide Vorfälle sind ungewöhnlich und hängen vielleicht auch irgendwie zusammen. Ein Teil von dem, was wir hier veranstalten, ist natürlich Schönfärberei, damit die Navy dokumentieren kann, daß sie sich wenigstens ein bißchen kümmert. Aber wenn schon sonst nichts dabei rumkommt, dann war es doch zumindest ein gutes Training und hat uns außerdem völlig neue Erkenntnisse über die Beschaffenheit des lokalen Operationsgebietes beschert. Wenn wir uns jemals in Kriegszeiten aus Mayport herauskämpfen müßten, wären die Daten, die Lincs Team zusammengestellt hat, von unschätzbarem Wert – vor allem für ASW-Einsätze in seichten Gewässern.«

Das Telefon unter dem Tisch beim Stuhl des Captains läutete zweimal kurz. Die Unterhaltung erstarb, und Mike nahm den Hörer ab.

»Captain.«

»Ja, Sir, Capt'n. Hier Auswertung in Gefechtszentrale. Lincs Jungs glauben, daß sie auf was Interessantes gestoßen sind.«

»Was?«

»Ja, Sir, Entschuldigung. Einen aktiven Sonar-Kontakt, den sie als mögliches U-Boot klassifizieren, Definition metallisch. Die Jungs sind vor fünf Minuten drauf gestoßen und waren schon dabei, ihn fallen zu lassen, als er plötzlich davonzuschießen schien. Doppler wechselte von null auf hörbar niedrig. Linc möchte, daß wir in östlicher Richtung zurückfahren, Kurs einhundertzehn, um uns das mal anzusehen.«

»Okay, ich stimme zu. Keine Signaländerungen oder sonst was, wodurch deutlich würde, daß wir etwas entdeckt haben könnten. Und noch keine Nachricht an den Stab. Wenn es sich um einen falschen Alarm handelt, will ich verhindern, daß das der ›Kommt-nach-Hause-Anweisung‹, die wir jeden Moment erwarten, in die Quere kommt.«

»Roger, Capt'n.«

Mike stellte das Telefon unter den Tisch zurück. Er blickte in die Runde der Offiziere.

»Linc glaubt, daß sie was gefunden haben«, verkündete er. »Wir werden uns das mal näher ansehen.«

Er wandte sich an den Exec, als er seinen Stuhl vom Tisch zurückstieß.

»XO, benachrichtigen Sie mich, wenn wir etwas vom Stab hören. Ich gehe in die Gefechtszentrale.«

KAPITEL VIERUNDZWANZIG

AL AKRAB, getaucht, Operationsgebiet Jacksonville, Freitag, 25. April, 12 Uhr 15

»Idiot«, zischte der Kommandant, als er in die Zentrale hineinstürmte. »Geschwindigkeit auf vier Knoten reduzieren. Sofort.«

Der verängstigte Wachoffizier gab den Befehl rasch weiter, und das Boot verringerte seine Geschwindigkeit rapide nach dem zwei Minuten zuvor befohlenen, plötzlichen Spurt.

»Auf einhundertzwanzig Meter Tiefe gehen; Untertriebszelle fluten – wir brauchen ein paar mehr Schichten zwischen uns und dem Zerstörer.«

Die Wache in der Zentrale war angespannt; jeder saß kerzengerade auf seinem Stuhl. Der Musaid stand hinter dem Tiefenruderer, und gab ihm – über dessen Schulter gebeugt – leise Anweisungen, um das Boot ohne – weitere – verräterische Geräusche auf die befohlene Tiefe zu bringen. Sein Gesicht wirkte hager und ausgelaugt. Der entfernte Zerstörer hatte sein Suchmuster plötzlich geändert und hielt direkt auf sie zu. Der Wachoffizier hatte daraufhin voll Kraft voraus und eine Tiefenänderung befohlen. Erst danach hatte er den Kommandanten gerufen, der sich schon auf dem Weg in die Zentrale befand, nachdem er gemerkt hatte, daß das Boot plötzlich nach vorne schoß.

Der Kommandant überprüfte rasch die Instrumentenanzeiger. »Sonar, Meldung.«

»Sir, der feindliche Zerstörer nähert sich von Westen. Ich hab' ihn backbord achteraus, aber er verschwindet immer wieder in unserem Kielwasser. Seine Geschwindigkeit ist anscheinend unverändert. Er ist immer noch im Rundum-Suchmodus, keine Frequenzveränderung, keine Veränderung der Signal-Intervalle.«

Der Stellvertreter blickte vom akustischen Plot im hinteren Teil der Zentrale auf. »Die Peilungen zeigen an, daß er seine Suchanordnung geändert hat. Peilintervalle jetzt gleichbleibend.«

Der Kommandant fluchte wieder. Sie fuhren auf Batteriebetrieb, Fahrtgeräusche stellten also kein Problem dar. Der Doppler war das Problem. Wenn der Sonar-Mann auf dem feindlichen Schiff einen wirklichen Kontakt vermutet und ihn in dem Augenblick fokussiert hatte, als die Al Akrab plötzlich ihre Geschwindigkeit erhöhte, würde das Sonar auf dem Zerstörer einen niedrigeren Doppler ausgewiesen und dadurch die Fahrtbewegung in entgegengesetzter Richtung vom Zerstörer signalisiert haben. Der Doppler war einer der entscheidenden Anhaltspunkte für die Klassifizierung. Das Meeresleben wies selten einen Doppler auf. Sobald er die Zentrale betreten hatte, hatte Kommandant Al Khali die Geschwindigkeit reduzieren und tiefer tauchen lassen, um mehr akustische Schichten zwischen sich und den Zerstörer zu bringen.

»Abstand?«

»Schätzungsweise elftausend Meter. Es ist nicht festzustellen, ob er näher kommt oder nicht«, erwiderte der Stellvertreter vom Plottisch.

»Peilung zweihundertachtzig. Gleichbleibend.«

Der Zerstörer kam auf sie zu. Etwas hatte seine Aufmerksamkeit erregt. Es würde viel davon abhängen, wie der Zerstörer sein Sonar einsetzte. Der nächste Hinweis wäre, wenn er auf Sektorsuche umstellen und damit seine gesamte akustische Energie in die Richtung blasen würde, in der er den Kontakt vermutete, statt der gegenwärtigen Rundumsuche, bei der er in alle Richtungen pingte.

»Sir, Tiefe überschreitet gerade siebzig Meter. Untertriebszelle geflutet.«

»Kurs einhundertzehn, Geschwindigkeit fünf. Bei einhundertzwanzig Metern stabilisieren.«

»Jawohl, Tiefenruder einhundertzwanzig Meter.«

Der Musaid versuchte, die Aufmerksamkeit des Kommandanten zu erregen. Aus der Stimme des Tiefenruderers war deutliche Besorgnis herauszuhören. Mit einhundertzwanzig Metern näherte man sich dem äußersten operativen Tiefengrenzwert des Unterseebootes. Der Bootskörper gab bereits quietschende und knarrende Laute von sich, als der Stahlrumpf durch den steigenden Wasserdruck immer weiter zusammengepreßt wurde.

Der Kommandant fluchte stillschweigend. Zum Teil war das sein Fehler: Er hatte dem Wachoffizier befohlen, in fünf bis zehn Meilen Entfernung vom Zerstörer zu bleiben, nachdem sie vom Mutterschiff zurückgekehrt waren und das gleichbleibende Pingen eines suchenden Sonars ausgemacht hatten. Er schaute zum Musaid hinüber, der schnell einen Blick auf den Tiefenmesser warf.

»Einhundert Meter; klarmachen zum Untertriebszellen-Ausblasen«, sagte er.

»Nein«, rief der Kommandant dazwischen. »Lenzen! Erhöht – falls nötig – die Geschwindigkeit, um das Boot zu halten, aber keine Geräusche! Keine Luft!«

Die Männer, die den Tauchvorgang kontrollierten, beeilten sich, auf Lenzpumpen umzustellen. Der Negativtank, ein großer Meereswasser-Ballasttank mit übergroßen Wassereinlaß-Ventilen, war quer über dem Gravitätszentrum des Unterseebootes angebracht. Er wurde benutzt, um schnelle Veränderungen des Auftriebs herbeizuführen. Das Fluten der Untertriebszelle erhöhte augenblicklich das Gewicht des Unterseebootes und beschleunigte dadurch ein Tauchmanöver um ein Vielfaches.

Wenn das Boot die befohlene Tiefe erreicht hatte, blies man normalerweise Preßluft in die Tanks, damit das Meerwasser daraus entwich, wodurch der normale neutrale Auftrieb des Bootes wiederhergestellt wurde. Die Tiefenhaltung wurde durch vorsichtigen Umgang mit den Trimmtanks erreicht, vergleichbar mit den Trimmklappen eines Flugzeugs zur Stabilisierung der erreichten Flughöhe.

Der Kommandant war sich bewußt, daß der Ausstoß der Preßluft aus dem Tank die Aussendung von Breitbandsignalen verursachen würde. Sein Befehl, den Tank mit relativ leisen elektrischen Pumpen leerzupumpen, statt die Preßluft auszustoßen, orientierte sich an der taktischen Notwendigkeit, so wenig Lärm wie möglich zu erzeugen. Der Preis dafür war eine zeitliche Verzögerung: Das Leerpumpen dauerte bei dem Druck, der bei fast einhundertundzwanzig Meter Wassertiefe vorherrschte, wesentlich länger. Die Verzögerung bedeutete auch, daß das Boot über die angegebene Tiefe hinaus abtauchen würde, wenn die Geschwindigkeit nicht erhöht wurde, so daß es mittels der Wasserkraft, die auf die vorderen und hinteren Tiefenruder einwirkte, in der angestrebten Tiefe gehalten werden konnte.

»Einhundertundzwanzig Meter«, verkündete der Tauchoffizier. Seine Stirn war mit Schweißperlen bedeckt.

Der Bootskörper protestierte jetzt hörbar – es knarrte und knirrschte überall im Boot. Ein feiner Sprühnebel war im Belüftungssystem aufgetaucht, der die Lichtquelle mit einem schmalen rosigglänzenden Schein umgab. Die Männer in der Zentrale bemühten sich standhaft, die Zeichen und Geräusche des unnachgiebigen Griffs der Tiefe zu ignorieren.

»Einhundertunddreiundzwanzig Meter; habe Probleme, das Boot zu halten. Empfehle, Geschwindigkeit acht Knoten.«

»Acht Knoten«, antwortete der Kommandant.

Seine Augen – wie die aller in der Zentrale – klebten am Tiefenmesser. Der schwarze Zeiger zeigte Zentimeter für Zentimeter im Uhrzeigersinn an – einhundertfünfundzwanzig, einhundertsechsundzwanzig. Der Tauchoffizier versuchte, unter Ausnutzung der erhöhten Geschwindigkeit die Bug- und Heckruder so einzustellen, daß das Boot in leichte Achterlastigkeit geriet. Der Zeiger bewegte sich auf einhundertundsiebenundzwanzig zu, dann auf einhundertundachtundzwanzig. Jetzt neigte das Boot sich deutlicher und stabilisierte sich leicht. Der Tauchoffizier mußte haargenau aufpassen. Wenn die Achterlastigkeit zu groß würde, konnte es passieren, daß das Boot noch weiter abrutschte oder wie ein Flugzeug überzog. Das wichtigste war, die Untertriebszelle leerzupumpen.

»Wir können es nicht halten«, erklärte der Musaid leise. »Wir müssen die Untertriebszelle ausblasen.«

»Nein. Weiterpumpen. Geschwindigkeit zehn Knoten.«

»Zehn Knoten, jawohl.«

Der Tiefenstandsanzeiger war jetzt bei einhundertunddreißig angelangt – über vierhundert Fuß. Die Temperatur im Boot stieg an. Hinten in der Zentrale schloß ein Matrose heimlich das wasserdichte Querschott. Dadurch wurde der Nebeleffekt noch stärker.

»Beruhigt euch«, knurrte der Kommandant. »Wir sind mit

diesem Schiff doch schon auf einhundertundsiebzig Meter Tiefe gewesen.«

Er beobachtete weiterhin den Tiefenmesser. Die Nadel hatte sich bei einhundertundeinunddreißig Metern eingependelt. Die erhöhte Geschwindigkeit wirkte sich aus. Seine Gedanken überschlugen sich. Das Problem war immer noch der Doppler. Er konnte das Boot erst dann aus der Suchkeule des Zerstörers herausmanövrieren, wenn er die Tiefenhaltung wieder unter Kontrolle hatte. Im Moment entfernte sich das Boot vom Sonar des feindlichen Zerstörers mit einer Geschwindigkeit, die sicherlich nicht typisch für das Leben unter Wasser war. Er mußte unbedingt eine Kursänderung einleiten.

KAPITEL FÜNFUNDZWANZIG

USS GOLDSBOROUGH, Operationsgebiet Jacksonville, Freitag, 25. April, 12 Uhr 30

»Captain auf Station!«

Mike betrat die abgedunkelte Zentrale des CIC und ging direkt hinüber zum Plottisch. Eine kleine Gruppe von Offizieren und Operationsspezialisten hatte sich dort versammelt und starrte auf das Plot.

»Was hab'n wir denn gefunden, John?«

Der CIC-Officer rollte auf seinem Stuhl nach vorne und wies auf das Pauspapier, auf dem der NC-2-Plotter mit rotem Stift gerade einen kleinen Punkt markierte. Das war der letzte in einer Linie von roten Punkten, die ungefähr fünf Meilen östlich der Goldsborough begann und jetzt nach Südosten zeigte. Der Abstand der Punkte sollte proportional der Geschwindigkeit des Ziels entsprechen, aber das Sonar war dafür berüchtigt, mehrdeutige Geschwindigkeitsdaten zu liefern. Das Plotten wies aus, daß sich die Entfernung zwischen der Goldsborough und dem Unterwasserkontakt langsam verringerte, nachdem sie für etwa fünf Minuten gleich geblieben war. Mike starrte auf das Plot hinunter und drückte dann die Taste ›Sonar‹ auf der Befehlsübermittlungsanlage.

»Sonar – Captain, erklären Sie mir noch mal, warum Sie diesen Kontakt höher einstufen, als all die anderen Gespenster, die wir diese Woche hier aufgestöbert haben?«

Aus der Anlage kam Lincs Stimme. Er hatte die vergangenen sechs Stunden am Sonar zugebracht. Er war wegen des Kontaktes über seine eigentliche Wacheinteilung hinaus geblieben. Seine Stimme war vor lauter Erschöpfung ganz rauh.

»Captain, der hier hat Substanz. Chief Mac hat den Schirm übernommen, und die Akustik haben wir auf die Wandlautsprecher gegeben. Ich bin sicher, an diesem Kobold is' was dran. Er zeigt uns 'ne Hecklage, er geht tiefer, der Doppler variiert: Als wir das erste Mal gedreht haben, um ihn uns anzuschauen, war der Doppler deutlich tief, dann viel tiefer, und dann wieder tief, wie jemand, der versucht, alle Anzeichen zu verwischen, während wir hier rumschnüffeln.«

Mike hörte dem ASW-Offizier zu. Zum ersten Mal fühlte er eine besorgte Vorahnung in sich aufsteigen. Die Klassifizierung eines Sonarkontaktes war eine Kunst für sich. Alle Hinweise und Anzeichen wurden zusammengenommen, und dann traf man die Entscheidung, aber noch während man mit diesem Vorgang beschäftigt war, konnte der Kerl entkommen. In seine Besorgnis mischte sich ein zusätzlicher Gedanke: Wie gerüstet war denn die Goldsborough für einen Überraschungsangriff, wenn es sich tatsächlich um ein feindliches U-Boot handelte?

»Okay, wenn er tiefer geht, wollt ihr dann auf Sektorsuche gehen? Es könnte sich lohnen, ein solides Echo zu kriegen, bevor die Grenzschichten wieder alles zudecken.«

Mike bemerkte, daß er von dem Kontakt sprach, als sei es für ihn bereits tatsächlich ein U-Boot.

»Ja, Sir, ich glaube, das sollten wir tun. Bis jetzt haben wir uns ans Lehrbuch gehalten: keine Veränderungen, aus denen das Ziel schließen könnte, daß wir auf seiner Spur sind, aber das hier ist der Golfstrom . . .«

»Okay, in Ordnung: Gehen Sie bei der Peilung auf Langimpulse, und klopft mal bei ihm an. Stellen Sie ja sicher, daß das auch alles aufgenommen wird.«

»O ja, Sir, das haben wir schon die ganze Zeit. Auf Video und auf Band. Sonar wechselt auf Sektorsuche.«

Mike ließ die Taste der Sprechanlage wieder los und drehte sich zu dem Auswerter um.

»Auswertung, alles klar für Gefechtsstufe 1AS. Wenn da draußen tatsächlich ein Echtes rumfährt, will ich die Unterwasserwaffen einsatzbereit haben. Weisen Sie die Schiffssicherungszentrale an, unterhalb des Hauptdecks die modifizierte Stufe Zebra vorzusehen.«

»Aye, aye, Sir.«

Der Auswerter griff nach dem Mikrophon der Bordsprechanlage und gab auf dem ganzen Schiff den Befehl Gefechtsstufe 1AS bekannt. Wenige Augenblicke danach kamen der Erste und der Waffeneinsatzoffizier durch die Tür des CIC gehetzt, gefolgt vom Rest des CIC-Teams.

»Dann haben wir also wirklich was?« fragte der Exec.

»Wir wissen es nicht genau, XO«, erwiderte der Captain, »aber wenn, will ich hier nicht mit ›Gefechtsstufe Sonntagsfahrer‹ rumhängen.«

Der XO nickte und ging hinaus auf die Brücke, um zu überprüfen, wie weit die Einrichtung der Stufe 1AS gediehen war. Das CIC füllte sich immer mehr, als die Männer ihre Positionen an den Gefechtsständen und den Sensorsystemen einnahmen.

Die Gefechtsstufe 1AS war eine Variante der allgemeinen Gefechtsstation, bei der alle U-Jagd-Gefechtsstationen besetzt und bestimmte wasserdichte Schotten unterdecks geschlossen wurden, für den Fall einer Kampfhandlung. Auf der Goldsborough bedeutete 1AS volle Besetzung im CIC und am Sonar anstelle der sonst üblichen, reduzierten Anzahl von Männern, die nur das Ausführen von Basis-Operationen erlaubte. Die U-Jagd-Torpedorohre waren bemannt und alle Preßluftflaschen, die die Torpedos hinausschossen, geladen. Die Wasserbombenablaufbühne am Heck war ebenfalls bemannt. Die Männer entfernten die Schutzhüllen der fünfhundert Pfund schweren Bomben und setzten Entsicherungseinrichtungen und Druckzünder ein. Im Sonar-Kontrollzentrum, unten auf Deck Drei, ein gutes Stück unterhalb der Wasserlinie, übernahmen erfahrene Sonar-Männer die Sensorenkonsolen und das Angriffszentrum. Im CIC wurde das Plot-Team verdoppelt und durch erfahrenere, dienstältere Techniker verstärkt. Die drei Hauptoffiziere des taktischen ASW-Teams setzten Kopfhörer auf und errichteten dadurch einen Kommunikationskreislauf, der dem taktischen Team die unmittelbare Koordination aller Schiffsbewegungen, Informationen über Kontakte und Waffeneinsätze ermöglichte.

»Gehen über zu Lang-Impulsen, Sektormodus«, meldete Sonar-Kontrolle über die Bordsprechanlage.

Mike ging zu seinem Kapitänsstuhl hinüber, der an einem Ende des Plottischs aufgestellt war, und kletterte hinein. Die Mitglieder des taktischen Teams versammelten sich um das Plot und warteten auf die Meldungen unten aus der Sonar-Zentrale.

Mike grübelte über den Kontakt nach. Der junge Linc hatte fast seine gesamte Zeit – mit Ausnahme der wenigen Stunden

Schlaf – unten im Sonar verbracht. Er hatte den Wachteams zugeschaut, die die unruhigen Gewässer des Operationsgebietes entlang dem Golfstrom nach Hinweisen untersuchten, die auf etwas anderes als Meeresbiologie und -geologie schließen ließen. Sie hatten weite Teile des Meeresbodens kartographisch erfaßt, bestehende Karten aktualisiert und jedes größere Unterwasserobjekt, das bei einer U-Boot-Suche Verwirrung stiften könnte, vermerkt.

Mike war immer noch davon überzeugt, daß diese ganze U-Boot-Geschichte eine Riesenzeitverschwendung war. Er war auch sehr enttäuscht, daß ihnen die Flottenübung entgangen war, und jetzt verlangten die von der Wartung zu allem Überfluß auch noch, das Schiff eine Woche stillzulegen, damit die Speisewasserpumpen repariert werden konnten. Das bedeutete im Klartext, eine weitere Woche den landgestützten ›Hilfseinheiten‹ an dem Pier ausgeliefert zu sein.

Er erinnerte sich zwar an die gutgemeinten Worte des Commodore über Lust und Last eines Kommandos, aber dennoch trug er sich mit dem Gedanken, um eine Ablösung zu bitten. Er würde wahrscheinlich – genau wie sein Schiff – den Dienst quittieren müssen. Er sann darüber nach, was er wohl danach anfangen würde, aber er hatte keinen blassen Schimmer. Die meisten Commanders wurden nach Ablauf der Kommandotour zum Captain befördert. Diejenigen, auf die das nicht zutraf, endeten meistens auf Jobs ohne Aufstiegschancen oder gingen in Pension, sobald sie die erforderlichen zwanzig Jahre zusammen hatten. Bei ihm fiel die zwanzigjährige Zugehörigkeit mit dem Ablauf der Kommandozeit zusammen. Innerlich streckte er sich, um sich wieder auf das gegenwärtige ASW-Problem zu konzentrieren.

»Sonar-Kontakt, klar und deutlich; tiefer Doppler; Peilung einhundertzwölf, Abstand neuntausendsechshundert Meter; intermittierende Echos wegen der Temperaturschichten«, kam die Stimme aus dem Lautsprecher.

Der Operations Officer, zuständiger Auswerter für Gefechtsstufe 1AS, sprach die Worte schnell in sein Kopfhörermikrophon.

»Brücke, Combat – Geschwindigkeit auf vierzehn Knoten erhöhen, Kurs einhundertzwölf steuerbord.«

Er schaute zum Captain hinüber. »Deutliche Peilung, Captain. Ich werde mal etwas näher rangehen. Linc glaubt, daß er tiefer gehen wird.«

»Hat er wirklich den Doppler drauf?«

»Ja, Sir. Einen deutlichen Doppler-tief.«

»Auswertung: mögliches Unterseeboot, mittlere Wahrscheinlichkeit«, kam es aus dem Lautsprecher. »Peilung einhundertzehn, Abstand neuntausendeinhundertfünfzig Meter.«

Mike lehnte sich vornüber.

»Sendefrequenz ändern, ein Band runter«, befahl er.

Der Auswerter gab den Befehl an Sonar weiter. Die Männer am Plottisch folgten den Linien mit dem roten Licht des NC2-Plotters. Jetzt, wo das Sonar Kontakt hatte, erfaßte ihn die Plottischsteuerung automatisch. Die anderen Wachhabenden im CIC horchten gespannt auf das, was sich auf dem Plottisch in der Mitte des Raumes tat.

»Sendefrequenz um ein Band geändert; Kontakt weiterhin stark; Echos weiterhin intermittierend wegen der Temperaturschichten. Peilung einhundertacht, Abstand achttausendachthundertundsiebzig Meter.«

»Ist das eins der Gebiete, in dem wir die Bodenbeschaffenheiten mit dem Aufzeichnungssystem kartographisch erfaßt haben?« fragte der Waffeneinsatzoffizier.

»Ja, Sir«, antwortete der CIC-Officer.

»Wie sieht der Boden denn hier unten aus?«

Der CIC-Officer tippte einige Suchbefehle in den PC ein. »Wir befinden uns am Rand der inneren Grenzschicht des Golfstroms. Die Ausläufer mehrerer parallel verlaufender, flacher Canyons, die sich über eine Länge von zehn Meilen in ost-westlicher Richtung zum Schelf hin erstrecken, sind hier zu erkennen. Gemäß den PC-Daten gibt es hier nur ein größeres Wrack, einen Tanker, der im Jahre 1946 gesunken ist.«

»Können wir die Peilung und den Abstand vom Wrack von unserer gegenwärtigen Position aus feststellen?«

»Ja, Sir, ich glaube schon. Surface Supervisor, geben Sie mir die geographische Position, Länge und Breite.«

Ein junger Operations-Spezialist las die Anzeige auf der Gradtafel der Koppelnavigation ab und gab die geographischen

Koordinaten ein und bewegte den Cursor zur eingezeichneten Position des Tankerwracks.

»Sir, sie beträgt einhundertdreißig, acht Meilen von unserer jetzigen Position.«

Der Weapons Officer drehte sich mit seinem Stuhl zu Mike um.

»Genau die Richtung des Kontaktes, Captain«, sagte er.

»Wenn es ein Unterseeboot ist«, sagte Mike nachdenklich. Die Sprechbox meldete sich wieder.

»Sonar empfängt kein Echo mehr, letzte Peilung einhundertzweiundzwanzig, letzter Abstand siebentausendsiebenhundertundsiebzig Meter. Angriffssteuerung behält Peilung bei.

Mike bestätigte diese Meldung mit einem Seufzer. Jetzt klärte sich alles: Bei den Wasserverhältnissen hatten sie Glück gehabt, dem Kontakt so lange auf der Spur bleiben zu können. Er hatte der Sache von Anfang an nicht richtig getraut, und jetzt war der Kontakt verschwunden – genau wie alle anderen vor ihm. Linc hatte den PK-(Position Keeping)-Modus in den Computer für die Unterwasserfeuerleitanlage eingegeben. Dabei ging man davon aus, daß der Kontakt den letzten berechneten Kurs sowie die Geschwindigkeit beibehalten würde. Der Cursor des Sonar-Schaubildes war auf die vorausberechnete Position des Kontaktes gerichtet, für den Fall, daß das Echo wieder auftauchte. Mike beugte sich nach vorne.

»Okay Jungs, ich glaube, wir sind noch so einem Wassergespenst auf den Leim gegangen. Weps, fragen Sie Linc, ob er noch weiter damit spielen möchte.«

Der Weapons Officer nahm den Hörer ab und sprach kurz mit dem ASW-Offizier. Er nickte während des Gesprächs einige Male, und Mike konnte die Worte Wrack, Abstände und Peilungen hören.

»Okay, Linc. Ich sag's ihm.«

»Sir, Linc möchte das Sonar abschalten und mit zwölf Knoten – unterhalb der Kavitationsgeschwindigkeit – auf der letzten Peilung weiterfahren. Er möchte etwa vier Meilen in der Peilrichtung fahren, das Sonar wieder einschalten und dann sehen, was wir zutage fördern. Er glaubt wirklich, daß es sich um einen echten Kontakt gehandelt hat.«

Mike dachte kurz darüber nach. Ein ASW-Offizier hielt den letzten Kontakt immer für einen echten – ein mögliches Unterseeboot. Das war normal – ASW-Offiziere mußten so beharrlich sein. Aber Mike glaubte zu wissen, was danach käme. Sie würden vielleicht noch zwanzig Minuten an der Sache dran bleiben, das Sonar wieder einschalten – und das auf Grund liegende Wrack als Kontakt verzeichnen. Das ganze 1AS-Team wartete auf seine Entscheidung.

»Und was empfehlen Sie, Weps?«

Diesen Trick hatte Mike auf der Marineakademie für Führungskräfte gelernt: Wenn du dich nicht entscheiden kannst, frag deine Untergebenen nach ihren Empfehlungen. Einer von ihnen könnte die richtige Antwort geben oder zur Erleuchtung beitragen. In jedem Fall gewinnst du Zeit, um noch mal nachzudenken.

»Jetzt sind wir schon einmal hier, und das ist der stärkste Kontakt, den wir bisher hatten. Es kostet uns nichts, noch eine Weile dranzubleiben. Linc glaubt, daß der Kerl auf das Wrack zuhält – entweder um sich zu verstecken oder um uns von seiner Spur abzulenken. Er möchte um das Wrack herum pingen.«

»Okay, okay – macht, was ihr wollt. Ich sitze hier und gucke zu.«

Der Weapons Officer grinste: »Ja, Sir!«

Mike sah den Waffeneinsatz- und Operationsoffizieren zu. Mit Hilfe des PC tüftelten sie einen Kurs aus, auf dem das Schiff über das in einhundertundsiebzig Metern Tiefe liegende Wrack fahren konnte. Der Erste kam in die Gefechtsinformationszentrale zurück. Mike informierte ihn über den aktuellen Stand.

»Ich laß die Jungs 'ne Weile damit rumspielen. Sonst ist ja keiner hier draußen, und es macht ihnen Spaß und erhöht ihr Selbstvertrauen«, erläuterte er mit gedämpfter Stimme, während die Offiziere sich wieder um den Plottisch versammelten und der Waffeneinsatzoffizier die neuen Kurs- und Geschwindigkeitsbefehle an die Brücke gab.

»Haben sie darüber nachgedacht, wie sie ein auf Grund liegendes Wrack und ein Unterseeboot, das sich in der Nähe versteckt, auseinanderhalten wollen?«

»Wahrscheinlich mit Lincs PC-Magie, aber soweit voraus

werden sie noch nicht gedacht haben. Eins nach dem anderen«, lächelte der Captain.

Mike wußte, daß es schwierig genug sein würde, über das Wrack hinweg oder auch schon nur nah an ihm vorbeizufahren: Das lag an den Unwägbarkeiten, die in der Navigation auftauchten, wenn man über die Radarreichweite von Land aus hinaus war. Wenn sich hier ein Unterseeboot aufhielt, würde es wahrscheinlich in die Nähe des Wracks fahren – vorausgesetzt, es wüßte davon –, um dann in eine der Schluchten zu entkommen. Damit wäre es vom Schelf in einen der tiefen Meeresabgründe verschwunden, und der Zerstörer würde oben seine Runden drehen. Er bestellte einen Kaffee und lehnte sich wieder zurück, um sein junges ASW-Team bei der Arbeit zu beobachten. Das war eine der wenigen Vorlieben und Freuden, die der Dienst auf einem Zerstörer – im Gegensatz zu dem auf größeren Schiffen – mit sich brachte: Es war den jüngeren Offizieren erlaubt, eine ASW-Suche praktisch allein durchzuführen. Er konnte ihnen zusehen, ohne jedes Detail befehlen zu müssen. Der Exec würde auf der Brücke sicherstellen, daß sie in ihrem Enthusiasmus nicht über ein Fischerboot führen, und dann konnten sie hoffentlich zum Wochenende wieder den Hafen anlaufen.

KAPITEL SECHSUNDZWANZIG

AL AKRAB, getaucht,
Operationsgebiet Jacksonville,
Freitag, 25. April, 12 Uhr 40

»Acht Knoten«, befahl der Kommandant. Seine Stirn war schweißüberströmt. Die Uniform klebte ihm am Körper.

Der Tiefenstandsanzeiger blieb stabil. Das wimmernde Pumpengeräusch unter den Deckplatten der Zentrale wetteiferte mit dem Quietschen und Knarren des Bootskörpers. Die Nadel fiel zurück auf einhundertundneunundzwanzig und dann auf einhundertundachtundzwanzig.

»Haltet es nullastig. Wir müssen drehen.«

Der Musaid gab dem Tiefenrudergänger weiterhin Anweisungen, als dieser die Bug- und Heckruder justierte, um das Boot in eine Nullastigkeit zu bringen. Als das Wasser aus der Untertriebszelle herausgepumpt wurde, reagierte das Boot besser.

»Backbord nullvierzig, kleine Ruderwinkel«, befahl der Kommandant.

Wenn es ihm gelingen würde, das Boot in einen rechtwinkligen Kurs zur Suchachse des sich nähernden Zerstörers zu manövrieren, würde der Doppler bei allen zurücklaufenden Echos auf null gehen – unabhängig von der Geschwindigkeit. Dafür mußte er allerdings in Kauf nehmen, daß dann die gesamte Länge des Unterseebootes den forschenden Schallwellen ausgesetzt war, aber er verließ sich darauf, daß die Tiefe und die wirbelnden akustischen Schichten des Stroms sie tarnen würden.

»Tiefe instabil«, rief der Musaid alarmiert aus und legte seine Hand auf die Schulter des Tiefenruderers, um die Aussetzung des Wendebefehls zu signalisieren.

Eine Drehung ohne Tiefenhaltungskontrolle könnte eine Katastrophe auslösen, weil die Ruder das Boot zum Schlingern bringen würden. Der Kommandant blickte auf die Nadel des Tiefenmessers, die zwischen einhundertundachtundzwanzig und einhundertunddreißig pendelte. Das Unterseeboot stieg auf; durch die Veränderung des Auftriebs beschrieb es eine flache Achterbahn. Die Pumpen arbeiteten unaufhörlich weiter.

»Beginnt mit der Kursänderung. Sofort! Es darf keinen Doppler mehr empfangen«, brüllte der Kommandant.

Der Musaid löste seine Hand von der Schulter des Tiefenrudergängers. Sein Gesicht war starr.

»Ruder, jawohl. Beginnen mit der Drehung«, antwortete der Tiefenrudergänger mit überschnappender Stimme. Die anderen Männer in der Zentrale verharrten wie erstarrt auf ihren Positionen und wagten nicht, einander anzuschauen.

»Sonar, was macht der Zerstörer?« fragte der Kommandant. Er hatte seine Stimme jetzt wieder unter Kontrolle.

»Er pingt immer noch im Rundumsuchmodus. Die Peilung beginnt nach rechts zu verziehen; ich glaube nicht, daß . . .«

Plötzlich setzte der Sonar-Mann seine Kopfhörer ab, griff nach vorn an die Konsole und justierte die Lautstärkeeinstellung. Es war nicht nötig, dem Kommandanten oder sonst jemandem in der Zentrale zu erklären, warum: Das in die Länge gezogene, klingende Geräusch eines starken Sektorsuch-Schallimpulses hallte durch die Zentrale. Die Männer warfen sich nervöse Blicke zu und schluckten. Ein zweites langgestrecktes Ping. Die Männer mußten sich festhalten, als das Unterseeboot durch die Wirkung der Ruder hin und her zu rollen begann. Das Gesicht des Kommandanten nahm einen angespannten Ausdruck an.

»Klarmachen zum Ausklinken eines Köders. Schnell.«

Der Stellvertreter sprang von seiner Position am Plottisch auf und öffnete ein Luftventil, um das Steuerbord-Boldrohr zu laden. Ein leises Zischen war zu vernehmen, als sich die Abschußkammer auf dreitausend PSI auffüllte.

»Boldrohr geladen, Kommandant.«

»Sehr gut.«

Jetzt, dachte der Kommandant, blieb ihnen nichts anderes übrig, als zu warten. Es hing alles davon ab, wie entschlossen dieser feindliche Zerstörer war. Er wußte nicht, wie lange der schon im Operationsgebiet herumgesucht hatte. Sie waren am frühen Donnerstag morgen vom Mutterschiff zurückgekehrt und hatten das Pingen entdeckt, als sie sich in Tauchfahrt vom Golfstrom her näherten. Er mußte herausfinden, ob dieser Zerstörer tatsächlich eine Suche durchführte oder nur sein Sonar ausprobierte. Er hatte Verdacht geschöpft, als der Sonar-Offizier ihn informiert hatte, daß er bei Durchsicht seiner Aufzeichnungen darauf gestoßen war, daß dieses Sonar ihnen schon einmal untergekommen war. Der Zerstörer hielt sich nicht zufällig hier auf. Er hatte sich entschlossen, ihn zu beschatten, zwar außerhalb der vorausberechneten Sonar-Reichweite zu bleiben, aber trotzdem nah genug, um das Suchmuster des feindlichen Zerstörers mit passivem Plotten zu erfassen, seine Taktik zu studieren und seine Gefährlichkeit einzuschätzen.

Al Khalis Gedanken überschlugen sich. Vielleicht war es dem Zerstörer irgendwie gelungen, die Skorpion zu entdecken. Er mußte doch relativ sicher sein, daß er auf etwas anderes als einen Fischschwarm gestoßen war. Warum hätte er sonst auf Sektorsuche umgestellt? Die Drehung würde den Doppler annullieren, aber dafür würde die Skorpion dem feindlichen Sonar ihre gesamte Breitseite darbieten. Die Tiefe und die wirbelnden Schichten über ihnen sollten hier schon für Abhilfe sorgen. Sollten.

»Nullsiebzig gehen durch.«

»Tiefe stabil; können Geschwindigkeit jetzt verringern«, verkündete Musaid und richtete sich gerade auf.

»Auf fünf Knoten reduzieren, auf nullvierzig gehen.«

»Nullvierzig, jawohl. Nullsechzig gehen durch.«

Der Kommandant dachte über den richtigen Zeitpunkt für das Abfeuern des Torpedotäuschkörpers nach. Der Körper war ein Miniatur-Antwortsender. Er sah aus wie ein winziger Torpedo, etwa einen Meter lang, mit einem Durchmesser von zehn Zentimetern.

Seine luftgetriebene Schraube hatte eine Laufzeit von drei Minuten. Im Innern des Köders waren ein Sonar-Empfänger und ein Verstärker eingebaut. Sein Kopf war mit einem Miniatur-Sonar-Sender ausgestattet. Der Köder konnte den

Sonarimpuls des Zerstörers auffangen, die passende Frequenz einstellen, einen leichten Doppler-Wechsel herstellen und dem Zerstörer einen Impuls zurückschicken. Das Sonar des Zerstörers würde ein solides Echo auffangen, denn das Signal eines Köders – wie gedämpft auch immer – war in jedem Fall stärker als das schwache tatsächliche Echo eines Unterseebootes. Die Zielnachlaufeinrichtung des Zerstörer-Sonars würde sich an den Köder heften, während das Unterseeboot in den Tiefen entschwinden konnte.

Alles hing vom präzisen Timing des Abschusses ab: Wenn der Feind noch Kontakt hatte, würde der Köder als zweiter Kontakt auftauchen, entlarvt werden und dadurch die Anwesenheit eines Unterseebootes bestätigen. Wenn das feindliche Sonar den Kontakt verloren hatte, konnte der Köder dem feindlichen Sonar-Mann vortäuschen, daß er den Kontakt wiedergefunden hatte. Der Kommandant horchte aufmerksam auf das Sektor-Pingen.

»Nullfünfundvierzig gehen durch; nullvierzig liegt an.«

Der neue Kurs wich um fast siebzig Grad von dem ursprünglichen ab. Das reichte, um nahezu jeden Doppler auszuschließen. Und es war noch nicht so weit nördlich, daß sie die schützenden Thermalschichten des Golfstroms verlassen hatten. Die langgezogenen Pings waren jetzt nicht mehr so laut. Er traf eine Entscheidung.

»Bold abfeuern!«

Ein relativ lauter dumpfer Schlag war zu hören, als der Bold in die Tiefe ausgestoßen wurde, sich nach achtern entfernte und abtauchte. Sie konnten nicht genau voraussehen, welchen Kurs er einschlagen würde. Sie wußten nur, daß er nach dreißig Sekunden anfangen würde, Antworten zu senden. Der Kommandant blickte gebannt auf seine Uhr.

»Geschwindigkeit auf zehn Knoten erhöhen«, befahl er, als die dreißig Sekunden vorüber waren.

Sie würden einen schnellen Abstecher nach Nordosten machen, während der Zerstörer sich hoffentlich an den Köder hängen würde, der wahllos in beliebigen Tiefen in südwestlicher Richtung dahinschlingerte.

»Zehn Knoten, jawohl.«

Das Boot schoß merklich vorwärts. Das langgezogene Pingen war zwar immer noch zu hören, aber seine Frequenz hatte sich geändert. Alle in der Zentrale horchten gespannt. Dann verstummte das Pingen plötzlich.

KAPITEL SIEBENUNDZWANZIG

USS GOLDSBOROUGH, Operationsgebiet Jacksonville, Freitag, 25. April, 12 Uhr 45

»Sonar noch im Passiv-Modus«, meldete der Auswerter.

Mike beugte sich in seinem Stuhl nach vorne. Sie waren der letzten Peilung des Kontaktes mit einer Geschwindigkeit von zwölf Knoten gefolgt und damit – theoretisch – die letzten vier Minuten auf ihn zugefahren.

»Wie nahe sind wir jetzt an dem Wrack?« fragte er.

»Sir, das Wrack soll auf null-fünfundsiebzig liegen, in einer Entfernung von ungefähr vierzehntausendsechshundert Metern«, antwortete der Surface Supervisor.

Mike lehnte sich zurück und starrte an die abgedunkelte Decke. Jetzt würden sie wieder auf einen Kontakt stoßen – und zwar würde es diesmal das Wrack sein. Das war schon jetzt vorhersehbar. Aber – sei's drum.

»Sonar anweisen, auf aktiv zu wechseln«, befahl er.

»Sonar geht auf aktiv«, gab der Auswerter bekannt.

»Sonarkontakt«, ertönte es zwanzig Sekunden später aus der Sprechbox. »Kontakt-Peilung nullneunzig, Abstand dreizehntausendzweihundert Meter, deutliche Echoqualität, Doppler hoch, Echos intermittierend wegen der Schichten.«

Mike setzte sich auf, als er den Teil der Meldung über den Doppler vernahm. Das war nicht das Wrack. Doppler – das bedeutete Bewegung. Dieser Kontakt kam auf sie zu!

»Klassifizierung?«

Der Auswerter besprach sich mit Linc unten im Sonar.

»Deutliche Peilung«, meldete die Brücke.

»Linc sagt, die im Sonar glauben, es handelt sich um einen Täuschungskörper, einen Köder, Sir.«

Mike schloß für einen Moment die Augen. Ein Köder? Das soll wohl ein Scherz sein, dachte er. Linc meldete sich wieder.

»Captain, dieser neue Kontakt ist einfach zu deutlich. Er bewegt sich zwischen den Schichten mit unverändert beständiger Echo-Qualität und außerdem mehr oder weniger in unsere

Richtung. Der letzte Kontakt dagegen hat gemacht, daß er wegkam. Das paßt nicht zusammen. Ich muß die Impulse wieder auf Rundum ändern und 'n bißchen mit ihm rumspielen, aber ich glaube, das ist ein Köder.«

Mike dachte über die Datenlage nach. Die um den Plottisch versammelten Offiziere schauten ihn an. Er glitt aus seinem Stuhl heraus und drückte die Taste der Interkom-Box.

»Okay, Linc. Machen Sie mit dem Sonar, was Ihnen richtig erscheint. Ich meine zwar, daß wir es etwas übertreiben, aber ich will mich nicht sperren. Checken Sie den Kontakt, und teilen Sie uns Ihre Einschätzung mit.«

»Aye, aye, Captain.«

Mike überlegte – wenn das ein Köder war, was er bezweifelte, dann bedeutete das zweierlei: Estens, ein Köder war der Beweis, daß ein Unterseeboot existierte. Zweitens, wenn das ein Köder war, wo war das Unterseeboot? Er ging zum Plottisch zurück. Die Offiziere machten ihm Platz.

»Was machte der ursprüngliche Kontakt zu dem Zeitpunkt, als wir ihn verloren – wo genau befand er sich?«

Der Plottisch-Mann wies mit dem Bleistift auf die rote Linie.

»Er bewegte sich von uns weg, Richtung Ost bis Südost, Geschwindigkeit etwa acht Knoten, vielleicht auch zehn. Wir haben ihn genau hier verloren, Capt'n, und der neue Kontakt ist hier drüben aufgetaucht.«

Mike konnte sehen, daß der neue Kontakt nördlich des ursprünglichen Kurses aufgetaucht war. Das implizierte, daß das Unterseeboot – da haben wir's, jetzt fange ich auch schon so an, dachte er – nach links abgedreht hatte, bevor es den Köder ausklinkte.

Linc meldete sich wieder über die Interkom-Box. Seine Stimme klang aufgeregt.

»Capt'n. Sonarkontrolle: Die Schallimpulse bleiben gleich, ganz egal mit welchem Modus oder welcher Frequenz wir ihn konfrontieren. Der Chief sagt, das deutet auf einen Relaissender hin – das Ding pingt zurück und wechselt dabei ständig den Doppler. Es stellt sich auf unsere Frequenz ein, so daß wir beständige Echos bekommen. Nach unserem Peilungsplott bewegt es sich jetzt nach Süden, kreuzt unseren Kurs – aber die

Qualität des Kontaktes bleibt konstant. Der Kontakt ist einfach zu gut. Das kann nur ein Antwortsender sein.«

»Okay, Linc, wie zeigen wir dem Kerl, daß wir auf seinen Trick nicht hereingefallen sind?«

»Wir schalten das Sonar wieder ab, warten ein paar Minuten, schalten dann wieder an – bis dahin ist dem Köder die Puste ausgegangen. Dann beginnen wir wieder mit der Suche.«

»Wo sollen wir anfangen, Ops?« fragte Mike.

Er wußte, daß das die Schlüsselfrage war. Sie hatten den ursprünglichen Kontakt wahrscheinlich verloren, weil er tiefer getaucht war, um mehrere akustische Schichten über sich zu bekommen. Danach könnte er jede beliebige Richtung eingeschlagen haben. Ihre Chancen, ihn wiederzufinden, waren praktisch gleich Null, aber das Auftauchen eines Köders hatte die ganze Sachlage verändert.

»Ich habe keinen blassen Schimmer, Capt'n. Er könnte überall sein.«

Der Weapons Officer ergriff das Wort:

»Sir, der Köder tauchte nördlich des ursprünglichen Kurses auf. Der Kerl hat wahrscheinlich nach Norden abgedreht, den Köder ausgeklinkt und dann wieder die Richtung geändert. Ich schätze, daß er in den Strom reingefahren ist, weil er sich in diesen Gewässern am besten verstecken kann. Ich empfehle, daß wir noch mal auf Horchen gehen und dann nach Nordosten oder Osten fahren. Danach warten wir wieder für etwa fünfzehn Minuten und setzen das Rundum-Pingen fort. Das wird dem Kerl schon zeigen, daß wir ihm nicht auf den Leim gegangen sind.«

Mike grübelte über seine Worte nach: dem Kerl zeigen? Welchem Kerl? Was wollten sie denn – wenn sich hier ein Unterseeboot aufhielte, und zumindest konnte das jetzt nicht mehr ganz ausgeschlossen werden – dessen Skipper zeigen? Daß die US-Navy jetzt hinsichtlich der Anwesenheit eines nicht identifizierten Unterseebootes vorgewarnt war? Wäre es nicht besser abzubrechen, irgendwo anders hinzufahren, sich das gewonnene Datenmaterial in Ruhe anzuschauen und auszuwerten und eventuell um Unterstützung zu bitten?

»Sonar meldet, keine weiteren Echos; letzte Peilung nullneunvier, letzter Abstand achttausendsechshundert Meter.«

Keine Echos mehr. Was immer es auch war, sie hatten es verloren. Er starrte auf den Gummibelag auf den CIC-Deckplatten. Sollte er die speziellen ASW-Verbände um Unterstützung bitten? Vielleicht einen Hubschrauber anfordern oder einen der ASW-Zerstörer? Wenn ein Feuer ausbricht, sollte man zuallererst die Feuerwehr benachrichtigen – erst danach machte es Sinn, sich einen Eimer Wasser zu schnappen. Er war sich bewußt, daß die Offiziere auf seine Entscheidung warteten. Er hatte plötzlich das Bedürfnis, sich mit dem Exec zu beraten.

»Auswerter, ändern Sie Kurs Richtung Süden. Rundumsuche wieder aufnehmen, ursprünglichen Suchplan fortführen. Warten Sie eine halbe Stunde, und beenden Sie dann IAS. Sagen Sie Linc, daß er mit seinen Bändern hier ins Combat hochkommen soll; der Chief auch. Ich werde jetzt mit dem Ersten reden.«

Der Auswerter zog die Augenbrauen hoch, bestätigte den Befehl und gab ihn über Kopfhörer ans Sonar unten weiter. Mike wußte, daß Linc protestieren würde, weil sie so jede Aussicht auf Wiederherstellung des Kontaktes verloren. Der Auswerter übermittelte ihm ein verbales Achselzucken und teilte ihm mit, daß er mit seinen Aufzeichnungen hochkommen solle. Die Enttäuschung stand auch den anderen CIC-Besatzungsmitgliedern im Gesicht geschrieben. Mike ignorierte sie und machte sich in Richtung Brücke auf.

Als er auf die Brücke hinaustrat, mußte er die Augen wegen des blendenden Sonnenlichts zukneifen. Er sah, daß der XO sich am Kapitänsstuhl angelehnt hatte, und mußte innerlich lächeln, als er gerade Haltung annahm, sobald die Brückenwache verkündet hatte, daß der Captain auf der Brücke war.

»XO, kommen Sie bitte eine Minute mit mir raus.«

Sie gingen auf die Brückennock hinaus, und das Wachteam beschäftigte sich möglichst unauffällig auf der anderen Seite der Brücke, so daß die beiden ungestört reden konnten.

»XO«, sagte Mike, »Linc glaubt, daß es sich bei dem letzten Kontakt um einen Köder gehandelt hat. Wenn er recht hat, ändert das alles.«

»Ja, Sir. Ich hab' die Meldung über Interkom gehört. Ich hab' damit auch so meine Probleme.«

»Jaah«, sagte Mike gedehnt und schaute über das ruhige,

unglaublich friedlich aussehende Meer. Nur hatte die intensive rote Linie auf dem Plottisch ziemlich realistisch gewirkt. Dagegen ließen die beschaulichen Gewässer des Operationsgebietes um Jacksonville, auf denen sich unzählige kleine Fischkutter und Ausflugsboote tummelten, den Gedanken an ein Unterseeboot völlig abstrus erscheinen. Er schüttelte den Kopf.

»Es ergibt für mich immer noch keinen Sinn, XO. Warum würde ein Unterseeboot, egal, was für eins, ob von uns oder von den Russen oder ein völlig fremdes, hier im Operationsgebiet von Jacksonville herumlauern? Was ist der Sinn und Zweck? Es gibt keine nachrichtendienstlichen Informationen, keine ›out of area‹-Berichte, keinen wirklich überprüfbaren, stichhaltigen Sichtungsbereich, nur die Meldung eines ständig betrunkenen Fischers und einen Unfall, der sich zufällig zur gleichen Zeit ereignet hat. Und jetzt haben sich unsere Jungs auch noch eingeredet, etwas ›gefunden‹ zu haben, das nach meiner Überzeugung nur deshalb aufgetaucht ist, weil wir drei Tage lang um jeden Preis versucht haben, etwas zu finden ... Können Sie sich vorstellen, was der Chef des Stabes mir erzählen würde, wenn ich meldete, daß wir hier draußen auf einen Sonar-Kontakt gestoßen seien?«

»Sie scheinen mit sich selbst zu debattieren, Capt'n«, bemerkte der XO, wobei er vermied, ihn anzuschauen. »Wenn Sie wirklich überzeugt sind, daß das alles pure Scheiße ist, dann blasen wir es ab, tragen es ins Logbuch als eine gute Übung ein und warten auf den ›Kommt-zurück-Befehl‹.«

Die Stimme des XO war neutral, aber Mike kannte diesen Ton. Jedesmal, wenn der XO in diesem ›Du-bist-der-Boß-Ton‹ verfiel, hieß das im Klartext, daß er anderer Meinung war.

»Okay, XO«, seufzte Mike, »raus damit. Was halten Sie von der Sache?«

Der Exec zog ein Klappmesser heraus, das er in einer Lederscheide hinten am Gürtel trug, und begann, sich mit der schmalen Klinge die Fingernägel sauber zu machen. Er zwängte sich in eine Ecke des Schanzkleides der Brückenock und hängte einen Fuß in das Untergestell der Peileinrichtung.

»Ich glaube, wir sind dem Ganzen gegenüber nicht völlig objektiv«, begann er.

Mike bemerkte, daß er im Plural sprach, ›wir‹ – der XO versuchte, höflich zu sein.

»Wenn wir die Navy-Politik mal einen Augenblick außen vor lassen, bleibt doch eine Reihe von Ereignissen übrig, die einer Untersuchung standhalten: Wir haben den ursprünglichen Bericht, der eine ziemlich genaue Beschreibung beinhaltete – der Junge hat es ›Tauchboot‹ genannt. Er hat nicht von einem Unterseeboot, nicht von einem Periskop, sondern von einem ›Tauchboot‹ gesprochen. Nun ist Maxie die ganze Zeit auf See gewesen, so daß niemand ihn bisher hat befragen können, aber er hat die Bezeichnung ›Tauchboot‹ verwendet, und er ist alt genug, um gesehen zu haben – oder sich zumindest zu erinnern –, wie so ein Tauchboot aussieht.

Als nächstes haben wir Chris Mayfield, der mit irgend jemand auf See im Streit aneinandergerät, was dazu führt, daß sein Kutter ohne jede Spur von Gewalteinwirkung absäuft, dazu noch bei Witterungsverhältnissen, die man höchstenfalls als ›starken Regen‹ klassifizieren würde. Dann finden wir sein Namensschild mit einem Einschußloch. Keine Spur von der Besatzung – keine Leichen, keine Rettungsringe, keine Meldungen, keinen Notruf über Funk – nichts. Nur das Boot auf dem Meeresgrund, die Netze draußen – aber noch geschlossen und das Namensschild mit einem Einschußloch.«

Der Exec veränderte seine Stellung und stützte sich mit dem anderen Bein ab. Er vermied Mikes Blick weiterhin.

»Jetzt haben wir hier draußen drei Tage lang gesucht, eine Menge über die Bodenbeschaffenheit des Operationsgebietes erfahren, Wracks und Anhöhen kartographisch erfaßt, das ASW-Team hat sich gut eingespielt, und dann bekommen wir in letzter Minute einen Kontakt, der sich von den ganzen falschen Alarmen vorher unterscheidet. Was es ist? Wir wissen es nicht. Wir wissen nur, daß er sich von allen bisher aufgetauchten unterscheidet. Und während wir uns mit ihm beschäftigen – übrigens mit der ersten Garde am Sonar –, verlieren wir den ersten Kontakt und stoßen auf einen anderen, der die klassischen technischen Signale eines Antwortsender-Köders aufweist, genau wie diese Mini-Mobil-Ziele, die wir manchmal zu Übungszwecken über Bord werfen.«

Der Exec hatte sich jetzt zu ihm herumgedreht und schaute ihn direkt an. »Das bedeutet«, fuhr er fort, »daß wir zwei ungewöhnliche Kontakte hatten, die miteinander in Verbindung stehen könnten – ein Köder muß ja von irgendwoher kommen. Hier fährt sonst keiner spazieren, der Antwortsender über Bord wirft. Die nächste Navy-Einheit operiert ungefähr fünfzehn Meilen von uns entfernt. Wie ist es deshalb zu erklären, daß dieses Ding gerade dann auftaucht, wenn wir hinter dem einzig interessanten Kontakt, den wir die ganze Woche hatten, her sind? Capt'n, wenn das hier eine Morduntersuchung wäre, dann würde jetzt der berühmte ›Sechste Sinn‹ anfangen zu klingeln – da sind zu viele ›Zufälle‹ im Spiel. Mir ist klar, daß der Stab uns für verrückt erklären wird, aber mein ›Sechster Sinn‹ regt sich.«

Mike atmete tief durch. Der XO war ein begeisterter Leser von Kriminalromanen und benutzte oft Metaphern aus der Polizeisprache. Mikes Blick glitt über die ruhige Seelandschaft, während das Schiff seine Furchen nach Süden zog. Das Operationsgebiet sah an diesem sonnigen Freitag nachmittag so vertraut und normal aus wie immer. Einige Männer auf dem Unterdeck waren dabei, den Anstrich auszubessern. Das Summen der Schleifmaschinen und das gelegentliche Geplänkel unterstrich die Normalität der ihn umgebenden Szene. Er schaute den Exec von der Seite an.

»Sie glauben, daß das Ding wirklich existiert, nicht wahr?«

»Na ja, ich hab' ja schon mal gesagt, es wäre *möglich*. Ich kann es nicht beweisen, und ich kann es nicht erklären. Aber ich glaube, daß die Fakten die Vermutung zulassen, daß sich hier draußen ein Unterseeboot aufhält, das im Jax-Operationsgebiet herumschleicht. Und da ist noch etwas.«

»Was?«

»Ich glaube, ein paar von den Offizieren und der Mannschaft sind auch dieser Ansicht. Linc wird auf eine Auseinandersetzung vorbereitet sein, wenn er ins CIC hochkommt. Er wird Sie zu überzeugen versuchen, daß sie wirklich etwas auf der Spur waren, und er wird ganz schön die Schnauze voll haben, daß wir es abgebrochen haben. Wir wissen beide, wie blöd es aussehen würde, wenn wir eine Kontaktmeldung absetzen würden, aber haben Sie sich schon einmal überlegt, was Sie Linc und seinem Sonar-Team erzählen wollen?«

Mike sah den Exec mit zusammgekniffenen Augen an.

»Das dachte ich mir«, fuhr er fort. »Ich weiß auch nicht, was Sie sagen könnten – außer, daß sie nach bestem Wissen gehandelt haben und daß da nichts war. Schließlich sind Sie der Boß. Aber bis jetzt waren Sie immer ziemlich offen zu ihnen, und diese Geschichte wird sich nicht sehr glaubwürdig anhören.«

Das saß. Mike wußte, daß der Exec recht hatte – wie immer. Jede oberflächliche Erklärung, die er als Grund für den Abbruch der Suche nennen würde, klänge verlogen. Er würde darüber hinaus eine weitere alte Army-Regel verletzen: Bescheiß die Truppen nicht, mit denen du marschierst. Und trotzdem wußte er, daß seine Vorgesetzten an Land an die Decke gehen würden, wenn er jetzt mit etwas ankäme, was auch nur entfernt einem Kontaktbericht ähnelte. Sie waren nämlich nicht rausgeschickt worden, um ein Unterseeboot zu finden, sondern um so zu tun als ob. Aber allmählich nahm eine Idee in seinem Kopf Gestalt an.

»Okay, mal angenommen, ich betätigte die ›Ich-glaube-dran-Taste‹ – was ich bis jetzt noch nicht getan habe – und ginge von der Existenz eines nicht identifizierten Unterseebootes, das sich hier im Operationsgebiet vor Jacksonville auf die Lauer gelegt hat, aus. Sie und ich, wir wissen beide, daß wir lauthals ausgelacht würden, wenn wir dem Stab damit kämen. Martinson könnte den Admiral wahrscheinlich endlich davon überzeugen, daß die Goldsborough einen neuen Kommandanten braucht. Aber lassen Sie mich's mal durchspielen, und sagen Sie mir Ihre Meinung: Angenommen, ich glaubte es – was wäre der nächste Schritt? Der nächste intelligente Schritt? Keiner wird uns glauben, bis wir wirklich nachprüfbare Fakten vorweisen können *und* einen guten Grund, warum sich hier ein U-Boot aufhalten sollte. Hab' ich recht?«

Er begann, auf der schmalen Brückennock auf- und abzugehen. Der Exec hörte ihm zu – und die Wachmannschaft versuchte es ebenfalls.

»Als wir dahinten den Kontakt verloren haben, hätte der doch in jede Richtung verschwunden sein können, und wir waren so nahe am Strom, daß unsere Chancen, ihn wiederzufinden, noch geringer waren als die berühmte Nadel im Heuhaufen. Macht es denn dann nicht Sinn, dem Kerl *nicht zu zeigen*, daß wir wissen, daß er hier ist? Wenn er denkt, daß wir ihm auf der Spur sind, wird er erst recht versuchen, sich zu verstecken. Aber wenn er denkt, daß wir ihm auf den Leim gegangen sind, haben wir vielleicht eine Chance, ihn wiederzufinden. Ich weiß das natürlich nicht, ich improvisiere jetzt einfach mal. Aber wir wissen sehr wohl, wie die Reaktion sein würde, wenn wir das melden würden. Also werde ich Linc und den Jungs folgendes sagen: Ich hab' die Suche abgebrochen, weil ich mir Lincs Aufzeichnungen genauer ansehen und darüber – sozusagen unter uns – diskutieren will. Dann können wir herausfinden, was der nächste Schritt sein soll und wen wir darüber informieren wollen. Aber während dieser ganzen Zeit werden wir dem potentiellen Bösewicht da unten nicht verraten, daß wir wissen, daß sein Arsch da unten rumschwimmt. Wie klingt das?«

Über das Gesicht des Exec breitete sich langsam ein Grinsen: »Nicht schlecht als Improvisation. Ich nehme an, Sie möchten, daß ich das der Besatzung sage?«

Mike grinste zurück. »Ja, so ist es. Ich möchte, daß die einen richtigen Fall daraus konstruieren – Bandaufzeichnungen, Plots, Kontaktklassifizierungen – soviel überprüfbares Beweismaterial wie möglich. Sie sollen mich überzeugen, warum sie glauben, daß es ein echter Kontakt ist. Wenn sie mich überzeugen, bin ich bereit, es nach oben weiterzugeben.«

Der Exec nickte. Mike fühlte sich besser. Er glaubte zwar immer noch nicht an das Unterseeboot, aber jetzt hatte er eine Möglichkeit gefunden, seinem ASW-Team gegenüberzutreten, zumindest im Moment. Sie bemerkten beide gleichzeitig den Funkboten in der Tür des Steuerhauses.

»Capt'n«, sagte er. »Ich habe eine Mitteilung von Verband Zwölf.«

Mike nahm die Meldung entgegen und las sie durch. Sie besagte, daß die ASW-Suche abzubrechen sei und die Goldsborough heute nachmittag wieder einlaufen solle.

»›Komm-nach-Hause-Goldy‹?«, fragte der Exec.

»Ja. Trommeln Sie das ASW-Team zusammen, und erzählen Sie ihm, was ich gesagt hab' und daß sie das geheimhalten sollen. Streng geheim. Sollen ihre Leute anweisen, den Mund zu halten und nicht zu quatschen. Schärfen Sie den Offizieren und den Chiefs im CIC und im Sonar ein, daß es noch nicht vorbei ist und daß wir – wenn jetzt etwas herauskäme – wie begossene Pudel dastünden, so daß unsere einzige Möglichkeit weiterzumachen darin liegt, dichtzuhalten. Die machen das dann schon mit der Mannschaft klar. Ich muß mir überlegen, ob ich den Commodore einweihe oder nicht. Ich glaube, er könnte ein Verbündeter sein, solange wir das Ganze nicht an die große Glocke hängen.«

Der Exec nickte zustimmend. »Ich hol' sie gleich jetzt im CIC zusammen.«

Er warf einen Blick auf seine Uhr.

»Wir werden etwa vier Stunden für die Rückfahrt nach Mayport brauchen. Nächste Woche sind wir dran mit der Wartung und Reparaturen. Die Woche drauf sind wir für Übungen auf See vorgesehen. Wir haben also eine Woche, um uns etwas einfallen zu lassen.«

Mike nickte. »Ja, und um – wie ihr berühmter Detektiv – mit einem Motiv aufzuwarten, XO: Warum ist der Kerl hier? Wer ist er, und warum drückt er sich hier in den Operationsgebieten rum? Und ist er in einer Woche immer noch hier? Ich werde mit niemandem außerhalb des Schiffes darüber sprechen, solange wir auf diese Fragen keine Antworten haben.«

»Aye, aye, Sir. Wir werden in der Sache schon weiterkommen. Ich unterrichte jetzt die Mannschaft, daß wir reinfahren.«

Mike blieb noch draußen auf der Brückennock, als der Exec weg war. Der Bootsmannsmaat brachte ihm einen Papierbecher mit besonders schrecklich aussehendem, schwarzen Kaffee. Er dankte pflichtschuldig; er würde den Becher einige Minuten in den Händen halten und den Inhalt dann unbemerkt über Bord kippen.

Er grübelte über das Unterseeboot-Problem. Natürlich würde er mit dem Commodore darüber sprechen müssen, wenn sie zurück waren, aber erst mußte er hören, was seine Leute dachten. Vielleicht Montag nachmittag oder Dienstag. Er würde sich nach seiner Rückkehr beim Commodore einen Termin geben lassen. Das wichtigste nächste Woche waren die Arbeiten an der Antriebsanlage. Die Ersatzteile müßten eigentlich bei ihrer Rückkehr an dem Pier für sie bereit stehen. Drei Tage, um die Anlage auskühlen zu lassen, dann Reparaturarbeiten – eine ganze Woche lang; anschließend ein Probelauf am Wochenende – sehr zur Freude des schiffstechnischen Personals – und dann wieder raus auf See in der folgenden Woche, um zu sehen, ob alles funktionierte.

Er und der Exec hatten sich vor kurzem über einen Bericht auseinandergesetzt, den Mike über die Dampfeinlaßventile gefertigt hatte. Mike hatte darin den Leiter der Reparatureinheiten vernichtend kritisiert, und der Exec hatte sich dagegen ausgesprochen. Mike hatte zugeben müssen, daß der Exec in einem Punkt recht hatte: Es machte keinen Sinn, denjenigen in der Luft zu zerreißen, den man anschließend um Hilfe bei den technischen Problemen bitten mußte. Er hatte sich dem Rat des Exec gebeugt, hatte aber im Hinterkopf, an allen deutlich Kritik zu üben, sobald die Reparaturen ausgeführt waren. Wegen deren schlampiger Arbeit mußten die Heizer die Dampfanlage am Wochenende warmlaufen lassen, anstatt ihre knapp bemessene Freizeit mit ihren Familien verbringen zu können.

Und zwischendurch mußten sie die Unterseeboot-Sache durchdiskutieren. Er dachte an das Wochenende. Es würde – wie immer – schön sein, auf die Lucky Bag zurückzukommen, die Beine hochzulegen oder in den Clubs am Strand vorbeizuschauen. Das Bild von Diane Martinson tauchte vor seinem geistigen Auge auf. Halb hatte er versucht, die Erinnerung an sie zu verdrängen, halb hatte er sie ganz bewußt bis zum Schluß aufgehoben, um den Gedanken an ihr Zusammensein voll genießen zu können. Gleichzeitig war er sich der inneren Stimme bewußt, die ihm in aller Deutlichkeit sagte, daß er sich in Schwierigkeiten brächte, wenn er Diane wiedersehen wollte.

Wie könnten sie sich treffen? Wo? Unter welchem Vorwand? Er konnte sie nicht anrufen, und sie würde ihn vielleicht nicht anrufen wollen. Eine Sekunde verspürte er Panik bei dem Gedanken, daß sie ihn nicht anrufen würde. Lieber Himmel, als ob man wieder ein Teenager wäre. Er könnte noch mal zum

Krankenhaus fahren, um Quigley zu besuchen. Aber sie hatte gesagt, daß sie normalerweise am Wochenende keinen Dienst hatte – der Samstag war reiner Zufall gewesen. Er mußte einen Weg finden.

Er rutschte in seinem Brückenstuhl hin und her und atmete tief durch. Er konnte seine Gedanken nicht von ihr lösen. Sie war schon zu einem festen Bestandteil seines Seelenlebens geworden, und sie war – wenn ihn sein Instinkt nicht sehr täuschte – verfügbar. Nein. Das war das falsche Wort: verfügbar implizierte etwas Oberflächliches, eine Begegnung nur für eine Nacht, eine Art vorübergehender Indiskretion. Diane hingegen war von ganz anderer Art, hatte etwas von einem beständigen Wert an sich, eine Frau mit Herz und Verstand, ein menschliches Gebilde, das im Begriff war, sich von seinen Grundfesten zu lösen. Er erkannte, daß seine Beziehung zu dieser Frau weiterführende Konsequenzen haben könnte als die, die sich aus der Tatsache ergaben, daß sie schon verheiratet war, und zwar mit dem Boß seines Bosses. Aber wenn er darüber nachdachte, fühlte er eine ziemlich starke Erregung. Der Leitende Ingenieur kam mit einem Stapel Reparaturaufträge unter dem Arm auf die Brückennock heraus. Die Gedanken an Diane traten in den Hintergrund, als Mike sich wieder der Arbeit zuwandte.

KAPITEL ACHTUNDZWANZIG

AL AKRAB, Operationsgebiet Jacksonville,
Freitag, 25. April, 13 Uhr 30

Das plötzliche Schweigen war ohrenbetäubend. Das Sonar des Feindes war verstummt. Dafür war jetzt wieder das Quietschen und Knarren zu hören. Der Kommandant drehte sich zu dem Sonarmann um.

»Meldung.«

»Kommandant, der feindliche Zerstörer ist steuerbord achteraus zu hören. Er hat das Sektor-Pingen eingestellt. Kaum Kavitation. Ich – Moment! Er ist wieder im Rundum-Modus!«

Ein entferntes, klingelndes Geräusch, das sich deutlich von dem langgezogenen und viel lauteren Sektor-Pingen abhob, durchdrang die Zentrale.

»Das Pingen weist Doppler-tief aus. Er fährt von uns weg, Kommandant – in die andere Richtung.«

Der Kommandant nickte schweigend. Seine Hände hielten die Reling, die um das Periskop lief, so fest umklammert, daß es schmerzte. Er zwang sich, etwas zu entspannen.

»Ich werde jetzt eine Tasse Tee trinken«, verkündete der Kommandant. Diese Ankündigung hatte den gewünschten Effekt, die Anspannung zu mildern. Der Kommandant würde keinen Tee bestellen, solange die Gefahr nicht vorbei war.

»Empfehle, auf achtzig Meter zu gehen«, rief der Musaid.

»Genehmigt. Tiefe achtzig Meter. Während der nächsten Stunde Richtung Osten bei fünf Knoten, dann gehen wir nach Süden.«

Ein Aufatmen ging durch die Zentrale. Niemand taucht gern auf einhundertunddreißig Meter Tiefe hinab, wenn es nicht unbedingt sein muß. Es gab kaum einen Sicherheitsspielraum, falls etwas schiefging, wobei die Gefahr einer Kollision mit dem Meeresboden ebensogroß war wie die eines Lecks. Aus fünfundachtzig Metern Tiefe war es wesentlich einfacher, an die Wasseroberfläche zu gelangen, wenn etwas ausfiel, als aus einhundertunddreißig Metern. Der Kommandant setzte sich über diese Sorgen seiner Mannschaft hinweg: Nach den Unterlagen war die Al Akrab so konstruiert, daß sie einem Wasserdruck von zweihundert Metern – oder mehr als sechshundert Fuß – Tiefe standhalten konnte. Wenn das Meer tief genug gewesen wäre, hätte er nicht gezögert, auf zweihundert Meter hinunterzugehen, nur um der Besatzung zu demonstrieren, was das Boot aushielt. Er nahm einen Becher Tee entgegen und ging hinüber, um sich das Plot anzusehen. Die Wachposten in der Zentrale wurden abgelöst. Sie sprachen leise über die Begegnung mit dem Zerstörer. Dem Stellvertreter war anzusehen, daß er besorgt war. Der Kommandant warf ihm einen Blick zu.

»Ja?«

»Kommandant«, die Worte sprudelten nur so hervor, »Kommandant, der Täuschkörper, jetzt wissen sie genau . . .«

»Sprecht leise! Sie wissen überhaupt nichts«, unterbrach der Kommandant ihn schroff. »Wenn sie geglaubt hätten, es sei ein Täuschkörper, hätten sie nicht abgedreht und ihre Rundumsuche wieder aufgenommen. Sie hätten die üblichen Verfahren zur Ortung eines verlorenen Kontaktes eingeleitet – konzentrierte Suchaktion, Sektor-Pingen, Anforderung eines Hubschraubers, alles mögliche –, aber niemals hätten sie abgedreht. Sie sind nicht hinter uns her. Das sind keine Jäger. Es sind noch nicht mal Krieger. Ich sage Euch voraus, daß sie – wie immer – wegen ihres langen Sabbats wieder in den Hafen einlaufen werden.«

Der Stellvertreter hätte das gern geglaubt, aber die vielen Jahre als politischer Offizier hatten ihn mißtrauisch gemacht. Er beugte sich nach vorne.

»Kommandant«, flüsterte er eindringlich, »erst haben sie nichts gemacht, dann kamen sie auf uns zu und haben ihre Sonarfrequenz geändert. Sie sind genau unsere Peilung abgefahren. Wir sind geflüchtet und haben einen Antwortsender-Täuschkörper ausgesetzt. Den haben sie eineinhalb Minuten angepingt – dann war alles still. Danach haben sie abgedreht. Das Ende dieser Sequenz ist nicht so, wie man es hätte erwarten können, aber die Reihenfolge an sich ist signifikant.«

Der Kommandant schüttelte ungeduldig den Kopf. »Und ich sage Euch, daß das nicht stimmt. Kein Zerstörer, der einem

Unterseeboot auf der Spur ist, würde einen Einsatz abbrechen, wenn er auch nur im entferntesten daran glaubte, daß ein Täuschkörper abgefeuert worden sei – das hätte doch die Existenz eines Unterseebootes nur bestätigt! Glaubt mir, dieses Schiff ist überhaupt nicht auf der Suche. Es hatte einen Kontakt geortet, ihn als ›möglichen‹ klassifiziert, den Kontakt wieder verloren, ihn als falschen Alarm klassifiziert – und abgebrochen. Das ist alles. Wir sind immer noch unentdeckt und können beliebig operieren – wann und wo wir wollen. Unser nächstes Operationsziel ist die Planung für das Abwerfen der Minen in der Flußmündung. Wir werden die Minen ein oder zwei Nächte vor dem Tag des Angriffs legen. Eure vordringliche Aufgabe ist es jetzt, unsere Annäherungsfahrt sowie die Manöver, die erforderlich sind, um das Minenfeld zu legen, zu planen.«

Der Stellvertreter trat einen Schritt zurück. »Kommandant. Wie Ihr befehlt«, sagte er förmlich.

»Ausgezeichnet.«

Der Kommandant bedeutete dem Stellvertreter mit einer Handbewegung, daß er entlassen sei. Der Stellvertreter ging nach vorn, um den Operationsoffizier zu finden. Der Musaid trat näher. Der Kommandant bemerkte, daß der alte Mann sehr müde aussah. Ein heißes Schuldgefühl durchfloß ihn: Der Musaid hatte seinen Befehl, die Zentrale zu überwachen, zu wörtlich genommen, und er selbst hatte vergessen, daß er sich darum kümmern wollte.

»Du mußt dich ausruhen, Musaid«, sagte der Kommandant.

»Mein Platz ist hier, wie du befohlen hast.«

Der Kommandant winkte ab – sein früherer Befehl und seine entsetzliche Drohung, Leute, die einen Fehler begingen, zu erschießen, war damit als erledigt zu betrachten.

»Ich befehle dir, acht Stunden schlafen zu gehen. Ruh dich aus. Die Mannschaft ist jetzt wieder hellwach; die Offiziere reagieren.«

Seine Augen verengten sich für einen Moment, als er sich an das Manöver des Wachoffiziers vor fünfundvierzig Minuten erinnerte.

»Mit der Ausnahme, daß Achmed mich hätte rufen sollen,

bevor er die Geschwindigkeit erhöhte und somit einen Doppler produzierte, der vorher nicht da war. Er hätte zuerst tiefer gehen müssen.«

Der Musaid warf dem Kommandanten einen schmerzlichen Blick zu.

»Aber er hat wenigstens etwas getan, Kommandant. Er hat nicht nur einfach dagesessen. Und dadurch, daß er wegfuhr, hat er den Abstand zum näherkommenden Feind beibehalten. Wenn du ihn jetzt bestrafst, wird keiner von ihnen jemals wieder initiativ werden.«

Der Kommandant warf dem Musaid einen strengen Blick zu, nickte dann aber.

»Du sprichst die Wahrheit. Wir werden den Vorfall in einer Einsatzbesprechung diskutieren. Ich habe den Stellvertreter angewiesen, die Minenoperation zu planen. Ich hätte gern deine Meinung, wenn der Plan fertig ist.«

»Wie du befiehlst.«

»So geh denn und ruhe dich aus. Ich brauche dich und deinen Verstand voll einsatzfähig, wenn es um die Planung des nächsten Schrittes geht. Ich spüre, daß der Tag des Angriffs nicht mehr fern ist. Glaubst du, daß der Täuschkörper ein Fehler war?«

Der Musaid blickte auf den Plottisch nieder. Diese Frage kam überraschend für ihn.

»Es war ein kalkuliertes Risiko«, antwortete er. »An der Reaktion des Feindes war nicht zu erkennen, daß er einen Täuschkörper entdeckt hätte, sondern nur einen weiteren Kontakt. Einen unter vielen; einen am Rande des großen Golfstroms. Es war ein Risiko – aber anscheinend hat es funktioniert.«

Der Kommandant war beruhigt. Das war er immer, wenn der Musaid mit ihm übereinstimmte. Dieser winselnde Stellvertreter war ein Politischer Offizier, kein Unterseebootfahrer. Der Musaid hingegen war – wie er – im Herzen ein Krieger. Krieger gingen Risiken ein.

»Aber wir hatten keine Gefechtsstufe vorgesehen«, merkte der Musaid an, und die kurzzeitige euphorische Wallung des Kommandanten löste sich in nichts auf.

Der PUO hatte völlig recht. Sie hätten die Gefechtsstation einnehmen müssen. Wenn es dazu gekommen wäre, hätten sie vielleicht kämpfen müssen – und er war so mit dem Entkommen beschäftigt gewesen, daß er darüber vergessen hatte, das Boot in Gefechtszustand zu versetzen. Das war ein schwerwiegendes Versäumnis gewesen. Der Kommandant nickte langsam, dankbar, daß der Musaid seine Stimme nicht erhoben hatte. Ob die anderen Offiziere den Fehler bemerkt hatten? Sie würden es – später. Er mußte es in der Einsatzbesprechung thematisieren. Sie alle mußten ihr Bewußtsein für Verfahrensabläufe schärfen. Irgend jemand hätte das Einnehmen der Gefechtsstation empfehlen müssen.

»Du mußt sie loben, sie ermutigen«, sagte der Musaid, als könnte er seine Gedanken lesen. »Sie fürchten dich – und deine Drohung, den nächsten, der einen Fehler macht, zu erschießen, hat ihre Eigeninitiative gelähmt. Ermuntere sie, Empfehlungen auszusprechen. Dann werden sie an die Dinge denken, die du im Eifer des Gefechts vielleicht vergißt. Das ist der richtige Weg.«

Wieder nickte der Kommandant. Er würde sich das durch den Kopf gehen lassen. Der Musaid salutierte und verließ die Zentrale. Der Kommandant ging zur Sonar-Konsole zurück und berührte den Sonar-Mann an der Schulter. Der reichte ihm die Kopfhörer. Dort, in der Entfernung, bewegten sich die langgezogenen, klingelnden Geräusche der aufeinanderfolgenden Signalimpulse auf der Dopplerskala sachte nach unten, als der Zerstörer sich von ihnen entfernte. Die rauhen Hintergrundgeräusche des Golfstroms überlagerten das Pingen des Feindes unaufhörlich, sogar als sie die Al Akrab in eine Art lebenden Geräuschumhang eingehüllt hatten. Dadurch wurde der entscheidende Vorteil eines Unterseebootes, der darin bestand, Teil der umgebenden See zu sein, ›unter‹ statt ›über‹ Wasser zu fahren, noch verstärkt.

KAPITEL NEUNUNDZWANZIG

Marinestützpunkt Mayport,
Freitag, 25. April, 21 Uhr

Mike ging schnellen Schrittes den Kai hinunter zum Hauptquartier des Verbandes Zwölf. Er bewegte sich im bernsteinfarbenen Halogenlicht der Straßenlaternen. Die Piers lagen durch die Vielzahl grauer Kriegsschiffe, die daran festgemacht hatten, im Dunkeln. Der diensthabende Wachoffizier de Schwadron hatte sie bei der Ankunft im Hafen erwartet und die Nachricht weitergegeben, daß der Verband eine abschließende Einsatzbesprechung mit dem Captain nach Einlaufen der Goldsborough anberaumt hatte. Er hatte weiter mitgeteilt, daß dem Public Affairs Officer gesagt worden war, er solle noch die Ankunft des Kommandanten der Goldsborough abwarten. Mike wäre es lieber gewesen, vor dem Verband erst mit dem Commodore zu sprechen. Aber der war auf See mit der Bewertung eines Maschinenprobelaufs auf einem anderen Schiff beschäftigt und wurde erst morgen nachmittag zurückerwartet. Mike hatte den Wachoffizier gefragt, ob der PAO nicht auf das Schiff kommen könne, aber der hatte Mike empfohlen, besser hinüberzugehen.

»Er sagte, daß er nicht aufs Schiff rüberkommen könne«, hatte der junge Lieutenant berichtet. »Es könnten noch andere Sachen anstehen, weil der Admiral und der Chef des Stabes noch im Büro waren.«

Das veränderte die Sachlage völlig. Mike hatte sich eine frischgewaschene Uniform angezogen und – sobald die Stelling befestigt war – auf den Weg zum weißen Hauptquartiersgebäude gemacht. Wenn die Bosse schon wegen der Goldsborough so lange im Büro blieben, wollte er die nächtlichen Dienstzeiten nicht noch unnötig verlängern.

Als er jedoch beim Hauptquartier ankam, war er überrascht, daß noch ziemlich viel los war. Die meisten Büros waren noch besetzt. Stabsoffiziere kamen und gingen. Am Empfang informierte ihn der Verwaltungsoffizier des Stabes, daß es eine Kollision zwischen einem der Träger und einem Versorgungsschiff gegeben habe. Es sei erheblicher Sachschaden entstanden, und es habe eine Reihe von Verletzten gegeben. Mike verzog bei dieser Nachricht das Gesicht. Eine Kollision auf See war immer eine böse Geschichte. Für einen kurzen Moment verspürte er – wenn auch mit schlechtem Gewissen – ein Gefühl der Erleichterung, daß die ganze Aufregung diesmal nichts mit der Goldy zu tun hatte. Der Verwaltungsoffizier wies ihm die Richtung zum Büro des PAO. Er ging den Flur hinunter. Zwei Stabsoffiziere, die auf dem Weg zum Büro des Admirals waren, grüßten ihn, und er erwiderte ihren Gruß. Mike wußte, daß das Büro von Captain Martinson direkt rechts neben dem des Admirals lag. Als er an den Büros der beiden Befehlshaber vorbeiging, hoffte er, daß er nur dem PAO Bericht erstatten und dann wieder verschwinden konnte, ohne bei Martinson oder dem Admiral vorstellig werden zu müssen.

Das Büro des PAO lag am Ende des Flurs. Der PAO, ein langer, dünner Mann, der einen Haarschnitt gebrauchen konnte, telefonierte gerade. Er winkte Mike hinein und wies auf einen Stuhl. Der Unterhaltung konnte Mike entnehmen, daß er mit seinem Counterpart im Stab des Navy-Hauptquartiers in Norfolk sprach. Er wartete geduldig, bis das Gespräch beendet war.

»Da haben wir's«, sagte Lieutenant Commander Fishburne. »Norfolk geht einem fast genauso auf die Nerven wie die sogenannte Berufspresse. Haben Sie von der Coral Sea gehört?«

»Gerade«, erwiderte Mike, »wie schlimm sieht es aus?«

»Die ersten Meldungen bieten keinen Anlaß zum Jubeln. Sie lag längsseits an der Susquehana, und dann kam es auf dem Versorger zu einem Stromausfall. Zunächst trieben sie auseinander, krachten dann aber mit den Seiten gegeneinander, wobei der Öl-Versorger an der Steuerbordseite der Coral Sea entlangscheuerte. Dabei wurden einige Kraftstoffschläuche abgerissen, und ein Feuer brach aus. Einige Jungs auf dem Versorger und ein Hubschrauber mit vollständiger Flugbesatzung wurden dabei über Bord geschleudert. Das wird uns also eine ganze Weile beschäftigen. Die Presse hat schon Wind davon bekommen, und die Angehörigen rücken uns jetzt auch auf die Pelle.«

»Tut mir leid, das zu hören. Dagegen scheint mein Phantom-Unterseeboot 'ne ziemlich harmlose Geschichte zu sein.«

Der PAO verzog das Gesicht zu einem Grinsen: »Nur solange Sie keins gefunden haben.«

»Sie haben meinen letzten Situationsbericht von heute morgen erhalten?«

»Ja, Sir – und wir haben heute nachmittag einen abschließenden Bericht für die lokale Presse freigegeben, der die ganze Angelegenheit hoffentlich beenden wird – es sei denn, Sie haben noch was Neues für uns . . .«

»Nein, nein«, sagte Mike hastig und stand auf. »Mir scheint, daß Sie hier auch so genug zu tun haben. Ich sehe zu, daß ich auf mein Schiff zurückkomme.«

Der PAO stand ebenfalls auf.

»Vielen Dank, daß Sie hergekommen sind, Capt'n. Normalerweise wäre ich zu Ihnen gekommen, aber . . .«

Er wurde durch das Läuten des Telefons unterbrochen. Mike winkte ihm im Hinausgehen zu. Er ging den langen Flur hinunter und verließ das Gebäude durch den Seitenausgang, um die Büros der beiden Bosse zu vermeiden. Er überquerte gerade den dunklen Parkplatz, als ihn aus dem Dunklen eine Stimme anrief:

»Hallo, Fremder.«

Mike drehte sich um und sah Diane Martinson, die ihn aus dem Fahrersitz des Volvos anlächelte. Er änderte schnell seine Richtung und ging zu ihr hinüber.

»Wie ich sehe, hat man den Prachtkerl ja wieder trockengelegt und ins Laufen gebracht«, sagte er.

Sie saß hinter dem Lenkrad. Ihre Gesichtszüge waren in dem schwachen Lichtschein, der vom Bürogebäude reflektiert wurde, nur undeutlich zu sehen.

»Genau das haben sie gemacht«, erwiderte sie. »Sie haben ihn für einige Stunden in eine Trockenkammer gestellt, und jetzt läuft er wieder prima. Ich warte auf J. W. – anscheinend herrscht drinnen helle Aufregung.«

»Stimmt. Ich hab' auch eben erst davon erfahren. Die Coral Sea und die Susquehana sind ziemlich hart aneinandergeraten. Das könnte eine lange Nacht für die vom Stab werden.«

»O Gott«, sagte sie seufzend.

Die Bedeutung einer Kollision auf See war ihr völlig klar, vor allem, wenn ein Flugzeugträger darin verwickelt war. Es entstand ein kurzer Moment des Schweigens zwischen ihnen, das Mike schnell brechen wollte, bevor es seine wahren Gefühle verriet.

»Also – der Volvo läuft wieder, und Sie brauchen kein schlechtes Gewissen mehr zu haben.«

Er hätte sich gerne tiefer hinuntergebeugt, um sie besser zu sehen, aber auf dem fast leeren Parkplatz fühlte er sich beobachtet. Sie schaute mit spitzbübischem Gesichtsausdruck lächelnd zu ihm auf.

»Jedenfalls nicht wegen des Wagens.«

Er lachte nervös.

»Märchenstunde gut gelaufen?« erkundigte er sich.

Ohne daß er es wollte, verriet seine Stimme sein Unbehagen. Plötzlich war er verärgert über sich selbst. Auf See hatte er die ganze Zeit an sie gedacht, und jetzt, wo er ihr gegenüberstand, hatte er nur den einen Wunsch, davonzulaufen, bevor jemand den Kopf aus dem Fenster steckte und sie zusammen sah. Ihr Gesicht nahm einen neutralen Ausdruck an.

»Die Märchenstunde ist gut gelaufen. Die Lüge hat mich zwar belastet, aber nichts an der Tatsache geändert, daß ich Sie wiedersehen möchte.«

Sie streckte ihre Hand aus und legte sie auf seine, mit der er sich auf dem offenen Wagenfenster abgestützt hatte.

»Und ich hätte das sehr gerne arrangiert, bevor Sie völlig verschreckt von diesem Parkplatz stürzen.«

Er errötete, denn intuitiv hatte sie seine Gefühle richtig gedeutet. Er spürte ihre warme Hand auf seiner und legte unwillkürlich seine andere Hand darauf. In der Dunkelheit schienen ihre Augen groß und glänzend. Eine Welle der Begierde erfaßte ihn, und er hätte am liebsten an Ort und Stelle mit ihr geschlafen. Sie sah, wie sich sein Gesichtsausdruck veränderte, und sie deutete ihn richtig. Sie starrten sich einen langen Moment an. Die gegenseitig gehegten Zweifel verblaßten angesichts dieses plötzlichen, dringenden Bedürfnisses. Sie legte einen Finger auf ihre Lippen.

»Nein, sprechen Sie es nicht aus, sagen Sie nichts – nur wann.«

»Morgen abend? Auf dem Boot?« sagte er leise.

»Ja. Ich werde dort sein. Ich weiß nicht wann, aber ich werde kommen.« Ihre Stimme klang rauh.

Stimmen klangen von der Eingangstür des Hauptquartiers herüber, und ein plötzlicher Lichtschein drang aus dem Flur nach draußen. Mike richtete sich auf, drückte ihre Hand und verschwand in der Dunkelheit zwischen den Gebäuden. In seinem Kopf drehte sich alles. Was hatte es nur mit dieser Frau auf sich? Er war kurz davor gewesen, zu ihr ins Auto zu steigen und sich über sämtliche Konsequenzen hinwegzusetzen. Angst und Begierde kämpften gleichermaßen in ihm. Hatte jemand sie vom Büro aus beobachtet? Hatte Martinson aus dem Fenster gesehen, um festzustellen, ob seine Frau auf ihn wartete, und sie zusammen gesehen? Inwieweit lag ihr Reiz in der verbotenen Natur ihrer Beziehung? Ihm war bekannt, daß einige Leute just aus diesem Grunde Affären hatten – eben weil sie verboten und deshalb viel aufregender als die eheliche Routine waren.

Aber Diane ist anders, sagte er zu sich selbst. Dieser lange, tiefe Blick zwischen ihnen hatte alles verändert. Die vorbehaltlose Diskussion über ihre Sehnsucht nach einem Freund, nach jemandem, dem sie sich anvertrauen und der ihr Trost spenden konnte, war in den Hintergrund gedrängt worden. In diesem Moment war die Sache viel unkomplizierter: Er begehrte sie und sie ihn. Der Blick, den sie durch das Autofenster gewechselt hatten, hatte eine Botschaft übermittelt und bestätigt, die bloße Worte überstieg. Eine freudige Erwartung erfüllte ihn.

Er schüttelte den Kopf, um seine Gedanken zu ordnen, und ging schnellen Schrittes an den Piers vorbei zurück zum Schiff. Er versuchte, sich gedanklich darauf zu konzentrieren, das Schiff für die nächste Woche vorzubereiten. Wenigstens das unterstand noch seiner Kontrolle. Sein Privatleben hingegen schien dieser unerwartet und schnell zu entgleiten.

KAPITEL DREISSIG

USS GOLDSBOROUGH, Marinestützpunkt Mayport, Freitag, 25. April, 22 Uhr

Als er am Schiff ankam, war die Goldsborough mit der Backbordseite am Pier vertäut. Mike ging über das Achterdeck zur Außenbordseite, um dem Pulk von Seeleuten auszuweichen, die Landverbindungs-Elektrokabel und Dampfleitungen von dem Pier zum Schiff hinüberreichten. Der Exec holte ihn mittschiffs auf Deck 01 ein, als er sich gerade einen Weg durch den Kabelsalat bahnte.

»Is' alles gut gelaufen, Skipper?« fragte er.

»Jaah«, erwiderte Mike gedehnt. »Letztlich waren sie gar nicht so sehr an uns interessiert.« Er berichtete von den Neuigkeiten über die Coral Sea, während weiter nach vorne gingen.

»Verdammt. Das klingt ja wirklich so, als ob sie da draußen dick in der Scheiße hängen. Sie hätte in wenigen Wochen hier zurück sein sollen. Ich frage mich, ob sie sie vorzeitig reinbringen werden. Mein Nachbar gehört zur MPA-Besatzung. Seine Frau ist schon ein Nervenbündel, wenn das Schiff nur für einige Monate auf See ist. Jetzt wird sie völlig durchdrehen.«

Sie gingen durch den Gang, der zum Funkraum führte, zur Kabine des Captain. Der Exec ging hinter Mike; in dem engen Gang konnte man nicht nebeneinander hergehen. Mike schmiß seine Mütze auf die Ablage der Koje und setzte sich hin. Hooker krächzte einige Obszönitäten aus seiner Kabinenecke.

»Du mich auch«, sagte Mike. Der XO blieb stehen. Er hielt einige Schnellhefter mit Unterlagen in der Hand.

»So. Haben wir alles stillgelegt?« fragte Mike.

»Ja, Sir. Im Moment laufen wir auf den Dieseln. Wir erwarten die Stromversorgung von Land aus in etwa einer halben Stunde. Hier ist ein ganzer Packen Papierkram, der sich die Woche über angesammelt hat. Bis Montag muß der abgezeichnet sein und rausgehen. Wenn möglich, möchte Linc Sie heute abend auch noch sehen, bevor Sie sich davonmachen.«

Mike runzelte die Stirn. Es war zweiundzwanzig Uhr, und er

war müde. Ihm war nicht nach einer Diskussion mit seinem ASW-Offizier zumute, vor allem weil Linc von ihm bestimmt eine Erklärung erwartete, warum sie heute nachmittag den Kontakt abgebrochen hatten. Der Erste Offizier sah den Ausdruck in Mikes Gesicht.

»Ich habe Linc gesagt, daß er fünf Minuten haben könnte«, ergänzte er schnell, »und daß er hier nicht aufgebracht und verärgert reinstürmen soll.«

»Er war enttäuscht, daß wir abgebrochen haben, nicht?«

»Ja, Sir. Aber für einen jungen Offizier ist er schon sehr professionell. Er hat sich ganz schön in die Sache reingekniet, und er glaubt wirklich, daß wir da draußen was hatten.«

»Wie soll ich mich verhalten? Was empfehlen Sie?«

»So, wie wir es vorher besprochen haben. Ich glaube, er will nur eine Rückversicherung, daß Sie das Ganze nicht abblasen. Er hat seine ganzen Karten und Aufzeichnungen fertig, aber ich habe ihm schon gesagt, daß das warten müsse.«

»Ich kann ja morgen noch mal reinkommen«, sagte Mike. »Aber der Gedanke, ihn und seinen Chief an einem Samstag nach einer Woche auf See einzubestellen, behagt mir gar nicht. Die Frauen werden dann auch immer ganz schön sauer.«

Der Exec lachte: »Was Sie nicht sagen.«

Er selbst brachte – wie fast alle Ersten bei der Navy – fast jeden Samstagmorgen ein paar ungestörte Stunden mit Verwaltungsarbeiten an Bord zu.

»Okay, ich red' mit ihm. Und dann schnapp' ich mir diesen unhöflichen Vogel und bewege meinen müden Arsch nach Hause, Richtung Hausboot. Legen Sie den Kram in meinen Eingangskorb. Wollen Sie mit dabeisein?«

Der Exec dachte einen Moment darüber nach, ob Mike ihn gerne dabei haben wollte oder ob er nur höflich sein wollte.

»Captain, ich glaube, er möchte das gerne von Ihnen hören. Ich habe heute nachmittag den Boden schon soweit vorbereitet, aber ich glaube, er will einfach sicher sein, daß wir ihn nicht außen vor lassen.«

Mike nickte und setzte eine gekränkte Miene auf. »Sie sind ganz schön hart, XO. Lassen ihren armen alten CO mit all dem allein und setzen ihn den Schleudern und Pfeilen eines beleidigten J. O. (Junior Officer) aus. Ich glaube, niemand liebt mich außer meinem Papagei, und der kackt die ganze Zeit auf den Teppich. Das werd' ich mir für den nächsten Tauglichkeitsbericht merken!«

Der Exec grinste ihn an: »Ja, Sir. Ich schick' ihn hoch.«

Er verließ die Kabine, und Mike ging zu der Stange hinüber und nahm seinen Papagei hoch.

»Hallo, Vogel«, sagte er.

Er kratzte die glänzenden Rückenfedern im Nacken des Papageis. Hooker schaute mit seitlich gesenktem Kopf zu ihm hoch, schloß die Augen und konzentrierte sich ganz auf das Streicheln. Mike stand an dem einzigen Bullauge seiner Kabine und blickte über das im Mondschein glitzernde Wasser des Hafenbeckens. Die massige Silhouette des Superträgers Saratoga überragte das Hafenbecken; die Einzelheiten des Sechsundneunzigtausend-Tonnen-Monsters verloren sich im Schatten seines eigenen vorstehenden Flugdecks.

Er hatte Mitgefühl mit dem Captain der Coral Sea, des anderen in Mayport stationierten Trägers, der jetzt das ganze Spektakel einer Havarieuntersuchung über sich ergehen lassen mußte, obwohl es so klang, als sei es ausschließlich der Fehler des Versorgungsschiffes gewesen. Trotzdem – er hatte einige seiner Leute verloren und einen Hubschrauber. Er erinnerte sich nur zu gut an das Gefühl in seiner Magengrube während der Tage seiner eigenen Kollisions-Untersuchung. Es klopfte an der Tür hinter ihm.

»Herein«, rief er.

Lincoln Howard trat durch die Tür. Howard war der einzige schwarze Offizier an Bord. Er war mittelgroß und schlank. Sein ruhiges, würdevolles Auftreten entsprach nicht seinem jugendlichen Alter. Er hatte die Marineakademie absolviert und war ein hochintelligenter junger Mann. Seine Mutter und sein Vater waren beide Beamte in Washington, und jedes ihrer fünf Kinder war beruflich erfolgreich. Mike hielt ihn für einen der fähigsten Offiziere in der Messe, und so dachten auch die meisten anderen an Bord.

»Linc, setzen Sie sich bitte«, sagte Mike. »Ich schätze es, daß Sie heute noch so lange hiergeblieben sind, weil Sie über unser kleines Geheimnis da draußen sprechen wollen.«

Linc räusperte sich nervös. Er begegnete den älteren Offizieren an Bord immer mit ausgesuchter Höflichkeit und großem Respekt. Das ging soweit, daß sie jetzt schon darauf achteten, ihn nicht zu sehr aufzuziehen, weil er dazu neigte, sich die Dinge zu Herzen zu nehmen. Er saß fast in ›Hab-Acht-Stellung‹ auf dem Rand der Couch, die das zusammenklappbare Kojenbett des Captains verbarg.

»Ich danke Ihnen, Sir, daß Sie mich heute abend noch vorgelassen haben.«

Da er anscheinend eine ausgearbeitete Rede vorbereitet hatte, unterbrach ihn Mike, der noch stehengeblieben war, sofort. Der Papagei lag in seiner linken Armbeuge.

»Ich weiß, daß ihr Jungs enttäuscht wart, als ich die Sache heute abgebrochen habe, aber es war keine leichtfertige Entscheidung. Ich glaube, das hat der XO bereits erklärt.«

»Ja, Sir, das hat er, und ich glaube, ich verstehe Ihre Absicht.«

»Okay, so weit, so gut. Und wenn Sie morgen früh oder am Montag reinkommen möchten, bin ich bereit, mir Ihre Logik anzuhören und die Beweise dafür, daß wir einen richtigen Kontakt hatten, anzusehen. Aber im Moment interessiert mich nur Ihre persönliche, professionelle Meinung: Glauben Sie wirklich, daß dieser Kontakt ein Unterseeboot war?«

Linc räusperte sich noch einmal und ergriff die Gelegenheit beim Schopfe.

»Ja, Sir, das glaube ich. Ich weiß, daß ich noch über keine große Erfahrung verfüge, und ich muß zugeben, daß ich noch nie ein diesel-elektrisches Unterseeboot im Sonar hatte. Aber dieser Kontakt war anders als alles, was wir bisher dort draußen gesehen haben. Wir haben schon vorher einige solide Kontakte gehabt, aber die sind jedesmal, nachdem wie nur wenige Minuten gepingt haben, wieder irgendwie verschwunden. Die erfahrenen Sonar-Männer kennen den Unterschied: Sie können normalerweise schon über den akustischen Kanal feststellen, ob es sich um Meeresleben, einen schlammigen Untergrund oder eine starke Thermalschicht handelt. Aber, Capt'n, beim ersten Ping, den wir diesem Kerl hinterhergejagt haben, hat jeder in der Sonar-Zentrale aufgehorcht, und nach ein paar weiteren hat sich der Chief selbst drangesetzt. Es war fast wie beim ASW-Training – Sie wissen schon, diese Übungsbänder, auf denen die Kontakte immer perfekt sind. Genauso hat es sich angehört. Und wir hatten eine Doppler-Veränderung, *nachdem* wir Kontakt gehalten hatten. Darin liegt das Besondere. Der Kontakt hat reagiert, als wir ihm auf die Spur kamen.«

Mike schritt in dem engen Gang zwischen seinem Schreibtisch und dem Ende der Kabine hin und her.

»Und dann habt ihr ihn verloren«, sagte Mike. Er bedauerte seine Wortwahl fast augenblicklich, denn es klang wie ein Vorwurf, und er sah das betroffene Aufleuchten in Lincs Augen.

»Ich hab' das nicht so gemeint, wie es sich anhört: Es war nicht möglich, den Kontakt zu halten.«

»Ja, Sir. Das stimmt. Aber das hatte der Chief schon vorhergesagt. Wir waren genau an den Rändern des Stroms. Jeder solide Kontakt in diesen Gewässern war reiner Zufall – wir wußten, daß er in einen Thermalstrudel entschlüpfen und abtauchen konnte. Sie werden sich erinnern, daß wir gemeldet hatten, daß der Kontakt wegen der Schichten intermittierend war. Aber als wir ihn hatten, war er solide. Die Echos waren unglaublich deutlich. Die Tatsache, daß wir einen Kontakt von solcher Qualität an den Rändern des Stroms hatten, ist eigentlich schon Beweis genug für einen echten Kontakt, weil das ganze Zeug, auf das wir dort draußen stoßen, nur wenige Pings überdauert hätte. Und dann gab's natürlich auch noch den Bold.«

Mike nickte zustimmend und nahm in seinem Schreibtischstuhl Platz. Er hielt den Papagei über den Abfallkorb, und der Vogel dankte es ihm mit einem zielgenauen Bömbchen.

»Guter Vogel«, sagte der Papagei. Linc grinste und seine Anspannung ließ etwas nach.

»Was wir brauchen, Linc«, sagte Mike schließlich, »ist eine äußerst überzeugende Rekonstruktion dieses Vorfalls, denn wenn Sie glauben, *ich* sei skeptisch, dann warten Sie mal ab, was passiert, wenn ich das einigen Stabsoffizieren vorlege.«

»Wir hätten ein besseres Ergebnis erzielen können, wenn wir länger drangeblieben wären«, sagte Linc. Seine Hände kneteten nervös die Falten seiner Khakihosen, als ihm plötzlich bewußt wurde, daß seine letzte Bemerkung wie ein Tadel an seinem Captain klang.

»Das verstehe ich, Linc, aber ich hatte meine Gründe. Erstens war es sehr unwahrscheinlich, daß ihr den Kontakt wiederherstellen könntet, und zweitens wollte ich Zeit zum Nachdenken haben. Vom ersten Tag an habe ich dieser Geschichte über ein geheimnisvolles Unterseeboot keinen Glauben geschenkt – dann kommt aus blauem Himmel vom Sonar die Meldung, daß ihr glaubt, einen echten Kontakt zu haben. Drittens hätten wir – wie bei Kontaktverlust üblich – weiter da unten rumgepingt, was – und ich denke, darüber sind wir uns einig – wegen unseres Standortes und weil es ein Unterseeboot war – ein ziemlich aussichtsloses Unterfangen gewesen wäre, hätten wir verraten, daß wir ihn entdeckt hatten. Und jetzt denken Sie mal darüber nach: Wir befinden uns nicht im Krieg, warum sollten sich also so ein Kerl in unser Flottenübungsgebiet schleichen? Wenn es ein Unterseeboot ist, wem gehört es? Welchen Auftrag hat es? Könnte es vielleicht eins von unseren auf geheimer Mission sein? Und wenn es das nicht ist, wären wir vielleicht geradewegs in einen Hinterhalt geraten? Und schließlich, was machen Sie zuerst, wenn Sie glauben, daß Sie ein Feuer entdeckt haben?«

»Die Feuerwehr rufen«, antwortete Linc.

»Richtig, und wir sind nicht die ASW-Feuerwehr. Wir sind ein waschechter Kanonenrohr-Zerstörer mit aufmontierten Geschützen und einem antiken, aktiven Sonar.«

Mike hielt inne, um seine Gedanken zu ordnen.

»Als nächstes möchte ich, daß ihr Jungs eine Präsentation vorbereitet, aus der unsere Position und der Kontaktverlauf ersichtlich werden und die auch das audio-visuelle Zeug beinhaltet, mit dem Sie die anderen Kontakte, die wir während der Woche hatten, darstellen – dagegen dann den von heute und natürlich den, von dem Sie annehmen, daß es ein Täuschkörper gewesen ist. Es muß Ihnen gelingen, herauszustellen, daß diese beiden Kontakte einzigartig waren. Was mich betrifft, werde ich als erstes mit dem Commodore darüber reden. Ob er dem nachgehen möchte oder nicht, d. h. seine Entscheidung, wird von unserer Glaubwürdigkeit und der zu erwartenden, politischen Reaktion seitens des Stabes und der höheren Tiere in Norfolk abhängen. Sie sollten sich darüber klar sein, daß, wenn er beschließt, es nach oben weiterzugeben, Sie ihre Bänder zur richtigen technischen Analyse ins Klassifizierungszentrum nach Norfolk schicken müssen.

Zweitens: Abhängig davon, wie weit wir in dieser Sache gehen wollen, müssen wir eine Verteidigungsargumentation aufbauen: Wenn wir glaubten, einen nicht identifizierten Sonarkontakt zu haben, warum haben wir ihn dann nicht auf dem hierfür vorgesehenen Dienstweg gemeldet?«

Mike konnte sehen, daß Linc sich diese Frage auch gestellt hatte, also beantwortete er sie selbst.

»Die einfache Antwort ist, daß die ASW-Klassifizierung dem Commanding Officer obliegt – so lautet die offizielle Navy-Vorschrift. Und der schenkte den Daten zu dem Zeitpunkt keinen Glauben. Daneben gibt es allerdings noch politische ›Fäden‹, die hinter den Kulissen gezogen werden: Wir sind zwar rausgeschickt worden, um nach einem U-Boot zu suchen, aber das war reine Augenwischerei, verstehen Sie? Selbst der Admiral war der Ansicht, daß das Ganze absurd sei. Wir wurden hauptsächlich rausgeschickt, um den Nachforschungen der Presse, die von dem Bericht eines lokalen Fischers über die Sichtung eines U-Boots und der von den Fischern hergestellten Verbindung zum Untergang der Rosie III erfahren hatte, den Wind aus den Segeln zu nehmen.«

»Sie meinen, daß der Admiral diese Meldung gar nicht hören will.«

»Sie haben's erfaßt. Und vom politischen Standpunkt aus betrachtet, könnte das Ergebnis leicht lauten, daß der CO recht hatte, daß es kein Kontakt war – und alles läuft weiter wie gehabt. Wir wissen beide, wie vieldeutig Sonar-Kontakte sind.«

»Aber, Captain«, protestierte Linc, »das *war* ein Kontakt. Wenn Sie die Bänder sehen und das Audio hören, werden Sie genauso denken. Aber was machen wir, wenn die da oben es bewußt abwürgen?«

»Das ist genau die Frage, Linc. Aber soweit sind wir noch nicht. Sie erledigen den ersten Teil und stellen eine überzeugende Präsentation zusammen. Bauen Sie Faktoren mit ein wie die Meeresbodenbeschaffenheit des Gebietes, die Sache mit den Wasserverhältnissen, die alles verbergen, nur nicht ein wirkliches Unterseeboot, die nächstgelegenen Wracks, unser Meeresbodenkartenprojekt: Ich möchte eine Darbietung, die den Commodore davon überzeugt, daß wir die Sache ganz durchdacht haben und vielleicht wieder dort rausfahren wollen, aber diesmal mit einigen richtigen ASW-Schiffen, um der Sache genauer nachzugehen. Das wird denen vom Stab auch Gelegenheit geben, die Leute von U.S. Submarine Operations zu befragen, die uns vielleicht direkt sagen, daß wir das Ganze vergessen sollten.«

Mike warf einen Blick auf seine Uhr, und Linc stand sofort auf.

»Wir werden die Präsentation morgen für Sie bereithalten.«

»Sehr schön, Linc. Aber arbeiten Sie nicht heute nacht daran. Alle sollten erst mal schlafen, so daß sie ausgeruht beginnen. Ich werde am späten Vormittag reinkommen, dann können wir das in Ruhe durchführen.«

»Aye, aye, Sir.«

KAPITEL EINUNDDREISSIG

USS GOLDSBOROUGH, im Hafen, Marinestützpunkt Mayport,
Samstag, 26. April, 10 Uhr

Die versammelten Offiziere und Hauptbootsmänner erhoben sich geschlossen, als Mike die Messe betrat. Es waren mehr Leute da, als er erwartet hatte. Neben dem Exec, den Weapons und Operations Officers, dem Combat Information Center Officer und Linc Howard waren noch die Chiefs vom CIC und vom Sonar um den mit grünem Filz bedeckten Tisch versammelt. Mike begrüßte jeden und setzte sich. Er drehte seine Tasse herum und stellte sie auf den Unterteller, so daß der Messe-Steward Kaffee eingießen konnte. Die anderen nahmen wieder ihre Plätze ein. Der Exec eröffnete die Besprechung, nachdem der Steward sich zurückgezogen hatte.

»Captain, alle Offiziere vom CIC und der Sonar-Zentrale sind heute morgen hier versammelt, um den Kontakt, den wir diese Woche im OP-Gebiet hatten, zu besprechen. Unser Augenmerk liegt – Ihren Wünschen entsprechend – auf Anzeichen, die darauf hinweisen, daß es sich um ein Unterseeboot und nicht etwas anderes gehandelt hat. Der Senior Chief Operations Specialist, Chief Marnane, wird das im Combat zusammengetragene Material erläutern, das aus einer Auswertung der Plots während der ersten drei Tage unseres Einsatzes, der Kurskarten und Feststellungen während dieser Zeit und der Streckenverläufe während der interessanten Kontakte besteht. Der Chef des Sonar-Teams, Chief Mackensie, wird eine Reihe von Tonbändern vorstellen, die so bearbeitet worden sind, daß sie den Unterschied zwischen dem üblichen Wust an Kontakten während der ersten drei Tage – im Gegensatz zu den für uns interessanten – verdeutlichen. Petty Officer First Class Oberbootsmann Magruder, der leitende Sonar-Mann, wird die Sonar-Videos präsentieren. Auch hierbei werden wieder die üblichen 08/15-Kontakte den beiden außergewöhnlichen Kontakten gegenübergestellt. Ich möchte eine Zusammenfassung mit Schlußfolgerungen anschließen, wenn das Ihren Vorstellungen entspricht, Sir?«

»Klingt gut, XO. Aber bevor Sie weitermachen, möchte ich mich bei allen entschuldigen, daß Sie an einem Samstag morgen reinkommen mußten. Da ich den Commodore jedoch ganz früh am Montag sehe, hätte sich hierfür keine andere Gelegenheit mehr ergeben. Fahren Sie bitte fort.«

Die um den Tisch versammelten Männer blickten ernst drein. Einige der Bootsmänner vermittelten den Eindruck, als fühlten sie sich unwohl in der Offiziersmesse.

Senior Chief Marnane, ein schlanker Mann, dessen Haar langsam schütter wurde und der im Gesicht älter aussah als einundvierzig, erhob sich und ging zu dem Flipchart am Ende des Tisches. Seinen verbeulten, mit Kränzen besudelten Kaffeebecher, ohne den er nie anzutreffen war, hielt er locker in seiner linken Hand. Er schlug das erste Blatt zurück.

»Capt'n, XO – diese erste Karte zeigt das gesamte Operationsgebiet, in dem die vom ersten Tag an geplanten Suchstrecken eingezeichnet sind. Von Ihrer Seite aus können sie es nicht sehen, aber wir haben darin auch die wesentlichen Merkmale der Bodentopographie, auf die wir voraussichtlich bei Suche und Vermessung stoßen würden, eingezeichnet – unterseeische Gebirgszüge, Löcher, Wracks und Felsspitzen. Wir haben alle uns bekannten und auch einige, von denen wir nichts wußten, überprüft und die Daten in Mr. Howards Computerprogramm eingegeben, das die Bodenkonturen und Auffälligkeiten in Korrelation mit dem Sonarbild setzt. Montag waren wir hier, Dienstag in diesem Gebiet hier, Mittwoch haben wir uns hier aufgehalten und Donnerstag, bis zum Nachmittag, in diesem Gebiet.«

Mike nickte zustimmend.

»Gegen zwölf Uhr dreißig am Donnerstag erhielten wir Kontakt zu dem Kobold Alpha Drei«, fuhr der Chief fort. »Den Erst-Kontakt empfingen wir auf dieser Position hier auf der Übersichtskarte. Ich wechsele jetzt zu meiner zweiten Karte, die das Gebiet, in dem der fragliche Kontakt auftauchte, vergrößert.« Er schlug die nächste Abbildung auf.

»Hier sind wir auf Alpha Drei gestoßen – das wird durch die

rote Linie dargestellt – und konnten ihn etwa sechs Minuten lang festhalten. Anfänglich gab es keine Anzeichen von einem Doppler, dann war ein Tief-Doppler zu verzeichnen, was genau mit seinem Kurs, auf dem er sich von uns entfernte, und der berechneten Geschwindigkeit übereinstimmte. Genau hier haben wir ihn verloren, letzte Peilung einhundertsiebenunddreißig, Abstand siebentausendfünfhundert Meter. Wir fanden den Alpha-Drei-Kobold – das dachten wir zumindest – vier Minuten später wieder – bei einer Peilung von einhundertzehn und einem Abstand von achttausendeinhundertdreißig. Nach etwa einer Minute haben wir ihn als neuen Kontakt klassifiziert, Kobold Alpha Vier, weil er zu weit weg vom wahrscheinlichen Kurs von Alpha Drei auftauchte. Außerdem wies er Doppler-hoch aus, was anzeigte, daß er sich auf uns zu bewegte, sowie weitere Charakteristika, über die wir im Audio-Teil dieser Präsentation sprechen werden, die uns beide – sowohl im CIC als auch im Sonar – dazu veranlaßt haben, von diesem Kontakt als einem Bold zu sprechen. Haben Sie bis dahin Fragen, Sir?«

Mike beugte sich nach vorne. »Ja, Senior Chief. Was waren die nächstgelegenen topographischen Auffälligkeiten zum Kontaktgebiet beider Kobolde?«

Der Senior Chief zeigte auf den Teil der Karte, wo der Hintergrund von einem hellen in ein dunkles Blau überging.

»Die nächstgelegene, eingezeichnete Auffälligkeit war ein Wrack, Peilung null acht null, etwa zwölftausendachthundert Meter von uns entfernt. Wir hatten dieses Wrack bereits vorher erfaßt, und es war in unsere PC-Datenbank.«

Er schob die Karten hin und her.

»Hier auf der großen Karte können Sie es genau sehen. Direkt östlich des Kontaktgebietes, das unter dem äußeren Rand des Golfstroms liegt, befindet sich der Rand des Kontinentalen Schelfs. In diesem Gebiet sind eine Reihe unterseeischer Schluchten, die von Osten nach Westen verlaufen, wo der Rand des Schelfs abbricht und von durchschnittlichen einhundertfünfzig bis zweihundert Metern auf ungefähr dreitausenddreihundert Meter Tiefe abfällt.«

»Ist es möglich, Senior Chief«, fragte Mike, »daß es sich bei beiden Kontakten um Strudel handelt, die im Gebiet dieser Schluchten vom Golfstrom entstehen? Sie wissen, was ich meine?«

»Ja, Sir, das haben wir überprüft, und die Handbücher für diese Gegend erwähnen sie auch, so 'ne Art Untersee-Version eines Tornados. Aber Chief Mackensie wird Ihnen zeigen, warum wir nicht glauben, daß es sich bei den Kerlen um so was gehandelt hat.«

»Okay, weiter.«

»Ja, Sir. Ich muß sagen, wir haben 'ne Menge nützlicher Daten in dem PC-Projekt – Mr. Howards Programm zur Korrelation der visuellen Bilder auf dem Sonargerät mit den Besonderheiten, die auf den Bodenkonturkarten verzeichnet sind. In einigen Fällen mußten wir die Karte korrigieren, weil die Anhöhe, das Wrack oder was auch immer nicht dort waren, wo sie laut Karte hätten sein müssen. Aber das Tolle, was wir bekommen haben, ist wirklich der Vergleich zwischen dem Bild des Kontaktes auf dem Sonar-Display – dazu noch aus unterschiedlichen Richtungen – und der Auffälligkeit laut Karte. Die Leute von den Minensuchkommandos wenden diese Technik bereits an. Sie nennen es Bodenvermessung, aber die arbeiten mit hoch-frequenten Präzisions-Sonars, nicht mit einem SQS-23, wie wir es haben. Wie dem auch sei, wir haben jedenfalls einige Videobilder, die mit spezifischen Bodenbeschaffenheiten übereinstimmen müssen. Natürlich haben wir nicht jede Besonderheit hier im OP-Gebiet abdecken können, aber wir haben 'ne ganze Menge. Und wir haben auch einige von den interessanten Kontakten drauf, aber nur deshalb, weil wir die Video-Kamera wegen des PC-Projekts laufen hatten, als wir auf die Kontakte stießen.«

»Sehr gut, Chief. Ich möchte eine ausführliche, schriftliche Darstellung dieses Projektes für das ›Taktische Verbesserungs-Programm‹, unabhängig davon, was bei diesen beiden Kontakten herauskommt.«

»Ja, Sir, Capt'n«, sagte der Operationsoffizier, »das ist bereits in Bearbeitung.

Der Chief fuhr mit seiner Präsentation fort.

»Ja, Sir. Okay. Soweit der Überblick über das generelle Lagebild und die Auswertungen. Chief Mackensie wird jetzt durch das Audio-Zeug gehen, und ich helf' ihm, wenn's um die PC-Seite geht. Die Kurskarten lassen wir hängen, weil wir zeigen müssen, wo wir was gehört haben. Wenn Sie mir folgen wollen . . .«

Chief Mackensie stand auf, Linc ebenso. Linc hatte einen tragbaren PC auf dem Tisch der Messe installiert, der Sonar Chief zwei sperrige Tonbandgeräte auf der Anrichte daneben. Von jedem Tonbandgerät führte ein wahrer Kabelsalat zu den Hi-Fi-Lautsprechern in einer Ecke der Messe. Der Sonar Chief, ein leidenschaftlicher Technik-Freak, zehn Jahre jünger als der Chief Operations Specialist, begann seine Präsentation.

»Captain, XO – ich werde Sie jetzt eine Reihe von Kontakten hören lassen, die wir während der ersten drei Einsatztage auffingen. Mr. Howard wird parallel dazu das PC-Display laufen lassen, und Chief Marnane wird Ihnen auf der Kurskarte für das gesamte Gebiet zeigen, wo wir den jeweiligen Kontakt aufgenommen haben. Wir haben einige Beispielkontakte ausgewählt, so daß wir Ihnen eine große Bandbreite vorstellen können: dissoziierte Teile des Meereslebens, einen Wal, einen Überwasser-Kontakt, ein Wrack, Meeresleben in der Nähe einer Besonderheit auf dem Grund und die Turbulenzen des Stromes selbst. Ich werde Ihnen aktive und passive Aufnahmen dieser Geräusche vorführen, damit Sie beides vergleichen können. Dann habe ich ein Band zusammengeschnitten, das es Ihnen ermöglicht, die Geräusche von Alpha Drei und Alpha Vier mit den Kontakten aus dem Gesamtspektrum zu vergleichen, die am ehesten mit einem echten Kontakt verwechselt würden. Okay. Dieser erste Kontakt ist das, was wir als ›dissoziiertes Meeresleben‹ bezeichnen: eine Fischschule, ein Garnelenschwarm, auch ein Haufen Plankton. Das erste Segment ist passiv: Geräusche, innerhalb des Frequenzspektrums des menschlichen Gehörs, die diese Geräuschquellen über einen Lautsprecher im Sonar erzeugen.«

Der Chief stellte das Band an, und das unheimliche, widerhallende Raunen des Unterwasserlebens erfüllte die Messe. Mike war – wie die anderen Zuhörer – von der Skala überrascht. Er hatte als junger Offizier im ASW-Training und bei

Fernsehsondersendungen des National Geographic solche Geräusche gehört, aber die unglaubliche Mannigfaltigkeit jedes einzelnen war beeindruckend. Der Chief ließ sie etwa dreißig Sekunden lang laufen, dann schaltete er das Band ab.

»Gut«, fuhr er fort, »das war passiv. Jetzt hören wie dieselbe Geräuschquelle, wie sie auf ein aktives Sonarsignal reagiert. Und das ist schon sonderbar, weil z. B. ein Garnelenschwarm den hydrodynamischen Druck des Sonarsignals, der sich durch das Wasser ausbreitet, spürt und darauf reagiert. Wissenschaftler nennen das eine Biomasse: eine große Schar von Lebewesen reagiert so, als ob die Schar das Lebewesen sei und nicht die individuellen Organismen. Sie werden das Pingen als ein Klicken hören, weil die Sonarempfänger während der aktiven Aussendung natürlich gesperrt sind, um sie vor der Stärke der Aussendung zu schützen.«

Er schaltete das Tonband wieder ein: Ein leises Zischen erklang aus den Lautsprechern. Danach war es einen Augenblick still; dann – ein deutliches Klick, gefolgt von einem spülenden Wasch-Geräusch, und dann hörte es sich an, als strichen menschliche Fingerspitzen über Tausende von Kämmen verschiedener Größe. Die zirpenden Geräusche erstarben, als das Signal sich weiter vom Schiff entfernte. Ein weiteres Klicken war zu hören – wieder gefolgt von der gleichen Reaktion des Schwarms.

Der Chief führte sie durch den Rest seiner ›Unterwasser-Sound-Show‹, zuerst mit passivem Audio, danach dann die Reaktion der lebenden Organismen auf das strapazierende Signal akustischer Energie, die vom Sonardom des Schiffes erzeugt wurde. Einmal spielte der Chief ihnen auch die hektische Reaktion einer Delphinschule vor, die lossauste, um den schmerzhaften Geräuschen des Sonars zu entkommen, die stark genug waren, um als designierte Verteidigung gegen Angriffe von Tauchern zu dienen. Die Delphine schrien und heulten buchstäblich, als sie – völlig außer sich – blitzschnell vom Schiff und seinen tödlichen Geräuschen wegschwammen. Ein Trio von Walen, das in großer Entfernung vom Schiff auf passiver Bandfrequenz zu hören war, unterbrach nach den ersten Signalen des aktiven Sonars seinen überirdischen Gesang, als wollte es gegen dieses fremde akustische Eindringen protestieren.

Mike fand die Echos der gesunkenen Schiffe am interessantesten. Die Echos aller Formen des Meeresleben waren eher unscharf, verschwommen, wiesen eine ›Zwar-da-aber-nicht-eindeutig‹-Qualität auf. Von den Wracks hingegen, vor allem, wenn sie seitlich auf relativ ebenem Grund lagen, kam ein spröderes Echo zurück. Der Chief verdeutlichte das nochmals, indem er Beispiele davon den weichen Echos eines einigermaßen großen Wals gegenüberstellte, die sich klar von den flachen, metallischen der Stahlseiten eines gesunkenen Schiffes unterschieden.

Linc Howard spielte das Video der Sonarschirme ab: Bilder, die die Operateure während der Sammlung der akustischen Segmente gesehen hatten. Das Display war bernsteinfarben und rund, das Schiff war im Zentrum positioniert, und die Sonarsignale wurden von einem expandierenden Lichterring – ausgehend vom Schiff – dargestellt. Kontakte erschienen als sichelförmige Leuchtflecken, winzige Hörnchen, die auf Peilung des Kontaktes erstrahlten, dort einige Sekunden verweilten und wieder verschwanden, wenn das Signal mit eintausendfünfhundert Metern pro Sekunde an ihnen vorbeizog. Jeder konnte sehen, was das Problem mit dem Videoschirm war: Alle Kontakte sahen gleich aus, mit Ausnahme des Schwarms Biomasse, der auf dem bernsteinfarbenen Schirm wie eine Wolkenformation aussah.

Der Chief wechselte zwischen dem Tonband und den Videoaufzeichnungen hin und her. Dabei stellte er heraus, wie jeder Kontakt aussah. Mike und einige der anderen Offiziere mußten aufstehen und sich vor das Fernsehgerät stellen, um besser sehen zu können, und nach einer Weile begann Mike, den Unterschied zwischen einem Fischschwarm und einem auf Grund liegenden Wrack zu erkennen. Aber das war sehr schwierig. Dennoch waren die spröden, metallischen Geräusche des Sonars auf Alpha Drei unverkennbar. Sogar das Video war heller und deutlicher. Der Torpedotäuschkörper war sogar noch besser – weitaus besser als alles andere.

Die Sitzung in der Messe wurde durch einen Boten vom Achterdeck unterbrochen, der Mike mitteilte, daß er das Büro des Commodore zurückrufen solle.

»Okay, Jungs, laßt uns 'ne Kaffeepause einlegen«, sagte Mike, »ich bin gleich zurück.« Er verließ die Messe und ging zu seiner Kabine, um zu telefonieren.

»Morgen, Mike«, sagte der Commodore. »Mein Duty Officer sagt mir, daß Sie gestern abend versucht haben, mich zu erreichen. Was liegt an?«

»Ich muß Sie unbedingt als erstes Montag früh sprechen, wenn das für Sie okay ist, Commodore. »Ich muß mit Ihnen über . . .«

»Geht nicht, Michael«, unterbrach ihn der Commodore. »Ich muß schon morgen wieder nach Norfolk zur Konferenz des Fleet Commander. Wir müssen da alle hin – der Admiral, der Chief of Staff und zwei andere vom Geschwader. Kann es nicht warten?«

Mike dachte schnell nach. Ausgehend von dem, was er bisher gesehen hatte, hatten Linc und seine Leute tatsächlich etwas gefunden. Aber noch hatte er die gesamte Präsentation nicht gesehen, und er hatte auch noch keine Zeit zum Nachdenken gehabt, um eine abschließende Bewertung vornehmen zu können.

»Mike?« fragte der Commodore ungeduldig.

»Ja, Sir: Sehen Sie irgendeine Möglichkeit, in – sagen wir – etwa einer Stunde rüberzukommen? Ich habe hier etwas, das ich Ihnen zeigen muß, und ich kann es schlecht zu Ihnen bringen.«

»Verdammt noch mal, Mike, um was geht's denn?«

»Um das geheimnisvolle Unterseeboot, Commodore.«

»Was?! Wollen Sie mir etwa sagen, daß Sie glauben, daß das stimmt? Daß sich da so 'ne stinkende Röhre von U-Boot in unseren OP-Gebieten rumtreibt?«

»Commodore, ich bin mir selbst noch nicht hundertprozentig sicher, aber ich meine, Sie sollten sich das, was wir haben, ansehen, bevor ich weiteres unternehme.«

»Was letzteres anbetrifft, haben Sie allerdings verdammt recht«, erwiderte der Commodore. »Was haben Sie beim Verband gestern abend davon erzählt?«

»Nichts, Sir. Außerdem waren die mit der Kollision beschäftigt. Die Goldy und das Unterseeboot lagen auf der Skala des Interesses ziemlich unten.«

»Stimmt. Okay – ich bin um elf Uhr dreißig drüben. Ich habe eine Verabredung um dreizehn Uhr fünfzehn. Also machen wir es kurz und bündig. Du lieber Himmel, Mike.«

»Ich weiß, Commodore, ich weiß. Aber ich brauche erfahrenere Augen, die sich das mal anschauen. Ich bin kein ASW-Experte.«

»Jeder ist ein ASW-Experte«, schnaubte der Commodore, »deshalb haben wir ja so viele verschiedene Meinungen darüber. Ich seh' Sie um elf Uhr dreißig.«

»Vielen Dank, Sir.« Mike hängte ein und atmete tief durch. Das könnte interessant werden. Er ging zurück zur Messe.

KAPITEL ZWEIUNDDREISSIG

USS GOLDSBOROUGH, am Pier; Flottenstützpunkt Mayport,
Samstag, 26. April, 11 Uhr 30

Mike wartete am Kopfende des Tisches in der Messe, bis der Commodore – direkt neben ihm – Platz genommen hatte. Mike blieb stehen, alle anderen setzten sich hin. Räuspern allerseits und Papierrascheln unterbrachen das Schweigen. Alle waren wegen des plötzlichen Auftauchens des Commodore etwas nervös – vor allem weil Mike gesagt hatte, daß er ihn nicht vor Montag sehen würde. Captain Aronsons launische Reputation hatte in einschlägigen Kreisen immer wieder zu Ausschmückungen angeregt – vor allem bei den Mannschaftsdienstgraden. Mike hatte den Eindruck, daß es in der Messe plötzlich sehr warm und stickig war.

»Commodore«, begann er und drehte sich dabei um, so daß er ihn direkt ansprach. »Ich danke Ihnen, daß Sie so kurzfristig heute morgen kommen konnten. Wir hatten zwar vor, uns die nachfolgende Präsentation erst selbst noch ein paarmal anzusehen, aber in Anbetracht Ihres Zeitplan, halte ich es für wichtig, Sie jetzt über das zu informieren, was wir haben, um Ihren Rat im Hinblick auf das weitere Verfahren einzuholen. Sir, es wird etwa fünfzehn Minuten in Anspruch nehmen, Ihnen vorzuführen, womit wir diese Woche beschäftigt waren, zusammen mit einigen Hintergrund-Bändern und PC-Bildern, um den entsprechenden Rahmen für das vorzubereiten, was unsere Aufmerksamkeit erregt hat. Wenn es nicht bis ins letzte ausgefeilt ist . . .«

»Verstehe«, unterbrach der Commodore. »Legen Sie los.«

Mike nickte dem Exec zu, der den Commodore durch die gesamte Präsentation führte, unterstützt von den beiden Chiefs, die ihren Part mit den Karten bzw. Bändern einbrachten, und von Linc, der die Videoaufnahmen abspielte. Zu Beginn war der Commodore unkonzentriert, aber nach und nach begann ihn die Vorführung zu fesseln. Er war offensichtlich von Lincs

PC-System zur Korrelierung der Meeresboden-Kartographie beeindruckt und gratulierte ihm dazu. Schließlich kam der Chief des Sonar-Teams auf den ersten interessanten Kontakt zu sprechen.

»Sehen Sie hier«, sagte Chief Mackensie, »das ist Alpha Drei.«

Er schaltete das Tonbandgerät wieder ein, und jeder lauschte mit angehaltenem Atem dem Klick, dem spülenden Wasch-Geräusch und dann dem gestochen scharfen Echo des ersten Pings auf Alpha Drei. Chief Mackensie richtete seinen Zeigestock auf den Fernsehschirm, um auf das visuelle Display des Kontaktes hinzuweisen. Der Commodore stand auf und ging näher heran, um besser sehen zu können, während das Echo des zweiten und dritten ›Klick-Wasch-Kontaktes‹ durch die Messe hallte. Die Offiziere und Bootsmänner warteten gespannt auf die Reaktion des Commodore.

»Zu diesem Zeitpunkt hab' ich den Schirm übernommen«, fuhr der Chief fort. »Bin dann auf Vergrößerung gegangen.«

Das Videobild von Alpha Drei sprang vom Rand des Schirms in die Bildschirmmitte. Es war eindeutig ein helleres und deutlicheres Bild.

»Das sieht fast zu schön aus«, murmelte der Commodore vor sich hin.

»Ja, Sir«, entgegnete Mike aus seinem Stuhl, »das gleiche haben wir auch gedacht.«

»Dann sind wir auf Sektorimpuls gegangen: langgezogen und genau entlang dem Peilstrahl«, sagte der Chief. »Sehen Sie sich das Bild jetzt an.«

Auf dem Tonband im Hintergrund war das Standard-Klicken zu hören, was anzeigte, daß die Sonar-Empfänger gesperrt waren, aber in dem nachfolgenden spülenden Wasch-Geräusch schwangen Zwischentöne des durchdringenden Klingelns eines hochpräzisen Sektorsignals. Das Geräusch des zurückgeworfenen Echos – inmitten von Getöse und Interferenzen der turbulenten Gewässer des Golfstroms – war sogar noch deutlicher wie auch das bernsteinfarbene Bild, das in der Bildschirmmitte leuchtete.

»Und hier sind wir mit der Frequenz auf dem Sonar-Sender ein Band runtergegangen.«

»Warum?« fragte der Commodore, während er weiter auf die Videoaufzeichnung starrte.

»Mhm, weil der Captain anordnete ...« antwortete der Chief.

»Sie meldeten intermittierende Schichten«, beeilte sich Mike zu erläutern.

»Was Sie eigentlich meinen, ist, daß Sie nicht glauben wollten, was Sie sahen, und feststellen wollten, ob eine niedrigere Frequenz das Ding vielleicht verschwinden ließe ...«, entgegnete der Commodore scharf – und fügte dann, als wolle er der Antwort den Stachel nehmen, hinzu: »Und ich hätte genauso gehandelt. Ich kann dem, was ich hier sehe, auch keinen richtigen Glauben schenken – es sieht viel zu sehr nach Sonar-Training aus.«

»Ja, Sir, das tut es«, pflichtete der Chief bei. »Dann, nach weiteren zehn Minuten verlieren wir den Kontakt auf einmal – keine Echos mehr.«

»Zu viel akustischer Scheißkram in den Gewässern da draußen, hab' ich recht?« sagte der Commodore.

»Ja, Sir.«

Die kleine Gruppe Offiziere, die sich um den Fernsehmonitor versammelt hatte, blickte weiterhin gebannt auf die Lichtflecken auf dem Sonarbildschirm, als könnte sie dadurch den hellen Kontakt wieder herbeizaubern.

»Was haben Sie dann gemacht?« fragte der Commodore und richtet sich vom Fernsehbildschirm wieder auf.

»Wir sind auf Horchen gegangen und haben uns dem ›Datum‹ mit Angriffskoordinator im PK-Modus genähert. Wir sind etwa dreitausendsechshundertfünfzig Meter mit einer Geschwindigkeit von zwölf Knoten – um keine Kavitationen zu erzeugen – daraufzugefahren, dann haben wir wieder alles eingeschaltet und sind auf aktiv gegangen. Ich stell' das jetzt mal auf Schnellvorlauf, denn während der nächsten zwölf Minuten ist nicht Interessantes zu sehen.«

Der Chief erläuterte dem Commodore anschließend die zweite Kontaktperiode mit dem plötzlichen Wiederauftauchen, dem Doppler-hoch und der fast noch perfekteren Echo-Qualität. Der Commodore schaute aufmerksam zu und nickte dann wie in plötzlicher Erkenntnis:

»Das ist ein gottverdammter Bold! Ein Torpedotäusch-Körper!« sagte er.

Erregte Betriebsamkeit im ganzen Raum – Mike fühlte, wie ihm heiß wurde. Er schwieg und vermied es, Linc Howard anzuschauen. Der Commodore schaute noch ein paar Minuten zu, bis der zweite Kontakt verloren war und der Chief vom weiteren Ablauf bis zum Punkt des Abbruchs berichtet hatte. Er nickte wieder, diesmal bedächtiger, und ging zu seinem Stuhl zurück.

Er schaute sich im Raum um – erwartungsvolle Gesichter.

»Also gut, Jungs«, sagte er, »habt ihr sonst noch was an Ton oder Bild für mich?«

»Nein, Sir«, sagte Linc Howard.

Er schien noch mehr sagen zu wollen, aber der Commodore brachte ihn mit einer Handbewegung zum Schweigen. Er schaute einen nach dem anderen an. Mike saß am Kopfende des Tisches, gerade außerhalb seines Blickwinkels. Der Commodore begann zu sprechen:

»Okay, also erstens – ich bin von der Kombination PC, Sonar-Video und Tonaufzeichnungssystem sehr beeindruckt. Meines Erachtens ist das eine einzigartige Entwicklung. Denken Sie sich ein eingängiges Akronym aus, und schreiben Sie es auf. Ich werd' sehen, daß das ins taktische Verbesserungsprogramm der Flotte aufgenommen wird. Damit werden Sie berühmt.«

Er grinste, und die Spannung bei den Offizieren und Bootsmännern ließ etwas nach. Vielen wurde erst in diesem Moment bewußt, daß sie den Atem angehalten hatten.

»Zweitens«, sagte er, wobei sein Gesicht wieder ernst wurde, »zweitens wünsche ich, daß jeder von euch hier über das, was ihr da draußen gefunden und mir auf den Bändern gezeigt habt, das Maul hält. Damit ist nicht gemeint, daß ihr hier rausgeht und der Backmannschaft erzählt, ihr müßtet ein großes Geheimnis hüten – das würde nur die Aufmerksamkeit darauf lenken. Ich wünsche, daß Sie hier rausgehen und sagen, daß ›Die da oben‹ skeptisch sind, es aber prüfen werden. Und jedermann weiß, daß, wenn die Navy sagt, daß sie etwas prüfen wird, das normalerweise das Ende bedeutet.

Was auch immer die Leute darüber gehört haben mögen – ich möchte, daß sie das Interesse an der Sache verlieren. Haben mich alle verstanden? Kann ich mich darauf verlassen?«

Ein Chor von »Ja, Sir« erscholl um den Tisch.

»Okay. Wir werden das untersuchen. Ich möchte, daß diese gesamte Information in Form eines Briefing-Paketes zusammengestellt wird und daß Mr. Howard und Chief Mackensie es nach Norfolk ins ASW-Ausbildungszentrum bringen, um es ihren Klassifizierungs- und Analyseleuten vorzulegen. Mein Stab wird das arrangieren. Ich werde sie bitten, die Videos und Tonbänder zu analysieren und uns eine schnelle Bewertung der beiden Kontakte zukommen zu lassen. Sobald wir die Antwort vorliegen haben, kommen wir wieder zusammen und besprechen das weitere Vorgehen, okay?«

Wieder erhob sich ein Chor von Zustimmung um den Tisch. Der Commodore stand auf, alle anderen taten es ihm gleich. Er gab Mike ein Zeichen, daß er mit dem Captain in seiner Kabine allein sprechen wollte. Mike geleitete ihn aus der Messe und über den Aufgang zum nächsten Deck. Der Exec folgte den beiden Offizieren zur Kabine. Sobald sie drinnen waren, eröffnete der Commodore dem Ersten, daß er mit dem Captain allein sprechen müsse, und der Exec machte Anstalten sich zurückziehen.

»Commodore, ich würde es sehr begrüßen, wenn der XO bleiben könnte«, sagte Mike.

Der Commodore, der in der Mitte der kleinen Kapitänskajüte stand, runzelte die Stirn. Der Exec hielt den Blick auf den Teppich gesenkt.

»Ich lege großen Wert auf seine Meinung«, insistierte Mike. »Was immer Sie zu sagen haben, geht uns beide an, deshalb möchte ich, daß er es aus erster Hand hört.«

Der Commodore schaute Mike sekundenlang direkt in die Augen, dann sagte er »Wie Sie wünschen«, und ließ sich auf Mikes Schreibtischstuhl nieder. Mike nahm den einzigen noch verbleibenden Stuhl, und der XO ließ sich auf der Kante der Koje nieder. Der Commodore schwieg einen Augenblick. Dann blickte er Mike an.

»Warum haben Sie abgebrochen?«

Mike holte tief Luft. Auf diese Frage hatte er die ganze Zeit gewartet. Er konnte dem Commodore jetzt erzählen, daß er das mögliche U-Boot nicht vorwarnen wollte, daß sie ihm auf die Schliche gekommen waren, daß der Abbruch eine taktische Entscheidung basierend auf Tarnungs- und Täuschungsüberlegungen war. Damit wäre er vielleicht aus dem Schneider, falls der Commodore der Ansicht war, sie hätten dranbleiben sollen. Aber der Commodore starrte ihn aus seinen dunklen Augen an, die wie Gewehrläufe auf ihn gerichtet waren, durchdringend an. Mike entschied sich, bei der Wahrheit zu bleiben.

»Ich wollte es nicht glauben«, gab Mike zu. »Ich wußte nicht genau, wie ich damit verdammt noch mal umgehen sollte, deshalb bin ich ausgewichen. Den Jungs habe ich erzählt, daß ich's abgebrochen habe, um bei dem Kontakt keinen Verdacht aufkommen zu lassen, daß ihm jemand auf der Spur sei. Aber die Wahrheit ist, daß ich mir ausgerechnet habe, daß der Stab mich beim Schlawittchen hätte, wenn ich mit einer Kontakt-Meldung zurückkäme und die gesamte ASW-Verteidigungsflotte im Alarmstart losdüste.«

Der Commodore lehnte sich zurück. Sein Gesichtsausdruck gab nichts preis. Das Schweigen in der Kabine war bedrückend. Mike fühlte sich genötigt, die Leere zu füllen. Er hatte Probleme, dem Blick des Commodore standzuhalten.

»Ich kann es immer noch nicht ganz glauben«, fuhr er fort. »Aber nachdem wir zurück waren und ich mir das ganze Material, das die Jungs zusammengestellt haben, angeschaut habe, erschien es mir überzeugender. Vielleicht findet Norfolk ein Loch im Netz, aber ich beginne zu glauben, daß das nicht der Fall sein wird. Deshalb wollte ich, daß Sie es sehen.«

Der Commodore nickte langsam, als würde er über etwas eine Entscheidung treffen.

»Okay«, sagte er, »das Wichtigste zuerst. Als Captain eines Zerstörers oder eines Kriegsschiffes im allgemeinen müssen Sie sich immer, und ich meine immer, die Elemente intellektueller Integrität, die mit Ihrer Position als befehlshabender Offizier verbunden sind, erhalten und sich auch danach richten. Sie haben diesen Kontakt abgebrochen, weil Sie Angst davor hatten, was der Stab denken, sagen oder tun würde. Das ist nicht Ihre Aufgabe, und Ihre Entscheidung hält dem Integritätstest nicht stand. Sie hätten es melden müssen; reine Fakten – die Gründe, warum der Kontakt anders zu sein schien als alle vorher, und dann hätten Sie dem Bastard auf den Fersen bleiben müssen, bis er tatsächlich und unwiederbringlich im Golfstrom verschwunden wäre.«

Der Commodore lehnte sich zurück. Als er fortfuhr, schien er in seinem Stuhl immer größer zu werden.

»Wir geben Ihnen als Captain fast unbegrenzte Verfügungsgewalt über dieses Schiff und seine Besatzung – aber dafür erwarten wir auch unbegrenzte Verantwortlichkeit. In diese Verantwortlichkeit fallen zum Teil die Konsequenzen einer politisch nicht genehmen Aktion.«

Jetzt stand der Commodore auf und durchmaß die winzige Kabine einige Minuten mit seinen Schritten, bevor er weitersprach. Der Exec, dem das Ganze höchst peinlich war, starrte angestrengt auf Deck.

»Sie haben vollkommen recht mit Ihrer Einschätzung, wie diese Nachricht aufgenommen worden wäre«, führte der Commodore weiter aus. »Während der morgendlichen Stabsbesprechung hätte man sich wahrscheinlich einige spöttische Äußerungen nicht verkneifen können, und Ihr besonderer Freund Captain Martinson hätte mit Sicherheit ein paar scharfzüngige Kommentare von sich gegeben.«

Er drehte sich um und schaute Mike direkt an.

»Aber das ist nicht Ihre Sache, Captain. Ihr Job ist es, das Kind beim Namen zu nennen – ihnen die ungeschminkte Wahrheit vorzusetzen und nicht Ihre Operationsberichte danach zu filtern, was politisch akzeptabel ist oder nicht. Ich weiß, daß es im Pentagon eine Reihe von nervtötenden Primadonnen gibt, die Ihnen was anderes erzählen würden. In Wahrheit jedoch ist das System politisch genau so sensibel, wie Sie es darstellen, Mike, aber gerade dann brauchen wir wenigstens eine völlig zuverlässige Größe: Die Captains aller Schiffe müssen immer offen und ehrlich sein. Nur wenn das zutrifft, kann sich das System den Luxus interner Navy-Politik-Schwelgerei leisten. Wir gehen davon aus, daß, wenn wir von Ihnen einen Bericht erhalten, der besagt, es wurde nichts gefunden, auch nichts gefunden wurde! Aber wie Ihre Leute unten vorgeführt haben, gibt es einige beunruhigende Anzeichen, daß doch etwas gefunden wurde. Als Ihren Boß stellt mich das vor zwei Probleme: Was mache ich mit Alpha Drei bzw. Alpha Vier, und wie stelle ich das Vertrauen des Systems zu einem ganz bestimmten Commanding Officer wieder her? Haben Sie dazu etwas zu sagen? Und möchten Sie den XO jetzt entschuldigen?«

Mike war sehr niedergeschlagen. Sein Gesicht war gerötet, und seine Magengrube hatte sich zusammengezogen.

»Nein, Sir. Ich sehe meinen Fehler ein und, nein, Sir, ich möchte nicht, daß der XO geht. Diese Dinge muß er auch lernen, und ich bin kein sehr guter Lehrmeister gewesen.«

»Da haben Sie verdammt recht, Captain.«

Der Commodore ging zu Mikes Schreibtischstuhl zurück und setzte sich wieder hin. Er stützte den Kopf in seine linke Hand, rieb sich gedankenverloren über die Lippen, schloß die Augen und dachte kurz nach. Das einzige Geräusch, das in der Kabine zu hören war, stammte von dem Ventilator an der Decke. Das helle Sonnenlicht, das durch das Bullauge hereinströmte, warf einen weißen Kreis auf das Spind am Ende der Kabine. Der Commodore öffnete die Augen.

»Okay, genug der Strafpredigt. Wir haben die Tour vermasselt, jetzt müssen wir wieder die Kurve kriegen. Weisen Sie Ihre Leute an, das Material heute noch zusammenzustellen. Ensign Howard und Chief Mackensie sollen morgen, Sonntag, mit mir nach Norfolk fahren. Die Flottenkonferenz beginnt erst am Montag, aber der Oberkommandierende der Flotte gibt morgen abend einen Empfang, deshalb müssen wir leider schon am Sonntag anreisen. Ich bring' Ihre Jungs ins Klassifizierungs- und Analysezentrum der ASW-Schule rein; der CO ist ein Freund von mir. Dann kriegen wir schnell eine informelle Untersuchung. Wenn dabei das herauskommt, was ich annehme, werden Sie und ich den Admiral aufsuchen. Das wäre dann am Mittwoch, nach meiner Rückkehr. Ihre zwei

Jungs werden ihm berichten, wir konfrontieren ihn mit der Interpretation von Norfolk, und dann soll er entscheiden, was zu tun ist. Ich bin Mittwoch nachmittag zurück.«

Mike nickte: »Ja, Sir, kein Problem. Aber ich frage mich . . .«

»Ob wir so lange warten sollten?« unterbrach der Commodore. »So wie ich das sehe, hatten wir eine Reihe von Vorfällen – der Fischkutter, der aus unersichtlichem Grund verschwindet, die Sichtungsmeldung über ein U-Boot und jetzt Ihr Kontakt –, die sich in einem Zeitraum von zwei Wochen ereignet haben. Wenn da draußen so ein Kerl ist, wird er sich dort auch noch 'ne Weile rumtreiben. Zwischenzeitlich wird die Deyo nächste Woche zu Maschinentestzwecken auslaufen. Ich werde veranlassen, daß sie ihre Maschinentestläufe genau dort absolviert, wo ihr euch diese Woche aufgehalten habt, und daß sie während der gesamten Woche eine Passiv-Analyse im Bereich des Diesel-Frequenzspektrums vornimmt. Mal sehen, was dabei herauskommt. Vor allen Dingen nachts. Wenn es sich um ein U-Boot handelt, müßte es ein konventionelles sein, ein diesel-elektrisches. Also wird es seine Batterien aufladen müssen, und das wird es nachts tun. Mit ein bißchen Glück erwischen wir es dabei.«

»Aber das wird doch unter dem Dutzend anderer diesel-getriebener Fischkutter gar nicht zu hören sein?«

»Vielleicht – vielleicht auch nicht. Wenn die Deyo dort draußen einen Diesel ausmachen kann, der sich deutlich von den anderen unterscheidet, könnte das ein weiteres Indiz sein. Sie wird ihn zwar zwischen all den anderen nicht lokalisieren könnten, aber wir hätten eben einen weiteren Indikator, daß tatsächlich etwas da ist. Wenn wir Glück haben, hat sie noch vor Mittwoch etwas für uns; das würde unsere Sache beim Admiral erhärten. Okay, XO, würden Sie uns *jetzt entschuldigen*?«

Der Exec stand bereitwillig auf und verließ die Kabine. Mike lehnte sich zurück und wartete auf die Fortsetzung der Strafpredigt.

»Okay, Michael. So wird's ablaufen: Wenn das dem Stab vorliegt, wird sich Martinson auf den Standpunkt stellen, daß

Sie einen Operationsbericht verfälscht hätten – was ja in gewisser Weise auch stimmt, aber wir haben eine Ausrede: Die ASW-Klassifizierung ist das Vorrecht eines jeden CO und Ihnen erschien das Datenmaterial zu dem Zeitpunkt nicht überzeugend. Sie konnten ihm keinen Glauben schenken. Nachdem Sie zurück waren und die Jungs eine umfassende Analyse zusammenstellen konnten, kamen Ihnen Zweifel an Ihrer ursprünglichen Entscheidung, deshalb haben Sie es gemeldet – und zwar mir. Ich habe mir die Präsentation angesehen, hatte ebenfalls meine Zweifel, war aber bereit, die Sache Norfolk vorzulegen. Norfolk wird entscheiden, was Norfolk entscheidet. Wenn sie sagen – viel Wind um nichts, wird die Angelegenheit nie bekannt werden. Wenn sie sagen, daß es möglich wäre – und nur dann –, werden wir die Sache nach oben weiterleiten. Wenn sie lauthals protestieren, wird unsere Verteidigungsstrategie sein, daß wir keinen falschen Alarm schlagen und deshalb die Fakten nochmals genau prüfen wollten. Verstanden?«

»Ja, Sir. Und – ich danke Ihnen für Ihre Unterstützung. Ich sehe ein, daß ich diese Sache vermasselt habe.«

»Das haben Sie, mein Lieber. Und damit Sie nicht denken, ich wäre eine großmütige Seele, sollten Sie sich im klaren sein, daß meine Unterstützung mehr als nur ein bißchen aus eigenem Interesse geschieht. Die könnten mich ja genausogut fragen, warum ich nicht gleich, nachdem ich heute morgen Ihre Bild- und Ton-Show gesehen habe, zu ihnen gekommen bin. Wie wir beide wissen, ist die Klassifizierung eines Sonarkontaktes eine sehr subjektive Angelegenheit: Sofern es keine anderen Indikatoren gibt, neigen wir eher zur Vorsicht. Aber der Admiral ist auch kein Idiot, und auch er wird draufkommen, daß die kritische Frage die nach dem ›Warum‹ ist: Wenn so ein Mistkerl in unseren Operationsgewässern rumhängt, muß er dafür einen Grund haben. Denken Sie darüber nach und darüber, was ich über Integrität gesagt habe: Die ranghohen Offiziere können sich nur dann in Navy-Politik verlieren, wenn jeder CO immer die Wahrheit sagt. Und Sie müssen auch mit ihrem XO sprechen. Im Moment denkt er, daß ich unfairerweise auf Ihnen rumhacke. Sie sollten ihm erklären, daß es meinerseits völlig fair ist, auf Ihnen rumzuhacken.«

Mike grinste: »Ja, Sir. Und vielen Dank.«

»Danken Sie mir nicht«, sagte der Commodore und setzte seine Mütze auf. »Ich versuche nur, meinen Arsch zu retten. Ihren zu retten ist als geringfügiges Vergehen mit inbegriffen. So, jetzt können Sie mich aufs Achterdeck zurückbegleiten.«

KAPITEL DREIUNDDREISSIG

USS GOLDSBOROUGH, am Pier,
Marineflottenstützpunkt Mayport,
Samstag, 26. April, 12 Uhr 45

Nachdem Mike den Commodore verabschiedet hatte, spazierte er auf dem Hauptdeck in Richtung Niedergangsluke, die zum achtern liegenden ›Offiziersgelände‹ – so wurde der Bereich der an backbord achtern gelegenen Offizierskabinen genannt – führte. Es wurde langsam heiß, und die metallenen Schotten des Schiffes begannen, ihre eigene Hitze abzustrahlen, wodurch die Salzschicht, die sich nach einer Woche auf See um die Beschläge herum zu feinem weißen Puder abgelagert hatte, eingebrannt wurde. Die Kabine des Exec war die dritte Tür von links in dem engen Gang. Er klopfte an und trat ein.

Lieutenant Commander Farmer stand überrascht auf, aber Mike bedeutete ihm, sich wieder hinzusetzen. Der XO hatte einen kleinen Stapel Papiere auf seinem Schreibtisch. Die Kabine war winzig: Zweieinhalb mal zwei Meter, eine Schlafcouch entlang der Außenbordwand, ein Bullauge, ein Schreibtisch, ein Waschbecken aus Stahl und ein Kleiderschrank. Zwei Leute konnten nicht gleichzeitig auf dem einzigen kleinen Stück gefliesten Deckboden, das nicht mit kompakten Stahlmöbeln zugestellt war, stehen. Die Kabine lag über dem hinteren Heizraum. Wenn die Kessel arbeiteten, heizten sie das Stahldeck so auf, daß nackte Füße nicht zu empfehlen waren. Die einzigen persönlichen Dinge waren ein Familienfoto und ein paar über der Schlafcouch eingeklemmte Romane.

Mike schmiß sich auf die Couch und rieb sich die Augen. Der Exec setzte sich wieder in seinen Schreibtischstuhl. In seinen Gesichtszügen spiegelte sich wachsame Aufmerksamkeit.

»Tja, XO«, sagte Mike seufzend, »es gibt Tage, da gewinnt man, und es gibt solche, da verliert man – heute war wohl ein solcher.«

»Ich rechne es Ihnen hoch an, daß ich bleiben durfte, Capt'n«, sagte der Exec.

Sobald der Commodore ihn gebeten hatte zu gehen, wußte er, daß etwas Unangenehmes kommen würde. Die Tatsache, daß Mike ihn gebeten hatte, zu bleiben, obwohl auch er wissen mußte, was kommen würde, war ein großer Vertrauensbeweis gewesen. Mike schaute ihn durch seine vor die Augen gehaltenen Hände an.

»Na ja, Sie müssen ja auch die andere Seite der ›Kommando-Medaille‹ kennenlernen, junger Mann. Es ist eben nicht alles Friede, Freude, Eierkuchen.«

Der Xo lachte – besonders darüber, daß Mike ihn einen jungen Mann genannt hatte. Tatsächlich hatte der Exec dem Captain ein paar Dienstjahre voraus. Mike wußte das, aber es war ein privater Scherz zwischen ihnen beiden.

»Der Witz bei der Sache ist«, fuhr Mike fort, »daß – wäre ich mit der Kontaktmeldung direkt an den Stab herangetreten – der Commodore mir den Kopf abgerissen hätte, weil ich nicht zuerst mit ihm darüber gesprochen hätte.«

»Ich weiß nicht, ob er das getan hätte, Capt'n«, sagte Ben, »aber es hätte ihn an den Spielfeldrand gedrängt. So haben wir ihn als unseren Verbündeten. Das ist in jedem Fall besser, als niemanden zwischen uns und Verband Zwölf zu haben.«

Mike sah den XO lange an. »Das ist verdammt scharfsinnig, XO«, sagte Mike. »Ich glaube, ich muß Sie im Auge behalten.«

»Ja, Sir, das gilt für alle XOs.«

»Verdammt richtig. Okay. Jetzt müssen wir zusehen, daß Linc und sein Chief für den Trip nach Norfolk mit dem Commodore gut vorbereitet sind. Ich möchte, daß sie von allen Ton- und Videobändern und dem Zeug, das sie im PC auf Diskette haben, Kopien anfertigen.«

»Fürchten Sie, daß die Sachen in Norfolk wegkommen könnten?«

»Nicht in dem Sinne, daß man bewußt Material verschwinden läßt, nein. Niemand im Norfolk-Teil der Navy ist so gut organisiert. Aber ihre Standard-Praxis ist es, das Zeug der Flotte zu analysieren und es dann wegzuwerfen. Dem ASW-Labor dort wird soviel vorgelegt, daß es das nicht alles archivieren kann.«

»Und wenn sich herausstellt, daß man uns befiehlt, die ganze

Geschichte zu vergessen«, sagte der XO, »und dann doch etwas passiert, wäre es gar nicht schlecht, eine Kopie unseres Originalberichtes zu haben.«

»Schon wieder so abwegige Gedanken . . .« Mike stand auf und reckte sich. »Ich fahre jetzt nach Hause, zum Boot.« Mit dem Kopf deutete er auf den Stapel Papiere. »Irgendwas drin, was ich mir heute noch ansehen muß?«

»Nein, Sir. Wir liegen ja hier die ganze nächste Woche vor Anker. Reichlich Zeit für den Papierkram.«

»Okay, dann bin ich weg. Ich werde das ganze Wochenende in der Stadt sein. Beide Kontrollampen für die Bilgen leuchten ständig; das heißt, daß irgendwo noch ein kleines Leck sein muß. Und das bedeutet normalerweise einen ganzen Tag Arbeit.«

Der Exec grinste: »Meine Frau hat 'ne ganze Reihe von solchen Jobs für mich, wenn ich zurückkomme.«

»Dann mal ab nach Hause. Wie Sie schon sagten: Nächste Woche ist noch genug Zeit für den Papierkram.«

»Aye, aye, Sir. Wenn Sie drauf bestehen.«

»Tu' ich«, brummte Mike.

Zehn Minuten später verließ er das Schiff und fuhr zum Jachthafen zurück. Im Vorbeifahren warf er einen Blick auf den Fischkutter-Pier. Nur noch ein Boot war draußen. Samstag nachmittags war immer Hochbetrieb an den Garnelen-Piers. Er mußte heute abend mal kurz in die Bar rüberspringen, um zu sehen, was sich die Einheimischen über das geheimnisvolle Unterseeboot erzählten – wenn überhaupt etwas. Er vermutete, daß die Tatsache, daß die Navy das U-Boot nicht herbeigeschafft hatte, nicht besonders gut aufgenommen worden war, vor allem, weil das Verschwinden der Rosie III noch immer ungeklärt war.

Mike verbrachte den Nachmittag in der Bilgenkammer seines Bootes und versuchte, der Ursache eines Lecks auf die Spur zu kommen, das die Lenzpumpen während der Woche auf See ans Laufen gebracht hatte. Gegen achtzehn Uhr hatte er Lust auf ein Bier. Aus irgendeinem Grund wollte Hooker das Boot nicht verlassen und protestierte lauthals. Er versuchte, sogar Mike in die Hand zu beißen, als dieser ihn hochnehmen wollte.

»Ach scher dich zum Teufel, Vogel«, brummte Mike und verließ die Wohnkabine.

Er trug abgeschnittene Shorts, Sneakers ohne Socken und ein Miami-Delphin-T-Shirt, aus dem die Ärmel herausgeschnitten waren. Er spazierte über die Piers des Jachthafens und sog die Bilder und Geräusche eines Jachthafens am Samstagnachmittag, an dem all die Wochenendsegler herauskamen, um mit ihren ›Spielzeugen‹ zu spielen, ein. Die Sonne stand noch immer hoch am westlichen Himmel, und die ersten Anzeichen des feuchtheißen Sommers in Florida lagen in der Luft. Mike hatte für die schwüle Hitze nicht viel übrig, war aber durch den Anblick der Frauen in ihren Sommerkleidern schnell versöhnt. Nach der Aufmachung von einigen zu urteilen waren die Boote allerdings nicht die einzigen Spielzeuge im Jachthafen. Diese Beobachtung erinnerte ihn daran, daß Diane versprochen hatte, heute – genauer gesagt heute abend – zu kommen. Sofort spürte er wieder diese Mischung aus Aufregung und Besorgnis.

Auf die Frau aber, die ihn in Hamptons's Bar erwartete, war er keinesfalls vorbereitet. Er betrat den kühlen, klimatisierten Raum und versuchte seine Augen der gleißenden Helligkeit des Kanals, die durch große Spiegelglasfenster reflektiert wurde, anzupassen. Siam, der Barmann, begrüßte ihn und wies mit dem Kopf auf eine der Sitznischen.

»Du hast einen Besucher«, murmelte er.

Mike blickte hinüber. In der letzten Sitznische saß, zusammengekauert in einer Ecke, eine grauhaarige Frau. Der Ausdruck ihres schmalen abgehärmten Gesichts, der durch die dicken Brillengläser vergrößert wurde, vermittelte zu gleichen Teilen Wut und Unbehagen. Sie heftete ihre Augen auf ihn, als er hinüberging.

»Ich bin Mike Montgomery«, begann er.

»Ich weiß schon, wer Sie sind«, erwiderte sie mit harter Stimme. »Habt ihr endlich das verdammte U-Boot, das meinen Bruder erwischt hat, gefunden?«

Mike setzte sich nicht. Er merkte, daß einige der Stammgäste die Ohren spitzten, während sie vorgaben, nicht zuzuhören. Die Frau war klein und zierlich und bestimmt Mitte Siebzig. Sie war ganz in unauffälliges, formloses Grau gekleidet, aber die Wut in ihrem Gesicht verlieh ihr Ausstrahlung.

»Nein, das haben wir nicht«, antwortete Mike. »Sind Sie Chris Mayfield's Schwester?«

»Das bin ich«, sagte sie ungehalten, als hätte er das wissen müssen. »Und warum habt ihr's nicht gefunden? Wieso seid ihr zurück im Hafen, statt draußen weiter danach zu suchen? Hier in dieser verdammten Kneipe werden Sie kein U-Boot finden.«

Einer der Männer an der Bar prustete, und sie bedachte ihn an Mike vorbei mit einem strengen Blick.

»Du da drüben hältst besser den Mund – nichts als ein Haufen Trinker; und so was nennt sich Fischer.«

Der Mann zog seinen Kopf ein, als ihn sein Kumpel auf dem Barhocker neben ihm mit dem Ellbogen in die Seite stieß. Sie schaute wieder zu Mike hoch: »Und?«

»Na ja, also wir haben danach gesucht«, sagte Mike, »aber wir haben einfach keine Hinweise gefunden, die auf ein U-Boot schließen lassen. Sie müssen verstehen . . .«

»Ich muß überhaupt nichts verstehen«, zischte sie. »Eins hab' ich allerdings verstanden – daß ihr feinen Pinkel auf euren großen Schiffen zu nichts anderem gut seid, als das Geld der Steuerzahler zu verbraten und Krach und Qualm zu produzieren. Außerdem macht ihr mit eurem Treiben bei Tag und Nacht auch noch den Fischern einen Strich durch die Rechnung. Und das eine Mal, wo wir euch brauchen, um den verfluchten Teufel zu finden, der sich hier herumtreibt und rechtschaffene Fischer umbringt, lauft ihr montags aus und kommt freitags wieder rein – wie bei einer ganz normalen Arbeitswoche. Dann kommt ihr hierher, um euren Schnaps zu saufen, während mein Bruder von den verdammten Krabben gefressen wird.«

Sie rutschte seitlich zum vorderen Ende der Sitzbank, wobei ihre Füße kaum den Boden berührten, kämpfte sich aus der Nische heraus und blieb davor stehen, Kopf im Nacken, so daß sie Mike geradewegs in die Augen schauen konnte. Sie reichte ihm kaum bis zur Brust. Mit einem Arm hielt sie eine Tasche umklammert, in der Hand des anderen einen Spazierstock. Sie schaute ihn mit einem angewiderten Ausdruck auf ihrem faltigen Gesicht an. Ihre Augen funkelten vor Zorn.

Mike befürchtete fast, daß sie mit dem Stock nach ihm ausholen würde.

»Feine Pinkel – das ist alles, was die Navy zu bieten hat. Merken Sie sich meine Worte gut – dieser verfluchte Teufel wird wieder zuschlagen, und dann wird es Ihnen leid tun, daß Sie ihn nicht gefunden haben. Ich hoffe nur, daß er das nächste Mal einen von euch erwischt.«

Sie warf einen feindseligen Blick auf die Runde: »Euch allen wird es leid tun, und ihr werde an meine Worte denken. Hier drinnen, bei eurem verdammten Schnaps, denkt ihr da nicht dran – aber ihr fahrt ja wieder raus. Dann wird es sich schon einen von euch holen. Wartet's nur ab.«

Sie verließ die Bar. Zornig schlug sie den Stock im Takt auf den Boden.

Mike ließ sich auf einen der Barhocker gleiten, während Siam ihm ein Bier zapfte.

»O Mann, verdammte Kacke – wie Hooker zu sagen pflegt«, seufzte Mike.

»Wo ist der kleine Scheißer eigentlich heute?« fragte Siam.

»Auf dem Boot. Der kleine Scheißer hatte heute abend keine Lust, rüberzukommen.«

»Na, da hast du ja wahrscheinlich einen hellseherischen Vogel«, sagte Siam. Er wischte die Theke ab. »Na, war schön, Ellies Bekanntschaft zu machen, nicht?«

»So heißt sie? Sie benahm sich, als hätte sie auf mich gewartet.«

»Sie war schon seit vier Uhr heute nachmittag hier. Hat mich gefragt, ob du heute vorbeischauen würdest. Ich hab' ihr gesagt, daß du – wenn das Schiff im Hafen ist – normalerweise samstags auf ein Bier reinkommst. Sie sagte, daß ihr eingelaufen wärt und daß sie warten würde. Hat wahrscheinlich die Hälfte der Stammgäste verscheucht. Hat sie immer aus ihren kleinen, funkelnden Augen angestarrt.«

So viele Worte hatte Mike noch nie an einem Nachmittag aus Siams Mund vernommen, geschweige denn an einem Stück in einem einzigen Gespräch. Als sei er sich seiner plötzlichen Redseligkeit bewußt geworden, schüttelte Siam den Kopf und bewegte sich zum anderen Ende der Theke hinunter.

»Nichts gefunden draußen, Capt'n, stimmt's?« fragte einer der Männer ein paar Barhocker weiter.

»Rein gar nichts – nur Unmengen Wasser«, sagte Mike abwehrend.

Er starrte auf sein Bier. Innerlich setzte er sich mit der Tatsache auseinander, daß sein Leugnen in diesem Fall mehr involvierte als Navy-politische Erwägungen. Mayfields Schwester war überzeugt, daß ihr Bruder tot war und daß er nicht durch einen Unfall ums Leben gekommen war.

»Ach, geben Sie nix drum«, sagte der Mann. »An diesen Schwachsinn mit dem Unterseeboot glaubt doch hier sowieso keiner.«

»Maxie Barr glaubt dran«, sagte sein Kumpel und beugte sich nach vorne, damit er Mikes Gesicht sehen konnte. »Maxie Barr sagt, er hat so ein verfluchtes U-Boot geseh'n – und basta. Behauptet, daß die Navy die Sache vertuscht, weil sie das gottverdammte Ding nicht finden kann.«

»Die Navy kann das gottverdammte Ding nicht finden, weil es keins gibt«, erwiderte Mike ärgerlich. »Wo soll das U-Boot nach Maxies Ansicht denn hergekommen sein – aus dem Bermuda-Dreieck?!«

»Mir ist das zu hoch, Capt'n«, erwiderte der Fischer. »Aber Maxie gibt nicht klein bei. Sagt, was er gesehen hat, hat er gesehen, und da macht ihm keiner was anderes weis.«

»Keiner hat Maxie Barr jemals von was anderem überzeugen können«, sagte Mike, trank sein Bier aus und glitt vom Barhocker.

Er war hergekommen, um sich ein Bild zu machen, was im Dorf geredet wurde. Was er hörte, gefiel ihm gar nicht. Tief im Innern wußte er, daß sein Zorn zumindest teilweise auf den Umstand zurückzuführen war, daß er diesen Leuten nicht die Wahrheit sagte. Beim Hinausgehen stiegen ihm die Gerüche aus der Restaurantküche in die Nase, und er merkte, daß er den ganzen Tag noch nichts gegessen hatte. Er schlüpfte durch den offiziellen Vordereingang des Restaurants und bestellte für 19 Uhr 30 einen Fenstertisch. Dann ging er zum Boot zurück, um sich umzuziehen. Er ging selten zum Essen aus, aber er fühlte sich nicht danach, ein kulinarisches Werk zu zaubern.

Als er um 19 Uhr 30 zurückkehrte, wurde er von einer verführerischen Blondine zu seinem Tisch geführt. Er wußte nicht, was er mehr bewundern sollte, die schöne Aussicht aufs Wasser oder auf die Schönheit, die sich gerade wieder von seinem Tisch entfernte. Er wählte das Menü. Sein Kellner war ein übersprudelnder junger Mann, der so gut gelaunt und begeistert die besondere Empfehlungen der Abendkarte anpries, daß er Mike fast den Appetit verdarb. Mike bestellte ein halbes Dutzend geöffneter Austern, Schwertfischfilet und einen Waldorfsalat. Statt eines Cocktails nahm er eine Flasche Kendall Jackson Chardonnay. Als er mitten im Essen aufsah, betrat der Chief Staff Officer der Schwadron, Commander Bill Barstowe, mit seiner Frau und Diane Martinson gerade den Speisesaal. Mike hatte sie von seinem Ecktisch am Fenster aus erblickt, ohne daß sie ihn jedoch sehen konnten, da sie einen Tisch etwa sechs Meter von seinem entfernt zugewiesen bekamen.

Diane trug ein pfirsichfarbenes, ärmelloses Futteralkleid und dazu eine einreihige große Perlenkette. Die anderen Männer im Restaurant maßen sie mit ihren Blicken, als sie der Empfangsdame zum Tisch folgte. Sie nahm Platz, dankte dem Kellner, der ihren Stuhl heranschob, strich ihr Haar glatt – und erblickte Mike beim Aufschauen. Ihre Augen weiteten sich einen Moment vor Überraschung, aber dann sah sie aufs Wasser hinaus, ohne offenkundig werden zu lassen, daß sie ihn erkannt hatte.

Während der nächsten halben Stunde versuchte Mike, nicht ständig zu dem Tisch hinüberzuschauen. Commander Barstowe saß mit dem Rücken zu ihm, und seine Frau hatte Mike nicht gesehen. Diane ließ ihren Blick gelegentlich über Mikes Tisch schweifen, und einmal glaubte er auch, den Anflug eines Lächelns auf ihrem Gesicht zu erkennen, als sie ihn direkt ansah. Commander Barstowes Frau war eine ziemliche Schwatztante, die nichts um sich herum wahrnahm. Ihr Mann gab vor, aufmerksam zuzuhören, aber Mike kam zu dem Schluß, daß Dianes Anblick ihn viel mehr interessierte.

Als Mike mit dem Essen fertig war, überlegte er, ob er an seinem Tisch warten sollte, bis sie fertig und gegangen waren, oder einfach aufstehen und das Lokal verlassen sollte. Trotz des brennenden Verlangens, das er beim Anblick Dianes verspürte, war er sich nicht sicher, ob er ihr in Gegenwart des ranghöchsten Stabsoffiziers des Commodore begegnen wollte. Er fragte sich, wo der Chef des Stabes war, und erinnerte sich dann, daß Captain Martinson auch an der wichtigen Konferenz in Norfolk teilnehmen sollte. Aber warum sollte er schon samstags fahren? Doch einen Augenblick wurde ihm wieder klar, warum!

Der Kellner erschien mit der Rechnung. Er kam kurz danach zurück und fragte höflich, aber dezidiert, ob er sonst noch etwas für ihn tun könnte. Mike sah, daß im Foyer eine Reihe von Gästen auf einen Tisch wartete, deshalb zahlte er bar und folgte dem Kellner quer durch den Speisesaal. Er vermeinte, Diane etwas rufen gehört zu haben, das die Aufmerksamkeit ihrer Tischgesellschaft auf etwas auf dem Wasser lenkte, als er den Raum durchschritt. In diesem Moment erspähte ihn Commander Barstowe.

»Mike Montgomery – kommen Sie uns wenigstens guten Tag sagen«, rief er.

Mike änderte die Richtung und ging zu ihrem Tisch hinüber. Commander Barstowes Frau unterbrach ihren Monolog, um Mike überschwenglich zu begrüßen.

»Und Sie kennen ja sicher Diane Martinson«, sagte Commander Barstowe. »Die Martinsons sind Nachbarn von uns, und da der Chief of Staff dieses Wochenende nach Norfolk rauf mußte, haben wir Diane überredet, mit uns essen zu gehen. Wir sind fast fertig. Trinken Sie einen Kaffee mit uns?«

Mike zögerte. Diane hatte ihn zur Begrüßung unbeteiligt angelächelt. Er war unschlüssig, was er tun sollte. Die Frau des Commander insistierte lautstark, und ihr aufmerksamer Kellner brachte schon einen vierten Stuhl. Er saß nun rechts von Diane, gegenüber der Frau des Commander. Sein Knie stieß gegen Dianes, als er sich setzte, und wieder glaubte er, den Anflug eines Lächelns in ihren Augen zu entdecken. Die Frau des Commanders hatte wieder mit ihrem Redefluß begonnen, was Mike der Notwendigkeit enthob, seinerseits etwas zur Konservation beizutragen. Commander Barstowe wandte sich dankbar an Mike, um nach dem Verlauf der Operation während der Woche zu fragen, so daß Diane jetzt alleiniges Opfer des Tratsches und Klatsches seiner geschwätzigen Frau war. Jetzt war es an Mike, ein Lächeln zu unterdrücken, als er sah, wie Dianes Augen immer teilnahmsloser wurden. Der Kellner brachte Mikes Kaffee.

»Also kein Unterseeboot, oder?« fragte Barstowe.

Offensichtlich hatte der Commodore seinen Chief Staff Officer über die Ergebnisse von heute morgen nicht in Kenntnis gesetzt.

»Nichts Neues«, antwortete Mike.

»Aber komisch ist es schon«, sagte Barstowe. »Da meldet jemand ein U-Boot, und dann sinkt ein Fischkutter – aus keinem ersichtlichen Grund. Der PAO berichtete, daß die lokale Presse sehr bemüht war, daraus eine Story zu machen.«

»Da bin ich sicher«, sagte Mike und erinnerte sich an seinen Zusammenstoß mit Christian Mayfields Schwester. »Das Problem dabei ist, daß die Leute anfangen, es zu glauben, nur weil es in den lokalen Zeitungen steht.«

In diesem Moment spürte Mike eine sanfte, forschende Berührung an seinem rechten Knöchel – Diane spielte mit ihm ›Füßeln‹. Er hatte Mühe mitzubekommen, was Commander Barstowe gerade sagte.

». . . haben wir das mit unseren eigenen U-Boot-Operationskräften überprüft, aber die sagten, daß sie hier in der Gegend nicht operieren. Klangen, als ob sie uns ohnehin für etwas zurückgeblieben hielten. Sie wissen ja, wie die in Norfolk über uns in Mayport denken.«

Mike lachte – zum Teil wegen Barstowes Anspielung auf Mayports provinziellen Ruf, verglichen mit dem großen Flottenstützpunkt in Norfolk, zum Teil als nervöse Reaktion auf Dianes neckische Spielerei unter dem Tisch. Mit ihrem Fuß – sie trug Nylonstrümpfe – strich sie seine rechte Wade auf und ab. Mike fragte sich, ob die Tischdecken lang genug waren, um zu verbergen, was sich da abspielte. Er warf einen Blick auf den Nebentisch und stellte fest, daß sie es waren. Diane war das nicht entgangen. Sie lächelte wieder und nickte, als folgte sie aufmerksam den Ausführungen der anderen Frau. Mike hatte Mühe, sich auf das Gespräch mit dem Chief Staff Officer über den möglichen Ursprung der U-Boot-Geschichte zu konzentrieren. Er hoffte inbrünstig, daß Commander Barstowe der Plänkeleien, die sich im wahrsten Sinne des Wortes unter seinen Augen abspielten, nicht gewahr wurde. Schließlich gab Diane nach, und Mike gelang es, sich wenige Augenblicke später zu verabschieden.

Er beeilte sich, ins Foyer zu kommen. Hier warteten in der Tat viele Leute auf einen freien Tisch. Er trieb sich noch eine Weile im Foyer herum, wobei er sich ein bißchen lächerlich vorkam und auch nicht wußte, ob es angebracht war zu warten. Aber er hoffte, daß Diane ins Foyer herauskommen würde. An einer Seite des Foyers war die Meeresfrüchte-Bar, die entlang den Wänden von erleuchteten Aquarien mit Tropenfischen umgeben war. Mike spazierte dorthin und gab vor, sich diese anzusehen, während er gleichzeitig den Eingang zum eigentlichen Speiserestaurant im Auge behielt.

Die blonde Empfangsdame erblickte ihn und schenkte ihm ein Lächeln. Nach fünf Minuten wurde sein Warten durch den Anblick Dianes, die durch den Eingang kam, belohnt. Sein Herz schlug höher – aber nur für einen Augenblick: Sie war in Begleitung der Frau des Commander. Sie gingen auf direktem Wege zur Damentoilette. Diane hatte nicht erkennen lassen, ob sie ihn gesehen hatte. Im Geiste fluchte er und verließ das Restaurant. Die junge Empfangsdame, die ihn vom Reservierungspult aus den Augenwinkeln beobachtet hatte, warf ihm einen verwunderten Blick zu, als er ging, zuckte mit den Achseln und rief die nächste Vierergruppe auf.

KAPITEL VIERUNDDREISSIG

Jachthafen Mayport,
Samstag, 26. April, 23 Uhr 00

Mike lehnte sich in seine Chaiselongue auf dem hinteren Teil der Veranda der Lucky Bag zurück und schaute gelegentlich vorbeifahrenden Booten nach, deren rot-grüne Positionslampen im Takt mit der kabbeligen See über das dunkle Wasser funkelten. Eine leichte Brise war aufgekommen, nachdem er vom Restaurant zurückgekehrt war, so daß er die Klimaanlage abgestellt und alle Türen auf dem Boot geöffnet hatte. Außer einem kleinen Nachtlicht oben am Niedergang zum Wohnraum hatte er alle Lampen ausgeschaltet und saß im Dunkeln. Das einzige Licht, das von der Heckveranda aus zu sehen war, kam von der schwachen Gehwegbeleuchtung entlang des Piers, die die Reihen der Schiffsliegeplätze unterteilten. Musik erklang von einer Party zwei Piers weiter, aber die Leute, die sie veranstalteten, waren zur Abwechslung einmal rücksichtsvoll und drängten ihren Musikgeschmack nicht der gesamten restlichen Welt auf.

Nachdem er zurück war, hatte Mike zunächst wieder seine Shorts und Tennisschuhe angezogen, dann aber – in der feuchten Dunkelheit der Veranda – alles ausgezogen. Er lag nackt in den Couchkissen – sein massiger Körper füllte die ganze Länge der Couch aus. Er spürte, wie sich die Knöpfe der Kissen in seinen Rücken eindrückten. Er lag da und wartete. Die Nachtluft strich sanft über seine Haut, und die Bedenken über das, was jetzt passieren würde – die er unterbewußt die ganze Zeit gehegt hatte – verloren sich zusehends.

Wenn sie käme, dann nicht, um sich zu unterhalten. Die Brise war erfrischend bis auf die Augenblicke, in denen sie nachließ und sich in der nachdrängenden feuchten Nachthitze Floridas der Salzgeruch von Fluß und Kanal mischten.

Er überließ sich seinen Gedanken, die die Anspannung des Tages lösten. Das geheimnisvolle Unterseeboot hatte er – ebenso wie das Unbehagen, in Gegenwart seines Exec vom

Commodore gerügt worden zu sein – aus seinen Gedanken verbannt. Er konzentrierte sich jetzt nur auf Diane, wie sie früher am Abend ausgesehen hatte, die Andeutung eines Lächelns auf ihren Lippen bei Tisch und das Versprechen, das den Abend vorher auf dem Parkplatz in ihren Augen geschrieben stand. Er hatte sich einen Longdrink gemixt und strich mit den Fingern gedankenverloren das Glas, an dem Wassertropfen herabliefen, auf und ab, ohne auf das kondensierte Wasser, das auf seine nackte Brust tropfte, zu achten.

Seine Haut prickelte wie ein frisch geschorenes Fell, und all seine Muskeln waren angespannt – wie in Vorbereitung auf eine große Anstrengung. Die Lucky Bag schaukelte leicht im Kielwasser eines vorbeifahrenden Bootes, und er konnte das Klatschen der Wellen gegen ihren breiten Rumpf hören. Gelegentlich waren weibliche Stimmen über dem Jachthafen zu hören, aber er konzentrierte sich auf ein anderes Geräusch – das hoher Absätze, die vorsichtig, aber entschlossen die eine Stufe zwischen Ponton und Pier hinauf-, dann wieder hinunterstiegen, näherkamen – bis sie vor der kleinen Laufplanke der Lucky Bag haltmachten. Er hatte die Relingspforte oben am Ende der Laufplanke offengelassen, ebenso wie den Eingang zum Wohnbereich. Er hatte den Eindruck, als bewegte sich das Boot leicht, als sie an Bord kam, dann war es einen Moment still, bevor sie im Türrahmen zur Veranda erschien – ein schlanker Schatten, der die Nachtluft mit einem Hauch von Chanel erfüllte. Aber da lag noch etwas anderes in der Luft. Etwas viel Elementareres. Er hatte das Gefühl, daß sein Körper die Couch kaum noch berührte, als er in der Dunkelheit zu ihr hinüberblickte und die Aufregung in seiner Brust anschwoll, obwohl er bewegungslos und schweigend auf der Chaiselongue liegengeblieben war.

Sie kam langsam zur Couch herüber und blieb am Fußende stehen. Ihr Gesicht war nur ein undeutlicher Schatten. Er hörte, wie ihr Atmen schneller wurde, als sie sah, daß er nackt war. Sie griff nach hinten, löste den Verschluß ihres Kleides und streifte es mit zwei fließenden Bewegungen ab. Sie trug keinen BH, und in der Dunkelheit konnte er mehr erahnen denn sehen, wie ihre schweren Brüste wogten. Ihr Slip war nur als weißes

Dreieck zwischen ihren Hüften zu erkennen, bis sie ihn über ihre Schenkel abstreifte. Sie stieg auf die Chaiselongue und legte sich der Länge nach auf ihn. Sie nahm seinen Kopf in ihre Arme und ihre hungrigen Lippen suchten und fanden sich, auch noch als er sie in seine Arme zog und in einer einzigen kraftvollen Bewegung nahm.

Viel später, als sie beide erschöpft auf der Couch lagen, weckte ihn ihr leises Schnaufen in seiner Achselhöhle. Er rutschte ein wenig zur Seite und strich ihr sachte die feuchten Haare aus der Stirn. Sie gab ein paar unverständliche Laute von sich und kuschelte sich noch enger an ihn. Vorsichtig löste er sich von ihrem warmen Körper, hob sie hoch und trug sie unten in die Schlafkabine, wo sie sich von neuem liebten.

Das langgezogene Tuten der St.-Johns-Fähre, die zur ersten Flußüberquerung des Tages ansetzte, kündigte unwiderruflich den neuen Morgen an. Strahlender Sonnenschein drang durch die Fenster herein, als Mike hinüberrollte, sich aufsetzte, die Augen rieb und in der Erinnerung an die vergangene Nacht lächelte. Diane lag zusammengerollt in der Mitte des Bettes. Er beugte sich über sie und gab ihr einen Kuß auf die Wange. Dann stand er auf, deckte sie mit dem Bettlaken zu, so daß nur noch ihr Gesicht herausschaute. Er beobachtete sie eine Weile in ihrem Schlaf voller Staunen über ihre Schönheit und sein Glück. Dann ging er ins Badezimmer.

Anschließend schüttete er in der Kombüse Kaffee auf. Auf dem Weg dorthin schlüpfte er in seine Badehose. Den Kaffee trug er nach oben auf die Veranda und winkte seinem Nachbarn auf der anderen Seite des Piers, einem älteren, sehr eleganten New Yorker Rechtsanwalt im Ruhestand, Nathan Goldstein, grüßend zu. Mr. Goldstein war durch und durch New Yorker; ein typischer Vertreter der für ihren Witz bekannten protestantischen Amerikaner nordeuropäischer Abstammung, die der privilegierten einflußreichen Schicht angehören. Er lebte und starb für seine New-York-Times-Sonntagsausgabe und seinen mit Slibowitz versetzten Kaffee, den er stilvoll auf dem Heck seiner fünfzehn Meter langen Bertram-Yacht zu sich zu nehmen pflegte. Der Kanal wimmelte schon von Booten aller Art, die in Richtung Flußkreuzung des St. Johns und offenes Meer –

etwa fünf Meilen flußabwärts – unterwegs waren. Die Segelboote schoben sich in den kreuz und quer verlaufenden Kielwassern der zahlreichen Motorboote hinaus und stampften wieder ein. Mike und Mr. Goldstein kritisierten gerade das Verhalten der Rennboote auf dem Wasser, als Diane auf die Veranda hinaustrat. Sie kam geradewegs aus der Dusche, hatte ihr dunkles Haar zu einem geschlungenen Knoten aufgesteckt und trug einen bodenlangen Morgenmantel aus Samt. Sie goß sich eine Tasse Kaffee ein. Die Schläfrigkeit in ihrem Gesicht wich schnell einem sichtbar zufriedenen Strahlen.

»Oijoijoi«, rief Mr. Goldstein, als er Diane erblickte, »da ist es Ihnen ja zur Abwechslung tatsächlich einmal gelungen, eine richtige Frau zu finden, Mikey – nicht eines von diesen kleinen Strandhäschen, die Sie sonst immer mitbringen!« Diane schenkte ihm ein schelmisches Lächeln, ging zu einem der Stühle und setzte sich auf die Kissenauflage. Mike, der nicht wußte, was er sagen sollte, ging zu ihr hinüber und überließ Mr. Goldstein, der von Zeit zu Zeit verstohlene Blicke auf Diane warf, seiner Zeitung. Mr. Goldstein, seit langem Witwer, ging der Ruf voraus, in örtlichen Bingo-Kreisen kein Kostverächter zu sein.

»Guten Morgen, Sunshine«, sagte Mike. Er konnte sich an ihrem frischgewaschenen Gesicht nicht sattsehen und hätte sie am liebsten wieder mit nach unten genommen. Aber dann lächelte sie ihn an – und er war bereit, auch darauf zu verzichten.

»Ihr Freund dort drüben würde einen Herzschlag bekommen, Capt'n«, sagte sie verschmitzt lächelnd. Sie hatte seinen Gesichtsausdruck wieder einmal richtig gedeutet.

»Dann würde er doch als glücklicher Mann von uns gehen«, erwiderte Mike und mußte selbst lächeln – trotz seines plötzlichen Verlangens.

»Und wie steht's mit dir? Würdest du als glücklicher Mann sterben?« neckte sie ihn. Sie ordnete den Morgenmantel neu, wobei sie Mike einen Blick auf ihre prachtvollen langen Schenkel erhaschen ließ. Drüben auf der Bertram klapperte Mr. Goldsteins Kaffeetasse.

»Glücklich, aber nicht befriedigt, Madame«, erwiderte Mike.

»Zu dieser Quelle möchte ich wohl noch einige Hundert Mal zurückkehren. Wobei ich nur von heute morgen rede . . .«

»Wie können wir das denn bewerkstelligen«, alberte sie. »Heißt das, daß ich den ganzen Tag bleiben kann?«

Aus Mikes Gesicht verschwand der scherzhafte Ausdruck: »Nicht nur den heutigen Tag; für immer, wenn du willst – solange du mit mir zusammenbleibst.«

Sie schaute ihn über den Rand ihrer Kaffeetasse an. In ihren Augen war ein unergründlicher Ausdruck. »Nicht über Bord fallen, Capt'n«, sagte sie weich. »Das macht sich nicht gut.«

Er beugte sich vor: »Ich glaube nicht, daß mich das im Augenblick sehr viel schert«, sagte er. »In diesem Moment ist dein Mann bei einer anderen Frau, und du bist bei mir. Offiziell kann ich dir mein Bedauern darüber ausdrücken, daß deine Ehe gescheitert ist, aber das hält mich nicht davon ab, dir zu sagen, daß ich dich begehre. Weißt du eigentlich, wie außergewöhnlich die letzte Nacht war? Wir haben uns nicht nur zusammengefunden – wir sind miteinander verschmolzen. Ich weiß, daß das weder besonders klug, clever oder realistisch ist, aber so ist es nun mal: Ich begehre dich, und ich habe mich in dich verliebt.«

Diane schaute lange auf ihren Kaffee. Die beschwingte Stimmung des Morgens war etwas anderem gewichen.

»Können wir das nicht langsam angehen, Mike? Eins nach dem anderen?« fragte sie und blickte auf. »Das ist alles sehr neu für mich. Was ich heute wirklich am liebsten tun würde, wäre, einfach den Tag hier auf dem Boot zu verbringen und mich um nichts zu kümmern. Du mußt begreifen, daß schon die Tatsache, daß ich hier bin, mir ganz schön die Sinne schwinden läßt. Ich glaube nicht, daß ich Liebe, Freiheit und dein liebevolles Verlangen auf einmal verkraften kann.«

Sie sah die Betroffenheit in seinen Augen.

»Das ist kein ›Nein‹, Mike«, fügte sie schnell hinzu. »Das ist keine Ablehnung oder ein Zurückweisen. Letzte Nacht war – fantastisch. Jetzt im Moment scheint alles – du, das Boot, vergangene Nacht, wie wir uns geliebt haben – wie ein riesiges Puzzle, an dem ich seit Jahren gearbeitet habe: Und plötzlich liegt es fertig vor mir auf dem Tisch. Ich will einfach nichts durch eine falsche Bewegung kaputt machen. Ist das verständlich?«

Er lehnte sich zurück und kam sich etwas lächerlich vor. »Tja – kann ich dir dann statt dessen Frühstück machen?«

Sie brach in lautes Lachen aus – ein strahlendes schallendes Lachen. Sogar Mr. Goldstein, der zehn Meter entfernt in der Sonne saß, nickte und lächelte, als er es hörte. Der beste Laut in der ganzen Welt. Gut für Mikey.

KAPITEL FÜNFUNDDREISSIG

USS GOLDSBOROUGH, am Pier,
Flottenstützpunkt Mayport,
Montag, 28. April, 10 Uhr

»Wieviel hat Ihnen der Commodore von der Sache erzählt?« fragte Mike.

Er telefonierte mit Commander Pierce Marshall IV., Skipper auf der Deyo, einem der in Mayport stationierten Achttausend-Tonnen-ASW-Zerstörer der Spruance-Klasse. Bevor er das Kommando über die Deyo erhielt, war er Adjutant eines Vize-Admirals in Washington gewesen. Er war mit allen Wassern gewaschen. Er kam aus einer Navy-Familie, und hinter seinem Rücken nannten ihn seine Kollegen nur ›den IV.‹.

»Nicht viel, Michael«, erwiderte Marshall, »nur, daß er möchte, daß wir eine passiv-akustische Suche nach Dieselmotoren – ausgerechnet in den OP-Gebieten von Mayport – mit besonderem Augenmerk auf nächtliche Aktivitäten durchführen und nach allem ›Besonderen‹ Ausschau halten. Er sagte, daß er mir nicht mehr darüber sagen werde, weil er eine unvoreingenommene Suche brauche und uns nicht dadurch, daß wir wüßten, wonach wir suchten, präjudizieren wollte. Er sagte wohl, daß es etwas mit der Goldsborough zu tun habe. Das einzige, was ich in der letzten Zeit über die Goldy gehört habe, ist, daß ihr – soweit ich weiß – in den OP-Gebieten einem geheimnisvollen U-Boot nachgejagt seid. Hat es was damit zu tun?«

»Ja, schon«, sagte Mike. »Ihr habt von uns allen die höchstentwickelte Ausrüstung für die passive akustische Erfassung und Analyse. Ich glaube, er will einfach feststellen, ob ihr anhand des Schnorchelns die Anwesenheit eines konventionellen Bootes unter all den Fischkuttern da draußen im Strom feststellen könnt. Es überrascht mich, daß er euch das nicht gesagt hat.«

»Ach, Sie kennen doch Aronson«, sagte Marshall. »So wie er

sich äußert, handelt es sich bei der Angelegenheit um ein Leuchtkäfer-Syndrom.«

»Leuchtkäfer?«

»Ach, Sie wissen schon, eine von diesen Geschichten, die plötzlich von oben kommen und derer man sich im Vorbeigehen entledigt, aber nichts, über das man sich länger Sorgen machen müßte. Typischer Ausdruck dieser nervtötenden Pentagon-Fritzen! Wie dem auch sei – es wird meine Sonar-Leute beschäftigt halten, während wir versuchen, der neuen Maschine die Mucken auszutreiben. Obwohl ich mir nicht im klaren bin, was wir zwischen all den andern Dieseln, die sich dort jede Nacht rumtreiben, hören sollen. Außerdem müssen sich doch abgesehen von den Fischkuttern dort nachts Dutzende von andern Booten aufhalten. Habt ihr denn da draußen irgendwas gefunden?«

Mike überlegte schnell. Vielleicht hatte er schon zuviel gesagt, vor allem wenn Marshall mit einem seiner Spezis im Stab darüber sprechen würde.

»Nein, eigentlich nicht. Ich glaube, der Commodore will einfach sagen können, daß wir der Sache auf sorgfältigste nachgegangen sind, um das U-Boot-Märchen zu widerlegen, und da die Goldy über keinerlei passive Möglichkeiten verfügt, will er, daß ihr Jungs das da draußen durchexerziert, nichts findet, und die Angelegenheit damit endgültig begraben werden kann.«

»In Ordnung, verstanden, okay, Michael, danke. Der IC-Mann ist gerade hier, um die Telefonleitung zu kappen, wir sehen uns dann Freitag. Viel Spaß bei der Kesselreparatur, mein Freund.«

»Oh, vielen Dank, Schiffskamerad«, antwortete Mike und hängte ein.

Mike rief den XO an.

»XO, ich hab' grade einen Anruf von der Deyo erhalten. Die führen jetzt die passiv-akustische Überprüfung durch – wie der Commodore gesagt hat.«

»Toller Auftrag, Skipper«, sagte Farmer. »Die passive Umgebung da draußen muß wirklich beschissen sein. In fünf Minuten wird sich das technische Team in der Messe versammeln. Möchten Sie runterkommen und die Besprechung eröffnen?«

»Wenn Sie mich so fragen, nein – aber ich komme trotzdem. Ich nehme nicht an, daß wir schon was aus Norfolk gehört haben, oder?«

»Nein, Sir, noch nicht. Nur, daß sie gut angekommen und im ›Dam Neck BOQ (Bachelors Officers Quarters)‹ untergebracht sind. Linc wird mich heute um siebzehn Uhr anrufen, damit wir wissen, was läuft.«

»Okay, XO. Klingt gut. Ich sehe Sie dann in der Messe. Rufen Sie mich an, wenn alle da sind.«

Er hängte ein und lehnte sich zurück. Er verdrängte alle Gedanken an das technische Team und das Unterseeboot, um sich ganz der Erinnerung an das Wochenende mit Diane zu widmen. Sie war den ganzen Tag geblieben und erst spät am Sonntag abend nach Hause gegangen. Nach ihrem ersten, kurzen Gespräch am Morgen hatte Mike sich zurückgehalten, um ihr mehr Freiraum zu lassen. Danach war sie entspannter gewesen. Am Nachmittag hatten sie sich zu einem Nickerchen hingelegt und sich versprochen, nur zu kuscheln. Geendet hatte es in einem weiteren, leidenschaftlichen Liebesakt. Mike hatte das Abendessen für sie zubereitet, und sie hatten den Rest des Abends händchenhaltend auf der Veranda verbracht, sich leise unterhalten und den Sonnenuntergang über dem Wasser beobachtet.

Sie sagte, daß sie J. W., falls er anriefe, mitteilen werde, daß sie während der Woche hinunter nach Lauderdale fahren werde, um Freunde zu besuchen, und daß sie die Woche über jede Nacht auf dem Hausboot sein werde. Mike konnte gar nicht erwarten, daß es endlich siebzehn Uhr dreißig würde. Dann wäre er fertig und könnte zum Boot zurück. Wie ein Matrose, der seinen Landurlaub herbeisehnt, sann er. Entschlossen unterdrückte er die leise Stimme in seinem Innern, die ihm zurief, daß er mit Feuer spielte. Das Telefon läutete. Der XO informierte ihn, daß alle da waren. Mike riß sich aus seinen Tagträumen und ging hinunter, um seine Arbeitswoche zu beginnen.

Um siebzehn Uhr saß Mike ausgestreckt auf der Couch in der Kabine des Exec, während dieser mit Linc in Norfolk telefonierte. Er beobachtete das Gesicht des Exec und versuchte, sich auf die Sache mit dem möglichen Unterseeboot zu konzentrieren. In Gedanken jedoch war er mit anderen Dingen beschäftigt, z. B. sein Wochenende mit Diane. Noch zwei Tage bis zur Rückkehr ihres Mannes; zwei Nächte und einen Tag – um genau zu sein. Er versuchte, nicht darüber nachzudenken, wie es nach der Rückkehr von J. W. Martinson III mit ihnen weitergehen würde. Diane hatte J. W. mitgeteilt, daß sie ihre gesellschaftlichen Verpflichtungen reduzieren werde. Sie hatte das schon seit längerem angedroht – weil es sie entsetzlich langweilte. J. W., der ein Gutteil seiner Zeit auf solchen Veranstaltungen zubrachte, um wichtige Leute zu treffen und gesehen zu werden, schien das nicht sonderlich zu stören. Er sagte, daß er froh sei, wenn sie andere Beschäftigungen gefunden habe. Mike mußte über die Ironie dieses Gedankens lächeln, als er vom XO, der gerade seine Unterhaltung mit Linc beendete, in die Wirklichkeit zurückgeholt wurde.

»Also – wie sieht's aus?« fragte er, als der Exec eingehängt hatte.

»Klassifizierung ›sehr hohe Möglichkeit‹«, sagte der Exec.

Mike stöhnte. Das ASW-Klassifizierungs-Center machte seinem Ruf der Ambivalenz wieder einmal alle Ehre. Es war bekannt für uneindeutige Klassifizierungen. Vor drei Jahren hatte es einmal die Sonar-Bänder eines Zerstörers, dessen Zusammenstoß mit einem getauchten britischen U-Boot eine NATO-ASW-Übung beendet hatte, analysiert. Die höchste Klassifizierung, die das Center gewähren wollte, war ein ›möglich‹.

»Nicht sehr hilfreich, das geb' ich zu«, sagte der Exec. »Aber Linc sagte, daß die drei Chiefs, die die Analyse durchgeführt haben, glauben, daß es ein richtiger Kontakt und kein Meeresleben oder Meeresbodenkontakt war. Sie konnten ihre Bosse nur nicht dazu bringen, ein Risiko durch eine ›Wahrscheinlich‹-Klassifizierung einzugehen. Sie wissen ja, wie ›Die da oben‹ sind.«

»Allerdings«, sagte Mike. »Aber was zum Teufel machen wir jetzt damit? Wegen eines weiteren ›möglichen‹ Unterseeboot-Kontaktes, der zudem noch vier Tage alt ist, wird der Verband wohl kaum alles in Bewegung setzen.«

Er seufzte und überlegte kurz.

»Kommt Linc morgen zurück? Weiß er, daß er die Bänder wieder zurückbringen soll?«

»Ja, Sir – auf beide Fragen. Ich glaube, wir müssen jetzt die Geisterjagd der Deyo abwarten.«

Mike schüttelte langsam resigniert den Kopf.

»Die fahren raus und machen in den Fanggründen Aufnahmen von Dieseln. Und es wird niemanden überraschen, wenn sie davon Dutzende finden. Selbst wenn sie ein außergewöhnliches Maschinengeräusch aufzeichnen oder ein untypisches Muster entdecken, wird das nicht eindeutig genug sein. Wir brauchen etwas Konkreteres.«

Vor seinem geistigen Auge war plötzlich ohne ersichtlichen Grund das aufgewühlte Gesicht von Christian Mayfields Schwester aufgetaucht.

»Irgendwie«, fügte er hinzu.

»Sollten wir den Commodore anrufen und ihn informieren?« fragte der Exec. »Ich kann mich nicht mehr genau daran erinnern, was wir vereinbart haben.«

»Ich werd' das Büro des Commodore hier anrufen, obwohl ich glaube, daß er direkt mit dem Center sprechen wollte. Ich habe nicht den Eindruck, daß der CSO vollständig ins Bild gesetzt wurde, deshalb werd' ich ihm nur mitteilen, daß die Beurteilung ein ›möglich‹ war, falls der Commodore anruft. Wenn der Commodore ihm dann mehr sagen will, wird er das schon tun.«

»Aye, aye, Sir«, sagte der XO. »Machen Sie jetzt die Fliege?«

»Mmh, glaube schon, XO.«

Mike fragte sich, ob der XO seine Geistesabwesenheit während der heutigen Besprechungen und Planungssitzungen über die Reparaturarbeiten bemerkt hatte. Er wußte, daß er ruhiger als sonst gewesen war, sich weniger eingemischt hatte. Er war noch immer wie betäubt von den Gedanken an Diane. Aber wenn ihm etwas aufgefallen war, so hatte er es sich jedenfalls nicht anmerken lassen. Das war gut so, denn Mike fühlte sich absolut nicht in der Lage, seiner Nummer Eins seine plötzliche Beziehung zur Ehefrau des Stabschefs zu erklären. Schon der

Gedanke, sie wiederzusehen, erregte ihn. Er stemmte seinen schweren Körper von der Couch hoch. Im Türrahmen blieb er stehen.

»Irgendwie hab' das verdammte Gefühl, daß diese U-Boot-Geschichte wieder hochkommen und irgend jemand ganz schön in den Arsch gekniffen sein wird. Wir müssen sehr aufpassen, daß wir das nicht sind.«

Der Exec grinste.

»Keine Sorge, Capt'n«, sagte er. »Wir werden es einfach UFO – Unterwasser-Fliegendes-Objekt – nennen: dann muß sich die Luftwaffe drum kümmern.«

»Da haben wir's, XO«, lachte Mike. »Ich wußte, daß Sie damit fertig werden.«

Dann nahm sein Gesicht wieder einen ernsten Ausdruck an.

»Wissen Sie, das fehlende Glied in der ganzen Kette ist immer noch das Motiv – sofern das der richtige Ausdruck ist. Wenn sich hier in den OP-Gebieten von Nax ein U-Boot herumtreibt, dann aus welchem Grund?«

Der Exec lehnte sich in seinem Stuhl zurück und schaute verständnislos auf das Schott.

»Vielleicht«, sann er, »vielleicht ist es ein Test. Vielleicht haben ›Die da oben‹ das inszeniert, um zu sehen, wie lange oder ob überhaupt einer von den Zerstörern drüber stolpert. Denken Sie nur an den Vorfall mit dem sowjetischen Band.«

Mike nickte. Der Fleet Commander, ein dynamischer Offizier im Admiralsrang mit einer Reihe von Lieblingsprojekten, hatte einen Übungswagen der Navy für elektronische Kampfführung im State Park auf der anderen Seite des Flusses auffahren und von dort aus das Radarsignal eines sowjetischen Raketenträgers simulieren und zum Stützpunkt hinüberschicken lassen. Es hatte drei Tage gedauert, bis dort eines der Schiffe, die Barry, es entdeckt hatte, und weitere zwei, bis die Meldung erfolgte. Danach hatte es eine Reihe von Predigten aus Norfolk über die Verbesserung der Einsatzbereitschaft bei der elektronischen Kampfführung gegeben.

»Ja, das stimmt schon, aber wir haben doch gar keine konventionellen U-Boote mehr – nur noch nukleare. Das würde doch bedeuten, daß wir uns ein Boot von den Alliierten hätten beschaffen müssen, z. B. ein britisches oder kanadisches. Ich glaube, das ist ein bißchen weit hergeholt. Aber vielleicht ... ach, Scheiße, ich weiß es auch nicht. Diese ganze Sache ist mir ein Rätsel. Und es paßt mir überhaupt nicht, daß ausgerechnet ich das Ganze auf Tapet bringen soll. Wissen Sie noch, wie die Barry zusammengeschissen wurde, weil sie den Bericht verzögert hatte, obgleich sie das einzige Schiff im Hafen war, das das Signal überhaupt erfaßt hatte.«

Der Exec nickte bedächtig.

»Ja, Sir, andererseits – Sie wissen, was der Commodore gesagt hat: Es ist nicht unsere Aufgabe, uns um die politische Bedeutung zu kümmern. Unsere Aufgabe ist es, einen Kontakt zu melden.«

»Richtig«, schnaubte Mike, »und scheiß auf die Konsequenzen. Zum Teufel mit den Torpedos und volle Kraft voraus! Das meinen Sie doch, XO; leicht gesagt – aber nicht leicht getan! Ich kann mich des Eindrucks nicht erwehren, daß einige von uns Commanding Officers nur noch eben toleriert werden. Und wenn du genug Lunten ansteckst, wird dich schon eine davon erwischen.«

»Ja, Sir, das weiß ich wohl«, sagte Farmer, »aber in der ersten Zeit Ihres Kommandos haben Sie doch dauernd welche angezündet. Inzwischen dürfte Ihnen das Gefühl doch vertraut sein.«

»Nicht, wenn Sie jemand wie Martinson im Nacken haben. Ich weiß aus ziemlich sicherer Quelle, daß er mich liebend gerne hier raus hätte. Mir wurde nahegelegt, etwas – wie haben sie sich noch ausgedrückt – umsichtiger zu sein, falls ich mein Kommando bis zum Ende behalten wollte. Ja, das war's – umsichtiger.«

Zum Beispiel indem du die Frau des Stabschefs vögelst, dachte Mike. Das war wirklich ›umsichtig‹. Dem Exec war die Veränderung in Mikes Gesichtsausdruck nicht entgangen.

»Versuchen Sie, dem Motiv auf die Spur zu kommen, XO«, sagte Mike. »Wenn die Deyo was findet und Sie mir ein Motiv nennen können, werd' ich die Sache weiterverfolgen. Wie, mit wem, weiß ich noch nicht, aber ich werde dranbleiben, zumindest solange, bis sie meinen jugendlichen Arsch hinausbefördern.«

»Ja, Sir, wir werden schon was finden.«

Mike ging zu seiner Kabine zurück und rief Commander Barstowe an. Er wartete, bis der Verwaltungsunteroffizier den CSO an den Apparat geholt hatte. Die späte Nachmittagssonne, die durch das Bullauge hereinströmte, warf eigenartige Muster auf die Kabinenwand. Der Lärmpegel auf dem Schiff war jetzt erheblich niedriger, nachdem mit Ende der Dienstzeit um 16 Uhr 30 zweihundertvierzig Mann der Mannschaft von Bord gegangen waren. Es waren nur noch die gelegentlichen Geräusche der Diensthabenden, die die Durchgänge kehrten und das Schiff für die Nacht vorbereiteten, zu hören.

Der CSO war jetzt am Apparat, und Mike informierte ihn über die wichtigsten Nachrichten aus Norfolk. Barstowe ließ nicht erkennen, ob er Bescheid wußte, sondern versprach nur, die Nachricht weiterzugeben, und, nein, er hatte noch nicht mit dem Commodore gesprochen. Mike fragte, wann dieser in Mayport zurückerwartet werde, und erhielt die Antwort, am späten Mittwoch nachmittag. Der Commodore werde zusammen mit dem Rest des Navy-Kontingentes mit einer Transportmaschine der Navy zurückkommen, die auf der Start- und Landebahn der Navy-Luftwaffe, die direkt neben dem Stützpunkt lag, landen würde.

Mittwoch nachmittag, überlegte Mike, als er aufgelegt hatte. Dann haben wir noch heute und morgen nacht. Und danach? Was immer wir kriegen können, sagte er zu sich selbst. Die Unterseeboot-Geschichte schien sich wieder in Nebel aufzulösen, dachte er erleichtert. Jetzt, nachdem Diane in sein Leben getreten war, würde er nur zu gerne dem Rampenlicht des Verbandshauptquartiers entfliehen und die Bühne Ehrgeizigeren unter seinesgleichen in Mayport überlassen. Plötzlich wurde ihm klar, was er eigentlich wollte: seine Kommandotour beenden und der Navy, der ›bleihaltigen Luft‹ und dem ganzen Scheiß den Rücken kehren ... Und danach? Wahrscheinlich würde er dem alten Sprichwort folgen, Hooker auf die eine Schulter nehmen, ein Ruder auf die andere und über Land ziehen. Wenn ihn schließlich jemand fragen würde, für was ein Ruder gut sei, wäre er wahrscheinlich weit genug vom Meer entfernt, um es in die Erde zu stecken und diesen Platz ›Zuhause‹ zu nennen.

Aber just in diesem Moment wartete eine liebeshungrige Frau auf ihn. Er stand auf und ging in das winzige Bad im vorderen Teil seiner Kabine, um die Uniform auszuziehen. Als er die zerknitterte, verwaschene Khaki-Hose in den Wäschesack stopfte, erblickte er sich in dem Spiegel, der von einem seiner Vorgänger auf der Rückseite der Tür angebracht worden war. Alles in allem, war er immer noch ganz gut in Form. Plötzlich fiel ihm ein, daß Diane schon auf dem Boot sein könnte. Er hatte ihr einen Schlüssel zur Lukentür, die zum Hauptwohnbereich führte, gegeben. Er wollte ihr nicht mit Nachmittagsbart und in Khakihosen, die nach dieser einzigartigen Zerstörer-Duftkombination aus Heizöl, Ozon, Dampf, Kombüsenfett, Desinfektionsmittel und Metall rochen, begegnen.

Er zog sich aus, duschte und rasierte sich, zog eine Freizeithose, ein Sporthemd und ein paar leichte Slippers an und verteilte einige Tropfen Eau de Cologne im Gesicht. Er grinste sein Spiegelbild an: Jetzt sehe ich genauso aus wie die meisten meiner Besatzung, kurz bevor sie ihren Landgang antreten. Ich rieche auch so. Er fragte sich, ob die Achterdeck-Wache die Veränderung bemerken würde – und wenn schon!

Als er sich nach achtern aufmachte, um von Bord zu gehen, dachte er daran, was wohl in Norfolk abliefe. Es war jetzt Sache des Commodore, über die nächsten Schritte zu entscheiden. Vielleicht wollte er warten, bis die Deyo ihren Auftrag erledigt hatte, aber er könnte auch beschließen, den Group Commander von dem, was bisher vorlag, in Kenntnis zu setzen. Vielleicht würde es die ganze Angelegenheit entschärfen, wenn sie einige Tage Zeit hätten, um darüber nachzudenken. Verdammt, vielleicht würde er den Admiral sogar soweit bekommen, selbst zum Center zu fahren und sich ein Bild zu machen. Aber das bezweifelte er.

Der Exec erwartete ihn auf dem Achterdeck.

»Ich habe dem CSO mitgeteilt, daß ich in etwa einer halben Stunde zu Hause sein werde, falls der Commodore mich sprechen möchte.«

»Aye, aye, Sir. Falls er sich meldet, leiten wir den Anruf weiter.«

»Danke, XO«, sagte Mike.

Er wußte, daß der Exec der Ansicht war, daß er besser bis nach dem Gespräch mit dem Commodore an Bord bleiben sollte. Barstowe würde Captain Aronson anrufen, Aronson würde dann sehr wahrscheinlich mit ihm sprechen wollen und vielleicht sogar davon ausgehen, daß er an Bord und nicht zu Hause sei. Aber da war schließlich noch Diane.

Fünf Minuten später war er an Bord der Lucky Bay. Diane kam an, schlüpfte ins Wohnzimmer und gab ihm einen atemberaubenden Kuß. Augenblicklich vergaß er das U-Boot, das Schiff, den Commodore und den Rest der Welt, bis er eine Stunde später durch den Anruf des Commodore ganz abrupt in die Wirklichkeit zurückgeholt wurde.

»Also gut, Mike, der CSO hat mich informiert«, sagte Aronson ohne Einleitung, so als hätten sie die letzte halbe Stunde miteinander telefoniert.

»Ich werde beim Admiral vorstellig werden und ihn ins Bild setzten müssen. Ich hoffe, daß ich das an Martinson vorbei arrangieren kann, jedenfalls für den Augenblick, weil er sich nur auf Sie konzentrieren würde und nicht auf das U-Boot. Er ist im Moment sowieso schlecht gelaunt – seine Frau ist nach Lauderdale zum Einkaufen gefahren. Das letzte Mal war er danach um ein paar Riesen leichter.«

»Ja, Sir«, sagte Mike und schluckte. Er saß an seinem Schreibtisch. Besagte Ehefrau saß auf der Couch etwa drei Meter von ihm entfernt. Er vermeinte zu spüren, wie sich die schwachen Fäden des Netzes aus Lug und Trug, das er webte, um ihn zusammenzogen. Sie verfolgte die Abendnachrichten im Fernsehen und schien ihn und sein Telefonat nicht weiter zu beachten.

»Ich möchte, daß Sie dem CO der Deyo eine persönliche Meldung schicken – nur für ihn bestimmt, okay? Bitten Sie ihn, Ihnen am Mittwoch um acht Uhr einen SITREP über ihre Passiv-Suche zukommen zu lassen. Das gibt denen zwei Nächte für Suche und Analyse. Sie leiten mir die Information am Mittwoch um zehn Uhr über Barstowe weiter. Er weiß, wie er mich erreichen kann. Wenn ich den Admiral morgen während der Konferenz für ein paar Minuten erwischen kann, werd' ich ihm kurz berichten, was wir wissen und was wir zur Zeit unternehmen. Wenn die Deyo nichts findet, wird er die Sache wahrscheinlich einfach fallenlassen; so überzeugend ist die Klassifizierung des Centers ja nicht. Aber um sicherzugehen, werd' ich mit denen auch morgen sprechen – zwischen den verdammten Planungssitzungen. Wie laufen die Reparaturarbeiten?«

Mike erzählte, was sich den Tag über getan hatte, und berichtete von der Prognose für die Pumpenreparatur. Wahrscheinlich würde sie zwei Wochen in Anspruch nehmen statt einer.

»Tja, Mike, das wundert mich gar nicht«, stimmte der Commodore zu. »Machen Sie ihnen nur Feuer unter'm Hintern, damit sie die Arbeiten sorgfältig ausführen. Hoffen wir, daß es zwischenzeitlich keine weiteren mysteriösen Vorfälle in den OP-Gebieten geben wird. Die Navy hat genug damit zu tun, bei all den Etat-Kürzungen einen Operationsplan für die Flotte auszuarbeiten.«

»Wird gemacht, Sir. Danke für den Anruf, Sir«, aber Aronson hatte schon aufgelegt.

Mike rief den CDO auf der Goldsborough an, diktierte ihm eine persönliche Mitteilung an den CO der Deyo und wies ihn an, sie als Eilmeldung abzusetzen. Dann setzte er sich zu Diane auf die Couch.

»Klingt interessant«, sagte sie und kuschelte sich in seinen Arm.

»Ich hatte nicht den Eindruck, daß du zugehört hast?« sagte er.

»Ehefrauen von Navy-Angehörigen lernen, bei solchen Unterhaltungen mitzuhören, selbst wenn sie sich gerade mit jemand anderem unterhalten, mein Lieber. Alles, was sich außerhalb der Routine abspielt, bedeutet gewöhnlich, daß jemand kommt oder geht.«

»Na, es wird sicher nicht das Goldy-Mädchen sein«, sagte er. »Wir werden den größten Teil der nächsten zwei Wochen mit dem Auswechseln der Dampfabsperrventildichtungen der Speisewasserpumpen zubringen und vor Anker liegen.«

»Aber das geheimnisvolle U-Boot ist noch nicht weg, oder?« fragte sie.

KAPITEL SECHSUNDDREISSIG

AL AKRAB, getaucht, OP-Gebiete von Jacksonville, Dienstag, 29. April, 1 Uhr 30

»Peilung eins nehmen!« Der Kommandant schwang das Angriffs-Sehrohr nach rechts herum und stoppte abrupt. »Peilung zwei nehmen! Sehrohr einfahren.«

Das glänzende Rohr verschwand zischend im Periskopschacht, weit unter der Gefechtszentrale. Der Kommandant richtete sich auf und blickte hinüber auf den Tiefenmesser. Sie hielten sich trotz der mittleren Dünung oben auf der dunklen Oberfläche auf achtzehn Metern.

»Plotauswertung!«

»Kommandant, Plotauswertung: Zwei Fischkutter, die in den Gewässern fischen, Geschwindigkeit zwischen zwei und drei Knoten. Keine weiteren größeren Schiffskontakte in der Gegend, mit Ausnahme des großen Fahrzeugfrachters, der sich in östlicher Richtung entfernt«, sagte der Wachhabende Offizier.

»Sonar-Mann, Bestätigung.«

Der Sonar-Mann drehte sich mit seinem Stuhl herum.

»Kommandant, Passiv-Sonar bestätigt zwei Kontakte, Dieselmotoren, Peilung west und nordwest. Nach rechts ziehend. Keine weiteren Maschinengeräusche in der Nähe. Keine weiteren Kontakte, mit Ausnahme des sich nach Osten entfernenden großen Schiffes.«

»Ausgezeichnet. Schnorchel ausfahren. Klarmachen zum Schnorcheln.«

Der Wachoffizier in der Zentrale gab den Befehl, die Antriebssysteme zum Schnorcheln klar zu machen, an den Wachhabenden Schiffstechnischen Offizier weiter. Er nickte dem Tauchtechnischen Offizier zu, der den dicken Schnorchelmast ausfahren ließ, wobei er die Markierungen sorgfältig beobachtete, um sicherzustellen, daß der Mast zwar genügend hoch über die Wasseroberfläche hinausragte, aber nicht zu hoch, um von aufmerksamen Augen über Wasser als Radarkontakt identifiziert zu werden. Die Tiefenrudergänger waren über ihre Konsolen gebeugt. Sie hielten das Unterseeboot präzise auf einer Tiefe von achtzehn Metern.

Der Kommandant dachte über die Überwasserlage nach, während er an einem Becher heißen Tees nippte. Zwei fahrende Fischkutter boten eine ausreichende Tarnung für die Dieselgeräusche. Seine Uniform war verschwitzt, sein Hemd klebte ihm am Rücken. Er stank. Sie alle stanken. Wegen eines Pumpenausfalls funktionierte wieder einmal einer ihrer beiden Frischwassererzeuger nicht. Das war sie – im Hinblick auf die Verfügbarkeit von Frischwasser – teuer zu stehen gekommen. Es gab genug Wasser zum Trinken und Kochen und um sich die Hände zu waschen – aber mehr nicht! Die Besatzungsmitglieder, bereits angespannt durch ihre Mission, wurden durch den anhaltenden Wassermangel zunehmend hitziger und unleidlicher.

Die Sichtung eines großen Zerstörers, nach der Hull-Nummer die USS Deyo, hatte die Anspannung noch verschärft. Aus den Aufzeichnungen ihres Nachrichtendienstes ging hervor, daß es sich bei der Deyo um einen erstklassigen ASW-Zerstörer handelte, der im Gegensatz zu dem älteren unbekannten mit der neuesten Technologie ausgestattet war. Das einzige, was sich zu ihren Gunsten auswirkte, war, daß die Deyo kein aktives Sonar benutzte und – anscheinend zu Maschinentestzwecken – mit hoher Geschwindigkeit in den OP-Gebieten der Flotte herumfuhr. Bei einer solchen Geschwindigkeit nutzten auch ihre hochempfindlichen passiven Vorrichtungen nichts. Solange das U-Boot keine Geräusche verursachte und die Deyo mit anderen Dingen beschäftigt war, waren sie relativ sicher. Es kam auch hinzu, daß die Deyo vor einigen Stunden in Richtung Norden verschwunden war.

Aber jetzt mußten sie Geräusche verursachen: Die Batterie war auf fünfundsiebzig Prozent herunter. Sie mußten die Reihen der Bleisäurevorratszellen, die neben der Zentrale untergebracht waren, etwa vier Stunden lang aufladen, um wieder auf achtundneunzig Prozent zu kommen. Das bedeutete, daß sie die Diesel anlassen und die Gleichstromladekreise aktivieren mußten, wobei sie die elektrischen Gleichstrommotoren als

Generatoren benutzten. Die Dieselmotoren benötigten große Mengen an Sauerstoff zur Verbrennung. Deshalb mußten sie entweder auftauchen oder diese Luft mit Hilfe eines dicken Schnorchelmastes aufnehmen, der nun etwa einen Meter über die Wasseroberfläche hinausragte.

Der Kommandant ging zum Kartentisch zurück. Er rieb sich die Augen und schaute dann nochmals auf das Plot. Der Wachhabende Offizier trat zurück, um ihm Platz zu machen. Der Tiefenrudergänger und der Steuermann waren damit beschäftigt, das Boot nullastig zu halten, damit der Schnorchel nach dem Start der Dieselmotoren nicht ins Wasser eintauchte.

Der Kommandant verifizierte das Plot noch einmal. Die taktische Karte zeigte den Streckenverlauf der Deyo mit Kurs nach Norden. Der letzte Kontakt war drei Stunden alt. Eigentlich sollte der Lärm eines Fischkutters allein genügen, um die Geräusche der Diesel eines getauchten U-Bootes zu tarnen, aber der Kommandant hatte es sich zur Regel gemacht, zwei Boote mit laufenden Motoren ausfindig zu machen, bevor er Schnorcheln ließ.

»Alles klar zum Schnorcheln?« fragte er.

Der Wachhabende Offizier nickte. »Hauptmaschinenkontrolle meldet, klar zum Schnorcheln. Hauptantriebsanlage abgekoppelt. Schalttafeln auf Batterie. Batterieräume klar für H^2-Messung. H^2-Messung justiert. Erbitte Erlaubnis, Schnorchelklappe zu öffnen.«

»Schnorchelklappe öffnen und anfangen mit Schnorcheln.« Auf der anderen Seite der Zentrale betätigte der Tauchtechnische Offizier eine hydraulische Kontrolle. Im Schnorchelrohr öffnete sich die Schnorchelklappe mit einem Durchmesser von sechzig Zentimetern. Auf der Statusanzeige für die Bootskörperöffnungen erschien ein leuchtendes rotes Warnlicht, das anzeigte, daß das Boot jetzt der Gefahr einer katastrophalen Überflutung ausgesetzt war, falls etwas schiefgehen sollte. Der Tauchtechnische Offizier bestätigte, daß die Klappe geöffnet war, und sprach über die BÜ-Anlage mit der Schiffstechnischen Zentrale. Kurz danach erschütterte das Dröhnen der Dieselmotoren das Boot. Das Licht flackerte vorübergehend, als der Ladestrom am Bordnetz ausgerichtet wurde, und alle zuckten in Erwartung der gefürchteten Zerreißprobe für Trommelfell instinktiv zusammen. Aber das Boot blieb unerschütterlich wie ein Fels auf seinem nördlichen Kurs. Der Musaid betrat die Zentrale, nickte dem Kommandanten zu und goß sich einen Becher Tee ein.

»Zusatzlüftungsklappen öffnen«, befahl der Kommandant Al Khali. Ein technischer Offizier stand auf und öffnete die große Klappe an der Seite des Schnorchelmasts. Dadurch blies frische Seeluft in die Zentrale und sorgte zumindest vorübergehend für einen Austausch der stickigen Luft im Boot. Eine ähnliche Klappe gab es hinten im Maschinenraum, die das schiffstechnische Personal – so nahm er an – wahrscheinlich bereits geöffnet hatte, um die wertvolle frische Luft hereinzulassen.

»ESM-Mast ausfahren.«

Genau vor dem dicken Schnorchelmast durchbrach der ananasförmige Kopf der elektronischen Horchvorrichtung die Meeresoberfläche und ragte etwa sechs Meter darüber hinaus. Der Kommandant beobachtete die ESM-Konsole, während der ESM-Unteroffizier die Oszillographen durchschaltete. Der Musaid kam zu ihm hinüber und beobachtete ebenfalls den ESM-Gefechtsstand.

»Kein militärisches Überwachungsradar«, meldete der UO. »Eine Kutterpeilung, Decca, zweihundertneunzig. Korreliert mit den Fischkuttern.«

»Sehr gut. ESM-Wache beibehalten.«

Der Kommandant ging hinüber zu seinem Stuhl. Seine Anspannung löste sich etwas. Er würde während des gesamten Schnorchelvorgangs in der Zentrale bleiben. Sein Unterseeboot war gefährlich nahe an der Oberfläche.

Der Kommandant hoffte und betete, daß sich nicht die Deyo oder eines ihrer Schwesterschiffe irgendwo dort oben im Horchmodus mit abgeschaltetem Radar aufhielten. Die Deyo war ein regelrechter U-Boot-Killer. Sie war mit einem Luftblasengürtel um den Teil ihres Rumpfes, der unter Wasser lag, ausgestattet. Ein Vorhang aus kleinen Luftblasen umgab den Schiffsrumpf auf seiner gesamten Länge. Dadurch wurden alle Geräusche aus dem Schiffsbauch wirkungsvoll kaschiert. Ihre Schrauben waren mit einem ähnlichen System ausgerüstet, so daß Unterseeboote, die auf die vertrauten, gegeneinanderlaufenden Geräusche von Schrauben horchten, nur das Zischen der sie umgebenden See hörten. Die Deyo war durchaus imstande, plötzlich aus der Dunkelheit hervorzuschießen und die Al Akrab mit einer Salve pfeifender, zielansteuernder U-Jagd-Torpedos zu durchlöchern.

Aber der Kommandant mußte die Wahrscheinlichkeit frühzeitlicher Entdeckung abwägen: Es hatte zwar einige Interaktionen mit der amerikanischen Navy gegeben, aber allem Anschein nach waren sie nie wirklich entdeckt worden. Selbst als sie den Täuschkörper als äußerste Notmaßnahme abgefeuert hatten, hatte der alte Zerstörer abgedreht und war in den Hafen zurückgelaufen.

Er warf einen Blick auf seine Uhr. Eine lange Nacht stand ihnen bevor, selbst wenn alles nach Plan lief. Er machte ein Zeichen, daß er mehr Tee haben wollte. Einer der Seeleute sprang auf, um ihm welchen zu holen. Er schaute zum Musaid auf.

»Nun, Musaid, sind wir sicher?« fragte er leise.

Nur das Summen der Instrumente, das Dröhnen der Diesel achtern und das Zischen der Zusatzlüftungsklappe waren zu hören. Durch den Wellengang rollte das Boot leicht. Das Gesicht des Musaid verzog sich zu einer faltigen Grimasse.

»Sicher, Effendi? Wann waren wir jemals sicher?«

Der Kommandant nickte. Hier waren sie nun – schwebten knapp unter der Oberfläche, verbreiteten den Lärm von Dieselmotoren, hatten zwei Masten draußen, waren weniger als fünfzig Meilen von einem größeren amerikanischen Marinestützpunkt entfernt, und das alles in einem russischen Unterseeboot, das mehr Ersatzteile und Ausrüstungsgegenstände von seinem Schwesterschiff als ursprüngliche Teile hatte. Ein reputierter U-Boot-Killer hatte sich nur wenige Stunden zuvor in ihrer Gegend aufgehalten und war vielleicht zurückgekommen. Der Kommandant dachte über die Amerikaner und ihre Technologie nach. Es war alles so unfair.

»Die Amerikaner«, murmelte er. »Die sind überall. Sie dominieren die Welt. Sogar die Russen haben Angst vor ihrer Technologie, ihrem Plan, die ganze Welt nach ihrem Vorbild umzugestalten. Die Könige von Karthago müssen gegenüber den Römern die gleichen Gefühle gehegt haben.«

»Und heute ist Karthogo ein großes offenes Feld, in dem Marmorblöcke herumliegen und der Boden noch immer mit römischem Salz vergiftet ist«, sagte der Musaid. »Ich habe es selbst gesehen. Ich habe mich oft gefragt, ob das auch unser Schicksal sein wird. Trotz all der Expertisen und Ausrüstungen, die wir über die letzten zehn Jahre eingekauft haben, konnten die Amerikaner in einer einzigen Nacht unbehelligt von See her angreifen. Und das können sie jederzeit wieder tun. Wann immer es ihnen paßt. Wir sind niemals sicher.«

»Nun«, bemerkte der Kommandant, während er seinen Tee austrank, »wie die Briten zu sagen pflegen: ›Dieses Spiel beherrschen wir auch‹. Dieses Mal kommen wir übers Meer. Ich bin überzeugt, daß es uns gelingen wird, unbemerkt soweit vorzudringen und geduldig auf unser Ziel zu warten – wie der Skorpion im Sand! Sie nennen uns übrigens ›Turbanträger‹. Wußtest du das? Turbanträger. Laß dir das mal auf der Zunge zergehen.«

Der Musaid schnaubte.

»Die Amerikaner haben das Bedürfnis, anderen Leuten Schimpfnamen zu geben. Es erleichtert ihr Gewissen, wenn sie ihre Herrschaftsansprüche durchsetzen. Diese Eigenschaft haben sie von den Briten abgeguckt – Schlitzaugen, Gypsies, Turbanträger. Schwächere Völker zu unterdrücken würde ihre christlichen Werte verletzen, aber ein ›Schlitzauge‹ zu töten ist kein Verbrechen. Es liegt in der Natur des Imperialismus, seine Opfer auf diskriminierende Namen zu reduzieren.«

Der Kommandant lächelte, und seine Augen funkelten.

»Deshalb ziehe ich aus dieser Mission eine besondere Befriedigung. Ich frage mich, ob sie tatsächlich zugeben werden, daß es ein Turbanträger war, der ihrem Flugzeugträger den Bauch mit Torpedos aufgerissen hat.«

»Ich mache mir Sorgen wegen des Täuschkörpers«, wechselte der Musaid das Thema.

Der Kommandant warf ihm einen strengen Blick zu und schaute dann weg.

»Ich auch, Musaid.«

Er schaute sich schnell in der Zentrale um, ob jemand zuhörte, aber die Wache war mit der Tiefenhaltung beschäftigt.

»Ich bin nach wie vor überzeugt, daß wir etwas tun mußten, aber es wäre mir wohler, wenn diese Begegnung nie stattgefunden hätte. Wenn es irgendeine Verbindung zwischen diesem Killer-Zerstörer Deyo heute und dem Täuschkörper gibt, könnten wir uns schnell in der Rolle des Opfers statt des Jägers wiederfinden.«

»Es hängt alles davon ab, daß der Träger schnell zurückkehrt«, überlegte der Musaid. »Je länger wir bleiben, desto größer wird das Risiko. Wir müssen das bald hinter uns bringen.« Der Kommandant nickte.

»Das liegt nicht in unser Hand, Musaid. Inschallah. Es liegt in Gottes Hand.« Er stand auf und streckte sich. »Aber die Kontrolle über die Tiefenhaltung liegt in unserer Hand. Wachoffizier!« rief er. »Du bist einen halben Meter zu tief. Aufpassen.«

KAPITEL SIEBENUNDDREISSIG

USS DEYO, nördliches OP-Gebiet von Jacksonville, Dienstag, 29. April, 1 Uhr 45

Sonar-Mann Hauptgefreiter Francis McGonagle bemühte sich krampfhaft, wach zu bleiben. Es war immer dasselbe bei einer Hundewache: die Agonie des Aufstehens um dreiundzwanzig Uhr, der zombiehafte Gang durch die Messedecks, um einen Kaffee oder gelegentlich eine heiße Suppe zu erstehen, das Klettern durch die dunklen Gänge hinauf zum CIC, die Übergabe im Sonarzentrum, wo er und sein Kollege, Petty Officer Paul Barney, die Überprüfung der Display-Ausrüstung, das Justieren der Konsolenstühle und der umgebenden Lampen vornahmen.

»Gott, ich hasse diese Scheiße«, murmelte Barney und blinzelte in das blaue Lichte des CIC.

Wie immer funktionierte die Klimaanlage um ein Uhr morgens besonders gut, so daß beide Männer Jacken über ihren Arbeitsuniformen trugen, um sich gegen die Kälte zu schützen. Barney bediente die aktive Sonar-Konsole mit drei großen schwarz-weißen Videoschirmen und vier Instrumenten-Kontrolltafeln. Die aktive Konsole lag gleich neben der passiven Vorrichtung, an der McGonagle saß, der sich zum zehnten Mal in den vergangenen zehn Minuten die Augen rieb.

»Jaah, das kannst du laut sagen«, erwiderte McGonagle. »Dieser Kaffee bringt es nicht, Mann.«

»Wenigstens hast du was zu tun«, erwiderte Barney. »Ich bin abgeschaltet.«

McGonagle grunzte. Das Aufnehmen der passiven Signatur von Überwasser-Dieselmotoren entsprach nicht unbedingt seiner Vorstellung von moderner U-Jagd. Die Befehle für die Nacht, die ihnen die Zwanzig-bis-vierundzwanzig-Uhr-Wache weitergegeben hatte, waren kurz und bündig: aktives Sonar in Bereitschaft halten und eine passive Suche im akustischen Frequenzbereich von Marine-Dieselmotoren durchführen. Die Befehle sagten nicht, wonach sie suchen sollten, nur, daß sie das gesamte Verbrennungsmotorspektrum abdecken und zwischen dreiundzwanzig und sechs Uhr alles aufnehmen sollten. Die vorhergehende Wache hatte die Passiv-Anordnung auf den korrekten Frequenzbereich fokussiert. Jetzt blieb nichts zu tun, als die Displays zu beobachten und sicherzustellen, daß den Aufzeichnungsgeräten nicht das Papier ausging.

»Na ja, wenigstens haben wir zwei von diesen Trotteln da draußen«, sagte McGonagle und gähnte wieder.

Eine Gruppe gewundener Linien schlängelte sich über das Papier des Aufzeichnungsgerätes. Das Display zeigte an, daß sich die aufgefangenen Signale in der Frequenz alle ähnelten und sich nur in der Peilung zur Deyo unterschieden.

»Sieht so aus, als wären sie alle südlich von uns. Die Peilungen sind ziemlich nah beieinander«, bemerkte Barney.

»Tja, wahrscheinlich die Fischerflotte von Mayport. Da stößt einer auf 'nen Fischschwarm oder auf Garnelen, und schon fahren die andern auch da 'rüber, und bald hast du die ganze Meute da. Es ist völlig unmöglich, individuelle Kontakte auszumachen, wenn die alle auf einem Haufen hängen.«

»Warst du mal in Mayport drüben und hast dir 'nen Scheffel Garnelen besorgt und sie draußen gekocht? So billig kommst du nie wieder dran.«

»Nee, ich kann Garnelen nicht ab. Bin wohl allergisch oder so was. Bei Schalentieren dreht sich mir der Magen um, Mann.«

»Das ist Pech; 's immer 'n gute Entschuldigung, um 'n Glas Bier zu trinken.«

»Ich brauch' keine Entschuldigung, um 'n Bier zu trinken. Jetzt im Moment hätte ich auch nichts dagegen.«

»Das kannst du laut sagen«, sagte Barney. »Guck dir den ganzen Scheiß doch an, würdest du . . .«

Barney rollte mit seinem Stuhl hinüber, um sich das passive Display genauer anzusehen. Die Linien waren jetzt zahlreicher geworden, überlagerten sich. Auf dem Papier des Aufzeichnungsgerätes hinterließen sie einen schwarzen Schmier und auf den Video-Displays ein verwirrendes Durcheinander von Lichtreihen.

»Jetzt muß ich auch noch das Display erweitern«, stöhnte McGonagle.

Er nahm einige Einstellungskorrekturen vor und bewegte die Frequenzskala, was zur Folge hatte, daß die Linien getrennt wurden und jede mit einem vertikalen Abstand von einem halben Zentimeter angezeigt wurde. Selbst während dieses Vorgangs wurden einige neue Linien aufgezeichnet.

»Guck, da ist noch einer«, zeigte er. »Scheint auch eine viel größere Maschine zu sein. Vielleicht fährt 'n Frachter aus dem St. Johns, und wir sehen das auf der gleichen Peilung.«

»Welche ist das?«

»Von uns aus einhundertsiebzig bezogen auf das Zentrum der Schallquelle.« Barney drückte einen Interkom-Schalter hinunter.

»Überwasser, Sonar. Gib mir die Peilung zur Mündung des St. Johns.«

Er wartete eine Minute, während der Überwasser-Plotter im Modul nebenan die Peilung ausfindig machte, und sagte dann: »Sonar, aye, danke.«

»Das is' nich' der St. Johns, Mann. Der Fluß is' auf Strahl einhundertfünfundneunzig.«

McGonagle rutschte in seinem Stuhl hin und her. Der ganze Kaffee machte sich langsam bemerkbar. Er beobachtete die Linien, die auf dem Plot nach unten liefen und jetzt, als die Geräuschquellen überlappten, wieder miteinander verschmolzen. Er schüttelte den Kopf.

»Ich kann mit dem ganzen Scheiß nichts anfangen.« Er nahm seine Interkom-Kopfhörer ab.

»Ich muß mal pinkeln. Wir lassen den Rekorder laufen. Der Chief kann dann draus machen, was er will. Wir wissen doch noch nicht mal, wozu das alles gut sein soll.«

»Du kennst das doch, Mann. Die Offiziere müssen doch immer so tun, als gäb's hier draußen was Wichtiges zu erledigen und wir würden nicht nur Löcher in den Ozean bohren.«

»Na schön, dann kannst du ihnen ja sagen, daß wir die Fischerflotte für sie gefunden haben.«

»Roger.«

McGonagle verließ die Zentrale und ging zur Toilette. Barney beobachtete die Wasserfalldisplays und betrachtete die letzte Gruppe Linien, die jetzt aufgezeichnet wurde. Tiefere Töne mit einigen schweren Obertönen im Niederfrequenzbereich. Größere Maschine, dachte er. Viel größer als die Jimmie V 1217s, die sie normalerweise hier draußen hörten. Er stand auf und blätterte in dem Papier, das aus dem Aufzeichnungsgerät herauskam, und verfolgte die aufgezeichneten Linien zurück. Hier. Genau hier waren sie aufgetaucht, nachdem die anderen beiden Linien bereits erfaßt worden waren. Er nahm einen roten Stift aus seiner Hemdentasche und markierte die Stelle in unmittelbarer Nähe der Zeitachse auf der linken Seite der Papierspur. McGonagle würde ihn wahrscheinlich auslachen, aber er markierte es trotzdem. Wenn irgendwas wäre, könnte er jedenfalls immer behaupten, daß er es gesehen hätte. Schließlich sollten sie alle Abweichungen der normalen akustischen Muster aufzeichnen. Die hier kamen und gingen immer wieder zwischen den anderen beiden Schallgruppen, wie eine tiefere Baßnote, die aus dem bewußten menschlichen Hörbereich verschwand und wieder auftauchte. Er rollte das Papier wieder bis zum aktuellen Bild auf und setzte sich hin, um das Labyrinth der Lichtreihen, die auf dem Video-Display wie heruntertropfende Farbe vom Deckel eines Farbeimers aussahen, zu beobachten. Es würde eine verdammt lange Wache werden.

KAPITEL ACHTUNDDREISSIG

USS GOLDSBOROUGH, am Pier,
Marinestützpunkt Mayport,
Mittwoch, 30. April, 9 Uhr

»Okay, meine Herren, an die Arbeit«, sagte Mike und beendete damit die Besprechung mit dem schiffstechnischen Personal.

Der Chief Engineer, sein Maschinist, die Boiler Chiefs, der Repair Superintendent und die Department Heads erhoben sich von ihren Stühlen und gingen einer nach dem anderen hinaus, wobei sie ihre Plastikbecher noch einmal mit Kaffee füllten. Mike und der Exec blieben am Kopfende des Tisches in der Offiziersmesse sitzen, während die Offiziere und Hauptbootsmänner den Raum verließen. Die Besprechung hatte fast eine Stunde gedauert. Während dieser Woche, die für die Reparaturarbeiten, an der Hauptantriebsanlage vorgesehen war, fand sie jeden Morgen statt. Mike stand auf, holte die Kaffeekanne aus Edelstahl, goß beiden ein und stellte sie auf die Warmhalteplatte zurück. Er setzte sich wieder hin und schaukelte in seinem Lehnstuhl am Kopfende des Tisches hin und her. Von der Back war der Lärm eines Preßlufthammers zu hören.

»Was meinen Sie, XO, werden sie es jetzt schaffen, diese Speisewasserpumpen zu reparieren oder handelt es sich wieder einmal um die Vortäuschung falscher Tatsachen?«

Ben Farmer konsultierte seine Notizen.

»Da is' wohl viel Wunschdenken dabei«, sagte er. »Sie gehen zwar korrekt durch alle Schritte des Instandsetzungs-Prozedere, aber bisher habe ich noch keinen sagen hören, daß sie den Fehler in den einzelnen Pumpen gefunden hätten und daß sie tatsächliche wüßten, wo das Problem liegt und wie es behoben werden könnte. Das hier ist nur eine auf die schnelle durchgeführte Überholung.«

»Wahrscheinlich besser als nichts«, sagte Mike. »Ich bin fast überrascht, daß sie das überhaupt noch tun, wo die Goldy doch im nächsten Sommer außer Dienst gestellt werden soll.«

»Das liegt wohl daran, daß sie sich beim ›Außer-Dienst-Stellen‹ nie ganz sicher sind – denken Sie an Vietnam, als '67 all die alten Blechkähne aus dem Zweiten Weltkrieg für sechs Monate verlängert wurden, um ins Kampfgebiet zu fahren. '73 waren sie immer noch da.«

»Tja, da haben Sie wohl recht«, sagte Mike. »Aber das muß doch ein Vermögen kosten – neue Dichtungen für die eintausendzweihundert-Pfund-Kessel, neue Regulatorventile, die ganzen Schweißarbeiten, um überhaupt an die ganze Kacke ranzukommen, danach die Röntgenbilder, und dann können sie immer noch nicht hundertprozentig sagen, was mit den gottverdammten Pumpen los ist!«

»Ich glaube, das hängt mit dem Alter zusammen, Capt'n. Die Dinger drehen sich jetzt seit dreiundzwanzig Jahren – und das bei Dampfantrieb: Eintausendzweihundertfünfundsiebzig PSI (Pfund pro Quadratzoll), Vierhundertachtzig Grad Celsius. Mit eintausendfünfhundert PSI pumpen sie seit fast zwei Dutzend Jahren Wasser in einen dampfenden Heizkessel.«

»Mhm, das wird's wohl sein. Na ja – was liegt noch an?«

»Wir müssen die nächste 3M-Inspektion, die wohl ziemlich bald ansteht, vorbereiten. Chief Taggart vom Geschwader hat sich im Kasino bei den Unteroffizieren und Bootsmännern rumgetrieben. Normalerweise kann man dann davon ausgehen, daß eine ›überraschende 3M-Inspektion‹ ansteht. Die Chiefs sind zwar alle informiert, aber wir müssen trotzdem eine Besprechung mit allen Offizieren abhalten. Und dann ist da noch das ›Medizinische Unterstützungsteam‹, das sich für Freitag zu einer Inspektion der hygienischen Verhältnisse angesagt hat; daran schließt sich dann innerhalb der nächsten dreißig Tage eine ›Überraschungsinspektion‹ der TyCom-Offiziere für das Gesundheitswesen an. Danach . . .«

»Okay, okay.« Mike warf resignierend die Hände in die Höhe. »Das sind genug Inspektionen und Besichtigungen für einen Tag. Herrgott noch mal! Ich frage mich, wie die zehntausend Schiffe, die wir im Zweiten Weltkrieg hatten, jemals den Krieg gewinnen konnten – ohne all diese Visiten und Inspektionen.«

Mike pustete in seinen Kaffee – als ob dadurch der Geschmack besser würde. Über die Jahre war die Navy dazu übergegangen, immer billigeren Kaffee zu kaufen. Einige Sorten schmeckten wirklich scheußlich.

Montgomery und Farmer unterhielten sich noch eine Weile über die zunehmende Bürokratisierung. Sie wurden durch ein Klopfen an der Tür der Messe unterbrochen. Der Funker trat ein. In der Hand hielt er ein Klippbord mit einem Fernschreiben.

»Für den Capt'n persönlich«, verkündete er und reichte Mike das Klippbord.

Mike öffnet es, zeichnete die Kopie für die Akten ab, nahm sich ein Exemplar und entließ den Funker.

»Es ist von Pierce von der Deyo«, sagte Mike. »Zur weiteren Veranlassung an den Commodore und zur Info an mich. Hier steht: ›Haben während zweier aufeinanderfolgender Nächte eine akustische Unterwassererfassung von Dieselfrequenzen durchgeführt. Wie nicht weiter überraschend, haben wir verschiedene Diesel erfaßt, sind aber weder auf Besonderheiten noch Ungewöhnliches gestoßen, abgesehen von den üblichen Anomalien in den OP-Gebieten und Fischgründen um Jacksonville. Vorbehaltlich eines anderen Befehls werden wir die Suche noch eine weitere Nacht fortsetzen und am Donnerstag wieder den Hafen anlaufen – es sei denn, die Maschinentestläufe wären schon Mittwoch beendet. In diesem Fall würden wir bereits Mittwoch zurückkehren, P. M.‹. Der Rest bezieht sich auf seine Maschinentests, die, im Gegensatz zu unseren, reibungslos verliefen. ›Hochachtungsvoll, etc. der IV‹.« Mike schob die Mitteilung Farmer zu, der sie kurz überflog.

»Also haben die auch nichts Aufregendes gefunden, XO. Vielleicht ist das Ding inzwischen tot. Oder verschwunden. Oder beides.«

»Ich frage mich, was er mit ›üblichen Anomalien‹ meint«, murmelte der Exec.

»Verdammt, wie soll ich das wissen? Die professionellen ASW-Jungs sprechen gerne in Rätseln«, sagte Mike. »Wie anscheinend jeder weiß, ist ASW ein vieldeutiges Geschäft.«

Der Exec legte das Fernschreiben auf den Tisch und nahm noch einen Schluck Kaffee.

»Das Zeug *wird* immer ungenießbarer«, bemerkte er und

guckte argwöhnisch in seine Tasse. »Wenn die Navy schon am Kaffee spart, sind wir wirklich auf dem absteigenden Ast.«

Er las das Fernschreiben noch einmal sorgfältig durch, als könnte er es dadurch zwingen, das Geheimnis um das Unterseeboot preiszugeben. Mike starrte gedankenverloren vor sich hin.

»Ich frage mich«, sagte Farmer, »ob wir bei der Deyo nicht genau das gleiche haben wie oben in Norfolk.«

»Was?«

»Nun ja, daß die Deyo das Ganze von vorn herein als Fantasiegespenst abgetan hat. Vielleicht sollten wir Linc und seinen Chief morgen, wenn die Deyo eingelaufen ist, rüberschicken, um sich deren Bänder mal anzusehen. Informell natürlich. Lassen Sie den Chief das arrangieren. Eigentlich sollten wir auch nicht Linc, sondern nur den Chief rüberschicken. Bei dem ständigen Kommen und Gehen von Chiefs am Kai fällt das doch niemandem auf. Und dann sehen wir ja, was dabei rauskommt.«

Mike nickte nachdenklich.

»Das ist wahrscheinlich gar keine schlechte Idee, obwohl sie ja allem Anschein nach schon heute abend einläuft, dann hätten wir nur zwei Nächte mit Aufzeichnungen.« Er schaute zum Exec hinüber. »Und wenn wir auf den Bändern etwas feststellen, das die Deyo nicht gesehen hat? Was dann?«

»Dann gibt's eine weitere Sitzung mit dem Commodore, und wir überlegen, was der nächste Schritt sein müßte. Schließlich sind wir selbst ja nächste Woche auch wieder draußen – das heißt, falls sie diese verdammten Speisewasserpumpen bis dahin repariert haben.«

»Das steht aber nicht auf unserem Plan.«

»Stimmt, Sir, aber wir müssen einen Maschinentestlauf durchführen, um zu beweisen, daß die Pumpen Dampfladungen standhalten.« Mike schob seinen Kaffee beiseite.

»Wenn die hohen Tiere zu dem Schluß kommen, daß an all dem was dran ist«, sagte er, »werden die so sicher wie das Amen in der Kirche nicht die Goldsborough damit beauftragen.«

»Aber wenn sie zu dem Schluß kommen, daß das alles ein großer Blödsinn ist, könnten wir doch rausfahren und 'n bißchen rumsuchen. Wie sehen ja, was wir finden. Es braucht doch niemand davon zu wissen.«

»Der Commodore müßte es wissen. Aber was zum Teufel können wir denn tun, was die Deyos dieser Welt nicht schon längst getan haben? Ich meine, verdammt, sie ist schließlich ein ASW-Spezialist. Sonars in jeder Ecke, Helikopter; sie können sogar Sono-Bojen benutzen. Alles, was wir können, ist pingen.«

»Ja, Sir«, sagte Farmer und beugte sich nach vorne, »aber genau das ist es! Wir können in flachen Gewässern pingen, in denen das Sonar der Deyo nutzlos ist – es ist zu verdammt groß. Bisher hat sich alles, was passiert ist, innerhalb des Kontinentalen Grabens und des Golfstroms ereignet: die Sichtung des U-Boots, der Fischkutter, der sank und in dessen Namensschild sich ein Einschußloch befand, unsere beiden Kontakte in Tiefen zwischen neunzig und einhundertfünfzig Metern! Die Schiffe der Spruance-Klasse wie die Deyo brauchen aber fast zweitausend Meter Wassertiefe, damit ihre Sonare was ausrichten können.«

Mike lehnte sich zurück, einen überraschten Ausdruck auf seinem Gesicht.

»Sie fangen wieder an, den ganzen Mist zu glauben, nicht wahr?« sagte er.

Farmer nickte kurz mit dem Kopf.

»Mal ja, mal nein. Das gebe ich zu. Aber ich will herausfinden, was die Deyo unter ›üblichen Anomalien‹ versteht – das ist doch ein in sich widersprüchlicher Begriff. Wenn unsere Jungs auf ihren Bändern was feststellen können, was wie ein U-Boot beim Schnorcheln aussieht, dann sollten wir da rausfahren und versuchen, den Mistkerl zu finden, bevor . . .«

»Bevor was?«

Farmer seufzte und rieb sich mit beiden Händen die Augen.

»Ich weiß es auch nicht«, sagte er durch die Hände mit gedämpfter Stimme. »Da fehlt immer noch was.«

Die Tür zur Messe wurde geöffnet, und der Chief Engineer kam zusammen mit dem Shipyard Superintendent zurück.

»Capt'n, ich glaube, wir haben herausgefunden, was mit den Dichtungen los ist«, kündigte er an.

Mike schaute Farmer einen Augenblick an, nickte kaum wahrnehmbar, um einzuräumen, daß der Exec recht haben könnte. Dann wendete er sich dem Engineer zu.

»Okay, Snipe, dann legen Sie mal los. Setzen Sie sich. Sie wissen, wie heiß ich auf Dampfabsperrventile bin.«

KAPITEL NEUNUNDDREISSIG

USS GOLDSBOROUGH, am Pier,
Marinestützpunkt Mayport,
Mittwoch, 30. April, 16 Uhr 30

Mike saß in seiner Kabine und starrte angewidert auf den Stapel Papier in seinem Eingangskorb. Draußen im Hafen konnte er das Tuten der zwei Schlepper hören, die die Deyo, die gerade in das Hafenbecken von Mayport einlief, auf ihren Liegeplatz bugsierten. Er war müde – nicht nur von dem Arbeitstag mit den vielen Besprechungen, den Rundgängen auf dem Schiff, um sich vom Fortgang der Reparaturen zu überzeugen; er war auch müde von zwei wunderbaren Marathonnächten auf seinem Hausboot, in denen er und Diane sich für ihre langen Entzugsphasen schadlos hielten. Es war nur halb spaßig gemeint gewesen, als er ihr ins Ohr geflüsterte hatte, daß es gut sei, daß der Stab des Verbandes bald zurückkäme, weil er für das Tempo zu alt sei. Als Antwort hatte sie ihm gezeigt, daß er nicht zu alt war – *noch* nicht.

Zum wohl hundertsten Male dachte er über ihre Beziehung nach.

Es war nicht so, daß sie fordernder war als er. Sie nahmen beide aus der Situation soviel an Liebe mit, wie sie bekommen konnten, in dem Bewußtsein, daß es bald viel schwieriger sein würde. Die Tatsache, daß es verboten und sogar gefährlich für sie beide war – wenn auch aus unterschiedlichen Gründen –, erhöhte nur den Reiz. Einmal, in den frühen Morgenstunden, hatte er ihr noch einmal seine Liebe gestanden. Sie hatte in der Dunkelheit leise gelacht, sich auf ihn gerollt und ein paar Grundwahrheiten des Lebens geradegerückt. Ihr Gesicht war nur verschwommen wahrzunehmen gewesen, eingerahmt von dem dunkleren Schatten ihres Haares, das ihm ins Gesicht hing.

»Das hier nennt man vögeln, Mike, nicht Liebe. Liebe ist etwas ganz anderes. Liebe ist Intimität über einen langen Zeitraum. Was wir hier trieben mag zu Liebe werden – oder auch nicht. Im Moment jedenfalls ist es etwas viel Elementareres: Ich brauche es, und du brauchst es, und es klappt toll mit uns im Bett. Wir haben Glück gehabt, daß der Funke gleich gezündet hat, denn nach dem, was ich davon weiß, erleben das die meisten Leute nicht einmal annähernd. Aber laß es uns nicht Liebe nennen, okay? Noch nicht, jedenfalls. Wir haben wahrscheinlich beide unsere Chance auf Liebe verpaßt – aus welchem Grund auch immer. Deshalb tun wir das hier ja auch. Und jetzt küß mich . . .«

Er hatte sich dem gefügt und ihre Zurückweisung – wenn es denn eine solche gewesen war – bald vergessen. Er hatte inzwischen das Gefühl, daß mehr zwischen ihnen war, aber er wollte das, was sie verband, nicht zerstören. Die gelegentlichen Wochenenden mit einem der Strandhäschen waren gut genug, um sich die Hörner etwas abzustoßen, aber das hier war – wie die Lady richtig bemerkte – etwas anderes.

Aber heute war Mittwoch. Ihr Ehemann kam in ein paar Stunden zurück, der Commodore kam zurück, sogar die Deyo kam zurück und morgen würde er sich wieder um die U-Boot-Angelegenheit kümmern müssen. Zumindest würde er en Commodore treffen müssen, vielleicht auch den Admiral und den Stab. Keine dieser Aussichten erfüllte ihn mit Begeisterung, schon gar nicht, daß es noch zu einer Sitzung mit dem Geschwader-Stab kommen könnte – er haßte das. Er sah förmlich das wissende Grinsen, die amüsierten Blicke um den Tisch herum, wie immer inszeniert von den sarkastisch-höflichen und so unglaublich herablassenden Kommentaren des Chief of Staff, wenn er sich mit Montgomery, dem Außenseiter, abgeben mußte. Na warte, dachte er, ich wüßte schon, wie ich dem Bastard ein für alle Mal das Maul stopfen könnte. Prima, aber auch nur, wenn du bereit bist, anschließend auf dem Exerzierplatz des Hauptquartiers Harakiri zu begehen!

Von den Schleppern drüben im Hafen waren zwei langgezogene Tutsignale zu hören. Sie bestätigten, daß die Arbeit der Lotsen beendet und die Deyo sicher vertäut war. Mike hatte arrangiert, daß Chief Mackensie heute abend mal vorbeischauen würde, um sich die Sonar-Passiv-Ausdrucke und Videobänder anzusehen. Es würde eine Menge davon abhängen, was wirklich auf diesen Bändern war. Die Deyo hatte gemeldet, daß man auf nichts gestoßen sei, abgesehen von den ›üblichen Anomalien‹. Der Commodore hatte ihn nicht aus Norolk angerufen – vielleicht war diese ganze U-Boot-Geschichte bereits aus und vorbei. Aber das Gesicht von Chris Mayfields Schwester schob sich immer wieder in seine Gedanken. Er hatte das beklemmende Gefühl, daß die Sache noch nicht vorbei war. Das Telefon für eingehende externe Anrufe klingelte.

»Captain«, meldete er sich kurzangebunden.

Er hatte sich schon seit langem abgewöhnt, sich mit dem normalen ›USS Goldsborough, dies ist keine abhörsichere Leitung; es spricht Commander Montgomery, Commanding Officer, Sir‹ zu melden. Er ging davon aus, daß derjenige, der ihn über seine externe CO-Nummer anrief, wußte, daß es sich um das Telefon eines CO handelte.

»Wahrlich ein Captain«, erklang eine heisere Stimme.

»Diane«, rief er aus – ein bißchen zu laut, weswegen er sich fast verstohlen in der Kajüte umschaute.

»Mensch, ich glaube, er vermißt mich. Vermißt er mich?«

Er grinste in den Hörer. »Wenn du hier wärst, könnte ich es dir beweisen.«

»Und was, wenn ich auf einem bestimmten Hausboot wäre, mit einem bestimmten, ziemlich ungezogenen Papagei, der mich beschimpft, weil ich nicht anständig bekleidet bin . . .?«

»Bist du von allen guten Geistern verlassen? Das Flugzeug soll in eineinhalb Stunden landen!«

»Das weiß ich. Du weißt es auch. Vielleicht weiß sogar Hooker es. Aber ich habe nicht die geringste Absicht, zum Flughafen zu fahren. Mein überaus bedeutender Ehemann wird vom Flugplatz geradewegs ins Büro fahren, in dem großen schwarzen Wagen des Admirals, um sicherzustellen, ›daß nichts anbrennt‹, wie er sich gern ausdrückt. Schließlich war er doch drei volle Tage weg und die Kretins im Stab hätten doch zwischenzeitlich Gott weiß was anrichten können. Erst wenn jede einzelne *Sache* behandelt worden ist, alle wichtigen Papiere weggeschlossen sind und Seine Hoheit nach Hause gegangen sind, dann und nur dann wird er mich anrufen, um abgeholt zu werden. Und abhängig davon, wie schnell du hier sein kannst und wie interessiert du bist, bin ich zu Hause, um seinen Anruf entgegen zu nehmen – oder auch nicht. Übrigens, hast du jemals von Victorias Geheimnis gehört?«

»Du machst wohl Witze? Einer der J. O.s hatte ihren Katalog; der hat in der ganzen Messe die Runde gemacht.«

»Nun«, sagte sie lockend, »ich habe ihren Katalog ebenfalls, und ich bestelle sogar daraus.«

»Das ist nicht fair«, erwiderte er.

»Nun verfall nicht in Selbstmitleid. Schwing dich in diesen kleinen Sportwagen, bring ihn auf Hochtoure und dann, mein Herr, wollen wir mal sehen, was Victoria und ich auf die Beine kriegen – sozusagen.«

»Schon unterwegs, komme«, sagte er mit einer unfreiwillig schwächer klingenden Stimme und legte auf.

Mike rief schnell auf dem Achterdeck an und wies den Wachhabenden an, den Ausruf zu machen, da er von Bord gehe. Er schaute auf seine Uhr. Keine Zeit zum Umziehen oder Frischmachen, dachte er. Sieh zu, daß du wegkommst. Die vier Glocken und ›Goldsborough, Captain geht von Bord‹ erklangen durch die Lautsprecheranlage. Er ging schnell zum Achterdeck hinunter und hoffte, daß er diesmal nicht auf die übliche Reihe von Offizieren, die auf die letzte Minute mit Papierkram zu ihm kamen, treffen würde. Er erwiderte das Salutieren des OOD und war schon auf halbem Weg die Stelling hinunter, als der Exec das Hauptdeck hinuntergetrottet kam. Mike fluchte stillschweigend, blieb aber stehen, um auf den Exec zu warten, der flüchtig das Salutieren des OOD erwiderte und sich beeilte, Mike einzuholen.

»Ich habe gerade einen Anruf von Commander Barstowe entgegengenommen. Der Commodore möchte Sie morgen früh um neun Uhr sehen. Er glaubt, es geht um unser kleines Projekt, wie er es nennt.«

Mike dachte einen Moment nach. Er war sich bewußt, daß die Wache auf dem Achterdeck sie neugierig beobachtete.

»Hat er sonst noch was gesagt?«

»Nein, Sir, nur neun Uhr.«

»Dann sehen Sie ja zu, daß Chief Mackensie sich heute abend zur Deyo rüberbewegt«, sagte Mike. »Und wenn irgendwie gemauert wird, dann setzen Sie alle Hebel in Bewegung, um die Mauer einzureißen, oder rufen Sie mich an, dann ruf' ich, wenn's sein muß, Pierce direkt zu Hause an.«

Der Exec nickte. »Chief Mackensie rechnet nicht mit Problemen; er kennt den Senior Chief auf der Deyo – sie haben zusammen in der Sonar-Schule gedient. Wenn da Sprengstoff drin ist, kriegt er ihn zu sehen. Sind Sie heute nacht auf dem Hausboot zu erreichen?«

»Ja, ich bin gerade dorthin unterwegs. Rufen Sie mich an, wenn Sie meine Hilfe in der Deyo-Sache brauchen, und sagen Sie dem CDO oder Chief Mac, daß er mich wegen der Ergebnisse anrufen soll.«

»Aye, Aye, Sir. Ich werd' Sie wahrscheinlich selbst anrufen. Ich bin gespannt. Einen schönen Abend wünsche ich Ihnen«, schloß er und salutierte.

Mike erwiderte den Gruß und eilte über die Stelling den Pier hinunter. Er fragte sich flüchtig, ob der letzte Satz des Exec etwas über die übliche routinemäßige Verabschiedung am Ende eines Tages hinaus beinhaltet haben könnte. Ben Farmer war ein recht scharfsinniger Offizier, und normalerweise stürzte Mike nicht so vom Schiff. Aber die Zeit war kurz. Er war beim Alfa angelangt, stieg ein und warf einen Blick zurück zum Schiff, auf die kleine Ansammlung von Leuten auf dem Achterdeck, die zusahen, wie er den Alfa den Pier hinunterjagte. Unmöglich, dachte er. Sie konnten unmöglich etwas wissen. Und so sollte es auch besser bleiben.

KAPITEL VIERZIG

Jachthafen Mayport,
Mittwoch, 30. April, 20 Uhr 30

»Du machst besser, daß du wegkommst«, sagte Mike wenig überzeugend.

»Sie werfen mich aus Ihrem Bett, Seemann?«

Diane lag auf ihrer Seite des Bettes, auf einem Ellenbogen aufgestützt. Ihre rechte Brust war genau in Mikes Augenhöhe.

»Die Maschine ist vor mindestens einer Stunde gelandet. Du wirst einige Fragen beantworten müssen.«

»Es ist ja nicht so, als ob ich keine Antworten hätte«, sagte sie. »Ich glaube, ich könnte mit ernstem Gesicht sagen, daß ich mir das Gehirn rausgevögelt hätte, und J. W. würde mich wahrscheinlich mit einem herablassenden Lächeln bedenken und irgendwas ›Geistreiches‹ von sich geben wie, man sollte sich eben auf nichts einlassen, für das man nicht geeignet sei.«

Mike richtete seine Augenhöhe-Position neu aus und sondierte ›die Lage‹ mit seiner Zunge.

»Also mir scheinst du sehr geeignet – von diesem Blickwinkel aus, meine ich!«

Das Telefon, das neben dem Bett stand, begann zu läuten. Diane schwang sich aus dem Bett und ging ins Badezimmer.

»Falls das für mich ist, kann ich ja genausogut hierbleiben«, sagte sie, als sie die Tür schloß.

»Captain«, brummte Mike ins Telefon und zog es zu sich hinüber.

»Ja, Sir, Captain. Hier ist Ben«, meldete sich die Stimme des XO. »Ich glaube, es ist noch nicht vorbei.«

Mike stöhnte und knipste die Bett-Leselampe an. Er konnte das Geräusch der Dusche im Badezimmer hören. Er warf einen Blick auf seine Uhr. Frauen scheinen gern gefährlich zu leben, dachte er bei sich.

»Also, was hat Chief Mac herausgefunden?«

»Oh, ich glaube, es wäre besser, wenn Sie sich das Zeug selbst ansähen, Sir. Können wir zu Ihnen aufs Boot kommen?«

Mike blickte zur Badezimmertür hinüber. Die Geräusche aus der Dusche hatten aufgehört.

»Ja – äh – sicher, XO«, sagte er. Seine Gedanken überschlugen sich. »Aber stellen Sie sicher, daß Sie auch das Zeug von der Präsentation für den Commodore mitbringen.«

Der Exec schien einen Moment zu zögern.

»Mhm – aye, aye, Sir. Ich glaube, Linc hat das irgendwo in seinem Zimmer verstaut. Wir müssen es erst finden. Wir werden in zwanzig bis dreißig Minuten draußen sein.«

»Gut, XO. Ich sehe Sie dann. Haben Sie schon einen Bissen zu sich genommen?«

»Ja, Sir, ich habe an Bord zu Abend gegessen. Es gab Fleischklöße.«

»Fleischklöße? Zwei- oder Zweieinhalb-Pfünder?«

»Mindestens Zweieinhalb-Pfünder.«

»Okay, hier wartet ein anständiger Scotch auf Sie. Bis gleich.« Er legte gerade auf, als Diane aus dem Badezimmer kam. Sie frottierte ihr Haar energisch mit dem Handtuch. Sie sammelte ihre diversen Kleidungsstücke ein und zog sie an, während sie sich weiter das Haar trocknete. Mike lehnte sich genüßlich zurück und beobachtete die Geschicklichkeits-Darbietung, voller Staunen über das, was in fünf Minuten alles zustande gebracht werden konnte. Sie bemerkte seinen Blick, lächelte, nahm ihre Tasche und ging ins Badezimmer zurück, um ihr Make-up aufzulegen. Innerhalb von drei Minuten war sie wieder draußen. Ihre Augen strahlten; eine Aura des Wohlbefindens strömte von ihr aus.

»Ich bin beeindruckt«, sagte Mike und schaute wieder auf seine Uhr. »Aber du mußt dieses Strahlen etwas unterdrücken, sonst kann die ganze Welt dir ansehen, was du getrieben hast.«

»Keine Sorge«, sagte sie. »J. W. hat dieses Strahlen schon seit zehn Jahren nicht mehr zu sehen bekommen. Er würde es nicht erkennen, selbst wenn es ihm auffallen sollte. Ich werd' dir über Anrufbeantworter eine Nachricht zukommen lassen.«

Bevor er etwas erwidern konnte, hatte sie ihm eine Kußhand zugeworfen und war zur Schlafzimmertür hinausgeschlüpft. Hooker pfiff ihr anerkennend nach, als sie den Wohnraum durchschritt. »Hooker braucht eine Freundin«, intonierte sie von der Vorschiffsluke.

Mike stand auf und ging nun selbst unter die Dusche. Ihm blieben ungefähr zwanzig Minuten, um sich zu waschen und so anzuziehen, daß seine beiden Besucher den Eindruck gewönnen, er hätte sich in den vergangenen Stunden Tätigkeiten gewidmet, die eines Captain würdig waren. Dem Chief konnte man nichts vormachen. Er hoffte, daß sie Diane nicht unterwegs auf der zweispurigen Straße, die vom Stützpunkt zum Jachthafen führte, begegnen würden. Einmal mehr war er für Größe und Anordnung des Hausbootes dankbar, gestattete sie doch die Abtrennung des Schlafzimmers vom Wohnbereich. Vielleicht würde er mit ihnen auch direkt auf das Verandadeck achtern gehen, bis die Klimaanlage den letzten Geruch von Sex in der Luft verwischt hatte.

Er war versucht, etwas länger unter der Dusche zu verweilen. Das heiße Wasser lief wohltuend über seinen muskulösen Körper. Sie erreichten wirklich ungeahnte Höhen, wenn sie es miteinander trieben. Er konnte gar nicht mehr verstehen, warum er immer nach den jüngeren Frauen unter den Strandhäschen Ausschau gehalten hatte. Diane mußte an die Vierzig sein, und trotzdem war es mit ihr so unendlich viel befriedigender im Bett als mit jeder dieser sexy-aussehenden jungen Schönheiten. Er mußte sich selbst zugeben, daß er noch eine Menge über Frauen lernen mußte. Störende Gedanken über die möglichen Konsequenzen seiner Affäre mit der Frau des Stabschefs verjagte er, indem er sich sagte, daß der Chief of Staff die Öffentlichkeit doch wohl mehr zu fürchten hätte als er, ein sowieso schon in Ungnade gefallener Commander.

Er war mit einer Freizeithose, einem Sporthemd und leichten Slippers bekleidet, als der Exec und Chief Mackensie sich ihren Weg über die Schwimmpiers zur Lucky Bag suchten. Ihre khakifarbenen Gestalten tauchen in dem Licht der Landungsstegbeleuchtung abwechselnd auf und verschwanden dann wieder. Unter dem Arm trug der Chief mehrere Kartenrollen. Der Exec hatte zwei Aktentaschen bei sich. Mike begrüßte sie an der Gangway und geleitete sie über das Hauptdeck zur Veranda, von der aus man den Kanal überblicken konnte. Dadurch umging er den im Bootsinneren gelegenen Wohnbereich. Es ging ruhig zu auf der Wasserstraße. Nur ein paar Boote tuckerten den Kanal hinunter. Die Luft kühlte sich nach der Hitze des Tages allmählich etwas ab.

Er stellte drei Gläser, einen silbernen Wasserkrug und einen Eiskübel auf den Tisch und zeigte mit dem Hals einer Flasche Glenlivet auf die Gläser.

»Ich habe auch Sodawasser, wenn Ihnen das lieber ist«, sagte er.

»Nein, ein Tropfen Wasser tut's, Capt'n«, sagte der Chief.

»Für mich auch, Sir«, sagte der Exec.

Mike schüttete den Whisky ein, lehnte sich in seinen Korbsessel zurück und wartete, bis die anderen beiden ihre Drinks gemixt hatten.

»Also Jungs. Was hatte die gute Deyo für uns auf Lager?«

Chief Mac beugte sich nach vorne und schob sein Glas an den Rand des mit einer Glasplatte bedeckten Tisches. Er griff nach den Karten unten auf dem Boden, breitete sie um seinen Stuhl herum aus, bis er den Wasserfall-Ausdruck, nach dem er gesucht hatte, gefunden hatte. Er rollte ihn auf der Tischabdeckung im gelben Licht der Messingstehlampe aus. Das Papier war dünn; eine Art Durchschlagpapier wie es für Faxgeräte verwendet wurde. Die leichte Brise, die vom Wasser hinüberwehte, hob das Papier hoch. Der Exec beschwerte eine Ecke, Mike befestigte die andere. Der Chief ging mit ihnen die Bedeutung der einzelnen Linien durch und wies Mike dann auf die kleine rote Markierung an der Seite des Wasserfalls hin.

»Genau hier«, sagte er, »fiel dem Passiv-Bediener auf, daß alle Linien sich zu einem Durcheinander zusammenzogen. Also änderte er die Frequenzskala. Dadurch werden die einzelnen Frequenz-Linien auf dem Papier weiter voneinander getrennt. Das können Sie hier sehen. Und jetzt schauen Sie mal genau unterhalb dieses Bereichs.«

»Diese dicken Linien?«

»Ja, Sir. Sie beginnen genau hier oben auf der Zeitachse und sie sind weit drüben hier auf der linken Seite, das heißt der Niederfrequenzseite. Das hier sind Grundfreqeunzen, das hier Harmonische. Sehen Sie, wie eng die Harmonischen Kennlinien beieinander liegen? Das ist ein weitere Indikator für Niederfrequenzgeräusche: Der zweite Sinus von zehn Hertz ist nur zwanzig Hertz, wogegen der zweite von fünfzig Hertz einhundert ist. Wenn die Geräuschquelle ein mordsdicker Brummer ist, ziehen sich die Harmonischen alle ganz eng zur Grundfrequenz zusammen.«

»Und was heißt das?«

»Das heißt, daß genau zu dem Zeitpunkt, als der Passiv-Bediener die Linien auseinanderzog, ein verdammt großer Diesel auftauchte – und blieb: ruhig und beständig. Sehen Sie...« Er rollte das Papier weiter aus. »Wenn Sie sich den Linienverlauf über die nächste Stunde ansehen, werden Sie feststellen, daß die kleineren Maschinen von oben nach unten wechseln – Fischerboote, die ihre Position ungefähr jede halbe Meile verändern und dann wieder langsam werden. Das Ding hier bleibt statisch.«

»Wie ein großer Diesel-Generator«, sagte Mike leise. Er starrte auf den Linienverlauf.

Der Chief lehnte sich in seinen Stuhl zurück, nickte, hielt Mike aber zwei Finger entgegen.

»Zwei? Zwei Maschinen?« fragte Mike.

»Ja, Sir. Zwei.«

»Aber die Aufzeichnung zeigt nur einen Satz Linien.«

Der Chief nickte, griff nach seinem Glas, trank einen Schluck und setzte es wieder ab. Er griff wieder unter den Tisch und rollte eine zweite Karte über der ersten aus.

»Ich hatte 'ne kleine Unterhaltung mit dem Typen, der in der Nacht an der *aktiven* Konsole war. Das große SQS-53 war natürlich nicht an, weil sie ja eine passive Suche durchführten. Also hatte er nichts zu tun, mußte nur zusehen, daß er nicht einschlief. Der Passiv-Bediener war gerade zur Toilette gegangen, als die große Maschine auftauchte, deshalb war es der Aktiv-Bediener, der die Markierung vornahm. Da die Deyo ja nun aber ein mit allen Spielereien versehens ASW-Schiff ist, wird zusätzlich das, was auf dem Papier aufgezeichnet wird, auch noch auf einem Magnetband aufgenommen.«

»Und?« fragte Mike. Der Exec beugte sich nach vorne und beteiligte sich jetzt auch an der Diskussion.

»Das bedeutet, daß sie die ganze Sache nach dem eigentlichen Vorfall jederzeit wieder ablaufen lassen können. Also hat sich Chief Mac das Band vorspielen lassen und hat das Replay dann wieder auf Papier aufzeichnen lassen.«

»Nur diesmal«, übernahm der Chief, »hatte ich den Passiv-Prozessor so eingestellt, daß er für das Signal, das vom Magnetband kam, einen Frequenz-Diversifizierungs-Algorithmus durchführte, bevor es auf dem Papier aufgezeichnet wurde. Der Computer nimmt das Breitbandsignal und zerlegt es in all seine Bestandteile. Dann nimmt er einen statistischen Vergleich vor zwischen dem, was er hört, und der normalen statistischen Verteilung individueller Frequenzen in einem solchen Ton. Wenn es da einen Unterschied gibt, folgert er daraus, daß es sich um zwei Quellen handeln muß, und versucht, zwei akustische Linien zu konstruieren, jede mit der korrekten Verteilung von Frequenzkomponenten und Harmonischen. Wenn ihm das gelingt, erhalten wir das ...« Er rollte eine weitere Papierspur aus. »Hier können Sie genau sehen, daß die beiden dicken schwarzen Linien durch eine Resultierende voneinander getrennt sind; das bedeutet, daß es sich um zwei akustische Quellen handelt, die sich zwar ähneln, aber dennoch sind es zwei getrennte Schallquellen.«

»Zwei Generatoren.«

»Was, sollte es sich um ein Diesel-U-Boot handeln, auf ein Foxtrott hinweist«, sagte der Exec. »Die haben drei Hauptmaschinen. Sie schnorcheln mit zweien. Die dritte haben sie einsatzbereit für den Fall des Nottauchens.«

»Was wir jetzt tun müssen«, fuhr der Chief fort, »ist, uns ein Übungsband eines Foxtrott-Bootes auf dem Diesel zu beschaffen, um einen Vergleich anzustellen.«

Mike lehnte sich zurück und versuchte das Ausmaß dieser Neuigkeiten zu erfassen.

»Was könnte es noch sein?« fragte Mike.

»Es könnte auch ein mittelgroßes Handelsschiff mit zweimotorigem Dieselantrieb sein, das außerhalb der Radarerfassung der Deyo die Küste hinauf- oder hinunterfährt, aber innerhalb der Konvergenzzone des passiven Sonars der Deyo«, sagte der Exec.

»Ließen die Wasserverhältnisse Konvergenz zu?« fragte Mike, ahnte aber bereits die Antwort. »Nicht tief genug, nicht wahr?«

»Genau, Skipper«, sagte der Chief. »Aber manchmal kanalisiert Niedrigwasser den Schall über eine weite Entfernung, vor allem über dem Kontinentalen Graben. Vielleicht war es ein solches Frequenzband, das sie gehört haben. Ohne Radarkontakt hätten sie nichts, womit sie diese Geräuschquelle in Bezug setzen könnten. Der Schall könnte ja aus einer Entfernung von sechzig Meilen gekommen sein. Ihr Radar reicht für fünfundzwanzig. Es könnten also auch Überwassergeräusche sein.«

»Aber daran glauben Sie nicht, stimmt's?«

»Es wäre höchst unwahrscheinlich, Sir.«

»Und die Linien weisen fast keine Peilungsabweichung auf«, warf der Exec ein. »Ein Handelsschiff, das mit gleichbleibender Geschwindigkeit führe, würde sich im Peilungskreis bewegen. Die fahren hier doch nur in zwei Richtungen: in den Hafen hinein oder aus dem Hafen heraus, küstenauf- oder küstenabwärts. Die Richtung in den Hafen hinein bzw. wieder hinaus würde irgendwann einen Doppler verursachen; Parallelfahrt an der Küste würde Peilungsabweichungen aufweisen. Hier haben wir keins von beiden.«

Mike nickte nachdenklich, während er die Eiswürfel in seinem Glas schüttelte. Dann fiel ihm noch etwas anderes ein.

»Warum hat die Deyo davon nichts gemeldet?« Er schaute vom Exec auf den Chief.

»Tja, das is' auch 'ne interessante Geschichte«, sagte der Chief. »Es scheint, daß die beiden Sonar-Männer es ihrem Chief und der wiederum dem ASW Officer gemeldet haben. Der ASW Officer hat es dann nach oben weitergegeben mit dem Ergebnis, daß er dem Chief anschließend mitteilte, die Sache zu vergessen – was der dann auch tat, bis ich auftauchte und danach gefragt hab'.«

Mike schaute den Exec an. »Einschätzung?«

Der Exec schüttelte den Kopf. »Ich kann's mir nur so erklären, daß der CO der Deyo von vornherein dazu geneigt hat, alles, was bei dieser Suche herauskommen könnte, zu ignorieren.«

»Oder man hat ihm gesagt, daß er die Sache begraben soll«, spekulierte Mike.

»Möglich«, antwortete der Exec, »aber nicht sehr wahrscheinlich. Schließlich war es der Commodore, der ihn damit beauftragt hat, und ich kann mir nicht vorstellen, daß der ihm gesagt hat, er solle die Dieselfrequenzen zwar aufnehmen, aber die Ergebnisse, sofern es welche gäbe, ignorieren.«

»Ich dachte nicht an den Commodore«, erwiderte Mike und lehnte sich zurück, wodurch sein Gesicht im Schatten des Lichtscheins lag.

»Pierce Marshall hängt immer ziemlich eng mit dem Stab zusammen, denn da ist man ja in der Nähe des Admirals. Ich frage mich, ob der Stab nicht vielleicht über das kleine Projekt der Deyo Bescheid wußte und ob nicht jemand im Stab der Deyo Anweisungen gegeben hat, wie sie sich zu verhalten habe.«

Der Chief betrachtete sein Glas. Die Diskussion hatte sich schnell in einen Bereich bewegt, der über seiner Gehaltsklasse lag. Mike bemerkte sein Unbehagen und brach sie ab.

»Okay, XO, morgen werden Sie, der Chief hier und Linc sich unsere Präsentation noch einmal vornehmen und diese neuen Daten einarbeiten. Offensichtlich stehe ich morgen früh als erstes auf dem Terminkalender des Commodore; ich werde ihn über die wesentlichen Dinge ins Bild setzen und vorschlagen, daß wir vier uns zusammen mit ihm das Material noch einmal ansehen, diesmal in seinem Büro. Ich werde auch vorschlagen, daß er Commander Barstowe einweiht. Er ist pragmatisch und bringt die Dinge auf den Punkt. Vielleicht findet er das fehlende Glied, wenn er sich die Sache unbeeinflußt zum erstenmal ansieht.«

»Aye, aye, Sir«, sagte der Exec und trank sein Glas aus. Der Chief schloß sich an und begann, seine Karten einzusammeln.

»Chief«, sagte Mike, »können Sie sich die Vergleichsbänder von der hiesigen ASW-Trainingsstätte auf dem Stützpunkt beschaffen?«

»Nein, Sir. Sie hab'n so was nich'. Aber die Spruances, die haben immer 'ne Sammlung davon für ihre Magnet-Übungen. Ich werd' sie mir auf einem der anderen Schiffe besorgen.«

»Können wir sie abspielen?«

»Auf der Goldy? Nein, Sir, unmöglich. Aber ich kann sie bitten, die Bänder laufen zu lassen und auf Pauspapier aufzuzeichnen. Wir brauchen ja nur das Papier; dann können wir's mit diesen Wasserfällen vergleichen.«

»Gut gemacht«, sagte Mike. »Seien Sie diskret – ich glaube Sie haben mitbekommen, daß wir hier zwei Probleme haben.«

Der Chief grinste. »Verstanden, Capt'n. Solang' wir da wieder rausfahren können, um den verdammten Hund zu erwischen, is' mir egal, was für Spiele wir an Land spielen müssen.«

Mike grinste zurück. »Genau das habe ich vor«, sagte er. Hinter dem Windschutz der Veranda verlor sich der Wasserweg in der Dunkelheit einer mondlosen Nacht.

KAPITEL EINUNDVIERZIG

Das Unterseeboot AL AKRAB, OP-Gebiete von Jacksonville, Mittwoch, 30. April, 21 Uhr.

Die Offiziere, die um den metallenen Tisch in der winzigen Messe versammelt waren, erhoben sich, als der Kommandant und der Musaid durch den Vorhang am Eingang traten. Der Kommandant glitt seitlich in seinen Stuhl am Kopfende. Er nickte kurz. Bis auf den Musaid, der hinter dem Kommandanten stehenblieb, nahmen alle Platz.

In der Messe war es heiß und stickig – wie überall im Boot. Die drei an den Schotten angebrachten Ventilatoren verteilten nur die verbrauchte Luft im Raum. Der Stellvertreter stand neben einer Flip-Chart am Ende des Tisches, auf der er einige Navigationskarten angebracht hatte. Sein Gesicht glänzte vor Schweiß, und auf seinem Hemd waren unter den Achseln große kreisrunde Flecken zu sehen. Der Kommandant schaute ihn erwartungsvoll an. Der Stellvertreter räusperte sich.

»Kommandant. Meine Ausführungen heute abend konzentrieren sich auf die Anfahrt an den Marinestützpunkt Mayport für die Operation des Minenlegens. Ich habe hier drei Karten. Die erste zeigt die Einfahrt in den St. Johns River und Jacksonville, Florida. Die zweite ist die Hafenkarte und zeigt die Einfahrt in das Hafenbecken selbst, die dritte ist eine schematisierte Darstellung. Wenn das soweit zufriedenstellend ist, werde ich fortfahren, Kommandant.«

Der Kommandant nickte wieder. Durch eine Öffnung im Vorhang zu seiner Linken konnte er den Steward sehen. Mit einer Kopfbewegung bedeutete er ihm, hereinzukommen. Der Steward schob eine Tasse heißen Tees durch den Vorhang und verschwand ebenso schnell wieder. *Eine* Pistole hatte ihm gereicht. Der Stellvertreter wartete geduldig, bis er wieder die ungeteilte Aufmerksamkeit des Kommandanten besaß.

»Kommandant«, begann er – die Offiziere hörten ihm aufmerksam zu. »Ich empfehle eine direkte Annäherung an die Flußeinfahrt in der dritten Nacht von heute an gerechnet, um etwa ein Uhr morgens, bei auflaufendem Wasser und Neumond.«

»Warum gerade zu dieser Uhrzeit?« fragte der Kommandant. Er konnte sich die Antwort denken, wollte aber die taktische Urteilskraft des Stellvertreters auf die Probe stellen.

»Kommandant: Der Neumond sorgt für relative Dunkelheit. Das auflaufende Wasser wirkt den Strömungen des Flusses entgegen und setzt die Gegenströmung an der Einfahrt auf ein Mindestmaß herab. Und sollten wir uns auf Grund setzen, könnten wir uns mit Hilfe des auflaufenden Wassers leichter losreißen.«

»Wir werden uns nicht auf Grund setzen, Stellvertreter«, sagte der Kommandant mit einem frostigen Lächeln, »weil Ihr uns fehlerfrei hinein- und wieder hinauslotsen werdet, nicht wahr?«

»Kommandant.« In dem floureszierenden Licht sammelte sich immer mehr Schweiß auf der Stirn des Stellvertreters.

»Aber die zeitliche Kalkulation ist richtig, Stellvertreter. Wenn das Meer uns zuarbeitet und Fluchtwege anbietet, würde nur ein Dummkopf daraus keinen Nutzen ziehen. Fahrt fort.«

Die Miene des Stellvertreters hellte sich etwas auf.

»Kommandant, es gibt ein hervorstehendes Flußleitfeuer auf der Nordseite des St. Johns River, das während einer Annäherung eine gute Sichtnavigation ermöglicht. Es besteht aus zwei Türmen, einer mit einem weißen Licht, der andere mit einem gelben, die sich auf einer Linie etwa eine Viertelmeile voneinander entfernt befinden. Ich werde das Periskop auf dieses Leitfeuer fixieren und nach links oder rechts Kursempfehlungen geben, um darauf zu bleiben – gegen die Strömungen.«

»Schlagt Ihr vor, in den Fluß selbst hineinzufahren?« fragte der Kommandant.

Der Stellvertreter war entsetzt.

»Nein, Kommandant, keinesfalls. So wie ich es sehe, brauchen wir an die eigentliche Einfahrt nur bis auf vierhundertfünfzig Meter heranzufahren, zu drehen und die Minen in die Fahrrinne zu werfen.«

»Das ist richtig, obgleich wir wahrscheinlich etwas weiter hineinfahren müssen, weil die Flußabwärtsströmung die tatsächliche Entfernung, die die Minen flußaufwärts zurücklegen, verkürzen wird. Wir müssen uns bis auf etwa zweihundertdreißig Meter der festgelegten Fahrrinnen-Kreuzung nähern, eine volle Wende durchführen und die Minen dann in die Fahrrinne werfen. Wenn ich von Kreuzung spreche, meine ich die zwischen der Fahrrinne des Flusses und des Marinestützpunktes. Der Träger wird sich an die festgelegten Fahrrinnen-Abschnitte halten. Wir müssen also sehr genau sein.«

»Kommandant«, fragte der Waffeneinsatzoffizier, »wann wollen wir die Minen legen?«

Der Kommandant schaute auf die erwartungsvollen Gesichter in der Runde. Bis jetzt hatte er seine Pläne noch nicht enthüllt; vielleicht war jetzt die Zeit gekommen.

»In der Nacht bevor der Träger zurückkehrt«, verkündete er. »Wir erwarten eine Nachricht unseres Geheimdienstes über den genauen Ankunftstag der Coral Sea. Es deutet alles darauf hin, daß es innerhalb einer Woche sein wird.«

Um den Tisch herum erhob sich erwartungsvolles Gemurmel. Das Ende der Mission rückte in greifbare Nähe. Eine Woche!

»Das muß erst noch bestätigt werden«, warnte der Kommandant, »und wir müssen noch wachsamer sein als bisher. Die Amerikaner könnten wegen der bevorstehenden Rückkehr eines so großen Schiffes um den Stützpunkt herum Sicherheitsvorkehrungen treffen.«

»Wäre es nicht besser, die Minen bereits auf dieser Erkundungsfahrt zu legen, als zweimal so nahe heranzufahren?« fragte der Leitende Ingenieur.

»Das wäre sicherer, stimmt«, erwiderte der Kommandant. »Aber viele große Schiffe benutzen die Fahrrinne. Wenn die Minen dort fünf bis sieben Tage lägen, liefen wir Gefahr, daß die Minen unter einem Tanker oder einem dieser Fahrzeugfrachter hochgingen.«

»Könnten sie nicht so eingestellt werden, daß sie für eine festgesetzte Anzahl von Tagen inaktiv blieben und sich dann selbst aktivieren?«

»Das könnte man«, warf der Waffeneinsatzoffizier ein, »aber der Kommandant traut dem Verzögerungsmechanismus nicht.

Wenn er versagt oder eine Funktionsstörung aufweist, aktivieren sich die Minen vielleicht tage- oder wochenlang nicht. Oder noch schlimmer, sie zünden direkt – mit Null-Verzögerung.«

»Das stimmt«, sagte der Kommandant, »wenn dieser Übungslauf an die Küste gut verläuft, könnten wir tatsächlich die Minen legen und den entsprechenden Verzögerungsmechanismus einstellen. Aber es gibt da ein grundlegendes Problem, LI: Wir wissen nicht genau, an welchem Tag der Träger zurückkehren wird. Selbst wenn wir es wüßten, könnte sich das innerhalb einer Woche noch ändern. Wenn die Minen erst einmal gelegt sind und der Verzögerungsmechanismus eingestellt ist, gibt es keine Möglichkeit mehr, zurückzufahren und die Minen neu einzustellen. Deshalb möchte ich mit dem Legen der Minen bis zur letzten Nacht warten, und da diese Operation fehlerfrei verlaufen muß, unternehmen wir diesen Probelauf.«

»Kommandant«, beharrte der LI, »ich möchte nicht widersprechen, aber wir gehen bei diesem Probelauf ein großes Risiko ein: Wir müssen geradewegs an der Küste des Feindes – über Wasser – entlangfahren. Es werden Wachen auf dem Stützpunkt stationiert sein. Flußeinfahrt und Stützpunkt werden der Radarüberwachung unterliegen. Sicherlich wird irgend jemand oder irgend etwas den verdunkelten Überwasser-Kontakt entdecken und Alarm schlagen. Ich sehe ein, daß wir das einmal auf uns nehmen müssen – aber zweimal?«

Der Kommandant lehnte sich in seinem Stuhl zurück. Er blickte die Mitte des Tisches entlang. Er hatte lange und intensiv über diese Punkte nachgedacht. Es war äußerst riskant. Der LI hatte recht: Sie mußten es einmal machen, aber zweimal?

»Ich nehme deine Besorgnis und Fragen ernst und gestehe dir deine Meinung zu, LI. Meine Überlegungen aber sind folgendermaßen: Die Amerikaner bewachen ihre Stützpunkte nur von Land, nicht von See aus. Darüber haben wir verläßliche Informationen des Nachrichtendienstes. Weder die Einfahrt in diesen Fluß noch in andere wird von Radar überwacht. Sicher, die Schiffe, die im Hafen liegen, mögen Radar zu Wartungszwecken eingeschaltet haben, aber die Mindestreichweite eines Zerstörer-Radars geht über das Gebiet hinaus, in dem wir operieren werden. Wir befänden uns in der Schattenzone ihres

Radars. Aber was noch wichtiger ist – die Amerikaner tun jede Bedrohung von See her ab, weil ihre Navy groß und mächtig ist. Sie können sich keine ernstzunehmende Bedrohung vorstellen, deshalb können wir uns ihnen ungestraft nähern.« Er hielt inne, um einen Schluck Tee zu nehmen.

»Zweitens, wenn wir reinfahren, um die Minen tatsächlich zu legen, muß die Operation erfolgreich verlaufen. Wir werden keinen Spielraum für Überraschungen oder Entdeckungen der Art, daß die Wassertiefe zu gering, die Strömung zu stark oder irgendein physisches Hindernis vorhanden ist, haben. Wir verfügen über Karten und Berichte des Nachrichtendienstes, aber solange wir dort nicht selbst reingefahren sind und die Flußmündung mit unseren eigenen Augen inspiziert haben, werden wir die tatsächliche Situation nicht kennen. Wenn wir auf dieser Erkundungsfahrt auf Hindernisse stoßen, werden wir genug Zeit haben, uns zurückzuziehen, und auch einige Tage, um über eine Lösung nachzudenken – diese Zeit hätten wir nicht, wenn wir bis zur letzten Minute warteten und es dann zum erstenmal versuchen würden.«

Die Männer am Tisch nickten zustimmend. Den dritten Grund offenbarte der Kommandant nicht: Er wollte sich selbst prüfen, wollte sich selbst bestätigen, daß seine Nerven standhielten. Er war müde. Sie waren alle müde. Das Warten, das Verstecken, das jeweils vierstündige Aufladen der Batterie von Mitternacht bis vier Uhr früh, rationierte Wassermengen, die drückende feuchte Hitze – all das begann seinen Tribut hinsichtlich der Moral an Bord zu fordern.

Er selbst hatte zu viele Stunden schlaflos in seiner Koje verbracht, voller Fragen, Sorgen und, was am schlimmsten war, voller Zweifel. Er mußte die Nase seines Unterseebootes mitten in das selbstzufriedene Gesicht der amerikanischen Navy stecken und das nicht einmal, sondern zweimal. Je länger er über die Mission nachgedacht hatte, um so wichtiger waren die Minen geworden. Er war sich nämlich hinsichtlich ihrer Erfolgschancen bei dem Torpedoangriff nicht mehr so sicher. Es gab so viele Unbekannte: Aus welcher Richtung würde sich der Träger nähern? Der Träger mußte nur einmal Glück haben; sie mußten jedesmal Glück haben, wenn er eine Entscheidung über das ›Wann‹ und ›Wo‹ des Hinterhalts traf. Wie viele Schiffe würden ihm Geleitschutz geben, und um welche Schiffstypen handelte es sich dabei? Würde es die verdammte Luftunterstützung geben? Würden die Amerikaner die Durchfahrt bei strahlend hellem Tageslicht unternehmen oder würde die Al Akrab den Schutz der Dunkelheit genießen? Es gab so viele Variablen, daß ihre Chancen weniger als fünfzig Prozent betrugen. Die Minen hingegen mußten nur im Schlamm auf dem Grunde des Flusses warten, um dem ersten großen Schiff, das über sie hinwegfuhr, den Bauch aufzureißen. Und die Minen stellten eine doppelte Demütigung dar und setzten dem Torpedoangriff die Krone auf, würden sie den Amerikanern doch letztendlich deutlich machen, daß sie bis an ihre Türschwelle herangefahren waren, um sie zu legen. Hinter ihm räusperte sich der Musaid diskret. Er merkte, daß alle Blicke auf ihn gerichtet waren. Er trank noch einen Schluck Tee.

»Fahrt fort, Stellvertreter. Zeigt uns die Karten für die Annäherung und Eure schematische Darstellung.«

»Jawohl, Kommandant. Bis zu diesem Punkt auf der Karte können wir von praktisch jeder Seite aus heranfahren, bis hinauf zum Gebiet dieser fünf Meilen off-shore gelegenen Boje hier, die die amerikanischen Zerstörer ›Meeresboje‹ nennen. Sie markiert das seewärts gelegene Ende der Fahrrinne des Flusses. In einer klaren Nacht ist das Leitfeuer von der Boje aus zu sehen, wir würden also von dort aus auf Leitfeuer-Kurs gehen und heranfahren. Etwa neun Meilen von der Meeresboje entfernt müssen wir auftauchen, weil die Wassertiefe dort zu niedrig ist.«

Er schlug die Seekarte um und rollte die Karte für die Annäherung aus.

»Zwischen der Meeresboje und der eigentlichen Einfahrt in den Fluß sind abwechselnd auf jeder Seite der Fahrrinne Bojen gesetzt. Sie sind beleuchtet, und die Fahrrinne ist etwa dreihundertsiebzig Meter breit. Wenn wir Radar benutzen könnten, wäre die Markierung der Fahrrinne kein Problem, aber natürlich werden wir das nicht tun. Während der Sicht-Anfahrt müssen wir uns nach dem Leitfeuer an Land richten und unseren Kurs bestätigen, wenn wir die Bojen auf beiden Seiten sehen.

Wir werden bis zu diesem Punkt, den ich hier auf der Karte mit Punkt A markiert habe, mit geringer Geschwindigkeit und auf Batteriebetrieb – um die Geräusche zu reduzieren – heranfahren, ein Wendemanöver durchführen, uns solange still verhalten, bis wir die Minen abgeworfen haben, und dann mit hoher Geschwindigkeit auf dem gleichen Kurs, den wir gekommen sind, herausfahren.«

Er hielt inne und schaute den Kommandanten erwartungsvoll an. Der nickte bedächtig, während er die Karte und den vorgeschlagenen Kurs studierte. Schließlich ergriff er das Wort:

»Ich habe eine Änderung: Unterseeboote können – selbst unter den günstigsten Bedingungen – mit der Kraft ihrer Maschinen nur schwer wenden. Wir werden uns in eine Flußmündung mit Strömungen, Strudeln, Gegenströmungen und geringer Wassertiefe wagen. Die Wende könnte fünf Minuten dauern. Währenddessen hätten wir keine Kontrolle über unsere Richtung. Nein, Stellvertreter. Berechnen Sie den Kurs so, daß wir die Wende direkt an der Einfahrt in die Fahrrinne durchführen. Wir werden uns dem Punkt, an dem die Minen abgeworfen werden sollen, rückwärts nähern, anhalten, langsam vorwärts fahren, das Legen der Minen simulieren – und uns mit höchster Geschwindigkeit entfernen.«

»Wie Ihr befehlt, Kommandant«, erwiderte der Stellvertreter und machte sich entsprechende Notizen.

»Kommandant!« Es war noch einmal der Ingenieur.

»Ja, LI?«

»Kommandant, wie verhalten wir uns, wenn wir auf zivile Schiffe, Fischkutter oder vielleicht sogar Handelsschiffe treffen?«

»Wir werden unter amerikanischer Flagge fahren und behaupten, wir seien ein amerikanisches U-Boot. Wir werden vor Beginn der Fahrt die Strecke natürlich auskundschaften und jedes Fischerboot oder Handelsschiff hinein- bzw. hinausfahren lassen, je nachdem. Aber sobald wir auftauchen, fahren wir als amerikanisches Unterseeboot. Mit der Verdunklung hast du einen wichtigen Punkt angesprochen: Das würde nur die Aufmerksamkeit auf uns lenken. Wir werden mit abgeschwächten Positionslaternen und einem matten weißen Licht an der amerikanischen Flagge fahren. Das würde uns zwar kein Militärangehöriger abnehmen, aber wie ich schon sagte, sie überwachen die Meerseite nicht, und Zivilisten werden es sowieso glauben wollen. Außerdem sollte um zwei Uhr morgens nicht mehr viel Verkehr sein. Es ist so sicher, wie es unter den gegebenen Umständen sein kann, LI.«

»Sollen wir die Zellen fluten, damit die Decks unter Wasser sind?« fragte der Waffeneinsatzoffizier. »Das würde auch die verräterische Silhouette eines Unterseebootes kaschieren.«

»Ich werde darüber nachdenken. Wir könnten darauf zurückgreifen, wenn uns unerwarteterweise etwas flußabwärts entgegenkommt. Aber wir werden in niedrigem Wasser fahren, und das Fluten verändert unseren tatsächlichen Tiefgang und erhöht das Risiko, daß sich das Boot auf einer Sandbank festsetzt. Außerdem ist das Boot dann viel schwieriger zu manövrieren. Aber ich werde deinen Punkt überdenken und mir die Entscheidung offenhalten. Und nun, Waffeneinsatzoffizier, bitte die Beschreibung der Operation, wie die Minen abgeworfen werden sollen.«

Der Waffeneinsatzoffizier warf noch einen kurzen Blick auf seine Aufzeichnungen und erläuterte dann die Details.

Der Leitende Ingenieur, dem die Bemerkung des Waffeneinsatzoffiziers über die vierte Mine, die dem Boot das Heck abreißen könnte, im Kopf herumging, hatte eine Frage.

»Es betrifft die vierte Mine, Kommandant«, sagte der LI.

»Ja?«, fragte der Kommandant schicksalergeben.

»Wenn ich das richtig verstanden habe, habt Ihr beschlossen, die vierte Mine nicht zu legen, weil ihr Computer nicht zuverlässig ist. Ihr wollt sie behalten und als Torpedo einsetzen, falls uns ein feindliches Schiff bei einer Verfolgung zu nahe kommt. Wenn aber der Computer nicht zuverlässig arbeitet, haben wir meines Erachtens keine Möglichkeit vorauszusagen, wie sie sich verhalten wird, wenn sie abgefeuert wird. Sie könnte sich durchaus aktivieren und zünden – auch bei einem abnehmenden Magnetfeld. Ich meine mich zu erinnern, daß der Zündmechanismus dadurch ausgelöst wird, daß erst ein zunehmendes und dann das abnehmende Magnetfeld geortet wird, was heißt, daß das Ziel über sie hinwegfährt. Sie könnte . . .«

Der Kommandant hob abwehrend die Hand. Er sah verärgert aus.

»Wir reden von vier Minen. Die vierte ließ sich nicht auf den Träger einstellen, sondern nur auf ein erstes Schiff, einen ersten Kontakt, jedweder Tonnage. Ich habe mich dafür ausgesprochen, diese Mine nicht für das Verminen der Einfahrt zu benutzen, um zu verhindern, daß sie beim ersten Fischerboot, das darüberfährt, hochgeht und die anderen Minen – sozusagen aus einem Akt der Sympathie – ebenfalls explodieren. Nun erinnert euch: Wir haben unsere vier zur Verteidigung gedachten Torpedos in den Heckrohren aufgeben müssen, um die Minen an Bord nehmen zu können. Diese vierte Mine wird im Ernstfall als Ersatz dienen, weil sie in die Richtung des Verfolgers gefeuert werden kann und seine Aufmerksamkeit beanspruchen wird, während wir flüchten. Ich würde eine solche Aktion nur im äußersten Notfall anordnen und sicherstellen, daß das Boot sich mit hoher Geschwindigkeit von der Mine wegbewegt, bevor ich den Befehl zum Aussetzen geben würde. Diese Entscheidung ist endgültig.«

Der LI errötete und senkte den Blick. Der Kommandant warf einen Blick auf den Stellvertreter und sah, daß dieser mit seinen Ausführungen zu Ende war.

»Gut«, sagte er, »jetzt hört meine Befehle: Stellvertreter, ich erwarte die Ausarbeitung der vollständigen Navigation, einschließlich der simulierten Anfahrt, des Wendemanövers, des Abwerfens der Minen und des Rückzugs. Ich will alle Navigationshilfen auf dem Plot erfaßt und eine Test-Papieraufzeichnung mit Peilungen, Wendepunkten und -zeiten haben. Waffeneinsatzoffizier, alle Mann sollen auf Gefechtsstation sein, damit wir das Abwerfen der Minen zum entsprechenden Zeitpunkt üben können. Wir werden heute nacht auftauchen, um die Batterien aufzuladen. Dabei soll das tauchtechnische Team das Fluten üben: Das Boot ist so zu manövrieren, daß die Decks fast überspült sind, ohne daß sie jedoch völlig untergetaucht sind. Musaid, das Spezialteam soll sich vorne aufstellen und sich bereithalten, bei unvorhergesehenen Zusammentreffen an Deck zu kommen.«

Er schaute zu ihnen auf. »Wir haben drei Tage Zeit, um diese Operation zu üben. Diese Zeit will ich bestmöglich nutzen. Stellvertreter, laßt die Karten hier. Das ist alles.«

Sofort erhoben sich die Offiziere und verließen – wegen der Enge – einer nachdem anderen die Messe. Schließlich blieben nur noch der Kommandant und der Musaid zurück. Kommandant Al Khali drehte sich in seinem Stuhl herum, um den Musaid anzusehen.

»Nun?« fragte er.

Der Musaid ging um den Tisch herum und sah sich die Karten noch einmal genau an. Al Khali stand auf und gab seine leere Tasse dem wartenden Steward, der sie umgehend wieder füllte und durch den Vorhang zurückreichte. Der Kommandant ging zu den Karten hinüber.

»Glaubst du, daß wir die Minen gleich beim ersten Mal legen sollten?« fragte er.

»Nein, Effendi. Ich glaube, es ist richtig, erst hineinzufahren und sich mit der Umgebung vertraut zu machen. Wer weiß, welche Überraschungen die Amerikaner für uns bereithalten könnten?«

»Ich mache mir mehr Sorgen darüber, welche Überraschungen der Fluß für uns bereithalten könnte«, murmelte der Kommandant und schaute sich die Karten nochmals genau an. »Ich brauche diesen Testlauf auch, um mir die Einzelheiten ins Gedächtnis einzuprägen. Vor dem Hintergrund, es einmal geschafft zu haben, werde ich mit unerwarteten Notsituationen oder Bedrohungen in der Nacht, in der wir die Minen tatsächlich legen, besser fertig werden. Das ist nicht unwichtig, Musaid.«

»Sieben Tage«, sagte der Musaid nachdenklich, leise. Der Lärm der drei Ventilatoren überdeckte seine Stimme fast gänzlich.

»Es ist kaum zu glauben, daß wir tatsächlich so weit gekommen sind und nun kurz davor stehen, diesen hinterhältigen Amerikanern einen Schlag zu versetzen. Es wundert mich, daß uns noch niemand entdeckt hat.«

Der Kommandant nahm erst einen Schluck Tee, bevor er dem Musaid in die Augen schaute.

»Wir dürfen die amerikanische Navy nicht unterschätzen«, warnte er. »Aber das bereitet einem Schwierigkeiten, wenn man sich so ungehindert wie wir in ihren eigenen Gewässern bewegen kann. Der Oberst hatte recht: Sie sind in höchstem Maße arrogant. Allah sei Dank.«

»Und was ist mit dieser Geschichte mit der vierten Mine?« fragte der Musaid.

»Es wäre riskant, sie zu benutzen«, erwiderte der Kommandant. »Aber selbst wenn sie sofort scharf würde und zündete, würde unser Rumpf wie ein Bleistift sein, der genau in Richtung der Druckwelle zeigte. Das Überwasserschiff dagegen wäre genau auf der Höhe der Druckwelle. Die Explosion würde ungeheuer groß sein, aber dementsprechend würde auch das nachfolgende Durcheinander sein, das uns die unbemerkte Flucht ermöglichen würde. Ich muß nur einfach die Situation richtig einschätzen und die Entscheidung treffen.«

Der Musaid nickte. »Ich werde den Teil der Übung vorbereiten, den das tauchtechnische Team übernehmen soll«, sagte er.

»Sehr gut.«

Der Musaid trat zurück, verließ die Messe aber nicht. Der Kommandant blieb stehen und starrte weiterhin auf die Karten hinunter. Alles, was er über den Einsatz der vierten Mine als Nahkampf-Torpedo verkündete, änderte nichts an der Tatsache, daß ein so großer Sprengkopf dem Unterseeboot nicht unerheblichen Schaden zufügen konnte, wenn er vorzeitig zündete. Die vierte Mine blieb die große Unbekannte. Sie zu feuern könnte einer Selbstzerstörung gleichkommen. Andererseits – sollten sie jemals in eine so ausweglose Situation geraten, daß der letzte Paragraph der Befehle, der nur ihm bekannt war, zur Anwendung gelangen müßte, wonach er den Skorpion eher versenken sollte, als einen Beweis in die Hände der Amerikaner fallen zu lassen, der auf den Ursprung der Operation hindeutete, könnte die Mine zwei Probleme auf einen Schlag lösen – denn er war entschlossen, jeden amerikanischen Verfolger mitzunehmen. Er studierte noch einmal die Karte, auf der der Annäherungskurs eingezeichnet war, und versuchte sich vorzustellen, wie es an der Türschwelle des Feindes aussehen würde.

KAPITEL ZWEIUNDVIERZIG

Zerstörer-Geschwader Zwölf, Hauptquartier,
Marinestützpunkt Mayport,
Donnerstag, 1. Mai, 8 Uhr 40.

Mike hatte in einem Lehnstuhl in Barstowes Büro Platz genommen. Er wartete auf den Commodore, der noch eine Besprechung mit drei anderen Commanding Officers hatte. Es ging geschäftig zu im Z-Geschwader Zwölf, jetzt, nachdem der Commodore wieder aus Norfolk zurück war. Ein unaufhörliches Kommen und Gehen. Commander Barstowe hatte sich kurz über den Stand der Reparaturarbeiten auf der Goldsborough informieren lassen. Jetzt telefonierte er mit der Stützpunkt-Polizei wegen eines Verkehrsunfalls, in den ein Verwaltungsunteroffizier vom Stab verwickelt war.

Das Leben geht weiter, dachte Mike. Die Vielfalt der Verpflichtungen, die einem höherrangigen Offizier in der Navy – ob an Land oder auf See – oblagen, beeindruckte ihn immer wieder. Jeder Aspekt des täglichen Lebens von jedem einzelnen schien irgendwie mit dem Dienstauftrag zusammenzuhängen und war deshalb Angelegenheit des Kommandos. Im Geiste überdachte er die U-Boot-Angelegenheit wohl zum hundertsten Male von allen Seiten und versuchte, den pulsierenden Strom von Hauptbootsmännern und jüngeren Offizieren, die kamen, um Barstowe zu sprechen, dabei auszublenden.

Abgesehen von den vorher bekannten Fakten, was hatten sie denn Neues erfahren? Die Bänder der Deyo ließen auf die mögliche Anwesenheit eines diesel-betriebenen Unterseebootes schließen, das seine Batterien auflud. Die ASW-Schule hatte die Aufzeichnungen der Goldsborough als ›möglich‹ klassifiziert.

»Captain! Der Commodore kann Sie jetzt empfangen, Sir.«

Eine leichte Röte überzog Mikes Gesicht. Er hatte gerade daran gedacht, daß Diane es besonders gern hatte, wenn man sie auf die kleine Vertiefung am Hals küßte, direkt über dem Schlüsselbein. Er stand auf und folgte dem Verwaltungsunteroffizier den Gang hinunter zum Büro des Commodore. Er traf die drei Commanders, als sie durch die Schwingtüren traten. Sie begrüßen sich, taxierten sich kurz gegenseitig – wie unter COs üblich –, dann betrat Mike das Büro des Commodore.

»Mike, setzen Sie sich«, schnauzte der Commodore. Er machte auf einem gelben Block noch einige Notizen, bevor er ihn zur Seite schob und aufschaute.

»Nichts rausgekommen bei der Deyo, hmh?«

Mike holte tief Luft: »Nicht ganz, Commodore.«

Captain Aronsons Gesicht zog sich zu einem Stirnrunzeln zusammen. Mike erläuterte, was sein Chef aus den Bändern der Deyo herausgefunden hatte. Als er am Ende angelangt war, hatten sich die Lippen des Commodore zu einer schmalen Linie verengt.

»Damit ich Sie richtig verstehe«, sagte der Commodore, »die Deyo meldet ›nichts gefunden‹, aber die Bänder weisen die akustische Linie eines schnorchelnden U-Bootes auf?«

»Was die akustische Linie eines zweimotorigen Dieselantriebs *sein könnte*, Commodore. Es könnte auch ein weit entferntes Handelsschiff mit großen Dieselmotoren sein, das parallel zur Küste fährt; die akustischen Linien könnten sich durch ungewöhnliche Konvergenzzonen oder akustische Kanäle übertragen. Der Punkt ist, daß zwischen all den Fischerbooten, die ihren üblichen Beschäftigungen in den OP-Gebieten um Mayport nachgingen, gegen ein Uhr morgens zwei große Diesel auf dem Wasserfall-Schirm auftauchten und dort drei Stunden lang zu sehen waren – ohne Peilungsabweichung oder Doppler. Dann verschwanden sie plötzlich wieder vom Display.«

»Verdammter Hurensohn!« rief der Commodore aus. Er lehnte sich zurück und blickte Mike an, ehe er fortfuhr.

»Wir wissen beide, daß da draußen nicht genug Tiefengefälle für Konvergenzzonen ist«, sagte er, »und der normale akustische Tiefenkanal liegt bei eintausend Metern. Was schließen Sie aus all dem?«

Mike schwieg einen Moment. Er schaute durch die getönten Scheiben auf den Wald von Schiffsmasten am Kai.

»Ich weiß nicht, was ich daraus schließen soll, Commodore, seufzte er. »Wenn man daran glauben will, daß in den

OP-Gebieten um Jacksonville in den letzten Wochen ein unidentifiziertes U-Boot herumschleicht, dann gibt's 'ne Reihe von Anzeichen, die dafür sprechen. Andererseits sind sie alle nicht eindeutig.«

»Warum, glauben Sie, hat die Deyo die akustischen Linien der großen Diesel nicht gemeldet?«

»Ich bin mir nicht ganz sicher, Commodore. Mein Chief hat berichtet, daß über den Dienstweg auf dem Schiff von ihrer Existenz Meldung gemacht wurde, aber die Entscheidung des Kommandos lautete, es sei nicht bedeutend genug, um darüber Meldung zu machen. Mein Chief hat das von seinem Counterpart auf der Deyo. In dem Gespräch gestern abend habe ich meinen XO auf die Möglichkeit angesprochen, daß die Deyo angewiesen worden sein könnte, die Sache zu begraben, aber er machte darauf aufmerksam, daß Sie ja derjenige gewesen seien, der die Deyo beauftragt hatte.«

»Und?«

»Und daß es nicht ausgeschlossen ist, daß einer der Kumpels von IV. im Stab ihm gesagt hat, daß er den Deckel drauf halten sollte.«

Der Commodore sah ihn lange an, drehte sich dann mit seinem Stuhl in Richtung Fenster und blickte nun ebenfalls durch die getönten Scheiben hinaus. Ohne sich wieder herumzudrehen, begann er zu reden, so als spräche er laut mit sich selbst.

»Irgendwas paßt da immer noch nicht zusammen. Wir kriegen diese verrückte Meldung über die Sichtung eines U-Boots, fahren raus, finden nichts. Dann säuft ein Fischkutter ohne ersichtlichen Grund ab. Alles, was übrigbleibt, ist eine Öllache und ein Namensschild mit einem Einschuß. Das Wrack weist keine äußerlichen Einwirkungen auf. Also fahren wir wieder raus, stoßen diesmal auf einen Kontakt, verlieren ihn, stoßen auf einen weiteren, der sich wie ein Torpedotäuschkörper verhält – übrigens hab' ich mit den Master Chiefs oben im Center gesprochen, und die glauben wirklich, daß es ein Bold war –, verlieren auch den, blasen alles ab, und jetzt kommt die Deyo mit einer ›Negativ-Meldung‹ zurück, obwohl ihre Sonar-Jungs eine Wasserfall-Aufzeichnung haben, die durchaus ein U-Boot am Schnorcheln sein könnte. Falls es sich nicht um einen weit entfernten ›Frachter‹ handelt . . .«

Mike sprach zu dem Rücken des großen Stuhls.

»Was mir immerzu im Kopf 'rumgeht, ist das, was der XO mit ›Motiv‹ bezeichnet hat. Wenn da so ein Kerl draußen 'rumhängt, warum verdammt noch mal? Chief Mac glaubt, es ist ein Foxtrott. Ich meine, mal angenommen es ist ein Foxtrott – kann man denn ernsthaft annehmen, daß die Sowjets ein antiquiertes dieselelektrisches U-Boot zu einem Einsatz in eines unserer Operationsgebiete entsenden würden? Das ergibt doch gar keinen Sinn. Wir haben überlegt, daß es ja auch ein Test sein könnte, etwas, das der Fleet Commander sich ausgedacht hat, um zu sehen, ob es uns auffallen würde. Sie wissen schon, sein Einsatzbereitschafts-Kick. Wie damals die Geschichte mit der Barry und dem EW-Signal. Aber die USN hat ja gar keine Diesel-Boote mehr. Ich bin ratlos.«

Der Commodore schwieg weiterhin. Draußen, vor dem Büro, klingelten drei Telefone gleichzeitig. Montags morgens. Aber es war Donnerstag, schoß es Mike völlig zusammenhanglos durch den Kopf. Der Commodore wirbelte mit seinem Stuhl wieder herum. Mike hatte den Eindruck, daß er plötzlich um Jahre gealtert war.

»Was empfehlen Sie, Captain?« fragte er leise.

Mike kam die Masche bekannt vor: Wenn du nicht weißt, was du tun sollst, frage deine Untergebenen nach ihrer Empfehlung. Vielleicht kommt ja sogar etwas Brauchbares dabei heraus.

Mike holte mental tief Atem:

»Ich empfehle, daß Commander Barstowe später auf die Goldy herüberkommt und sich die ganze Geschichte anhört – von Anfang bis Ende. Ich nehme an, daß er von der Sache relativ wenig weiß und daher unvoreingenommen ist. Vielleicht kann er uns sogar einen Vorschlag zum weiteren Verfahren machen. Ich bin, um das klarzustellen, nicht bereit, damit zum Stab zu gehen – es gibt zu viele technische Zweideutigkeiten, selbst wenn wir uns vor der wichtigsten Frage, warum der Kerl da ist, drücken könnten.«

Der Commodore nickte. »Ich bin einverstanden. Und Sie

haben recht, Bill Barstowe weiß recht wenig von der ganzen Sache. Ich habe ihn genau zu diesem Zweck außen vor gehalten. Er ist im groben über die Sache informiert, kennt aber keine Details. Und ich muß wohl mal etwas beim Stab herumschnüffeln, um herauszufinden, wer bei der Sache im Hintergrund die Fäden zieht. Wann können Sie wieder auslaufen?«

»Nach dem, was mir die Snipes gesagt haben, werden sie die Pumpe wohl morgen wieder zusammengebaut haben, d. h. wir könnten Montag die Heizkessel anwerfen und – wenn alles funktioniert – Mittwoch auslaufen. Wir könnten zwar schneller fertig sein, aber dann müßten wir das ganze Wochenende arbeiten . . .«

Der Commodore schüttelte ungeduldig den Kopf.

»Nein, nein, darum geht's nicht. Wir reden hier ja schließlich nicht über irgendeinen Einsatz. Ihr sollt zwar zügig weiterarbeiten, aber hetzen Sie Ihre Jungs jetzt nicht hin und her. In der Zwischenzeit muß ich mich weiter um diese U-Boot-Geschichte kümmern. Nur – wenn wir alle hier zu dem Schluß kommen, daß da draußen tatsächlich ein unidentifiziertes U-Boot rumfährt, wen schicken wir dann raus? Ich meine, wir haben hier doch schließlich die besten ASW-Kräfte der Atlantik-Flotte – alles was das Herz begehrt: Helikopter, P-3s drüben in Jax, Spruances. Wenn's darauf ankommt, können wir diesen Herumtreiber sehr wahrscheinlich finden und ausräuchern.«

»In den flachen Gewässern, an den Rändern des Golfstroms, Commodore?«

Der Commodore hatte schon den Mund geöffnet, um zu antworten, hielt dann aber inne und dachte darüber nach.

»Ja, Sie haben recht. Die ganze Geschichte hat sich über dem Graben abgespielt, stimmt's? Das heißt, wir reden hier über aktives Sonar. Scheiße, die Goldy ist der einzige rein aktive Pinger-Kahn, den wir hier draußen haben. Alle anderen würden sich doch gegenseitig aus dem Wasser heben mit ihren riesigen Niederfrequenz-Sonaren. Aber die Helikopter, was is' denn mit denen? Die Helikopter könnten doch seinen Arsch erwischen? Die können doch ein aktives Sonar ins Wasser tauchen oder aktive Bojen setzen. Aber ich bin schon wieder zu weit voraus: Wir sind ja noch nicht definitiv zu dem Schluß gekommen, daß sich dort draußen ein U-Boot aufhält. Oder warum?«

»Das ›Warum‹ ist der harte Brocken«, sagte Mike und stand auf. »Möchten Sie, daß ich mit Bill spreche?«

»Nein, das mach' ich schon. Planen Sie heute nachmittag ein. Vielleicht komme ich auch mit. Halten Ihre Leute das für den Moment noch unter der Decke?«

»Ja, Sir, obwohl wir jetzt natürlich ein paar mehr Mitwisser haben, nachdem Chief Mac die Wasserfälle der Deyo den anderen Sonar-Bedienern gezeigt hat.«

»Okay, wir werden uns das heute nachmittag mal ansehen. Ihnen ist klar, daß wir es – wenn wir alle zu dem Schluß kommen, daß die Möglichkeit besteht, daß sich ein unidentifiziertes U-Boot in unseren OP-Gebieten versteckt hält – mit einer nationalen Angelegenheit und nicht länger mit einem lokalen Problem zu tun haben.«

»Ja, Sir«, sagte Mike niedergeschlagen.

»Okay – aber bevor es dazu kommt, werden wir natürlich Ihren guten Freunden im Stab einen Besuch abstatten müssen.«

»Ja, Sir. Ich dachte, Sie hätten das bereits oben in Norfolk ansprechen wollen?«

Der Commodore schüttelte den Kopf.

»Die Gelegenheit hat sich nicht ergeben – wir waren so mit Budgetkämpfen und Einsatzplanungen beschäftigt, daß ich es nicht über mich gebracht habe, so eine verrückte Geschichte aufs Tapet zu bringen. Und bevor Sie es jetzt ansprechen, ja, ich habe es auch hinausgezögert, weil ich erst sehen wollte, was die Deyo an Land ziehen würde. Die ganze Angelegenheit bleibt immer noch so vieldeutig. Aber jetzt glaube ich trotzdem, daß wir über genug Daten verfügen, um es nach oben zu melden.«

»Ich kann es kaum erwarten«, sagte Mike.

»Mir macht das auch keinen Spaß. Aber vielleicht kann Bill ja das Haar in der Suppe entdecken.«

Mike schüttelte den Kopf. »Ich habe das Gefühl, wir sollten unsere Zeit hier nicht mit Reden vertun, sondern zur Stufe Gefechtsstation übergehen. Mir ist natürlich klar . . .«

»Ja, ich weiß«, unterbrach der Commodore wieder. »Heutzutage verfügen wir kaum über genug Schiffs- und Flugstunden, um die unterste Bereitschaftsstufe aufrechtzuerhalten, und kein

Mensch würde dieser Geschichte auch nur die geringste Beachtung schenken, wenn wir nicht einen sehr überzeugenden Fall daraus konstruieren können. Wie Sie schon sagten: Wir können die verschiedenen Daten und Ereignisse auf eine Kurve hin interpretieren, aber die Daten selbst produzieren diese Kurve nicht unbedingt aus sich heraus.«

»Und es bleibt die grundlegende Frage – wenn es da ist, weshalb ist es da?«

»Ich habe nicht die leiseste Ahnung«, seufzte der Commodore. »Aber wenn wir das herausfinden, heißt es vielleicht auch: ›Klar Schiff zum Gefecht‹.«

»Ich möchte es nur nicht auf die harte Tour herausfinden«, sagte Mike.

»Ich bin für Vorschläge offen, Captain. Aber bis Ihnen oder jemand anderem was einfällt, werfen wir noch mal einen Blick auf die ASW-Daten. Solange wir nicht den weißen Rauch aufsteigen sehen, müssen wir einen Schritt nach dem anderen machen. Bill wird heute nachmittag rüberkommen.«

KAPITEL DREIUNDVIERZIG

USS GOLDSBOROUGH, am Pier, Marinestützpunkt Mayport,
Donnerstag, 1. Mai, 17 Uhr

Der Chief Staff Officer des Z-Geschwaders Zwölf lehnte sich in seinem Stuhl zurück und rieb sich die Augen. Um ihn herum am Tisch in der Messe saßen Mike, der Exec, Linc Howard und Chief Mackensie. Sie warteten auf Barstowes Reaktion auf ihre zweistündige Präsentation. Von draußen auf Deck waren die Stimmen der Reinigungsmannschaft zu hören. Die Lautsprecheranlage auf dem Schiff nebenan rief die Mannschaft zum Abendessen zusammen. Durch das Fenster der Speisekammer drangen die Gerüche und Geräusche der Vorbereitungen zum Abendessen aus der Messe-Kombüse.

»Ich bin geneigt zu glauben, daß da etwas – ist, vielmehr war, wäre wohl präziser«, begann Barstowe. »Ich bin aber – wie jeder hier – immer noch mit der Frage beschäftigt, warum.«

Mike und der Exec tauschten einen Blick aus. Bingo, dachte Mike, als Barstowe fortfuhr.

»Die meisten Daten sind – wie Sie selbst gesagt haben – vieldeutig. Der Deyo-Kontakt könnte ein entferntes Handelsschiff und der Schall durch Unregelmäßigkeiten in den Küstengewässern übertragen worden sein. Aber wie wir alle wissen, entstehen normalerweise über dem Kontinentalen Graben weder Konvergenzzonen noch tiefenakustische Kanäle – weil das Wasser einfach zu flach ist. Was mir noch aufgefallen ist, sind Zeitpunkt und Ort des Deyo-Kontaktes: mehr oder weniger drei Stunden von Anfang bis Ende, und die akustische Quelle ist irgendwo entlang den westlichen inneren Rändern des Golfstroms, in unmittelbarer Nähe der Fischerflotte von Mayport; also genau dann und dort, wo ein U-Boot schnorcheln würde, wenn es sich tarnen wollte. Und das Timing ist so berechnet, daß jeder potentielle Horcher zu einem Zeitpunkt damit konfrontiert würde, an dem die menschliche Aufmerksamkeit ohnehin stark nachläßt. Ebenso ist mir aufgefallen, daß sich alle Vorkommnisse in mehr oder weniger einem Gebiet zugetragen haben, nämlich dort, wo ständig sehr turbulente Wasserverhältnisse vorherrschen. Der Fischkutter ist in dem gleichen Gebiet gesunken. Für mich stellt sich das wie eine Kette zusammenhängender Ereignisse dar – keine Zufälle.«

Er blickte auf. »Ich glaube, daß da draußen etwas ist.«

Die vier anderen Männer am Tisch stießen unisono einen Seufzer der Erleichterung aus.

»Mich wundert immer noch, weshalb die Deyo es nicht so gesehen hat . . .«, begann Mike.

»Das ist eine andere Angelegenheit«, unterbrach Barstowe bestimmt. »Lassen Sie uns im Augenblick bei dem sowjetischen U-Boot bleiben.«

Mike war von der plötzlichen Autorität in Barstowes Stimme überrascht. Barstowe sollte von der U-Boot Geschichte so gut wie nichts gewußt haben, aber es schien, als wüßte er etwas über die widersprüchliche Meldung der Deyo. Der Exec ergriff das Wort.

»Glauben Sie, daß es sich hier um einen Test handelt? Sie wissen, was ich meine? Der Fleet Commander befiehlt jemandem, da draußen rumzulungern, um festzustellen, wie lange all diese ASW-Experten in Mayport brauchen, bis ihnen die Anwesenheit eines nicht identifizierten U-Boots auffällt.«

»Nein, das glaube ich nicht«, sagte Barstowe und schüttelte den Kopf. »Erstens besitzen wir keine konventionellen U-Boote mehr – mit Ausnahme eines einzigen an der Westküste, das für ozeanographische Forschungszwecke gebraucht wird. Die Unterseeboot-Streitmacht der USA ist eine nukleare Navy. Es müßte demnach ein kanadisches oder britisches sein, und das wäre ganz schön gefährlich: Einem unserer Jungs könnte der Finger jucken, und schon hätten wir wirklich den größten Schlamassel.«

»Aber die Gefechtsanweisungen erlauben doch niemandem, einfach einen Torpedo abzufeuern«, brachte Linc vor.

»Schon, aber dessen kann man sich nie ganz sicher sein«, sagte der Exec. »Wenn ein amerikanischer Zerstörer in unseren eigenen Gewässern auf ein U-Boot trifft, könnte es gut sein, daß er zuerst schießt – und später Fragen stellt, vor allem, wenn das U-Boot ihm Anlaß zu der Annahme bietet, daß er beschossen worden sei.«

Mike und Barstowe warfen sich einen wissenden Blick zu, der bestätigte, daß weder der ASW-Offizier noch der Exec die Sache ganz richtig dargestellt hatten.

»'n bißchen komplizierter ist es schon, Jungs«, sagte Mike. »Es gibt Standard-Verfahren, die vorschreiben, wie man sich bei einem nicht identifizierten oder auch einem sowjetischen U-Boot, das in heimischen Gewässern aufgestöbert wird, zu verhalten hat, und es sind 'ne ganze Reihe von Stufen zu überwinden, bevor irgend jemand anfangen kann zu schießen. Aber zurück zu der Frage: Wenn das ein Test wäre, müßten zu viel Leute von einer solchen Operation vorher in Kenntnis gesetzt werden, vor allem, wenn sie ein fremdes U-Boot einschließen würde. Zumindest wäre der Group Commander ins Bild gesetzt worden, und dann wären wir auch nie so nach draußen geschickt worden.«

»Und wenn man daran denkt, daß der Fischkutter-Vorfall dazugehört haben soll, dann erledigt sich diese Übungs-Idee von selbst«, fügte Barstowe hinzu. Mike nickte. Er wandte sich an Linc Howard.

»Linc, Sie und Chief Mac sammeln das ganze Zeug ein und deponieren es an einem sicheren Platz.«

Howard verstand sofort, daß der Captain mit dem CSO und dem Exec allein sprechen wollte. Er und der Chief sammelten das Material ein und verließen den Raum.

Mike stand auf und starrte durch eins der Bullaugen nach draußen. Er versuchte, sich an das zu erinnern, was Diane in jener ersten Nacht gesagt und was bei ihm eine kleine Alarmglocke ausgelöst hatte. Er drehte sich zu den anderen beiden Offizieren herum. Auf einmal fiel es ihm wieder ein: Nicht nur die Russen besaßen Unterseeboote der Foxtrott-Klasse!

»Diese ganze Sache dauert nun schon einige Wochen«, begann er. »Das impliziert, daß, wenn dort draußen ein Boot ist, es auf etwas wartet. Wenn es sich um einen Drill des Fleet Commander und damit um ein britisches, kanadisches oder ein anderes befreundetes handelt, wartet es darauf, ›entdeckt‹ zu werden. Handelt es sich aber nicht um einen Test, worauf wartet es dann?«

Er zögerte einen Augenblick.

»Worauf warten Unterseeboote normalerweise immer?«

»Ziele«, sagte Barstowe und beobachtete gespannt Mikes Gesicht.

Mike drehte sich ganz zu ihm herum. Teile einer sehr beunruhigenden Vorstellung formten sich in seinen Gedanken zu einem Ganzen.

»Richtig«, sagte er, »Ziele. Oder, in diesem Fall, vielleicht ein ganz bestimmtes Ziel.«

Barstowe runzelte die Stirn.

»Ein Ziel?« fragte er ungläubig. »Verdammt, Mike, Sie reden hier über einen feindseligen Akt. Wir befinden uns aber nicht im Krieg mit den Russen und auch mit sonst niemandem. Und wenn es jemanden hätte abschießen wollen, hätte es sicherlich in der ganze Zeit dazu doch schon eine Gelegenheit gehabt, wenn wir von den ersten Berichten ausgehen.«

»Vielleicht ist das Ziel, auf das es wartet, noch nicht da«, sagte Mike. »Und das ist genau der Unterschied, auf den ich hinaus will: ein bestimmtes Ziel, nicht jedes x-beliebige Schiff, das daherkommt. Etwas, das die lange Wartezeit und die Gefahr, eventuell nachher gefaßt zu werden, lohnt.«

Barstowe schwieg. Er dachte nach.

»Zum Beispiel einer der Träger«, sagte er schließlich.

Die beiden Männer sahen sich an.

»Tja«, fuhr Barstowe fort, »Die Saragota hat die ganze Zeit im Hafen gelegen und wird auch erst in einem Monat wieder auslaufen. Die Forrestal liegt im Dock in Philly, dann bleibt nur noch die Coral Sea, die unten in der Karibik ist. Nun kann ich mir zwar vorstellen, daß ein U-Boot sich einen Super-Träger schnappen will, aber die Coral Sea? Das ist ein Ausbildungs-Schiff – noch älter als die Goldy –, das wahrscheinlich ziemlich bald außer Dienst gestellt werden wird.«

Mike ging zur Anrichte hinüber, um sich noch einen Kaffee einzugießen. Vielleicht hatte Diane den Nagel auf den Kopf getroffen. Es war kein russisches U-Boot.

»Wenn es ein Foxtrott ist, nimmt man automatisch an, daß

es sich um ein sowjetisches handelt«, begann er. »Ich gebe ja zu, daß die Überlegung grotesk klingt, aber was, wenn es nun so ein Verrückter aus der Dritten Welt wäre?«

Barstowe schaute ihn einen Moment verständnislos an. Mike sprach weiter auf ihn ein.

»Heute ist die Coral Sea ein Ausbildungsschiff. Aber das war sie nicht immer. Und ich kenne einen, der einen guten Grund hätte, die Coral Sea zu vernichten: Der Knabe in den grünen Gewändern drüben in Libyen – Muammar al Gaddhaffi. Die Coral Sea war der Träger, der diese Kommando-Zelt-Attrappe, die er auf dem Grundstück seines Hauptquartiers hatte errichten lassen, bombardierte, erinnern Sie sich? Dabei kam seine Adoptivtochter oder Nichte oder so ähnlich ums Leben. Der Flughafen und einige Stadtteile wurden auch ganz schön in Mitleidenschaft gezogen. Und – Libyen besitzt U-Boote der Foxtrott-Klasse. Stimmt's, XO?«

Der bestürzte Exec sprang vom Tisch auf und ging zum Bücherregal hinüber.

»Ich glaube schon, Captain, aber lassen Sie mich das eben noch mal im *Jane's* überprüfen.«

Er blätterte kurz in *Jane's Kriegsschiffe* und nickte.

»Ja, Sir – sechs Unterseeboote der Foxtrott-Klasse, obwohl laut *Jane's* bei den meisten die Seetüchtigkeit fraglich ist.«

Er blickte auf.

»Aber ein voll einsatzfähiges Foxtrott-Boot könnte ohne Probleme bis hierherkommen. Diese Diesel-Boote sind sehr ausdauernd. Die Deutschen haben das routinemäßig gemacht.«

Barstowe ließ ein langgezogenes, leises Pfeifen aus.

»Mike, Sie denken, daß die Libyer vielleicht eins ihrer U-Boote rübergeschickt haben, um sich für etwas zu rächen, das – wie lange – drei Jahre zurückliegt? Ist das nicht ein bißchen weit hergeholt?«

Mike setzte seine Tasse ab und begann, die Länge des Tisches auf- und abzuschreiten.

»Ich weiß, ich weiß«, begann er. »Natürlich hängen wir uns damit weit aus dem Fenster, angesichts der eher bescheidenen Beweislage. Aber sehen Sie's doch mal von der Seite: Wir glauben inzwischen – gestützt auf den Kontakt und den Bold –, daß wir es da draußen mit einem U-Boot zu tun hatten. Wir glauben weiter, daß es sich um ein Diesel-U-Boot handelt. Die Bänder der Deyo lassen die Annahme zu – ohne es zu beweisen, aber immerhin –, daß es sich gemäß der Maschinen-Konfiguration um ein Boot der Foxtrott-Klasse handelt. Also Foxtrotts: Aber die besitzen nur die Sowjets und ihre Klientel in der Dritten Welt. Eins der begehrteren Exportgüter! Die Russen scheiden aus. Für sie steht im Moment zuviel auf dem Spiel, als daß sie sich mit irgendeinem – geschweige denn einem Diesel-U-Boot in unseren Gewässern herumtreiben würden. *Wenn* es also ein U-Boot ist, und *wenn* es ein Foxtrott ist, und *wenn* es kein sowjetisches ist, dann bleibt nur die Dritte Welt. Aus unserer Sicht gibt es in der Dritten Welt die guten, die neutralen und die bösen Jungs. Lassen wir die guten und neutralen mal einen Augenblick beiseite und konzentrieren uns auf die Bösen. Cui bono, wie die Cops sagen, stimmt's, XO? Wer hat was davon? Welches Land mit Foxtrotts würde nach Mayport kommen? Der große Häuptling im grünen Gewand dort drüben präsentiert sich da als guter Kandidat. Er hat ein Motiv: Rache. Er hat die Art von Ego, sich so etwas auszudenken und es in die Tat umzusetzen, und er hat die Mittel dazu: sechs russische U-Boote der Foxtrott-Klasse. Und nur eins davon muß seetüchtig sein.«

Er hielt einen Moment inne, um seine Gedanken zu ordnen und ohne die Mienen der beiden anderen Offiziere, die ihm schweigend zuhörten, zu beachten. Er griff nach seiner Kaffeetasse, leerte sie und setzte sie wieder ab.

»In diesem Szenario ergeben auch die Vorfälle, die sich hier ereignet haben, einen Sinn. Zugegebenermaßen ist alles, was wir haben, nicht eindeutig, aber: Wenn dort draußen ein U-Boot herumlungert und darauf gewartet hätte, irgendeinen alten Kahn anzugreifen, wäre das längst passiert. Aber es ist nichts passiert, abgesehen davon, daß wir ständig kleine Anzeichen erhalten. Der Mistkerl wartet auf was, und es kann kein Zerstörer sein, denn er hatte schon mehrere Möglichkeiten, sich so einen Blechkahn zu schnappen – unseren übrigens eingeschlossen, wenn ich richtig drüber nachdenke. Es muß etwas Großes sein, etwa das die Mühe, ein Boot heimlich sechstausend Meilen quer über den

Ozean zu schicken, lohnt. Und warum Mayport? Weil *das* Ziel hier in Mayport stationiert ist. Im Moment ist es nicht da, aber es wird bald zurückkehren. Sehr bald.«

Er hielt inne, als ihn die ernüchternde Erkenntnis traf, daß die Coral Sea schon in einer Woche zurückkommen könnte.

»Fast ipso facto«, schloß er mit hochgezogenen Augenbrauen. »Jetzt brauchen wir nur noch den Rest der Navy von dieser Geschichte zu überzeugen, rauszufahren und uns den Kerl zu schnappen.«

»Der Rest der Navy wird uns wahrscheinlich fragen, was wir gekifft haben«, sagte Barstowe. »Und wer wird diese nette kleine Geschichte dem Group Commander auftischen?«

»Wer ist der jüngste am Tisch?« fragte Mike grinsend und richtete seinen Blick auf den Exec. Der sah besorgt aus.

»Mache nur Spaß, XO. Aber wann kommt die Coral Sea eigentlich nach Mayport zurück?«

»Ich glaube, das weiß noch niemand genau«, antwortete Barstowe. »Die sind noch immer mit der Untersuchung der Kollision bei Roosevelt Roads beschäftigt. Danach wollen sie heimkommen. Ich schätze Ende nächster oder Anfang übernächster Woche. So ungefähr. Aber ich kann das mit dem Träger-Verband Sechs abklären.«

»Das heißt also, daß wir von heute an binnen einer Woche die Entscheidungsträger überzeugt haben müssen, daß möglicherweise ein feindliches U-Boot der Coral Sea auflauert«, sagte Mike.

»Ich glaube, die Coral Sea fährt ohne Begleitung«, murmelte der Exec.

»Ich denke, es wird Zeit, daß wir den Commodore benachrichtigen«, sagte Barstowe. »Er ist der beste Mann, um zu entscheiden, wie wir das dem Verband am besten verkaufen, wenn überhaupt, und ebenso der nächsthöheren Hierarchieebene – wenn es denn dazu kommt.«

Mike setzte sich wieder hin und schaute Barstowe an. »Diese ganze Sache entwickelt sich zu genau so einer verrückten Geschichte, wie es der Commodore von Anfang an gesagt hat. Ich glaube, ich möchte nicht unbedingt der Überbringer der Botschaft sein.«

Barstowe nickte nachdenklich.

»Ich weiß. Aber ich muß zugeben, daß die Überlegungen den ganzen sonst unsinnigen Dingen einen Sinn geben.«

Er schaute die anderen an.

»Und ab jetzt, meine Herren, ist diese Sache Top Secret, okay? XO, Sie müssen Ihre Mannschaft davon überzeugen, daß sie den Mund halten, ohne es so geheimnisvoll zu machen, daß sie erst recht reden. Die offizielle Version lautet, daß wir Besprechungen darüber hatten, was bisher passiert ist, aber daß es uns noch nicht gelungen ist, einen Zusammenhang herzustellen. Nichts über eine mögliche ›Libysche Connection‹ wird diesen Raum hier verlassen.«

»Bei unseren Leuten werd' ich den Deckel draufhalten«, sagte der XO.

»Wenn der Commodore unserer Hypothese folgt«, fuhr Barstowe fort, »wird er mit dem Verband sprechen. Wenn die zustimmen, wird aus der Sache sofort ein nationaler Streitfall. Das wäre Terrorismus höchster Größenordnung! Obwohl, eigentlich ganz interessant, finden Sie nicht: Unter rechtlichen Gesichtspunkten – wo ist der Unterschied zwischen unserem Luftangriff auf Tripolis und ihren Vorbereitungen für einen Angriff auf den Träger, von dem er ausging?«

»Na, die haben ja wohl angefangen«, knurrte der Exec.

»Ich glaube nicht, daß sie es so sehen, XO«, erwiderte Barstowe. »Wenn der Admiral zustimmt, daß da draußen etwas ist, wird es in jedem Fall sofort nach oben zum JCS gemeldet. Die können eine koordinierte luft- und seegestützte ASW-Suche anordnen. Vor allem, wenn die vom Nachrichtendienst bestätigen können, daß eins von Gaddhaffis Booten fehlt. Aber jetzt im Moment müssen der Captain und ich die Sache nach oben weiterleiten und sehen, ob man uns zuhört und ernst nimmt oder ob man uns empfiehlt, die Seelenklempner in NAS Jax aufzusuchen. Okay, OX? Und halten Sie den Deckel drauf, nicht, daß da etwas schiefgeht. Captain Montgomery, Sir, wir sollten jetzt zum Boß gehen.«

KAPITEL VIERUNDVIERZIG

Zerstörer-Geschwader Zwölf, Hauptquartier,
Donnerstag, 1. Mai, 18 Uhr 45

Commander Barstowe betrat das Büro des Commodore und nickte ihm zu. Der Commodore saß in seinem großen Stuhl hinter dem Schreibtisch. Mike folgte ihm und setzte sich in einen der Lehnstühle am Konferenztisch. Der Exec, Linc und Chief Mackensie saßen auf einfachen Stühlen, die an der Wand standen. Auf einem fahrbaren Tisch waren ein PC und Chief Macs Wiedergabegerät installiert. Der Licht der untergehenden Abendsonne, das durch die getönten Scheiben ins Zimmer fiel, tauchte die Seitenwände, Masten und Schornsteine der Kriegsschiffe, die sich an dem Pier drängten, in ein intensives Orangerot. Der Commodore unterbrach das Sortieren der Unterlagen auf seinem Schreibtisch und schaute auf.

»Gut: Er hat zugesagt, rüber zu kommen. Allein, stimmt's, CSO? Gut. Mike, Sie müssen die ganze Sache noch einmal durchgehen. Halten Sie sich nur an die Fakten – keine Lobby, keine Emotionen, keine Detektivspielchen. Vermitteln Sie nur das, was tatsächlich vorliegt. Mr. Howard, Sie und der Chief stellen sich darauf ein, an den entsprechenden Stellen die Bild- und Tonschau einzuschalten. Mike, Sie erzählen ihm einfach die ganze Geschichte. Ich glaube, ich kenne ihn gut genug, um vorauszusagen, daß er die magische Frage nach dem ›Warum‹ von allein stellen wird. Dann können Sie ihm die libysche Theorie auftischen. Dann werden wir ja sehen, wie er damit umgehen will, in Ordnung?«

»Aye, aye, Sir. Darf ich eine Frage stellen?«

»Was?«

»Glauben Sie persönlich daran?« fragte Mike.

»Sagen wir, ich glaube, daß wir genug in der Hand haben, um eine genauere Untersuchung zu rechtfertigen – das soll keine Beleidigung für die Goldy sein. Wenn so ein gottverdammtes libysches U-Boot in unseren OP-Gebieten herumlungert, sollte die richtige Mischung aus Helikoptern und

ASW-Schiffen seinen Arsch schon aufscheuchen. Wir könnten eine kleine Spezialeinheit rausschicken – drei Spruances, jede mit einem Helikopter und noch ein paar mehr davon hier in Mayport in Bereitschaft – Sie stimmen nicht zu, Chief?«

Chief Mackensie rutschte unbehaglich auf seinem Stuhl hin und her.

»Nun, Sir, Sie reden davon, 'n Erste-Wahl-Team, ASW-mäßig meine ich, rauszuschicken, um mit dem Problem fertig zu werden, und das is' ja auch logisch und richtig – nur nich' bei den Gewässern, um die's geht.«

Er zögerte und schaute Mike an, als wolle er fragen, ob er fortfahren solle oder nicht. Mike nickte ihm zu.

»Weiter, Chief, wir sind hier unter uns«, sagte der Commodore, dem das Unbehagen des Chiefs nicht entgangen war.

»Nun, Sir, tja, wie ich gesagt hab' – das Sonar der Spruances ist zu groß, um in diesen flachen Gewässern auf aktiv zu gehen. Für diese scheißgroßen Niederfrequenz-Sonars is' alles unter 'n paar hundert Metern so, als würd' man 'n Kirchturm raufklettern und mit 'nem fünfzehn Pfund schweren Vorschlaghammer auf die Glocken hauen – dann machen Sie zwar 'ne Menge Lärm, aber hören können Se wegen dem ganzen Geläute nichts mehr. Ich weiß, daß die ganz feines Passiv-Zeug haben, aber wenn der Bastard auf Batterie bleibt, macht er ja gar keine Geräusche. Nicht einen Piep. 'n Diesel-Boot, das genug Ampère in den Zellen hat, kann sich mit seinen Trimmzellen durch all das wirbelnde Plankton und sonstigen Scheiß bis an den Rand des Stroms schieben – und 'n Dutzend Garnelen würden mehr Krach machen als so 'n Boot. Oder es kann auch zehn Tage auf'm Boden sitzen bleiben. Und das wird's auch, sobald die erste Spruance auf aktiv geht. Sie müßten da schon 'ne ziemlich große Gruppe für mindestens 'n paar Wochen rausschicken, bis seine Batterien leer werden und es schnorcheln muß. Dann finden Sie's vielleicht. Und wenn es die ganze Meute aus'm Haufen kommen hört, wird's einfach auf die andere Seite vom Strom verschwinden, und dann hab'n wir gar nichts.«

»Aber die Helikopter hätten doch viel bessere Chancen«, entgegnete der Commodore. »Sie verfügen über ganz präzise Sonare, wenn auch nur mit kurzen Reichweiten.«

»Aber das is' es doch, Commodore«, sagte der Chief. »Sie können 'n Hubschrauber erst dann einsetzen, wenn Se das Ziel in 'nem überschaubaren Gebiet lokalisiert haben. Dann sind die gut, um's ins Abschußgebiet zu hetzen, aber für allgemeine Rundumsuche sind se nicht zu gebrauchen. Dieser Kerl . . .«

»Von welchem Kerl sprechen Sie, Chief«, fragte Admiral Walker, der gerade durch die Schwingtüre trat.

Alle Anwesenden einschließlich des Commodore erhoben sich. Der Admiral bedeutete ihnen, sich wieder zu setzen. Er ging zu der Ledercouch an der gegenüberliegenden Seite, setzte sich hin, brachte seine lange, schlanke Gestalt in eine bequeme Position und schaute sich um.

»Okay, Eli, Sie haben angerufen, hier bin ich. Wer erzählt mir nun, um was es eigentlich geht?«

»Mike, legen Sie los«, sagte der Commodore.

»Ja, Sir«, antwortete Mike und räusperte sich. »Admiral, es geht um das Phantom-U-Boot, mit dem wir uns schon eine Weile beschäftigen.«

»Das habe ich mir gedacht, Captain. Wahrscheinlich werden Sie mir jetzt erzählen, daß Sie tatsächlich glauben, daß eins da ist.«

Das war keine Frage – vielmehr eine schlichte Behauptung. Der unbewegte Gesichtsausdruck des Admirals war für Mike nicht zu deuten.

»Ja, Sir, so ist es. Gestatten Sie mir, Ihnen einen Überblick über einige Fakten und Annahmen zu geben.«

Der Admiral warf Mike einen unbeteiligten Blick zu.

»Es freut mich zu hören, daß Sie in Ihrem Bericht zwischen Fakten und Annahmen unterscheiden. Ich habe das Gefühl, daß wir mehr von letzteren hören werden.«

Mike sagte nichts. Der Commodore warf ihm einen warnenden Blick zu. Mike schaute auf den Boden, bevor er fortfuhr. Er hatte sich unter Kontrolle.

»Ja, Sir, das trifft zu. Ein Großteil der Phänomene, mit denen wir zu tun hatten, ist nicht eindeutig, und die These, daß alle Vorfälle miteinander verbunden sind, ist die erste grundlegende Annahme. Und ich gebe von vornherein zu, daß die ganze Sache höchst unwahrscheinlich ist.«

»Gut. Dann sind wir uns ja einig. Fahren Sie fort.«

Mike berichtete über die gesamten Ereignisse, beginnend mit dem ersten Bericht über die Sichtung eines U-Boots bis zu den Erkenntnissen aus der Passiv-Suche der Deyo. Er achtete darauf, Fakten von logischen Schlußfolgerungen zu trennen. Der Admiral hörte aufmerksam zu, stellte keine Fragen. Er hörte ebenfalls konzentriert zu, als Linc Howard und der Chief die akustischen Daten präsentierten. Mike merkte, daß er sich unter dem konzentrierten Blick des älteren Mannes nervös das Kinn rieb.

»Wir folgern aus all dem, daß es gut möglich ist, daß sich schon die ganze Zeit ein konventionelles U-Boot in den Operationsgebieten unserer Flotte aufhält«, schloß Mike. »Das wirft zwei Fragen auf: wer und warum?«

»Ich nehme an, daß Sie darauf auch Antworten parat haben?«

Mike holte tief Luft und bat um ein Glas Wasser.

»Ja, Sir. Aufgrund des technischen Beweismaterials sind wir zu dem Schluß gekommen, daß es sich um ein Diesel-Boot der Foxtrott-Klasse handelt. Chief Mackensie kann das auf Wunsch näher erläutern. Wir sind sicher, daß es sich nicht um ein Boot der US Navy handelt, und wir sind auch ziemlich sicher, daß es kein Boot der Alliierten ist. Wenn es aber kein USN-Boot, sondern tatsächlich ein Foxtrott ist, muß es entweder ein russisches oder eins aus einem Dritte-Welt-Land sein. Wir nehmen an, daß es sich nicht um ein russisches handelt; die schicken nie Foxtrotts über den Atlantik – es gibt keinen vorstellbaren Auftrag hier für sie –, ganz zu schweigen von den politischen Implikationen, die das zu diesem kritischen Zeitpunkt in unseren gegenseitigen Beziehungen nach sich zöge. Wenn es aber kein russisches ist, dann muß es eins aus der Dritten Welt sein. Und das einzige Land in der Dritten Welt, das sowohl Foxtrotts besitzt als auch einen triftigen Grund hätte, ist – Libyen.«

»Libyen?!«

»Ja, Sir.« Mike atmete tief durch. »Die US Navy spielte eine führende Rolle bei der Bombardierung von Gaddhaffis Hauptquartier. Wir glauben, daß er eins seiner Boote aufgerüstet hat, damit es hierherkommen konnte, um die Schmach zu rächen –

und zwar dadurch, daß es den Träger, von dem die Bombardierung ausging, torpediert – die Coral Sea?«

»Und?«

»Mhm – das ist alles, Admiral. Klingt wahrscheinlich etwas weiterhergeholt . . .«

»Etwas? Etwas?! Die ganze Geschichte ist absurd. Eli, ich muß schon sagen, ich bin ein bißchen überrascht. Es gibt keine harten Fakten – alles reine Vermutungen. Und mir war auch nicht bekannt, daß die Goldsborough in dieser ganzen Zeit jemals einen Kontakt hatte – wann ist das passiert?«

Der Commodore schaute unangenehm berührt drein.

»Nun, Admiral, zu der Zeit, als es passierte, konnte Mike dem Ganzen keinen Glauben schenken. Deshalb erstattete er keine offizielle Meldung, um blinden Alarm zu vermeiden. Er wollte die Daten selbst erst in Ruhe anschauen und analysieren. Danach ist er gleich zu mir gekommen und hat mir davon berichtet. Aber um ehrlich zu sein, ich hatte das gleiche Problem damit. Ich konnte es nicht glauben. Ich habe auch erst darüber gesprochen, nachdem *ich* Gelegenheit gehabt hatte, den Rat von Fachleuten einzuholen. Als ich bei der Konferenz in Norfolk war, hab' ich dem ASW-Analyse-Center die akustischen Aufzeichnungen vorlegen lassen. Dort kam man zu dem Schluß, daß es sich bei den Kontakten auf den Bändern der Goldy um ›mögliche‹ handelte und daß der Bold-Kontakt oder der, den wir so nennen, tatsächlich nach einem Antwortsender aussah.«

»Haben Sie Ihnen das schriftlich gegeben?«

»Nein, Sir, da es keine offizielle Anfrage war, erhielten wir auch nur mündliche Auskunft.«

»Verflucht noch mal, Eli: Bei denen oben ist doch alles immer ein ›möglicher‹«, schnaubte der Admiral. »Das beweist überhaupt nichts – weder in die eine noch in die andere Richtung.«

Er nahm von den anderen im Raum keine Notiz und sprach ausschließlich den Commodore an.

»Ja, Sir, ich weiß«, sagte der Commodore und stand auf. »Wie Mike schon gesagt hat, für sich genommen und bei Tageslicht betrachtet hält kein einziges Element der ganzen Geschichte einer strengen Prüfung stand. Das ist auch der Hauptgrund, warum ich Ihnen die Sache nicht schon früher zur Kenntnis gebracht habe. Das erklärt auch, warum ich die Deyo mit einer passiven Sondierung beauftragt habe. Aber selbst die dreistündigen Aufzeichnungen der Deyo waren nicht eindeutig.«

»Ja, ich glaube, Captain Martinson hat erwähnt, daß die Deyo einige akustische Prüfungsaufträge für Sie mit ihren Maschinenprobeläufen auf See verbunden hat. Wenn ich mich recht erinnere, besagte der Bericht, daß sie nichts gefunden hat. Und natürlich sind die Daten vieldeutig. Diese Maschinengeräusche könnten alles mögliche sein und von überall herkommen. Ich stimme der Deyo zu.«

Mike schaute zu Barstowe hinüber. Da hatten sie ihre Antwort, was den ›IV.‹ anbetraf. Der Commodore beugte sich nach vorne.

»Aber die Serie von Ereignissen, Admiral. Da spricht doch alles für mehr als reinen Zufall. Einer der Fischer sieht ein ›Tauchboot‹, wie er es nennt. Das Boot eines anderen sinkt – ohne ersichtlichen Grund; keine Leichen, so gut wie keine herumschwimmenden Überreste, nur ein Namensschild mit einem Einschußloch. Das wurde von der Polizei bestätigt. Keine weiteren Spuren an dem Wrack, die einen Hinweis darauf geben könnten, warum das Boot gesunken ist. Dann fährt die Goldy raus und hat zwei aktive Sonar-Kontakte, wobei das einzige Sonar im ganzen Hafenbecken benutzt wurde, das für ASW-aktiv in diesen lokalen Gewässern überhaupt eingesetzt werden kann. Das ASW-Analyse-Center hat die Kontakte als ›mögliche‹ klassifiziert, was zumindest bedeutet, daß es Sie nicht für ›falsche‹ hielt. Die Deyo zeichnet in dem gleichen Gebiet, in dem die Goldy ihre Kontakte hatte, über drei Stunden ein Schalldiagramm auf, das als Dieselboot beim Schnorcheln ausgelegt werden könnte – um 0 Uhr 30 und in einer gut getarnten Position . . . Sicher, es könnte ein Handelsschiff sein, irgendwelche akustischen Anomalien direkt unter der Wasseroberfläche – aber es gibt keinen Doppler und keine Peilungsabweichung. Verstehen Sie, was ich meine? Es ist die Abfolge von Ereignissen, die mich stutzig macht.«

Der Admiral schüttelte den Kopf.

»Und wie um alles in der Welt kommen Sie auf diese abstruse Verbindung zu Gaddhaffi? Sie sagen, die Sowjets haben noch nie ein Foxtrott nach hier entsandt, nun, das hat Gaddhaffi auch nicht. Also ist die Wahrscheinlichkeit eines Einsatzes kein Argument. Übrigens schicken die Sowjets gelegentlich Foxtrotts nach Kuba – sie setzen also durchaus Dieselboote im West-Atlantik ein.«

»Nicht in den Gewässern um Mayport, Admiral.«

»Nicht soweit wir wissen, stimmt, weil sie nach außen hin immer auf dem Weg zu Fidels Paradies der Arbeiterklasse sind. Sie haben keinen Grund, nach Mayport zu kommen.«

»Genau«, murmelte Mike. Der Admiral warf ihm einen verärgerten Blick zu.

»Was soll das heißen?« fragte er.

»Die Libyer haben einen Grund, nach Mayport zu kommen«, antwortete Mike.

»O ja, ich vergaß: um die Coral Sea zu torpedieren. Können Sie sich auch nur annähernd die Auswirkungen vorstellen, die der Angriff eines libyschen U-Bootes auf einen amerikanischen Träger in den US-Küstengewässern – oder was das anbetrifft, auch überall sonst –, nach sich zöge? Geringstenfalls wäre das ein feindlicher Akt! Die USA würden dort rüberfahren und Gaddhaffi und jedem Turbanträger innerhalb von fünfhundert Meilen das Gehirn rauspusten. Wir würden doch mit Libyen machen, was die Römer mit Karthago gemacht haben – nur würde unser Salz im Dunklen leuchten! Gaddhaffi mag ja ein Verrückter sein, aber er hält sich schließlich schon eine ganze Weile und hat nur deshalb überlebt, weil er noch nie soweit gegangen ist, daß eine der Supermächte offiziell reagieren und ihm einen vernichtenden Schlag versetzen mußte. Und ich glaube, daß mir jeder hier zustimmen wird, wenn ich behaupte, daß er die Botschaft Präsident Reagans sehr wohl verstanden hat, als der die Stirn hatte, ihm eine zumindest mittelschwere Warnung zukommen zu lassen.«

Er stand auf und griff nach seiner Uniformmütze. Alle anderen erhoben sich ebenfalls.

»Nein, Gentlemen. Völlig ausgeschlossen. Und selbst wenn ich überzeugt wäre, daß an dem Ganzen was dran ist – was ich bei Gott nicht bin –, müßte ich Schiffe und Flugzeuge für einen unvorhergesehen Einsatz auf See abkommandieren. Dafür fehlt das Geld. Zum Teufel noch mal – wir kämpfen dauernd gegen die ständige Kürzung von Tagen, die uns für Einsätze auf See zugestanden werden. Das Ganze ist einfach absurd. Ich kann das weder mittragen noch weiterverfolgen, und ich möchte, daß Sie die ganze Angelegenheit fallenlassen. Ich bedaure, daß ich die Goldsborough überhaupt rausgeschickt habe.«

»Wenn Sie gestatten, Admiral«, sagte Mike. »Einmal angenommen, es wäre doch wahr. Angenommen, Gaddhaffi hätte den Angriff auf sein Land als kriegerische Handlung ausgelegt? Angenommen, die Coral Sea fährt in einen Hinterhalt, wird torpediert und wir würden den Kerl, der es getan hat, nie finden? Wem würden wir es dann zeigen? Es spricht alles dafür, daß die Eskorte, die mit der Coral Sea einläuft – wie auch der Träger selbst –, auf Rückkehr in den Hafen und Landurlaub eingestellt sind und keine Gefechtsbereitschaftsstufe eingerichtet haben, die ein Unterseeboot entdecken, geschweige denn mit ihm fertig werden könnte, vor allem, wenn durch die Explosion der Coral Sea sämtliche Einfahrtswege nach Mayport blockiert werden. Alle Begleitschiffe wäre, vollauf damit beschäftigt, eine Kollision mit der Coral Sea oder den Felsen zu vermeiden. Sie würden noch nicht einmal scharfe Torpedos in den Torpedorohren haben; was könnten sie also gegen ein Unterseeboot unternehmen, selbst wenn sie es entdecken? Wie stünde die US Navy da, wenn es tatsächlich so ausgehen würde, daß die Coral Sea torpediert würde und die US Navy keinen blassen Schimmer hätte, was zum Teufel – in zehn Meilen Entfernung von einem größeren ASW-Stützpunkt – passiert ist?«

Der Admiral starrte Mike an. Der Commodore schaute diplomatisch aus dem Fenster, und die im Raum versammelten Offiziere schienen immer kleiner zu werden. Die Luft war plötzlich stickig. Der Admiral nahm seine Mütze wieder ab.

»Eli, ich möchte mit Ihnen sprechen. Allein.«

Mike und die anderen gingen schnellen Schrittes zur Tür und verließen einer nach dem anderen den Raum. Barstowe geleitete sie den Gang hinauf. In den Büros war es ruhig. Mit Ausnahme des diensthabenden Verwaltungsunteroffiziers waren alle nach Hause gegangen. Sie drängten sich in Barstowes Büro.

»Ich muß zugeben, daß ich bis zu dem Moment, in dem Sie diese pointierten Fragen stellten, auf der Seite des Admirals stand«, sagte Barstowe. »Jetzt weiß ich gar nicht mehr, was ich glauben soll. Und dabei haben Sie die Frage, die dazu geführt hat, daß wir den Raum verlassen mußten, gar nicht ausgesprochen.«

»Und das war«, fragte Mike – von schlimmen Vorahnungen erfüllt.

»Wie sollte man diese schrecklichen Ereignisse, die Sie da drinnen heraufbeschworen haben – falls jemals eins davon eintritt – erklären, wenn man vorher gewarnt worden ist . . .?«

»Wir haben nur erreicht, daß er jetzt stocksauer ist.«

»Das stimmt zweifelsohne, aber Sie haben die Dinge nur beim Namen genannt«, sagte Barstowe.

»Sie meinen wohl eher, wie sie sein könnten. Verdammt, ich würde mich doch auch viel lieber hinter den Admiral stellen«, sagte Mike. »Ich möchte am liebsten auch nichts davon glauben. Aber wenn es tatsächlich passieren würde und es gäbe eine Untersuchung, durch die herauskommen würde, daß wir vorher davon wußten oder zumindest glaubten, daß da draußen etwas sei, und *nichts* unternommen hätten, dann würden eine Menge Köpfe rollen – amerikanische, nicht libysche. Und das sollten sie auch – was das anbetrifft. Aber ich glaube, ich bin dazu verdammt, bei dieser netten kleinen Sache fortwährend des Teufels Advokaten zu spielen.«

»Tja, die Gefahr sehe ich auch. Passen Sie dabei auf Ihren eigenen Kopf auf«, sagte Barstowe mit traurigem Lächeln.

Das Quietschen der Flügeltüren war jetzt zu hören und die Stimme des Commodore, der schnell auf den Admiral einsprach, während er ihn zur Vordertür des Bürotraktes begleitete. Die letzten Worte des Admirals beim Hinausgehen waren: »Keinesfalls, Eli, völlig ausgeschlossen.« Dann fiel die Tür zu, und einen Moment lang war es ganz still.

»Bill?« rief der Commodore.

»Sie sind alle weg, Commodore«, rief Bill zurück. »Der CSO,

die Goldsborough-Truppe, alle. Keiner mehr da – bis auf uns Feiglinge hier.«

»Bewegt euern Arsch hier rein – und zwar alle«, knurrte der Commodore und stieß die Türen zu seinem Büro auf. Einer nach dem anderen betraten sie sein Büro. Sie blieben stehen. Der Commodore setzte sich hinter seinen Schreibtisch.

»Okay, ihr habt gehört, was er gesagt hat. Er war von der Schlagkraft unserer Argumente – wie heißt es so schön – nicht überwältigt. Oder – anders ausgedrückt – er glaubt, daß wir alle verrückt geworden sind. Er hat mich angewiesen, die ganze Sache fallenzulassen und sicherzustellen, daß keiner von Ihnen die Angelegenheit je wieder erwähnt. Keinerlei Genehmigung für weitere Sach- oder Personalaufwendungen seitens der Navy.«

Mike blickte auf den Boden. Er hatte ein flaues Gefühl im Magen. »Captain?« sagte der Commodore verständnisvoll.

»Ja, Sir?«

»Ich weiß, daß Sie anderer Ansicht sind, aber wir haben getan, was wir tun mußten. Sie haben mir, als Ihrem Boß, die Sache vorgelegt. Ich habe sie dem Admiral, meinem Boß, zur Kenntnis gebracht. Wir haben die Fakten vorgestellt, unsere Vermutungen und unsere Schlußfolgerungen – aber es ist uns nicht gelungen, die nächsthöhere Befehlsebene zu überzeugen. Der Admiral hat die Befehlsgewalt und trägt die Verantwortung, eine Entscheidung zu treffen, und er hat entschieden, daß das hier ein Fantasiegespinst ist. Er hat uns alle angewiesen, die Sache fallenzulassen. Das ist ein Befehl, und er ist auch nachvollziehbar.«

»Aber unter Umständen fatal«, erwiderte Mike.

»Ja, das kann sein«, nickte der Commodore. »Aber dann haben wir unser Bestes getan, um ihn zu überzeugen – es hat eben nicht geklappt. Bedenken Sie die alte Regel über die Befolgung von Befehlen: Derjenige, der einen Befehl gibt, den wir für falsch halten, könnte etwas wissen, was wir nicht wissen. Wie dem auch sei – das war's.«

»Können wir eine letzte Sache überprüfen lassen?« fragte der Exec.

»Die wäre?« fragte der Commodore zurück.

»Können wir bei denen vom Nachrichtendienst erfragen, ob alle von Muammars U-Booten in ihren Bunkern sind?«

Der Commodore dachte einen Moment nach.

»Okay – das übernehme ich. Ich werd' meinem Staff Intelligence Officer sagen, daß er inoffiziell beim N2 oben in der Surflant oder bei der Lantfleet nachfragt. Dann klingelt der einen Freund in Washington an, jemand, der die Ortungsanlagen für die Marinestreitkräfte vorbereitet. Die haben dann die letzte Satellitenaufnahme verfügbar. Aber das war's dann auch endgültig, Jungs. So, jetzt gehen wir nach Hause.«

Mike wünschte dem Commodore und Barstowe eine gute Nacht und verließ zusammen mit den anderen Offizieren der Goldsborough das Gebäude. Von den Stufen der Eingangstür konnte man das gesamte Hafenbecken von Mayport überblicken – die Schiffe schon zur Nacht beleuchtet; gelangweilte kleine Gruppen von Wachhabenden auf jedem Achterdeck. Inzwischen war es fast ganz dunkel geworden. Mike blieb an der Treppe, die zur Uferstraße hinunterführte, stehen.

»Tja, Leute – ich glaube, das war's. Linc, nehmen Sie die Bänder und alle anderen Unterlagen, und verstauen Sie sie an einem sicheren Platz. Ich glaube zwar immer noch, daß wir recht haben, aber Befehl ist Befehl – wie man so sagt. Danke, daß Sie sich so eingesetzt haben. Bleibt nur zu hoffen, daß die Coral Sea in den nächsten Wochen nicht in die Luft fliegt.«

Der Exec schüttelte den Kopf.

»Ich verstehe nicht, warum sie nicht wenigstens rausfahren, um mal nachzugucken – wir haben doch dauernd irgendwelche Drillfahrten und Übungen! Warum machen wir denn daraus keine?«

»Weil kaum genug Geld da ist für die regulären Seeoperationen. Die werden doch alle Jahre im voraus geplant und budgetiert. Der Group Commander kann nicht mehr einfach kraft seiner eigenen Befehlsgewalt ein Schiff zu einem anderen Zweck als einem Übungseinsatz rausschicken. Dazu ist er nicht mehr befugt – jedenfalls nicht, ohne der Hierarchieleiter die Gründe zu erklären. Ich glaube, der Admiral ist aus einem ganz anderen Grund zu seinem Schluß gekommen: Er muß ein ganzes Kreuzer-Zerstörer-Geschwader funktionsfähig und auf einem bestimmten Einsatzbereitschaftsgrad halten. Wie hat der IV. das Ganze noch mal genannt? Einen Leuchtkäfer? Die können wohl kaum eine Sondereinheit in Marsch setzen wegen eines Leuchtkäfers. Und noch was, Jungs: Ich war meiner Sache so sicher, als wir darüber in der Messe diskutiert haben, aber da drinnen, als ich sie dem Admiral vorgelegt hab', kam ich mir fast etwas lächerlich vor. Können Sie sich vorstellen, wie wir uns fühlen würden, wenn wir die Sache dem Fleet Commander präsentieren müßten. Ich glaube zwar, daß er mit seiner Entscheidung falsch liegt, aber ich kann seinen Standpunkt durchaus nachvollziehen.«

»Ich frage mich, ob sie die Coral Sea wenigstens vorwarnen werden?« fragte der Chief.

»Das glaube ich nicht, Chief«, sagte Mike. »Die Coral Sea würde ja ihrerseits um Anweisung bitten müssen, was zu tun sei. Egal – wir müssen unsere Aufmerksamkeit wohl wieder Dampfkesseln und Speisewasserpumpen zuwenden. Ich werd' jetzt nach Haus' gehen und mir ein Bier genehmigen.«

»Keine schlechte Idee, Capt'n«, sagte der Chief. »Danke, daß Sie die Sache nach oben weitergegeben haben.« Linc nickte zustimmend.

»Na, ja – nach dem Gesichtsausdruck des Admirals zu urteilen, als wir rausgehen sollten, hatte ich wohl nicht besonders viel zu verlieren. Aber dafür zahlen sie mir ja schließlich dieses Wahnsinnsgeld! Haltet die Ohren steif, Jungs. Ich seh' euch morgen – bei welcher Inspektions-Besprechung auch immer!«

Der Chief und Lincoln Howard verabschiedeten sich und gingen die Treppen hinunter. Ben Farmer blieb zurück.

»Verdammt, verdammt, verdammt«, fluchte Mike leise.

»Ja, Sir«, sagte der Exec. »Lassen wir damit wirklich alles fallen?«

»Ich glaube, der Commodore hat es noch nicht ad acta gelegt, Ben«, erwiderte Mike. »Ich glaube – ich hoffe –, daß er einen Weg finden wird, daß wir noch dranbleiben können. Es hängt davon ab, was der Admiral ihm gesagt hat, als wir rauskomplimentiert wurden. Ich sage mir die ganze Zeit, wir haben unser Bestes getan – aber irgendwie hab' ich das Gefühl, daß es nicht genug war. Ich glaube, die Coral Sea befindet sich in echter Gefahr.«

»Und wer glaubt jetzt an den ganzen Scheiß«, sagte Farmer leise.

»Jaja, da haben wir's. Schon werden Sie wieder frech, XO«, sagte Mike und grinste. Aber dann nahm sein Gesicht wieder einen ernsten Ausdruck an.

»Wir müssen unsere grauen Zellen nochmals kräftig anstrengen. Es muß einen Weg geben, wie wir an der Sache dran bleiben können, bis wir den Beweis erbracht haben, daß wir richtig oder falsch liegen.«

»Ich hätte nichts dagegen, hier völlig daneben gelegen zu haben«, sagte Farmer und ließ seinen Blick über das ruhige Hafenbecken schweifen.

KAPITEL FÜNFUNDVIERZIG

Jachthafen Mayport,
Donnerstag, 1. Mai, 21 Uhr 30

Mike lag ausgestreckt auf dem Sofa und beobachtete die auf dem Küstenkanal vorbeifahrenden Boote. Er war nur mit einer Badehose und Tennisschuhen bekleidet – in der einsetzenden Dunkelheit war es feucht-heiß auf dem hinteren Teil der Veranda. Er nippte am Rest eines Gin-Tonic. Geistesabwesend setzte er das kalte Glas, von dem das Kondenswasser heruntertropfte, auf seinem nackten Bauch ab. Zwei Piers weiter stritt sich ein Paar lautstark darüber, ob einer von beiden, und wenn wer, am nächsten Morgen seine Sachen packen müßte. Einer von euch sollte das schon heute nacht tun, dachte Mike, dann hätten wir wenigstens Ruhe. Er wünschte, Diane wäre da. Er brauchte dringend jemanden, mit dem er reden konnte. Wahrscheinlich war der Admiral in sein Büro zurückgekehrt und hatte beim Hauptquartier angerufen, um einen neuen CO für die Goldsborough anzufordern. Oder, noch besser, er hatte Martinson damit beauftragt. Das wäre so recht nach Martinsons Geschmack gewesen.

Er wunderte sich über den Commodore. Warum hatte er so leicht aufgegeben? Dabei schien er doch wirklich überzeugt, daß es wert sei, sich die Sache einmal näher anzuschauen. Aber als der Admiral die ganze Sache als absurd bezeichnete, hatte er widerstandslos aufgegeben. Okay, vielleicht war es absurd. Aber was, wenn nicht? Was, wenn Mrs. Gaddhaffis strammer Junge Muammar tatsächlich ein U-Boot nach Mayport entsandt hatte, um Rache zu üben. Sicher, es war kein modernes nuklear-getriebenes Unterseeboot. Aber nach dem Zweiten Weltkrieg hatten die Russen ihre F-Serie nach dem Modell der letzten (und besten) deutschen U-Boot-Klasse gebaut. Während des Krieges waren deutsche U-Boote ungehindert bis an die Ostküste der Vereinigten Staaten vorgedrungen – und sogar noch weiter. Sie waren dort – ohne Versorgungsschiff – fünfundvierzig Tage lang auf Patrouillenfahrt geblieben und fuhren dann den ganzen Weg ins besetzte Frankreich zurück. Und das routinemäßig. Weniger leistungsstarke amerikanische U-Boote waren quer durch den Pazifik gefahren, um vor den Küsten Japans und Chinas ausgedehnte Patrouillenfahrten zu unternehmen. Die Dieselboote waren schon damals leistungsfähig und heute um so mehr. Machbar war es also.

Aber war es auch wahrscheinlich? Das ist der Haken, dachte Mike. Würde Gaddhaffi das tun? Würde er einen Krieg riskieren? Oder handelte es sich schlicht um ein arabisches Hightech-Suizid-Kommando, dafür ausgerüstet, einen tödlichen Angriff auszuführen und das Boot dann in der Tiefe implodieren zu lassen, um Anonymität und die Aufnahme in den ›Turbanträger-Himmel‹ zu garantieren? Abhängig von der genauen Stelle des Angriffs, brauchte das Boot nur zwei Stunden volle Kraft voraus zu fahren, um den Rand des kontinentalen Grabens zu erreichen, in das dreitausenddreihundert Meter tiefe Wasser abzutauchen, um für immer im ewigen Schlamm des Meeresbodens verloren zu sein.

Es war machbar. Er kam immer wieder auf diese Erkenntnis zurück. Es war möglich. Sie sollten wirklich rausfahren und genauer nachschauen, und sie sollten verflucht noch mal der Coral Sea eine Warnung zukommen lassen.

KAPITEL SECHSUNDVIERZIG

Jachthafen Mayport,
Donnerstag, 1. Mai, 23 Uhr 45

Mike lag wach im Bett. Er fühlte sich unbehaglich in der Dunkelheit und der Luft der Klimaanlage. Durch die lauten Donnerschläge des Gewitters, das vor mehr als einer halben Stunde durchgezogen war, und den plötzlich einsetzenden, heftigen Regen war er wach geworden. Er war mit Kopfschmerzen – zuviel Gin – einem Übelkeitsgefühl im Magen, trockenem Mund und starkem Mundgeruch aufgewacht. Er hatte größere Mengen Alkohol noch nie gut vertragen, aber er wußte auch, daß sich jetzt sein Alter bemerkbar machte. Er hatte schnell geduscht, zwei Aspirin reingeschmissen, seinen Mund ausgespült und war ins Bett zurück gegangen. Aber er konnte nicht wieder einschlafen.

Trotz Klimaanlage spürte er die drückende Feuchtigkeit der Nachtluft – als sei die Luft nach dem Gewitter noch nicht völlig ausgewrungen. In der Entfernung waren über dem Meer weitere Regenschauer – von kurzen Donnerschlägen unterbrochen – zu hören. Die Pierbeleuchtung tauchte sein Schlafzimmer in ein trübes Halbdunkel.

Er dachte an das Unterseeboot. Lag da draußen in diesem Moment ein anderer Skipper wach in seiner Koje, schaute auf die Uhr und wartete auf seinen großen Tag? Ging er Punkt für Punkt in Gedanken immer wieder den Plan durch, versuchte mögliche Fehlerquellen zu beheben, wartete auf das Signal, um an einem sonnigen Nachmittag zwischen all den Ausflugs- und Fischerbooten auf Periskoptiefe gehen zu können, um eine Salve russischer Torpedos abzufeuern? Während er sich hin- und herwälzte, hatte er das Gefühl, daß er, sie, *jemand* etwas tun müßte. Er erinnerte sich wieder an jene schreckliche Nacht auf der Brücke: den schreienden Captain, die Brückenwache, die in der Dunkelheit herummanövrierte, die furchterregende schwarze Silhouette am Fenster, Sekunden vor dem Crash. Jemand hätte etwas tun müssen; *er* hätte etwas tun müssen.

Als der Regen nachließ, merkte er plötzlich an der Bootsbewegung, daß jemand an Bord gekommen war. Er setzte sich auf und schaute auf die Uhr. 12:35. An der hinteren Wand des Nachttisches hatte er eine Pistole befestigt. Er war gerade dabei zu entscheiden, ob er zur Waffe greifen oder einfach die Polizei anrufen sollte, als er an Deck eine weibliche Stimme leise fluchen hörte. Er mußte im Dunkeln grinsen, als er den ›Eindringling‹ zur Luke mittschiffs zurückgehen hörte. Er bemühte sich offensichtlich nicht, unbemerkt einzudringen oder die Tür verstohlen zu öffnen. Schritte kamen den Niedergang zum Wohnzimmer hinunter. Was um alles in der Welt machte diese verrückte Frau hier mitten in der Nacht?

Diane schlüpfte ins Schlafzimmer. Sie war mit einem modischen, fast bodenlangen Baumwoll-Trenchcoat, der bis zum Hals zugeknöpft war, bekleidet. In der einen Hand trug sie ein Paar Sneakers, in der anderen eine kleine Handtasche.

»Brichst du immer mitten in der Nacht in die Boote anderer Leute ein?« fragte er.

»Ich bin nicht eingebrochen, ich bin einfach an Bord gekommen. Selbst dein Wach-Papagei fand nichts dabei.«

Sie stand am Fußende des Bettes, die Hände in die Hüften gestemmt. Sie schauten sich in der Dunkelheit einige Sekunden lang an.

»Nun«, sagte sie.

Er schlug das Bettuch beiseite und wies auf den für sie reservierten Platz in dem breiten Bett. Sie sog den Anblick seines nackten Körpers ein. Dann begann sie, langsam ihren Regenmantel aufzuknöpfen. Sie trug nichts darunter. Nun war es an ihm, sie zu betrachten. Sie ließ ihm Zeit – bevor sie zu ihm ins Bett und in seine Arme schlüpfte.

»Mußtest du mit jemandem reden, war es das?« murmelte er in ihr Ohr. Sie schloß seinen Mund mit einem heißen, verlangenden Kuß. Na, das war's wohl doch nicht!

Danach wollte sie immer noch nicht reden. Aber er lag wach. Die ganzen Ängste hinsichtlich der Unterseeboot-Geschichte strömten wieder in seine Gedanken zurück. Seine Kopfschmerzen waren weg. Das Ansteigen des Blutdrucks hatte hierzu wohl seinen Teil beigetragen. Er fragte sie, wie um aller Welt sie es geschafft hatte, sich mitten in der Nacht aus dem Haus zu stehlen. Sie murmelte etwas und kuschelte sich enger an ihn. Er setzte sich halb auf.

»Hey, Diane, was hast du gemacht, ihm 'ne Schlaftablette gegeben?«

Sie öffnete ein Auge und schloß es wieder. »Ja, genau das. Er hatte starke Kopfschmerzen, also hab' ich ihm ein paar Aspirin gegeben, aber eins davon war ein Valium.«

»Ein Valium? Wie kommst du denn an Valium?«

»Es ist ein Privileg fast vierzigjähriger Frauen, Valium greifbar zu haben. J. W. nimmt nie was Stärkeres als Aspirin ein, also hat ihn die eine Valium umgehauen. Wie spät ist es?«

Er knipste die Nachttischlampe an. »Ein Uhr dreißig.«

Sie kuschelte sich wieder ein. »Mach's wieder aus und stell deinen Wecker auf fünf Uhr.«

»Ich kann nicht glauben, daß du so – ohne etwas an – durch das Tor gefahren bist.«

»Ich hielt's für eine gute Idee.«

»Es hatte zweifellos eine bestimmte Wirkung.«

»Ja, aber ich hatte schließlich den Regenmantel an. Meine Exhibitionisten-Uniform. Ich war mir ziemlich sicher, daß die Wachposten sich nicht weiter um einen Wagen mit einem Captain-Sticker auf dem Fenster kümmern würden. Und außerdem, um die Wahrheit zu sagen: Ich hatte meinen Bikini eingesteckt – für den Fall, daß der Volvo wieder schwimmen gehen würde!«

Er lachte und zog sie näher an sich. »Ich bin froh, daß du gekommen bist.«

»Freut mich zu hören – ich fing schon an, mich zu wundern. So, und jetzt erzählst du mir, welcher böse Traum dich drückt.«

Er erzählte ihr von den Ereignissen des Tages, einschließlich des bösen Blicks des Admirals, als sie rausgingen.

»Mach dir darum, den Admiral meine ich, keine Sorgen. War er nicht derjenige, der dich zuallererst für dieses aussichtslose Unternehmen abkommandiert hat? Nachdem der Fischkutter gesunken war?«

»Ja, schon . . .«

»Also kann er dich nicht dafür rausschmeißen, daß du den

Schluß ziehst, da draußen könnte tatsächlich etwas sein, ohne gleichzeitig offenzulegen, daß er die ganze Sache begonnen hat. Das wird er nicht tun. Glaub mir.«

Mike erkannte, daß sie – politisch gesehen – recht hatte. Die Frau eines Captains, du Dummkopf, was hattest du denn erwartet?

»Er sah jedenfalls hundertprozentig so aus, als könne er es kaum erwarten, mir bei Tagesanbruch den Tritt in den Arsch zu geben.«

»Das ist nicht so einfach, wie du denkst. Glaubst du wirklich, daß da draußen ein Unterseeboot herumfährt?« fragte sie. Sie drehte sich um und schaute ihn an.

»Tja, ich glaub' irgendwie schon, daß da was ist oder jedenfalls – war. Ich meine, die Navy müßte zumindest da rausfahren und die Sache mal genauer überprüfen. Zu viele kleine Ereignisse, die auf mehr als puren Zufall schließen lassen. Ich vermute, daß wir es herausfinden werden, wenn die Coral Sea heimkehrt.«

Sie setzte sich schließlich auf und strich sich das Haar aus dem Gesicht. Ihre schweren Brüste wogten, als sie versuchte, es mit den Fingern in Form zu bringen. Er setzte sich hinter sie und umfaßte sie von hinten.

»Du bist nicht gerade hilfreich.«

»Ich helfe mir gerade selbst.«

»Du machst dir zu viele Gedanken um deine Karriere, weißt du das? Sieh's doch mal unter folgendem Gesichtspunkt: Wenn er dich wirklich rausschmeißen würde, könntest du doch endlich dein Leben noch einmal neu in die Hand nehmen. Offensichtlich ziehst du aus deinem derzeitigen Kommando doch nicht viel Befriedigung. Vielleicht würde er dir damit sogar einen Gefallen tun?«

»So kann man's auch sehen.«

»Was würdest du denn machen? Deine Zwanzig hast du doch voll oder?«

»Ja. Daran habe ich noch nicht gedacht.«

»Das solltest du aber. J. W. ist sehr empfindlich, was das Thema Pensionierung angeht. Wenn er es nicht zur Admiralswürde bringt, wird er immer weiter auf der Stelle treten, noch unangenehmer werden, als er jetzt schon ist, bis sie ihn, wenn er seine Dreißig voll hat, rausschmeißen. Es wartet eine ganze Welt außerhalb der glorreichen Navy, und die meisten von euch ›Lebenslänglichen‹ wollen noch nicht einmal einen Blick darauf werfen.«

»Nur 'ne Menge Zivilisten da draußen. Ich hab' nie mit Zivilisten was zu tun gehabt. Ich weiß nicht, was zum Teufel ich tun würde.«

»Genau davon spreche ich. Ist es nicht ironisch – die Lieutenant Commanders, die es nicht bis zu einem eigenen Kommando bringen, verbringen die letzten fünf von den zwanzig Jahren damit, sich auf das zivile Leben vorzubereiten. Die anderen, die ein eigenes Kommando erhalten, verschwenden nie einen Gedanken daran, und wenn sich die große Karriere dann allmählich ihrem Ende zuneigt, sehen sie sich plötzlich mit der Wahrscheinlichkeit konfrontiert, daß sie nicht den Kapitäns- oder Admiralsrang erreichen werden. Keiner von euch schaut jemals über den Tellerrand der Navy hinaus!«

Sie drehte sich zu ihm um.

»Du bist nicht verheiratet, hast keine schulpflichtigen Kinder, keine Hypotheken – du könntest wahrscheinlich genau hier leben, sogar ohne zu arbeiten – mit Ausnahme der Zeiten, in denen ich mich nach Mitternacht hereinschleiche.«

»Na, das würde ich nicht direkt als Arbeit bezeichnen.«

»Aber daraus könntest du ja eine zweite Karriere machen. Denk mal an die Vorteile. Warum probieren wir's nicht mal?«

»Jetzt?«

»Mhm. Ja. Das schlägt ja wohl jeden Gedanken an Unterseeboote – oder ist das hier ein Periskop?«

KAPITEL SIEBENUNDVIERZIG

Offizierskasino, Marinestützpunkt Mayport,
Freitag, 2. Mai, 12 Uhr 05

»Ich nehme den Gemüse-Burger, ohne Fritten, einen kleinen Salat, eine Cola light«, sagte der Commodore. Er reichte die Karte hinüber.

»Ich nehme die Navy-Bohnen-Suppe mit Weißbrot und einen Eistee«, sagte Mike.

Die Kellnerin notierte die Bestellung und ging zum nächsten Tisch. Im Speiseraum des O-Kasinos von Mayport herrschte das übliche Mittagsgedränge – die einzige Tageszeit, zu der es dort voll war. Jedermann wußte, daß die Abendmenüs hauptsächlich in der Mikrowelle zubereitet wurden.

Mike war um kurz nach acht Uhr – seiner üblichen Zeit – an Bord gewesen. Der Exec hatte ihn informiert, daß ihn der Commodore zum Lunch ins Kasino eingeladen hatte. Mike und der Exec hatten bei einem Kaffee in der Messe über mögliche Gründe nachgedacht. Mike war sicher, daß es – nach der katastrophalen Sitzung mit dem Admiral – mit weiteren Nachbeben zu tun hatte. Der Exec war gegenteiliger Ansicht: Die Schmutzarbeit würde der Commodore in seinem Büro erledigen – nicht im O-Kasino.

»Na, hatten Sie eine gute Nacht, Michael?« fragte der Commodore, dem die Spuren eines leichten Katers verbunden mit zu wenig Schlaf nicht entgangen waren.

»Ich hab' bessere gehabt, Commodore«, sagte Mike und mußte innerlich über die Halbwahrheit lächeln. Die Nacht hatte beschissen begonnen, aber sehr schön geendet. Diane hatte sich um kurz nach fünf fortgestohlen. Es war anzunehmen, daß sie ohne Probleme nach Hause gekommen war. Mike fragte sich, was die Stützpunktwachen sich wohl gedacht haben mußten. Die Frau geriet außer Kontrolle!

»Ach, machen Sie sich nichts draus«, sagte der Commodore beiläufig. »Ich habe heute morgen an der üblichen Stabsbesprechung im Geschwader teilgenommen. Auf den Hinterbänken saßen zwei Jungs, die in Operations arbeiten. Einer von ihnen legte sich ein Taschentuch über den Kopf und tat so, als würde er ein Periskop ausfahren. Ich konnte das sehen, weil es sich im Fenster widerspiegelte. Nach der Besprechung hab' ich sie im Gang gestellt und beiden gesagt, daß ich mich schon darauf freue, sie eines Tages in der Flotte begrüßen zu dürfen.«

Der Commodore hatte ein raubtierhaftes Lächeln im Gesicht: »Sie hätten ihren Gesichtsausdruck sehen sollen. Damit war der Tag für mich gerettet. Aber seine Hoheit schien normal; hab' jedenfalls keine feindseligen Schwingungen mehr gespürt.«

»Ach, Sie meinen, er hat Martinson gebeten, beim Hauptquartier anzurufen, statt es selbst zu tun?«

Der Commodore stieß ein kurzes bellendes Lachen aus.

»Sie nehmen sich selbst zu wichtig, Mike. Vielleicht sollte ich Ihnen keine Lektionen mehr über Ihre Karriere erteilen. Sie konzentrieren sich mehr auf ihre eigene Person als auf Ihr Schiff. Wenn der Admiral wollte, daß Sie Ihren Arsch vom Schiff runterbewegen, braucht er nur den entsprechenden Befehl zu geben, und Sie übergeben an Ihren Exec und packen Ihren Seesack. Dafür braucht er nicht im Hauptquartier anzurufen. Ich müßte dort anrufen. Außerdem birgt diese U-Boot-Sache das Potential für eine peinliche Geschichte in sich. Da machen sich öffentliche Hinrichtungen nicht gut. Ich glaube, er würde es wirklich sehr schätzen, wenn wir alle diese Gedanken begraben und uns wieder dem Alltag zuwenden würden.«

»Vertuschen – mit anderen Worten?«

Der Commodore schüttelte den Kopf.

»Was für dramatisierende Worte Sie benutzen«, sagte er und zog seine Nummer des gerissenen Lebensmittelhändlers im Tante-Emma-Eckladen ab. »Nein, wirklich; warum so dramatisch? Jeder will Teil eines Watergate sein. Uns wurde befohlen, es zu begraben. Keiner hat was von vertuschen gesagt. Wir werden gar nichts vertuschen. *Ich* jedenfalls nicht!«

Er schaute Mike direkt in die Augen. Sein Gesichtsausdruck hatte plötzlich nichts mehr mit einem Routine-Lunch zu tun.

»*Sie* nicht?«

»Stimmt genau, mein Lieber. Und ich hoffe, Sie auch nicht.«

Mike nahm einen Schluck von seinem Eistee, um seine Verwirrung zu verbergen. Wenn er Captain Aronson richtig verstand, wollte der Commodore, daß Mike und die Goldsborough ohne Wissen des Admirals an dem Phantom-U-Boot dranblieben. Das bedeutete, daß der Commodore die Bedrohung für ernst genug hielt, um zu riskieren, sein Schicksal mit einem CO zu verbinden, der beim Admiral in starkem Mißkredit stand. Der Commodore beobachtete Mikes Gesichtsausdruck, während dieser zwei und zwei zusammenzählte.

»Spielen Sie mit?« fragte er.

»Worauf Sie sich verlassen können«, grinste Mike. »Aber Sie begeben sich in gefährliche Fahrwasser, wenn Sie mir die Äußerung gestatten.«

»Das können Sie laut sagen.«

Der Commodore unterbrach, als die Kellnerin ihnen das Essen brachte. »Aber was soll's«, nahm er den Faden wieder auf, als sie weg war. »Wenn wir's richtig machen, das heißt sehr diskret vorgehen, nichts finden und nichts passiert, dann passiert eben nichts, und das Leben geht weiter. Und wenn wir so einen Mistkerl aufstöbern und damit beweisen, daß wir die ganze Zeit richtig lagen, wer weiß?«

»Wenn sich das herausstellen würde, brächte das einige Leute oben im Stab in eine äußerst peinliche Lage.«

»Ja, das stimmt. Und auch über den Stab hinaus, was das anbetrifft. Aber glauben Sie ja nicht, daß Peinlichkeit auf höheren Hierarchieebenen sich für denjenigen, der sie hervorruft, notwendigerweise auszahlt. Denken Sie immer an den Klüngel beim Admiralsrang.«

Mike wußte, daß die Admirale in der Navy – ähnlich wie in anderen Bürokratien – dazu neigten, ihre Reihen zu schließen, wenn einer von ihnen in Bedrängnis geriet. Wenn diese Protektions-Maschinerie ins Laufen kam, sprangen normalerweise ein oder zwei Captains über die Klinge, bevor die Angelegenheit ohne großes Aufsehen ad acta gelegt wurde. Mike war auch klar, daß der Commodore das System wahrscheinlich besser kannte als er und sich deshalb des Risikos, das er einging, voll bewußt war.

»Tun Sie das wegen der persönlichen Befriedigung?« fragte Mike, während er den Commodore aufmerksam anblickte.

»Ich tue es wegen der Integrität des Systems«, antwortete der Commodore mit ernster Stimme. »Verdammt, vom Standpunkt des Admirals aus gesehen tut er das Richtige. Er steht unter dem Druck, Dollars einzusparen und die Dinge im Lot zu halten. Aber: Erinnern Sie sich an meine kleine Predigt in Ihrer Kabine – die Navy ist nicht mehr daran gewöhnt, die Dinge beim Namen zu nennen. Hunde scheißen auf den Teppich. Ich bin der Meinung, daß das da auf dem Teppich Hundescheiße ist und nicht ein ›temporäres Indiz eines unzulänglichen Trainingsprogramms für die Stubenreinheit von Hunden‹. So 'ne Geschichte rüttelt die Navy vielleicht etwas auf, so daß 'n bißchen von dieser Washingtoner ›Nervtöterfassade‹ abblättert und uns wieder etwas gradliniger werden läßt. Tja, und vielleicht auch eine kleine persönliche Befriedigung.«

Er schaute zu Mike hinüber. Auf seinem Gesicht war wieder eine Spur von Belustigung zu erkennen. Mike war beeindruckt. Die Entscheidung des Commodore, das U-Boot-Projekt weiterzuverfolgen, war eine erfrischende Demonstration von Prinzipientreue.

»Ich hab' noch immer leichte Probleme, zwischen ›etwas zu begraben‹ und ›etwas zu vertuschen‹ zu unterscheiden. Wie sollen wir vorgehen, Commodore?«

Captain Aronson aß erst seinen Salat auf, bevor er antwortete. Er schaute sich um, um sicherzugehen, daß ihnen niemand zuhörte. Dann beugte er sich vor.

»Also: Was wir tun werden, ist, die Goldsborough nächste Woche, sobald die Reparaturarbeiten beendet und die Maschinen überprüft worden sind, auf eine Probefahrt auf See zu beordern. Das würden wir ja sowieso nach größeren schiffstechnischen Reparaturen veranlassen, also kostet das die Navy keinen Penny mehr als das, was ohnehin eingeplant war. Keine zusätzlichen Ausgaben – ganz wie der Admiral befohlen hat. Außerdem weiß ich zufällig, daß für die Goldy ein paar extra See-Tage im Budget sind, weil sie nicht an der Flottenübung teilnimmt. Klar: Ihr könnt nicht ewig da draußen bleiben, also müssen wir sicherstellen, daß ihr zur Probefahrt auf See an dem Tag ausläuft, an dem die Coral Sea nach Mayport zurückkehrt – denn wenn etwas passiert, passiert es dann. Ich rechne damit, daß sie nächsten Freitag oder um diesen Dreh herum zurückkommt. Wenn wir mit dem Unterseeboot recht haben, können wir die alte Geleitzugtaktik benutzen, um den Kerl aufzuscheuchen: die Begleitschiffe so nahe wie möglich ans Ziel. Das U-Boot muß an das Ziel herankommen, um seinen Auftrag zu erledigen. Daher brauchen die Begleitschiffe nicht nach dem U-Boot zu suchen – es kommt zu ihnen.«

»Es gibt aber immer noch eine Menge Dinge, die wir nicht wissen, Commodore. Zum Beispiel, wann genau die Coral Sea zurückkehren wird, ob sie eigene Begleitschiffe hat oder nicht oder auch ob eins von Gaddhaffis Booten vermißt wird. Wir müssen den richtigen Zeitpunkt für diese Probefahrt sehr sorgfältig wählen.«

»Genau. Aber ich hab' ja über meine Mitarbeiter die Möglichkeit, einige Sachen zu überprüfen. Ich hab' Ihnen ja gesagt, daß ich meinen Nachrichten-Spezi darauf angesetzt hab', mal herauszufinden, ob Muammars Röhren alle in ihrem Bau sind. Ich habe das dem Admiral gegenüber beiläufig erwähnt. Der sagte, ich soll's lassen. Okay, also mach' ich keine offizielle Anfrage. Aber inoffiziell kann mein Spezi ja irgendeinen Kumpel vom SurfLant-Personal anrufen, der dann einen bei der Atlantikflotte anruft, und der kann dann bei der richtigen Stelle in Washington anklingeln und die bedeutungsschwangere Frage stellen. Eigentlich könnten wir natürlich auch einfach die wöchentliche Zusammenfassung des Nachrichtendienstes lesen, aber wenn möglich hätte ich gerne, daß wir mit den Jungs, die die Satellitenbilder tatsächlich auswerten, direkt reden. Ist 'n bißchen wie mit der Deyo: Es war nichts da, obwohl was da war – bis einer, der hier namenlos bleiben soll, dem IV. befohlen hat, es abzublasen.«

»Ja, Sir. Und Sie werden durch Ihre täglichen Besprechungen im Geschwader genau informiert sein, wann die Coral Sea einläuft.«

»Ja. Aber das kann man auch von der zuständigen Stelle für die Hafenoperationen erfahren – die frieren ja alle Schiffsbewegungen ein, wenn ein Träger in dieses kleine Goldfischglas von Hafen zurückkommt. Also handelt es sich in diesem Falle gar nicht um eine spezielle Insider-Information.«

Die Kellnerin kam mit Kaffee zurück, räumte das Geschirr ab und präsentierte die Rechnung. Der Commodore sah sich wieder im Speisesaal um, bevor er weitersprach.

»Wir können diesen kleinen Deal ohne das leiseste Wellenkräuseln durchführen, aber dann dürfen Sie auch oben im Stab keine weiteren Lunten zünden! Ich habe Ihnen schon gesagt, daß ich nicht glaube, daß der Admiral Ihnen nur wegen der U-Boot-Geschichte das Kommando über die Goldsborough entziehen wird. Aber ich glaube wohl, daß er Sie gerne von hinten sähe, und ich weiß, daß Captain Martinson Sie liebend gerne draußen hätte. Wußten Sie eigentlich, daß er über Sie Buch führt?«

Mike spürte eine plötzliche Besorgnis, war aber nicht völlig überrascht. »Nein, Sir. Das wußte ich nicht.«

»Na, jedenfalls – er führt es. Heute morgen noch hat er mich reingerufen und mir eine Liste Ihrer vermeintlichen Vergehen vorgelesen. Der schöne Bastard ist verdammt clever – für so 'n Brechmittel vom Stab! Ich glaube, seine Abneigung Ihnen gegenüber ist mehr persönlicher als professioneller Natur, aber die Aufzeichnungen in seinem kleinen Buch sind alle mit professionellen Begriffen umschrieben wie: Schiff erfüllt seine operativen Aufgaben nicht, sein Verkehrssicherheitsprogramm ist ineffektiv, der Captain demonstriert einen sehr unkonventionellen Lebensstil, der Captain legt eine ›Ihr-könnt-mich-mal, ich-hab-meine-Zwanzig-drinnen‹-Haltung an den Tag, der Captain neigt zu Respektlosigkeit und gelegentlich zu anmaßendem Verhalten gegenüber Vorgesetzten, der Captain versendet unangemessene Berichte, wenn die Reparatureinheiten etwas vermasselt haben – diese Art von Scheiße. Martinson ist ein Mann der kleinen Mosaikstückchen, und er zeichnet die Art von Gesamtbild, die nur noch eines weiteren aufsehenerregenden Vorfalls bedarf, um seine Sache zu beweisen. Also, machen Sie halblang in der nächsten Woche, okay? Keine giftsprühenden Funkmitteilungen und Berichte, stellen Sie sicher, daß die ›Überraschungs‹-Instandsetzungs-Inspektion ohne Beanstandungen verläuft und so weiter, okay? Vielleicht jagen wir bei dieser Unterseeboot-Geschichte wirklich einem Phantom hinterher, aber wenn nicht, sind Sie der einzige, den ich dransetzen kann, weil der Sache offiziell kein Glauben geschenkt wird. Also deshalb meine Bitte, alles zu unterlassen, was zusätzliche Aufmerksamkeit auf Sie lenken könnte, bis die Coral Sea sicher im Hafen ist.«

»Mit anderen Worten, versauen Sie um Gottes willen nichts mehr«, sagte Mike. Er konnte einen Anflug von Bitterkeit über den Verlauf seiner Karriere nicht verbergen.

KAPITEL ACHTUNDVIERZIG

USS GOLDSBOROUGH, im Hafen,
Marinestützpunkt Mayport,
Freitag, 2. Mai, 13 Uhr 20

Nach dem Lunch ging Mike wieder auf die Goldsborough zurück. Er ließ den Exec zu sich kommen. Zusammen gingen sie die Zustandsberichte der Reparaturarbeiten durch. Anschließend gingen sie in die Messe zur wöchentlichen Besprechung mit den Abschnittsleitern. Als sie danach wieder in der Kabine des Captain waren, berichtete Mike von dem Lunch mit dem Commodore. Als er geendet hatte, stieß der Exec ein leises Pfeifen aus.

»Ich bin überrascht«, sagte er. »Ich hätte nicht geglaubt, daß Captain Aronson weiter dranbleiben würde. Ich dachte, er sei bereit gewesen, für den Admiralsrang alles zu opfern.«

»Vielleicht haben wir ihn unterschätzt. Ich glaube, daß er bis zu einem gewissen Grad ein Karrierist ist, aber wenn eine wirkliche Bedrohung im Raum steht, wird er wieder einer von uns – und zum Teufel mit den Konsequenzen. Ich war genauso überrascht. Aber jetzt müssen wir uns ein bißchen mit Planungen beschäftigen, zuerst im Hinblick auf diese Reparaturen und dann damit, wie wir unser kleines ASW-Problem anpacken sollen.«

»Ja, Sir. Sagen wir der Besatzung, was los ist?«

»Nein, zumindest jetzt noch nicht. Der Commodore war in diesem Punkt sehr bestimmt: Das sollte strikt unter uns bleiben. Aber Sie sind ein Teil meines offiziellen Ichs, und außerdem brauche ich Ihren mäßigenden Einfluß. Er hat mir gesagt, daß ich eine ganze Woche lang keine Lunten zünden dürfte.«

»Na so was. Donnerwetter – eine ganze Woche lang . . .?«

»Jaah, Sie Klugscheißer, eine ganze Woche. Aber denken Sie daran, daß ich es mir nur aufsparen werde!«

»Na, das ist ja ein tröstlicher Gedanke.«

»Richtig. Also zuerst die Maschinenanlage: Können sie diese Dichtungen und Dampflecke so rechtzeitig reparieren, daß wir

Tests am Pier – sagen wir am Mittwoch nächster Woche – durchführen können?«

Der Exec konsultierte sein Notizbuch. Alle Execs trugen das gesamte Schiffsleben – alle Ereignisse, Probleme, Streitigkeiten und Krisen mit sich in kleinen grünen Notizbüchern herum. Es gehörte zum Job eines Exec, alles zu wissen. Als Gedankenstütze diente dabei das grüne Notizbuch.

»Knapp werden könnte es mit dem Schmierölreiniger – nicht wegen des Einbaus, sondern wegen der Ersatzteile. Voraussichtliche Ankunft ist Dienstag. Andererseits gibt es bei dieser Reparatur nicht viel zu testen. Die Hauptdampfsysteme erfordern Hydros, das Röntgen der Hauptschweißnähte und dann ein Anwerfen für den richtigen Test. Wann, glauben Sie, müssen wir für den richtigen Testlauf auslaufen?«

»Freitag schätze ich. Nein, Freitag sollten wir schon draußen sein, das heißt, Donnerstag los, am Spätnachmittag. Wenn der Träger am Freitag einläuft, wird der CO es so einrichten, daß er morgens ankommt, damit ein Teil der Leute schon nachmittags von Bord kann. Sie wissen, was das für ein Zirkus ist, wenn dreitausendfünfhundert Jungs den Strand bevölkern.«

Der Exec dachte eine Minute nach.

»Eigentlich«, sagte er, »müßte er bei Tidenhochwasser einlaufen, was bedeutet, daß wir im Hafenbecken Stillwasser haben.«

Mike schlug sich mit der Hand gegen die Stirn.

»Natürlich. Wieso bin ich da nicht drauf gekommen? Natürlich – Flut, Stillwasser im Becken. Das ist – was – eine Stunde nach dem Hochwasser im Fluß?«

»Ja, Sir, ungefähr. Lassen Sie mich schnell mal anrufen, ja?«

Er nahm den Hörer vom Telefon auf Mikes Schreibtisch und rief bei Port Operations, dem Hafenkapitän, an.

»Ja, hier spricht Lieutenant Commander Farmer, XO auf der Goldsborough. Wann haben wir diese Woche hohes Stillwasser im Hafen? Aha, ja. Verschiebt sich. Pro Tag fünfzehn Minuten später, richtig? Vielen Dank.«

Er legte den Hörer auf.

»Port Ops sagt, daß wir heute gegen siebzehn Uhr hohes Stillwasser haben. Verschiebt sich jeden Tag um fünfzehn Minuten nach hinten. Also wird es nächsten Freitag gegen neunzehn Uhr sein. Dann ist es fast schon dunkel. Was nicht schlecht ist, denn wenn er erst Freitag zurückkommt, haben wir einen zusätzlichen Tag im Hafen, falls wir ihn brauchen.«

Mike überlegte einen Augenblick. »Neunzehn Uhr Freitag heißt, daß die Coral Sea gegen siebzehn Uhr dreißig etwa zehn Meilen von der Flußeinfahrt entfernt sein muß, um genug Zeit für die Anfahrt zu haben, ihre Schlepper zu treffen und gegen neunzehn Uhr in das Drehbecken einzulaufen.«

Der Exec stimmte zu. »Das heißt, daß ihr Annäherungs-Zeitfenster für den Zehn-Meilen-Punkt zwischen fünfzehn Uhr dreißig und siebzehn Uhr dreißig sein muß. Mike fühlte, wie ihn instinktiv eine erste böse Vorahnung beschlich. Wenn draußen tatsächlich ein U-Boot lauerte, hatte der Exec gerade das Zeitfenster für den Angriff bestimmt – fünf Uhr nachmittags. Das Unterseeboot könnte sich nur bis auf zehn Meilen annähern, weil das Wasser dann zu flach würde. Es würde andererseits nicht viel mehr als dreißig Meilen vor der Küste operieren, weil es die genaue Anfahrtsroute des Trägers nicht kannte, und ein Dieselboot konnte sich lange Verfolgungsjagden unter Wasser nicht leisten. Deshalb mußte die Angriffsposition zwischen zehn und dreißig Meilen vor der Flußeinfahrt liegen, um jegliches Verfolgungsmanöver so kurz wie möglich und das U-Boot gleichzeitig versteckt zu halten. Mike sah dem Exec an, daß er das gleiche dachte.

»Wir brauchen eine Karte, XO. Wir benötigen ein Plot der groben Ansteuerrouten von San Juan bis Jacksonville und die Loxodrome vom Ende der groben Kurse zum Fluß. Diese Loxodrome wird die Achse der Angriffszone sein. Danach müssen wir uns die hydrographischen Charakteristika dieser Angriffszone ansehen. Und wir müssen das hinkriegen, ohne die Aufmerksamkeit der anderen Offiziere zu erregen.«

»Ja, Sir. Das werde ich selbst in die Hand nehmen. Wenn jemand fragt, bin ich halt mit den ersten Planungen für den Probelauf auf See in der nächsten Woche beschäftigt. Keine große Geschichte.«

»Okay. Wir nehmen uns erst die geographischen Unterlagen vor; danach müssen wir uns Suchtaktik und Angriffsplan überlegen. Und noch mal –im Moment bleibt das alles unter uns.

Wir werden den Weapons- und Ops Officer später einweihen. Wenn wir auf See sind, werden wir die Besatzung informieren. Ich frag' das zwar nicht gerne, aber – könnten Sie bis morgen etwas ausgearbeitet haben und damit zur Lucky Bag kommen? Dann könnten wir es dort in Ruhe durchgehen.«

»Kein Problem, Capt'n.«

»Okay, gut. Und noch was – ich habe gehört, daß für die übernächste Woche eine dieser überraschenden ASW-Waffeninspektionen vorgesehen ist. Sie könnten den Waffeneinsatzoffizier vorwarnen, damit er die Torpedorohre auf Vordermann bringt, die Sonar-Feuerleitanlage, die Unterwasserbomben etc.«

Der Exec grinste: »Verstanden, Capt'n. Was ist mit den Geschützen?«

»Verdammt, Ben, wenn wir die Geschütze einsetzen müßten, befänden wir uns aber in einer ganz schön heiklen Lage.«

»Ist schon vorgekommen, Capt'n.«

»Okay – sagen Sie den Leuten, es handelt sich entweder um eine ASW- oder eine Inspektion des Geschützwesens. Wir seien nicht sicher, um welche von beiden. Sagen Sie ihnen, daß wir während des See-Tests ein Übungsfeuern vornehmen werden. Das wird reichen. Die Jungs von den Geschützen freuen sich über jede Gelegenheit zum Schießen. Und sehen Sie zu, daß wir in der Zwischenzeit die Maschinenanlage repariert bekommen, den ganzen Papierkram erledigt und alle Zahlungen angewiesen haben; Sie wissen schon – den ganzen administrativen Mist.«

Der Exec stand auf und steckte das kleine Buch weg, in das er die letzten Anweisungen des Captain eingetragen hatte.

KAPITEL NEUNUNDVIERZIG

Offizierskasino Mayport,
Freitag, 2. Mai, 18 Uhr 30

Mike erreichte das Kasino zehn Minuten nach Beginn des Empfangs. Er mischte sich unter eine Gruppe Offiziere – alle in sommerliches Weiß gekleidet – und Zivilisten in Geschäftsanzügen an der Eingangstür. Ein paar Minuten später hatte er sich in das Defilee eingereiht. Admiral Walker und Mrs. Walker empfingen. Neben ihnen in der Empfangsreihe standen – als weitere ranghohe Offiziere – Captain Martinson und der Stützpunktkommandant, Captain Johnson. Mike erblickte den Commodore am anderen Ende des Raums; er war im Gespräch mit zwei Kommandanten. Die Zivilisten defilierten vorbei und fanden sich dann in kleinen Gruppen im Empfangsraum zusammen, bis der eine oder andere Marineoffizier dazustieß. Sie machten nicht den Eindruck, als fühlten sie sich besonders wohl.

Sobald Mike den Chief of Staff erblickt hatte, hatte er nach Diane Ausschau gehalten und überrascht festgestellt, daß sie nicht anwesend war. Der Admiral hatte – ebenso wie Mrs. Walker – durchaus freundlich gegrüßt. Dann hatten sich beide dem Trio von Geschäftsleuten, das hinter Mike stand, zugewandt. Er trat nach rechts und wünschte dem Chief of Staff einen guten Abend. Captain Martinson war herablassend wie immer.

»Guten Abend, Captain. Was macht die Antriebsanlage?«

»Sie kommt – langsam, aber sicher, Chief of Staff. Wir sind inzwischen soweit, daß wir auf Schweißnähten schweißen.«

»Tja, das ist der Preis, den wir bezahlen, um Antiquitäten am Laufen zu halten.« Damit entließ er Mike und wandte sich den nächsten Geschäftsleuten in der Reihe zu.

Und ich hoffe, daß ich dir eines – nicht mehr allzu fernen – Tages zeigen kann, wozu Antiquitäten imstande sind, dachte Mike, als er sich auf den Weg zur Eckbar machte. Er bestellte ein Bier und fragte sich beiläufig, wo Diane wohl sein mochte.

Der Commodore erblickte ihn und winkte ihn zu sich herüber, während sich der Raum langsam mit Zivilisten füllte. Bald machte auch er den Stars der Handelskammern den Hof, damit sie sich im Kasino zu Hause fühlten. Nach einer Weile begannen der Admiral, seine Frau und der Chief of Staff eine Tour d'Horizon; sie blieben bei jeder Gruppe einige Augenblicke stehen und unterhielten sich. Als sie die Gruppe um den Commodore erreichten, hörte sich Mike den Austausch von Höflichkeiten einige Minuten an, verspürte dann aber den Drang, den Chief of Staff zu fragen, wo denn Mrs. Martinson sei.

»Ich weiß es nicht genau«, gab der Chief of Staff zu. »Sie hat mir eine Nachricht hinterlassen, aus der hervorging, daß sie nach Orlando zu Freunden wollte. Übrigens vielen Dank, daß Sie ihr kürzlich nachts in NAS Jax zur Seite gestanden haben. Das war außerordentlich freundlich von Ihnen.« Zur Abwechslung klingt Martinson tatsächlich einmal menschlich, dachte Mike. Aufpassen! Er hatte plötzlich eine vage Idee, wo Diane tatsächlich sein könnte.

»Nicht der Rede wert, Captain. Für einen Moment hatte ich dort draußen wirklich den Eindruck, Ihr Volvo würde völlig versinken.«

»Das hätte wohl auch gut passieren können. Glücklicherweise ging offensichtlich der Motor nicht unter. Ein Hauch von nassem Riedgras ist immer noch zu riechen.«

Der Chief of Staff nahm ihn beiseite: »Sagen Sie mir doch einmal, woher diese verrückte Idee mit den Libyern stammt?«

Mike vergewisserte sich, daß keiner der Offiziere oder Zivilisten zuhörte, bevor er antwortete:

»Es war und ist nur eine wilde Vermutung, Chief of Staff«, seufzte Mike. »Es ist nicht schwer, Beweise dafür oder dagegen zu konstruieren. Aber der Admiral hat es niedergeschlagen, und das war's.«

»Ja, natürlich. Das mußte er ja. Wir würden doch alle wie vollkommene Idioten dastehen, wenn wir mit einer solchen Idee im Hauptquartier in Norfolk vorstellig würden – obwohl sie ausgesprochen originell ist. Sie müssen verstehen, daß wir im Moment sehr stark unter Druck stehen, was die Mittel für operative Einsätze angeht, Geld für Tage auf See, Sie kennen das – der Kampf ums Budget. Der Admiral wirft einen Großteil seines persönlichen Prestiges in die Waagschale, damit wir hier unten den uns zustehenden Anteil daran erhalten. Ein solcher Bericht würde sich nur schädlich auswirken. Ich kann ja noch verstehen, daß jemand der Ansicht ist, da draußen sei etwas, obwohl auch das bei Tageslicht besehen auf recht unsicheren Beinen steht, aber die Verbindung zu den Libyern ist dann doch etwas übertrieben. Ich meine, betrachten wir doch einmal die Fakten: Oberst Gaddhaffi droht seit Jahren mit Angriffen auf westliche Überwasserschiffe – Sie erinnern sich an die Drohung gegenüber der QE II; und dennoch hat er niemals ein Unterseeboot länger als drei Tage entsandt. *Jane's Fighting Ships* besagt zudem, daß seine Boote in Wirklichkeit gar nicht richtig einsatzfähig sind.«

Mike verbarg seine Überraschung. Der Chief of Staff mochte ja die ganze Idee als Spinnerei abgetan haben, aber einen Blick in das Welt-Standardwerk war sie ihm immerhin wert gewesen.

»Ja, Sir, aber eins der Foxtrott-Klasse könnte die Entfernung sicherlich bewältigen und länger auf Patrouille bleiben, wenn es wollte. Die deutschen Diesel sind während des Zweiten Weltkriegs um ganz Afrika herum und bis zum Indischen Ozean gefahren.«

»Ja, ja, das weiß jeder. Aus zwei Gründen kann ich den Gedanken trotzdem nicht nachvollziehen: Erstens kann ich mir nicht vorstellen, daß sich die Araber jemals so gut organisieren können, und zweitens würde Gaddhaffi durch einen solchen Angriff den Krieg mit den Vereinigten Staaten riskieren, was für ihn ja nichts anderes als Zerstörung bedeutete.«

»Stimmt, Sir, wenn man beweisen könnte, daß *er* es getan hat. Sie müßten also schon des U-Boots physisch habhaft werden und möglichst auch einige Gefangene machen; andernfalls würde er es einfach leugnen. So wie die Dinge jetzt aussehen, hätten wir noch nicht einmal genügend Beweise für eine Beschuldigung, sollte die Coral Sea angegriffen werden.«

Der Chief of Staff schien darüber nachzudenken, aber just in diesem Moment ging der Admiral zur nächsten Gruppe weiter. Martinson warf Mike noch einen kurzen, eigenartigen Blick zu und beeilte sich, den Admiral einzuholen. Der Commodore hatte den Kreis der Unterhaltenden aufgelöst, um sich an der Bar noch etwas zu trinken zu holen, als er Mikes Blick sah. Sie gingen zu einem Fenster, das etwas abgelegen war.

»Was ist los, Michael?«

»Er hat mir dafür gedankt, daß ich seine Frau vor den Abwassergräben drüben in NAS gerettet habe, und dann sind wir auf die U-Boot-Sache zu sprechen gekommen.«

»Aha, und was hatte er dazu zu sagen?«

»Wie lächerlich und unmöglich und unwahrscheinlich das Ganze ist. Aber offensichtlich hat es ihn genug beschäftigt, um über Gaddhaffis U-Boot-Flotte in *Jane's* nachzulesen.«

»Hmm«, brummte der Commodore. »Ich frage mich, ob sie es wirklich ad acta gelegt haben oder ob sie insgeheim jemand drangesetzt haben?«

»Wenn das der Fall ist, wie stehen die Chancen, daß man sich in die Quere kommt?«

»Darüber mache ich mir gerade Sorgen. Oder er denkt darüber nach, wie er sich herausreden kann, falls doch was passiert. Übrigens, mein Nachrichtendienst-Knabe hat schon angefragt, aber es war Freitag, also werden wir vor Montag nichts hören. Er hätte ja auch schlecht mit Feuerwehrsirenen ankommen können!«

»Ja, Sir. Das verstehe ich. Der XO und ich haben unter zwei Aspekten mit den Planungen begonnen.« Er fuhr fort mit der Beschreibung der für das Wochenende vorgesehenen Arbeiten.

»Gute Überlegung«, sagte der Commodore und musterte einige Neuankömmlinge unter den Zivilisten, die sich ihnen näherten. »Wir sollten für Montag abend ein Treffen vorsehen. Guten Abend, Gentlemen. Ich bin Captain Aronson, Commodore des Z-Geschwaders Zwölf, und das hier ist Captain Montgomery, CO auf der Goldsborough. Wie geht es Ihnen?«

Die Gespräche kreisten nun um andere Themen. Eine Stunde später gelang es Mike, sich diskret zu verdrücken. Er ertappte sich dabei, daß er schneller als sonst in Richtung Lucky Bag fuhr – in der Vorahnung, Diane dort anzutreffen. Aber als er ankam, fand er nur Hooker wachbereit vor.

»Verdammt, Vogel, wo ist sie?« fragte er, während er sich

seine weiße Uniform in dem angenehm kühlen Wohnzimmer auszog.

Hooker verweigerte die Antwort und verfiel statt dessen in einen seiner Pfeif- und Flötenanfälle, was Mike prompt dazu veranlaßte, den Käfig abzudecken. Er konnte es nicht ausstehen, wenn Hooker mit seiner willkürlichen Sammlung melodischer Fragmente anfing, denn meistens dauerte das Stunden. Er zog seine Bootskluft an und ging hinunter zu den Fischkutter-Piers, um Fisch fürs Abendessen zu organisieren. Später am Abend, als er im Wohnzimmer saß und las, rief ihn der Exec an.

»Tut mir leid, Sie zu stören, Sir, aber der CDO hat mich vor wenigen Minuten angerufen«, sagte Farmer.

»Was gibt's?«

»Auf dem Achterdeck ging der Anruf einer Frau ein, die ihren Namen nicht nennen wollte, aber darauf bestand, Ihre private Telefonnummer zu erhalten. Der OOD wollte sie nicht herausgeben und verwies sie an den CDO. Der weigerte sich ebenfalls, aber es gelang ihm, die Telefonnummer der Frau zu bekommen – ein Ferngespräch übrigens –, und rief dann mich an.«

»Eine Ahnung, wer es sein könnte?«

»Nein, Sir. Aber der OOD sagt, ihr Auftreten lasse darauf schließen, daß sie jemand Wichtiges sei. Offensichtlich war sie zum Schluß ein bißchen sauer.«

»Na, das wird ja immer merkwürdiger. Aber vielleicht ist sie hübsch – geben Sie mir mal die Nummer.«

Der Exec gab sie ihm mit dem Hinweis, daß es sich um eine Nummer in Süd-Florida handele. Mike sagte, daß er sie anrufen und die Sache klären werde. Manchmal riefen zornige Ex-Ehefrauen den Captain an, um herauszufinden, warum der Matrose John seinen Unterhaltszahlungen nicht nachkam. Er wählte die Nummer.

»Hallo? Hier ist Mary«, meldete sich eine Stimme am anderen Ende.

»Hier spricht Commander Mike Montgomery«, begann Mike. »Jemand hat angerufen . . .«

»Oh, ja – warten Sie einen Moment.« Er konnte hören, daß die Frau jemanden rief. Sie klang aufgeregt. Dann erklang Dianes Stimme durch die Leitung. Mike hatte die Bemerkung Captain Martinsons völlig vergessen.

»Sie haben ja eine prima funktionierende Abschirmung auf Ihrem Achterdeck, Captain«, sagte sie halb-belustigt, halb-verärgert.

»Tja, die haben ihre Anweisungen. COs erhalten eine Menge seltsamer Anrufe.«

»Wie steht's mit obszönen Anrufen, Captain?« frage Diane mit gezierter Stimme.

»Leider nicht so viele, wie ich gerne hätte, Ma'am. Wo zum Teufel steckst du eigentlich?«

»Vermißt du mich?«

»Na ja, ich werd's überleben. Aber Hooker hat einen von diesen Pfeifanfällen; vielleicht vergeht er ja vor Gram. Ich glaube, ihm fehlt der Anblick von nacktem Fleisch . . .«

Sie lachte – ein herrliches heiseres Lachen.

»Ich hatte die Nummer vom Hausboot vergessen. Ich bin in Orlando bei Mary Jackson. Ich habe sie übrigens eingeweiht. Sie ist den Affären ihres Mannes vor zwei Jahren auf die Spur gekommen, hat sich scheiden lassen und arbeitet jetzt in der Werbeabteilung bei Disney World. Wir haben uns in der Zeit in Washington kennengelernt und sind seit fünf Jahren befreundet. Ich habe J. W. erzählt, daß ich sie besuchen fahre und das Wochenende hier verbringe.«

»Und wie löst das Hookers Problem?«

»Hör zu – ich werde J. W. heute abend von hier anrufen und Mary bitten, auch kurz ›Hallo‹ zu sagen. Ich werde ihm erzählen, daß wir morgen den ganzen Tag in der Stadt verbringen werden, um einzukaufen – damit er ein richtig schönes Wochenende hat . . . In Wahrheit werde ich aber schon morgen zurückkommen. Sollte er sich morgen abend melden – was ich bezweifle –, wird Mary ihn hinhalten und auf dem Boot anrufen. Sie hat ein Konferenzschaltungssystem, dadurch klingt es dann so, als sei ich noch da. Na, was sagst du dazu?«

»Kompliziert. Warum kommst du nicht schon heute zurück?«

»Geht's Hooker so schlecht, mhm?«

»Vielleicht ist er nicht der einzige, aber bei diesem ganzen verdammten Pfeifen . . .«

»Also – ich muß wirklich einige Besorgungen machen. Vielleicht kann ich ja auch ein paar ausgefallene Outfits erstehen, und dann können wir sehen, was Hooker davon hält. Außerdem möchte Mary gern, daß ich bleibe. Sie möchte alles über dich erfahren. Erfüllt dich das denn nicht mit Stolz?«

»Jeder, wie er mag. Mir sind Frauen ein Rätsel«, seufzte er. »Aber ein halbes Wochenende ist besser als gar keins. Ich muß dir eine Menge erzählen.«

»Du meinst, wir kämen wirklich zum Erzählen?« fragte sie neckend. »Mary glaubt uns nicht. Ist sie nicht schrecklich? Also – ich sehe dich dann irgendwann morgen nachmittag. Wirst du bis dahin alle Strandhäschen weggeschickt haben?«

»Alle?« beschwerte er sich. »Das wird meinen Ruf ankratzen, weißt du.«

»Ja, aber es wird meinem unendlich guttun. Bye.«

Mike legte auf. Hooker, der während des Telefonats ruhig geworden war unter seiner Abdeckung, fing wieder an zu pfeifen. Mike brüllte ihn an, den Schnabel zu halten, aber Hooker ignorierte ihn. Mike widmete sich wieder seinem Buch. Sie hatte wie ein Schulmädchen geklungen – neckend, flirtend, völlig in ihrem kleinen Komplott aufgehend. Und glücklich. Er fragte sich nicht zum ersten Mal, worauf er sich da eingelassen hatte. Aber mit jedem Mal wurden seine Bedenken geringer.

Das Unterseeboot drängte sich in seine Gedanken. Er fragte sich wieder, ob das alles wirklich wahr sein konnte. Und wenn, hab' ich dann verdammt noch mal nichts Besseres zu tun, als ein Buch zu lesen und Pläne fürs Wochenende zu schmieden? Bis jetzt war alles hypothetisch gewesen; eine interessante Theorie, die genügend Fragen und Ambiguitäten aufwarf, um sie sehr unwahrscheinlich zu machen. Solange eine Idee unwahrscheinlich ist, kann man mit ihr herumspielen. Aber die Rückkehr der Coral Sea stand bevor. Vielleicht schon nächste Woche. Die Coral Sea lieferte eine ganze Reihe neuer Elemente: das Ziel, das Motiv und die Konsequenzen. Und dann war die Sache auf einmal nicht mehr hypothetisch und unwahrscheinlich. Sie könnte in Sekundenschnelle Wirklichkeit werden, grausame Wirklichkeit, mit zertrümmerten Schiffen und Hunderten von Verletzten, die an einem Freitag nachmittag in die überraschte See geschleudert würden. Er starrte durch das Bullauge über den im Dunkel liegenden Jachthafen. Womit sollte er denn in diesem Moment beschäftigt sein, wenn dort draußen wirklich so ein Bastard herumfuhr?

KAPITEL FÜNFZIG

Jachthafen Mayport,
Samstag, 3. Mai

Mike verbrachte den nächsten Morgen damit, auf dem Boot nach dem Rechten zu sehen. Außerdem waren während der Woche Hausarbeiten liegengeblieben. Hooker hatte den Tag mit einer weiteren Pfeifarie begonnen, aber Mike hatte das Staubsaugerrohr auf ihn gerichtet, und der folgende Mini-Hurrikan durchwirbelte das Federkleid des Papageis so stark, daß er den Rest des Vormittags mit seinen zerzausten Federn beschäftigt war. Das brachte ihn tatsächlich zum Schweigen. Mikes Gedanken drehten sich immer wieder um Dianas bevorstehende Ankunft. Plötzlich fiel ihm ein, daß der Exec doch heute nachmittag herauskommen wollte.

Er unterbrach seine Arbeit, um nachzudenken. Orlando war etwa drei, vier Stunden von Mayport entfernt. Wenn sie am Vormittag einkaufen ging, dann mit ihrer Freundin noch zu Mittag aß und anschließend losfuhr, wäre sie wahrscheinlich gegen vier oder fünf Uhr da. Aber vielleicht auch früher. Er mußte mit Maxie reden.

Er fand den Eigentümer des Jachthafens oben im Büro. Er war gerade dabei, einem Paar städtischer Intellektueller die Freuden eines eigenen Bootes schmackhaft zu machen. Maxie blieb höflich, aber sein Adrenalinspiegel schien ein kleines bißchen erhöht, während die beiden jede Einzelheit über das Leben auf einem Boot in Erfahrung bringen wollten. Mike beobachtete die Szene amüsiert. Einer von den beiden machte Mike hinter dem Rücken seines Freundes schöne Augen. Mike ging deshalb auf die hinten am Pier gelegene Terrasse hinaus, wo er wartete, bis sie fertig waren. Nach einigen Minuten kam Maxie zu ihm.

»Genau das, was uns hier noch fehlt«, brummte er, »noch ein paar ›Mädels‹.«

Mike lachte lauthals. Dann erzählte er Maxie, daß er ein Problem habe.

»Mhm, schieß los«, sagte Maxie und schaute ihn mit wissendem Blick an. »Du hast zwei Frauen fürs Wochenende eingeladen, stimmt's? Und jetzt willst du, daß der alte Maxie dir eine vom Hals schafft.«

Maxie war älter als Mike, aber er hatte noch immer den Ruf, bei der örtlichen Weiblichkeit recht aktiv zu ein.

Mike lachte: »Nicht ganz, aber es hat etwas damit zu tun. Ich erwarte zum Wochenende den Besuch einer Frau, aber mein XO kommt wegen einiger geschäftlicher Angelegenheiten auch raus. Ich muß sicherstellen, daß sie nicht plötzlich an Bord erscheint, wenn mein XO noch da ist.«

»Is' das die große Brünette, die ich schon mal gesehen hab'? Die sieht zu gut aus, um nich' verheiratet zu sein. Also baust du grade ziemlichen Mist, und ich werd' mich hüten, in was verwickelt zu werden, das Ehemänner mit Schrotflinten nach sich zieht, die dann bei mir im Büro auftauchen und nach ihren ungeratenen Weibern suchen – nee, nee!«

Mike erklärte die Geschichte mit dem Ehemann und seiner Freundin und die spezielle Situation des Nav-Dreieck-Verhältnisses. Maxie, der Mike wirklich schätzte, schüttelte verwundert den Kopf.

»Du lebst wohl gern gefährlich, wie? Is' es das? Is' dir langweilig so ganz ohne Krieg, ja?«

Mike schüttelte den Kopf. »Das ist eine ernsthaftere Geschichte, Maxie. Ich glaube, daß sie sich trennen wird, und ich spiele wirklich mit dem Gedanken, sie in dem Fall zu heiraten.«

Maxie stieß einen Pfiff aus. »Mann, das is' dann ja wirklich 'ne ernsthafte Kiste. Aber eins muß ich noch loswerden, dann halt ich meinen Rand: Verheiratete Frauen, die rummachen, sind untreu. Warum glaubst du, wäre sie dir treu – nur weil sie dann mit dir verheiratet ist? Denk drüber nach. Okay, wenn sie auftaucht, sag' ich ihr, sie soll drüben im Hampton's einen trinken. Vielleicht nehm' ich sie in die Hinterzimmer-Bar mit. Die ollen alten Käuze schocken! Ich ruf' dich an, wenn du mich nich' eh schon angerufen hast, und dann kannst du deinen XO nach Hause schicken, wo der an einem Samstag sowieso hingehört. Was hältst du davon?«

»Super, Maxie. Und natürlich hast du recht. Wahrscheinlich fahr' ich gerade über einem Mienenfeld Wasserski.«

»Aber sie is' es wert, stimmt's? Und sie wird ihren Mann wegen dir verlassen, und der Scheck is' in der Post, und ich bin der Kaiser von China . . .«

»Okay, okay!« sagte Mike. »Noch so was, und ich hetzte Hooker auf dich. Er wird dich zu Tode flöten.«

»Ach, dieser alte Federbeutel is' doch normal viel zu besoffen, um zu pfeifen. Bleib cool, Kumpel. Und hüte dich vor Leuten, die an sonnigen Tagen Regenmäntel tragen.«

Nachdem diese Kleinigkeit erledigt war, ging Mike zum Boot zurück und rief den Exec an. Ben versprach, gegen Mittag da zu sein. Mike, der die Qualität der Küche auf dem Schiff an Wochenenden kannte, sprang bei Hampton's vorbei und besorgte eine kalte Platte mit Meeresfrüchten.

Der Exec kam pünktlich um zwölf Uhr an. Er trug eine Aktentasche. Unter einen Arm hatte er Kartenrollen geklemmt. In seiner Khaki-Uniform fiel er unter den Bewohnern des Jachthafens, die normalerweise so wenig wie möglich trugen, etwas aus dem Rahmen. Einige starrten den Navy-Offizier an, als sei er ein Marsmensch. Mike sah ihn über die Schwimmpiers kommen. Er rief Maxie an und erinnerte ihn daran, daß Diane keinesfalls in den Jachthafen kommen dürfe, bevor der Mann in den Khakis diesen nicht wieder verlassen habe. Maxie sagte, daß er alles in seiner Macht Stehende tun werde, solange die Lady einigermaßen kooperativ sei. Gerade darüber machte Mike sich Gedanken.

Der Exec kam an Bord und war offensichtlich erfreut über ein anständiges Mittagessen. Mike ging mit ihm auf die Veranda, wo sie die Unterlagen ausbreiteten. Dann teilten sie sich die kalte Platte, tranken dazu eisgekühltes Bier und unterhielten sich während des Essens über Belanglosigkeiten. Auf der Binnenwasserstraße tummelten sich so viele Boote, daß die Grenze der Belastbarkeit erreicht schien. Durch den strahlenden Sonnenschein drang der Lärm der Maschinen, der Kofferradios und das gelegentliche Tuten von Booten, die versuchten, sich an die Verkehrsregeln der Binnenschiffahrt zu halten. Es war schon ziemlich heiß. Die schweren weißen Kumuluswolken, die sich im Westen zusammenzogen, kündigten bereits ein Unwetter an. Mike versuchte, sich während des Mittagessens zu entspannen, konnte aber nicht umhin, ständig auf das Ticken der Uhr im Hintergrund zu hören. Er fragte sich, was der verrückte alte Max wohl tun würde, wenn Diane tatsächlich auftauchen sollte, bevor der Exec gegangen war. Er räumte ab, öffnete noch zwei Dosen Bier, und dann konnte es losgehen.

»Ich hatte ja einige Bedenken, diese Verschlußsachen mitzubringen, Captain«, bekannte der Exec und legte die beiden Plastikordner auf den Boden. »Die dürfen eigentlich das Schiff nicht verlassen.«

»Operative Notwendigkeit, Ben. Wir passen auf, daß nichts abhanden kommt, okay? Legen Sie sie auf diesen Stuhl, damit sie von den anderen Unterlagen getrennt sind. So, und wie sieht's nun aus?« sagte Mike.

»Ja, Sir«, sagte der Exec und breitete die Übersichtskarte aus. »Zu Beginn wird sich der Träger von Südosten nähern. Ich habe einen angenommenen Kurs von San Juan errechnet mit einem Endpunkt hier auf der Karte. Von hier verläuft eine Loxodrome in gerader Linie zu der Seeboje – dreihundert Grad. Wenn wir von einer angenommenen Ankunftszeit von siebzehn Uhr dreißig an einem Punkt etwa zehn Meilen von der Ansteuerungstonne entfernt – den ich hier Bravo-Punkt genannt habe – ausgehen, müßte die Coral Sea etwa gegen fünfzehn Uhr dreißig genau hier an Punkt Alpha sein. Das gibt ihr Zeit, ihre Geschwindigkeit zu reduzieren, kurz vor neunzehn Uhr in die Fahrrinne einzufahren und gegen neunzehn Uhr im Becken auf Stillwasser zu treffen. Ihr Kurs zur Ansteuerungstonne verläuft so, von Alpha zu Bravo, bei einer angenommenen Geschwindigkeit von fünfzehn Knoten. So, und wie Sie aus der Karte ersehen können, würde die Wassertiefe einem Dieselboot an jedem Punkt zwischen Alpha und Bravo offene Schußmöglichkeiten bieten, deshalb würde ich einen Angriff dort erwarten. Das Wasser ist hier zwischen einhundert und einhundertzwanzig Metern tief. Die Periskoptiefe beträgt zwanzig Meter, also hat ein Boot eine durchschnittliche Wassertiefe von einhundert Metern fürs Manövrieren. Abgesehen von einer großen Untiefe ist der Meeresboden ziemlich flach; es liegen allerdings einige

Wracks auf Grund. Das hier ist das Schlammgebiet des St. Johns; entsprechend ist die Bodenbeschaffenheit, jedenfalls überwiegend. Dieser große Canyon hier hat sich in Jahrtausenden gebildet, in denen sich der St. Johns schon in den Kontinentalen Graben einfrißt. Seine Nebenflüsse tauchen im Angriffsgebiet als wesentlich kleinere Abgründe und Schluchten auf, an deren Rändern sich Schlammschichten türmen, deren Abrutschen man über Sonar die ganze Zeit hören kann. Von Punkt Bravo an landeinwärts wird es deutlich flacher.«

Mike überprüfte die eingezeichneten Kurslinien auf der Karte. Er konnte keine offensichtlichen Fehler feststellen, und die Argumentation des Exec schien folgerichtig.

»Okay. Mir erscheint das alles ziemlich logisch«, sagte er. »Das Gute daran ist, daß diese ganze Angriffszone weit genug landeinwärts vom Golfstrom ist. Dadurch sollten wir eigentlich nicht auf die akustischen Probleme treffen, mit denen wir es bei unseren Suchaktionen zu tun hatten. Allerdings operieren wir in niedrigem Wasser; das bedeutet Widerhall beim aktiven Sonar, und außerdem macht es unsere Torpedos bei der Bodennähe praktisch unbrauchbar. Wissen Sie, ich glaube, eine Menge hängt davon ab, ob die Coral Sea mit oder ohne Eskorte fährt.«

Der Exec holte eine Unterlage hervor. »Hiernach wird sie Richtung Norden von drei Eskorten begleitet. Aber die sind alle in Norfolk beheimatet. Also nehme ich an, daß sie sie noch auf See entlassen und ohne Begleitung, ganz auf sich gestellt, nach Mayport einlaufen wird.«

»Unglaublich, wenn man darüber nachdenkt«, sagte Mike, »aber andererseits – wieso auch nicht? Wir befinden uns schließlich im Frieden, und sie ist weniger als fünfzig Meilen von ihrem Heimathafen entfernt, innerhalb des Hoheitsgebietes der USA. Es liegt keine Bedrohung vor, warum also Begleitfahrzeuge? Vor allem, wenn die noch eine Tagesfahrt bis zu ihrem Heimathafen vor sich haben.«

Draußen auf dem Kanal lieferten sich gerade zwei Motorboote ein Hupkonzert, was die Hausbootbewohner im Jachthafen zu einigem Spott herausforderte. Dem größeren von beiden wurde eine Reihe von Tips zugerufen, aber schließlich gab das kleinere nach – sich dem Gesetz des stärkeren Bruttoregistertonnengewichts beugend. Mike und der Exec sahen dem Treiben einen Moment zu und wandten sich dann wieder ihrem ASW-Problem zu. Der Exec erläuterte noch einmal die Suchtaktik bei geringer Wassertiefe und begrenzten hydrographischen Verhältnissen und ging dann mit Mike die Angriffstaktik für die Unterwasserbomben und für den Notfall – in Anbetracht der Wassertiefe – den Einsatz von Torpedos bei Bodennähe durch. Mike dachte laut über die zeitliche Koordination nach.

Mike überlegte.

»Okay, angenommen wir sind Freitag bei Tagesanbruch im Gebiet des Alpha-Bravo-Kanals, wie beginnen wir die Suche?«

Der Exec legte die Gebietskarte zur Seite und breitete eine von ihm entworfene taktische Karte aus. Er hatte dazu das Pauspapier aus dem CIC benutzt. Er zeigte auf die östliche Begrenzung der taktischen Box.

»Ich gehe davon aus, daß das U-Boot am tieferen Ende der taktischen ›Box‹, also draußen Richtung Alpha, in Wartestellung liegen wird statt weiter in Richtung Küste, wo das Wasser flacher wird. Sehen Sie diesen Bergkamm auf dem Kurs – es ist eigentlich mehr ein Seehügel, dreißig Meter hoch. Sein Fuß erstreckt sich im Durchmesser über eine halbe Meile am Meeresboden – umgeben von einer Reihe von Canyons. Wenn ich der CO eines U-Bootes wäre, würde ich mich an der westlichen, küstenseitigen Stelle des Hügels aufhalten, dicht am Boden, falls der Träger pingende Begleitschiffe vorausschicken würde. Das würde das U-Boot in den von dem Bergkamm erzeugten Sonar-Schatten bringen. Wenn die Begleitschiffe und der Träger dann über das Boot hinweggefahren wären, könnte es herauskommen und sechs Torpedos auf den Träger abfeuern.«

Mike nickte nachdenklich. »Aber wir wissen, daß es keine Eskorte geben wird. Wenn der U-Boot-CO das so vorhätte, müßten wir uns dem Träger frontal nähern, um die Westseite des Hügels mit unserem Sonar zu erleuchten.«

»Ja, Sir, und das wirft ein weiteres Problem auf: Was machen wir, wenn wir einen Kontakt orten? Nach den Vorschriften müßten wir die Identifizierungsroutine durchgehen, um herauszufinden, wer er ist. Und wir können erst definitiv festlegen, daß es sich um einen feindlichen handelt, wenn er etwas getan hat. Und dann – wenn wir dieser taktischen Geometrie weiter folgen – können wir die U-Jagd-Torpedos auch nicht direkt in Richtung des Trägers setzen, weil ihn sonst einer von ihnen treffen könnte. Also, wie zum Teufel können wir diesen Kerl angreifen?«

»Ich glaube, wir müssen einfach davon ausgehen, daß, sollten wir ihn auf dem Kurs des Trägers vorfinden, er sich dort nicht aufhält, um Fotos zu machen. Wir gehen durch die routinemäßige Identifizierungsprozedur und rücken ihm dann mit dem Sonar auf den Pelz, wobei wir unmißverständlich klarmachen, daß wir seinen Arsch im Visier haben.«

»Aber um auf ihn zu schießen, müßten wir den Träger irgendwie dazu bewegen, den Kurs zu ändern.«

»Tja«, sagte Mike, »was sollen wir tun? Ihm über Fleet Tactial-UHF berichten, daß im Hinterhalt ein U-Boot auf ihn lauert? Die würden uns wahrscheinlich melden – wegen unerlaubten Rauchens von Gras auf hoher See!«

Sie lehnten sich beide zurück, um nachzudenken. Mike wußte, daß der Exec recht hatte. Sie müßten sich etwas ausdenken, was den Träger fast reflexartig, ohne Rückfragen, zu einer Kursänderung bewegen würde, falls die Goldsborough auf seinem Kurs einen Kontakt orten sollte.

»Ich hab's«, sagte der Exec und beugte sich nach vorne. »Minen. Wir könnten sagen, daß wir vor ihm auf seinem Kurs eine Treibmine entdeckt haben, und ihn auffordern, den Kurs nach steuerbord oder backbord zu ändern. Die endgültige Entscheidung über die Richtung können wir ja dann – gemäß Plot – treffen. Keiner geht auch nur das geringste Risiko ein, wenn er was von Minen hört!«

Mike nickte. Das könnte tatsächlich funktionieren. Man brauchte nur das Wort Minen auszusprechen, und alle Schiffe bewegten sich mit hoher Geschwindigkeit in die entgegengesetzte Richtung. Es würde auch das Problem lösen, dem CO des Trägers zu erklären, was sie dort draußen machten.

»Und ansonsten«, sagte Mike, »gehen wir nach der vorgeschriebenen Flottentaktik vor: suchen, Kontakt orten, klassifizieren, festhalten und ihm den Arsch abschießen, bevor er das mit uns tun kann.«

Der Exec nickte bedächtig.

Der Wind über dem Kanal war jetzt deutlich aufgefrischt, und das Donnergrollen war in kürzeren Abständen zu hören. Der Himmel im Westen hatte sich tief-violett verfärbt. Der Exec sammelte seine Papiere und Karten ein. Mike half ihm dabei. Sie gingen nach vorne zur Gangway. Bei dem zunehmenden Wind mußte der Exec seine Mütze festhalten. In Erwartung der herannahenden Regenböen waren die Wochenend-Kapitäne um sie herum eifrig dabei, loses Gut und Liegestühle an Deck zu verzurren. Das Rasseln der Wanttaue gegen die Masten war im Wind zu hören. Ein paar Mädchen, die versuchten, loses Zeug von Deck nach unten zu bringen, wirkten in ihren knappen Bikinis etwas deplaziert.

»Sie sehen besser zu, daß Sie nach Hause kommen, Ben«, sagte Mike. »Dann können Sie morgen früh ausgeruht beginnen. Rufen Sie mich am Nachmittag an, damit ich weiß, wie's läuft. Vielleicht sollten wir auch in Erwägung ziehen, im Horchmodus rauszufahren und überhaupt nicht zu pingen, bis der Träger tatsächlich auftaucht. Es fällt mir gerade auf, daß das plötzliche Auftauchen eines Zerstörers seinen Angriffsplan vielleicht wirksamer vereiteln kann, als eine ganze Nacht Herumpingen.«

»Ja, Sir, da könnten Sie recht haben«, rief Farmer durch den Wind zurück. »Wenn er weiß, daß wir da sind, wir aber keinen Kontakt kriegen, kann er sich die ganze Nacht lang verstecken. Wenn wir dagegen mit dem Pingen warten und horchend rausfahren, können wir ihn vielleicht überraschen und ihn dadurch veranlassen, etwas zu tun, das uns eine Klassifizierung ermöglicht und das ganze Gefechts-Problem abkürzt. Ich mach' mich besser auf die Socken«, sagte er angesichts des herannahenden Gewitters.

Er schaute auf den Stapel von Unterlagen und Karten unter seinem Arm. »Ich hoffe, ich hab' alles.«

»Wenn nicht, bring' ich es Montag mit rein. Aber denken Sie noch mal darüber nach«, sagte Mike.

»Ja, Sir«, rief Ben in den Wind, während er den Pier in Richtung Jachthafen-Büro entlanglief.

Mike ging ins Wohnzimmer und rief Maxie an, der nach dem dritten Läuten abhob.

»Ist sie schon da?«

»Nichts gesehen. Ich sehe, dein Typ da geht weg. Wenn sie jetzt kommt, kann sie also direkt durch, ja?«

»Richtig. Ich hoffe, sie schafft's vor dem Gewitter.«

»Ja, ich muß auch noch 'n paar Sachen verstauen.«

»Brauchst du Hilfe?«

»Nee; wenn du mich endlich vom Telefon wegläßt, schaff' ich das schon.«

»Okay, Maxie. Danke.«

Mike legte auf und ging nach oben, um nachzusehen, ob auch seine Verandamöbel sicher befestigt waren. Der Windschutz hielt zwar das meiste ab, aber ein starker Sturm konnte schon einiges durcheinanderwirbeln. Und nach dem sich über dem Wasser zuziehenden dunklen Himmel zu urteilen, stand ihnen ein ebensolcher bevor. Als er die Stühle ineinander stapelte, fand er eins der vertraulichen Dokumente zwischen Stuhl und Couch eingeklemmt. Er schaute schnell zum Parkplatz hinüber, aber Farmer fuhr gerade aus der Parklücke. Mike nahm das Schriftstück mit zu seinem Aktenkoffer und schloß es ein. Er fragte sich, wo Diane blieb.

KAPITEL EINUNDFÜNFZIG

Jachthafen Mayport,
Samstag, 3. Mai

Ben Farmer war schon fast wieder beim Stützpunkt angelangt, als ihm auffiel, daß eines der beiden ASW-Verschlußdokumente nicht unter den auf dem Vordersitz verstreuten Papieren war. Zur Sicherheit bog er beim nächsten Kiosk auf den Parkplatz ein und hielt an, um die Unterlagen schnell einmal durchzublättern. Um ihn herum wirbelte der Wind Staub- und Sandwolken auf. Der Eigentümer, ein älterer, asiatisch aussehender Mann, beeilte sich, die Schilder von der Veranda hereinzuholen. Der Nachmittagshimmel hatte sich ganz zugezogen.

Er war absolut sicher, daß er zwei geheime Verschlußsachen mitgenommen hatte, beide in weißen Plastikheftern. Auf dem Beifahrersitz lag nur eine. Er erinnerte sich, daß er beide auf der Veranda unter den Tisch auf den Boden gelegt hatte. Aber der Captain hatte einen Hefter als Briefbeschwerer benutzt, als er die Papier gestapelt hatte. Er schaute unter dem Sitz und in seinem Aktenkoffer nach – nichts. Er sah durch das Wagenfenster: Über den Baumwipfeln im Westen waren die ersten Anzeichen des sich zusammenbrauenden Gewitters zu erkennen, aber das Zentrum schien sich noch etwa fünf Meilen westlich vom Fluß zu befinden. Er könnte es gerade noch schaffen zurückzufahren.

Er wendete den Wagen, ließ eine viertürige weiße Limousine vorbei und nahm wieder die Autobahn Richtung Mayport. Die Fahrerin kam ihm irgendwie bekannt vor, aber er dachte nicht weiter darüber nach, sondern konzentrierte sich auf den herannahenden Sturm. Er brauchte nur fünf Minuten, bis er wieder am Parkplatz des Jachthafens war. Hier unten am Kai schienen die Regen- und Windböen greifbar nah zu sein. Die Palmwedel standen wie ausgestreckte Arme von ihren Stämmen ab. Der Wind wirbelte den Sand vom Parkplatz hoch. Der Himmel sah verhängnisvoll aus. Das Grollen war bedrohlich.

Der weiße Wagen, hinter dem er hergefahren war, war vor

ihm auf den Parkplatz eingebogen. Während er noch abwägte, ob er es vor dem Regen zur Lucky Bag schaffen könnte, stieg die Frau aus. Der Wind wehte den Sommerrock bis zu ihren Knien hoch. Sie hielt eine kleine Reisetasche und ein Päckchen unter den Arm gepreßt. Er beobachtete sie, als sie schnell zum Büro des Jachthafens lief. Sie hatte wirklich eine Superfigur. Ihr Gesicht konnte er nicht sehen; sie trug eine Sonnenbrille. Als sie jedoch die Eingangstür des Büros erreicht hatte, setzte sie die Brille ab. Jetzt erkannte Ben sie. Mrs. Martinson. Die Frau des Chief of Staff. Was zum Teufel machte die denn hier im Jachthafen?

Windböen kamen auf und erfaßten seinen Wagen. Die ersten dicken, fetten Regentropfen peitschten den Sandstaub auf dem Parkplatz auf. Auf dem Binnenkanal türmte sich ein Waschbord weißer Schaumkronen. Alle Boote waren verschwunden. Der Himmel hatte sich inzwischen so verdunkelt, daß die Bojen auf dem Kanal schon anfingen zu blinken. Ben beschloß, einen Spurt zum Büro hinzulegen und von dort den Captain anzurufen. Der könnte ihm dann auf halbem Weg entgegenkommen. Er konnte die Lucky Bag, die drei Piers vom Jachthafen-Office entfernt lag, ja kaum noch erkennen. Er hatte gerade die Wagentür geöffnet, als er den Captain über den Pier zum Office laufen sah. Zu seinem Erstaunen sah er dann, daß Mrs. Martinson einen ähnlichen Sprint hinlegte, sich beide in der Mitte trafen, sie sich schutzsuchend unter seinen starken Arm flüchtete, daß sie sich dann umdrehten und lachend zur Lucky Bag zurückgingen. In diesem Augenblick fegte eine Regenbö vom Kanal herüber, und der gesamte Jachthafen verschwand hinter einem prasselnden Vorhang.

Ben schloß die Wagentür wieder und lehnte sich zurück. Er war völlig perplex. Der Regen trommelte auf das Wagendach. Nach wenigen Augenblicken beschlugen auch die Fenster, so daß nun draußen so gut wie gar nichts mehr zu erkennen war. Alles dunkel und trübe. Ein Blitzstrahl fuhr in den Kanal zu seiner Rechten; der nachfolgende Donnerschlag ließ ihn zusammenzucken.

Der Exec war seit seiner Zeit als Junior Lieutenant glücklich verheiratet. Er und seine Frau hatten drei Kinder. Sie wohnten in den Wohnquartieren auf dem Stützpunkt, in dem Teil der Siedlung in der Nähe des Strandes, der den COs und XOs vorbehalten war. Natürlich war ihm Diane Martinson aufgefallen. Jedem Erwachsenen, der dort lebte, war Diane Martinson bei der einen oder anderen Gelegenheit aufgefallen. Seine Frau hatte ihn dabei ertappt, als er sie eine Idee länger, als es die guten ehelichen Sitten zuließen, angeschaut hatte, und ihn dafür – allerdings oberhalb der Gürtellinie – gekniffen. Die Tatsache, daß Diane an einem Samstagnachmittag – offensichtlich mit allem Notwendigen für eine Übernachtung ausgerüstet – im Jachthafen eintraf, ließ der Fantasie keinen großen Spielraum. Beweis genug für eine Situation, von der er liebend gerne nichts gewußt hätte. Die Regentropfen prasselten immer stärker auf das Dach herunter.

Als Exec hielt sich Ben auf dem laufenden, welcher Offizier gerade Eheprobleme, wer ein ständig krankes Kind hatte und wer unter den Junggesellen auf dem Schiff gerade Gefahr lief, ›ins Netz zu gehen‹. Jedoch hatte er es bisher immer sorgfältig vermieden, auch nur das geringste über das Privatleben des Captain zu erfahren. Der Captain war in dem Punkt sehr diskret, was Ben nur recht war. Und jetzt das. Sein CO traf sich mit der Frau des Chief of Staff, und die Art und Weise, wie er sie vor dem Regen geschützt hatte, ließ vermuten, daß ihre Beziehung schon recht fortgeschritten war.

Er beschloß, so schnell wie möglich wegzufahren – solange es noch regnete. Der Captain konnte die Verschlußsache mitbringen. Das fehlte noch, daß der Captain davon erführe, daß er es wußte! Der größte Teil der Regenböen war inzwischen vorbeigezogen; auf der anderen Seite des Parkplatzes war sogar schon wieder etwas zu erkennen. Gerade wenn man anfängt zu glauben, man habe alles gesehen, was eine XO-Tour so mit sich bringen kann, kriegt man voll eine vor den Bug. Er ließ den Motor an, stellte die Scheibenwischer auf die höchste Stufe und steuerte den Wagen vorsichtig durch den Regenguß über den Parkplatz hinaus auf die Straße – zurück zum Stützpunkt. Er fragte sich, wie lange er das wohl vor Carol geheimhalten könnte.

KAPITEL ZWEIUNDFÜNFZIG

Die AL AKRAB, Ansteuerrevier, St. Johns River,
Sonntag, 4. Mai, 1 Uhr

Der Kommandant wischte sich den Regen aus dem Gesicht und versuchte, die Linsen seines Fernglases zu säubern. Eingezwängt in das Cockpit des Turms, duckte er sich hinter einer provisorischen Plexiglas-Windschutzscheibe, die den Regen aber nur notdürftig abhielt. In der Dunkelheit sahen die beiden vor und hinter ihm an der Periskopeinfassung positionierten Ausguckposten wie formlose Säcke mit Regenbekleidung aus. Ein warmer Wind strich über den Kommandoturm, während das U-Boot unerschütterlich die schwere See durchfurchte. Die Luft war erfüllt von den Gerüchen der vor ihnen liegenden Küste. Er hatte sich entschlossen, die Skorpion teilweise unter Wasser heranfahren zu lassen, so daß die typische Form des Bugs und der Back vor dem Turm nur zu erkennen war, wenn schwere Wellen über den abgerundeten, schwarzen Bootskörper hereinbrachen. In den flauen Perioden zwischen den Regenwänden riß der Himmel auf und enthüllte eine heftige Gewitterfront, die sich in südlicher Richtung seewärts bewegte. Vor dem Hintergrund der tiefliegenden Wolken über dem Backbordbug waren die Lichter von Mayport und dem Marinestützpunkt wie ein orangefarbenes Leuchten zu erkennen.

Der Kommandant war für den Schutz, den ihnen das schlechte Wetter bot, dankbar. Ihm war klar, daß sein Stellvertreter als Navigationsoffizier anderer Ansicht war. Er konnte hören, wie sich das Periskop im Rohr drehte, als der Stellvertreter von der Gefechtszentrale aus versuchte, die Peilungen der Navigationshilfen an der Küste zu nehmen. Der Kommandant blickte noch einmal durch sein russisches Fernglas. Der Leuchtturm von Mayport war deutlich zu erkennen. Alle zwanzig Sekunden blitzte oben auf dem künstlich angelegten Hügel ein heller weißer Lichtstrahl auf. Aber die beiden Leitfeuer hatte er noch nicht entdecken können. Ohne Radar und ohne das Leitfeuer beruhten ihre Positionsangaben im Grunde genommen auf Vermutungen. Sie wußten, daß sie sich irgendwo auf einer Peillinie des Leuchtturms befanden, aber die entscheidende Determinante, der Abstand zur Flußeinfahrt, fehlte. Für eine Kreuzpeilung benötigten sie mindestens ein weiteres Licht. Er fühlte, wie sich seine Magengrube zusammenzog. Das U-Boot bewegte sich weiterhin unbeirrt mit einer Geschwindigkeit von vier Knoten auf die dunkle Küste zu.

»Navigationsoffizier, hier Kommandant«, brüllte er in die BÜ-Anlage.

»Kommandant«, erklang es zurück. Wegen des Lärms einer neuen Regenbö und des Rüttelns des Windschutzes aus Plexiglas war die Stimme kaum zu vernehmen.

»Könnt ihr die Leitfeuer sehen?«

»Nein, Kommandant, noch nicht. Wir suchen mit allen zur Verfügung stehenden Mitteln, aber das Unwetter ist zu stark.«

»Wann war unser letztes gutes Besteck?«

»Mhm, etwa vor einer Stunde. Zur Zeit verfügen wir nur über eine geschätzte Position. Wir benutzen einen Koppelkurs: Peilungen vom Leuchtturm und das Echolot. Der Abstand zur Einfahrt in den Fluß beträgt danach geschätzte zehntausend Meter, und wir haben zwanzig Meter Wasser unter dem Kiel. Wir brauchen . . .«

»Ja, ja. Ich weiß, was wir brauchen. Ein anderes Licht!« sagte der Kommandant. Er hielt wieder das Fernglas vor die Augen und suchte weiter die Küste ab – oder zumindest den Teil des Horizontes, in dem er die Küste vermutete. Er wußte, daß das Navigationsteam sein Bestes gab. Der Wind kam von rechts vorne, aber die lokalen Strömungen entlang der Küste Floridas setzten in nördliche Richtung. Bei einem Unterseeboot, dessen Zellen zum Teil geflutet waren, müßte die Wirkung der Strömung stärker sein als der Wind; die nächstgelegenen Untiefen lagen südlich der Fahrrinne, weg von der Driftrichtung. Er warf einen Blick auf seine Uhr. Wenn sie nicht während der nächsten zwanzig Minuten zu einem neuen Besteck kämen, würde er das Ganze abbrechen müssen. Sie benötigten dringend eine präzise Position, um den genauen Kurs zur Ansteuertonne zu berechnen. Von dort aus konnten sie sich ihren Weg in die Flußeinfahrt mit Hilfe der Tonnen bahnen. Er suchte noch einmal die

Küste ab: beginnend mit dem Leuchtturm, dann nach rechts, in dem dunklen Bereich rechts von den Lichtern des Stützpunktes, wo der Fluß sein mußte, dann weiter landeinwärts von der Flußmündung aus. Einer der Ausgucksposten gab einen leisen Laut von sich.

»Draufbleiben«, befahl der Kommandant. Er reckte den Hals, um festzustellen, in welche Richtung der Mann guckte. Der Mann hielt sein Fernglas auf eine Position ziemlich weit rechts von dem Bereich, den der Kommandant abgesucht hatte, gerichtet. Er setzte sich das Fernglas vor die Augen, schwenkte nach rechts – und sah tief unten auf der Wasseroberfläche ein rot blinkendes Licht. Eine Tonne. Sie würden an steuerbord sehr nahe daran vorbeifahren. Sehr nahe.

»Ruder hart backbord«, schrie er in die BÜ-Anlage. »Navigationsoffizier, wir passieren eine Boje steuerbords!« Er beobachtete, wie der Ruderlagenanzeiger, ein grüner verschwommener Fleck auf der tropfnassen Instrumentenanzeigetafel, nach links ausschlug. Einige Schrecksekunden lang stampfte das Boot weiter, bevor es auf die Ruderänderung reagierte. Er schaute besorgt auf, als das Boot in nur etwas zehn Metern Entfernung steuerbords an der Boje, die in der windgepeitschten See hin und her geworfen wurde, vorbeizog. Sogar das metallische Gerassel der Bojenglocke war zu hören.

»Komm auf«, befahl er, um nun – nachdem das Boot eine Drehung eingeleitet hatte – Heck und Schrauben wieder von der Boje freizuhalten. »Recht so! Zweihundertsiebzig.« Er rief den Ausguckposten zu, sie sollten versuchen, die Tonnennummer zu erkennen.

»Zwei«, rief der Ausguckposten an Steuerbord zurück, als der Bug des U-Bootes sich langsam zurück nach Westen drehte.

»Markieren, Tonnennummer zwei querab an Steuerbord«, rief der Kommandant in die BÜ-Anlage. Jede Faser seines Körpers war angespannt; jeden Moment glaubte er, das Rumpeln und Dröhnen einer Schraube zu hören, die sich in der Ankerkette der Boje verfangen hatte – aber sie gelangten sicher vorbei. Der Wind pfiff wie anerkennend um den Kommandoturm. Der Regen hörte plötzlich mit einer letzten über sie hinwegfegenden Windbö auf, und wenige Augenblicke später hörte auch das Periskop auf, hin und her zu schlagen.

»Kontakt zum Leitfeuer«, meldete der Stellvertreter von unten. »Klar für Kurskorrektur.«

Der Kommandant streckte sich und atmete tief durch, als die Al Akrab, der Skorpion, aus den Regenwänden und Windböen hinausfuhr. Jetzt – nachdem es sich wieder aufgeklärt hatte – waren vor ihnen plötzlich viele Lichter zu sehen. Aber sie waren näher an der Küste, als er gedacht hatte. Er suchte den Horizont wieder aufmerksam nach dem Leitfeuer ab, wobei er sein Fernglas nach dem Periskop ausrichtete – und fand es nahezu auf Anhieb. Als er im Begriff war, eine Kurskorrektur durchzugeben, meldete sich der Stellvertreter über BÜ:

»Empfehle Backbord zweihundertsiebzig, um wieder auf Kurs zu kommen«, sagte er. »Wir befinden uns in siebentausendzweihundert Meter Entfernung vom Wendepunkt und haben eine gute Position.«

»Ausgezeichnet. Nach Backbord auf zweihundertsiebenundsechzig gehen«, erwiderte der Kommandant. Er drehte sich zu den beiden Ausguckposten um. »Wir haben das Leitfeuer gefunden. Haltet jetzt nach kleineren Booten, die flußabwärts fahren, Ausschau. Achtet auf Positionslaternen.«

Die Ausguckposten bestätigten den Befehl, und der Kommandant nahm seinerseits die Überwachung der Flußeinfahrt wieder auf. Jetzt, nachdem der Regen aufgehört hatte, konnte er die roten und grünen Bojenlichter, die die Fahrrinne im Fluß deutlich markierten, sogar gegen den hellen Hintergrund der Lichter von der Küste erkennen.

»Wassertiefe unter Kiel?« fragte er in die BÜ-Anlage.

»Fünfzehn Meter unter Kiel; entspricht den eingetragenen Angaben auf der Karte«, erklang es aus der Box. Hinter ihnen wurden das Donnergrollen und das Blitzen schwächer. Das Zentrum des Sturmtiefs hatte sich seewärts verlagert. Als Folge war der Wind aufgefrischt und stand jetzt – während sie in Richtung Küste fuhren – auf der Steuerbordseite, wechselte aber wieder zur normalen Küstenbrise, als sie die Ausläufer des Unwetters hinter sich gelassen hatten. Das U-Boot lief völlig geräuschlos – angetrieben von den batteriegespeisten Elektromotoren.

»Positionslichter einschalten, abgedunkelt«, befahl der Kommandant. Falls es Radarüberwachung geben sollte, würden einzig vom Turm deutliche Echos zurückgeworfen werden, da der restliche Teil des U-Bootes unter Wasser war. Die trüben Positionslaternen – rot und grün an den Seiten und schwach-weiß vorne am Turm – würden für jeden Beobachter den Eindruck eines Fischerbootes erwecken. Bisher hatte die elektronische Überwachungskonsole keine Radarsignale im Ansteuerrevier nach Mayport gemeldet. Er beobachtete die Umgebung noch einige Minuten, während das Unterseeboot sich seinen Weg durch die kabbelige See bahnte.

»Ausgehend von einem guten Besteck um vierundzwanzig Uhr beträgt die Entfernung zum Wendepunkt viertausendzweihundert Meter. Empfehle zurück auf Steuerbord zweihunderteinundsiebzig«, erklang es aus der BÜ-Anlage.

»Einverstanden. Steuerbord zweihunderteinundsiebzig«, erwiderte der Kommandant. Eine weitere Tonne tauchte in der Dunkelheit auf, diesmal an Backbord. Ihr grünes Licht blinkte tröstlich in der schnell aufklarenden Nacht. Nach den Regen- und Windböen schien die Küste wie geschrubbt dazuliegen: Die Lichter an Land waren von einer unnatürlichen Helligkeit. Der Kommandant fühlte sich plötzlich wie ausgeliefert. Er konnte die roten Flugzeug-Warnlampen oben an den Masten der Schiffe, die sich im Hafenbecken von Mayport zusammendrängten, mit bloßem Auge erkennen. Er konnte sogar die riesige Silhouette des Flugzeugträgers, der am Pier entlang dem Fluß vertäut war, sehen. Es war geradezu unglaublich: Da waren sie nun nur wenige Meilen vom größten südlichen Marinestützpunkt der amerikanischen Navy entfernt und konnten unbehelligt über Wasser operieren. Der Kommandant fühlte eine Welle von Stolz in sich hochsteigen.

»Schaut sie euch nur an«, sann er laut vor sich hin. »Dutzende von Zerstörern – alle in tiefem Schlaf, während wir den Skorpion direkt auf ihre Türschwelle legen.«

Zu seiner Überraschung gaben die beiden Ausguckposten ihre Zustimmung zu erkennen. Jetzt, wo der Wind ihnen nicht länger ins Gesicht blies, war jedes Wort des Kommandanten oben auf der Spitze des Turms zu hören. Die Al Akrab schob sich unbeirrbar weiter vor, selbst als das bernsteinfarbene Licht der Straßenbeleuchtung auf dem Stützpunkt sie über den St. Johns River hinweg zu erfassen begann.

»Eintausendfünfhundert Meter bis zum Wendepunkt«, erklang es aus der Box. Dem Kommandanten entging nicht der besorgte Unterton seines Stellvertreters. Er konnte sich vorstellen, wie es unten auf der Karte aussah, während sich das U-Boot über eine Reihe von kleinen, mit einem Bleistift-›X‹ markierten Punkten in den äußeren Kanal vorschob. Vor seinem geistigen Auge konnte er die Offiziere in dem roten Licht unten dichtgedrängt um den Kartentisch stehen sehen – mit ängstlicher Aufmerksamkeit der Darstellung des Stützpunktes auf der Karte folgend. Hinein in die Höhle des Löwen! Er überprüfte das Leitfeuer noch einmal durch sein Fernglas und stellte fest, daß sie wieder auf Kurs waren. Bei eintausend Metern würde er nach Steuerbord drehen, um genügend Platz für die Drehung in der Flußeinfahrt zu haben.

Etwa eineinhalb Meilen backbord lag die Kreuzung zwischen der Hauptfahrrinne des St. Johns und der ausgebaggerten Fahrrinne, die in das Hafenbecken von Mayport führte. Sie ging schräg nach links ab, daher die Gabelung mit dem Fluß. Die Kreuzung, die den Zielort für die Minen darstellte. Die Coral Sea mußte genau zum richtigen Zeitpunkt links in diese Fahrrinne abbiegen, um der Sandbank, die unmittelbar nach der Gabelung stromaufwärts lag, auszuweichen. Er würde die drei Minen flußabwärts genau vor diese Abzweigung legen. Sie würden den Schiffsbauch aufreißen, und der Träger würde hilflos krängend quer über die Fahrrinne treiben, um sich am gegenüberliegenden Ufer auf Grund zu setzen. Damit wäre die gesamte Flußausfahrt blockiert. Perfekt!

»Neunhundertfünfzig Meter bis zum Wendepunkt. Empfehle Steuerbord zweihundertachtzig, um für die Drehung auszugleichen.«

»Einverstanden«, erwiderte der Kommandant. »Der Navigationsoffizier soll die Kontrolle in der Zentrale übernehmen und das Boot für die Drehung auf Position bringen. Volle Kraft Standardfahrt für die Drehung.«

Der Stellvertreter bestätigte. Das alle dreißig Sekunden präzise aktualisierte Navigationsplot, mit den Tonnen, den Leitfeuern und dem Leuchtturm, vermittelte ihnen unten auf ihrer Karte eine viel genauere Vorstellung von der Umgebung als dem Kommandanten oben auf dem von Dunkelheit umhüllten Turm. Sie konnten mit Hilfe des Sehrohrs Peilungen präzise vornehmen, ihre exakte Position auf der Karte bestimmen, das Boot nach Steuerbord in die Flußmündung manövrieren, eine scharfe Drehung durchführen, anhalten, falls erforderlich zurücksetzen, das Abwerfen der Minen simulieren, und wieder hinausfahren. Das U-Boot begann seine Drehung nach Steuerbord.

Der Kommandant schaute auf seine japanische Armbanduhr aus Plastik. Durch die Lichter von der Küste war es fast hell genug, um die Uhrzeit abzulesen, ohne den Lichtknopf zu betätigen. Ein Uhr fünfundfünfzig. Eine ausgezeichnete Zeit für die Operation dieser Nacht. Er wünschte, er könnte die Minen heute nacht legen, aber sie hatten immer noch nicht die genaue Ankunftszeit von ihrem Nachrichtendienst erhalten. Er studierte den Lageplan der Flußeinfahrt, die Lichter, die Position der Buhne. Ihm war die Länge des Kielwassers aufgefallen, das jede Boje hinter sich her zog – ein weit auseinandergezogenes, flußaufwärtsweisendes V. Das ließ auf eine starke Flußströmung schließen, die sie bei der Verminung besonders berücksichtigen mußten. Es wäre absolut unzureichend, sie aus den Hecktorpedorohren zu werfen, wenn sie sich nur zwanzig Meter gegen die Strömung entfernten.

»Überwasserkontakt. Relative Peilung dreihundertfünfzig«, meldete der Backbord-Ausguckposten. »Ich sehe Positionslaternen und eine rot-über-weiß-Kombination am Mast; Kontakt bewegt sich flußabwärts.«

Der Kommandant fluchte und informierte den Stellvertreter.

»Mit der Drehung jetzt beginnen«, befahl er. »Wir bekommen Gesellschaft.«

Fast augenblicklich stabilisierte sich das U-Boot und begann seine Drehung nach Backbord, obgleich es dem Kommandanten unglaublich langsam vorkam. Es schien, als führte die Al Akrab mit ihrer schweren Ladung und bei der starken Gegenströmung in Niedrigwasser die Drehung nur widerwillig aus.

Der Kommandant hatte gerade nach dem Mikrophon der BÜ-Anlage gegriffen. Plötzlich vernahm er das Dröhnen einer Schraubenwelle, als der Navigationsoffizier die Geschwindigkeit der sich entgegengesetzt drehenden Schrauben erhöhte, um das Wendemanöver zu Ende zu bringen. Wieder suchte er die Umgebung mit seinem Fernglas ab. Schließlich entdeckte er flußaufwärts vom Stützpunkt die schwachen rot-grünen Lichter nur wenig über der Oberfläche des dunklen Flusses, der sich vor ihnen erstreckte. Das Boot kam schnell näher. Die Strömung flußabwärts erhöhte seine Geschwindigkeit. Die Lichter oben deuteten auf ein Fischerboot hin. Jemand hatte abgewartet, bis sich die Regen- und Windböen verzogen hatten.

Endlich begann sich das U-Boot merklich zu drehen, als die Strömung den Steuerbord-Bug erfaßte und das Boot herumschob. Nach weiteren eineinhalb Minuten zeigte das Boot in Richtung See.

»Geschwindigkeit auf zwölf Knoten erhöhen, Positionslaternen löschen«, befahl der Kommandant. »Wir werden das Minenlegen bei hoher Geschwindigkeit simulieren.«

Ihm war sehr daran gelegen, den Abstand zu dem Fischkutter, der sich ihnen von hinten näherte, zu vergrößern. Der Kutter schien noch etwa zwei Meilen entfernt zu sein. Der Abstand müßte eigentlich für eine Tarnung ausreichen, obwohl der amerikanische Skipper vielleicht neugierig geworden war, weil der Kontakt, der ihnen flußaufwärts entgegengekommen war, so plötzlich umgedreht hatte. Der Kommandant der ›Skorpion‹ hatte entschieden, nicht zur Abschußposition zurückzusetzen. Nachdem er die Strömung gesehen hatte, war ihm klar, worauf er das nächste Mal achten mußte.

Die ›Skorpion‹ begann nun mit der Ausfahrt aus der Fahrrinne, wobei der durch die Ballasttanks schwere Bootskörper eine große Bugwelle aufwarf, die die Vorschiffdecks vorübergehend sichtbar werden ließ. Der Kommandant hatte auch beobachtet, daß das Unterseeboot anfing, wellenförmig aufzusteigen. Die Tiefenrudergänger versuchten der Wirkung der von See hereinkommenden Dünungskämme auf den durch die gefüllten Ballasttanks beschwerten Bootskörper entgegenzuarbeiten.

»Ballasttanks ausblasen, Überwassermarschzustand herstellen«, befahl er über BÜ.

»Ein unbeabsichtigtes Tauchmanöver bei nur zwanzig Metern Wassertiefe war das letzte, was er jetzt brauchen konnte. Er ging hinüber zu der Cockpit-Seite des Kommandoturms und ließ sein Fernglas über den Fluß hinter sich schweifen. Es war sehr schwierig, die Lichter des Fischkutters vor dem erhellten Hintergrund des Stützpunktes auszumachen.

»ESM meldet Handelsschiff-Radar, in Betrieb, Peilung zweihunderteinundsiebzig«, ertönte es aus der Box.

»In Ordnung«, erwiderte der Kommandant.

Der Fischkutter hatte sein Radar eingeschaltet, als er sich der seewärts führenden Fahrrinne näherte. Er würde den Kontakt der ›Skorpion‹ empfangen, aber keine Lichter sehen. Kommandant Al Khali merkte, wie das Boot nach dem Ausblasen der Tanks spürbar leichter wurde. Das Unterseeboot stabilisierte sich auf der Wasseroberfläche mit dem dröhnenden Zischen entweichender Preßluft und Myriaden weißer Schaumbläschen an den Seiten des Bootes, die auf der Wasseroberfläche tanzten.

»Geschwindigkeit auf fünfzehn Knoten erhöhen«, befahl Al Khali.

Er wußte, daß der Fischkutter bestenfalls gute acht Knoten erreichen konnte – vielleicht ein bißchen mehr wegen der Schubkraft der Strömung. Fünfzehn Knoten würden ihnen einen beträchtlichen Abstand sichern. Er schaute zurück auf die trüben Positionslaternen hinter ihnen und hätte in diesem Augenblick viel für ein Radar gegeben. So war es unmöglich, die Entfernung der Lichter zu bestimmen. Sie hätten statt der verräterischen russischen eine handelsübliche Radaranlage einbauen sollen.

Die Al Akrab warf jetzt eine breite Kielwasserspur auf; ein weit geöffnetes V weißer Schaumkronen längs der Seiten produzierte achteraus eine breite Hecksee, die von seinem Aussichtspunkt deutlich zu sehen war. Er fragte sich, ob der Kutter hinter ihnen die auch sehen konnte oder ob das Kielwasser des U-Bootes im schützenden Schatten lag.

»Abstand zur Küste beträgt jetzt dreitausendfünfhundert Meter; nimmt zu«, meldete die Box. »Kommandant: Sollen wir die Diesel anwerfen? Wir könnten dann fast zwanzig Knoten machen?«

»Negativ«, erwiderte der Kommandant. »Auf Elektroantrieb bleiben. Sobald wir die letzte Fahrrinnentonne passiert haben, möchte ich in südlicher Richtung von der Fahrrinnenachse abdrehen. Dann lassen wir den Fischkutter vorbei, werfen die Diesel an und können die Batterien aufladen, während wir uns von der Küste entfernen. Alle Lampen löschen.«

Der Stellvertreter bestätigte die Anweisung. Sie wußten beide, daß eine Geschwindigkeit von fünfzehn Knoten kostbare Ampère alarmierend schnell aufzehrte. Aber der Kommandant wollte vermeiden, daß der Fischer zu dem Radarkontakt, den er empfangen haben mußte, auch noch einen Dieselabgasstreifen entdecken konnte, was ihm bestätigt hätte, daß sich da draußen vor ihm etwas befand. Er würde die Geschwindigkeit reduzieren und entlang der südlichen Küste in die Dunkelheit verschwinden. Dann würde er die Maschine des Kutters benutzen, um die eigenen Dieselgeräusche zu tarnen. Er schaute wieder auf die Uhr.

»Zeitpunkt, um die Fahrrinne zu verlassen?« fragte er in die BÜ-Anlage.

»Die verbleibende Zeit auf dieser Teilstrecke beträgt neun Minuten, Kommandant.«

In der Dunkelheit nickte der Kommandant. Weit entfernt, am Horizont vor ihnen, rumorte und zuckte der Gewittersturm. Er blickte sich nach dem Fischkutter um, dessen Lichter in dem sich durch die hohe Geschwindigkeit des U-Bootes schnell vergrößernden Abstand immer schwächer wurden. Für einen Augenblick war ihm das ganze Minenmanöver entfallen, und er dachte nur daran, daß dieser Probelauf sich wirklich gelohnt hatte. Sie hatten bei ihren Planungen den Faktor Witterungsverhältnisse nicht genügend berücksichtigt. Die Regenböen hatten zwar eine ausgezeichnete Tarnung geboten, aber auch fast dazu geführt, daß sie die Übung abgebrochen hätten. Sie würden für die Anfahrt mehr Zeit einplanen müssen, und sie würden weitere Orientierungspunkte identifizieren müssen, um das Navigationsproblem in den Griff zu bekommen.

»Sechs Minuten bis zum Wendepunkt«, erklang es aus der Box.

Der Kommandant schaute sich noch einmal um. Die Lichter des Fischkutters waren vor dem Hintergrund der Lichter an der Küste nicht länger zu sehen.

»Ausgezeichnet«, sagte er. »Rechtzeitig wenden und klarmachen zum Starten der Diesel. Wir werden entlang der Küste im Dieselbetrieb fahren und aufladen, während wir uns von der Küste entfernen.«

Leb wohl, Marinestützpunkt Mayport – aber nicht für lange, dachte er. Wir werden bald zurückkommen und deinen Fluß in ein Leichenschauhaus verwandeln.

KAPITEL DREIUNDFÜNFZIG

Jachthafen Mayport,
Sonntag, 4. Mai, 2 Uhr 30

Mitten in der Nacht wachte Mike plötzlich auf. Er hatte das Gefühl, als sei ein Eindringling an Bord. Das Rollen des Donners war über dem dunklen Fluß zu hören, und durch das Bullauge der Kabine war das Zucken von Blitzen zu erkennen. Unaufhörlich prasselte der Regen aus einer neuen Schlechtwetterfront oben aufs Deck. Er konnte das ständige Klatschen kleinerer Wellen gegen den Spiegel des Bootes hören.

Diane lag schlafend in seinem Arm – ihre Beine mit seinen verschlungen. Sie atmete tief und fest. Sein Arm war eingeschlafen, aber er wagte nicht, sich zu rühren, sondern betrachtete sie statt dessen im Schlaf. Nach ihrer ersten hektischen Vereinigung auf der Couch, bei der sie sich voller Leidenschaft aufeinander gestürzt hatten, hatte er sie ins Schlafzimmer getragen. Dort hatten sie wieder miteinander geschlafen, aber diesmal hatten sie sich mehr Zeit gelassen. Ihre gemurmelten Wortfetzen, die ihre Bedürfnisse so deutlich offenbarten, als er sie ein zweites Mal zum Höhepunkt brachte, hatten ihn sehr berührt. Danach war sie völlig verausgabt auf ihm liegen geblieben. Er hatte seine Arme um sie geschlungen und ihr Haar mit Küssen bedeckt, bis sie beide eingeschlafen waren. Jetzt bewegte sie sich.

»Oh«, sagte sie, als sie die Augen aufschlug und bemerkte, daß er sie anschaute.

»Oh – stimmt genau«, sagte er. Sie küßten sich, und seine sexuelle Erregung war gleich wieder sichtbar.

»Oje«, stöhnte sie, »denk dran, daß ich morgen noch in der Lage sein muß, auf meinen zwei Beinen vom Schiff zu gehen.«

Der Gedanke daran, daß sie ihn wieder verlassen mußte und die Wirklichkeit wieder Einzug halten würde, ernüchterte ihn augenblicklich. Sie rollte sich zur Bettkante herum.

»Ist das Badezimmer noch da drin?«

»Sicher.«

Sie ächzte und stöhnte, als sie aus dem Bett stieg und sich vorsichtig in Richtung Bad bewegte.

»Soll ich Licht machen?«

»Nein, ich strahle doch genug!« Er lächelte in der Dunkelheit, als sie die Tür hinter sich schloß.

Er stand auf, überlegte kurz, ob er seinen Bademantel anziehen sollte, entschied sich dagegen und schaute durch die Bullaugen über die Flußkreuzung. Wie bei einer Blitzlichtaufnahme gaben die gelegentlich zuckenden Blitze den Blick frei auf die kabbelige See und die Masten der Fischerboote, die in den Regen- und Windböen hin und her schwankten. Dennoch waren dies nur die Ausläufer des Sturmtiefs. Die dunklen Wolkenmassen trieben schnell von der Küste weg. Diane kam aus dem Badezimmer.

»Frei«, sagte sie und ließ sich aufs Bett fallen.

Er ging ebenfalls ins Bad, um auf die Toilette zu gehen, und kam anschließend wieder ins Schlafzimmer zurück. Sie lag auf dem Bauch, quer über dem Bett, den Kopf seitlich auf den verschränkten Armen, ihr Gesäß weiß und rund im flackernden Licht des Sturms. Er ging zum Bett hinüber und setzte sich vorsichtig rittlings auf ihre Oberschenkel, wobei das Hauptgewicht auf seinen Knien und Händen ruhte. Er bedeckte ihren Nacken mit Küssen und preßte sich zwischen ihre Schenkel, insistierend, suchend.

»Du hast es versprochen«, murmelte sie.

»Nein, hab' ich nicht.«

»Von jetzt an wirst du mich raustragen müssen, Captain«, seufzte sie, als ihr Körper sich dem Rhythmus seiner Bewegungen anpaßte.

»Das ist das mindeste, was ich tun kann«, sagte er, bevor er mit einem einzigen, geschmeidigen Stoß in sie eindrang. Sie stöhnte, als sie ihn in sich spürte. Er blieb eine lange Minute so liegen und genoß die wunderbare Wärme ihres Körpers. Dann zog er sich wieder aus ihr zurück und zog sie, während er sie an den Hüften festhielt, auf die Knie. Er drang wieder in sie ein, tief diesmal, langsam zunächst, allmählich aber seinen Rhythmus steigernd – er wollte das köstliche Gefühl solange wie möglich auskosten. Als er sich schließlich nicht länger kontrollieren konnte, kam er so machtvoll und intensiv, daß es ihm fast weh tat. Er ließ sie nicht los, nachdem er gekommen war. Die Arme hielt er um ihre Taille gelegt. Sein Gesicht preßte er auf ihren Rücken. Er konnte sein pochendes Herz hören und merkte, daß er ganz atemlos war. Nach einigen Minuten streckte sie sich wieder auf dem Bauch aus, rutschte etwas von ihm weg und drehte sich um. Sie streckte die Arme nach ihm aus und bettete seinen Kopf zwischen ihre Brüste, bis sein ganzer Körper ruhiger wurde.

»Ich kann nicht genug von dir bekommen«, sagte er nach einer Weile. Seine Stimme kam gedämpft unter ihren Armen hervor.

Sie streichelte sein Gesicht. »Falls du es noch nicht bemerkt haben solltest, ich habe das gleiche Problem.«

Er schaute zu ihr auf und versuchte, ihr Gesicht zu erkennen, aber es lag im Schatten.

»Seit der Geschichte im O-Kasino weiß ich, daß ich verdammt schlecht drauf war«, fuhr sie fort.

»Im Offizierskasino?«

»Ja. Als wir an der Türschwelle zusammengestoßen sind. Deine Hand hat kurz meinen Bauch berührt. Noch während der ganzen folgenden Woche hatte ich das Gefühl, als sei ich gebrandmarkt. Nur eine zufällige Berührung. Mir war bis dahin nicht klar, wie sehr ich die körperliche Liebe eines Mannes brauche, so wie du sie mir jetzt gibst.«

»Ich fürchte, das ist keine Einbahnstraße.«

Sie kicherte: »Also stehst du in meiner Schuld.«

»Und ich pflege immer meine Schulden zu bezahlen, Madam.«

»Tun Sie das, mein Lieber, aber bitte nicht mehr heute nacht.«

Er schaute zu ihrem im Halbdunkel liegenden Gesicht auf.

»Hast du den gehört von dem Knaben, der eine Sex-Umfrage durchführt? Er klingelt eines Morgens bei einer Lady, erklärt ihr, daß er eine Befragung zu sexuellen Praktiken durchführt, und fragt sie, ob sie bereit sei, ihm ein paar Fragen zu statistischen Zwecken zu beantworten? Sie sagt ja, sie gehen eine ganze lange Liste durch und zum Schluß fragt er sie, ob sie nach dem Beischlaf rauche. Sie denkt einen Moment darüber nach, und schließlich sagt sie, ich weiß es nicht. Ich habe noch nie nachgesehen . . .«

Sie johlte vor Vergnügen, ließ sich zurück aufs Bett fallen und sie lachten beide, bis sie Tränen in den Augen hatten. Er kroch neben sie und schaute ihr in die Augen. Mit den Fingerspitzen zeichnete er sanft ihre Gesichtszüge nach.

»Du bist wirklich wunderschön«, sagte er. »Ich glaube, wir haben beide ein bißchen die Kontrolle über die Sache verloren, aber je länger es dauert, desto weniger kümmert es mich.«

Sie blickte ihn an; ihre Augen spiegelten das Erstaunen über ihre eigenen Gefühle wider. Eine Vielzahl von Worten schoß ihr durch den Kopf, aber eines klang abgedroschener als das nächste. Ich hab' so etwas noch nie gemacht, wollte sie sagen. Aber es hätte so banal geklungen. Er sah, wie sie nach Worten rang, und legte einen Finger auf ihre Lippen.

»Ich weiß. Ich bin mein Leben lang Junggeselle gewesen. Und was ich dir über mein Problem mit verheirateten Frauen gesagt habe, war kein Scherz. Aber bei dir – tja, dich mußte ich einfach haben. Du hast mich hin- und mitgerissen, und ich glaube noch nicht einmal, daß das deine Absicht war. Es ist völlig verrückt, ich weiß, aber bei Gott, es ist wundervoll. Sag jetzt nichts. So bist du frei, zu tun und zu lassen, was immer du willst.«

Ihre Augen füllten sich mit Tränen. Sie zog seinen Kopf zu sich hinunter, bis sich ihre Lippen fanden. Sie hielten sich in den Armen, jeder seinen eigenen Gedanken nachhängend. Aber sie waren nicht länger allein mit ihren Bedürfnissen. Auf einmal begann sein Magen zu knurren. Sie mußte lachen.

»Okay, okay, Leute, mal wieder ›Schappi-Zeit im Städtchen‹.« Er stand auf und zog seinen Morgenmantel an.

Sie schwang ihre Beine aus dem zerwühlten Bett und blieb etwas unsicher einen Augenblick auf der Bettkante sitzen. Er half ihr lachend in einen Morgenmantel. Sie lehnte sich stützend an ihn, ihre Arme haltsuchend um seinen Hals geschlungen.

»Gummibeine – wie ich befürchtet habe«, flüsterte sie zärtlich.

»Alles im Dienste einer guten Sache, Madam.«

Er führte sie ins Wohnzimmer und half ihr, sich vorsichtig auf der Couch niederzulassen. Er knipste noch ein paar Lampen an. Hooker brummte, weil er geweckt worden war. Mike ging zur Bar und nahm eine Flasche Riesling aus dem Kühlschrank. Er entkorkte sie, füllte zwei Gläser und brachte sie zur Couch hinüber. Dann ging er in die Kombüse, um das Abendessen zuzubereiten.

»Ich wollte dir noch erzählen, daß ich vor deiner Ankunft ›Sicherheitsvorkehrungen‹ treffen mußte«, rief er aus der Küche.

»Sicherheitsvorkehrungen?«

»Ja. Ich hatte vergessen, daß mein Exec, Ben Farmer, heute nachmittag rauskommen wollte. Ich mußte Maxie Barr – ihm gehört der Jachthafen – bitten, dich gegebenenfalls abzufangen, falls Ben noch da wäre.«

Flüchtig schoß Diane das Bild eines ihr auf den Parkplatz folgenden Wagens durch den Kopf, aber sie hatte nicht mehr darauf geachtet, als sie zum Jachthafen-Büro gesprintet war. Sie erinnerte sich an den älteren Typ im Büro, aber der hatte keinerlei Anstalten gemacht, sie davon abzuhalten, Mike zu sehen, als sie ihn bat, die Lucky Bag anzurufen.

»Ich nehme an, er war schon weg, als ich eintraf«, sagte sie.

»Ja. Er ging ungefähr fünfzehn Minuten bevor du vom Büro aus anriefst. Ich weiß gar nicht, ob die Telefone noch funktioniert hätten, wenn du fünf Minuten später gekommen wärst.«

»Du mußt ja ein ganz schön gemeiner Kerl sein, wenn du deinen armen XO an einem Samstag arbeiten läßt.«

Er kam mit der Flasche Wein aus der Küche und setzte sich hin. Der Duft von Garnelen erfüllte das Wohnzimmer.

»Ich denke, dir kann ich den Grund sagen«, erwiderte er, während er sich hinsetzte. »Der Commodore und ich bereiten eine kleine Operation vor, von der niemand im Verband etwas weiß, und wir säßen auch bis zum Hals in der Scheiße, wenn sie es herausbekämen.«

Interessiert beugte sie sich vor. Zum wiederholten Male durchfuhr es Mike, daß er es eben mit der Frau eines Captain zu tun hatte. Ihm schien, als gebe es zwei Sorten von Navy-Ehefrauen: Diejenigen, die verdammt viel von der professionellen

Seite verstanden, und diejenigen, die keinen blassen Schimmer davon hatten. Offensichtlich gehörte Diane zur ersten Gruppe.

»Es geht um diese verdammte U-Boot-Sache«, begann er.

»Das überrascht mich«, sagte sie. »J. W. hat mir erzählt, daß der Admiral die ganze Sache niedergeschlagen habe. Er sagte, daß ihr alle glaubt, es handele sich um ein libysches U-Boot, das der Coral Sea im Hinterhalt auflauere?«

»Stimmt. Ich weiß, das klingt weit hergeholt, aber eigentlich bin ich durch dich auf diese Idee gekommen – durch deine Bemerkung, daß nicht nur die Russen, sondern auch andere Länder über Diesel-U-Boote verfügen.«

»Und du und der Commodore habt mit dem Admiral gesprochen? J. W. war übrigens ein bißchen sauer, daß der Admiral allein hingegangen ist. Aber er erzählte, daß der Admiral, sobald er die Geschichte gehört hatte, entschieden habe, daß die ganze Sache außer Kontrolle geraten sei, daß es sich um ein Hirngespinst handele und diese U-Boot-Angelegenheit jetzt offiziell begraben sei. Willst du mir sagen, daß sie das nicht ist?«

»Offiziell ist sie begraben, ja. Inoffiziell ...«

Mike nahm einen großen Schluck Wein, bevor er fortfuhr.

»Im Grunde hat der Admiral uns alle für verrückt erklärt und uns befohlen, die Sache fallen zu lassen. Am nächsten Tag lädt mich der Commodore zum Lunch ins Kasino ein und teilt mir mit, daß er sie nicht fallen lassen will. Er glaubt, ebenso wie ich – wenn auch widerstrebend –, daß sich vielleicht tatsächlich eine libysches U-Boot, das der Coral Sea auflauere, in den OP-Gebieten von Jax aufhalten könnte. Das entscheidende Wörtchen hierbei ist ›könnte‹. Wir glauben, zumindest soviel Material zu haben, daß es angeraten scheint, meinen nächsten Maschinentestlauf auf See zeitlich so abzustimmen, daß er mit der Ankunft der Coral Sea am nächsten Donnerstag oder Freitag zusammenfällt.«

»Du lieber Gott«, sagte sie, »und der Verband weiß davon nichts? Und was ist, wenn ihr recht habt?«

»Na, dann werden wir es mit einer kleinen ›Schießerei auf der Coral‹ zu tun bekommen, Ma'am, und können nur schwer hoffen, daß die Goldsborough gewinnt.«

Sie überlegte einen Moment. »Und wenn es nicht stimmt?«

»Halb so wild – dann ist die Goldy ausgelaufen, um Maschinentestläufe auf See durchzuführen, hat die Coral Sea vorbeifahren sehen, ihr ehrerbietig Grüße entboten, ihre Probeläufe durchgeführt und ist wieder eingelaufen, um noch etwas mehr vor sich hinzurosten – und keiner wird etwas bemerkt haben. Zum jetzigen Zeitpunkt wissen nur drei Leute, daß wir überhaupt an so etwas zu denken wagen – vier genaugenommen: du, ich, der Commodore und mein Erster.«

Sie schüttelte den Kopf und zog den Morgenmantel enger um den Körper, als ob es sie plötzlich fröstele.

»Ich hab' damit meine Probleme«, sagte sie. »Du erzählst mir, daß du in vielleicht nur fünf oder sechs Tagen auslaufen willst, ohne irgendeine Unterstützung von all den anderen Schiffen und Flieger-Staffeln in Mayport, auf der Suche nach einem feindlichen U-Boot, und wenn ihr eins findet, werdet ihr versuchen, es zu versenken, wobei anzunehmen ist, daß es ebenfalls versuchen wird, euch zu versenken und die Coral Sea zu torpedieren? Wie kannst du dann hier noch ruhig sitzen?«

»Unsinn, Pilgrim, das ist doch nicht der Rede wert«, erwiderte Mike in einer passablen John-Wayne-Imitation.

»Mike, um Gottes willen, jetzt sei mal ernst. Du mußt mit jemandem darüber reden.«

»Das haben wir, wie du dich vielleicht erinnerst?«, sagte er mit einem unbeabsichtigten Anflug von Schärfe in der Stimme. »Sie haben uns ausgelacht. Was noch schlimmer war, wir haben sie mit unseren absurden Vermutungen in eine peinliche Lage gebracht. Selbst wenn jetzt – vor der Rückkehr der Coral Sea – noch etwas passieren würde, das unseren Verdacht erhärtete, würden sie wahrscheinlich nichts unternehmen, weil sie es so lange unter der Decke gehalten haben. Denn dadurch würde es für sie ja noch unangenehmer.«

Diane stand auf und ging langsam im Raum umher. Plötzlich erschien sie Mike wie eine Frau, die es dringend nach einer Zigarette verlangte. Mike fühlte eine plötzliche Leidenschaft in sich aufflammen. Diane fing seinen Blick auf.

»Ach, laß das«, sagte sie mit Bestimmtheit. »Es muß doch einen Ausweg geben. Nach dem, was ich über U-Jagd weiß, geht die Gleichung ›ein Schiff gegen ein U-Boot‹ doch überhaupt nicht auf, sondern es bedarf einer ganzen Menge von Schiffen, Flugzeugen, Sensoren, der Unterstützung des Nachrichtendienstes und selbst dann noch einer ganzen Portion Glück, um ein U-Boot aufzuspüren, das nicht gefunden werden will.«

Mike nickte und lehnte sich auf der Couch zurück. »Das ist alles richtig«, sagte er, »nur liegt dieser Fall etwas anders, und zwar aus folgendem Grund: Wenn wir davon ausgehen, daß das U-Boot vor der Küste in Lauerstellung liegt, können wir ungefähr abschätzen, wo seine Position sein muß, wenn es den Träger angreifen will, und auch in etwa, wann es dort sein muß. Alles, was das U-Boot über die Rückkehr der Coral Sea wissen wird, ist, daß sie von See aus nach Mayport einlaufen wird. Vielleicht ist der genaue Zeitpunkt bekannt, vielleicht auch nicht, obwohl – wenn sie Spione hier haben, wird es kaum geheimzuhalten sein, wann ein Träger einläuft. Aber das ist dann auch alles, was es weiß. Demnach muß es sich im Ansteuerrevier nach Mayport aufhalten, um dem Ziel aufzulauern. Und genau das hat der Kerl unserer Ansicht nach schon die ganze Zeit gemacht.

Zweitens – an dem entscheidenden Tag ist er gezwungen, aus seinem Versteck herauszukommen und sich zu nähern, um den Angriff durchzuführen. Das bedeutet, das Boot muß sich bewegen und sehr wahrscheinlich auch sein Sehrohr zeigen. Die See ist dort nicht tief, und die Goldy hat nun mal ein ziemlich gutes Sonar für solche Wasserverhältnisse. Wir werden wahrscheinlich im Horchmodus rausfahren und erst draußen anfangen zu pingen, dann aber – sobald unser ›Vogelträger‹ zu sehen ist – kein Geheimnis mehr draus machen, daß wir da sind. Wir hoffen, damit seine Angriffspläne soweit wie möglich zu durchkreuzen.«

»Sicher«, sagte sie, »bis das U-Boot die Goldsbourough torpediert.«

»Oder umgekehrt. Wie auch immer – der Träger würde gewarnt sein und hoffentlich davonkommen. Die Coral Sea kann einem Diesel jederzeit davonfahren; einem Atom-Boot nicht, aber einem diesel-elektrischen, das auf Batterie fährt?

Ein Kinderspiel. Es kommt nur darauf an, sie rechtzeitig zu warnen.«

»Ich kenne Jack Farrington, den CO der Coral Sea«, sann sie vor sich hin und schaute durch das Bullauge auf die letzten Tropfen aus einer Regenbö. Die Lichter vom Jachthafen warfen scheckige Muster auf ihr Gesicht. Sie drehte sich zu Mike um.

»Er ist Marineflieger. Seine Sorge würde dem Schiff und seiner Besatzung gelten, um sie vor einem terroristischen Anschlag zu schützen, und es würde ihn nicht im geringsten kümmern, ob dadurch vielleicht die Fassade einen Kratzer bekommen und er dumm dastehen könnte. Warum schickst du ihm nicht eine persönliche Botschaft?«

Mike schüttelte den Kopf.

»Der Commodore hat mich angewiesen, niemandem davon zu erzählen. Er ist der Ansicht, daß unsere einzige Chance, die Goldy überhaupt in die Nähe des Trägers zu bekommen, in strikter Geheimhaltung besteht. Wenn auch nur das geringste darüber verlautet, würde der Verband alles tun, um das Auslaufen der Goldy zu verhindern, und dann liefe die Coral Sea ohne jede Eskorte ein. Das Äußerste, was ich vor Ort machen könnte – vorausgesetzt wir erhalten positive Anzeichen für die Anwesenheit eines U-Boots –, wäre, eine Treibminen-Warnung an den Träger abzusetzen. Farrington würde sich zwar fragen, was zum Teufel los wäre, aber er würde trotzdem als allererstes zusehen, sein Schiff so schnell wie möglich aus der Gefahrenzone zu bringen. Das würde uns Zeit geben, mit dem U-Boot fertig zu werden. Dann blieben nur dieser Kerl und wir, um es auszufechten.«

Diane warf ihm einen langen Blick zu.

»Na, großartig; eine wirklich tröstliche Vorstellung: Oldy Goldy, Mann gegen Mann – und ein U-Boot, das noch alle Torpedos hat und dessen primäres Angriffsziel gerade mit Volldampf am Horizont entschwindet.«

Mike grinste schwach: »Tja, mhm – aber darum geht's doch, oder?«

Sie kam zur Couch zurück und setzte sich wieder neben ihn.

»Mike, diese Geschichte macht mir angst. Mayport ist ein typischer Friedens-Stützpunkt. Alle hier sind viel mehr an

Navy-Politik und Beförderungen als an Kampfeinsätzen auf See interessiert. Seien wir doch mal ehrlich: Die Wahrscheinlichkeit solcher Kampfeinsätze ist ja auch äußerst gering. Hier werden die Schlachten im ›Tratsch- und Klatsch-Verkehr‹ geschlagen und dadurch, daß man zum richtigen Zeitpunkt von den richtigen Leuten gesehen wird und Inspektionen erfolgreich besteht. Sicher, bei Übersee-Einsätzen kommt man der Realität etwas näher, aber selbst das ist hauptsächlich, weil es sich in den Tauglichkeitsberichten der Captains gut macht. Du redest von Maschinentestläufen eines fünfundzwanzig Jahre alten Zerstörers, mit einer zusammengeflickten Dampfanlage, mit dem du den Kampf gegen ein U-Boot aufnehmen willst, das – wieviel – fünf- oder sechstausend Meilen weit hergefahren ist, mit dem einen brennenden, alles beherrschenden Ziel, einen Flugzeugträger zu zerstören, und das einzige, was ihm dabei im Weg steht, bist du? Bist du darauf wirklich vorbereitet? Ist deine Besatzung, sind deine Offiziere darauf vorbereitet? Ich weiß, ich bin nur eine einfache Navy-Ehefrau, aber hier reden wir über das wirkliche Leben – nicht über einen Film! Und wenn ein Zerstörer torpediert wird, sterben eine ganze Menge Leute – nicht umsonst nennt man sie ja auch Blechkähne oder Zinnsärge, vielleicht erinnerst du dich ja noch?«

Mikes Gesicht wurde ernst.

»Und wenn ein Unterseeboot torpediert oder mit Unterwasserbomben beschossen wird, sterben alle! Und um deine Fragen zu beantworten, ja, ich habe über all das nachgedacht. Du mußt dir immer vor Augen halten, daß es sehr gut möglich sein kann, daß wir uns getäuscht haben und gar nichts da ist. Oder es ist etwas da, was aber gar nichts mit der Coral Sea zu tun hat. Es könnte sich immer noch alles als ein großer Blödsinn herausstellen.«

Diane kuschelte sich enger an ihn. Sie schwiegen eine Weile betreten. Ganz unvermittelt beschloß sie, nicht untätig herumzusitzen und darauf zu warten, daß die Goldsborough in die Luft gejagt würde. Aber sie würde sehr vorsichtig vorgehen müssen.

»Wann ist das Essen fertig?« fragte sie mit einem unterdrückten Gähnen.

»Na, das scheint dich ja brennend interessiert zu haben. Ich seh' mal nach.«

Zwanzig Minuten später kam er mit einem Tablett frischer Garnelen, in Kräuterbutter gewendet, aufgebackenem französischen Stangenbrot und einem Spinatsalat mit Orangen und Mandeln zurück. Sie aßen beide mit großem Appetit und genossen ihr Zusammensein. Vorübergehend wurden die Gedanken an das Unterseeboot zurückgedrängt.

Nach dem Abendessen blieben sie – aneinander gekuschelt – noch länger auf der Couch sitzen und unterhielten sich. Diane erzählte von ihren Jahren als Ehefrau eines Navy-Angehörigen. Sie gab zu, eigentlich die ganze Zeit mit einem schlechten Gewissen gerechnet zu haben, statt dessen fühlte sie sich besser und erfüllter als seit Jahren. Keiner von beiden sprach das Wort Liebe aus. Sie zogen es vor, daß sich das, was zwischen ihnen beiden bestand, für eine Weile ohne Worte weiterentwickelte. Eine letzte Regenfront zog durch, und sie lauschten schweigend, gedankenverloren, den Regentropfen, die auf das Deck prasselten. Aber ganz hinten in ihren Gedanken tauchte immer wieder das U-Boot auf – wie ein schwaches, aber anhaltendes Geräusch mitten in der Nacht.

KAPITEL VIERUNDFÜNFZIG

Die AL AKRAB, Operationsgebiet von Jacksonville, Mittwoch, 7. Mai, 22 Uhr 45

Der Kommandant saß kerzengerade auf seinem Stahlstuhl am Kopfende des Tisches in der Messe. Die Offiziere beobachteten ihn aufmerksam, als er das Fernschreiben vom Marinehauptquartier noch einmal durchlas. Wie immer stand der Musaid hinter ihm, die Augen starr auf die gegenüberliegende Seite der Messe gerichtet. Kommandant Al Khali räusperte sich.

»Freitag abend ist bestätigt«, verkündete er. »Übermorgen.«

»Dann führen wir den Angriff bei Tageslicht durch?« fragte der schiffstechnische Offizier. Seine Anspannung war deutlich zu spüren.

»Wohl eher in der Dämmerung«, erwiderte der Kommandant. »Der Bericht vom Nachrichtendienst besagt, daß der Träger gegen neunzehn Uhr im Becken sein muß; dann ist die Wassertiefe ausreichend. Also werden wir den Torpedo-Angriff irgendwann zwischen sechzehn und neunzehn Uhr – wahrscheinlich gegen siebzehn Uhr dreißig – durchführen. Aber da ist noch etwas.«

Die Offiziere beugten sich gespannt nach vorne.

»Unser Kontaktmann berichtet, daß die drei Schiffe, die den Träger begleiten, in Norfolk, im Staate Virginia, stationiert sind – nördlich von Mayport. Unser Agent in Norfolk hat die Namen bestätigt.«

Er schaute sie an. Ein kaltes Lächeln lag auf seinen Zügen.

»Das bedeutet, daß die Coral Sea allein sein wird.«

»Ein einfaches Ziel also«, bemerkte der Waffeneinsatzoffizier. »Wir kennen die wahrscheinlichste Anfahrtsroute von See her, wir kennen das Gebiet, durch das sie fahren muß, um zur Ansteuerungstonne zu gelangen, und wir kennen jetzt den Zeitpunkt ihrer Ankunft im Becken. Wir können sie auf See erwischen«, sagte er mit erregtem Lächeln.

Der Waffeneinsatzoffizier hatte wenig Vertrauen zu den Minen und wünschte sich deshalb einen erfolgreichen Torpedoangriff. Der Kommandant schätzte die Blutrünstigkeit des Waffeneinsatzoffiziers. Sie waren alle wie aufgedreht bei dem Gedanken, daß der Angriff nun unmittelbar bevorstand. Aber es gab immer noch Risiken. Warnend hob Al Khali die Hand.

»Was wir nicht wissen«, begann er, »ist, ob von Mayport aus Begleitschutz auslaufen wird. Und wir wissen auch nicht, ob vom Träger selbst Hubschrauber als Geleitschutz aufsteigen werden. Letzteres könnte für uns schwierig werden, weil das Wasser im Angriffsgebiet sehr seicht ist. Aber die Analyse hier im Bericht besagt, daß alle Flugzeuge des Trägers nach einem Monat Aufenthalt in der Karibik an diesem Morgen zu ihren Stützpunkten, die verstreut um Jacksonville liegen, zurückkehren werden und daß das Hauptaugenmerk darauf liegen wird, sicher einzulaufen und der Mannschaft Landurlaub zu geben.«

Ein raubtierhaftes Lächeln lag auf seinen Zügen.

»Wie es aussieht, kann unser Plan besser funktionieren, als wir uns das jemals erträumt haben.«

»Wann sollen wir die Minen legen«, fragte der Waffeneinsatzoffizier, »morgen nacht?«

Der Kommandant nickte.

»Ja, morgen nacht. Nach der Erfahrung im Probelauf werden wir eine zusätzliche Stunde für die Anfahrt einkalkulieren. Der Zeitpunkt für das Minenlegen ändert sich nicht, es bleibt bei zwei Uhr. Das Wetter können wir nicht beeinflussen. Der Navigationsoffizier hat zwei weitere Lichter ausfindig gemacht, die für eine grobe Kreuzpeilung genutzt werden könnten, falls wir das Flußleitfeuer nicht sehen können. Wir sind bei der Testfahrt nicht dazu gekommen, das Abwerfen der Minen zu üben, aber das ist eine relativ einfache Geschichte, wenn die Al Akrab erst einmal auf der richtigen Position ist. Die Torpedorohr-Mündungsklappen öffnen, aus drei Rohren feuern, die Mündungsklappen wieder schließen – und auf die offene See zurückfahren. Stellvertreter: den Anlaufplan bitte.«

Der Stellvertreter rollte die Karte für den Anlauf auf dem Tisch aus. Die anderen Offiziere kamen dazu und stellten sich um ihn herum, um die Karte sehen zu können.

»Kommandant, gegenwärtig sind wir etwa fünfzig Meilen vom Stützpunkt entfernt«, begann er und wies mit dem Finger auf ihre aktuelle Position. Heute abend werden wir mit dem Tauchfahrt-Teil beginnen und bis zu diesem Punkt hier fahren. Dort befindet sich ein flacher Graben. Wir werden uns morgen den ganzen Tag dort aufhalten und gegen abend – immer noch auf Tauchfahrt – bis zu diesem Punkt hier, der etwa zwanzig Meilen von der Flußeinfahrt entfernt ist, vordringen. Unser Plan sieht vor, um Mitternacht aufzutauchen, etwa eineinhalb Stunden der Dunkelheit zu nutzen, um die Batterien aufzuladen und dabei weiter heranzufahren, die Tanks zu fluten und für den letzten Teil des Anlaufs auf Batteriebetrieb umzustellen. Wir haben feststellen können, daß der Stützpunkt und die Flußeinfahrt nicht unter Radarüberwachung stehen. Sobald die Minen gelegt sind, werden wir uns – wieder auf Batteriebetrieb – zurückziehen, danach auf Dieselbetrieb umstellen und bis circa vier Uhr dreißig über Wasser fahren, dabei die Batterien wieder aufladen und etwa in diesem Gebiet hier wieder auf Tauchfahrt gehen. Dann werden wir mit der langsamen Überfahrt zum Angriffskorridor beginnen, der sich unserer Schätzung nach von hier bis hier erstreckt.«

Er zeigte auf einen langgezogenen, trapezförmigen Kasten auf der Karte, dessen breites Ende sich etwa fünfzig Meilen vor dem Stützpunkt befand und sich dann zur Einfahrt in die Fahrrinne des Flusses hin verengte.

»Warum diese Form, Stellvertreter?« fragte der Waffeneinsatzoffizier.

»Weil sich die Coral Sea diesem Kasten aus unterschiedlichen Richtungen nähern kann, so daß wir hier – deshalb das breite Ende – nicht sicher sein können. Dagegen sind wir ganz sicher, wo sie nach Passieren des Kastens sein wird, daher verengt er sich hier.«

Der Kommandant zeigte mit dem Finger auf eine Stelle etwa am Ende des zweiten Drittels der Strecke.

»Hier wäre es ideal. Die Wassertiefe reicht für eine Tauchfahrt aus und bietet – wenn auch geringen – Manövrierraum. Da ist auch dieser von Nord nach Süd verlaufende Kamm, hinter dem wir uns verstecken könnten; er ist auch eine gute Tarnung gegen küstenwärts gerichtetes Sonar. Hinzu kommt, daß sich der Kasten bereits hier verengt, was die Wahrscheinlichkeit, daß die Coral Sea hier lang fährt, erhöht und eine Verfolgungsjagd eher ausschließt. Das ist wichtig! Schließlich können wir über Wasser keine Verfolgungsjagd aufnehmen, und für Tauchfahrtmanöver läßt die geringe Wassertiefe nur begrenzten Spielraum. Von entscheidender Bedeutung bei diesem Plan ist, daß sie in unmittelbarer Nähe an uns vorbeifährt.«

»Kommandant, wollt Ihr von vorne feuern?« fragte der LI.

»Nein. Wir werden von Backbord achteraus feuern, wenn sie uns passiert. Denkt daran, daß dies hier heißdampfbetriebene Torpedos sind, die eine Kielwasserspur verursachen.«

Bei der Planung der Mission in Tripolis hatte man auf den Typ der Torpedos besonderen Wert gelegt. Die Russen verfügten über die besten elektrischbetriebenen Torpedos der Welt, aber ihre älteren, dampfbetriebenen hatten die größten Gefechtsköpfe, die sich mit einer Geschwindigkeit von mehr als fünfzig Meilen pro Stunde fortbewegten. Deshalb hatten sie beschlossen, zugunsten der tödlichen zweitausend Pfund schweren Gefechtsköpfe die Gefahr der Entdeckung – durch das Kielwasser dieses Torpedotyps aus dem Zweiten Weltkrieg – in Kauf zu nehmen. Der Stellvertreter trat von der Karte zurück.

»Gibt es hierzu Fragen?«

Die Offiziere studierten weiterhin die Karte. Der Plan war leicht nachvollziehbar; er ließ kaum Fragen offen.

»Dieser Plan ist zwar einfach, aber dennoch gibt es einiges, das ihn durchkreuzen kann«, sagte der Kommandant, sich zurücklehnend. »Das Wetter, der Zeitpunkt für die Rückkehr des Trägers, die Geleitschiffe, ein Schaden an der Anlage hier im Boot, Störungen durch Handelsschiffe – sowohl im Fluß morgen nacht als auch in den OP-Gebieten am darauffolgenden Nachmittag. Wir können diese Faktoren nicht alle einkalkulieren. Wir müssen daher einfach besonders wachsam gewappnet sein.«

Er blickte die um den Tisch versammelten Abschnittsleiter an, um sich zu vergewissern, daß sie ihm genau zuhörten.

»Ich möchte, daß jeder von euch in den nächsten vierundzwanzig Stunden seinen Abschnitt durchgeht. Macht das Boot klar zum Gefecht. Trefft Vorkehrungen für Unterwasserschäden vor dem Angriff und – bei allem – für geräuschlose Operationen. Bereitet die Männer auf den Kampf vor. Geht mit ihnen noch einmal die Schiffssicherungs-, die Schotten-dicht-Verfahren und die Erste-Hilfe-Übungen durch. Wir haben einen so weiten Weg nicht zurückgelegt, um hier für die Dschamahirija zu sterben. Wir sind hierhergekommen, um von den Amerikanern Gerechtigkeit zu fordern, einen vernichtenden Schlag gegen die amerikanische Navy auszuführen und als Helden in unser Heimatland zurückzukehren. Der Ausgang des Gefechts wird so sein, wie es Allah gefällt, aber wenn die Amerikaner weiter so wenig Wachsamkeit an den Tag legen, kann es sein, daß wir das alles erreichen. Das war's.«

Die Offiziere blieben einen Moment wartend stehen, um zu sehen, ob der Kommandant die Messe verlassen wollte. Da das nicht der Fall war, drängte sich einer nach dem anderen an ihm vorbei hinaus. Sie unterhielten sich aufgeregt, während sie sich auf die einzelnen Abschnitte verteilten, um letzte Vorbereitungen zu treffen. Der Kommandant legte den Kopf auf seine auf dem Tisch verschränkten Arme. Die Stille in der Messe wurde nur von den Geräuschen der Ventilatoren und Entlüftungen unterbrochen, während sich das Boot weiterhin auf etwa hundert Meter unter der Wasseroberfläche hielt.

»Nun, Musaid, jetzt haben wir es fast erreicht«, sagte er und hob seinen Kopf. Er rieb sich die Augen. »Wie lange ist es jetzt – sechs Wochen?«

»Ja, fast, Effendi«, erwiderte der Musaid, der wie immer hinter dem Stuhl des Kommandanten stehengeblieben war.

»Ich glaube, unsere Chancen, diesen unerhörten Plan tatsächlich durchzuführen, stehen gut«, sagte der Kommandant. »Die Amerikaner sind sehr nachlässig. Wir müssen unsere Aufmerksamkeit jetzt verstärkt auf das Zufällige richten, das Unerwartete, das zischende Etwas, das plötzlich aus einer Sanddüne hervorkommt und sich in deinen Fuß verbeißt, während deine Augen auf den Horizont gerichtet sind. Bisher war das Glück uns hold – ich habe Angst, daß es uns am Tage der Schlacht verläßt. Geh heute nacht und morgen durchs Boot. Stärke das

Selbstvertrauen der Männer und mahne sie zu Aufmerksamkeit. Es gibt noch immer einige unter ihnen, die glauben, dies sei ein Himmelfahrtskommando. Versuche ihnen zu vermitteln, daß ich nicht so denke und daß ich alles daran setzen werden, uns alle sicher nach Hause zu bringen.

»Wie du befiehlst, Effendi.«

KAPITEL FÜNFUNDFÜNFZIG

USS GOLDSBOROUGH, Marinestützpunkt Mayport, Donnerstag, 8. Mai, 15 Uhr 30

Mike stand schwitzend im Kontrollstand des vorderen Kesselraums und lauschte dem Greinen der Hauptspeisewasserpumpen, dem Summen des Gebläses und dem Dröhnen des darunterliegenden 1B-Heizkessels, der eintausendzweihundert Pfund Dampf erzeugte. Über die Lautsprecheranlage ertönten zwischen der Hauptkontrolle im vorderen Maschinenraum und den anderen Abschnitten in Abständen die Befehle des wachhabenden Engineering Officers, der von allen, die die Anlage benutzen, unweigerlich mit ›EE-OW‹ abgekürzt wurde. Der Luftstrom aus den sechzehn Zoll starken Luftschächten erhöhte zwar den Geräuschpegel, hielt die Raumtemperatur aber auf erträglichen dreißig Grad Celsius. Der Kesselraum stank zu gleichen Teilen nach Dampf, Isolationsmaterial, Dieselöl und Ozon.

»Sie ließ sich ohne Probleme hochfahren«, rief der BT-Chief über den Maschinenlärm hinweg. »Nicht ein Hauch von Dampf. Das erste Mal seit langem, daß es hier unten trocken ist.«

Der Chief Engineer, der hinter ihm stand, trug zur Abwechslung einmal ein breites Grinsen zur Schau.

»Das sieht gut aus, Chief«, schrie Mike zurück.

Bis jetzt hatte die Hauptantriebsanlage wie am Schnürchen funktioniert, fast so, als wisse das alte Mädchen, daß es einen Job zu erledigen hatte. Heute früh hatte er bereits mit dem Commodore konferiert. Sie hatten verschiedene Taktiken besprochen und waren verschiedene ›Was-wenn-Möglichkeiten‹ durchgegangen. Der Commodore hatte erläutert, welche Vorkehrungen er getroffen hatte, um jemanden im Hafen auf Wache zu haben. Mike hatte versprochen, den Commodore nachmittags anzurufen, um ihm einen Lagebericht zu geben. Er schaute auf seine Uhr.

»Muß meinen Boß anrufen, Engineer. Laßt die Maschinen

auf Hochtouren laufen, aber wenn was knallt, will ich sofort davon in Kenntnis gesetzt werden – versucht nicht, allein damit fertig zu werden.«

»Wir sind unter Zeitdruck, Capt'n, stimmt's?« rief der Chief mit wissendem Lächeln.

Mike schaute ihn einen Moment an: »Ja, das sind wir, Chief.«

Er kletterte die kurze Leiter vom tiefer gelegenen Teil hoch. Hier betrug die Temperatur fast vierzig Grad Celsius. Der für die Wasserkontrolle zuständige Mann sah ihn von den Deckgrätings aus und winkte. Die Snipes der Goldy waren ein ziemlich informeller Haufen, wenn sie ihre Kessel am Laufen hatten. Ein Heizraum war auch kaum der richtige Ort zum Salutieren. Mike winkte zurück und kletterte dann die sechs Meter lange Stahlleiter zum Hauptluk hoch, manövrierte seinen massigen Körper vorsichtig hindurch und stieg über den weniger steilen Aufgang zum Deck 01 in seine Kabine hoch. Er ging in das winzige Badezimmer und wusch sich den Schweiß aus dem Gesicht. Nach dem Heizraum wirkte die Klima-Anlage in seinem Zimmer wie eine kühle Winterbrise. Er wählte die Nummer des Commodore. Der Chief Staff Officer war am anderen Ende und bat ihn zu warten. Eine Minute später war der Commodore am Telefon.

»Okay, Mike, wie sieht's aus?«

Mike schilderte ihm kurz den aktuellen Stand der Reparaturarbeiten und konnte ihm auch mitteilen, daß die Maschinen der Goldy vorne und achtern angeworfen worden waren und daß bis jetzt alles dicht hielt und funktionierte.

»Gut. Sehr gut«, brummte der Commodore. »In Anbetracht der langen Vorgeschichte von einigen dieser Probleme ist das mehr, als wir alle erwartet hatten. Wann wollen Sie auslaufen?«

»Ich will sie den Nachmittag über noch aufheizen lassen, Commodore, um sicher zu sein, daß wirklich alles dicht ist und hält, und dann gegen sechzehn Uhr dreißig auslaufen. Ich brauche nur einen Schlepper, um uns vom Liegeplatz wegzuziehen, dann können die Lotsen auch keine Überstunden geltend machen.«

»Okay, machen Sie das so. Die erwartete Ankunftszeit der

Coral Sea im Hafenbecken ist noch immer morgen abend gegen neunzehn Uhr. Nun zu unserem Plan: Von heute abend zwanzig Uhr an werde ich auf der Deyo eine Operations-Wache einsetzen, bestehend aus einem Wachhabenden Offizier und einem Unteroffizier im CIC der Deyo. Bei Tagesanbruch wird der CSO dazukommen, und beim ersten Anzeichen für einen Kontakt werde ich mich selbst sofort an Bord begeben. Ich habe dem CO gesagt, daß ich zwischen Ihnen und der Coral Sea einen Kommando-Kontroll-Test angeordnet habe. Ich habe auch angeordnet, daß die ELOKA-Anlage besetzt ist. Die Ausrüstung der Deyo ist technisch auf einem höheren Stand als die der Goldy. Wenn dieser Bastard einen Radarmast rausstreckt, dann habt ihr noch ein Paar Ohren auf Sendung, die mithören. Er kann euch eine Peilung geben, obwohl das wahrscheinlich von Mayport aus nicht sehr hilfreich sein wird. Wir werden eine sichere UHF-Frequenz benutzen, und mein Communications-Chief wird Sie hinsichtlich Kennung und Ersatzfrequenzen kontaktieren, bevor Sie auslaufen.«

»Ja, Sir, das klingt gut. Schien der IV. neugierig?«

»Ein bißchen, aber ich habe ihm gesagt, daß Sie den Maschinentestlauf mit einer kleinen Übung mit der Coral Sea verbinden, und er schien zufrieden. Wie reagiert Ihre Besatzung? Hat sie den Eindruck, es liege etwas in der Luft?«

»Ja, Sir, einige von den Chiefs schon. Das Aufpolieren der Waffen wegen einer möglichen Inspektion hat nicht gezogen. Ich glaube, die Geschwader-Chiefs waren nicht sehr überzeugend.«

»Das überrascht mich nicht. Einige meiner Leute schauen mich auch schon komisch an. Wahrscheinlich hat Chief Mackensie ein paar Äußerungen fallen lassen. Ich wünschte, die Goldy hätte eine Unit-Commander-Kabine, dann würde ich mitkommen. Aber so müssen Sie diese Sache allein ausfechten, Cowboy. Haben Sie nicht gesagt, daß Ihnen die Friedensmarsch-Routine bis zum Hals steht?«

»Das stammt exklusiv von mir, Commodore«, grinste Mike. »Aber besteht die Möglichkeit, morgen ein oder zwei Hubschrauber in Bereitschaft zu haben, sagen wir von fünfzehn Uhr an?«

»Nun ja, der CSO und ich haben darüber gesprochen, aber das Problem sind die Waffen. Die einzigen, die sie mitnehmen können, sind Torpedos, und die werden die gleichen Probleme haben wie Ihre: Bodenberührung. Und wenn wir sie auf superflache Wasserverhältnisse einstellen, könnten sie sich ebensogut an die Goldy oder die Coral Sea hängen wie an das U-Boot. Auf dieses zusätzliche Problem könnt ihr beide verzichten.«

»Ja, Sir, aber ich hatte daran gedacht, daß sie statt mit Waffen mit einem Haufen Bojen rauskommen könnten, denn das könnte meine Suche entscheidend erleichtern, vor allem wenn sie die Sonar-Kontakte, die wir auf der 23 empfangen, orten könnten. Wenn der Flugzeugträger auftaucht, wird mir nicht viel Zeit zum Lokalisieren und Angreifen bleiben.«

Der Commodore dachte einen Moment darüber nach. Eine Anforderung von Steitkräften über die Zerstörer hinaus müßte den Dienstweg durchlaufen – vom Kreuzer-Zerstörer-Verband zum örtlichen Luftwaffen-Befehlshaber. Er würde sehr schwer begründen können, warum er für die Goldy einen Helikopter haben wollte, wenn sie doch angeblich zu Maschinentestläufen unterwegs war. Es war eigentlich schon erstaunlich, daß bisher noch niemandem vom Verband oder auf den höheren Hierarchie-Ebenen aufgefallen war, was hier gespielt wurde.

»Mike, ich werde versuchen, mir etwas einfallen zu lassen. Vielleicht kann ich mit einem CO von einem der Helikopter-Geschwader reden. Ich kann es nicht offiziell über den Dienstweg machen – dann kämen sie uns gleich auf die Schliche. Aber ich werd's versuchen. Ich kenne Mike Sinclair vom Golfspielen. Ihm untersteht ein LAMPS-Helikopter-Geschwader. Vielleicht kann er einen seiner Männer rausschicken. Allerdings wäre der dann nicht eingeweiht.«

»Ich nehme alles, was ich kriegen kann, Commodore«, sagte Mike.

»He, vergessen Sie den Träger nicht, der hat doch auch Helikopter.«

»Ja, Sir, aber normalerweise fliegen die Luftstreitkräfte vor Einlaufen des Trägers zu ihren Stützpunkten zurück. Es kann also sein, daß keine mehr da sind, wenn er bei uns auftaucht.«

Er hielt einen Moment inne. »Obwohl ich ja eigentlich immer noch hoffe, daß wir beide völlig falsch liegen.«

»Ich weiß, Mike. Das hoffe ich genauso. Aber je mehr ich darüber nachdenke, desto mehr glaube ich, daß wir uns nicht irren. Rufen Sie mich an, kurz bevor Sie auslaufen, falls Sie noch irgendwas brauchen.«

»Aye, aye, Sir«, sagte Mike und legte auf.

Er bat den Exec telefonisch zu sich, um ihn über die Vorkehrungen des Commodore in Kenntnis zu setzen und noch einmal die nötigen Schritte zur Erhöhung der Einsatzbereitschaft des Schiffes durchzugehen. Er nahm sich vor, wenn er irgend könnte, Diane noch einmal anzurufen, bevor sie ausliefen. Während er auf den Exec wartete, dachte er über die bevorstehende Operation nach. Die Warnungen des Commodore hinsichtlich der Gefechtsbereitschaft des Schiffes hatten noch einmal die bittere Erkenntnis verdeutlicht, daß es da draußen sehr schnell ziemlich ungemütlich werden konnte. Er erinnerte sich lebhaft an die authentischen Bilder der Dokumentarserie ›Sieg auf See‹, in denen größere Schiffe als die Goldsborough von einem einzigen Torpedo förmlich auseinandergerissen wurden. Ihr angeblich unverwundbarer Stahlpanzer-Rumpf wurde von der donnernden See mühelos hochgedrückt, zuerst nach oben zur Mitte hin, danach nach unten in die verhängnisvolle V-Form, die dem raschen Sinken mit allen Mann an Bord vorausging; diese versuchten verzweifelt, wieder auf die Beine zu kommen, sogar noch, als die See sie in ihre unendlichen Tiefen hinabzog, um sie für die Ewigkeit in versiegelten, gefluteten Stahlkammern zu begraben.

Ohne eine derartige Erfahrung jemals gemacht zu haben, war ihm klar, daß die Wirklichkeit einer Seeschlacht nichts, aber auch gar nichts mit den künstlichen Nachstellungen bei der jährlichen Flottenübung zu tun hatten. Er fragte sich, wie die Besatzung auf die Nachricht reagieren würde. Der typische Navy-Zerstörer lief doch mit den High-School-Abgängern des vergangenen Jahres aus, so daß das Durchschnittsalter der Mannschaft etwa neunzehn war. Draußen im Gang war über das 1MC der Befehl ›Revierfahrt vorbereiten‹ zu hören. Sofort spürte er das bekannte kalte Gefühl in der Magengrube. Es war eine Sache, am Kopfende des Messetisches Captain zu sein; es war jedoch eine völlig andere, Captain auf der Brücke zu sein, auf dem Weg zu etwas, das sich als die Schlacht seines Lebens herausstellen könnte.

Der Exec klopfte an die Tür und trat ein. Mike berichtete über sein Gespräch mit dem Commodore. Anschließend gingen sie die Bereitschaftsdetails, sobald das Schiff die Fahrrinne verlassen hatte, noch einmal durch. Wie immer, schrieb der Exec alles in sein grünes Buch.

»So«, sagte Mike, »und jetzt muß ich mir überlegen, wieviel oder wie wenig ich der Besatzung mitteile.«

»Ja, Sir«, sagte der Exec. »Ich glaube, sie sollten wissen, was los ist. Vielleicht kann man im Moment noch den libyschen Aspekt zurückhalten, aber alles andere würde ich ihnen genau so sagen, wie es ist.«

»Ich denke genauso, XO«, sagte Mike und nickte. »Ich werde ganz offen zu ihnen sprechen und ihnen sagen, daß wir entweder wie völlige Idioten dastehen oder aber richtig liegen können und dann allein zwischen der Coral Sea und einem verdammt ungemütlichen Nachmittag stünden.«

»Für den Erfolg der geplanten Operation ist nichts so gut, wie die volle Wahrheit, Capt'n«, sagte der XO und klappte sein Notizbuch zu. »Ich würde ihnen auch von den ›Beweisen‹ erzählen.«

»Ja, ich glaube, ich werd' mich ans 1MC hängen und die gesamte Crew informieren. Aber anschließend will ich im CIC mit den Offizieren unsere Such- und Angriffstaktik besprechen.«

Der Exec stand auf. »Ich werde ankündigen, daß Sie etwa fünfzehn Minuten nach Herstellung des Seeverschlußzustandes zur Besatzung sprechen werden. Fahren wir im Täuschungsmodus raus?«

»Ja, ich glaube, damit hatten Sie recht. Ich möchte eine Welle abklemmen und die Militärradars außer Betrieb nehmen; benutzen Sie nur das Raytheon, Sonar und Echolot passiv – bis die Zeit gekommen ist.«

»Wann wird das sein, Sir?«

Mike sah zu ihm auf. »Wenn ich das verdammt noch mal

jetzt schon wüßte, aber es wird mir schon noch einfallen, XO.«

Der Exec grinste. Mike warf die Arme in die Höhe. »Wahrscheinlich, wenn wir bestätigten Kontakt zum Träger haben«, sagte er. »Vor allem muß ich mir jetzt die hydrographischen Karten sehr genau ansehen, und ich werde Lincs PC brauchen. Das U-Boot kann – oder sollte jedenfalls – noch nicht wissen, daß alle Eskorten den Träger verlassen, wenn er Richtung Westen abdreht; also wird sich der Kerl anfänglich verstecken. Bei der Wassertiefe werden sie die Boden-Topographie heranziehen müssen, und meine Vermutung geht dahin, daß sie sich auf der westlichen oder der Küste zugewandten Seite vor irgendeiner geeigneten Schattenzone aufhalten werden. Dann werden sie den Träger herankommen lassen, den können sie ja leicht hören und klassifizieren, ihn passieren lassen, hochkommen und feuern. Wenn er Eskorten hätte, würden die vorausfahren, um das vor ihm liegende Gebiet und nicht das dahinter abzusuchen – vor allem dann nicht, wenn man nur noch eine Stunde vom Heimathafen entfernt ist. Schließlich hat es ja keinerlei Warnungen gegeben.«

Der Exec nickte. »Das ist genau der Teil, der mir bei der Sache am wenigsten schmeckt: Daß aus Angst, sich zu blamieren, keiner bereit ist, den Träger zu warnen.«

»Nun ja, vielleicht wäre es ja auch wirklich eine Blamage, XO«, sagte Mike. »Ein Teil von mir sagt mir ständig, daß wir ausgemachte Dummköpfe sind, die eine Gefahr herbeireden. Wir gehen das Risiko ein, am Ende des morgigen Tages – vor allem gegenüber der Besatzung – als solche dazustehen.«

»Dafür werden wir ja bezahlt. Capt'n«, sagte der XO. »Damit wir all diese Risiken auf uns nehmen.«

»Genau, XO. So, und jetzt muß ich einen Anruf erledigen.«

Der Exec nickte und schlüpfte zur Tür hinaus. Mike wählte Dianes Nummer. Beim ersten Läuten nahm sie ab.

»Ja?« sagte sie. Ihre Stimme klang besorgt.

»Das höre ich gerne«, antwortete Mike, »ein hübsches Mädel, das ›ja‹ sagt.«

»Hör bloß auf«, sagt sie. »Ich hatte solche Angst, daß du fahren würdest, ohne mich anzurufen.«

Sie hielt einen Moment inne, dann ließ sie ihren Worten

freien Lauf. »Mike, ich habe Angst. Oh, verdammt, es tut mir leid. Ich war fest entschlossen, mich zu beherrschen, mir vorzumachen, daß es sich um eine ganz normale Übungsfahrt handelt. Aber – euch kann doch etwas passieren. Ihr könntet verletzt werden – oder noch schlimmer. Ich könnte das nicht ertragen, nicht jetzt, nachdem . . .«

»Ich weiß, Diane«, sagte Mike leise. »Falls es dir hilft, ich habe auch ein bißchen Angst, aber – um ehrlich zu sein – mehr davor, die ganze Sache zu vermasseln, als verletzt zu werden.«

»Mein Gott, Mike, du mußt endlich aufhören, dir darüber Gedanken zu machen, wie deine Handlungen von anderen beurteilt werden. Du darfst dich nur darauf konzentrieren, den Bastard da draußen zu kriegen, bevor er dich, dein Schiff und deine Besatzung erwischt. Du darfst deinen Instinkt keinesfalls von den ganzen Lektionen des Commodore über dein politisches Weiterkommen beeinflussen lassen. Wenn die ganzen Streifen, die du mit dir rumträgst, auch nur das geringste besagen, dann, daß du ein Kämpfer bist. Hör auf deinen Kämpfer-Instinkt.«

»Ja, ich weiß. Aber Vietnam ist lange her. Und die ganze Sache kann sich ja immer noch als Hirngespinst herausstellen.«

»Aber wenn nicht, dann hängt das Leben einer ganzen Menge Jungs von der guten alten Goldsborough und Mike Montgomery ab, und das Schlimme daran ist, daß sie es noch nicht einmal wissen.«

»Einschließlich deines Ehemannes, nehme ich an.«

»Er ist nicht mein Ehemann«, sagte sie bestimmt. »Nicht mehr. Schon seit langem nicht mehr. Ich mußte erst dir begegnen, um das herauszufinden, und jetzt gehst du auf diese verrückte Fahrt. Hör dir das an! Es tut mir leid. Ich klinge schon wie eine grüne Witwe, die auf den Dächern der Wohnquartiere so lange auf- und abläuft, bis das Schiff mit ihrem Liebsten wieder in den Hafen einfährt. Ach, Mike. Ich bin so froh, daß du angerufen hast.«

»Ich liebe dich, Diane«, flüsterte er.

»Ich liebe dich, Mike. Paß auf dich auf – und komm zu mir zurück.«

»Worauf du dich verlassen kannst, Darling.«

Es klopfte an der Tür, und der IC-Mann steckte seinen Kopf herein.

»Die externen Telefonleitungen werden gleich gekappt, Capt'n«, kündigte er an.

Mike gab durch Winken zu verstehen, daß er es gehört hatte, und der IC-Mann schloß die Tür hinter sich.

»Ich muß Schluß machen«, sagte er.

»Ich hab's gehört«, sagte sie mit fester Stimme. »Diese Worte habe ich viel zu lange gehaßt. Ich werde hier auf dich warten.«

»Ich weiß«, sagte er. »Ich liebe dich.« Dann war die Leitung tot. Die Leute vom IC hatten die Landverbindung unterbrochen und das Kabel eingeholt.

KAPITEL SECHSUNDFÜNFZIG

USS GOLDSBOROUGH, Ansteuerrevier Mayport, Donnerstag, 8. Mai, 17 Uhr 15

Mike saß im Kapitänsstuhl auf der Brücke. Seine Gedanken waren allerdings nur halb bei der Navigation des Auslaufens. Das Summen des Gebläses war irgendwie tröstlich. Der Executive Officer hatte die Führung des Schiffes übernommen. Der schwierige Lotsen-Part, das Abdrehen aus der Fahrrinne des Hafenbeckens in die des Flusses, lag hinter ihnen. Der Exec hatte das Schiff mit einer einzigen gekonnten Wende direkt auf Flußleitfeuer-Kurs gebracht. Ihr Kurs zeigte seewärts, Tonnen paradierten zu beiden Seiten, und eine frische Seebrise vertrieb die schale Hitze und Feuchtigkeit des Hafenbeckens, als das Schiff fünfzehn Knoten erreichte. Durch die untergehende Sonne in ihrem Rücken war der Himmel im Osten tiefblau; das Meer hatte eine Indigofärbung angenommen und am fernen Horizont waren weiße Haufenwölkchen zu sehen. In der starken Dünung tauchte der Bug in rhythmischen Abständen tief ein und schob sich wieder hinaus, was aber nicht unangenehm war. Mike konnte sehen, wie die Bootsmänner auf der Back sich jeweils im Rhythmus der Wellenbewegungen bewegten – wie alte Hasen.

Die Mannschaft im Steuerhaus war etwas aufgeregt. Die Gerüchteküche hatte nicht stillgestanden, seitdem sie vom Pier abgelegt hatten. Mike hatte ein ernsthaftes Gesicht aufgesetzt und sich in seinen Kapitänsstuhl zurückgezogen. Die Offiziere auf der Brücke waren sehr schweigsam gewesen und auf Distanz gegangen. Selbst der Bootsmannsmaat, der ihn sonst immer mit dem miserablen, salzigen Kaffee versorgte, war ihm lieber etwas aus dem Weg gegangen. Der Exec war sehr geschäftsmäßig gewesen – ohne die übliche Schlagfertigkeit, die er sonst beim Auslaufen an den Tag legte. Die Brücken-Mannschaft nahm das als weiteren Hinweis, daß irgend etwas in der Luft lag. Sie beobachtete den Captain und den Exec verstohlen, um herauszufinden, was los war, damit sie ihre Kumpels an den anderen Kontroll-Konsolen im Schiff über die Bordanlage brühwarm informieren konnten. Mike schaute auf die Uhr.

»XO«, rief er. »Ich werde um achtzehn Uhr beziehungsweise sobald die Revierfahrt beendet ist, zur Besatzung sprechen.«

»Aye, aye, Sir«, erwiderte der Exec förmlich und nahm eine Peilung auf die nächste Boje vor, um zu sehen, ob die Strömung sie dagegen trieb. Das war der Fall. »Steuerbord nulleinundneunzig.«

Mike stand auf und ging in Richtung seiner Kabine. Er schenkte den herumfliegenden Wortfetzen und gemurmelten Nachrichten, die über die BÜ-Anlage von den Meldern weitergegeben wurden, keine Aufmerksamkeit. Er mußte seine Gedanken sammeln, um sich für die Unterrichtung der Besatzung vorzubereiten. Je näher dieser Zeitpunkt rückte, um so unbehaglicher fühlte er sich. Es gab so wenig Eindeutiges – fast nichts an konkreten Beweisen. Der Exec hatte versucht, sein Selbstvertrauen zu stärken:

»Sie vertrauen uns voll und ganz, Capt'n«, hatte er gesagt. »Wenn ihr Captain zu dem Schluß gekommen ist, daß sich dort so ein Mistkerl rumtreibt, dann vertrauen sie darauf, daß wir ihnen das sagen und das Schiff in Gefechtsbereitschaft versetzen. Das einzige Verbrechen wäre, nichts zu sagen, und dann überrascht zu werden.«

Mike ging zu seiner Kabine und sah sich automatisch nach Hooker um. Aber dann erinnerte er sich, daß er den Papagei zurückgelassen hatte. Er analysierte die Gründe dafür, und das Ergebnis war etwas beängstigend. Er hatte den Vogel nicht mitgebracht, weil sie diesen kleinen Kampf vielleicht verlieren könnten. Sinnlos, auch noch den Papagei sterben zu lassen, nur weil sie ihre ASW-Hausaufgaben nicht richtig erledigt hatten. Na, das war ja ein schönes Vertrauensvotum. Er warf sich auf seine Koje, rollte sich auf den Rücken und schloß die Augen. Sofort war Diane in seinen Gedanken. Er hatte sie in der letzten Nacht erneut auf seinem Hausboot getroffen. Sie hatte erklärt, daß sie sich von I. W. Martinson scheiden und ihn – Mike Montgomery – heiraten wollte. Ich bin dabei, mich auf Gott weiß was einzulassen, sagte sich Mike. Ein Zweikampf mit einem Terroristen, einem libyschen U-Boot, um den Träger zu retten, auf dem niemand anders als Dianes Noch-Ehemann nach Mayport zurückkommt. Wo sie ihm eröffnen wird, daß sie ihn verlassen wird. Wenn wir das hier unbeschadet überstehen. Und wenn nicht, nun, dann war es eben eine tolle Sache, daß wir beide es erleben durften. Er fragte sich, ob sie ›El Arroganto‹ auch verlassen würde, wenn die Goldsborough draufgehen würde. Wahrscheinlich nicht. Richtig. Du warst eben einzigartig, Mann. Jung sterben und eine wundervolle Erinnerung hinterlassen. – Das ist alles große Scheiße, dachte er schließlich. Das Telefon läutete, und er schwang die Beine aus der Koje.

»Captain«, brummte er verdrießlich.

»Wir nähern uns dem Ende der Revierfahrt, Capt'n. Der IC-Raum hat Ihr 1MC-Mikrophon aktiviert. Wenn Sie mir sagen, wann, werd' ich die Bootsmänner anweisen ›Alle Mann herhören‹ zu pfeifen«, sagte der Exec. Der Wind, der ins Steuerhaus blies, verursachte in der BÜ-Anlage schnaufende Geräusche.

»Ja, okay«, gab Mike zurück. »Wissen Sie was – geben Sie nicht ›Revierfahrt beendet, seeklar‹ bekannt, sonst laufen alle auf dem Schiff herum, während ich zu ihnen spreche. Vergewissern Sie sich, daß keine anderen Kontakte in der Nähe sind, und lassen Sie jetzt alle Mann antreten.«

»Aye, Sir.« Der Exec hängte ein, und kurze Zeit später ertönte ein langgezogenes Pfeifen ›Alle Mann herhören‹ durch das Schiff. Mike wußte, daß jetzt alle den Befehl ›Seeklar, Revierfahrt beendet‹, erwarteten; statt dessen hörten sie nun Mikes Stimme: »Hier spricht der Captain. Ich bitte um Ihre Aufmerksamkeit.« Da er selbst das 1MC nur in Ausnahmefällen benutzte, war er sich ihrer Aufmerksamkeit ziemlich sicher.

»Gentlemen, wie einige von Ihnen bereits vermutet haben, ist die Goldsborough nicht nur zu normalen Maschinentests ausgelaufen«, begann er. Er konnte sein eigenes Echo draußen im Gang vor seiner Kabine hören. »Wir haben es mit einer sehr ungewöhnlichen Situation zu tun, einer Situation, die entweder gar nicht existiert oder aber bedeutet, daß ein feindliches, diesel-elektrisches Unterseeboot im Hinterhalt auf die Coral Sea wartet, die – wie einige von Ihnen wissen werden – morgen nachmittag von Operationen in der Karibik nach Mayport zurückkehrt. Das Komplizierte an dieser Geschichte liegt darin, daß die Goldsborough das einzige Schiff ist, das mit diesem Unterseeboot fertig werden kann. Wenn es wirklich da ist. Lassen Sie mich Ihnen erklären, was Sache ist.«

Er fuhr fort mit der Erläuterung der Hintergründe. Er sprach langsam und ruhig. Er sparte einige Details der Reaktion des Admirals aus, nicht aber dessen Schlußfolgerung, daß es sich um reine Einbildung handele.

»Unterm Strich bleibt, daß der Commodore die Goldsborough losgeschickt hat, um sich auf ihrer Ansteuer-Route morgen nachmittag mit der Coral Sea zu treffen, das Gebiet nach U-Boten abzusuchen und den Kerl anzugreifen und zu versenken, wenn er sich als feindlich erweist beziehungsweise den Träger angreift. Der Admiral und der Stab glauben nicht, daß sich dort draußen ein U-Boot aufhält. Vielleicht haben sie recht. Der Admiral ist sicher nicht deshalb Admiral geworden, weil er sich ständig irrt. Wenn sie also recht haben, fahren wir da raus, pingen herum, finden nichts, die Coral Sea wird vorbeifahren – und keiner hat was gemerkt. Andererseits . . .«

Er hielt einen Moment inne, um seine Gedanken zu ordnen.

»Andererseits könnte der Commodore recht haben, und da draußen, in unserem eigenen Hinterhof, liegt tatsächlich ein terroristisches U-Boot auf der Lauer – und das, wie wir annehmen, schon seit drei Wochen – und wartet auf die Gelegenheit, mit seinen sechs Torpedos der Coral Sea den Bauch aufzureißen, um sie auf den Meeresboden zu schicken – keine zehn Meilen von zu Hause entfernt.

Unser Plan sieht folgendermaßen aus: Heute nacht werden wir auf dem gesamten Schiff unter Gefechtsbereitschaftsstufe Zwei fahren. Sobald wir seeklar sind, werden wir vom Hauptdeck bis unten die volle Stufe Zebra vorsehen. Wir werden eine Welle abstellen, alle Radare – mit Ausnahme des handelsüblichen Navigationsradars – sowie Echolot und Sonar abschalten, Täuschungsbeleuchtung an den Masten montieren und heute nacht auf See so tun, als seien wir ein langsames Handelsschiff mit einer Welle, das in östlicher Richtung unterwegs ist.

Sobald wir das wahrscheinliche Gebiet – also das, durch das die Coral Sea fahren muß, um nach Mayport zu kommen – erreicht haben, warten wir, bis wir tatsächlich einen Radar-Kontakt von der Coral Sea empfangen – irgendwann morgen nachmittag. Dann verwandeln wir uns wieder in einen Zerstörer und gehen auf aktiv. Wenn der Kerl da draußen ist, wird er das Sonar hören und wissen, daß ihm jemand auf den Fersen ist und er zuerst mit uns fertig werden muß, bevor er die Coral Sea angreifen kann.

Das bringt mich zu dem eigentlichen Teil: Wenn der Kerl der ist, für den wir ihn halten, *wird* er alles versuchen, um uns unschädlich zu machen, wenn wir uns ihm in den Weg stellen. Denn wenn unsere Annahme stimmt, hat er einen langen Weg zurückgelegt und lange gewartet, um nun endlich seinen Schuß auf den Träger abzugeben. Er *wird* nicht zögern, sondern versuchen, zuerst uns und dann den Träger zu versenken. Wenn wir recht haben, handelt es sich um ein mit ausgeschlachteten Teilen aus anderen Booten aufgemotztes, russisches U-Boot. Ein Foxtrott. Die haben große, dampfgetriebene russische Torpedos an Bord. Nur einer davon würde das alte Mädchen hier in Stücke reißen. Das hier ist bitterer Ernst, Jungs – kein ›Alpha-Treffer‹ aus dem ASW-Training. Seine Fische schießen mit einer Geschwindigkeit von fünfzig Knoten durchs Wasser und rammen ihrem Ziel zweitausend Pfund Sprengstoff in den Leib.

Von diesem Moment an bis zur sicheren Rückkehr der Coral Sea in den Hafen befindet sich die Goldy im Kriegsmarsch. Ich möchte, daß ihr Revierfahrt beendet, alles seeklar macht, eure Abschnitte durchgeht und auf eine mögliche Schießerei vorbereitet. Zurrt alles fest, als drohe ein Hurrikan. Richtet eure besondere Aufmerksamkeit auf mögliche Feuergefahrenquellen und herumfliegende Gegenstände. Genauso, wie wir es im Training immer gemacht haben – nur, daß es jetzt echt ist. Wir werden das ganze Schiffssicherungsgerät einsatzbereit haben, die Torpedos und Unterwasserbomben scharf machen sowie die Geschützlafetten mit scharfer Munition beladen. Wenn wir richtigliegen, werden wir morgen am späten Vormittag in der Torpedogefahrenzone sein. Bei Sonnenaufgang werden wir

Gefechtsstation Eins einnehmen und dort bleiben, bis die Coral Sea in den Fluß eingefahren ist.

Mir ist klar, daß das für viele ein Schock ist. Und ich wiederhole, daß wir nach wie vor völlig falschliegen können und alle Vorbereitungen umsonst treffen. Aber ich möchte nicht das Risiko eingehen, herauszufinden, daß wir doch recht hatten, und dann nicht in der Lage sein, uns und den Träger zu verteidigen. Weil die Verantwortlichen an Land uns nicht glauben, ist der Träger nicht – ich wiederhole, nicht – gewarnt worden. Und aus dem gleichen Grund haben wir auch keine Unterstützung. Unsere Hoffnung liegt darin, daß der Kerl annehmen wird, er hätte freie Schußbahn, und daß wir durch unser plötzliches Auftauchen seinen Plan solange vereiteln können, bis der Träger sicher vorbei ist. Aber wie ich bereits sagte: Er hat durchaus Mittel, sich dagegen zur Wehr zu setzen. Wenn er uns angreift, ist das der endgültige Beweis für seine Existenz, was für uns aber nur dann Sinn macht, wenn wir noch Gelegenheit haben, um Hilfe zu schreien und den Träger zu warnen. Aber zum jetzigen Zeitpunkt glaubt jeder an Land, daß wir zu eintägigen Maschinentestläufen ausgelaufen sind. Es sind keine anderen Zerstörer in Bereitschaft, keine Helikopter, keine P-3s, nichts, aber auch gar nichts. Wenn unsere Theorie stimmt, sind wir ganz auf uns gestellt. So: In fünfzehn Minuten will ich alle Offiziere in der Messe sehen und dreißig Minuten später alle Chiefs auf Gefechtsstation. Das ist alles.«

Er schaltete das Mikrophon ab und setzte es auf den Schreibtisch. Auf seiner Stirn stand kalter Schweiß. Das Telefon läutete. Draußen im Gang war das Pfeifen des Bootsmanns zu hören, das das Ende der Revierfahrt signalisierte.

»Ja«, sagte er in den Hörer.

»Das war perfekt, Capt'n. Sie sollten ihre Gesichter sehen.«

»Die kann ich mir lebhaft vorstellen, XO. Sie sollten meins sehen. Rufen Sie mich, wenn alle in der Messe sind. Haben Sie die Karten und das ganze Zeug vorbereitet?«

»Ja, Sir. Alles liegt bereit. Und wir haben die ganze Nacht, um das CIC einzurichten und die Waffen fertig zu machen. Wenn heute nacht nicht noch irgendwelche Überraschungen auftreten, sollten wir vor Sonnenaufgang fertig sein.«

»Ja, okay. Welche Geschwindigkeit ist erforderlich, um morgen früh gegen zehn Uhr etwa die Mitte des Kastens erreicht zu haben?«

»Nicht mehr als ungefähr acht Knoten. Das paßt auch gut zu unserem Täuschungsmanöver. Wir werden jetzt auf fünf heruntergehen, die Lichter anbringen und die Anlagen einstellen.«

»Wie macht sich denn die Anlage bis jetzt?«

»Der Engineer sagt, alles dicht und fest. So weit, so gut. Nur die Wasserkonsistenz in 2B ist nicht ganz stabil; deshalb würde er gern achtern stillegen, wenn wir eine Welle abklemmen, damit er dem Problem auf den Grund gehen kann. Aber ansonsten – keine Dampflecks.«

»Super. Rufen Sie mich, wenn die Besprechung losgeht.«

KAPITEL SIEBENUNDFÜNFZIG

Die AL AKRAB, über Wasser, St. Johns Flußeinfahrt, Freitag, 9. Mai, 2 Uhr

Die Lichter von der Küste glänzten hell in der frischen, klaren Nachtluft. Die Tonnen schienen das U-Boot anzulocken. Im Schutz des Neumonds bewegte es sich geräuschlos zwischen ihnen. Diesmal konnte der Kommandant die beiden Lichter des Flußleitfeuers ohne Fernglas erkennen. Lichtreflektionen tanzten auf der Wasseroberfläche; mit jeder vorbeirollenden Welle zersplitterte die schwarz glänzende Oberfläche in Millionen Scherben eines wogenden Spiegels. Der in der Dunkelheit liegende Bereich zwischen den Lichtern auf dem Stützpunkt links und den silbergrauen Sandstränden auf der rechten Seite war der Fluß. Nichts deutete auf Schiffsbewegungen flußabwärts hin. Im Gegensatz zu der Verwirrung und Unsicherheit bei der letzten Anfahrt bestimmten jetzt ruhig weitergegebene Positionsmeldungen und klare Kursempfehlungen die Situation.

Der Probelauf hat sich wirklich gelohnt, dachte er. Er suchte den Stützpunkt ab. Die Helligkeit der Straßenbeleuchtung schmerzte in seinen Augen. Die gelben Scheinwerfer eines Wagens, der auf dem Flugzeugträgerpier entlangfuhr, leuchteten plötzlich auf und verschwanden wieder, als der Wagen drehte, um zum Stützpunkt zurückzufahren. Eine Sicherheitsstreife, dachte er. Ihr seid ganz und gar nicht sicher, ihr Amerikaner. Einer der Ausguckposten oben rief eine Nummer, als sie an Steuerbord an einer Tonne vorbeifuhren.

»Tonne vier Steuerbord querab«, gab er die Meldung über die Bordanlage weiter. Unten bestätigte der Stellvertreter die Meldung.

»Navigationsoffizier, zu Befehl. Erbitte Erlaubnis, die äußeren Mündungsklappen achtern zu öffnen«, erwiderte er.

»Erteilt. Mündungsklappen achtern an den Rohren fünf, sechs und sieben öffnen. Klappe Nummer acht nicht öffnen.«

Der Stellvertreter bestätigte. In Rohr acht war die beschädigte Mine, die vom Feuerleitsystem abgekoppelt worden war.

Der Kommandant überlegte kurz, ob er Rohr acht nicht dennoch ebenfalls freigeben sollte, ließ den Gedanken aber wieder fallen. Es wäre wirklich ein Unding, wenn die Mine unter dem ersten Fischkutter, der darüberfuhr, explodierte und die Amerikaner vorwarnen würde, daß etwas Gefährliches im Gange war. Besser explodierten die anderen drei unter dem ersten wirklich großen Schiff, das darüberfuhr – wie der Coral Sea!

»Abstand zum Wendepunkt dreitausendfünfhundert Meter«, wurde über die Bordanlage gemeldet. »Erbitte Genehmigung zur Übernahme des Steuers.«

»Erteilt«, antwortete der Kommandant.

Damit hatte er die Rolle eines Ausguckpostens, der sich damit begnügen mußte, die Gewässer vor ihnen abzusuchen und auf jede Bewegung oder Alarm an der Küste zu achten, während die Steuerei in der Zentrale das Boot langsam wendete, es gegen die Strömung stabilisierte und dann die drei Minen in die Fahrrinnenkreuzung steuerte. Al Khali ertappte sich dabei, daß er – in Erwartung des Manövers – seinen Bauch vor Anspannung ganz eingezogen hatte: Erst nach Steuerbord, dann die Drehung nach Backbord, unmittelbar vor den letzten beiden Bojen. Es war ein eigenartiges Gefühl, nicht das Kommando zu haben. Aber denen unten lag das vollständige Navigations-Plot vor – ihm nicht. Er wartete.

Sie waren jetzt nicht mehr als eine Drittelmeile von dem Punkt entfernt, an dem sie die Minen werfen wollten. Die Lichter waren jetzt unglaublich hell; er konnte die einzelnen Masten der Zerstörer im Hafenbecken erkennen. Wieso wurden sie nicht gesehen? Weil niemand Ausschau hielt. Aber plötzlich rief ihn einer der Ausguckposten drängend an.

»Was ist«, fragte er ungeduldig und drehte sich um, um zu sehen, wohin der Posten mit seinem Fernglas zeigte: auf die lange dunkle Buhne, die sich an der linken Seite der Flußfahrrinne erstreckte. Dort. Jetzt sah er es auch. Das Aufflackern eines Streichholzes oder eines Feuerzeugs. Er suchte die Felsen mit dem Fernglas ab. Du lieber Gott. Es waren Leute auf den Felsen. Die fischten von der Buhne aus. Ihre Angelruten hatten sie in die Spalten zwischen den großen, schwarzen Steinen geklemmt. Undeutlich konnte er weiße Gesichter erkennen und den metallenen Schein von Kühltaschen. Ihm war weder bewußt gewesen, daß die Buhne so weit ins Meer hinausragte, noch hätte er jemals damit gerechnet, daß Behörden nächtliches Angeln gestatten könnten. Seine grobe Zählung ergab mehr als ein Dutzend Umrisse auf den Felsen. Er konnte sogar Musik hören, als eine Windbö in der nächtlichen Brise über sie hinwegfegte.

Seine Gedanken überschlugen sich. Alles in ihm sträubte sich, diese Meldung an das Team unten weiterzugeben. Das Wendemanöver erforderte dessen volle Konzentration. Könnten diese Leute sie denn sehen? Würden sie überhaupt glauben, was sie sahen? Die Ballasttanks des Unterseeboots waren soweit gefüllt, daß der Bootskörper zum großen Teil unter Wasser fuhr, so daß nur die Haifischflosse des Turms über die Wasseroberfläche hinausragte. Die kleinere Rückenflosse der Ruder würde in der Dunkelheit nicht zu sehen sein. Er hatte angeordnet, die Beleuchtung nur einzuschalten, wenn ein anderes Schiff gesichtet wurde. Dadurch würde also nicht die Aufmerksamkeit auf sie gelenkt werden, und von der gegenüberliegenden Küste fiel nicht genug Licht, um die Flosse von hinten zu erleuchten. Es müßte schon jemand eine sehr scharfe Sehkraft haben, um den großen, schwarzen Turm in der Fahrrinne zu erkennen. Und doch ... Er schluckte nervös, suchte mit dem Fernglas alles ab, was vor ihnen lag – und fühlte sich dabei fast entblößt. Er merkte, daß das U-Boot mit dem Steuerbord-Manöver begann. Wieder ließ er sein Fernglas über die Buhne schweifen. Die Gestalten verhielten sich nicht anders als vorher: kein Alarm, kein Fuchteln mit den Armen, kein plötzlicher Scheinwerferstrahl vom Stützpunkt. Gott sei Dank waren sie auf Batterie hineingefahren: Die Diesel hätten sie längst verraten.

Das U-Boot drosselte seine Bewegung nach Steuerbord und drehte dann nach Backbord. Die Erschütterungen waren im Turm zu spüren, als die Kraft der in entgegengesetzte Richtungen laufenden Schrauben das Boot langsam herumdrehte. Al Khali fixierte sein Fernglas auf die Buhne und hielt Ausschau nach den kleinsten Anzeichen, daß jemand das Boot im Fluß entdeckt hätte. Er merkte, wie sich das Boot stabilisierte, als es wieder seewärts fuhr. Auch die Vibrationen wurden nach der Richtungsänderung schwächer. Kraftvoll drehten sich die beiden Wellen jetzt rückwärts, um das Boot in der Gegenströmung zu stabilisieren. Die frische Seebrise blies ihnen ins Gesicht.

»Rohre achtern klar«, meldete der Stellvertreter.

»Ja«, erwiderte der Kommandant. Sein Hals war trocken. »Minen werfen, wenn das Boot auf Peilung ist. Wartet, bis die Wellen nachgelassen haben.«

»Navigationsoffizier, zu Befehl.«

Er schaute über die Turmseite auf die Gischt, die durch die Schrauben zu beiden Seiten aufschäumte und große Mengen grauen Seewassers über das getauchte Hinterschiff warf – wie Wellen über einem Riff. Der Gestank des Flußbodens drang durch den Schaum zu ihnen hoch. Das U-Boot begann achteraus Fahrt aufzunehmen, um zu dem genauen Wurfpunkt flußaufwärts zu kommen. Der Kommandant suchte noch einmal mit dem Fernglas die Fahrrinne flußaufwärts und die Buhne ab. Es waren keine Veränderungen zu entdecken. Langsam fürchtete er, daß die brodelnde Gischt der Schrauben vom Ufer aus gehört oder gesehen werden könnte, aber offensichtlich beobachtete niemand die Flußmündung. endlich stoppten die Schrauben ihr hämmerndes Trommeln, und die Gischt achtern ebbte ab. Dann durchbrachen ein dumpfer Schlag und ein aufgewühltes Gemisch von Luft und Wasser die Oberfläche achteraus; es folgte ein zweiter Schlag; dann ein dritter. Die Minen waren nicht zu sehen, als sie achteraus schossen und sich auf Schlamm und Schlick des Flußbodens niederließen. Die Schraubenbewegung setzte wieder ein; diesmal rief sie eine Gischt achtern hervor. Das Boot nahm Fahrt voraus auf – in Richtung See und Sicherheit. Wieder suchte der Kommandant die Buhne mit dem Fernglas ab, aber niemand schien das U-Boot zu beachten. Er blickte sich um, wollte sich orientieren, und bemerkte die Mittelwassertonne unmittelbar flußaufwärts von ihnen. Er stellte sich den dreihundert Meter langen Rumpf des Trägers vor, der sich mit seiner Nase den Fluß hinaufschob und seinen Bug herumschwang, um die Linksdrehung zum Becken durchzuführen. Er schaute wieder auf die Mittelwassertonne, die jetzt schnell verschwand, da sich die ›Skorpion‹ mit voller Kraft voraus entfernte. Ja. Sehr gut. Jetzt gab es für den Träger keine Möglichkeit mehr, den Minen auszuweichen.

Er drückte die Taste der BÜ-Anlage.

»Die Plazierung scheint perfekt, Navigationsoffizier. Gut gemacht.«

Drei Stunde später und viele Meilen von der Küste des Feindes entfernt schaltete die ›Skorpion‹ auf Elektroantrieb, begann das Tauchmanöver und blieb nullastig auf einer Tiefe von circa siebzig Metern. Der Kommandant hielt eine kurze Besprechung mit seinen Abschnittleitern ab. Anschließend ging er in die Zentrale zurück, wie immer gefolgt von dem Musaid. Der Maat des Proviantmeisters bot ihm Tee an, aber er hatte genug getrunken und brauchte jetzt vor allem Schlaf. Er rief die Meldung vom Sonar ab:

»Nur ein Kontakt von Bedeutung«, berichtete der junge Sonar-Mann. »Ein Schiff, fährt auf einer Welle. Ein Dampfschiff. Keine Dieselgeräusche. Es fährt Richtung Osten. Peilung einhundertzwanzig. Kaum Doppler-Tief. Entfernung wahrscheinlich über zwanzigtausend Meter. Im Norden zwei Fischerboote mit ausliegenden Netzen, kleine Diesel. Windengeräusche. Sonst nicht.«

»Ist das Dampfschiff ein Kriegsschiff?«

»Das können wir nicht mit Bestimmtheit sagen, Kommandant. Es gibt kein Sonar oder Hinweise auf andere militärische Einrichtungen, und es fährt Richtung Osten. Sehr wahrscheinlich ein Handelsschiff.«

»Sehr gut«, sagte der Kommandant erleichtert, daß keine Kriegsschiffe in der Gegend waren. Er entließ den Musaid und begab sich zu seiner Kabine, um dringend benötigten Schlaf nachzuholen. Morgen würde ebenfalls ein langer Tag werden. Mit etwas Glück der letzte lange Tag vor der Heimkehr.

KAPITEL ACHTUNDFÜNFZIG

Marinestützpunkt Mayport,
Freitag, 9. Mai, 12 Uhr 30

Diane saß in der Küche und starrte auf ihren langsam kalt werdenden Kaffee. Seit Stunden saß sie so, die Augen wegen des grellen Sonnenlichts, das durch das Fenster hineinströmte, zusammengekniffen. Sie schmerzten von dem gleißenden Licht. Hinzu kam, daß sie den größten Teil der Nacht wach gelegen hatte. Sie sorgte sich darum, was der Goldsborough, Mike und der Besatzung bevorstehen könnte, wenn sich die Unterseeboot-Geschichte als wahr herausstellen sollte. Die friedlichen morgendlichen Aktivitäten auf dem Stützpunkt, das Geräusch von zufallenden Autotüren, Offiziere, die zur Arbeit fuhren, das gelegentliche Tuten eines Schiffshorns, das Hupen der Schlepper, die ihren täglichen Verrichtungen im Hafen nachgingen, machten ihr schwer zu schaffen, wenn sie an Mike draußen auf See dachte und daran, daß die Stunden näher rückten, in denen er vielleicht um sein Leben kämpfen mußte.

Vielleicht. Genau das war der Haken. Wie Mike mehr als einmal betont hatte, konnte sich die ganze Sache auch in Wohlgefallen auflösen. Ein Märchen. Es könnte allerdings auch bitterer Ernst werden mit donnernden Torpedos, die die Stille dieses sonnigen Nachmittags durchbrechen würden. Sie konnte Admiral Walkers Widerstreben, auch nur einen Gedanken an diese Möglichkeit zu verschwenden, verstehen, obwohl J. W. zögerlich schien, die Geschichte ganz ad acta zu legen – jedenfalls eine Zeitlang. Für den Stab war das sicher eine schwierige Sache. Aber Commodore Aronson hatte gehandelt. Eli Aronson war ein ehrgeiziger, zäher und erfahrener Überwasser-Kampfoffizier der klassischen ›Friß-oder-Stirb‹-Schule; kein Offizier, der auf Märchen hereinfiel. Er war offensichtlich der Ansicht, daß – wenn die Libyer die Möglichkeit für ein solches Unternehmen hätten – die Navy gefälligst rausfahren und einige Vorkehrungen treffen sollte, bis sich die Vermutung als falsch herausstellte. Wie oft hatte sie J. W. als erste Intelligenzregel predigen hören: auf die tatsächlich gegebenen waffentechnischen Möglichkeiten konzentrieren, nicht auf Absichten! So hielten sie es immer bei ihren Diskussionen über die sowjetische Marine. Es ist Aufgabe der Politiker, die Absichten der Feinde herauszufinden und sich dabei für unfehlbar zu halten. Unsere Aufgabe ist es, mit klarem, wachem Verstand ihr waffentechnisches Potential einzuschätzen und für den Fall, daß die Politiker sich geirrt haben, darauf vorbereitet zu sein, mit dem gesamten Waffenarsenal fertig zu werden. 1941 hatte die einhellige Lehrmeinung vorgeherrscht, daß die Japaner niemals Pearl Harbour angreifen *würden* – aber jede Untersuchung der späten dreißiger Jahre über ihr Bewaffnungspotential bewies, daß sie es *konnten*, wenn sie wollten.

Sie rutschte auf ihrem Stuhl hin und her. Geistesabwesend rührte sie in ihrem Kaffee. Ihr Instinkt sagte ihr, daß mehr hinter der Sache steckte, und in all den Jahren ihrer Ehe mit J. W. und dem Navy-›Way-of-Life‹ hatte sie gelernt, ihrem Instinkt zu vertrauen. Irgendwas war faul an dieser U-Boot-Geschichte. Etwas, das stark nach ›Navy-Politik-in-Friedenszeiten‹ stank; die Angst, der erste zu sein, der in einer nicht eindeutigen Situation Schritte unternahm. Keiner im Stab wollte als erster die Vermutung äußern, daß ein feindliches U-Boot in den Gewässern vor der Haustür der Navy operierte und sich vielleicht schon seit Wochen dort aufhielt.

Diane wurde bewußt, daß die höheren Offiziere im Verbandsstab – einschließlich des Stabschefs, ihres Ehemannes, unbewußt der Kardinalregel gehorchten, wonach man keine Wellen verursacht, bevor man nicht eine bestimmte Position in der Hierarchieleiter erreicht hat. Das Problem mit dieser Regel war nur, daß viele von ihnen bis zu dem Zeitpunkt, da sie im System wichtig genug geworden waren, vergessen hatten, wie man Wellen verursacht, weil sie zu viele Jahre damit verbracht hatten, Öl auf die Wogen zu gießen, um sicherzustellen, daß Wellen abebbten.

Tief in ihrem Innern wußte sie, daß J. W. gute Aussichten hatte, es zum Admiral zu bringen. Sie wußte auch, daß er dafür aus dem richtigen Holz geschnitzt war. Er verstand es geschickt, seine Vorgesetzten zufriedenzustellen, Probleme zu glätten und das positive Image seines jeweiligen Bosses unversehrt zu erhalten. Aber sie war auch überzeugt, daß er – sollte er Admiral werden – in einer Situation wie dieser mit dem geheimnisvollen U-Boot nichts anderes zu tun wüßte, als jede auch nur denkbare Vorsichtsmaßnahme zu ergreifen, um mögliche Konsequenzen, die seinen Ruf beflecken könnten, zu vermeiden. Die gleiche Verhaltensweise legte er auch in seiner Ehe an den Tag, dachte sie mit plötzlicher Bitterkeit.

Die Erkenntnis, daß er ein Verhältnis mit einer anderen Frau begonnen hatte, schmerzte noch immer. Wieder fühlte sie Gefühle von Rache, Wut und Zorn in sich hochsteigen, die sie fast überwältigt hatten, als sie zum ersten Mal von der Wave Commander in Norfolk erfahren hatte. Die eigentliche Beleidigung bestand jedoch darin, daß sich dieser Hurenbock seiner Ehefrau offensichtlich so sicher war, daß er es emotional bewerkstelligen konnte, ohne den kleinsten Anflug von schlechtem Gewissen mit einer anderen Frau zusammen zu sein. Und es war ja schließlich nicht so, daß sie dick oder zur Trinkerin geworden war. Von ihrer Wirkung auf andere Männer ausgehend, wäre es ihr niemals in den Sinn gekommen, daß J. W. jemals den Wunsch verspüren würde, fremdzugehen.

Sie nahm die Tasse Kaffee hoch – und setzte sie wieder ab. Ihre Hände zitterten vor Zorn und Sorge. Mike war jetzt da draußen allein auf See und versuchte, ein terroristisches U-Boot zu finden; auf einem antiquierten Zerstörer mit wenig Aussicht auf Unterstützung – mit Ausnahme der einsamen Funkwache des Commodore im Hafen. Währenddessen bereitete man sich auf dem Marinestützpunkt auf die Wochenend-Routine vor, die mit dem Ende der Dienstzeit um sechzehn Uhr dreißig begann. Wen würde der Commodore denn anrufen, wenn Mike über Funk einen Kontakt meldete? Den tollen Verbandsstab?

Sie schaute auf die Wanduhr. Es war fast ein Uhr. Draußen stand die heiße Sonne im Zenit, und die tropischen Pflanzen, die das Haus umgaben, warfen große Schatten. Außer dem Lärm der Klimaanlagen, die auf höchster Stufe gegen die stickige Hitze ankämpften, war im Haus und in der Siedlung alles ruhig. Diane atmete tief durch. Sie konnte hier nicht länger herumsitzen und nichts tun. Dreimal schon hatte sie am

Vormittag eine Entscheidung getroffen, und jedesmal hatten sie anschließend Zweifel zurückgehalten. Aber diesmal, zum ersten Mal in ihrem Leben als *Mrs.* J. W. Martinson, würde sie eine Lunte anstecken.

Sie stand auf, ging in J. W.s Arbeitszimmer und ließ sich hinter dem großen Schreibtisch nieder. Sie suchte das Navy-Telefonbuch für Norfolk und begann, die auf der linken Seite ordentlich gestapelten Papiere durchzusuchen. Sie hielt inne, als sie auf eine Akte stieß, auf der ›OAZ‹, Offizielle Aktennotizen, stand – laut J. W.s Beschreibung das Instrument der Stabsoffiziere, sich abzusichern. Wenn du mit der Politik oder einer Entscheidung nicht übereinstimmst, aber nicht gewillt bist, dies deinem Boß gegenüber in Frage zu stellen oder zu diskutieren, oder wenn du überstimmt worden bist, schreib eine OAZ. Wenn sich die Angelegenheit dann als Fehlentscheidung herausstellt, kannst du als Beweis dafür, daß du schon immer anderer Ansicht warst, eine OAZ vorlegen. Sie öffnete die Akte und war erstaunt, festzustellen, daß die OAZ, die zuoberst lag, die U-Boot-Angelegenheit zum Gegenstand hatte. Sie las sie und merkte, wie sie vor Empörung rot anlief, als sie erkannte, welche Absicht dahinter steckte.

J. W. hatte den Hintergrund der U-Boot-Angelegenheit in drei Absätzen fein säuberlich dargestellt und die Schlußfolgerung gezogen, daß die Entsendung eines aus drei ASW-Schiffen bestehenden Verbandes in das fragliche Gebiet die angemessene Reaktion sei. Dieser Verband solle sich länger dort aufhalten, als ein U-Boot voraussichtlich ohne zu Schnorcheln getaucht bleiben kann. Er räumte das Problem limitierter Mittelverfügbarkeit ein, blieb aber dabei, daß die Navy der Vermutung, daß sich dort draußen etwas aufhalte, nachgehen müsse. Er schlußfolgerte ebenfalls, daß die Entscheidung, ihre Informationen nicht an das Marinehauptquartier in Norfolk weiterzuleiten, ein Fehler sei, und daß er dem Admiral so deutlich wie möglich nahegelegt habe, das Hauptquartier zu informieren.

Diane schnaubte laut vor Wut. Das könnte dir so passen. Sie konnte sich nicht vorstellen, daß ihr lieber Ehemann sich ›so deutlich wie eben möglich‹ für oder gegen etwas aussprach. Bestimmt nicht gegenüber einem alten Dickkopf wie Admiral

Walker. Aber die Notiz war mit seinem Unterschriftsstempel versehen, maschinell datiert, und er hatte handschriftlich gegengezeichnet, um zu beweisen, daß sie an dem gestempelten Datum geschrieben worden war. J. W. hatte sich geschickt den Rücken freigehalten, für den Fall, daß etwas mit der Coral Sea passierte. Sie vermutete, daß sich in den Akten im Verbandsbüro eine Kopie befand und das Original hier, zur sicheren Verwahrung. Herzlichen Glückwunsch, J. W. Sie fragte sich, ob er wußte, was Eli Aronson im Schilde führte. Sie würde ihm das ohne weiteres zutrauen. Laß die Geschichte ausgehen, wie sie will; Hauptsache, er hatte sich gegen negative Auswirkungen auf seine Karriere abgesichert.

Jetzt war es Diane egal. Diese OAZ hatte den Ausschlag gegeben.

Sie wühlte sich durch den Rest des Stapels, bis sie das Navy-Telefonbuch für Norfolk fand. Sie blätterte das Adreßverzeichnis bis zur Sektion ›Atlantic Fleet Command‹ durch. Mit Hilfe des Bleistifts ging sie die Eintragungen durch, bis sie das Büro des Atlantic Fleet Commander gefunden hatte, und schrieb die Nummer seines Adjutanten auf. Dann nahm sie den Hörer von J. W.s abhörsicherer Navy-Telefonanlage auf und wählte die Nummer.

»CincLantFleet Headquarters, Büro von Admiral Denniston, Yeoman First Class Michaelson am Apparat. Dies ist keine abhörsichere Leitung. Kann ich Ihnen helfen, Sir?« erklang eine leicht gelangweilt klingende Stimme vom anderen Ende der leitung.

Diane holte tief Luft. »Ich muß den Adju sprechen«, sagte sie mit aller Autorität in der Stimme, zu der sie im Moment fähig war.

»Darf ich fragen, wer spricht, Ma'am?«

»Ja. Hier spricht Diane Martinson. Mein Mann ist Chief of Staff von Verband Zwölf in Mayport.«

»Oh, ja, Ma'am, und um was geht es bitte?« Jetzt klang die Stimme nicht mehr gelangweilt, eher vorsichtig neugierig.

»Das werde ich dem EA erzählen«, sagte sie überlegen. »Und es ist ziemlich dringend.«

»Oh, ja, Ma'am«, antwortete der Yeoman, »ich werde sehen, ob er frei ist. Bitte warten Sie einen Moment.«

Stille. Keine Musik. Keine nette kleine Werbung für eine Karriere in der Navy, noch nicht einmal dieses knackende ›Sie-sind-noch-in-der-Leitung‹-Geräusch. Absolute Stille. Diane begann sich zu fragen, ob sie es wirklich fertigbringen würde, ihm zu erzählen, was sich abspielte. Mike hatte sich ihr anvertraut, ihr alles gesagt, und nun würde sie wahrscheinlich alle diese Informationen benutzen müssen. Einschließlich – und das wurde ihr plötzlich schaudernd klar – der Bekanntgabe ihrer Quelle. Sie fragte sich, wie Mike darauf reagieren würde, wenn er es wüßte. Sie atmete tief durch – als sich am anderen Ende der Leitung eine außergewöhnlich angenehme Baritonstimme meldete.

»Mrs. Martinson. Hier spricht Captain St. Claire. Was kann ich für Sie tun?«

Die Stimme vermittelte ein ehrliches Interesse an dem, was Diane zu sagen hatte, und genügend Wärme, um den Eindruck zu erwecken, sie seien alte Freunde. Darüber schwebte der Hauch einer leisen Verwunderung, daß sie – statt ihres Ehemannes – anrief. Sie atmete nochmals tief durch.

»Captain, ich bin mir darüber im klaren, daß dies ein ungewöhnlicher Anruf ist, aber es handelt sich auch um eine ungewöhnliche Situation. Wie stelle ich diesen Apparat auf abhörsicher?«

»Rufen Sie von einem STU-III an?« fragte er. Die Überraschung in seiner Stimme war nicht zu überhören.

»Ja, ich glaube schon. Es wurde eine abhörsichere Anlage im Wohnviertel installiert, als J. W., mhm, mein Mann, den Posten als Chief of Staff antrat.«

»Richtig. Und Sie wollen auf abhörsicher gehen? Nun gut. Sehen Sie den roten Knopf oben links auf Ihrem Telefon? Drücken Sie den runter und halten Sie ihn zwei Sekunden lang fest. Wenn das Wort ›abhörsicher‹ in ihrem Display auftaucht, sind wir geschützt. Drücken Sie ihn – jetzt.«

Diane folgte den Instruktionen und hörte ein entferntes Trillern, ähnlich wie bei einem Fax-Gerät in der Hörmuschel. Dann war Captain St. Claire wieder in der Leitung. Das erforderliche Wort war jetzt in der Anzeige oben, über der Wählscheibe, zu lesen. Die Stimme von Captain St. Claire war nicht mehr ganz so deutlich, aber sonst war kein Unterschied festzustellen.

»Sind Sie wieder da, Mrs. Martinson?«

»Ja, bin ich.«

»Sehr gut. So, womit kann ich Ihnen also helfen?«

Aus seiner Stimme war zu erkennen, daß er jetzt befürchtete, in eine häusliche Auseinandersetzung oder irgendeine andere unangenehme persönliche Angelegenheit verwickelt zu werden. Aber er war bereit, mannhaft seine Pflicht zu erfüllen.

»Ja. Also, ich will direkt zum Punkt kommen: Es geht um ein U-Boot, ein libysches U-Boot, um genau zu sein, das offensichtlich bereits seit einem Monat in den amerikanischen Gewässern um Jacksonville operiert und sich versteckt hält. Es liegt auf der Lauer, um die Coral Sea aus dem Hinterhalt anzugreifen – als Rache für die Bombardierung von Libyen vor drei Jahren. Die Coral Sea wird heute nachmittag aus Puerto Rico kommend zurückerwartet, der Angriff wird daher höchst wahrscheinlich heute nachmittag stattfinden, und das einzige, das zwischen der Coral Sea und dem U-Boot steht, ist ein alter Ausbildungs-Zerstörer, die Goldsborough, die von ihrem Commodore rausgeschickt wurde, um diese hinterhältige Attacke zu verhindern. Und offensichtlich weiß niemand sonst in Mayport oder auch anderswo – nebenbei bemerkt –, was hier eigentlich vor sich geht.«

Plötzlich fehlten ihr die Worte, und sie spürte, wie sie vor Verlegenheit errötete, als das Schweigen am anderen Ende der Leitung sich hinzog. Ein ungläubiges Schweigen, das bedeutete: »Ich muß mit einer Betrunkenen oder einer Verrückten reden.«

»Captain St. Claire?«

»Oh, ja, ähm, Mrs. Martinson. Ich fürchte, Sie haben mich irgendwie überrumpelt. Ich meine, das ist höchst . . .«

»Ich weiß«, unterbrach Diana, »Sie glauben, Sie haben es hier mit einer betrunkenen oder übergeschnappten Ehefrau zu tun. Lassen Sie mich Ihnen erzählen, was ich davon weiß, und dann können Sie beim Büro des COMDESRON Zwölf anrufen, das ist Commodore Aronson, und ihn einfach fragen, was es mit der Goldsborough und einem libyschen U-Boot auf sich hat, okay? Ich habe mich die ganze Nacht damit herumgeschlagen, ob ich diesen Anruf tätigen soll oder nicht, deshalb werde ich es Ihnen auch nur einmal erzählen, und dann sind Sie dran, okay? Können Sie dieses Gespräch aufnehmen?«

»Tja, schon, aber . . .«

»Schalten Sie das Band ein, Captain. Die Uhr läuft schneller, als Sie glauben, Captain.«

Es gab eine kurze Unterbrechung, während vom Captain am anderen Ende die Aufnahme vorbereitet wurde, dann war er wieder in der Leitung.

»Mrs. Martinson? Wir nehmen jetzt auf, okay? Wäre es möglich, mit Captain Martinson selbst sprechen zu können? Verstehen Sie mich nicht falsch, aber es . . .«

»Vergessen Sie es«, sagte Diane. »Er ist an Bord der Coral Sea. Das ist einer der Gründe für diesen Anruf. Und jetzt bitte ich Sie, mir einfach zuzuhören, ohne mich zu unterbrechen.«

»Mrs. Martinson . . .«

»Lassen Sie mich ausreden, Captain St. Claire und wer sonst noch mithört. Sie haben nicht mehr viel Zeit.«

Diane hörte, wie es ein paarmal klickte, während sie darauf wartete, daß das Bandgerät eingeschaltet wurde. St. Claire hatte noch jemanden als Zeugen zugeschaltet. Das ging in Ordnung. Diane wußte, daß sie im Begriff war, Dynamit anzustecken. Je mehr Dynamitstangen, um so größer waren die Chancen für Mike.

Dann ging sie die ganze Geschichte durch, von den ersten Vorfällen, über das langsame Sammeln von Anzeichen – mit schwacher Beweiskraft, der Skepsis des Verbandes der ganzen Theorie gegenüber, den beiden Suchaktionen der Goldsborough, den akustischen Aufzeichnungen der Deyo, der deutlichen Ablehnung des Admirals bis zur heimlichen Entscheidung des Commodore, die Goldy unter einem Vorwand zu einem Rendezvous mit der Coral Sea zu entsenden. Sie brauchte dazu eine halbe Stunde, und gegen Ende stellte sie fest, daß sie ins Schwitzen gekommen war. Sie wartete auf eine Reaktion.

»Oh, warten Sie, Mrs. Martinson, das ist – äh – ich bin gleich wieder da, Ma'am«, sagte St. Claire.

Wahrscheinlich ruft er jetzt die Männer mit den weißen

Jacken, dachte sie. Um ihre Nerven zu beruhigen, atmete sie noch einmal tief durch. Wenn sie so darauf reagieren wollten, bitte. Sie waren gewarnt worden. Sie nahm einen Schluck Kaffee. Daß er kalt war, merkte sie gar nicht.

»Mrs. Martinson«, meldete sich eine andere, ältere Stimme.

»Ja?«

»Hier spricht Vice Admiral Bennett. Ich bin Admiral Dennistons Chief of Staff. Ich habe dem Gespräch über Lautsprecher in meinem Büro zugehört. Bitte verzeihen Sie das Lauschen, aber mein Adju sagte, daß es – wichtig sei.«

Ich wette, daß er nicht ›wichtig‹ gesagt hat, dachte Diane. Absonderlich vielleicht, aber nicht wichtig.

»Mrs. Martinson, Ihre Geschichte ist, tja, wie soll ich sagen, in höchstem Maße beunruhigend. Sie haben völlig recht, daß uns nichts von diesen Vorgängen in Mayport oder von einem libyschen U-Boot, das in dem Gebiet operiert, bekannt ist. Tatsache ist, daß bei unserer morgendlichen Besprechung vom Nachrichtendienst mitgeteilt ... – Mike, ist die Leitung geschützt? Ja? Okay, danke. Mrs. Martinson, unser Nachrichtendienst berichtete, daß alle libyschen U-Boote an ihrem Pier oder wo sie sonst sein sollten, liegen. Ich ...«

»Rufen Sie Washington an«, unterbrach Diane. »Reden Sie mit den Leuten, die für die Satelliten-Aufklärung über der nordafrikanischen Küste zuständig sind. Die Aufnahme zeigt, daß es sich bei einem der U-Boote im Stützpunkt um eine Attrappe handelt. Das heißt, Mike – äh, ich meine – wir glauben, daß es sich um eine Attrappe handelt, und daß das U-Boot vor über einem Monat aus dem Hafen ausgelaufen ist.«

Am Norfolk-Ende der Leitung entstand ein verblüfftes Schweigen. Dann meldete sich der Admiral wieder.

»Mrs. Martinson – die Satellitenaufklärung ist eine hochsensible Angelegenheit«, begann er mit strenger Stimme. »Ich muß Sie jetzt fragen, wie zum Teufel kommen Sie an diese Informationen? Hat Ihnen Captain Martinson ...«

»Nein!« Sie hatte das förmlich hinausgeschrien.

»Nein«, fuhr sie in ruhigerem Ton fort. »Captain Martinson glaubt, daß die ganze Geschichte Unsinn ist.« Soviel zu deiner OAZ, mein Lieber. »Er ist ebenso wie Admiral Walker davon überzeugt, daß es kein U-Boot gibt. Beide glauben, daß diese ganze Geschichte absurd und eine Weitermeldung nach oben nicht gerechtfertigt sei. Admiral Bennett, sie könnten auch recht haben. Aber wenn sie sich irren und der Commodore und Mike recht haben, dann steht der Navy ein ziemlich unangenehmer Nachmittag bevor.«

»Mrs. Martinson, ich muß Sie danach fragen – wer ist Ihre Quelle? Der Commodore – und wenn nicht, ist es dieser – Mike?«

Diane holte tief Luft.

»Nein«, sagte sie. »Es ist nicht der Commodore. Meine Quelle ist der Captain der Goldsborough, Commander Mike Montgomery.«

Angespanntes Schweigen und die unausgesprochene logische nächste Frage schwangen durch die Leitung.

»Hören Sie«, sagte sie schnell, »ich werde jetzt nicht auf die näheren Umstände eingehen. Sie sind auch jetzt nicht relevant. Rufen Sie bei Commodore Aronson im Büro an. Warnen Sie die Coral Sea. Schicken Sie ein paar Schiffe da raus, um der Goldsborough zu helfen. Ihnen bleibt kaum noch Zeit. Sie sind gewarnt. Unternehmen Sie etwas. Bleiben Sie nicht einfach auf Ihrem hochdekorierten Hintern sitzen und machen sich mitschuldig an einem neuen Pearl Harbour, okay?«

Dann legte sie auf und lehnte sich in ihrem Stuhl zurück. J. W.s Stuhl, dachte sie mit klopfendem Herzen. Das Telefon läutete unmittelbar darauf. Sie nahm nicht ab; statt dessen starrte sie auf den Apparat und wünschte inbrünstig, er möge aufhören zu klingeln. Endlich verstummte er. So, ihr Oberbonzen, ihr habt eure Warnung gehabt. Und nebenbei ist jetzt auch mehr als eine Katze aus dem Sack.

Sie sank in dem großen Ledersessel in sich zusammen. Oh, Mike. Ich habe dir gesagt, ich würde mit unserer Situation auf meine Art umgehen. Und jetzt weiß der liebe Himmel, was sie alles tun werden. Ich hoffe und bete nur, daß sie das nicht in ihre politischen Spielchen miteinbeziehen. Es wäre allerdings ganz typisch, wenn sie sich wieder auf die Indiskretionen der Ehefrau eines Navy-Angehörigen statt auf das U-Boot stürzten.

Sie beugte sich nach vorne, umfaßte ihre Knie und kauerte sich im Sessel zusammen.

Die Normalität des Strandlebens draußen, das Treiben auf dem Stützpunkt, die Brandungsgeräusche, die durch das zum Strand gelegene Fenster hereindrangen und das Geräusch der Klimaanlage überlagerten, verstärkten ihre Ängste in dem leeren Haus.

Der abhörsichere Apparat begann wieder zu läuten, aber sie ignorierte ihn.

KAPITEL NEUNUNDFÜNFZIG

Atlantic Fleet Headquarters, Norfolk, Virginia, Freitag, 9. Mai, 13 Uhr 20

Admiral Bennett und Captain St. Claire schauten sich verblüfft an, nachdem Diane eingehängt hatte.

»Holen Sie sie wieder ans Telefon zurück«, befahl der Admiral und fuhr sich mit der Hand durch sein schütteres Haar.

Der Admiral stand neben dem Schreibtisch des Verwaltungsunteroffiziers, während St. Claire die Wahlwiederholungstaste drückte, aber das STU-III in Mayport blieb tot.

»Kein Glück, Admiral.«

»Und sie hat bestimmt von einem STU-III angerufen?«

»Ja, Sir, und die ID-Kennung war korrekt: Wohnquartier des Chief of Staff, Verband Zwölf. Sir, ich habe Mrs. Martinson einmal bei einem Empfang dort unten getroffen. Es klang wie sie.«

»Sie muß ja etwas Besonders sein, wenn sie Ihnen in Erinnerung geblieben ist, Mike«, entgegnete der Admiral trocken.

»Nun ja, sie ist tatsächlich eine Dame, an die man sich erinnert. Aber diesen Unsinn über ein U-Boot . . .«

»Ja, ich weiß. Spulen Sie mir das Band zurück. Ich will mir noch mal alles anhören. Und dann will ich mit Eli Aronson sprechen. Bei jedem anderen Namen wäre ich in Ruhe Mittagessen gegangen. Er und ich haben gelegentlich zusammen Golf gespielt, als er hier vor einem Jahr beim SurfLant-Stab war. Super Offizier, aber ihm würde ich zutrauen, in so eine komische Geschichte verwickelt zu sein. Muß an dem Wasser in Mayport liegen«, sagte er kopfschüttelnd.

St. Clair spulte schnell das Band zurück. Anschließend ließen sie es in Admiral Bennetts Büro noch einmal über Lautsprecher ablaufen. Die beiden Verwaltungsunteroffiziere im Vorzimmer versuchten, den Eindruck zu vermitteln, als hörten sie nicht zu. St. Claire stellte das Band ab, als sie zu der Stelle kamen, an der Diane aufgelegt hatte.

»Müssen wir den Admiral informieren?«

St. Claire brauchte nicht zwischen Admiral Bennett, der ein Vize-Admiral war, und Admiral Denniston, dem Vier-Sterne-Oberbefehlshaber der Atlantik-Flotte, zu unterscheiden: Der CinC Admiral Denniston war der Admiral. Bennett schüttelte den Kopf.

»Noch nicht. Aber holen Sie mir den N2 hierher. Ich will, daß er bei denen vom Nachrichtendienst mal nachfragt, ob vielleicht bei den Libyern eine Attrappe am Pier liegt. Und holen Sie mir Aronson ans Telefon. Ich nehme das Gespräch drinnen an. Warum muß so ein Scheißkram immer freitags passieren?« fragt er mehr rhetorisch.

Bennett ging in sein Büro zurück, während St. Claire den Verwaltungsunteroffizier instruierte, Commodore Aronson in Mayport für Admiral Bennett ans Telefon zu bekommen. Dann ging St. Claire hinüber zu seinem Schreibtisch, bereit, die Mithörvorrichtung hochzunehmen, mit der alle EAs den Gesprächen ihrer Vorgesetzten zuhörten, um entsprechende Memos oder Gesprächsvermerke anzufertigen. Er legte sich Papier und Bleistift zurecht. Er hörte, wie der Verwaltungsunteroffizier ein paar Mal, »ja, Sir«, sagte, bevor er eine Taste drückte, die den Anruf in Bennetts Büro weiterleitete. Er gab St. Claire ein Zeichen, den Hörer aufzunehmen. Der Verwaltungsunteroffizier kritzelte etwas auf einen kleinen gelben Klebezettel und reichte ihn St. Claire. »Commodore nicht da. Das ist der CSO.« St. Claire nickte und hörte mit.

»Hier spricht Commander Barstowe, Sir«, meldete sich eine nervöse Stimme.

»Commander, hier spricht Vice Admiral Bennett. Wo ist Ihr Boß?«

»Oh, Admiral. Jetzt im Moment ist er gerade auf der Deyo drüben, Sir. Kann ich Ihnen weiterhelfen?« Aus Barstows Stimme war jetzt deutlich ernsthafte Besorgnis herauszuhören.

»Allerdings, Commander«, erwiderte der Admiral in geduldigem, aber drohendem Tonfall. »Holen Sie Ihren Boß ans Telefon. Abhörsicher. Ich möchte ihm eine Frage stellen.«

»Sehr wohl, Sir, wird sofort erledigt. Er wird Sie sofort zurückrufen, Sir. Abhörsicher, Sir.« In der Annahme, daß es nichts aufzuschreiben gab, hatte St. Claire seinen Hörer schon aufgelegt. Voreilig, wie er feststellen mußte, da er den Admiral im anderen Zimmer noch sprechen hörte.

»Um was es geht?« sagte der Admiral. Seine Stimme wurde lauter. »Ja, ich kann Ihnen sagen, um was es geht. In einem Wort sogar. Es lautet ›*Unterseeboot*‹. Oder machen wir doch zwei daraus: wie ›*Libysches* Unterseeboot‹.«

Stille. Dann hörte St. Claire den Admiral aus seinem Sessel aufstehen.

»Was haben Sie gesagt?!« brüllte der Admiral. »Was zum Teufel meinen Sie mit ›O Scheiße‹, Commander?!«

Draußen im Vorzimmer schnappte sich St. Claire eilig den Hörer und gab die Nummer des Duty Officer im Atlantic Fleet Operations Center ein.

KAPITEL SECHZIG

USS GOLDSBOROUGH OP-Gebiete Jacksonville, Freitag, 9. Mai, 19 Uhr 45

Trotz der Klimaanlage wurde es im Combat Information Center langsam heiß. Mike saß auf dem Kommandantensessel in der Nähe des Hauptkartentisches, umgeben von etwa zwei Dutzend Männern auf ihren verschiedenen Gefechtsstationen. Alle trugen ihre Kampfanzüge: durchgeknöpfte Hemden mit langen Ärmeln, den Hosensaum in die Socken gesteckt, Gasmasken auf der einen Seite, eine CO2-aufblasbare Schwimmweste auf der anderen Seite ihrer Gürteltaschen, Brandschutzhandschuhe und -kapuzen sowie Stahlhelme. Die zusätzliche Ausrüstung erschwerte es, sich in dem ohnehin – und besonders bei ›alle Mann auf Station‹ – gedrängten CIC zu bewegen. Die Männer waren ruhig, aber wachsam. Sie führten ihre Aufgaben mit einer konzentrierten Aufmerksamkeit aus, die Mike vorher noch nie festgestellt hatte.

Der Operations Officer saß auf seinem Stuhl am Kopfende des Kartentisches, während die Plotter einen Radarkontakt, der sich ihnen von Südosten näherte, absteckten.

»Was denken Sie, Ops?« fragte Mike von seinem Stuhl aus. Am Plottisch war nicht genügend Platz für ihn.

»Er könnte es sein«, erwiderte der Operations Officer. »Der Radarkontakt auf dem Raytheon Display ist groß genug, und er nähert sich mit einer Geschwindigkeit von etwa zwanzig Knoten. Aber zur Zeit registriert das ESM nichts außer einem Handelsschiff-Radar. Kein TACAN, kein GCA-Radar, nichts, das auf einen Flugzeugträger hinweist. Sonar-Passiv meldet nur, daß es ein großer ist und die Schiffahrtsstraße hinunterfährt. Keine sonstigen Hinweise. Im Moment ist er etwa zweiundzwanzig Meilen weit draußen, also werden wir ihn bald sehen können. Die Ausguckposten sind informiert, ebenso die Brückenwache.

»Okay. Wenn es die Coral Sea ist, werden wir die Geschwindigkeit auf fünfzehn Knoten erhöhen, wenden, auf Parallelkurs und Sonar-Aktiv gehen. Wir sind schon relativ weit draußen. Ich glaube, das günstigste Angriffsgebiet liegt jetzt westlich von uns, in Richtung Mayport.

»Ja, Sir. Wir haben die Suchaktions-Pläne fertig. Der PC zeigt den Unterwasser-Bergkamm etwa zehn Meilen hinter uns in westlicher Richtung. Wir sind also auf einer guten Position.«

Mike nickte und griff nach der BÜ-Anlage für die Brücke, im Jargon ›Laberkasten‹ genannt.

»XO, hier Captain.«

»Ja, Sir, Captain«, erwiderte Farmer. Seine Gefechtsstation war auf der Brücke, wenn der Captain im CIC war. Seine vorrangige Pflicht bestand darin, das Kommando zu übernehmen, falls das CIC ausgeschaltet würde, und als Brücken-W. O. zu fungieren, wenn es im Ernstfall eng würde.

»XO. Der große Kontakt nähert sich weiterhin von Südosten. Halten Sie Ausschau nach der Hull-Number. Wir müssen wissen, ob es die Coral Sea ist.«

»Aye, aye, Sir. Wäre aber ein bißchen früh, meinen Sie nicht?«

»Ja, das wäre es, und es wird auch durch ESM nicht bestätigt. Vielleicht ein Handelsschiff. Er fährt mit zwanzig Knoten.«

»Klingt mehr nach einem Toyota-Fahrzeugfrachter als nach einem Navy-Träger. Die Jungs können ganz schön Gas geben.«

»Na, gut. Aber haltet trotzdem die Augen offen. Wie ist das Wetter?«

Mike hatte den ganzen Morgen im CIC verbracht. Er brauchte eigentlich nur die sieben Meter bis zur Eingangstür des CIC zurückzulegen, um es selbst feststellen zu können, aber er wollte die Rotlicht-Adaption seiner Augen nicht unterbrechen.

»Strahlender Sonnenschein, leichte hohe Wolken, Seegang null, windstill, hohe Temperaturen, Schweiß überall«, sagte Farmer.

»Na, andere Leute bezahlen für solche Kreuzfahrtverhältnisse Geld. Genießen Sie es.«

»XO, aye.«

Mike schaltete die Anlage ab. Sie warteten.

Fünfzehn Minuten später erspähten die Ausgucke auf der Signalbrücke, ein Deck über dem Steuerhaus, weit hinten am

Horizont das herankommende Schiff. Einer gab die Beschreibung ans CIC durch.

»Es sieht groß und kastenförmig aus«, gab der Operations Officer weiter.

»Okay, das ist wahrscheinlich ein Handelsschiff. Der XO hatte recht. Ich wette, das ist ein Toyota-Frachter.«

Zehn Minuten später bestätigten die Ausguckposten und der Exec, daß es sich um einen der großen Toyota-Schwerstgutfrachter handelte. Er hatte die Form eines Schuhkartons, schmaler Bug, überhängendes Heck, fünfunddreißig Meter hohe Stahlplatten-Seitenwände, Drehrampe am Heck, zwei kleine Schornsteine am äußersten Ende und ein Steuerhaus, das in die Vorderseite des Kastens über dem Bug gebaut war. Die etwa zweihundertachtzig Meter langen Fahrzeugträger beförderten auf sieben Decks über zweitausend neue Autos. Es handelte sich um moderne, flossen-stabilisierte, schnelle Schiffe, die speziell dafür eingesetzt wurden, den ungebremsten Appetit der Amerikaner auf japanische Autos und Lastkraftwagen von hoher Qualität zu stillen.

»Kontakt steuert zweihundertfünfundachtzig, zweiundzwanzig Knoten«, meldete der Surface Supervisor.

»Nicht schlecht für eine Welle«, merkte der Operations Officer an.

»Und für ein Schiff mit einer Wasserverdrängung von fünfzig- bis sechzigtausend Tonnen«, sagte Mike. »Wir sollten es den Japanern überlassen, Schiffe zu bauen, die so modern wie ihre Autos sind. Gebt die Klassifizierung an Sonar weiter und sagt auf der Brücke Bescheid; wir bleiben in dem Gebiet hier, Geschwindigkeit fünf Knoten, Kurse wechselnd, Wechsel alle fünf bis zehn Minuten.«

Der Operations Officer gab die Informationen an Linc unten in der Sonar-Zentrale weiter. Mike beschloß, daß es Zeit war, das Schiff in Augenschein zu nehmen. Sein schwerer Körper hatte immer Probleme mit stundenlangem Sitzen, selbst auf dem relativ bequemen, gepolsterten Kommandantensessel. Er verließ das CIC und kletterte über den inneren Niedergang auf 01, ein Deck unter der Brücke. Er ging nach achtern, vorbei am Funkraum, seiner eigenen Kabine und durch das wasserdichte

Querschott hinaus auf den Deckbereich mittschiffs. Das helle Sonnenlicht, das vom blauen Meer reflektiert wurde, blendete ihn, und er brauchte einige Minuten, bis er wieder richtig sehen konnte.

Er setzte seinen Weg fort, vorbei am Deckshaus und der darauf angebrachten Feuerleitantenne, und bog an den Bootsdecks zu den Zweiundfünfziger-Geschützen ab. Die beiden Stahltüren des Geschützturms standen offen. Die Amplidyne-Motoren waren wegen der Gefahr der Überhitzung abgeschaltet. An jeder Tür saß ein Geschützmaat. Sie standen auf, als der Captain näherkam, aber Mike bedeutete ihnen, sich wieder hinzusetzen.

»Na, was macht die Gefechtsstation? Kommt ihr zurecht?«

»Okay, Capt'n«, erwiderte der Ranghöhere von beiden. »Wir warten nur darauf zu schießen.«

Die messingfarbenen Sicherungsspitzen auf den Fünf-Zoll-Hülsen glänzten in den Wechselbehältern. Die automatische Ladevorrichtung der großen Kanone konnte in einer Minute zweiundvierzig Schuß Munition laden und verschießen. Die Goldsborough verfügte über drei solcher Geschütze.

»Na ja, mit ein bißchen Glück – sollte dieser Kerl auftauchen –, werdet ihr dazu Gelegenheit haben.«

»Glauben Sie wirklich, Capt'n, daß da draußen ein arabisches U-Boot rumfährt?« fragte der Gunner's Mate.

»Wir glauben, daß dies zumindest nicht auszuschließen ist, Gunner. Alles, was wir jetzt hier tun, mag völlig umsonst sein, aber solange auch nur der kleinste Verdacht besteht, ist es unser Job, uns dazwischenzustellen und einen Angriff auf die Coral Sea zu verhindern«, erwiderte der Captain.

Die Geschützmaate nickten.

»Wann kommt der Träger zurück?«

»Wir erwarten, daß der Träger auf dem Weg nach Norfolk dieses Gebiet gegen sechzehn Uhr durchqueren wird. Aber soweit wir wissen, kann sich das U-Boot bereits in diesem Moment hier aufhalten. Wir müssen uns ruhig verhalten, damit wir ihn nicht irgendwohin verscheuchen, wo wir ihn nicht mehr kriegen können. Sobald wir den Träger am Horizont erblicken, gehen wir auf aktiv und beginnen mit der Suche.«

»Also könnte es uns im Prinzip bereits jetzt im Visier haben«, bemerkte der Senior Gunner und blickte besorgt auf den Horizont.

»Rein theoretisch schon«, erwiderte Mike, »aber wenn es auf uns schießen würde, bevor der Träger auftaucht, würde es ja seine Anwesenheit verraten und den Träger dadurch warnen. Es hat nur diese eine Gelegenheit. Es ist nicht auf einen Zerstörer aus. So wie wir es sehen, bleibt ihm gar nichts anderes übrig, als zu warten – genau wie wir.«

Beide Gunners schauten nervös auf die ruhige, friedliche See.

»Ich hoffe sehr, daß Sie recht haben, Capt'n«, sagte der Senior Gunner.

»Na ja, sobald der Träger am Horizont erscheint, werden wir's genauer wissen. Ab dann brauche ich hier oben jedes Paar Augen, um nach Periskop, Schaumkronen oder Torpedo-Spuren Ausschau zu halten. Wenn die See so spiegelglatt bleibt, seid ihr Jungs hier oben so wertvoll wie ein Radar.«

Mit diesen Worten begab Mike sich über den achteren Niedergang zum Hauptdeck. Dort ging er weiter Richtung nach achteraus, wobei er den Horizont im Auge behielt, winkte den Geschützbesatzungen von Geschütz Dreiundfünfzig im Vorbeigehen grüßend zu und blieb an der Wasserbombenablaufbühne stehen. Sie war gefechtsbereit. Bei jeder der fünfhundert Pfund schweren Bomben waren Druckzünder und glänzende Entsicherungseinrichtungen aus Messing sowie Netzteilkappen aus Edelstahl und Tiefensensoren eingesetzt worden. Die beiden Sonar-Männer, die die Ablaufbühne bedienten, nahmen Grundstellung ein, als sie Mike herankommen sahen. Sie trugen volle Kampfausrüstung, einer von ihnen zusätzlich einen überdimensionalen Helm, der Platz für die Kopfhörer bot.

»Rührt euch, Jungs«, sagte Mike. Er bemerkte die dunklen Schweißflecken auf ihren Kampfanzügen. Bei dem strahlenden Sonnenschein war es hier hinten am Heck sehr heiß. »Na, sind die Brummer bereit?«

»Yeah, Sir«, erwiderte der zuständige Petty Officer in breitem Dialekt. »Brauchen nur genau über dem Bastard zu sitzen, dann reißen wir ihm den Arsch auf.«

Mike mußte lächeln. Diese Jungs hatten ihm sofort geglaubt, daß sich hier draußen ein U-Boot herumtrieb.

»Das kann ein Problem werden, Jungs«, sagte er. »Das U-Boot wird nicht einfach still dasitzen und darauf warten, daß wir versuchen, drüber zu fahren.«

»Könnten doch einfach ein oder zwei abwerfen, wenn er in der Nähe is'; die Jungs in der Ausbildung hab'n gesagt, das macht dem 'ne Scheißangst, und manchmal gehen auch die Maschinen dabei drauf.«

»Könnt ihr die Zünder sehr schnell einstellen?« fragte Mike.

»Ja, Sir«, erwiderte der andere Petty Officer und schwang den Y-förmigen Zünderschlüssel.

Jede Unterwasserbombe mußte manuell auf die Detonationstiefe, die sich zwischen fünfzehn und einhundertfünfzig Metern bewegte, eingestellt werden. Die Fünfzehn-Meter-Einstellung mußte doppelt vorgenommen werden, weil eine Detonation in dieser Tiefe die Gefahr barg, das Schiff, das die Bomben abwarf, selbst zu beschädigen. Sicherheitshalber hatten alle Bomben eine Grundeinstellung von sechzig Metern. Dadurch war es möglich, den Abwurf von der Brücke aus fernzusteuern und wenigstens eine begrenzte Wirkung zu erzielen, für den Fall, daß die Männer auf der Schanz kampfunfähig waren. Die Navy verzichtete schon seit langem auf Unterwasserbomben, weil sie erforderten, daß sich der Zerstörer genau über das U-Boot manövrierte. Mit dem Auftreten von Hochgeschwindigkeits-Atom-U-Booten, die ihrerseits das Überwasserschiff ausmanövrieren konnten, war ein Angriff mit Unterwasserbomben fast unmöglich geworden. Dennoch sehnten sich die meisten ASW-Experten insgeheim danach zurück – wenn auch vielleicht nur um der psychologischen Wirkung willen –, eine Unterwasserbombe im ureigenen Lebensbereich eines Unterseebootes detonieren lassen zu können. Nur wenige überlebende U-Boot-Fahrer hatten jemals den nackten Terror von Unterwasserbomben am eigenen Leibe erfahren.

»Wir müssen heute nachmittag vielleicht ein paar ungewöhnliche Einstellungen vornehmen«, sagte Mike. »Die Wassertiefe beträgt hier etwa einhundert bis einhundertfünfzehn Meter, und wir sind hinter einem Diesel-Boot her. Das kann, wenn es will, zum Grund abtauchen oder aber auch in zwanzig Metern Kieltiefe operieren. Aber denkt immer an die Grundregel: Wenn ich sage ›Jetzt abwerfen‹, dann meine ich ›jetzt‹. Verschwendet keine Zeit für die Änderung der Grundeinstellung; werft ab und nehmt Position ein.«

Sie grinsten. Die ›Position‹ war eine tiefe Kniebeuge in federnder Stellung. Eine Unterwasserbombe konnte bei einer Detonation in sechzig Metern Tiefe am Heck eines Schiffes immer noch Erschütterungen auslösen, die stark genug waren, Beinbrüche zu verursachen, wenn sich das Schiff nicht schnell genug entfernt hatte.

»Werden wir denn überhaupt Torpedos einsetzen, Capt'n?«, fragte einer der Bootsleute. Er war einer der Sonar-Männer und wußte daher über die Waffeneinsatzbesprechung letzte Nacht Bescheid.

»Vielleicht«, erwiderte Mike. »Allerdings besteht die Möglichkeit, daß der Fisch eher den Meeresboden als das U-Boot treffen wird. Aber wenn wir ihn zu flach einstellen, riskieren wir, daß er uns statt des U-Boots trifft – wir sind das größere Ziel für das Sonar in seinem Zielsuchkopf. Ich weiß, daß sie die eingebaute Fünfzehn-Meter-Sperre haben, aber darauf möchte ich meinen Kopf lieber nicht mehr verwetten, nachdem ich vor zehn Jahren einen gesehen habe, der aus dem Wasser nach einem Helikopter gesprungen ist. Aber dennoch werde ich vielleicht einen einsetzen – vor allem, wenn der Kerl einen auf uns abfeuert. Dann würde ich entlang der Peilung des sich nähernden Fisches feuern und gleichzeitig versuchen, seinem auszuweichen. Wie auch immer: Wir werden in jedem Fall diese ›netten Dinger‹ hier hinten einsetzen, um seine Aufmerksamkeit vom Träger abzulenken. Also Jungs, seid bereit. Zwischen jetzt und achtzehn Uhr ist das Angriffszeitfenster.«

Sie versicherten ihm, daß sie und ihre todbringenden Bomben einsatzbereit seien.

Mike ging über die Backbordseite zum vorderen Wellenbrecher, einem Wetterschutzaufbau unterhalb des Steuerhauses, der das Hauptdeck vor den Wellen, die über der Back zusammenschlugen, schützte. Er kletterte einen kurzen, senkrechten Aufgang zur backbords gelegenen Torpedoplattform hoch. Mit dem Stahlhelm war es schwierig, das Gleichgewicht zu halten. Auf der Bühne fand er zwei Torpedomänner, die ihn in Grundstellung erwarteten. Er lächelte im stillen. Offensichtlich hatte es die Runde gemacht, daß der Alte das Schiff inspizierte. Die Torpedomänner waren jedenfalls vorgewarnt.

Sie salutierten, als Mike durch die Ketten oben am Aufgang kletterte. Mike erwiderte den Salut, sprach einige Minuten mit ihnen, beantwortete Fragen und ermahnte sie, für ein mögliches Gefecht heute nachmittag auf dem Posten zu sein. Mike stellte fest, daß eine der Preßluftflaschen ein kleines Leck hatte und daß es Probleme gab, die erforderlichen dreitausend Pfund Luft aus dem vorderen Maschinenraum zu bekommen. Es geht doch nichts darüber, eine Sache selbst in Augenschein zu nehmen, dachte er, und machte sich eine Notiz.

Einer der Männer zeigte auf die Steuerbordseite. Der Toyota-Schwerstgutfrachter dampfte vorbei und hinterließ in etwa sechstausend Metern Entfernung eine schäumende Kielwasserspur. Mike beschloß, wieder zur Brücke und ins CIC zurückzugehen. Er würde den Snipes wegen der Hochdruckluft Feuer unterm Hintern machen. Es war fast Mittag. Er fragte sich flüchtig, was Diane jetzt wohl machte.

KAPITEL EINUNDSECHZIG

Das Unterseeboot AL AKRAB, OP-Gebiete von Jacksonville, Freitag, 9. Mai, 12 Uhr 05

Der Kommandant stand mit angespanntem Gesichtsausdruck hinter dem Sonar-Mann. Alle in der Zentrale horchten auf die Geräusche des näherkommenden Schiffes: ein beständiges Schlaggeräusch, das durch die Lautsprecher über der Sonar-Konsole kam. Der Kommandant schüttelte den Kopf.

»Eine Welle. Das ist nicht der Träger«, verkündete er – und durch die Zentrale ging ein erleichtertes Aufatmen.

»Tiefe?« fragte er.

»Fünfundsechzig Meter«, antwortete der Musaid von seinem Stuhl hinter dem Tiefenrudergänger. »Kurs nullneunzig, Geschwindigkeit vier Knoten.«

Der Kommandant tippte dem Sonar-Bediener auf die Schulter.

»Auswertung?«

»Kommandant, der Kontakt befindet sich östlich von uns, Peilung einhundertfünfundvierzig, Doppler-hoch, eine Welle, hohe Geschwindigkeit. Sehr leistungsstarke Welle, was auf ein großes Schiff hindeutet.«

»Könnte das eine Täuschung sein?« fragte der Operationsoffizier von seiner Position in der Nähe des Waffenkoordinators aus. »Die Coral Sea auf einer Welle?«

Der Kommandant runzelte die Stirn. Möglich wäre es, aber sehr unwahrscheinlich. Warum sollte der Träger im Täuschmodus fahren? Wenn er über die Anwesenheit der Al Akrab vorgewarnt worden wäre, würde es da oben vor Begleitschiffen wimmeln; dann wäre aber sehr wahrscheinlich der Träger nicht da. Er schüttelte langsam den Kopf und konzentrierte sich wieder auf die hydrophonen Geräusche aus dem Lautsprecher. Das große Schiff würde bedenklich nahe herankommen. Die Peilung war gleichmäßig gewesen, hatte aber während der letzten fünf Minuten leicht nach rechts auszuwandern begonnen. Aber was war es? Wer war es? Er beschloß, sich die Sache anzusehen.

»Nein, das ist etwas anderes. Wo liegt der dichteste Annäherungspunkt?«

»Kommandant: Basierend auf Passiv-Peilungs-Analyse wird der dichteste Annäherungspunkt bei etwa dreitausend Metern an Steuerbord liegen.«

»Ausgezeichnet. Musaid – Audio abschalten. Auf Sehrohr-Tiefe gehen.«

»Wie Ihr befehlt, Effendi«, erwiderte der Musaid.

Er tippte dem Tiefenrudergänger auf die Schulter. Dieser nickte und begann, das Ruderjoch zurückzuziehen. Das U-Boot geriet in eine leichte Achterlastigkeit. Langsam und geräuschlos – durch den Elektroantrieb – tauchte es auf. Die Mitglieder des Gefechtsstations-Teams in der Zentrale machten dem Kommandanten Platz, damit er seine Position am Periskop-Schacht einnehmen konnte. Durch die Wärme der tropischen See war es in der Zentrale feuchtheiß. Die Ventilatoren fochten einen aussichtslosen Kampf: Alle Abschnittsschotten waren geschlossen. Der Kommandant beobachtete den Tiefenmesser vor dem Tiefenrudergänger. Als die Al Akrab eine Kieltiefe von zwanzig Metern erreicht hatte und Bug und Deckplatten wieder null-lastig waren, nickte der Musaid dem Kommandanten zu; dieser drehte sich noch einmal zu dem Sonar-Mann um.

»Lage?« befahl er.

»Kommandant, das Schiff befindet sich nahezu querab, Peilung einhundertfünfundneunzig, zieht an Steuerbord vorbei. Ich kann den Abstand nicht einschätzen, aber die Peilungsabweichung deutet darauf hin, daß es nicht im Nahbereich ist. Aber da ist noch etwas.«

»Ja?«

Die Männer in der Zentrale verstummten schlagartig. Ihre Augen waren auf den jungen Mann hinter der Sonar-Konsole gerichtet, der – die Hände auf den Kopfhörern – konzentriert horchte. Das Schweigen dehnte sich aus.

»Kommandant. Ich glaube, da ist noch ein Schiff. Sehr leise zwar, aber ich kann etwas hören; ebenfalls östliche Peilung nullfünfundneunzig; ziemlich weit entfernt. Wegen des großen

Schiffes, das jetzt Doppler-tief aufweist und an uns vorbeizieht, konnte ich es vorher nicht hören.«

»Klassifizierung«, befahl der Kommandant.

»Kommandant, außer eine Welle kann ich nichts klassifizieren. Vielleicht täusche ich mich ja. Aber ich glaube, da ist noch etwas. Östlich von uns, kaum hörbar.«

Der Kommandant atmete tief durch. Sie hatten sich dem Angriffsgebiet von Norden genähert – langsam und leise, auf Batterie, weit unterhalb der akustischen Schicht. Sie hatten eine Reihe von Fischkuttern und kleineren Motorbooten entdeckt und dann, vor etwa einer Stunde, das große Schiff, mit dem gleichmäßig trommelnden Geräusch, das von Südosten Richtung Hafeneinfahrtsrinne von Jacksonville fuhr. Vom Nachrichtendienst hatten sie erfahren, daß die Coral Sea heute abend zurückerwartet wurde – aber es war erst Mittag. Hatte es eine Änderung gegeben? Eine Warnung? Und jetzt die Meldung, daß da draußen noch etwas war. Er wurde zornig, seine Kampfeslust erwachte.

»Tiefenhaltung nullastig auf Sehrohrtiefe«, erinnerte der Musaid.

»Sonar. Seegang?« fragte der Kommandant.

»Den Geräuschen nach zu urteilen, spiegelglatte See. Ich höre keine Wellen«, erwiderte der Sonar-Mann.

»Sehrohr ausfahren«, befahl der Kommandant. »Auf achtzehn Meter gehen. Manuelle Kontrolle.«

Das Periskop schob sich geschmeidig in die Höhe, blieb aber kurz bevor es völlig ausgefahren war, stehen. Seine Bronzespitze befand sich etwa zwei Meter unter der Wasseroberfläche. Der Kommandant nahm ein Schaltkabel, drückte die Sehrohrgriffe nach unten und hockte sich auf die Flurplatten, um in Augenhöhe mit dem Okular zu sein. Er preßte die Stirn gegen die Kopfstütze und betätigte den Kipphebelschalter. Sehr langsam fuhr das Periskop nun weiter aus. Der Kommandant beschrieb dabei in dem typischen Entengang einen vollen Kreis um den Kompaß, als das Periskop ausfuhr. Zuerst konnte er gar nichts sehen; allmählich wurde es hell – blauer Dunst überall, der heller wurde, je mehr sich das Periskop der Oberfläche näherte. Er ließ den Schalter für einen Moment los.

»Minimale Geschwindigkeit«, befahl er. Ohne Seegang war das Periskop mit bloßem Auge zu sehen – für ein Seeraumüberwachungsradar allemal.

»Minimale Geschwindigkeit«, bestätigte der Wachoffizier. »Gehe auf drei Knoten.«

»Musaid, kannst du die Tiefe bei drei Knoten halten?«

»Ja, Effendi. Ich muß zwei Trimmzellen lenzen, aber wir können die Tiefe halten.«

»Genehmigung Lenzen der Trimmzellen erteilt. Ich durchbreche die Wasseroberfläche – Turm frei, jetzt«, kündigte er an, preßte seine Stirn fest gegen die Kopfstütze, drehte das Sehrohr schnell und fuhr es dann wieder auf einen Meter unter der Wasseroberfläche ein.

»Es ist ein großer Frachter«, gab er bekannt. »Nicht die Coral Sea.«

Die Erleichterung war allen anzumerken – mit Ausnahme des Waffeneinsatzoffiziers. Der hatte den besorgten Gesichtsausdruck des Kommandanten wahrgenommen und fragte: »Kommandant. Wie groß ist er?«

Der Kommandant nickte ihm kurz zu, um den Scharfsinn seiner Frage zu bestätigen, der entscheidenden Frage.

»Sehr groß, Waffeneinsatzoffizier«, antwortete der Kommandant mit gepreßter Stimme. »Wirklich sehr groß.«

Plötzlich wurde dem Stellvertreter, der diesem Dialog genau zugehört hatte, die Bedeutung klar.

»Die Minen«, sagte er.

Der Kommandant drehte sich um und starrte ihn an. Dann ließ er seinen kalten Blick durch die Zentrale schweifen.

»Ja«, seufzte er. »Die Minen. Jetzt liegt es an uns. Wenn dieses Schiff nach Jacksonville einfährt, wird es die Minen zur Explosion bringen. Jetzt sind wir ganz auf uns gestellt. Seid bereit.«

»Kommandant«, rief der Sonar-Mann. »Ich höre es wieder. Peilung östlich. Da ist etwas, Kommandant.«

Der Kommandant drehte das Periskop auf einhundertzwanzig herum. Er wartete. Zwei Minuten später erfaßte die Dünung des vorbeiziehenden Autofrachters das U-Boot, das leicht zu schaukeln anfing.

»Ich werde das Sehrohr in seinem Kielwasser ausfahren«, erklärte der Kommandant.

Er duckte sich wieder, betätigte den Kontrollschalter am Ende des Kabels, um das Sehrohr zeitgleich mit dem vorbeiziehenden Kielwasser des Frachters ausfahren zu lassen. Auf dem Radar würde das Echo mit dem Kielwasser in Zusammenhang gebracht werden – hoffte er.

Er stellte das Periskop auf die höchste Schärfen- und Vergrößerungsstufe ein und starrte hindurch, während es sich der Wasseroberfläche näherte. Wegen des starken Seegangs an der Oberfläche mußte er blinzeln. Dann fielen helles Tageslicht und strahlender Sonnenschein in das Okular. Instinktiv wich er zurück. Einen Augenblick lang konnte die Mannschaft in der Zentrale den hellen Ring um seine Augen sehen. Er preßte sein Gesicht wieder auf das Okular, starrte hindurch und bewegte das Sehrohr jeweils zehn Grad nach rechts und nach links. Noch einmal. Nichts. Zwanzig Grad nach rechts und nach links. Und halt.

Da. Am Horizont. Die unverwechselbare Silhouette der Aufbauten eines Kriegsschiffes – die dunklen Gittermasten, die Vielzahl der Radarantennen. Weit entfernt. Ein Zerstörer. Er bewegte sich nicht, verhielt sich ganz ruhig. Eine kalte Angst zog seinen Magen zusammen.

»Sehrohr einfahren«, befahl er. »Auf sechzig Meter gehen, Kurs einhundertachtzig, Geschwindigkeit fünf Knoten.«

Er schaute in die Gesichter seiner Männer in der Zentrale. Das Periskop fuhr in seinen Schacht ein. Die Flurplatten neigten sich nach vorne und hinten, als der Musaid den Tauchvorgang durchführte.

»Es scheint«, sagte er, »als ob wir Gesellschaft hätten.«

KAPITEL ZWEIUNDSECHZIG

Atlantic Fleet Headquarters, Norfolk, Virginia,
Freitag, 9. Mai, 14 Uhr 30.

Captain Larry Desantes, der Nachrichtenoffizier des Stabes, stand vor Vice Admiral Bennets Schreibtisch. Es war kein besonders erfreulicher Nachmittag für ihn. Der Admiral las gerade ein vertrauliches Fax, das vor zehn Minuten aus Washington eingetroffen war. Bei jeder Seite schüttelte er den Kopf, als könne er damit deren Inhalt aus der Welt schaffen. Als er fertig war, schaute er zu dem Nachrichtenoffizier auf.

»Diesem Fax zufolge, N2, hat sich das Fotoaufklärungskomitee zu einer Dringlichkeitssitzung getroffen und sagt jetzt, daß eins der U-Boote, das in Ras Hilal liegt, vielleicht gar kein richtiges U-Boot ist.«

Er knallte das Stück Papier auf seinen Schreibtisch und drehte sich mit seinem Stuhl zum Fenster, von dem aus er einen guten Blick auf das Marine-Einkaufszentrum hinter dem Parkplatz hatte.

»Andererseits«, fuhr er fort, »– und das ist wieder einmal typisch für die Aufbereitung von Informationen durch Geheimdienste überall auf der Welt – könnte es natürlich auch – ein echtes Unterseeboot sein, und nur die Qualität des Fotos ist schlecht. Es könnte auch ein Foxterrier sein, und der Satellit ist schlecht; oder es könnte ein regnerischer Tag in Washington sein, und das Wetter ist schlecht.«

Er drehte sich wieder um.

»Was soll ich damit verdammt noch mal anfangen?«

Bevor der N2, dem der Schweiß auf der Stirn stand, antworten konnte, brüllte der Admiral an ihm vorbei durch die offene Tür Richtung Gang:

»Mike, wo zum Teufel steckt Aronson? Ich will jetzt mit ihm sprechen, verdammt noch mal.«

»Ich bin dran, Admiral«, erklang die Stimme des EA.

Der Admiral richtete den Blick wieder auf seinen Nachrichtenoffizier.

»Nun?«

»Nun, Sir«, begann dieser nervös. »Ich habe mir das Band mit dem Telefongespräch angehört. Sie sagte, daß sie Bruchstücke an ›Beweisen‹ hätten, aber nichts Schlüssiges. Ich würde diese Bewertung des Nachrichtendienstes als ein weiteres ›Bruchstück‹ bezeichnen. Ebenso vage und uneindeutig wie der ganze Rest. Aber, Admiral, die ganze Sache ist so – ich meine, Gaddhaffi müßte doch völlig verrückt geworden ...«

Der scharfe Blick des Admirals ließ ihn verstummen.

»Muammar Gaddhaffi – verrückt geworden? Na, das ist ja wirklich mal was ganz Neues.«

Der EA erschien im Türrahmen. »Leitung zwei, Sir, Commodore Aronson.«

Der Admiral drückte wütend auf den Knopf seiner Telefonanlage, bedeutete dem rotangelaufenen Nachrichtenoffizier und dem EA, sich hinzusetzen, und schaltete Leitung zwei auf den Lautsprecher in seinem Büro. Er verschwendete keine Zeit mit Höflichkeitsfloskeln.

»Eli, was in Gottes Namen ist bei euch in Mayport los? Was hat es mit diesem ganzen Scheiß über ein Unterseeboot und die Coral Sea auf sich? Seid ihr da unten in die Windrichtung der Haschisch-Raucher in Florida geraten, oder was?«

»Hallo, Admiral«, erwiderte Aronson mit gedämpfter Stimme. »Nein, wir befinden uns nicht auf einem Trip. Fast wünsche ich, es wäre so. Bill Barstowe hat mir gemeldet, daß Sie angerufen und das ›Zauberwort‹ erwähnt haben. Bevor ich Ihnen alles erkläre, gestatten Sie eine Frage meinerseits – was hat Sie zu diesem Anruf veranlaßt?«

»Ein sehr beunruhigendes, dreißigminütiges Telefonat mit einer gewissen Mrs. Diane Martinson, Ehefrau des Chief of Staff Ihres Group Commander. Wieso sie davon weiß, ist ein weiteres Mayport-Geheimnis; es hat irgend etwas mit dem CO der Goldsborough zu tun, aber das Problem überlasse ich euch unten in Mayport. Es wird wahrscheinlich einfacher aufzuklären sein als dieses U-Boot-Geheimnis. So, und jetzt erzählen Sie mir mal, was da eigentlich vor sich geht. Ich habe dem CinC noch nichts gesagt, aber ich habe das Gefühl, daß ich wohl sehr bald bei ihm vorstellig werden muß.«

Der Commodore seufzte und ging die ganze Geschichte von Anfang an bis zur gegenwärtigen Situation noch einmal durch. Er berichtete genauestens über seine und Mikes gemeinsame Präsentation Admiral Walker gegenüber und über das Ergebnis. Er führte alle Indizien auf, die möglicherweise darauf hindeuteten, daß für die Coral Sea tatsächlich Gefahr bestehe. Um deutlich zu machen, daß sie auch andere Erklärungen in Erwägung gezogen hatten, und um die Darstellung so ausgewogen wie möglich zu halten, gab er dann für jeden einzelnen Punkt alternative Erklärungen ab.

»Wie Sie selbst sehen können, Admiral«, schloß er, »ist jedes einzelne Indiz für sich genommen recht schwach. Aber die Vielzahl gab mir zu denken. Es hat mich nichts gekostet, die Goldy rauszuschicken, weil sie ohnehin zu Maschinentests auf See auslaufen sollte. Ich hätte zwar vorgezogen, einen ganzen Verband rauszuschicken, um das Gebiet gründlich zu durchsuchen, aber – mein Boß glaubt, das sei alles Unsinn, und – nun ja – er ist der Boß.«

Admiral Bennett überlegte einen Augenblick.

»Und wenn ihr recht habt, und da draußen ist tatsächlich ein libysches U-Boot – was passiert dann?«

Jetzt schwieg Aronson. Schließlich sagte er:

»Mike Montgomery ist ein ziemlich fähiger Typ. Keinesfalls einer von diesen nervtötenden Washingtoner ›Primadonnen‹, ein zuverlässiger, erfahrener Offizier mit einer Reihe von Kampfeinsätzen in Vietnam. Er ist einer von jenen Kämpfern, über die wir zwar viel reden, aber für deren Karriere wir nicht so viel tun, wissen Sie? Und die Goldsborough? Nun, die Goldy ist schon 'ne Art Antiquität – sie soll nächstes Jahr außer Dienst gestellt werden – vielleicht erinnern Sie sich. Aber sie verfügt über ein gutes, mittelstarkes aktives Sonar, und das braucht man in dieser Situation mehr als dieses neue hochentwickelte passive Zeug. Wenn – ich betone, wenn – wir mit unserer Vermutung recht haben, handelt es sich um ein libyisches U-Boot. Wenn es auf Batterie fährt, haben selbst die Spruances kaum eine Chance, es zu hören. Außerdem würde die Rückstrahlung ihres eigenen aktiven Sonars in dem flachen Wasser die Sonar-Männer wahrscheinlich aus den Stühlen pusten. Aber das täuscht nicht darüber hinweg: Ein Zerstörer allein gegen ein U-Boot ist eine ungleiche Wette. Aber ich wußte einfach nicht, was ich sonst verdammt noch mal hätte machen sollen, außer – mich zurückzulehnen und gar nichts zu tun. Ich glaube, das sagt alles.«

Admiral Bennett nickte nachdenklich. Er respektierte Aronsons Art, mit diesem vielschichtigen Problem umzugehen, und kam schnell zu dem Schluß, daß er in Anbetracht der Umstände vielleicht genauso gehandelt hätte – wenn auch mit einem entscheidenden Unterschied: Er hätte es nie auf eigene Faust gemacht.

»Wann wird die Coral Sea zurückerwartet?« fragte er.

»Um neunzehn Uhr heute abend soll sie im Becken sein, um auf hohes Stillwasser zu treffen. Das bedeutet, daß wir innerhalb der nächsten drei Stunden herausfinden werden, ob das nur ein Drill war oder echt.«

»Und Sie sagen, daß der Group Commander davon nichts weiß?«

Er hörte Aronson seufzen.

»Darüber, daß die Goldy draußen nach dem U-Boot sucht? Das ist richtig, Admiral. Ich habe mir gedacht, wenn es sich als eine Übung herausstellt, braucht keiner davon zu erfahren, und wenn es keine Übung ist, dann wird ohnehin der Teufel los sein, egal wie man es betrachtet.«

»Eli, Eli – denken Sie immer an die Grundregel«, sagte er mit tadelnder Stimme. »Der Boß muß informiert sein. Jetzt wird euch vom CincLantFleet Feuer unterm Hintern gemacht werden, und wir werden sie alle – den ComSecondFleet, den ConNavFleet und den ComCruDes von Verband Zwölf – auf dem linken Fuß erwischen.«

»Sie hatten ihre Chance, Admiral«, entgegnete Aronson förmlich. Im Zimmer gegenüber verdrehte der EA die Augen. Er erkannte die Töne von politischem Selbstmord, wenn er sie hörte. Der Admiral starrte auf seinen Schreibtisch.

»Auf den ersten Blick«, erklärte er nach einem Moment, »erscheint es notwendig, der Coral Sea eine Warnung zukommen zu lassen, aber das muß ich erst mit dem CinC abklären, Und dann haben wir auch noch das kleine Problem, was wir denn diesen ›Nebenrollenspielern‹ in Washington z. B., den JCS, dem Verteidigungsminister und dem Präsidenten, erzählen wollen . . .«

»Ja, Sir«, sagte Aronson, »das ist mir bewußt. Ich glaube, das war für uns hier unten eins der Hauptprobleme bei der ganzen Geschichte. Wir behaupten ja, daß eine fremde Macht im Begriff ist, eine kriegerische Handlung gegen eins unserer größten Schiffe zu unternehmen. Das sind schon ganz schön schwerwiegende Behauptungen, und ich hatte nicht das Gefühl, daß es irgend jemand unter meinen Vorgesetzten gibt, der bereit wäre, damit in Washington aufzuwarten. Ich sollte vielleicht auch noch hinzufügen, daß wir – selbst wenn der Coral Sea oder der Goldsborough oder beiden etwas zustößt – wahrscheinlich immer noch nicht beweisen können, daß Gaddhaffi dafür verantwortlich ist – es sei denn, wir fischen ein ganzes Boot Libyer auf. Meiner Ansicht nach können wir nichts anderes tun, als abzuwarten und sehen, ob etwas passiert. Dann müssen wir uns Gedanken machen, wie wir das erklären.«

Admiral Bennett schüttelte den Kopf.

»Das hätten wir vielleicht tun können, wenn Mrs. Martinson nicht angerufen hätte. Aber jetzt, nachdem nachgewiesen werden kann, daß wir davon Kenntnis haben, müssen wir etwas unternehmen. Wie lange würde es dauern, bis Sie ein paar Spruances und Helikopter in dem angenommenen Angriffsgebiet haben könnten?«

»Jetzt im Moment bin ich hier auf der Deyo und warte auf Nachrichten von Mike. Ich glaube, ich könnte . . .«

Seine Stimme ging unter in einem donnernden Geräusch, das über Lautsprecher zu hören war. Die drei Offiziere in Norfolk saßen kerzengerade auf ihren Stühlen, als eine zweite und eine dritte Detonation in dem Zimmer widerhallten.

»Eli? Eli? Was zum Teufel ist das?« brüllte der Admiral ins Telefon.

»Bleiben Sie eine Minute in der Leitung, Admiral. Das hörte sich an, als sei dahinten im Fluß etwas in die Luft geflogen. Warten Sie!«

Sie konnten hören, wie ein Hörer auf den Schreibtisch geschmissen wurde, und dann Stimmengewirr und Tumult im

Hintergrund. Admiral Bennett spürte, wie sich seine Magengrube zusammenzog.

»Haben Sie unten in der Kommandozentrale einen Krisenstab eingerichtet?« fragte er den EA. Die Hörmuschel hatte er mit der Hand abgedeckt.

»Zu Befehl, Admiral. Gleich nachdem der CSO ›Scheiße‹ gesagt hatte.«

»Guter Mann.«

Nach einer ewig langen Minute meldete sich eine andere Stimme am Telefon.

»Mhm, Admiral Bennett, Sir – hier spricht Ensign Purvis, CIC auf der Deyo. Sind Sie noch dran, Admiral, Sir?

»Ja, verdammt noch mal.«

»Oh, ja, Sir, 'tschuldigung. Da liegt ein großes Handelsschiff in der Flußkreuzung, einer dieser japanischen Fahrzeug-Schwerstgutfrachter – er steht vom Steven bis zum Heck in Flammen. Es sieht aus, als würde er sich gleich überlegen.«

»Was waren das für Explosionen, Mr. Purvis?«

»Sir, der XO der Fife – die liegt hier längsseits – sagt, daß es aussieht, als sei der Frachter torpediert worden. Er hat dem Commodore oben auf der Brücke gerade erzählt, daß es drei verda-, ähm, sehr große Explosionen unter dem Frachter gegeben habe – genau wie im Film –, als er in die Fahrrinne einfuhr. Er sagt daß er glatt aus dem Wasser gehoben wurde, und diese Fahrzeugfrachter haben fünfzig-, sechzigtausend Tonnen.«

»Was passiert jetzt, Ensign? Schnell!«

Der EA war aus dem Zimmer gerannt, um noch einmal die Kommandozentrale anzurufen.

»'n Haufen Leute rennt oben auf Deck rum, Admiral. Sie . . .«

Seine erregte Stimme wurde von einem weiteren explosionsartigen Geräusch unterbrochen; das Dröhnen vibrierte in dem kleinen Lautsprecher auf dem Schreibtisch des Admirals. Dann waren im Hintergrund Stimmen zu hören: »In Deckung«, schrien sie.

»O mein Gott, Admiral, überall fliegen Stücke durch die Gegend und landen im Becken – sieht nach Teilen des Frachters aus. Ein Mordsding! Unglaublich! Ach du große Scheiße!«

Plötzlich hörte man einen lauten, metallischen Klang – dann

war die Leitung tot. Der Lautsprecher zischte nutzlos vor sich hin.

Admiral Bennett war schon aufgesprungen, der N2 ebenfalls. Es klingelte auf einer anderen Leitung. Diesmal war es das rote Telefon der Kommandozentrale der LANTFLT. Der Admiral riß den Hörer hoch.

»Bennett!« meldete er sich. Etwa eine Minute lang sagte er nichts.

»Weiß der CinC davon? Okay. Vielen Dank.«

Er legte auf, als der EA gerade wieder zurückkam. Er schaute die beiden Offiziere an.

»Das war der wachhabende Offizier: In der Einfahrt zum St. Johns River hat sich ein schwerwiegender Unfall ereignet. Anscheinend ist die Fahrrinne zum Fluß völlig blockiert, ebenso die zum Stützpunkt. Ich gehe runter in die Kommandozentrale. Der CinC ist ebenfalls auf dem Weg dorthin. Mike, holen Sie mir das Band. Ich treffe Sie dann unten. Sie auch, Larry.«

Admiral Bennett verließ das Büro. Mit finsterem Gesichtsausdruck zog er einen blauen Uniformblouson an und machte sich auf den Weg zur Kommandozentrale der Atlantikflotte im Parterre.

KAPITEL DREIUNDSECHZIG

Marinestützpunkt Mayport,
Freitag, 9. Mai, 15 Uhr 35.

Der Commodore und eine Reihe anderer Offiziere starrten durch die Fenster des breiten Steuerhauses der Deyo auf ein flammendes Inferno. Riesige schwarze Rauchwolken, hinter denen die Nachmittagssonne verschwand, zogen über den Stützpunkt. Sie erweckten den Eindruck, als stünden noch mehr Schiffe im Hafenbecken in Flammen. Durch den dichten Rauch und die Finsternis war der eigentliche Brandherd – das teilweise gesunkene Wrack des Frachters – nur als strahlendes, flackerndes, orangefarbenes Licht zu erkennen. Der gesamte Horizont über den Frachtschiff-Piers war verdunkelt, und eine hochaufragende schwarze Rauchsäule verformte sich langsam zu einer pilzförmingen Wolke über dem Stützpunkt.

Überall auf dem Stützpunkt waren die Sirenen der Polizei- und Krankenwagen zu hören. Auf den Schiffen, die neben der Deyo vertäut waren, eilten die Männer ihren Schiffskameraden, die durch herunterfallende Metallstücke verletzt worden waren, zu Hilfe. Es hatte Metallstücke vom Himmel gehagelt, als der mit über zweitausend zum Teil gefüllten Bezintanks beladene Frachter in die Luft flog. Eine Katastrophe – sowohl auf dem Stützpunkt als auch in der Flußkreuzung mit einer großen Anzahl von Verletzten. Der Captain der Deyo stürzte durch die hintere Tür des Steuerhauses und ging schnellen Schrittes hinüber zum Commodore.

»Sir, wir haben einige Verletzte draußen an Deck, und auf den Schiffen nebenan scheint es noch eine ganze Reihe mehr zu geben. Unser medizinisches Einsatzteam versorgt zur Zeit die Verletzten an Bord. Danach schicken wir ein Team auf den Stützpunkt. Die Kommandozentrale auf dem Stützpunkt hat offensichtlich eine Meldung über ein ›Besonderes Vorkommnis‹ herausgegeben. Wenn Sie mich im Moment nicht brauchen . . .?«

»Ja, schon gut«, unterbrach der Commodore, »machen Sie

nur weiter. Aber stellen Sie sicher, daß ich Verbindung zur Goldsborough habe. Ich muß sofort mit Mike sprechen.«

»Ja, Sir. Die Stromversorgung von Land aus ist weiterhin stabil. Die Verbindungen sollten daher nicht in Mitleidenschaft gezogen worden sein, es sei denn, eine Antenne wäre beschädigt worden. Ich werde eben überprüfen, ob die Leitung noch steht.«

Er blickte einen Moment schweigend durch das Fenster. »Was um alles in der Welt glauben Sie ist dort passiert?«

»Ich glaube, ich hab' so eine dunkle Vorahnung, Captain«, sagte der Commodore kopfschüttelnd. Sein Gesicht war ernst. Er eilte hinunter ins CIC. Der IV. schaute seinen Ersten an, der sein ›Keine-Ahnung-was-er-meint‹ durch ein Schulterzucken zum Ausdruck brachte und wieder den Niedergang hinunterstürzte.

Der Commodore nahm den Hörer von einem besorgt aussehenden Wachhabenden entgegen und rief die Goldsborough. Sofort antwortete der Melder im CIC der Goldsborough.

»Hier spricht Charlie Delta Sierra Eins Zwei«, sagte der Commodore. »Melden Sie Ihrem Charlie Oscar, daß soeben in der Fahrrinne des St. Johns ein großes Frachtschiff in die Luft geflogen ist. Ein Augenzeuge berichtet, daß der Frachter torpediert, ich wiederhole, torpediert wurde. Richten Sie Ihrem Charlie Oscar aus, Kopf hoch, wir könnten am Ende doch recht haben, oder?«

»Hier ist Eins Sierra, roger, verstanden, Ende.«

Der Commodore legte den Hörer auf. Minen, dachte er plötzlich. Verdammte Minen, nicht Torpedos – nicht bei zwanzig Meter Wassertiefe. Diese verfluchten Bastarde hatten Minen gelegt – Minen vor unsere eigene beschissene Haustür!

KAPITEL VIERUNDSECHZIG

USS GOLDSBOROUGH,
Freitag, 9. Mai, 16 Uhr 10

»Captain, Seeraumüberwachungs-Radar hat Kontakt; wahrscheinlich die Coral Sea. Peilung einhundertvierzig, Abstand etwa zwanzig Meilen, nähert sich auf Kurs dreihundertzehn, Geschwindigkeit dreiundzwanzig Knoten, ESM bestätigt, Sir.«

Es kam Bewegung in die Wache. Mike beugte sich in seinem Brückenstuhl nach vorne und drückte die Taste der BÜ-Anlage.

»Captain, aye. Komme sofort.«

Er drehte sich zu dem Exec um, der von der Nachmittagshitze etwas mitgenommen aussah. Alle sahen sie so aus. Die Anspannung des Wartens war allmählich allen anzusehen.

»XO, wir sind dabei, wieder zu einem richtigen Zerstörer zu werden. Ich werde die Mannschaft vom CIC aus informieren, sobald ich mir ein Bild gemacht habe. Drehen Sie noch eine schnelle Runde durchs Schiff, und sagen Sie allen Bescheid, daß es jetzt ziemlich bald losgehen kann. Machen Sie ihnen Beine, wenn sie nachlässig werden. Ich weiß, das Warten zerrt an den Nerven.«

»Aye, aye, Sir«, antwortete der Exec und setzte sein Fernglas ab.

Mike stand auf und eilte hinunter ins CIC. Obwohl die Klimaanlage auf Hochtouren lief, war es im Combat nur einige Grade kühler als auf der Brücke. Er ging geradewegs zum Plottisch. Seine Sonnenbrille steckte er in seine Hemdentasche.

»Okay«, rief er, während er sich dem Plottisch näherte, »wo ist sie?«

»Genau hier, Capt'n. Guter, solider Kontakt. ESM hält einen GCA-Radarkontakt auf dieser Peilung. Wir sind ziemlich sicher, daß das der Träger ist. Ich habe seinen Kurs projiziert, und wir haben den Suchplan auf dieser Achse aufgebaut.«

»In Ordnung. Kursänderung, damit wir auf seinen Kurs einschwenken, Geschwindigkeit fünfzehn Knoten. Wir werden uns von ihm überholen lassen, während wir die vor ihm liegende

Strecke auf seinem Kurs absuchen. Hauptmaschinenkontrolle anweisen, die zweite Welle jetzt wieder anzulassen. Sonar auf Rundumsuche. Stellen Sie sicher, daß Sonar in der letzten halben Stunde eine BT (bathythermographische)-Messung durchgeführt hat. Laßt uns alles dransetzen, den Kerl zu finden, wenn er hier draußen ist. Gibt es noch weitere Kontakte?«

»Nur zwei Fischkutter, etwa zwölftausend Meter südlich und westlich. Kommen weder uns noch dem Kurs des Trägers in die Quere.«

»Okay, Ops, aktivieren Sie das 1MC für mich.« Der Operations Officer gab ihm ein Mikrophon an einer langen Schnur und warf ihm einen Schalter zu. Er nickte dem Captain zu. Mike stand neben seinem Stuhl.

»Meine Herren, hier spricht der Captain. Wir haben den Träger gesichtet. Die Jagd kann beginnen. Während der nächsten Stunde werden wir die auf Kurs des Trägers liegenden Gewässer absuchen, bis wir entweder den Kerl aufgescheucht haben oder in Küstennähe sind und die Coral Sea in Sicherheit. Ich weiß, daß es ein langer Tag des Wartens war. Passen Sie auf Ihre Ausrüstung auf, und überprüfen Sie Ihre Abschnitte. Überlegen Sie sich, was zu tun ist, falls das Schiff beschädigt wird. Ich habe es bereits gesagt, und ich wiederhole mich: Wir sind nicht hundertprozentig sicher, daß sich hier wirklich so ein Kerl rumtreibt, aber wenn, steht nur die Goldy zwischen ihm und dem Träger. Seien Sie äußerst wachsam. Das ist alles.«

»Es wird wohl einige Stunden dauern, bis er uns überholt hat«, bemerkte der Operations Officer nach einem Blick auf die Plot-Geometrie.

»Das glaube ich nicht«, entgegnete Mike. »Laut Suchplan werden wir uns ja auf unterschiedlichen Kursen und mit unterschiedlichen Geschwindigkeiten zu beiden Seiten des Trägers bewegen. Unser effektiver Geschwindigkeitsvorsprung wird daher wohl nur um die zehn Knoten in Relation zu seinen dreiundzwanzig betragen. Der wird uns schneller auf den Fersen sein, als uns lieb ist. Ich hoffe nur, daß wir etwas finden, bevor er an uns vorbeizieht.«

»Sonar auf aktiv«, kam die Meldung über den 29MC-Lautsprecher.

»Finde es, Linc«, murmelte der Captain. »Zeig uns seinen Arsch.«

»Und falls wir auf einen Kontakt stoßen, sollten wir dem Träger die Geschichte mit der Treibmine auftischen und empfehlen, daß er abdreht, ja?«

»Richtig. Aber das werde ich selbst übernehmen, damit sie es auch ernst nehmen. Versuchen Sie, in den nächsten fünf Minuten die Verbindung zum Träger auf der Flottenfrequenz zu überprüfen.

Im nächsten Augenblick kam der Funker durch die Tür und übergab Mike ein Klippbord mit einem Fernschreiben. Bevor er es lesen konnte, nahm der CIC-Melder seinen Kopfhörer ab und machte Mike Zeichen, hinüberzukommen.

»Captain, ich habe eine Meldung vom ComDesRon Zwölf persönlich.«

»Warten Sie einen Moment, Funker«, sagte Mike und gab ihm das Klippbord zurück. Er ging hinüber zur Funkkonsole.

»Aber, Sir«, sagte der Funker, »das ist ein . . .«

»Warten Sie, das hier ist eine Meldung von unserem Boß.«

Mike nahm den Mitteilungsblock mit der Nachricht des Commodore über den Toyota-Fahrzeugfrachter entgegen und las sie.

Einmal stieß er dabei einen Pfiff aus. Als er fertig war, gab er dem Melder den Block zurück und ließ sich im Anschluß von dem unbehaglich wartenden Funker wieder das Klippbord geben.

»Das war vom Commodore«, teilte er den um den Plottisch versammelten Offizieren mit, während er die Nachricht auf dem Klippbord überflog. »Sie erinnern sich an den großen Toyota-Frachter, der heute morgen an uns vorbeigezogen ist? Offensichtlich ist der vor wenigen Minuten an der Einfahrt zum St. Johns River in die Luft geflogen. Erste Berichte besagen, daß er von Torpedos angegriffen worden sei! Gentlemen, die Sache scheint nun doch ernst zu sein! Und was haben wir hier?«

»Sir«, begann der Funker wieder. »Das ist die Kopie einer Eilmeldung an die Coral Sea, die sie warnt . . .«

»Okay, lassen Sie es mich lesen«, sagte Mike.

»Ich glaub' mich tritt ein Pferd«, ließ er sich schließlich vernehmen. »Das hier ist vom CinCLantFlt; es warnt die Coral Sea vor einer möglichen Bedrohung durch ein U-Boot auf ihrem Kurs Richtung Mayport. Die Coral Sea wurde angewiesen, abzudrehen und – bis auf weiteres – so schnell wie möglich Kurs auf das offene Meer zu nehmen.«

Er schaute in ihre gespannten Gesichter.

»Ich frage mich, was dahinter steckt? Vielleicht hat der Commodore es doch noch mal versucht.«

»Schicken sie uns denn Verstärkung raus, Helikopter zum Beispiel?« fragte der Operations Officer.

»Davon steht hier nichts, und ich vermute auch, daß zum jetzigen Zeitpunkt die Flußeinfahrt nicht passierbar ist. Ein oder zwei Helikopter wären allerdings in der Tat hilfreich. Was macht denn der Träger zur Zeit?«

»Sir, der Träger fährt weiter unbeirrt auf seinem Kurs.« Mike schüttelte den Kopf.

»Typisch Flugzeugträger. Die sind manchmal die Dinosaurier: Du gibst ihnen einen Tritt in den Arsch, und es dauert fünfzehn Minuten, bis das im Kopf angekommen ist. Ihr werdet sehen, es wird zehn Minuten dauern, bis die Nachricht vom Funk bis zum CO vorgedrungen ist, und weitere fünf, bis die Flieger festgestellt haben, daß keine Bilder drin sind, und dann muß es ihnen jemand vorlesen.«

Die Männer im CIC grinsten. Zerstörer-Offiziere hielten nicht viel von der fliegenden Zunft.

»Okay, Jungs, an die Arbeit. Laßt uns diese stinkende Röhre finden, bevor die Coral Sea uns beide niederwalzt. Ops, informieren Sie den XO über das, was sich auf dem Stützpunkt ereignet hat.«

»Ja, Sir. Aber wenn das Toyota-Schiff da hinten torpediert wurde, dann heißt das doch, daß hier jetzt gar kein U-Boot ist . . .«

»Das waren keine Torpedos, Ops. Kein Mensch würde Torpedos in eine Flußmündung feuern. In dem flachen Wasser gibt's viel zu viele Strömungen. Die Torpedos würden doch außer Kontrolle geraten und auf dem Boden explodieren. Nein, das waren Minen! Was bedeutet, daß jemand sie dahin gelegt haben muß. Und ich wette, daß dieser jemand genau jetzt in unserem Sonar-Erfassungsbereich ist. So, und jetzt informieren Sie den XO, und stellen mir eine Verbindung zur Coral Sea her. Wir müssen den CO dazu bringen, der Nachricht vom CincLantFleet Glauben zu schenken.«

KAPITEL FÜNFUNDSECHZIG

Das Unterseeboot AL AKRAB,
Freitag, 9. Mai, 16 Uhr 10

Bis auf eine rote Notbeleuchtung war es in der Zentrale dunkel – um Energie zu sparen und die Hitzeentwicklung der geräuschvollen russischen Leuchtröhren zu reduzieren. In dem Halbdunkel waren die Gesichter der Offiziere und Bootsmänner bleiche, über die Instrumente und Konsolen gebeugte Schatten. Das Summen der elektrischen Geräte durchdrang den Raum. Der Kommandant beobachtete konzentriert die visuelle Sonar-Aufzeichnung.

»Klassifizieren«, befahl er.

»Zu Befehl, Kommandant: Mehrere Wellen, hohe Geschwindigkeit, Doppler hoch, nähert sich von Osten. Die Oberflächenschicht erfaßt es ganz deutlich, also großer Tiefgang. Kein Frachtschiff hat so viele Wellen. Klassifiziere Ziel Coral Sea.«

Der Kommandant streckte sich und atmete tief durch.

»Ausgezeichnet. Kurs auf Ziel Coral Sea. Angriffskoordinator, Druckausgleich herstellen, Mündungsklappen vorne öffnen. Mündungsklappen achtern, Rohr acht öffnen.«

»Angriffskoordinator – zu Befehl. Programmieren Zieleinstellung Sonar-Kanal eins. Öffnen alle Mündungsklappen. Fluten Torpedorohre eins bis sechs und acht.«

Der Kommandant drehte sich um und ging zum Plottisch. Sie waren auf sechzig Metern, auf Batteriebetrieb, hatten geräuschlose Fahrt hergestellt. Der Kommandant überlegte einen Augenblick. Was tat nur dieser verfluchte Zerstörer da? Sie hatten gebührenden Abstand von dem Kriegsschiff gehalten, um jeder Gefahr einer Entdeckung zu entgehen. Der Zerstörer hatte sich bisher passiv verhalten und nicht mit seinem Sonar herumgepingt. Es drängte ihn, noch einen weiteren Blick auf ihn zu werfen, aber er bezwang sich. Sie durften keinesfalls entdeckt werden. Es war wie ein unheilvolles Vorzeichen, daß fast nichts von dem Zerstörer zu hören war; schleppende

Geschwindigkeit, keine Maschinengeräusche, noch nicht einmal ein Echolot.

Die Anwesenheit des wartenden Zerstörers hatte seinen Plan, die elektronischen Peilungsbojen einzusetzen, durchkreuzt. Und ohne den ESM-Mast rauszustrecken konnte er auch nichts über Radarsignale in Erfahrung bringen. Aber bei der spiegelglatten See würde er nichts ausfahren, wenn es nicht unbedingt sein mußte. Der Zerstörer lag in Warteposition. Aber auf was wartete er? Auf die Coral Sea? Aber warum dann die Lautlosigkeit?

Vor etwa fünfundzwanzig Minuten hatten sie die tiefen dröhnenden Explosionsgeräusche, die über den Meeresboden von Westen widerhallten, gehört. Die Minen hatten ein Opfer gefunden. Wahrscheinlich das große Frachtschiff. Jetzt würde man auf dem Stützpunkt zwar aufgeschreckt, aber hoffentlich gar nicht in der Lage sein, Streitkräfte zu entsenden, weil das Wrack die Kreuzung der Flußfahrrinne blockierte. Die Minen hatten das falsche Opfer gefordert. Inschallah. Auf jeden Fall waren es mehr als fünfundzwanzig Meilen bis zum Stützpunkt. Da der Träger schon auf dem Weg war, konnten nur noch Luftstreitkräfte schnell genug hier draußen sein. Abgesehen davon gab es keine offensichtliche Verbindung zwischen dem Vorfall in der Flußeinfahrt und der Coral Sea. Nach einer Explosion, die über fünfundzwanzig Meilen zu hören war, würde wahrscheinlich der Stützpunkt selbst für eine Weile nicht operationsfähig sein. Das brachte ihn zurück zu dem geheimnisvollen, lautlosen Zerstörer.

»Temperaturgrenzschicht?«

»Kommandant, die Schicht ist bei zwanzig Metern, refraktiv.«

Zwanzig Meter. Schon ein wirksamer Schutz gegen das Sonar eines Zerstörers, aber nicht so gut wie die zwei- und dreifachen Schichten in den Randgebieten des Golfstroms. Das Plot-Team hatte mit einer passiven Peilungsanalyse auf den Träger begonnen. In vierzig Minuten würden sie dessen Kurs und Geschwindigkeit kennen. Das würde für die Programmierung der Torpedoschußlösung ausreichen. Kurz vor dem Abschuß würde er auf Sehrohr-Tiefe gehen, um sich mit einem schnellen

Blick zu vergewissern, und dann würde er die sechs dampfbetriebenen Torpedos die Peilung des Trägers entlang schießen.

Er bedauerte den Verlust der Minen. Das wäre der I-Punkt gewesen. Aber dann kam ihm ein anderer Gedanke: Wenn der Stützpunkt durch die Explosion des Trägers außer Gefecht gesetzt worden war, könnte die Coral Sea nicht in ihrem Heimathafen einlaufen. Sie würde anhalten und warten müssen. In seiner Angriffszone!

»Haben wir schon eine ungefähre Abstandsschätzung?« fragte er.

»Nein, Kommandant«, erwiderte der Stellvertreter von seiner Position am Plot aus. »Es ist noch zu früh. Die Peilung weist so gut wie keine Abweichung auf – vielleicht eine ganz geringfügige Auswanderung nach rechts. Wir sollten uns also neben seiner Vormarschachse befinden und auf einer guten Position sein. Wir benötigen . . .«

Der Stellvertreter wurde plötzlich von dem Geräusch des aktiven Zerstörer-Sonars, das die Zentrale erfüllte, unterbrochen: r-i-i-i-n-g. Es klang sehr nahe. Bedrohlich nahe. Alle hoben den Kopf.

»Peilung des Sonars?«

»Kommandant – Peilung einhundertzehn.«

»Auf neunzig Meter gehen; nach links drehen auf nullneunzig«, befahl der Kommandant. Die Tiefe verstärkte die Wirkung der Schichten, und das Einschwenken auf einen östlichen Steuerkurs bot dem suchenden Sonar nur den allerschmalsten Aspekt-Winkel und verringerte gleichzeitig den Abstand zum Träger.

Wenn der Zerstörer eine Suche begonnen hatte, dann könnte das bedeuten, daß ihm für seinen Angriff nur noch wenig Zeit blieb. Das Problem war, daß jede Annäherung an den Träger das U-Boot auch näher an die Sonarstrahlen des Zerstörers brachte.

»Programmiert eine zweite Torpedoschußlösung auf den Zerstörer«, befahl Al Khali.

Wenn es sein mußte, würde er erst den Zerstörer vernichten und dann den Träger angreifen.

»Angriffskoordinator, zu Befehl. Programmieren zweite Torpedoschußlösung auf Sonar-Kanal zwei.«

»Kommandant«, meldete der Sonar-Mann. »Der Zerstörer ruft gelegentlich Kavitation hervor. Seine Geschwindigkeit beträgt wahrscheinlich fünfzehn Knoten oder mehr. Seine Schrauben sind näher als die des Trägers. Sein Sonar ist im Rundum-Suchmodus. Aufgrund des Pings schätze ich den Abstand zum Zerstörer auf etwa vierzehntausend Meter, Kommandant. Wir haben mit diesem Sonar übrigens schon früher Bekanntschaft gemacht. Es ist der alte Zerstörer.«

Der Kommandant zog die Augenbrauen hoch.

»Das stimmt tatsächlich«, sagte er. »Nun gut, besser als eine Deyo.«

Er schaute zum Angriffskoordinationsstand hinüber, an dem die Waffeneinsatzoffiziere Daten eingaben und die beiden Datenflüsse aus dem Sonarsystem überwachten. Schließlich aktivierte der Waffeneinsatzoffizier den Computer, und die Anzeigen auf dem Angriffskoordinator gerieten in Bewegung. Der Waffeneinsatzoffizier studierte kurz das Ergebnis und schüttelte dann den Kopf.

»Noch keine Lösung, aber wir nähern uns«, erklärte er. »Ich benötige eine zuverlässige Einschätzung von Kurs und Geschwindigkeit des Ziels für Kanal zwei und ebenso eine Abstandsschätzung für Kanal eins, den Träger.«

»Sonar?«

»Kommandant, nach dem Doppler zu urteilen, ändert der Zerstörer seinen Gesichtswinkel; ich vermute Generalkurs westlich, aber nicht stabil. Er befindet sich nun links von der Peilung des Trägers. Vor einigen Minuten fuhr er noch parallel.«

»Sehr gut.«

Der Kommandant ging wieder hinüber zur Papier-Plotauswertung. Die passive Peilungsanalyse auf den Träger, die von einem der Plotter ausgeführt wurde, zeigte ein Spinnennetz von Linien, die eine Seite des taktischen Plots bedeckten. Eine passive Peilungsanalyse war immer ein zeitraubender Prozeß. Normalerweise brauchte man ein oder zwei Stunden, um eine ausgefeilte Lösung zu berechnen. Die Zeit hatte er jetzt nicht. Die Kursänderung nach Osten, der Richtung, aus der der Träger kam, würde bei der Analyse auch nicht weiterhelfen. Wenn überhaupt, müßte das U-Boot von der Peilungsachse abdrehen, um eine Kreuz-Peilung zu erlauben, aber damit würde es dem forschenden Suchen des feindlichen Sonars seine gesamte Querab-Seite darbieten.

Ein zweiter Plotter hatte mit einer Schußlösungsberechnung auf den Zerstörer begonnen. Er hatte dazu die Peilungen vom Sonar übernommen, als der Sonar-Mann die Quelle des Pingens als Ziel erfaßte und verfolgte. Das aktive Sonar eines Zerstörers war immer ein Fanal für ein Unterseeboot. Was noch besser war: Da sie die Schallgeschwindigkeit bei den vorherrschenden Wasserverhältnissen kannten, konnten sie eine grobe Schätzung des Abstands vornehmen, indem sie die Zeit feststellten, die die einzelnen Sonar-Pings brauchten, um von der Aussendungsquelle bis zum Rumpf des U-Bootes zu gelangen. Aber der Zerstörer hielt keinen stabilen Kurs. Das machte das Abfeuern von Torpedos zu einer sehr unsicheren Angelegenheit.

Die Spannung in der Zentrale stieg. Das plötzliche Auftauchen des Zerstörers hatte alle nervös gemacht, besonders seitdem er mit der Sonar-Suche begonnen hatte. Es war eine Sache herumzuschleichen, um nicht entdeckt zu werden. Es war aber etwas ganz anderes, einen Angriff auf ein Ziel vorzubereiten, während ein Zerstörer hinter einem her war. Das hier sollte ein Angriff aus dem Hinterhalt auf ein ahnungsloses, großes Kriegsschiff im Friedensmarschzustand sein. Das anhaltende Pingen von oben signalisierte jedoch eher, daß die andere Seite nicht ganz so ahnungslos war.

Die Schweißnähte des Unterseebootes begannen unter dem Wasserdruck in etwa neunzig Metern Tiefe zu ächzen, aber darüber war niemand besorgt. Das Problem jetzt war vielmehr die Nähe zum Meeresboden. Der Musaid ließ sich auf seinem Hocker nieder, die Beine gespreizt, damit er nicht nach vorne rutschte, wenn sich die Flurplatten neigten. Mit seinen schwieligen Händen hielt er sich am Stahlsitz des Hockers fest, während er seinen Blick starr auf den Tiefenmesser und die Anzeige des Tiefenruders gerichtet hielt.

»Neunzig Meter«, meldete er leise. »Erbitte Genehmigung, nach achtern zu trimmen.«

»Erteilt.«

Der Kommandant konzentrierte sich weiter auf das entstehende Plot. Für ein klares Bild war es noch zu früh. Aber in seinem Kopf begann sich eins zu formen. Der große Träger fuhr auf Westkurs in Richtung Stützpunkt. Vor ihm hatte der Zerstörer seine ›Geleitschutzarbeit‹ begonnen. Wenn das wirklich seine Aufgabe war, würde er sich im großen und ganzen an den erwarteten Kurs des Trägers halten. Wenn man also eine Angriffsgeometrie für den Zerstörer erhalten könnte, würde das gleichzeitig auch eine gute Schätzung für den Träger abgeben. Jedenfalls solange der Zerstörer die Al Akrab nicht entdeckt hatte.

»Bringt mir die letzte BT-Aufzeichnung«, befahl er.

Der dienstältere Sonar-Mann nahm ein Stück Papier vom Sonarstand und legte es dem Kommandanten vor, der es sorgfältig studierte. Eine BT-Aufzeichnung war eine Temperatur- und Tiefenauswertung, die man dadurch erhielt, daß man aus dem U-Boot eine an einem Draht befestigte Sonde mit einem Thermo-Element in die Tiefe feuerte. Sie zeichnete – solange bis der Draht abbrach – die Wärmestruktur des Ozeans auf. Kurven in der Aufzeichnung wiesen auf Wärmeschichten hin und zeigten damit die Tiefen an, die für ein U-Boot eine relative Sicherheit boten. Dieses Plot wies nur eine einzige – nicht sehr starke – Schicht aus, in einer Tiefe von etwa achtzehn bis zwanzig Metern. Besser als nichts, dachte er. Ein Teil der Sonarenergie des Zerstörers würde nach oben gebrochen werden, wodurch unterhalb der Wärmeschicht akustische Schattenzonen entstünden, in denen starke Echos nicht möglich wären.

Aber darauf würde er sich nicht sehr lange verlassen können, vor allem, wenn er sich in Richtung dieses Sonars bewegte. Irgendwann würde die Energie der vom Boot zurückgeworfenen Echos die akustische Spiegelfläche durchbrechen, und dann wären sie in Schwierigkeiten. Er starrte in dem roten Licht auf seine Schuhe hinunter. Er mußte erst mit dem Zerstörer fertig werden, ihn wenn möglich versenken, zumindest aber manövrierunfähig machen, um ungehindert auf den Träger feuern zu können. Wenn der Zerstörer sie entdeckte, würde der Träger gewarnt und sich auf und davon machen, unerreichbar! Die Mission wäre vereitelt, fehlgeschlagen! Entscheidend war der

Zeitpunkt: Ein vorzeitiger Angriff auf den Zerstörer hätte die gleichen Konsequenzen.

»Fährt der Träger weiter auf seinem ursprünglichen Kurs?«

»Kommandant«, sagte der Stellvertreter, »den ganzen Kurs können wir nicht feststelllen, aber seine Peilungsauswanderung ist ziemlich konstant, was darauf schließen läßt . . .«

»Ja, ja, daß er seinen Kurs nicht geändert hat. Soviel verstehe ich auch davon«, unterbrach der Kommandant – verärgert durch die pedantische Antwort des Stellvertreters.

»Rohr eins und zwei fertig machen. Ich beabsichtige, auf den Zerstörer zu feuern, sobald wir eine einigermaßen vernünftige Schlußlösung gefunden *und* eine Vorstellung vom Abstand zum Träger haben. Ich möchte eine südliche Kursempfehlung, die den Zerstörer und den Träger in die gleiche Peilung bringen. Wenn wir diese Geometrie erreicht haben, will ich über Drahtlenkung zwei Torpedos auf den Zerstörer abfeuern. Wenn sie ihr Ziel verpassen oder er ausweicht, sollen sie entlang der Peilung des Trägers umgeleitet werden. Lauftiefe für eins und zwei auf vier Meter festsetzen; Drahtlenkung vorgeben. Die Einstellung für die verbleibenden vier Rohr auf sieben Meter belassen. Beeilt euch!«

Der Kommandant ging zurück zur Sonar-Konsole und studierte die Peilungsaufzeichnungen. Der Waffeneinsatzoffizier nahm die Tiefen-Einstellungen für Rohr eins und zwei vor, übermittelte sie an die Torpedo-Lenksysteme, verifizierte die Verbindung zwischen Draht und Lenkungsmodulen und schaltete die Computer in den beiden Torpedos ein, um sie warmlaufen zu lassen.

Der Stellvertreter und der Operationsoffizier überschlugen sich, um eine Manövrierlösung zu finden. Den Abstand zum Zerstörer konnten sie bestimmen, nicht jedoch den zum Träger. Um einen Lösungsansatz zu finden, hatte der Operationsoffizier vorgegeben, daß der Abstand zum Träger doppelt so groß wie der zum Zerstörer sei. Wenn der Abstand zum Zerstörer also ungefähr sechs Meilen betrug und sich verringerte, war der zum Träger demnach zwölf Meilen, ebenfalls abnehmend. Über den Tisch hinweg schauten sie sich an und verständigten sich auf diese Annahme. Da verläßliches Datenmaterial fehlte, mußten sie sich mit Schätzungen begnügen, um eine Probegeometrie zu erstellen.

Der Kommandant beobachtete die Peilungsaufzeichnungen und lauschte dem akustischen Kanal des Passiv-Sonars. Nach den Wellengeräuschen zu schließen, fuhr der Träger mit höherer Geschwindigkeit als der Zerstörer. Er würde auch an dem Zerstörer, der seinen Kurs – seinem Suchschema für die vor dem Träger liegende Strecke folgend – oft änderte, vorbeiziehen. Er ging zum Plot zurück.

»Wie lautet die beste Abstandsschätzung zum Träger?« fragte Al Khali.

Der Stellvertreter schaute ihn an und zuckte nur mit den Schultern. Es war viel zu früh. Der Kommandant beugte sich vor und setzte seinen Daumen mitten in das Spinnennetz von Peilungslinien.

»Wie groß ist der Abstand? Jetzt!« zischte er.

»Kommandant, der Abstand beträgt . . .«

Der Stellvertreter nahm mit Hilfe des Winkelmessers schnell eine Messung vor.

». . . ungefähr zweiunddreißigtausend Meter. Aber . . .«

»Ja, ich weiß. Versucht, die Schätzung weiter zu verbessern. Und der Abstand zum Zerstörer?«

»Kommandant, von dem Ping ausgehend etwa zwölftausend Meter. Aber sein Kurs ist nicht beständig. Ganz und gar nicht beständig. Es wäre nutzlos . . .«

Der Kommandant drehte sich schnell vom Plottisch weg und ging zum Angriffskoordinator-Gefechtsstand. Das anhaltende Pingen des Sonars wurde lauter. Es war nur noch eine Frage der Zeit bis zum Umschalten auf Sektor-Pingen und dem gefürchteten Klicken, das die Ortung eines Kontaktes anzeigte.

Er starrte auf den Gefechtsstand hinunter. Das Sonar des U-Bootes gab die Peilungen für beide Ziele direkt in den Gefechtsstand ein. Über eine Strecke von fünfzehn Meilen konnten die großen Torpedos ihre Höchstgeschwindigkeit von fast fünfundfünzig Meilen pro Stunde aufrechterhalten. Sie wußten, daß der Abstand zum Zerstörer weniger betrug. Solange sie die Peilung kannten, konnten sie den großen Fisch über Drahtlenkung so programmieren, daß er genau entlang der Peilung auf die Quelle des Pingens zusteuerte. Solange der Draht nicht abbrach, konnten sie ihn gar nicht verfehlen. Aber der Abstand zum Träger war nach wie vor ungewiß. Wenn sie den Zerstörer torpedierten und verfehlten und alarmierten, war der Träger in der Lage, mit einer Geschwindigkeit zu fliehen, die es sowohl dem U-Boot als auch den Torpedos unmöglich machten, ihn noch zu erreichen.

»Wir müssen warten, bis der Träger näher ist«, murmelte der Kommandant. »Schließlich haben wir nicht den ganzen Weg wegen eines alten Zerstörers zurückgelegt. Wie tief ist das Wasser hier?«

»Kommandant, die Wassertiefe beträgt hier einhundertvierzig Meter; etwa viertausend Meter östlich befindet sich ein Kamm, der einhundertzwanzig Meter hoch ist.«

»Sehr gut. Musaid, auf einhundertfünfundzwanzig Meter gehen! Stellvertreter, benötige Kursempfehlung – jetzt!«

In der Zentrale breitete sich verblüfftes Schweigen aus. Der Kommandant hatte eine Tiefe befohlen, die nur etwa fünfzehn Meter über dem Meeresboden lag, und sie fuhren auf einen Kamm zu, der weitaus höher war als die befohlene Tiefe. Der Stellvertreter erbleichte und besprach sich schnell mit dem Operationsoffizier.

»Kommandant, wir empfehlen einhundertneunzig, damit die Kurse vom Träger und vom Zerstörer zusammentreffen.« Und um den Kamm zu umfahren . . .

»Sehr gut, also nach Steuerbord einhundertneunzig. Stellvertreter, präzisiert die Kalkulation laufend anhand der Peilung. Musaid: Meldung, wenn wir nullastig auf einhundertfünfundzwanzig Metern sind.«

»Kommandant, fluten die vorderen Trimmzellen, während wir wenden, um auf einhundertfünfundzwanzig Meter zu gehen. Das sollte ausreichen.«

»In Ordnung. So – jetzt warten wir einige Minuten, bis der Träger näher herangekommen ist. Dann greifen wir den Zerstörer an. Und jetzt hätte ich gerne eine Tasse Tee.«

Der Wachbote und einige Offiziere starrten ihn einen Moment lang ungläubig an. Das war wohl kaum der Moment für eine Tasse Tee. Der Musaid verstand die Geste und mußte über die scheinbare Sorglosigkeit des Kommandanten lächeln. Er stieß den Boten mit dem Stiefel an, um den Worten des Kommandanten Nachdruck zu verleihen. Alle anderen warteten und beobachteten schweigend, wie der Tiefenmeser sich langsam in Richtung einhundertfünfundzwanzig Meter bewegte, während das Pingen des Zerstörers immer lauter wurde – unerbittlich.

KAPITEL SECHSUNDSECHZIG

USS GOLDSBOROUGH,
Freitag, 9. Mai, 16 Uhr 15

Der Captain stand – umgeben vom ASW-Gefechtsteam, bestehend aus Offizieren, Plottern und Meldern – am Kopfende des Plottisches, der an einen Operationstisch erinnerte: Das gesamte Team war über den von unten erleuchteten NC-2-Plottisch gebeugt. Der grelle weiße Lichtkreis, der an die Glasabdeckung geworfen wurde und die Position des Schiffes in Relation zu allen anderen Kontakten aufzeigte, spiegelte sich in den Teilen ihrer Gesichter, die nicht von der Schutzkapuze bedeckt waren, wider.

Die Plotter murmelten in ihre Kopfhörer-Telefone und markierten mit verschiedenfarbigen Bleistiften den Kurs der Goldsborough, des Trägers und – sozusagen als nachträglicher Gedanke – auch den der zwei Fischkutter im Südwesten auf dem Plot. Der U-Boot-Ziel-Plotter, der jeden Sonarkontakt mit einem roten Bleistift markierte, stand derweil untätig am Tisch.

Mike sah sich das Plot an und griff nach dem Schalter der BÜ-Anlage.

»Nähert sich der Träger immer noch, XO?«

»Ja, Sir. Ich glaube, die haben Schwierigkeiten, einen ›Kommt-nicht-nach-Hause-Befehl‹ zu verstehen.«

»Die fragen sich wahrscheinlich, ob sie da nicht jemand auf den Arm nehmen will, und das kann ich gut verstehen.«

Er drückte den Knopf für die Verbindung zur Brücke wieder heraus und den für die Sonar-Zentrale herunter.

»Linc, wie sehen die Wasserverhältnisse aus?«

»Üblicher Standard für Jax-OP-Gebiete, geringe Wassertiefe, leichte Rückkopplungen, eine Schicht bei zwanzig Metern, nicht sehr viel an Meeresleben. Wesentlich besser als am Golfstrom, Captain. Das Meeresboden-Vergleichs-Programm ist in Betrieb. Wenn er hier ist, werden wir diesen Scheißkerl bald aufgestöbert haben.«

»In Ordnung. Wir werden unsere Kurse beliebig variieren,

um unsere Chancen, auf ein Loch in der Schicht zu stoßen, zu maximieren. Passen Sie auf, Linc, und horchen Sie sorgfältig auf hydrophone Effekte.«

»Roger, Capt'n.«

Ein Gemurmel ging durchs CIC; mit ›hydrophonen Effekten‹ bezeichnete man in der Navy-Sprache das Geräusch herankommender Torpedos.

Mike schaute zum Operations Officer hinüber. »Wie weit ist der Träger noch weg? Ist es uns überhaupt gelungen, über Flottenfrequenz eine Verbindung herzustellen?«

»Nein, Sir. Vielleicht könnten wir Kanal 16, von Brücke zu Brücke, versuchen. Die haben drüben wahrscheinlich schon alles auf Revierfahrt umgestellt. Der Abstand beträgt jetzt weniger als dreizehn Meilen.«

»Okay«, sagte Mike.

Er drückte wieder einen Knopf auf der BÜ-Anlage.

»XO, versuchen Sie's auf Brück-zu-Brücke mit der Coral Sea, wenn wir über die normale Frequenz keine Verbindung kriegen. Mal hören, ob er uns was zu sagen hat.«

»XO, aye.«

Es herrschte einen Moment Stille, bevor der XO an die Anlage zurückkam. »Capt'n, ich hab' sie. Ihr CO will mit Ihnen sprechen – ASAP!«

»Scheiße«, murmelte Mike.

Er stürzte hinaus zur Brücke. Die Brücke-zu-Brücke-Funkverbindung war eine VHF-Frequenz, die – gemäß internationalem Verkehrsabkommen – zu Verhütung von Zusammenstößen auf See eingerichtet worden war. Theoretisch konnte jedes Schiff jedes andere über Kanal 16 anrufen, um unklare Manövriersituationen zu klären und eine Kollision zu vermeiden.

Mike blinzelte in die Nachmittagssonne, die durch das Fenster hereinfiel, während das Schiff einem westlichen Kurs folgte. Es war nahezu windstill und im Steuerhaus fast unerträglich heiß. Ihm taten die Männer des Wachteams leid, die zu der ganzen Kampfanzug-Ausrüstung, die der Gefechtszustand vorschrieb, auch noch kugelsichere Westen tragen mußten. Er ging zum Stuhl hinüber und nahm das Mikrophon für die Brücke-zu-Brücke-Verbindung.

»Coral Sea, hier spricht die Goldsborough, Charlie Oscar.«

»Hier spricht die Coral Sea, Charlie Oscar. Captain, haben Sie vor etwa dreißig Minuten ein Eil-Fernschreiben erhalten?«

»Kann ich bestätigen, Captain. Wir sind im Moment dabei, an dem – äh – Problem zu arbeiten. Empfehle, daß Sie so schnell wie möglich umdrehen, Sir.«

Es entstand ein Schweigen, gefolgt von einer entfernt zu hörenden Unterhaltung in Spanisch, die das Netz für eine ganze Minute lahmlegte. Dann war die Coral Sea wieder in der Leitung.

»Wollen Sie damit sagen, daß es sich nicht um einen Scherz handelt?«

»Sir, wir sind nicht hundertprozentig sicher, und ich kann über diese Leitung auch nicht in weitere Einzelheiten gehen. Aber Sie müssen Ihr Schiff aus der Gefahrenzone bringen, vorzugsweise in östlicher Richtung. Mit Höchstgeschwindigkeit. Jetzt. Ich wiederhole – jetzt! Außerdem hat sich an der Flußeinfahrt eine Katastrophe ereignet, so daß Sie wahrscheinlich für eine Zeitlang ohnehin nicht einlaufen können. Ich empfehle dringend, daß Sie jetzt umdrehen, Capt'n, und so schnell wie möglich von hier verschwinden.«

»Okay. Ich habe verstanden. Ich schlage vor, daß Sie mich abhörsicher auf zweihundertsechsundfünfzig Punkt eins kontaktieren, und dann könnten Sie mich vielleicht ins Bild setzen. Ich habe übrigens keine Nachricht über ein Problem in der Flußeinfahrt.«

»Roger, Capt'n. Wir werden Sie über zweihundertsechsundfünfzig Punkt eins kontaktieren, und ich werde meinen XO anweisen, Sie zu informieren.«

Mike nahm sein Fernglas und fokussierte es auf den Träger. Wie er befürchtet hatte, war das Flugdeck bis auf zwei SH3-U-Jagd-Helikopter leer. Der Träger hatte immer noch nicht abgedreht. Mike beschloß, seinen Worten Nachdruck zu verleihen.

»Coral Sea, hier spricht die Goldsborough. Wir haben vor Ihnen etwas gesichtet, das stark nach Treibminen aussieht, over.«

Drei Sekunden blieb es still. Dann meldete sich der Träger wieder.

»Sagten Sie Minen, over?«

»Stimmt. Empfehle dringend, jetzt abzudrehen, over!«

»Roger. Verstanden. Drehen jetzt. Ende.«

»Und Captain«, fuhr Mike fort, »ich brauche dringend einen SH3, sofern Sie einen in Bereitschaft haben.«

Wieder entstand ein kurzes Schweigen am anderen Ende, bevor der CO antwortete.

»Wir haben heute morgen bei Tagesanbruch alle von Bord geflogen. Ich habe zwei Helikopter an Deck. Ich könnte einen mit ein paar Bojen an Bord aufsteigen lassen. Aber wenn Sie ihn schnell benötigen, wird der keine Waffen an Bord haben.«

»Ich nehme alles, was ich kriegen kann, Capt'n.«

»Roger. Wir werden einen Schnellstart hinlegen. Ende.«

»Captain«, rief der Deckoffizier, der durch sein Fernglas den Horizont beobachtete, »der Träger geht nach links und haut ab, so schnell er kann.«

»Sehr gut«, sagte Mike, »und höchste Zeit. Ich gehe zurück ins Combat. XO, ich werd' anweisen, daß die abhörsichere Leitung hierhin geschaltet wird, und dann können wir ihm erzählen, was wir wissen. Aber machen Sie ihm Feuer unterm Hintern, und daß sie uns verdammt noch mal einen Helikopter rüberschicken – und zwar jetzt!«

»Aye, Sir. Dann wissen die also Bescheid, daß es sich um eine U-Boot-Bedrohung handelt?«

»Das Fernschreiben hat sie ja vor einem U-Boot gewarnt. Aber da der CO trotzdem diskutieren wollte, habe ich ihm die Minengeschichte aufgetischt. Die hat dann gewirkt. Aber Sie können ihn über die U-Boot-Geschichte informieren.«

Mike wandte sich an den Rest der Brückenbesatzung.

»Und diejenigen, die gerade nicht mit irgendwas beschäftigt sind, gehen raus auf die Brückennock und halten Ausschau nach Torpedospuren. Wenn der Kerl sich hier rumtreibt, dann haben wir ihm gerade die Tour vermasselt und sind damit das einzig erreichbare Ziel.«

Mike eilte ins CIC und wies den Communications Console Operator an, die abhörsichere Leitung auf die Brücke zu schalten. Er bestellte den Anti-Submarine Air Controller zu sich und wies ihn an, am Radarschirm alles vorzubereiten und auf den Helikopter zu warten.«

»Wenn Sie einen haben, soll er ein aktives Bojenmuster einrichten, und zwar jeweils fünftausend Meter vor und westlich von uns – wo auch immer wir uns aufhalten.«

»Ein aktives, Sir? Ohne Kontakt?« fragte der Air Controller.

»Ja; ich will den Kerl noch weiter ablenken; hoffentlich, bevor er feuert.«

Mike starrte auf das Plot. Er bemerkte das Fehlen der roten Linien, die einen Kontakt anzeigen. Er war sich jetzt seiner Sache sicher. Er hatte dieses eiskalte Gefühl im Magen: Hier draußen war ein U-Boot! Und der Beweis würde nur zu schnell erbracht werden!

»Ops, vergrößern Sie die Abstände bei den Kurswechseln. Ab jetzt will ich große, weiträumige Veränderungen. Und aktivieren Sie die Fanfare«, befahl er.

»Aye, aye«, sagte der Operations Officer. Er wandte sich an den ASW-Melder.

»Talker, melden Sie Sonar, Fanfare einschalten. Captain, wenn Sie das Spiel wirklich ein bißchen aufheizen wollen, könnten wir doch eine Unterwasserbombe abwerfen. Wir werden zwar nichts treffen, aber es würde die da unten ganz schön durchschütteln und eventuell ihre Pläne durchkreuzen, falls sie eine Schußlösung auf uns vorbereiten.«

Mike schaute ihn einen Moment nachdenklich an, dann nickte er. Er drückte auf der BÜ-Anlage den Verbindungsknopf zur Sonar-Zentrale.

»Linc, zusätzlich zu der Fanfaren-Geschichte denke ich darüber nach, eine Unterwasserbombe abzuwerfen. Ich werd' das Gefühl nicht los, daß uns jemand im Visier hat, und ich will ihm so viel wie möglich zu tun geben. Der Träger haut jetzt ab. Also bleiben nur noch wir übrig – und unser Phantom.«

»Aye, Capt'n. Wir warten nur auf Ihren Befehl.«

Mike ging zum Plot zurück. Der Kurs des Trägers war jetzt, wo er sich nach Osten entfernte, in breiten Datenpunkten zu erkennen. Seine Geschwindigkeit zeigte siebenundzwanzig Knoten. Ich wette, der wird ganz schön rauchen, dachte Mike bei sich. Die Coral Sea war sogar noch älter als die Goldsborough.

Er dachte kurz nach: Je radikaler er die Kursänderungen gestaltete, um so schwieriger würde es für das U-Boot sein, eine Schußlösung auf die Goldsborough zu entwickeln. Da er die durchs Wasser gezogenen Torpedo-Täuschkörpergeräusche aktiviert hatte, war für das passive Leit- und Kontrollsystem des U-Boots eine zusätzliche Geräuschquelle entstanden. Ein Fanal, das stimmte schon, aber eben noch etwas, mit dem man sich beschäftigen mußte. Und eine Unterwasserbombe würde den Feind in Bedrängnis bringen und ihn vielleicht provozieren, etwas zu tun, das einen Kontakt herstellen könnte.

Der Funkbote kam wieder ins CIC gehastet. Er winkte mit einem Fernschreiben. Mike nahm es, las es und schüttelte verwundert den Kopf.

»Manchmal überrascht mich das System ja wirklich. Wir sind gerade zur Kampfeinheit bestellt worden und haben die Aufgabe, die Coral Sea vor einem möglichen feindlichen U-Boot-Angriff zu schützen. Es kommt noch besser – hört zu: Unterstützung ist unterwegs! Zwei Spruance-Zerstörer sollen in zwei bis drei Stunden hier sein, falls Schlepper die Wrackteile des Toyota-Frachters aus der Fahrrinnen Kreuzung schaffen können. An Bord einer der Spruances befindet sich der ComDesRon Zwölf, der mich dann als Leiter der Kampfeinheit ablösen wird . . .«

Er warf das Fernschreiben auf den Boden.

»Steckt es euch in den Arsch«, rief er aus. »So, wir fischen jetzt ein bißchen, wie's die Wilderer tun! Weapons Control, eine Unterwasserbombe klarmachen zum Abwurf. Tiefeneinstellung sechzig Meter, jetzt.«

»Weps, aye. Werfen eine mit Standardeinstellung; jetzt.«

Mike ergriff das 1MC-Mikrophon:

»Alle Mann herhören. Wir werfen eine Unterwasserbombe als Ablenkungsmanöver. Alle Mann festhalten wegen Erschütterung.«

Jeder im CIC hielt sich an einem feststehenden Teil fest; sie warteten. Endlich war ein dumpfer Schlag zu hören, der durch das ganze Schiff bis zum Kiel widerhallte. Die losen Gegenstände im CIC klapperten. Anschließend war achtern ein dröhnender Lärm zu hören, als die Wassersäule die Wasseroberfläche durchbrach. Über die BÜ-Anlage kam die Stimme des Exec:

»Ganz schön beeindruckende Druckwelle, Capt'n – sogar bei sechzig Metern. Fischen wir ein bißchen?«

»Jaah«, sagte Mike gedehnt, »so wie die's in Georgia machen, das sogenannte ›Fliegen-Fischen‹: Wirf ein bißchen Dynamit ins Wasser, und du siehst die Fische fliegen. Ich habe auch die Täuschkörper aktiviert. Sobald er gemerkt hat, daß der Träger ihm durch die Lappen geht, wird er anbeißen. Und übrigens – wir sind jetzt offiziell eine Kampfeinheit. Man scheint uns auf einmal an Land zu glauben. Die schicken zwei Spruances raus.«

»Spruances?« sagte der XO. »Keine Flugzeuge? Schiffe brauchen doch Stunden, bis sie hier draußen sind.«

»Nun, ich vermute, daß sie glauben, daß das Problem jetzt – wo der Träger den Befehl hat, das Gebiet zu verlassen – nicht mehr so dringend ist . . .«

»Na, hoffentlich liegen sie da richtig. Ich frage mich, was den Ausschlag für diese Meinungsänderung gegeben hat?«

»Wahrscheinlich hat die Explosion des Frachters im Fluß dazu beigetragen, aber das alleine kann's nicht gewesen sein. Egal – seid wachsam. Mal sehen, was diese Unterwasserbombe nach oben bringt.«

»Bis jetzt 'ne ganze Menge toter Fische. Ich wette, daß die Fischer auf ihren Kuttern dahinten stinksauer sein werden.«

Mike setzte sich auf seinen Stuhl. Das Gebiet, in dem sie die Unterwasserbombe abgeworfen hatten, war für weitere Suchaktionen jetzt ungeeignet. Er hatte eine Möglichkeit beim Schopfe ergriffen und mußte dafür eine andere sausen lassen. Er konzentrierte sich darauf, was als nächstes zu tun war. Sie mußten weiter nach dem U-Boot suchen. Der Träger war dabei, die Gefahrenzone zu verlassen. Falls das U-Boot sich nicht östlich der Goldsborough aufhielt, also zwischen dem Zerstörer und dem Träger, wurde die Route der Coral Sea von Minute zu Minute sicherer, denn diesen Teil hatte die Goldsborough bereits mit ihrem Sonar durchsucht; das U-Boot konnte sich dort also nicht aufhalten. Wenn ihre Annahme allerdings falsch war, dann fuhr der Träger jetzt geradewegs in die Falle. Aber Mike hielt das für unwahrscheinlich.

Was als nächstes? Wir sind immer noch auf westlichem Kurs. Hoffentlich sind wir bloß zwischen dem Gebiet, in dem vermutlich das U-Boot ist, und dem Träger; genau da, wo wir sein sollten. Alles ist klar zum Gefecht. Wir fahren in weiträumigen Zickzack-Mustern, die es für das U-Boot sehr schwierig machen sollten, eine Schußlösung zu entwickeln. Es sei denn, es hätte Drahtlenkung. Ein beängstigender Gedanke.

»Sir, die abhörsichere Leitung mit der Coral Sea steht, und der XO spricht.«

»Sehr gut.«

Okay, damit war der Skipper des Trägers im Bilde. Würde wahrscheinlich danach noch ein oder zwei Knoten zulegen.

»Ops, auf welchem Kurs ist der Träger?«

»Sir, Coral Sea ist auf nullneunzig, in östlicher Richtung.«

»Sagen Sie dem XO, er soll unterbrechen und empfehlen, über Backbord auf nullsechzig zu gehen.«

»Nullsechzig, aye, Sir«, sagte der Operations Officer. Er gab die Information an die Brücke weiter.

Warum habe ich das gesagt, sann Mike. Muß irgendwie mit Torpedo-Geometrie und Überlebensinstinkten zusammenhängen. Er konnte es zwar nicht genau erklären, aber er wußte, daß auch ein beständiger Kurs, auf dem man sich *entfernte*, eben doch ein beständiger Kurs blieb. Der Libyer würde russische Torpedos an Bord haben. Sie konnten bei der Verfolgung eines Ziels Meile um Meile zurücklegen. Ein unveränderter Kurs machte eine Schußlösung einfacher. Deshalb sollte der Träger abdrehen. Reiner Instinkt. Nicht auf der Stelle stehen bleiben im dunklen Wald. Das Gefühl eines Fadenkreuzes in seinem Rücken.

Sein Magen drehte sich. Äußerlich war ihm nichts anzumerken. Er saß in seinem Stuhl. Du solltest etwas tun. Was ist der nächste Schritt? Suche, Ausweichmanöver. Torpedotäuschkörper aktiviert an achtern, Waffen klar, eine auf gut Glück abgeworfene Unterwasserbombe, um dem Kerl den Kopf vollzuhängen? Das konnte er nicht noch einmal wiederholen – so viele Unterwasserbomben hatten sie nicht. Er starrte auf die Rücken seiner Männer am Plottisch. Das ist keine Inspektion, Mann! Was, wenn der Bastard gar nicht hier war? Wenn er östlich statt westlich von ihnen war?

KAPITEL SIEBENUNDSECHZIG

Das Unterseeboot AL AKRAB,
Freitag, 9. Mai, 16 Uhr 30

Der Kommandant nippte an seinem Tee. Er nahm seinen Geschmack jedoch kaum wahr. Seine Augen starrten gebannt auf den Tiefenmesser. Sein Gesicht blieb unbewegt, während er versuchte, der brodelnden Spannung in seinem Innern Herr zu werden. Er hielt seine Augen auf den Tiefenmesser gerichtet, während die Tiefenrudergänger auf Anweisungen des Musaid das Boot in einem sanften Übergang auf hundertfünfundzwanzig Meter brachten. Das unaufhörliche Pingen von oben zerrte an den Nerven aller, war es doch der physische Beweis für das akustische Energiefeld, mit dem der Feind durch die schwarzen Tiefen drang; suchend, tastend, um nur einmal den stählernen Bootskörper des U-Boots, das jetzt nach Süden entschlüpfte, gerade mal fünfzehn Meter über dem Meersboden, zu berühren. Es handelte sich zwar nicht um eine extreme Tiefe, aber sehr beruhigend war sie auch nicht. Der alte Rumpf gab gelegentlich leise, knarrende Geräusche von sich, und Kompressionsnebel setzte sich um die Lichtquellen in der Decke der Zentrale ab.

»Kommandant«, kündigte der Sonar-Mann vom Sonar-Stand aus an, »der Doppler der Coral Sea hat sich geändert.

»Was?! Bist du sicher?«

Der Kommandant warf den Teebecher in einen Abfalleimer, als er zum Sonar-Stand hinübereilte.

»Ja, Sir. Sicher. Die Antriebsgeräusche sind ungefähr gleich geblieben, vielleicht etwas lauter. Die Schraubenschlagzahl ist ebenfalls erhöht. Aber der Doppler hat sich verändert. Er fährt von uns weg. Es besteht kein Zweifel.«

Die Anspannung war dem Kommandanten plötzlich im Gesicht abzulesen. Vor seinen Augen löste sich die Mission in nichts auf. Er hatte nur noch eine Möglichkeit.

»Angriffskoordinator, Rohre drei, vier, fünf und sechs auf langsame Geschwindigkeit und große Reichweite einstellen.

Klar machen zum Feuern entlang der Peilung. Wir werden Zielsuchende abfeuern.«

Der Waffeneinsatzoffizier gab schnell die Programmierung ein. ›Langsame‹ Geschwindigkeit bedeutete bei den großen russischen Torpedos fünfunddreißig Knoten, aber der Unterschied von zwanzig Knoten ermöglichte ihnen eine Reichweite von nahezu zwanzig Meilen. Sie hatten zwar immer noch keine präzisen Angaben über den Abstand zum Träger, aber es bestand die Chance für einen Treffer, wenn sie jetzt feuerten und den großen Fisch die Peilung entlang schickten, während der Träger versuchte, nach Osten zu entkommen. Dabei hinterließ er für das Sonar des Unterseebootes und die Lenkungssysteme der Torpedos klare akustische Signale.

»Torpedos programmiert; Rohre klar, Kommandant!«

»Sehr g . . .«

Der Befehl des Kommandanten wurde von dem plötzlichen ratternden, surrenden Geräusch des Torpedo-Täuschkörpers, der von dem Zerstörer durchs Wasser gezogen wurde, unterbrochen. Es war ein Geräusch, das niemand von ihnen – einschließlich des Kommandanten – jemals vorher gehört hatte. Der Stellvertreter geriet in Panik.

»Torpedos«, brüllte er, »Sie haben einen Torpedo auf uns abgefeuert.«

»Halt den Mund, du Idiot«, brüllte der Kommandant und wirbelte zu ihm herum. »Das ist kein Torpedo! Sonar, schnell, die Peilung.«

»Kommandant«, rief der Sonar-Mann. »Die Peilung ist identisch mit der des Zerstörers.«

»Gleichbleibende Peilung«, krächzte der Stellvertreter und biß sich vor Angst auf die Handknöchel. »Er kommt direkt auf uns zu!«

Der Stellvertreter hatte ganz offensichtlich die Nerven verloren. Der Kommandant sah, daß auch der Rest der Besatzung in der Zentrale – völlig irritiert durch das laute surrende Geräusch aus dem Lautsprecher – mühsam um Fassung rang. Der Lautsprecher! Er griff nach oben und schaltete ihn ab. Das surrende Geräusch erstarb, und er beugte sich wieder nach vorn, um sich die Sonar-Auswertung anzusehen. Es war ein

Breitbandgeräusch; laut, zielstrebig, aber definitiv kein Torpedo. Er hatte das Geräusch der elektrischen Torpedos eines amerikanischen Zerstörers auf der sowjetischen ASW-Schule gehört. Es hörte sich an wie eine elektrische Bohrmaschine, aber nicht wie das hier. Er legte dem Sonar-Mann die Hand auf die Schulter, um ihn zu beruhigen. Er wollte gerade den Befehl zum Abfeuern der Torpedos geben, als die Unterwasserbombe explodierte.

Die Explosion war riesig. Sie schüttelte das U-Boot gewaltig. Einen Moment lang gingen alle Lichter aus; einige Schalter waren herausgesprungen. In der Zentrale ging eine Wolke von Staub und kleinen Trümmern nieder. Einige der Männer schrien in Panik, als wenn sie getroffen worden wären, und schauten danach, als es vorbei war, beschämt nieder. Der einzige wirklich Verletzte war der Sonar-Mann. Seine Trommelfelle hatten der ungeheuren, akustischen Überladung nicht standgehalten. Die Tränen rannen ihm vor Schmerzen übers Gesicht. Der leitende Sonar-Offizier hatte ihn sogleich von der Konsole weggezogen und selbst den Kopfhörer aufgesetzt. An den Tiefenrudern hielt der Musaid beide Tiefenrudergänger bei den Schultern und instruierte sie, die Tiefe zu halten.

Das Sonar zeigte einen großen bernsteinfarbenen Fleck östlich von ihnen, als die Druckwelle der Unterwasserbombe mit einem Knall die Wasseroberfläche durchbrach und dadurch noch mehr Lautstärke im Wasser erzeugte. Der Stellvertreter schrie wieder auf:

»Es war ein Torpedo! Es war ein Torpedo! Er hat statt uns den Boden getroffen. Wir sind . . .«

Ein harter Schlag ins Gesicht, den der Kommandant mit dem Handrücken austeilte, brachte ihn zum Schweigen. Die Wucht des Schlages warf ihn aus seinem Stuhl, und er fand sich auf den Flurplatten wieder. Wie ein Turm stand der Kommandant inmitten des Durcheinanders, das in der Zentrale herrschte, über ihm.

»Reißt Euch zusammen, oder ich stecke Euch in ein Torpedorohr und lasse Euch in die Tiefen des Meeres feuern! Das war eine Unterwasserbombe, Idiot. Der alte Zerstörer ist mit Unterwasserbomben ausgerüstet. Seine Torpedos sind in dem flachen Wasser nutzlos.«

Er richtete sich wieder auf. Sein Gesicht war dunkel vor Zorn.

»Aber unsere nicht. Angriffskoordinator, überprüft die Einstellungen auf den zielsuchenden Torpedos. Musaid, laß dir vom Maschinenraum eine Schadenszustandsmeldung durchgeben!«

»Einstellungen überprüft. Das System ist in Ordnung«, rief der Waffeneinsatzoffizier.

»Schußerlaubnis für Rohr drei, vier, fünf und sechs im Suchlauf – Kanal eins der Feuerleitkontroll-Daten. Rohr eins und zwei klarmachen für Drahtlenkung. Dieser Zerstörer muß vernichtet werden!«

Das Unterseeboot ruckte einmal, zweimal und noch zweimal, als die Fische ins Meer hinausgepreßt wurden. Der Kommandant griff nach oben und schaltete den Lautsprecher wieder ein. Jedermann in der Zentrale erkannte sofort das harmonische Winseln von Dampfturbinen, die anfingen sich zu drehen und das surrende Geräusch des Torpedotäuschkörpers unter dem Zerstörer überlagerten. Die Torpedos schossen nach vorne und dann in Richtung Wasseroberfläche. Die Lenkungssysteme übernahmen, und die Torpedos beschrieben einen großen Bogen nach links in Richtung der Peilung des Ziels, des Trägers im Osten.

Die riesigen dampfgetriebenen Fische waren nicht gerade das, was man unter diskreten Waffen versteht; deshalb nannten U-Bootfahrer sie auch ›Screamer‹, Schreihälse. Einmal abgefeuert, verkündeten sie die sich unaufhaltsam nähernde Todesbotschaft in einem heulenden Winseln, das für jedermann auf ihrem Weg zu hören war. Viertausend Pfund, die mit einer Geschwindigkeit von fast vierzig Meilen pro Stunde den Ozean durchquerten, konnten ein Schiff sogar ohne den eintausend Pfund schweren Gefechtskopf zerschmettern.

»Peilung zum Träger?« bellte der Kommandant über den Sonar-Stand gebückt. Das Plot war jetzt vergessen.

»Kommandant, Peilung nullfünfundneunzig. Die Fische scheinen die Verfolgung aufgenommen zu haben; keine Kreisläufer«, berichtete der Sonar-Offizier.

Der junge Sonar-Mann, der das beste Gehör hatte – d. h.

gehabt hatte – kauerte am Sonar-Stand und schaukelte in der Hocke vor und zurück. Man hatte bereits nach dem Sanitäter geschickt, um ihm etwas gegen die unerträglichen Schmerzen in seinem Kopf zu geben.

»Peilung zum Zerstörer? Schnell!«

»Kommandant, Peilung ist nullachtzig, ändert sich aber.«

»Haltet diese Peilung auf Kanal zwei programmiert. Angriffskoordinator, Rohr eins und zwei klarmachen; auf Drahtlenkung, Daten auf Kanal zwei! Wir warten, bis er wieder auf gleichbleibendem Kurs ist.«

KAPITEL ACHTUNDSECHZIG

USS GOLDSBOROUGH,
Freitag, 9. Mai, 16 Uhr 42

»Hydrophonische Effekte, Peilung zweihundertfünfundfünfzig! Mehrere Wellen! Anlaufende Screamer! Anlaufende Screamer!« brüllte eine erregte Stimme aus der Sonar-Zentrale über den 29MC-Lautpsrecher.

Diese Meldung hatte auf alle im CIC, einschließlich Mike, der aus seinem Stuhl gesprungen war, eine elektrisierende Wirkung.

»Wie ist unser Kurs?!« schrie er.

»Zweihundertvierzig!« rief der Surface Supervisor zurück.

»Brücke, hier Combat, anlaufende Torpedos! Rudert hart Backbord, Ausweichgeschwindigkeit, auf zweihundertzehn!« brüllte Mike über die BÜ-Anlage auf die Brücke.

Als Grundregel galt: bei Torpedos von vorne – Drehung quer zur Peilung und Kurs innerhalb von dreißig Grad relativ zur Peilung stabilisieren. Wenn die Torpedos auf ›Ziel voraus‹ eingestellt waren, mußten sie das Ziel verfehlen, es sei denn, es handelte sich um zielsuchende oder drahtgelenkte.

Anlaufende Torpedos wurden über die Bordanlage gemeldet, und die Goldsborough wurde arg geschüttelt, als die Snipes ihr einheizten. Ihre Schrauben wirbelten unter dem Heck Myriaden weißer Schaumkronen auf. Die Ruder waren gerade noch in der Lage, die siebzigtausend PS, die da ins Wasser schlugen, zu bändigen. Die Männer an den Gefechtskonsolen, die nicht angeschnallt waren, wurden auf eine Seite des CIC geworfen, als das Schiff erst krängte, dann das Heck eintauchte und sich der Bug hinausschob, um Geschwindigkeit aufzunehmen.

»Torpedogeräusche werden stärker, deutlicher Doppler – hoch, Peilung zweihundertdreiundfünfzig!« meldete die Sonar-Zentrale.

Ein schrecklicher Gedanke erfaßte Mike: Die Peilungsabweichung war jetzt nach links, und er hatte nach links gedreht. Er war davon ausgegangen, daß die Fische die Goldsborough zum Ziel hatten. Fuhr er etwa geradewegs in sie hinein?

»Peilungsbestimmung!« rief er.

»Sir, unser Kurs ist zweihundertfünfzehn, geht auf zweihundertzehn. Geschwindigkeit zweiundzwanzig, zunehmend.«

»Captain«, rief der Weapons Officer. »Empfehle, daß wir einen Torpede die Peilung entlang feuern, anfängliche Suchtiefe sechzig Meter!«

Der Weapons Officer hielt seinen Finger auf den Abfeuerknopf.

»Genehmigung erteilt. Klarmachen zum Feuern; Torpedo entlang Peilung der Torpedogeräusche; Einstellung sechzig Meter.«

Von Steuerbord war ein zischender Laut zu hören, als die Preßluftflaschen den MK-45-Torpedo zehn Meter über die Seite hinauspreßten. »Torpedogeräsuche, Peilung zweihundertneunundvierzig, lauter werdend!« kam die Meldung aus dem Sonar. Die Stimme überschlug sich fast.

»Brücke, hier Combat, Frage Blasenspur? Sagt den Snipes Bescheid, was kommt.«

»Brücke, aye. Haben wir schon. Sehen noch keine Anzeichen, halten weiter Ausschau.«

Mike fühlte eine vorübergehende Welle der Erleichterung in sich aufsteigen. Wenn die Torpedos noch nicht zu sehen waren, verblieb ihnen vielleicht noch eine weitere Minute, den Kurs zu kreuzen. Der Kerl hatte daneben gezielt. Es sei denn – es sei denn, er hätte auf den Träger gezielt!

»Peilung auf den Träger«, rief er.

»Sir, von uns aus einhundertfünfunddreißig, Abstand sechsunddreißigtausend, zunehmend.«

Mike kalkulierte kurz. Scheiße! Das war's. Der Kerl hatte auf den Träger gefeuert. Ein Verfolgungsschuß! Mike griff nach dem BÜ-Schalter.

»XO. Sagen sie der Coral Sea, daß sie sofort eine Notfall-Drehung nach Norden vornehmen soll. Torpedos kommen in ihr Kielwasser. Jetzt!«

Dann drückte er den Knopf für die Sonar-Zentrale:

»UB, klarmachen zum Abwurf von drei Wasserbomben; Einstellung geringe Wassertiefe, wiederhole, geringe Wassertiefe: fünfzehn Meter. Linc, ich will sie auf den Kurs der Torpedos werfen – er hat auf den Träger gefeuert. Los, Mann, schnell!«

Die Goldsborough schüttelte sich vom Steven bis zum Heck, als ihre Geschwindigkeit erst siebenundzwanzig, dann achtundzwanzig Knoten erreichte. In seiner Erregung hatte der Steuermann über den befohlenen Kurs hinausgesteuert. Bei dem Ausgleichmanöver wurden alle herumgeworfen.

»Peilung der Torpedogeräusche zweihundertachtundvierzig, lauter werdend!« berichtete das Sonar. »Die Bomben sind klar auf fünfzehn Meter, Capt'n.«

Die Torpedogeräusche waren nun gleichbleibend. Die Goldsborough kreuzte ihren Kurs genau – jetzt.

»Roger; drei in Abständen von zehn Sekunden werfen, jetzt, jetzt, jetzt!«

»Sonar, aye; werfen Nummer eins!«

Mike riß das 1MC-Mikrophon an sich.

»Hier spricht der Captain! Ausweichmanöver Torpedoangriff. Das U-Boot hat Torpedos auf den Träger gefeuert. Wir werfen drei Unterwasserbomben mit geringer Tiefeneinstellung in ihren Kurs, um den Angriff zu sprengen. Klarmachen zum . . .«

Ein dröhnendes Geräusch erschütterte das Schiff, aber die Vibrationen wurden noch viel heftiger, als die erste Ladung in unmittelbarer Nähe hochging und einen so gewaltigen Wasserdruck unter dem Heck des Zerstörers erzeugte, daß seine Schrauben fast aus dem Wasser gehoben wurden. Achteraus schoß eine enorme Druckwelle schmutzigen grauen Wassers in den Himmel.

»Abwurf Nummer zwei!«

Diesmal hielten sich alle fest; wieder gab es einen dröhnenden Schlag, gefolgt von einer Eruption in ihrem Kielwasser. Durch den Lärm hindurch hörte Mike das verhängnisvolle Geräusch eines Gebläses, dem langsam die Energie ausging. Irgend etwas mußte da unten unter der Wucht der Bomben kaputtgegangen sein.

»Abwurf Nummer drei!«

Mike schloß die Augen. Seine Züge verkrampften sich zu

einer Grimasse, während er auf die nächste Erschütterung wartete.

»Combat, hier Brücke. Coral Sea hat bestätigt; dreht nach links. Helikopter startet in drei Minuten.«

»Roger, XO. Der OOD soll einen OPREP absetzen. ASAP. Er soll denen vom Stab melden, daß dieser Kerl hier ist; kein Vertun mehr. Hier ist definitiv ein U-Boot.«

»Aye, Sir.«

»Peilung der Torpedogeräusche jetzt zweihundertfünfundfünfzig! Peilungsauswanderung nach rechts. Wir sind über . . .«

Das 29MC wurde überlagert von eins, zwei, drei dröhnenden Explosionen achteraus, als drei der Torpedos in die kochenden Strudel der Unterwasserbomben und dadurch in ein unkontrolliertes Schlingern gerieten, den Kontakt als Ziel identifizierten und explodierten. Wieder wurde die Goldsborough hin- und hergeschüttelt, als die Druckwellen sie von achtern her erfaßten, wenngleich sie nicht so mächtig waren wie die der Unterwasserbomben. Das Schiff schaukelte jetzt gefährlich: Die Schrauben waren aus dem Rhythmus geraten: Eine lief auf achtundzwanzig Knoten weiter, die andere verlor zusehends an Energie.

»Verdammt Scheiße, Combat«, brüllte der Exec von der Brücke in die BÜ-Anlage. »Capt'n, hier herrscht Weltuntergangsstimmung.«

»Was ist mit der Anlage?« rief Mike zurück.

»Torpedogeräusche, Peilung nulldreißig«, meldete das Sonar, »und wir haben die Fanfare verloren.«

»Scheiße. Einer ist uns entwischt«, zischte Mike mit zusammengepreßten Lippen. Er schlug auf den Schalter der BÜ-Anlage.

»XO, rufen Sie den Träger. Sagen Sie ihm, daß wir drei Torpedos abgefangen haben, daß uns aber einer entwischt ist; der ist jetzt hinter ihm her. Er soll den nördlichen Kurs beibehalten, Höchstgeschwindigkeit und Torpedotäuschkörper.«

»XO, aye. Wir haben im Maschinenraum zwei Lagerkompensation verloren, nachdem die Unterwasserbomben hochgegangen sind, Capt'n. Wir müssen mit der Geschwindigkeit runtergehen und diese Welle stillegen.«

»Combat, aye. Ben, als nächstes wird er auf uns feuern. Geht auf fünfzehn Knoten und zurück auf zweihundertfünfzig, westlich. Wir müssen Kontakt kriegen zu diesem Bastard. Der Engineer soll tun, was er tun muß.«

»Torpedogeräusche entfernen sich nach Osten, Combat. Das Ding läuft noch, aber mit deutlichem Doppler-tief.«

»Schwimmt unser Fisch noch?«

Es entstand eine kleine Pause, während der Sonar Operator nach Westen fokussierte.

»Bestätigt; Einheit ist im Suchmodus, Peilung zweihundertfünfundvierzig. Im Suchmodus. Moment – unsere Einheit ist explodiert, Sir!«

»Hat sie getroffen?«

Mike wartete, während das Sonar mit dem Acoustic Operator Rücksprache hielt.

»Negativ, Sir. Das Sonar der Einheit verzeichnet keinen Moduswechsel. Wahrscheinlich Bodenberührung, Capt'n.«

»Sehr gut, vielleicht hat ihn das aus dem Gleichgewicht gebracht. Haltet weiter Ausschau, Jungs, und haltet euch bereit für weitere Torpedos.«

KAPITEL NEUNUNDSECHZIG

Das Unterseeboot, AL AKRAB,
Freitag, 9. Mai, 16 Uhr 49

Der Sonar-Offizier gab dem Kommandanten Zeichen.

»Kommandant, die Zielsuch-Torpedos laufen heiß, gerade und normal, Doppler tief, keine Peilungs-Auswanderung. Aber, Kommandant, der Zerstörer ist viel näher; dem Ping nach zu urteilen, schätze ich den Abstand auf etwa achttausend Meter.

Der Sonar-Offizier hielt den Kopfhörer fest gegen sein linkes – sein besseres – Ohr gepreßt, während er mit der rechten Hand schnell eine Reihe von Knöpfen auf dem Sonarstand drückte. Der Kommandant fletschte die Zähne.

»Angriffskoordinator«, befahl er, »auf Kanal zwei achttausend Meter als geschätzten Abstand eingeben. Kurs West, Geschwindigkeit fünfzehn! Rohr eins und zwei klarmachen für Drahtlenkung auf Kanal zwei. Wir . . .«

»Torpedo anlaufend! Torpedo anlaufend!« brüllte der Sonar-Offizier. »Elektrisch, Peilung nullfünfundachtzig! Doppler hoch, in Suchmodus!«

»Ruder hart Steuerbord! Volle Kraft voraus«, brüllte der Kommandant.

Der Steuermann hämmerte den Befehl an den Maschinenraum ein. Das U-Boot machte einen Satz nach vorne und krängte nach Backbord, als die Wirkung der Ruder einsetzte.

»Torpedotäuschkörper achtern feuern! Beide gleichzeitig!«

Der Sonar-Bediener lud die Boldrohre und gab den Feuerbefehl ein. Dreißig Meter weiter, achtern, wurden zwei metallgefüllte Behälter in die See ausgestoßen. Sie explodierten fast sofort und erfüllten das Wasser mit einem dichten Ball von Luftblasen, die sich zu einem Strudel von Breitband-Geräuschen entwickelten und die Suchfrequenz des herankommenden Torpedos überdeckten; ein kochender Strudel, erzeugt von Hunderten von Kügelchen aus gasproduzierenden Chemikalien.

Das Unterseeboot drehte sich rechtwinklig zur Achse des zielsuchenden Torpedos, damit die Torpedotäuschkörper das Sonar des herankommenden Torpedos einsaugen konnten.

»Kommandant, empfehle, auf einhundert Meter zu gehen – für diese Geschwindigkeit sind wir zu nahe über dem Meeresboden«, rief der Musaid.

»Nein, wir bleiben, wo wir sind. Ruder mittschiffs, auf zehn Knoten verlangsamen! Die Tiefe ist unsere Rettung, Musaid. Er hat noch keinen Kontakt. Das war nur ein Reflexschuß als Antwort auf unsere Zielsuch-Torpedos. Haltet die Tiefe bei. Sobald die Geschwindigkeit auf zehn Knoten herunter ist, fahren wir den ganzen Weg nach Osten zurück.«

Der Torpedo war immer noch zu weit entfernt; noch war in der Zentrale nichts zu hören, aber alle standen wie erstarrt und horchten. Der Sonar-Bediener konnte ihn deutlich hören, wie an seinem Gesichtsausdruck abzulesen war, aber der Kommandant hatte – eingedenk der Panik beim letzten Mal – den Lautsprecher abgeschaltet. Endlich, nach einer Minute angespannten Schweigens, erhob einer der Offiziere seine Stimme:

»Ich höre ihn«, sagte er leise.

Alle horchten konzentriert – dann konnten sie ihn alle hören. Ein Geräusch, als nähere sich draußen jemand mit einer elektrischen Bohrmaschine. Die Skorpion hatte schnell eine volle Wende durchgeführt, den Kurs des sich nähernden Zerstörers gekreuzt und fuhr nun wieder nach Osten zurück.

Das winselnde Geräusch wurde lauter. Der Kommandant horchte gespannt. Die Täuschkörper würden ihn erfassen. Nur wenige Meter über dem Boden wirbelnd und sprudelnd, würden sie ihn auf den Grund hinunterziehen. Sie warteten. Dann endlich das erlösende Geräusch eines Mark-46, der sich in den Schlamm des Meeresbodens bohrte. Die Erleichterung war allenthalben hörbar. Der Kommandant drehte sich zum Angriffskoordinator herum.

»Und jetzt«, knurrte er, »den Status unserer Torpedos!«

»Alle laufen noch, Kommandant.«

»Ausgezeichnet. Hört zu: Wir müssen diesen Zerstörer vernichten. Angriffskoordinator, sobald wir gleichbleibend auf nullneunzig sind, Schußerlaubnis. Bereiten . . .«

Wieder wurde das U-Boot von der Explosion einer Unterwasserbombe erschüttert. Es folgte eine zweite und eine dritte. Selbst bei achttausend Meter Entfernung erzeugten die fünfhundert Pfund schweren Bomben einen so gewaltigen Wasserdruck, daß das U-Boot hin- und hergeschüttelt wurde. Für einen kurzen Moment, in dem allen vor Angst bald das Herz stehen blieb, fiel ihr Bug steil nach unten ab, und alle in der Zentrale, die nicht hinter ihren Konsolen festgeschnallt waren, wurden auf die Flurplatten geschleudert. Die zweite und dritte Explosion waren noch weitaus heftiger als die erste. Diesmal war es der Sonar-Offizier, der sich in seinem Stuhl vor Schmerzen krümmte und sich schreiend die Ohren zuhielt. Die Kopfhörer hingen baumelnd an seinem Stuhl. Das U-Boot verharrte in der Vorlastigkeit.

Der Musaid griff über die Schultern des Tiefendrudergängers und zerrte – in dem verzweifelten Bemühen, das U-Boot vom Boden wegzuhalten – an den hinteren Tiefenrudern. Der Bug ruckte, und der Kommandant krabbelte zwischen den Sonar- und den Gefechtsstand. Er versuchte hektisch, wieder auf die Füße zu kommen, wurde jedoch ein weiteres Mal umgeworfen, als der Bug des Unterseebootes in einem flachen Winkel an der Schlammschicht auf dem Meeresboden abprallte, erbebte, und das Boot fast zum Stillstand kam. Der Kommandant, der die Situation erfaßt hatte, rief dem Musaid einen Befehl zu:

»Alle Maschinen stop! Ballastzellen achtern ausblasen! Sofort! Ausblasen! Ausblasen!«

Das Zischen der Preßluft war zu hören, als achtern das Meerwasser aus den Ballasttanks geblasen wurde. Dadurch erhielt das Heck größeren Auftrieb, und es gelang, die empfindlichen Schrauben und die Ruder vom Meeresboden wegzuhalten, selbst als der Bug sachte gegen die Schlammschicht stieß.

»Alle Maschinen zurück zwei Drittel. Ausblasen beenden«, befahl der Kommandant.

Er stand nun wieder aufrecht. Seine Augen glühten in der Dunkelheit der Notbeleuchtung. Er drückte sich fest gegen den Periskopschacht, um sich bei der unnatürlichen Buglastigkeit aufrecht zu halten. Zuerst hatte er gedacht, der Zerstörer sei ein Opfer des Torpedo-Arsenals, das für den Träger bestimmt war, geworden. Dann wurde ihm klar, daß sein Feind die Torpedos mit Unterwasserbomben konterminiert hatte.

Sein Gesicht wurde weiß vor Wut. Das rumorende Geräusch verstummte, als der Tauchtechnische Offizier die Luftventilklappen zuknallte. Die Al Akrab hing in der Schwebe, die Nase im Schlamm des Meeresgrundes, das Heck zehn Meter über dem Boden. Der gesamte Bootskörper hing in einem Neigungswinkel von zwanzig Grad. Er hörte einige Männer schreien. Im vorderen Teil des Bootes wurden Gegenstände aus ihren Regalen geschleudert. Dann zeigten die Schrauben Wirkung, und der Bug löste sich mit einem großen Ruck vom Boden, blieb aber nach unten geneigt, während die Schrauben das Boot rückwärts in Richtung Oberfläche zogen, unterstützt durch den unnormalen Auftrieb in den hinteren Ballastzellen.

»Alle Maschinen stop. Alle Maschinen voraus ein Drittel. Musaid, Nullastigkeit herstellen!«

Der alte PUO knallte seinen Hocker zwischen die beiden verängstigten Tiefenrudergänger und gab ihnen eilig Anweisungen bei dem Versuch, das Boot wieder unter Kontrolle zu bringen. Der Tauchtechnische Offizier flutete noch einmal einen Teil der hinteren Ballastzellen, und endlich wurde das Boot wieder nullastig. Als sich das Durcheinander in der Zentrale gelegt hatte, hörten sie wieder das Sonar des Zerstörers, sogar ohne Lautsprecher – jetzt war es im Sektorsuchmodus. Der Kommandant horchte konzentriert. Der Amerikaner hatte Kontakt!

»Alle Stationen, Schadensberichte an Zentrale«, befahl er.

Die Abschnitte erstatteten Meldung. Der Maschinenraum berichtete, daß mit Ausnahme von zwei Lecks in Röhren kein Schaden am Hauptantrieb entstanden sei, daß sie aber zwei Chlor-Alarmmeldungen an der Batterie achtern überprüften. Der Torpedoraum vorne meldete, daß die Mündungsklappen an Torpedorohr eins und zwei nicht auf die Steuersignale reagierten.

»Angriffskoordinator!«

Die Stimme des Kommandanten überschlug sich fast: »Klarmachen zum Feuern aus Rohr eins und zwei. Klarmachen . . .«

»Kommandant, das kann ich nicht. Die Mündungsklappen waren geöffnet. Die Rohre sind sicher voller Schlamm. Wir können nicht . . .«

»Doch! Doch! Wir können! Wir müssen! Dieser verfluchte Amerikaner muß sterben. Er hat mich den Träger gekostet. Ich muß ihn töten. Dann werden wir den Träger verfolgen! Tu, was ich dir sage. Melde deine Feuerleitlösung!«

Der Waffeneinsatzoffizier war entsetzt. Wenn die Torpedorohre mit Schlamm verstopft waren, würden die Torpedos unter Umständen in den Rohren steckenbleiben. Aber wenn der Abfeuermechanismus einmal aktiviert war, würden die Schrauben beginnen, sich zu drehen. Russische Torpedos zählten die Anzahl der Schraubenumdrehungen und machten sich selbst scharf. Nach den ersten tausend Umdrehungen würden sich die Gefechtsköpfe einschließlich ihrer magnetischen Detektoren aktivieren, davon ausgehend, daß der Torpedo jetzt weit genug vom Unterseeboot entfernt sei. Befanden sich die Torpedos zu diesem Zeitpunkt noch innerhalb des U-Bootes, würden sie auf das Magnetfeld des Bootes reagieren und den vorderen Teil des Unterseebootes abreißen.

»Kommandant, das kann ich nicht!« schrie der Waffeneinsatzoffizier. »Die Torpedos werden sich in den Rohren aktivieren, wenn wir sie nicht herauskatapultieren können. Das dürfen wir nicht tun!«

»Melde deine Schußlösung!«

Die anderen in der Zentrale waren gelähmt vor Angst. Der Waffeneinsatzoffizier zögerte für den Bruchteil einer Sekunde, schluckte – und schaute auf seine Konsole hinunter. Ihr Sonar, das immer noch das Sonar der Goldsborough als Ziel erfaßt hatte und verfolgte, zeichnete weiterhin Peilungsdaten auf. Er brauchte eine Abstandsangabe.

»Ich habe keine Angaben über den Abstand. Kurs- und Geschwindigkeitsdaten unzuverlässig. Keine Schußlösung!« rief er.

Der Kommandant überprüfte die Angaben auf der Sonar-Konsole selbst. Der Sonar-Offizier hatte sich neben seinen Leidensgenossen auf dem Boden niedergelassen. Seine Ohren waren nach den diversen Unterwasserexplosionen fast taub. Er mußte eine Schätzung abgeben.

»Geschätzter Abstand siebentausend Meter. Eingeben! Jetzt!«

»Kurs- und Geschwindigkeitsdaten unzuverlässig«, wiederholte er.

»Kurs West zweihundertsiebzig; Geschwindigkeit fünfzehn. Eingeben!«

Das grüne Licht für die Torpedoschußlösung leuchtete. Der Waffeneinsatzoffizier schüttelte den Kopf und wich vom Gefechtsstand zurück.

»Kommandant – wir dürfen das nicht . . .«, begann er.

Der Kommandant sprang hinüber zum Gefechtsstand, hob die Schutzvorrichtung aus Plastik, mit denen die jetzt leuchtenden Lampen für die Rohre eins und zwei abgedeckt waren, hoch und drückte eins, dann zwei. Zum Entsetzen aller war nur ein halbherziger Schlag am Bug zu hören, nicht die volle Abfeuerreaktion. Über dem Kontrollbildschirm von Rohr eins begann ein rotes Symbol zu blinken, das anschließend auch über Rohr zwei erschien. Das Symbol zeigte einen Torpedo im Rohr, dessen Antriebsende rot war. Der bleiche Waffeneinsatzoffizier saß wie erstarrt auf seinem Stuhl, die Augen auf die Symbole geheftet.

»Nachladen und nochmals feuern, Effendi«, rief der Musaid. Als der Kommandant, der selbst für einen Moment vor Schock wie gelähmt war, nicht reagierte, sprang der Musaid zum Gefechtsstand hinüber, stieß den angewurzelten Waffeneinsatzoffizier beiseite und haute auf den Knopf der BÜ-Anlage für den vorderen Torpedoraum.

»Vorderer Torpedoraum: Preßluft für Rohre eins und zwei querverbinden; aus beiden Rohren feuern, sobald der Luftdruck eintausend Pfund erreicht. *Sofort! Oder wir werden alle sterben!«*

Wieder schlingerte das Unterseeboot nach unten, als einer der Tiefenrudergänger überkompressierte; der Musaid krallte sich mit den Händen fest und zog sich zur tauchtechnischen Station zurück. Der Kommandant hielt den Atem an, während er den Blick starr auf die roten Symbole gerichtet hielt; das taktische Überwasserplot war völlig vergessen. Endlich waren zwei Schläge zu hören – diesmal klangen sie normal –, und die Symbole erloschen. Das Pingen des Zerstörer-Sonars wurde lauter. Der Kommandant packte den völlig erschütterten Waffeneinsatzoffizier beim Kragen und schob ihn wieder vor den Gefechtsstand.

»Lenkung, du Idiot! Die Lenkung bedienen! Vernichte den Zerstörer, bevor er über uns ist!«

Der Waffeneinsatzoffizier ergriff den Steuerknüppel. Über einen dünnen Wolframdraht, der sich von den Schraubennaben der Torpedos abwickeln sollte, während sie in Richtung Goldsborough durch das Wasser schossen, wurden die Steuerbefehle für die Seiten- und Höhenruder sowie den Tauchwinkel weitergeleitet. Plötzlich begriff er, daß die Torpedos auf Peilung nullsiebenundachtzig abgefeuert worden waren, ihr Sonar aber jetzt die des Zerstörers jetzt auf nullfünfundneunzig anzeigte. Er riß den Steuerknüppel nach rechts – auf der Anzeige tat sich nichts. Er schaute hinüber auf die Rückmelder. Aber auch dort war keine Meldung abzulesen – nur digitale Achten. Entsetzt ahnte er, was passiert war. Der erste Feuerversuch hatte die Torpedos im Rohr nach vorne gestoßen, und wahrscheinlich hatte der Draht begonnen, sich abzuwickeln. Aber durch die sich in unmittelbarer Nähe drehenden Schrauben war er wahrscheinlich in tausend kleine Stücke zerschnitten worden. Er versuchte, das zu melden, aber die Stimme versagte ihm. Der Kommandant schrie ihn an.

»Status! Warum sind die Peilungen unterschiedlich?«

»Kommandant: Die Torpedos – Ich habe keine Kontrolle über die Torpedos. Sie sind Geradeausläufer! Wir hätten eine Zielsucheinstellung . . .«

»Möge Allah dich in der Schlangengrube schmoren lassen!« schrie der Kommandant. Der Zerstörer hatte Kontakt, und er hatte keine Torpedos mehr. Zum Nachladen blieb keine Zeit.

»Ruder hart Backbord, Höchstgeschwindigkeit!« rief er. »Auf einhundert Meter gehen; Kurs West!«

Er mußte das Boot schnell manövrieren, um dem näherkommenden Zerstörer zu entkommen. Die Explosion einer Unterwasserbombe in unmittelbarer Nähe würden sie nicht überstehen. Dann erinnerte er sich an die Mine.

KAPITEL SIEBZIG

USS GOLDSBOROUGH,
Freitag, 9. Mai, 17 Uhr 01

»Sonar-Kontakt, Peilung zweihundertfünfundsechzig, Abstand fünftausendfünfhundert Meter, deutliches Echo, Klassifizierung mögliches Unterseeboot!«

»Jaah, Linc!« rief der Captain aus. »XO, nach Steuerbord auf zweihundertfünfundsechzig. Klarmachen für Wasserbombenangriff. Wie viele haben wir noch?«

»Sir, wir haben noch vier Wasserbomben, und, Captain, der Helikopter ist in der Luft und kann von uns auf Kanal fünf befehligt werden.«

»Sehr gut.« Auf diese Nachricht hin setzte der Antisubmarine Air Controller sofort seinen Kopfhörer auf, drückte die angegebene Frequenz und begann, mit dem heranfliegenden Helikopter Kontakt aufzunehmen.

Der Weapons Officer zupfte den Captain am Ärmel.

»Sir, empfehle einen Sofort-Angriff entlang der Peilung mit einer 46er; es ist zwar ein Schuß auf gut Glück, aber vielleicht erwischen wir seinen Arsch.«

»Nein. Die letzte ging geradewegs in den Grund. Diesmal will ich genau über ihm sein und ihm eine von den Fünfhundertpfündern genau zwischen die Ohren setzen. Sagen Sie Sonar, daß sie auf Torpedogeräusche achten sollen.«

»Sonar, aye, und, Captain, dieser Kontakt ist stationär. Vielleicht ist es ein Torpedotäuschkörper. Auf dem Schirm gibt's 'ne Menge Störfaktoren um den Kontakt herum, aber wir können ihn trotzdem noch sehen.«

»Bleibt dran. Wir sind auf dem Plot unterwegs. Macht die Wasserbomben klar.«

»Sonar, aye. Halt – bleiben Sie dran. Torpedogeräusche! Torpedogeräusche. Ein, möglicherweise zwei Torpedos anlaufend, Peilung zweihundertsechzig!«

»Combat, aye. Brücke, schnell nach Backbord auf zweihundertvierzig. Geschwindigkeit zwanzig Knoten!«

»Aye, Captain«, kam die Stimme des Exec über die BÜ-Anlage zurück. »Hart Backbord, aye. Aber im Moment sitzen wir bei vierzehn Knoten fest, bis sie auf Lager zwei wieder Vakuum haben. Welle zwei ist abgeschaltet. Welle eins macht zwanzig Knoten. Schiff dreht nach Backbord.«

»Torpedogeräusche, Peilung zweihunderteinundsechzig, Doppler hoch, lauter werdend, es sind zwei!« Mike ergriff das 1MC-Mikrophon, als die Goldsborough widerwillig, mit einer abgekoppelten Welle – in Richtung Südwesten drehte.

»Alle Mann herhören, anlaufende Torpedos an Steuerbord; führen Ausweichmanöver durch, aber festhalten für Treffer. Festhalten für Treffer!«

»Torpedogeräusche, Peilung zweihundertzweiundsechzig – sie gehen nach rechts, Captain!«

Jeder einzelne im CIC starrte auf das Plot, während in ihren Gehirnen fieberhaft die gleichen Worte hämmerten – zieht nach rechts, zieht nach rechts!

»Combat, hier Brücke. Capt'n, wir können sie sehen! Verdammt große Kielwasserspur am Steuerbordbug! Wenn sie keine Zielsucheinstellung haben, sind wir okay. Jetzt sind sie genau rechts vom Bug – und sie ziehen vorbei, zwei Strudel, entlang Steuerbord.«

Mike konnte die freudig-erleichterten Laute von der Brücke hören. Er drückte wieder die Taste des 1MC.

»Alle Mann herhören: Torpedos haben passiert. Torpedos haben passiert. Bereiten jetzt eigenen Angriff vor; verfügen über Helikopterunterstützung.«

Er ging zurück zum Plottisch. Der Operations Officer bestimmte jetzt die Kursänderungen, während sich die Goldsborough mit vierzehn Knoten in Richtung Unterseeboot schleppte.

»Captain, hier Sonar«, meldete sich Linc. »Wir nähern uns dem U-Boot nicht mehr – er ist abgehauen. Wir empfangen Doppler tief und einen westlichen Kurs. Empfehle achtzehn Knoten.«

»Geht nicht, Linc. Die Snipes haben ein Problem. Wir fahren die zur Zeit mögliche Maximalgeschwindigkeit. Müssen warten, bis sie auf Nummer zwei wieder Unterdruck haben. Wenn der Helikopter auf Position ist, werden wir Aktiv-Bojen abwerfen. Das sollte ihn zu einer Kursänderung veranlassen. Vielleicht gelingt es uns dann, näher ranzukommen.«

»Captain, empfehle, daß wir einen Torpedo die Peilung entlang schicken. Vielleicht dreht der Kerl dann, und wir kommen näher ran.«

Mike dachte kurz darüber nach. Immerhin besser, als hier zu sitzen und auf Torpedos aus den Heckrohren des U-Boots zu warten. Beim letzten Mal hatten sie verdammt viel Glück gehabt.

»Okay, Weps, jagt einen los – auf der jetzigen Peilung des Kontaktes. Stellt ihn auf fünfzig Meter ein. Vielleicht sieht er ja diesmal zuerst das U-Boot statt den Boden.«

»Weapons, aye. Klar zum Feuern eines MK 46 von Steuerbord, Peilung zweihundertvierundsechzig, Schlangensuchlauf, anfängliche Suchtiefe fünfzig Meter; Torpedo – los!«

Das Zischen der Preßluftflasche übertönte den Lärm der Stimmen des Plottisch-Teams, das das Bild auf dem NC2 weiter beobachtete.

»Hier Auswerter. Der Helikopter markiert den Kontakt oberhalb und wirft aktive Pinger auf einer Peilungslinie von nullneunzig bis zweihundertsiebzig im Abstand von fünfhundert Metern ab. Er hat keine Waffen an Bord.«

»Auswerter, aye. Informieren Sie ihn, daß wir eine Waffe im Wasser haben, entlang der Peilung zweihundertfünfundsechzig von uns aus.«

Der Controller gab die Information schnell an den Helikopter weiter, der unverzüglich aus seinem Tiefflug zum Abwerfen der Boje auf einhundertsechzig Meter aufstieg, während die Goldsborough hinter ihrem Torpedo herfuhr.

Mike starrte auf das Plot hinunter, Schulter an Schulter mit seinem um den Plottisch versammelten taktischen Team. Alle stanken nach Schweiß und Angst. Die Aufregung ließ das Weiße in den Augen noch stärker hervortreten. Die Daten über den Kontakt flossen von der Sonar-Zentrale hinauf und wurden von den Plottern auf dem Pauspapier markiert.

Mike starrte verbissen auf das Plot. Seine Gedanken überschlugen sich. Was machst du jetzt? Denk nach! Der Kerl versucht abzuhauen. Einer deiner Torpedos versucht ihm den Arsch aufzureißen. Er hat Torpedorohre am Heck. Zwei Torpedos hat er schon auf dich gefeuert. Vier hat er auf den Träger abgefeuert. Drei haben wir erwischt – ein vierter läuft noch. Das bedeutet, die vorderen Rohre sind leer. Aber was hat er in seinen Heckrohren? Noch vier? Und wir sind genau hinter ihm? Er sah auf das Plot. Sie fuhren Richtung Westen.

»Nach Steuerbord auf dreihundert«, befahl er. »Schnell!«

Der Operations Officer gab den Befehl weiter. Dann schaute er den Captain fragend an.

»Heckrohre, Ops. Das ist so, als würde man einen Kerl verfolgen, der sein Gewehr im Anschlag hat und genau auf dich zielt. Unser Abstand wird zwar größer werden, aber wir werden seine Peilung im Zickzack-Kurs alle zwei, drei Minuten kreuzen. Versuchen Sie, den so willkürlich wie möglich zu halten. Ich will nicht, daß wir eine leichte Beute für ihn abgeben. Und sagen Sie dem Funker, er soll noch eine weitere Operations-Meldung absetzen: Er soll ihnen sagen, daß wir Kontakt haben, daß noch zwei Torpedos auf uns gefeuert wurden, und er soll ihnen für alle Fälle eine Position durchgeben – es könnte ja mächtig was schief gehen.«

»Aye, Sir.«

Der Operation-Officer gab den Befehl für breite Zickzackkurse an die Brücke weiter und rief dann den Funkraum.

»Status unseres Torpedos!«

»Sir, unser Fisch läuft noch, aber der Abstand ist inzwischen enorm. Immer noch im Suchmodus. Keine Zielerfassung.«

Mike beobachtete weiterhin das Plot. Wahrscheinlich würde sich dieser Torpedo genauso verhalten wie der letzte auch: nach unten schauen, den Meeresboden als Ziel erfassen, hinuntersausen – und im Schlamm explodieren. Das Unterseeboot entkam in Richtung Westen. Der Abstand wurde langsam größer, aber es würde ihn nicht halten können. Im Westen erwarteten es flaches Wasser – und zwei Zerstörer der Spruance-Klasse.

»Ops, wenn Sie Ihre erweiterte Operations-Meldung abgesetzt haben, machen Sie doch mal die Position der Spruances ausfindig, und klären Sie, ob die ihre Helikopter jetzt hierher schicken und auf ein Ziel einweisen können. Und unser Helikopter soll sich wieder an die Arbeit machen und vor dem Kontakt aktiver Pinger abwerfen. Ich muß seinen Arsch wieder in Richtung Osten bewegt kriegen, damit wir's noch mal mit Unterwasserbomben versuchen können.

»Ops, aye.«

Die Stimme des Exec erklang über die Anlage.

»Combat, hier Brücke. Der Träger will wissen, was Sache ist.«

»Sagen Sie ihm, daß wir Kontakt haben und mit dem Kerl Torpedos austauschen. Sagen Sie ihm, daß er sich weiter nach Osten halten soll, so daß er aus der Schußweite ist.«

»Brücke, aye.«

»Combat, hier Sonar. Torpedo hat abgeschaltet. Keine Zielerfassung.«

»Sollen wir noch einen feuern, Sir?« fragte der Weapons Officer, »damit er beschäftigt ist?«

Mike dachte schnell nach. Die Torpedos der Goldsborough waren in diesen flachen Gewässern nutzlos. Vielleicht gut für einen Nervenkrieg, aber das war's auch. Warum hatte der Kerl nicht noch einen Torpedo abgefeuert? Er hatte doch vier Heckrohre. Hatten sie ihn beschädigt?

»Sir, der Kontakt ändert seinen Kurs«, meldete der Plotter, der die Eintragungen in roter Tinte vornahm.

KAPITEL EINUNDSIEBZIG

Das Unterseeboot AL AKRAB,
Freitag, 9. Mai, 17 Uhr 11

»Zentrale, hier Maschinenraum. Der Chloralarm hat sich nach Untersuchung der Batterie bestätigt. Es dringt Wasser in diesen Abschnitt ein. Erbitte Genehmigung, die Batterie achtern abzuschalten!«

»Negativ«, brüllte der Kommandant.

Das war die Hälfte seiner Batterieversorgung, und das Boot lief auf maximaler Unterwassergeschwindigkeit.

»Wir brauchen einhundert Prozent Leistungsstärke, ihr Idioten: Ein Zerstörer ist hinter uns her, und wir haben keine Torpedos mehr. Trennt den Abschnitt ab und schaltet meinetwegen die Lüftung ab, wenn es sein muß – aber schaltet unter keinen Umständen diese Batterie ab!«

»Maschinenraum, zu Befehl«, antwortete der LI – nicht sehr überzeugt.

Der Kommandant schluckte. Seewasser im Batterieabschnitt war eine potentielle Katastrophe. Wenn Wasser in die Zellen gelangte, vermischte es sich mit dem Schwefelsäure-Elektrolyt und produzierte Chlorgas. Wenn das über einen längeren Zeitraum ging, bestand die Gefahr, daß sich das tödliche Gas im Boot selbst ausbreitete. Dann müßten sie entweder auftauchen oder ersticken. Unmittelbar darauf meinte er, das Chlorgas schon im Lüftungssystem des Bootes zu riechen. Er beobachtete die Geschwindigkeitsanzeige. Das Boot fuhr weiterhin mit vierzehn Knoten nach Westen – weg vom Zerstörer.

Er dachte verzweifelt nach. Seine Männer versuchten, die Ausstoßrohre eins und zwei vorne nachzuladen. Die anderen Rohre waren nicht einsatzfähig. Ihm war klar, daß er dem Zerstörer nicht entkommen konnte, obgleich das Pingen erstaunlicherweise nicht lauter wurde.

»Musaid, sind wir nullastig auf unserer Tiefe?«

»Kommandant, wir sind auf einhundert Metern, nullastig.«

»Wassertiefe?«

»Kommandant«, erwiderte sein Stellvertreter, der seine Fassung wiedergefunden hatte, »die Wassertiefe beträgt einhundertzwanzig Meter, wird aber nach etwa viertausend Metern oder in neun Minuten bei dieser Geschwindigkeit auf achtzig Meter abfallen. Empfehle, daß wir in fünf Minuten auf sechzig Meter hochgehen oder Richtung Meer herumdrehen . . .«

Der dritte Man am Sonar sprang von seinem Stuhl hinter der Konsole hoch: »Torpedogeräusche, Torpedogeräusche. Mark-sechsundvierzig-Torpedo anlaufend, Peilung nullzweiundachtzig! Steuerbord achteraus, Zielsuchmodus.«

Der Kommandant fluchte. Irgend jemand mußte vergessen haben, seinem Gegner mitzuteilen, daß U-Jagd-Torpedos in flachem Wasser nutzlos waren. Außer natürlich der Torpedo landete einen Glückstreffer, oder er schoß auf ein neues Ziel. Jetzt *mußte* er sich dicht am Boden halten. Wenn der Torpedo erst einmal den Boden als größten Kontakt entdeckt hätte, würde er sich hoffentlich geradewegs hineinbohren.

»Auf einhundertfünfzehn Meter gehen. Langsam voraus. Wellenumdrehung fünf Knoten. Sonar, Torpedotäuschkörper klarmachen.«

»Kommandant, Torpedotäuschkörper klar.«

»Torpedotäuschkörper feuern. Hart Backbord. Musaid, halt es nullastig. Wir können uns einen nochmaligen Aufprall nicht leisten.«

Die Mannschaft in der Zentrale saß angespannt hinter ihren Konsolen. Noch war der Torpedo nicht zu hören. Der Kommandant hielt den Atem an und beobachtete mit einem Auge den Tiefenmesser, mit dem anderen den Sonar-Mann. Er sah, wie dessen Knöchel an der Sonar-Konsole weiß wurden. *Er* konnte ihn hören. Der Kommandant entschied, den Lärm des Torpedotäuschkörpers durch einen Wasserwirbel zu verstärken.

»Jetzt: hart Steuerbord. Gleichbleibend zweihundertsiebzig.«

Der Musaid bestätigte und nickte, um sein Einverständnis mit der Taktik des Kommandanten zu verdeutlichen. Das Unterseeboot, das gerade mit der Drehung begonnen hatte, stabilisierte sich und begann dann, zurück nach Westen zu drehen, wobei es einen dichten Wasserwirbel hinter sich verursachte, der stark genug war, einen zielsuchenden Torpedo anzulocken, wenn die Torpedotäuschköper versagten.

»Sonar, Lage!«

»Kommandant, der Torpedo kommt näher, immer noch im Zielsuch-Modus. Doppler-hoch, lauter werdend. Schlangensuchlauf.«

Der Fisch sollte die Torpedotäuschkörper, verstärkt durch die wegen der vollen Drehung des Bootes hervorgerufenen Turbulenzen, bald erspähen. Die Täuschkörper, die am Boden erblühten, sollten den Torpedo zu einem direkten Tieftauchen verführen, einem Sturz durch die sprudelnden und quirlenden Wolken von Blasen – hinunter in den Schlamm. Er schnappte sich den Reservekopfhörer vom Sonar-Stand. Bei dem jetzigen Zustand der Besatzung, bei der die Nerven blank lagen, war er nicht gewillt, den Lautsprecher in der Zentrale wieder einzuschalten. Das Geräusch eines Elektrobohrers war deutlich zu hören; es kam näher, wich dann wieder etwas ab, während der Torpedo seinen Schlangensuchlauf durchführte, wobei er die Abfeuerpeilung dreißig Meter über ihrer gegenwärtigen Tiefe kreuzte. Aber dann hörte er im Hintergrund ein neues Geräusch – ein schnell-pingendes, das über der Frequenz des Torpedos lag. Er überlegte einen Augenblick. Der Zerstörer hatte während des Abfeuerns sein Haupt-Sonar vorübergehend abgeschaltet, um das zielsuchende Sonar des Torpedos nicht zu verwirren. Dieses Pingen hörte sich anders an.

Plötzlich wurde ihm klar, was es war: eine Sonarboje. Eine aktive Sonarboje. Die Boje, die – ausgestattet mit einem eigenen Unterwasserhorchgerät, das mittels eines dünnen Drahtes etwa fünfzehn Meter unter der Wasseroberfläche hing –, oben auf dem Wasser trieb, hatte sich wie ein akustischer Roboter der Jagd angeschlossen. Sonarbojen – das bedeutete: ein Helikopter. Der verfluchte Zerstörer hatte Unterstützung bekommen! Jetzt waren sie wirklich in Schwierigkeiten, und er konnte nichts tun, bis die Besatzung des vorderen Torpedoraums die beiden noch funktionierenden Ausstoßrohre nachgeladen hatte. Sie sollten sich besser beeilen. Er wünschte, er hätte noch die Torpedos, die er seinerzeit wegwerfen mußte, um die Minen an Bord zu nehmen. Der Helikopter oben ließ ihm kaum eine Wahl: Es war an der Zeit, diese verrückte französische Mine, die ganze wild darauf war, den ersten, mit dem sie in Berührung kam, in die Luft zu sprengen, aus ihrem Verlies zu befreien. Er sprang herum. Den Blick heftete er auf den immer noch zitternden Waffeneinsatzoffizier.

»Du! Geh zum Ausstoßrohr achtern; mache Rohr acht klar. Wir werden jetzt die Mine einsetzen! Setz eine Gasmaske auf; es ist Chlorgas im Batterieabschnitt. Meldung, wenn alles klar ist. Geh!«

Er drehte sich wieder zur Sonar-Konsole um. Der Operationsoffizier übernahm nun die Funktion des Angriffskoordinators.

»Sonar, Meldung!«

»Kommandant, es scheint, daß der Torpedo achteraus an uns vorbeigeht, in Richtung der Bolde.«

»Gut, nimm deinen Kopfhörer ab. Ich brauche deine Ohren noch!«

Jetzt konnten sie den Torpedo hören, laut und deutlich zunächst, dann aber schwächer werdend, als er vorwärts und rückwärtes auf seiner Suchachse taumelte. Kurz danach verstummte das elektrische Bohrgeräusch. Sie warteten auf die Explosion. Aber nichts war zu hören. Laufende. Der Kommandant nickte zufrieden. Solange er Bolde ausstoßen und sich dicht am Boden halten konnte, bestand durch die Torpedos des feindlichen Zerstörers keine wirkliche Gefahr. Sie mußten jedoch weiter von ihm entfernt sein, als er gedacht hatte. Das Hauptsonar des Zerstörers nahm das Pingen wieder auf.

Jetzt mußte er sich darauf konzentrieren, den Unterwasserbomben auszuweichen und jede Bodenberührung zu vermeiden, während das Boot in die richtige Position für den Einsatz der Mine manövriert wurde. Es gab zwei Möglichkeiten: Ganz langsam zu fahren, die Mine zu legen, den Zerstörer über sich fahren zu lassen und dabei das Risiko von Unterwasserbomben auf sich zu nehmen, wenn die Mine unter dem Zerstörer nicht hochging. Das würde zwar Zeit in Anspruch nehmen, war aber ein sicherer Weg. Die Mine würde aller Voraussicht nach den

Zerstörer in die Luft jagen, bevor dieser sich für den Unterwasserbombenabwurf positioniert hatte.

Aber dann fiel ihm wieder der Helikopter ein, auf den er durch das hohe Ping aufmerksam geworden war. Wenn er mit dem Boot auf ganz langsame Fahrt ging, würde er für den Helikopter leichte Beute sein. Also: zur zweiten Möglichkeit – Kursänderung, genau auf den Zerstörer zufahren, Bug gegen Bug, die Mine im richtigen Moment abwerfen und in der letzten Minute den Kurs ändern. Der Zerstörer würde weiter auf sie zuhalten in dem sicheren Glauben, daß das U-Boot einen Fehler begangen hatte, und geradewegs über die Mine fahren, bevor er ihre Kursänderung entdeckt hatte. Bei alldem konnte der Helikopter gar nichts ausrichten, denn seine Torpedos könnten das Überwasserschiff gefährden. Diese Methode war zwar risikoreicher, aber dafür schneller. Er traf seine Entscheidung.

»Hart Backbord, auf nullneunzig gehen, Geschwindigkeit zehn Knoten. Ich will genau auf ihn zufahren. Angriffskoordinator, wann sind Rohr eins und zwei klar?«

»Kommandant, es gibt Probleme mit Rohr eins. Es ließ sich nicht richtig auf die Nachladevorrichtung einstellen. Deshalb benutzen sie jetzt Rohr zwei als Nachladerohr. Es wird noch ein paar Minuten dauern.«

Völlig zwecklos. Sie hatten wertvolle Zeit damit vergeudet, ein Rohr nachladen zu wollen, das sich nicht nachladen ließ. Die Torpedorohre würden nun keinesfalls rechtzeitig einsatzbereit sein. Er hatte sich richtig entschieden: für das kühne Manöver, für die schnelle, entschlossene, unmittelbar bevorstehende Aktion – bevor die vereinten Überwasserstreitkräfte sie überwältigen konnten oder das Chlorgas-Problem sie zum Auftauchen zwang und damit in Schimpf und Schande trieb. Fahr unter ihn und gib ihm den Todesstoß von unten – wie es sich für einen Skorpion geziemt!

Gleichsam als Reaktion auf seine Gedanken ging das Sonar des Zerstörers jetzt auf Sektorpingen – ri-i-i-i-ng erklang seine Todesbotschaft durch das U-Boot. Der Kommandant schaute auf die angespannten Gesichter der Besatzung in der Zentrale.

»Hört meinen Plan«, begann er mit lauter Stimme, damit sie sich auf ihn und nicht auf das Ping konzentrierten. Die Angst stand in ihren Gesichtern geschrieben. Es lag eine verzweifelte Hoffnungslosigkeit in der Luft. Er blickte einen nach dem anderen an, um ihnen mit seinem siegessicheren Blick Mut zu machen. Der Musaid richtete sich unter dem Blick des Kommandanten auf seinem Hocker auf.

»Wir fahren wieder zurück nach Osten. Im Westen erwartet uns flaches Wasser. Über uns befindet sich ein Helikopter. Im Osten wartet der Zerstörer. Er wird versuchen, uns mit Unterwasserbomben anzugreifen, da seine Torpedos durch die Nähe des Meeresbodens aktionsunfähig gemacht werden. Um seine Unterwasserbomben wirksam einzusetzen, muß er sich über uns positionieren.

Ich werde ihm bei der Annäherung entgegenkommen: Wir werden mit einer Geschwindigkeit von zehn Knoten direkt auf ihn zufahren. Kurz bevor er in der richtigen Position ist, um seine Bomben abzuwerfen, werden wir direkt vor ihm auf Höchstgeschwindigkeit gehen, die letzte Mine abwerfen, abdrehen und unter ihm herausfahren. Wenn Allah mit uns ist, wird er die Mine zur Detonation bringen, bevor er auf unsere Kursänderung reagieren oder seine Bomben abwerfen kann. Wenn nicht, nun, dann ist es Gottes Wille. Uns bleibt weder Zeit, noch haben wir eine andere Wahl.«

Hinter dem Hauptplottisch meldete sich der Stellvertreter zu Wort.

»Kommandant: für diese Taktik ist die Mine zu groß – die Explosion könnte auch uns mit sich reißen.«

Der Kommandant starrte ihn wütend an. Ja, natürlich konnte der Mann recht haben. Aber sie hatten keine andere Wahl.

»Effendi.«

Es war der Musaid.

»Effendi, führt das Manöver durch. Eine scharfe Kursänderung nach Steuerbord, unmittelbar nach dem Abwerfen der Mine wird uns einen Abstand verschaffen und unsere Angriffsfläche für die Wirkung der Explosion minimieren. Befehlt, daß wir während der Kursänderung steigen. Es wird funktionieren.«

Der Kommandant schaute sie beide an. Wenn er nicht zu lange wartete und der Zerstörer nicht zu nahe herankam, konnte es funktionieren. Der entscheidende Punkt war der Abstand.

»Ich werde meinen Plan ausführen. Haltet euch bereit.«

KAPITEL ZWEIUNDSIEBZIG

USS GOLDSBOROUGH,
Freitag, 9. Mai, 17 Uhr 20

»Verdammt noch mal, ich hätte gewettet, daß dieser Fisch es erwischen würde«, fluchte Mike.

Er setzte seinen Helm ab und kratzte sich am Kopf. Sonar hatte gemeldet, daß ihr Fisch in den Boden gegangen sei. Es hatte keinen Sinn, es weiter mit Torpedos zu versuchen.

»Sie sind eben einfach nicht für flaches Wasser gemacht«, erklärte der Weapons Officer. Mike nickte.

»Okay, Jungs«, verkündete er dem Team im CID, »uns bleibt nichts anderes übrig, als genau über den Bastard zu fahren oder ihn so nahe an die Küste zu treiben, daß er auftauchen muß. Macht alles klar für den Wasserbomben-Einsatz. Ops, der Helikopter soll mit den Bojen ein enges Kleeblatt-Muster auf den Kerl beibehalten. Er soll glauben, daß ein luftgestützter Torpedoangriff zu erwarten ist.«

Er drückte den Knopf der BÜ-Anlage.

»XO, wie sieht's mit der Anlage aus? Ich muß die Geschwindigkeit erhöhen, wenn wir uns über diesen Bastard setzen wollen.«

»XO, aye. Sie haben das Problem lokalisiert: Das Luftausstoßrohr ist gebrochen. Voraussichtliche Reparaturzeit, um volle siebenundzwanzig Knoten zu erreichen, beträgt zwanzig Minuten, Capt'n.«

Mike schüttelte dem Kopf, Zwanzig Minuten war zu lange. Jetzt saß er mit diesem langsamen Schiff fest. Die Sonarzentrale meldete sich wieder über die Anlage.

»Combat, hier Sonarzentrale. Haben wieder Kontakt. Er weist keinen Doppler auf. Wir vermuten, daß er Kurs ändert.«

Kursänderung? Dann mußte er bereits ziemlich nahe an den seichten Gewässern sein. Die Karte wies weniger als drei Meilen Entfernung zu dem Gebiet aus, in dem die Wassertiefe nur achtzig Meter betrug.

»Wie ist die Peilung zum Kontakt jetzt?« fragte er.

»Sir, Peilung zweihundertfünfundsechzig«, sagte der Surface Supervisor. »Das Sonar hat ihn – er dreht Richtung Osten. Wenn er auf der Peilung weiterfährt, kommt er genau auf uns zu.«

Mike dachte einen Moment nach. Der CO des U-Bootes mußte wissen, daß Mike Wasserbomben hatte. Sie hatten ihn zweifellos schon die letzten Male kräftig durchgeschüttelt. Warum in aller Welt hatte er nach Osten gedreht? Um das flache Wasser zu vermeiden? Warum nicht nach Norden oder Süden? Vielleicht hatte er schon wieder nachgeladen? Es war nicht viel Zeit vergangen seit dem Abschuß der ersten vier Torpedos. Aber vielleicht hatte er die ersten aus seinen Heckrohren ausgestoßen. Scheiße! Dann könnte er sich bald vier oder sechs Torpedos Aug' in Aug' gegenübersehen.

»Abstand? Und Wassertiefe?«

»Sir, der Abstand hat sich auf viertausendachthundert Meter verringert; wir nähern uns ganz schön schnell. Wassertiefe ungefähr einhundert Meter.«

Viertausendachthundert Meter. Dann würde das U-Boot bereits seine Torpedos abgefeuert haben. Zum Teufel, es kann auch nach querab feuern, wenn es will. Vielleicht hat der Kerl keine Torpedos mehr. Vielleicht glaubt er auch, daß uns die Unterwasserbomben ausgegangen sind. Oder er glaubt, daß ich sie nicht abwerfen würde, weil das Wasser hier zu flach ist und die Gefahr besteht, daß die Goldy auch was abbekäme.

»Abstand beträgt viertausendzweihundert Meter, wird geringer. Doppler hoch«, meldete der Operations Officer. »Er hält genau auf uns. Was zum Teufel macht er?«

»Vielleicht will er den Kontakt unterbrechen, indem er unter uns und in unser Kielwasser fährt«, sagte Mike.

Was hat er vor? Was hat er nur vor . . .? Er hat keinen Fisch mehr abgefeuert. Vielleicht konnte er keinen mehr feuern. Vielleicht mußte er deshalb flüchten. Wahrscheinlich hat er mitbekommen, daß wir nicht sehr schnell fahren können. Er weiß, daß meine Fische ihm nichts anhaben können, aber er weiß auch, daß wir Wasserbomben haben. Wenn er einmal an uns vorbeikommt, kann er mich jederzeit abhängen – bis wir die Anlage repariert haben, ist es zu spät; und wenn er es bis zum

Golfstrom schafft, ist er weg. Das also hat er vor. Er versucht's – der schnellste Weg an uns vorbei ist Bug gegen Bug. Aber er vergißt den Helikopter.

»Ops, geben Sie dem Helikopter neue Anweisungen, er soll sich auf einer Linie fünftausend Meter östlich von uns halten. Weps, machen Sie Ihre Bomben klar, Einstellung achtzig Meter. Wenn dieser Mistkerl nicht vorn alle Rohre voller Torpedos hat, dann begeht er einen schweren Fehler.«

Mike trat vom Plot zurück. Er bemerkte die steigende Anspannung. Sie fuhren Bug gegen Bug aufeinander zu. Vielleicht bereitete sich das Unterseeboot auf einen frontalen Torpedoangriff vor. Aber bis jetzt hatte es schon sechs abgefeuert und keinen aus seinen Heckrohren, obwohl es die Möglichkeit dazu hatte. Es war, als würde man bei einem Pokerspiel die Augen um Leben und Tod zählen: Wieviel Asse lagen auf dem Tisch? Würde er einen Frontalschuß versuchen? Bis jetzt hatte das U-Boot nur Geradeausläufer abgefeuert. Vielleicht hatte es keine zielsuchenden Fische? In dem Fall war für die Goldsborough der beste Gesichtswinkel geradeaus – wenn der Kerl die Nerven verlor und wendete, würde er den feindlichen Torpedos seine gesamte Breitseite darbieten. Aber wenn der Bastard feuern wollte – dann sollte er das jetzt schon getan haben. Er kann nicht mehr schießen. Das ist es. Er ist auf der Flucht.

»Ops, Abstand?«

»Sir, Abstand zweitausendzweihundert Meter. Gleichbleibender Doppler-hoch, gleichbleibender Kurs. Ich kann's nicht glauben, der fährt doch genau in den Wasserbombenteppich hinein!«

Mike rief das Sonar.

»Linc, was halten Sie davon? Haben wir ihn tatsächlich?«

»Ja, Sir. Wenn das kein supergroßer Täuschkörper ist, haben wir ihn festgenagelt. Scharfer metallischer Kontakt, stabiler Kurs, Geschwindigkeit acht bis zehn Knoten, gleichbleibende Tiefe, gleichbleibende Schärfe gegenüber den Bodenechos, und er kommt direkt auf uns zu. Ich warte die ganze Zeit auf Torpedogeräusche, aber er ist schon verdammt nahe dran. Seine Fische könnten jetzt schon gar nicht mehr zünden . . .«

»Genau! Das wollte ich hören. Okay. Bleibt an der Ablaufbühne. Werft sie alle, wenn ich es sage; achtzig Meter Tiefe.«

»Hier Sonar, aye. Vier abwerfen, Tiefe achtzig Meter, auf Ihren Befehl; sind bereit.«

»Abstand?«

»Eintausendvierhundert Meter.«

Mike starrte auf das Plot. Irgend etwas im hintersten Winkel seines Gehirns wehrte sich. Instinkt! Irgend etwas stimmte hier nicht.

»Wartet«, befahl Mike. Die Plotter schauten zu ihm hoch.

»Sir?« Der Operations Officer schaute fragend zuerst Mike, dann den Waffenoffizier an, als wollte er sagen, was soll das zum Teufel? Die Plotter hatten das Plotten unterbrochen. Alle starrten auf Mike.

Mike versuchte sich zu konzentrieren. Er konnte nur den winzigen roten Lichtpunkt auf der Oberfläche des NC2-Plotters erkennen. Er kam direkt auf sie zu. Genau wie damals, vor vielen Jahren, in der Nacht der Kollision. Das rote Licht. Das plötzliche, schreckliche Schweigen, als alle begriffen, daß sie es nicht schaffen würden. Daß der Captain den falschen Befehl erteilt hatte. Tu etwas, sagte eine innere Stimme, hier ist etwas faul!

»Sir?« fragte der Operations Officer noch einmal.

»Sonar meldet, Wasserbombe klar. Einstellung achtzig Meter.«

»Sir, Abstand eintausend Meter.«

Eintausend? Das war ein Riesensprung. Falsch-Plot – oder hatte das U-Boot seine Geschwindigkeit so stark erhöht?

»Brücke, Combat – hier Sonar-Zentrale. Doppler deutlich hoch. Er macht sich aus dem Staub, Captain. Ich glaube, er will den Bomben aus dem Weg gehen, indem er unter uns herausfährt und dann abhaut. Ich glaube, er kommt von Steuerbord. Captain, wir müssen nach Backbord gehen, um ihn zu treffen.«

Mike's Gedanken überschlugen sich.

»Abstand achthundert Meter.«

Linc hatte recht. Sie mußten drehen. Nach Backbord drehen!

»Combat, hier Sonar-Zentrale. Wir müssen mit ihm drehen,

um ihn im Sonar zu halten. Sir, wir müssen nach Backbord drehen.«

Mike starrte auf das Plot hinunter, auf das kleine rote Licht. Linc hatte recht. Sie mußten sich mit ihm drehen, das Sonar weiter auf ihn gerichtet halten. Wenn sie nach Steuerbord gingen, würde das Ziel hinter dem Zerstörer vorbeifahren, durch den toten Winkel des Sonars. Dann würden die Unterwasserbomben ihn nicht erwischen. Dann könnte seine Flucht gelingen. Aber irgend etwas stimmte hier nicht. Stimmte ganz und gar nicht. Er spürte, wie ihn die Vorahnung einer schrecklichen Gefahr beschlich. Seine Gedanken sprangen wieder zurück zu jener Nacht der Kollision. Er hatte nichts gesagt. Er hatte nur dagestanden. Er hätte instinktiv die andere Richtung eingeschlagen, aber er hatte sich nicht getraut, dem Befehl des Captain zu widersprechen. Nur – jetzt war er der Captain. Ihre Blicke ruhten auf ihm. Geh nicht nach Backbord.

»Captain, Sir? Wir müssen nach Backbord drehen. Jetzt, Sir!«

»Abstand sechshundert Meter.«

Hör auf deinen Instinkt, hatte Diane gesagt. Das hier ist blutiger Ernst, kein Spiel. Geh nicht nach Backbord.

»Captain?«

Mike stand auf, riß die BÜ-Box an sich und schlug auf die beiden Knöpfe für Sonar und Brücke.

»Sonar, Wasserbomben fest!« brüllte er. »XO, Ruder hart *Steuerbord!«*

»Sir«, schrie der Ops, »das ist die falsche Richtung. Er entkommt durch den toten Winkel!«

Aber der Exec zögerte nicht. Die Goldsborough krängte stark nach Backbord, ihr Heck tauchte ein, der Bug schob sich hinaus und beschrieb eine scharfe Steuerbord-Wendung nach Norden. Mike spürte, wie sie herumschwang. Aus dem Bauch heraus trieb er sie an: Los, Schiff, mach schon. Er spürte, wie sie ihre Nase in eine Welle eintauchte, zögerte und wieder heraussprang, als könnte sie ihn hören.

»Hier Sonar – wir haben keine Echos mehr! Letzte Peilung einhundertneunzig, letzter Abstand zweihundertachtzig Meter. Kontakt fährt in den toten Winkel. Wir verlieren . . .«

Eine ungeheure Explosion tauchte das CIC in einen Strudel von Dunkelheit, herumfliegenden Objekten und schreienden Männern. Mike fühlte einen mörderischen Schlag in beiden Beinen. Blind vor Schmerz, war das letzte, was er wahrnahm, ein roter Bogen, ein Bogen aus Qual und Schmerz – bevor alles um ihn herum schwarz wurde.

KAPITEL DREIUNDSIEBZIG

USS GOLDSBOROUGH,
Freitag, 9. Mai, 17 Uhr 32

Was die Goldsborough davor bewahrte, gänzlich auseinandergerissen zu werden, war der vierzig Sekunden vor der Explosion der Mine erteilte Befehl ›Ruder hart Steuerbord‹. Sie krängte nach Backbord, und ihr Kiel lag in einem Winkel von sechzig Grad zum Detonationspunkt. Die Mine, die die Al Akrab aus Rohr acht geworfen hatte, als sie annahm, daß sie sich unter der Goldsborough befand, war noch nicht einmal auf dem Meeresboden niedergegangen, als sie das blühende Magnetfeld des Zerstörers ortete und ihr viertausend Pfund schwerer, mit Gas angereicherter Gefechtskopf explodierte.

Die Goldsborough kam zum Stillstand, als eine riesige Säule schmutzigen, grauen Meerwassers, hervorgerufen durch die Minenexplosion, zurück ins Meer klatschte, wobei eine acht Meter hohe Welle auf das Hauptdeck und die Backbordseite des Schiffes niederkrachte. Im CIC, wie in den meisten Abschnitten des Schiffes, hatte fast jeder an Bord, der im Moment der Explosion gestanden hatte, gebrochene Beine oder Knöchel. Zu groß war die Gewalt der Explosion gewesen, die den Rumpf in einem einzigen mächtigen Stoß erschüttert hatte. Im Combat krochen Männer auf allen vieren durch eine giftige Nebelwolke von kleinen Feuern, die sich an defekten elektrischen Vorrichtungen entzündeten. Aus der Deckenverkleidung rieselte Staub, aus den zerbrochenen Kühlanlagen der Konsolen sprühten feine Wassernebel, und überall waren die Schreie von Verletzten zu hören. Das Schiff trieb für einen kurzen Moment weiter durch die See, fast so, als ob es auf der zurückfallenden Druckwelle der Explosion surfen würde. Es schaukelte langsam von einer Seite auf die andere und schüttelte dabei tonnenweise Wasser ab, bevor es in die aufgewühlte See zurückfiel und zu einem unruhigen Halt gelangte.

In diesem Moment erlangte Mike das Bewußtsein wieder. Ein Strudel eisgekühlten Wassers aus zerbrochenen NC2-Kühlanlagen sprühte ihm direkt ins Gesicht. Er schüttelte den Kopf, was ihm heftige Schmerzen bereitete, und versuchte, sich aus dem Durcheinander von Stühlen, Stahlschränken und kriechenden Gestalten zu befreien. Als er versuchte aufzustehen, brach er mit einem Schmerzensschrei wieder zusammen. Es fühlte sich so an, als seien beide Knöchel gebrochen, und der ungeheure Schmerz trieb ihm die Tränen in die Augen. Um ihn herum schienen viele so schwere Verletzungen davongetragen zu haben. Er bemerkte plötzlich, daß das Schiff anfing, sich nach Backbord überzulegen.

Mit den Händen zog er sich rückwärts über die durcheinandergeworfenen Flurplatten. Seine nutzlos gewordenen Füße baumelten aus den Hosenbeinen wie tote Hühner an einer Kordel. Er versuchte, zur Vordertür des CIC zu gelangen. Er konnte kaum sehen. Als er sich die Augen rieb, merkte er, daß er aus einer Wunde am Kopf blutete. Er spürte keine Schmerzen im Kopf, aber es rann soviel Blut herunter, daß er auf einem Auge so gut wie nichts sehen konnte. Im Lichte der batteriebetriebenen Gefechtslampen sah er, daß sich der Operations Officer, der gebückt auf dem Boden saß, neben den Überresten des NC2-Plotters erbrach. Daneben krümmte sich der Weapons Officer ebenfalls vor Schmerzen. Auf seiner Stirn legte eine tiefe Schnittwunde den Knochen frei, und seine Füße hingen in einem unnatürlichen Winkel an seinen Beinen.

Mike zog sich weiter nach vorne zur Tür, bis er auf ein wirres Durcheinander aus umgeworfenen Akten und dem Seeraumüberwachungsradar stieß. Über das Stöhnen der Männer und das aus den Kühlsystemen herausströmende Wasser hinweg konnte er hören, wie aus dem vorderen Schornstein, direkt hinter dem CIC, Dampf schoß. Vor ihm lag der Radarbediener – bewußtlos oder tot; sein Kopf hing schlaff herab.

»Hallo«, rief er in die Dunkelheit. »Hier spricht der Captain. Ich muß auf die Brücke. Kann noch jemand gehen?«

Der Sonar-Plotter tauchte auf allen vieren aus dem Rauch und dem Krach auf. Er hatte auf einem gepolsterten Stuhl gesessen, deshalb waren seine Beine von der Explosion nicht in Mitleidenschaft gezogen worden. Er hatte Prellungen erlitten und hatte eine Schnittwunde an der Hand, aber er konnte sich bewegen.

»Lassen Sie mich Ihnen helfen, Captain«, sagte der Matrose. Er hatte offensichtlich große Angst. Sein Gesicht war aschfahl, und seine blutende Hand, die er Mike entgegenstreckte, zitterte.

»Ich kann nicht gehen, Junge. Ich glaube, meine Knöchel sind gebrochen. Versuch, den Radar Operator etwas hinüberzuziehen, und räum mir den Weg frei, so daß ich mich zur Brücke ziehen kann. Und dann kümmere dich um die anderen.«

Auch Mikes Hände begannen vor Schmerz und Schock zu zittern. Er bemerkte, daß der Matrose entsetzt auf die klaffende Wunde auf seiner Stirn starrte.

»Halb so wild, Seemann«, sagte Mike mit vorgetäuschter Selbstsicherheit. »Kopfwunden bluten immer wie abgestochene Schweine. Ich werde sie mir auf der Brücke verbinden lassen. Aber ich muß unbedingt dorthin kommen, okay? Und jetzt ziehen Sie mich.«

Der Matrose räumte in dem Durcheinander einen Weg für ihn frei. Die Rauchschwaden wurden dicker und verursachten Hustenreiz. Er zuckte zusammen, als er die regungslose Gestalt seines Schiffskameraden am Fuße des Radargerätes liegen sah. Dann faßte er Mike von hinten unter die Arme und zog ihn zu der Lukenkimmung hinüber, hinaus in die Nachmittagssonne, die in das Steuerhaus hineinströmte. Mike wurde vor Schmerzen fast ohnmächtig, als seine gebrochenen Knöchel vom Luk herunterfielen. Das plötzliche helle Sonnenlicht tat ihm in den Augen weh.

Auf der Brücke herrschte ebenfalls Chaos, aber der Schaden war nicht so groß wie im CIC. Der Besatzung war es jedoch ähnlich ergangen wie ihren Kameraden im CIC. Etwa ein Dutzend Männer lagen auf dem Boden des Steuerhauses, zum Teil mit blutenden Kopf- oder Schnittwunden im Gesicht, die meisten mit Knochenbrüchen. Der Boden im CIC war ein Zwischendeck, das eingezogen wurde, um Kabel und Kühlsysteme durch entsprechende Kanäle zu den Anlagen zu führen. Es hatte einen Teil der Druckwelle abgefangen. Der Boden unter dem Steuerhaus war aus solidem Aluminium und hatte die volle

Wucht der Explosion übertragen. Einige Männer weinten; einer reagierte hysterisch auf die Schmerzen der Mehrfachbrüche in beiden Unterschenkeln. Der Boden des Steuerhauses war überflutet und voller Glasscherben. Durch die Kraft der Unterwasserexplosion waren die Schiffsaufbauten verformt und sämtliche Fensterscheiben zu Bruch gegangen.

Der Matrose, der ihn herausgeschleppt hatte, tauchte mit einem großen grünen Verbandskasten auf und legte Mike einen Kopfverband an. Plötzlich erschien der Exec – wie durch ein Wunder unverletzt – neben ihm.

»Sie haben wohl wieder im Kapitänsstuhl gesessen was XO?«, sagte Mike mit brüchiger Stimme.

»Ich fürchte, ja. Nur hat es mir diesmal meinen Arsch gerettet«, entgegnete er und versuchte seinen eigenen Schock über das Blutbad um ihn herum zu verbergen.

»Und was noch wichtiger ist, die Beine«, sagte Mike. »So, und jetzt muß ich irgendwie auf den Stuhl kommen, und Sie müssen sich mit verdammt viel Phantasie um die Schiffssicherungskontrolle kümmern. Ich hab' das Gefühl, wir haben Schlagseite nach Backbord.«

»Ja, Sir. Die schallverstärkten Telefone funktionieren noch. Der Strom ist ausgefallen, und zu den Maschinenräumen besteht keine Verbindung mehr.«

Er nickte und deutete mit dem Kopf auf die hinter ihnen liegenden Schornsteine, aus denen noch immer mit Niedrigdruck Dampf entwich.

»Aus beiden Schornsteinen kommt Rauch und Dampf. Das Gebläse höre ich nicht mehr. Ich nehme an, daß die Kessel nicht mehr funktionieren. Ich vermute, daß wir unzählige kleine statt eines einzigen großen Lecks haben – die Explosion hat sich Backbord achteraus in einer Entfernung von etwa zweihundertfünfzig bis vierhundert Metern ereignet. Das ganze Wasser hier ist reingekommen, als die Druckwelle wieder in sich zusammenfiel und ins Meer zurückklatschte. Einen Moment lang habe ich geglaubt, daß die Welle uns sofort zum Kentern bringen würde. Lassen Sie mich Ihnen auf den Stuhl helfen.«

Noch ein weiterer Mann auf der Brücke, ein Bootsmannsmaat, hatte unverletzte Arme und Beine. Er hatte an seinem üblichen Platz am Kartentisch, der ausklappbare Vorderbeine hatte, gesessen. Die Tischbeine hatten nachgegeben und die Wucht der Explosion abgefangen. Alle anderen, die im Steuerhaus gestanden hatten, waren verletzt.

»XO«, sagte Mike mit schwacher Stimme, nachdem sie ihn in seinen Stuhl gehoben hatten, »im Reich der Blinden ist der Einäugige König. Sie haben gesunde Beine. Sie werden die ganze Schadensaufnahme übernehmen müssen. Schicken Sie mir die Informationen hoch, und ich werde versuchen, die Schadenskontrollsicherung von hier aus zu steuern. Besorgen Sie mir jemanden, der als Telefon-Melder fungieren kann, und die Schadenskontroll-Diagramme. Holen Sie sich Unterstützung aus dem CIC. Es gibt da ein paar, die noch laufen können – wenn auch nicht viele. Wir müssen als erstes versuchen, möglichst viele von diesen kleinen Lecks zu stopfen. Dann müssen wir uns um die Feuer kümmern. Vielleicht können wir die Goldy treibend halten. Sobald die Snipes einen Diesel am laufen haben, brauchen wir eine Notsendefrequenz; und wir brauchen einen Schlepper. Nach dieser Explosion sind sehr wahrscheinlich die Schrauben gebrochen. Und wir brauchen unbedingt medizinische Versorgung. Ob der Doc und seine Crew laufen können, weiß nur der liebe Gott. Aber zu allererst müssen wir das eindringende Wasser unter Kontrolle bekommen. Sobald wir wieder über etwas Strom verfügen, bringen Sie mir das 1MC. Ich werde alle, die laufen können, anweisen, sich mittschiffs zu versammeln, um einen Arbeitspool zu bilden, okay?«

»Ja, Sir, verstanden. Was zum Teufel ist da draußen eigentlich passiert? Wir hätten den Kerl doch erwischt haben müssen! Und dann haben wir abgedreht – und Gott sei Dank, daß wir das getan haben. Aber was war das?«

»Ich weiß es nicht, XO. Ich vermute, er hat irgendwas abgeworfen. Hat uns ganz schön erwischt. Ihn aber wahrscheinlich genauso. Aber egal, im Moment müssen wir uns auf Schadenskontrollle konzentrieren. Los, Mann.«

»Aye, aye, Sir.«

Der Exec schnappte sich den Maat. Sie gingen durch die hintere Tür des Steuerhauses zurück ins CIC. Mike verlagerte seine Position auf dem Stuhl. Er merkte, daß die Schlagseite nach Backbord stärker wurde. Unter Aufbietung aller Willenskraft drehte er den Kopf herum. Sofort erfaßte ihn eine Welle von Übelkeit. Er studierte den Neigungsmesser. Dabei blinzelte er solange mit den Augen, bis er wieder klarer sehen und einen Neigungswinkel von vier Grad nach Backbord ablesen konnte. Das geht ja noch. Die Goldsborough konnte in beschädigtem Zustand bis zu vierzig Grad aushalten, bevor sie kenterte.

Er schaute auf die verletzt am Boden liegenden Männer. Der OOD nickte ihm mit aschfahlem Gesicht vorsichtig zu. Seine beiden Beine waren gebrochen, und er glitt in einen Schockzustand. Plötzlich fühlte Mike ein abgrundtiefes Schuldgefühl in sich aufsteigen. Sein Schiff hatte ebenso wie viele seiner Männer schweren Schaden davongetragen; anscheinend hatten die meisten zerschmetterte Gliedmaßen – wie das Schiff. Was hatte er nur falsch gemacht? Was war denn nur in unmittelbarer Nähe des Schiffes hochgegangen? Es war kein Torpedo – den hätten sie kommen gehört. Nackte kalte Angst packte ihn bei der Erkenntnis, was passiert wäre, wenn sie nach links gegangen wären. Wenigstens diese Entscheidung war richtig gewesen.

Er hörte ein Geräusch und schaute durch die leeren Fensterrahmen. Der Helikopter war im Anflug, die Nase hoch nach oben gereckt. Die riesigen Rotorblätter erzeugten eine heftige Gischt auf der Wasseroberfläche, und der Krach war unüberhörbar, als er in den Gleitflug überging. Er kam bis auf dreißig Meter an die Goldsborough heran, nahe genug für die Piloten, um sich einen Überblick über die Lage zu verschaffen: Der alte Zerstörer hatte Schlagseite nach Backbord; aus den Schornsteinen entwichen ölige schwarze Rauchwolken vermischt mit hellem weißen Dampf. Oben an Deck lagen überall Verletzte, zwischen ihnen krochen diejenigen, die dazu noch in der Lage waren, um Erste Hilfe zu leisten. Der Krach des Helikopters übertönte jetzt alle anderen Geräusche im Steuerhaus.

Das war seine Notfrequenz, dachte Mike. Die Jungs würden einen Blick auf die Szene werfen und sofort Hilfe anfordern. Selbst auf eine Entfernung von fünf Meilen mußten sie die

Explosion gesehen haben, und der Sonar-Mann blutete wahrscheinlich aus den Ohren. Wahrscheinlich hatten sie den Träger schon zu Hilfe gerufen. Gut. Das verringerte etwas den Druck, der auf ihm lastete. Und die Spruances waren ja auch unterwegs. Das heißt – vielleicht.

Der Helikopter kam noch etwas näher heran. Der Krach der Rotorblätter und der Maschinen erstickte alles andere. Eine Welle von Gischt und Sprühwasser ging über dem vorderen Teil des Schiffes nieder. Der Pilot schwebte hinüber zur Backbordseite und steuerte den großen, weißen Helikopter zum Bug. Mike konnte die Insektenaugen auf den Visieren der Schutzhelme der Piloten erkennen und sah, wie sie auf etwas zeigten. Sie flogen hinüber auf die Steuerbordseite, wodurch sie die schwarzen Rauchwolken achteraus trieben. Sie waren hoch genug, um durch die Brückennocktüre zu blicken, wo sie die ganzen Verletzten auf den Flurplatten des Steuerhauses liegen gesehen haben mußten. Dann drehten sie ab, zogen sich zurück. Das Schweigen im Steuerhaus war nach dem ohrenbetäubenden Krach des Helikopters um so lauter.

Wir müssen wirklich ein schrecklicher Anblick sein, dachte Mike. Die wissen wahrscheinlich gar nicht, was sie zuerst tun sollen. Verdammt, ich weiß selbst auch nicht, was ich als nächstes tun soll, vor allem, wenn der XO nicht genug Jungs, die noch auf den Beinen sind, findet. Sie mußten die Lecks ausfindig machen, die geplatzten Schweißnähte, die gebrochenen Wasserleitungen und Kühlanlangen und alles andere so schnell wie möglich flicken und abdichten. Sonst würde die Goldy untergehen – mit überwiegend Verletzten an Bord, die nicht schwimmen konnten. Wenigstens hatten sie ihre Schwimmwesten an. Wenn sie es überhaupt schafften, nach oben zu kommen.

Er fragte sich, wo das Unterseeboot jetzt wohl war, und seine Sorge wurde noch größer. Ein kleiner Trost war, daß die Goldy ihren Auftrag erfolgreich erfüllt hatte. Hoffentlich war der Träger weit genug weg, um außer Schußweite und somit in Sicherheit zu sein. Aber das U-Boot war entkommen. Keine weiteren Diskussionen mehr darüber, ob da draußen etwas war oder nicht, dachte er mit einem grimmigen Lächeln. Wäre mal interessant zu wissen, was J. W. Martinson – sicher und gefahrlos an Bord des Trägers – zu dem Ganzen sagt. Mike kam ein weiterer unheilvoller Gedanke. Vielleicht würde der Bastard wenden, die Rohre nachladen und die Goldy mit einem ›Schreihals‹ auf den Meeresgrund versenken, während sie hilflos auf der ruhigen Wasseroberfläche trieb. Oder warten, bis Rettungsschiffe in der Nähe waren und sie alle zusammen angreifen. Er seufzte. Sie waren verdammt hilflos. Verlier ein ASW-Gefecht, und was dir blüht, ist der Tod.

Er schüttelte den Kopf, um die Depression, die ihm die Tränen in die Augen trieb, zu vertreiben. Das erwies sich jedoch als schwerer Fehler: Als Reaktion fühlte er einen so scharfen stechenden Schmerz im Kopf, daß er laut stöhnte und fast ohnmächtig wurde. Er atmete tief durch, wischte sich die Tränen aus den Augen und schaute wieder um sich. Er konnte doch nicht einfach nur dasitzen wie der Rest der Verwundeten. Er war der Captain. Er hatte das Kommando nicht an seinen Ersten abgegeben. Noch nicht. Vielleicht sollte er das besser tun. Er mußte einen klaren Gedanken fassen. Die verletzten Männer waren jetzt etwas ruhiger. Sie warteten auf Hilfe. Viele standen unter Schock, einige waren bewußtlos. Einige hatten ihre Blicke auf ihn gerichtet. Er mußte sich zusammenreißen, sonst würden sie jegliche Hoffnung verlieren.

»Ich brauche einen Melder«, erklärte er in das unnatürliche Schweigen auf der Brücke. »Meine Knöchel sind hin. Ich brauch' jemanden, der kriechen kann, um mir 'n paar Kopfhörer-Sets zu besorgen.«

Viele starrten ihn nur an oder starrten – gelähmt vor Schmerz – auf den Boden. Aber zwei von ihnen nickten sich zu und begannen zu kriechen. Sie nahmen schlimmer verletzten Schiffskameraden die Kopfhörer ab und krochen mit schmerzverzerrten Gesichtern zurück zum Stuhl des Captain.

»Seht ihr die Buchse für die BÜ-Anlage da unten? Das ist 1JV – Maschinenraum. Einer von euch soll mir die Verbindung herstellen. Und der andere soll sich auf X1J einklinken; vielleicht kriegen wir dann eine Schiffsicherungsmeldung zustande.«

Während die Matrosen mit den Schnüren und Buchsen hantierten, warf Mike noch einen Blick auf den Neigungsmesser. Sechs Grad. Durch die Fensterrahmen erschien der weite blaue Horizont auf der Backbordseite höher als auf der Steuerbordseite. Einige der Männer waren seinem Blick gefolgt. Die Angst stand ihnen ins Gesicht geschrieben. Sie mußten so schnell wie möglich mit der Schiffsicherung beginnen. Sonst würde die Goldy keinen weiteren Sonnenaufgang erleben.

KAPITEL VIERUNDSIEBZIG

Das Unterseeboot AL AKRAB,
Freitag, 9. Mai, 17 Uhr 45

Die kolossale Explosion, die der Goldsborough das Rückgrat gebrochen hatte, hatte auch das Unterseeboot nicht verschont. Es war zum Zeitpunkt der Explosion noch näher an der Mine gewesen als der unglückliche Zerstörer. Die zwei Tonnen schwere Mine war mit voller Stoßkraft aus Rohr acht geschleudert worden und hatte sich fast augenblicklich aktiviert. Das Magnetfeld der Al Akrab war zu diesem Zeitpunkt abnehmend; theoretisch hätten sie in Sicherheit sein sollen. Aber die Goldsborough hatte ein zunehmendes Magnetfeld aufgewiesen, und die Mine hatte es geortet. Das U-Boot hatte zu spät versucht, nach rechts zu drehen, was hauptsächlich darauf zurückzuführen war, daß es keine genauen Anhaltspunkte über den Abstand zum Zerstörer hatte. Der Kommandant hatte ihn auf eintausendfünfhundert Meter geschätzt, tatsächlich hatte er nur die Hälfte betragen. Der riesige Gefechtskopf war genau zwischen ihnen explodiert.

Wasser läßt sich nicht verdichten. Eine Explosion unter Wasser erzeugt eine sphärische Druckwelle in alle Richtungen, aber besonders zur Wasseroberfläche hin, wo der Druck abnimmt. Die Mine war etwas unterhalb des U-Boots, an Steuerbord achteraus, explodiert, in nur einhundertachtzig Meter Entfernung. Die Explosion hatte eine steinharte, hydrodynamische Kraft erzeugt, die das Heck des Unterseebootes hoch- und seine hinteren Tiefen- und Seitenruder eingedrückt hatte. Die Schrauben waren aus ihrer Halterung gerissen worden. Die plötzliche Buglastigkeit und die ebenso plötzliche Beschleunigung hatten das U-Boot mit überwältigender Wucht in die Tiefe gerissen. Die Kraft war so groß gewesen, daß sich sein gesamter Rumpf bis zum Turm in den Schlamm an der Seitenwand eines kleinen Canyons gebohrt hatte. Die Al Akrab war an der Seite abgeprallt und dann fünfundzwanzig Meter tief auf den Boden des steilwandigen Tales gestürzt. Das plötzliche Einschlagen des

Unterseeboots hatte auf beiden Seiten des Abgrunds zu Schlammlawinen geführt, und ein nicht versiegender, schweigender Strom uralten Schlamms und Schlicks begrub drei Viertel des Rumpfes der Al Akrab unter sich. Als jede Bewegung des U-Boots zum Erliegen gekommen war, ragten nur noch der obere Teil des Turms und die zerschmetterten Überreste seines Hecks aus dem Schlamm heraus.

Der Aufprall war so stark gewesen, daß alle Gerätschaften, die nicht verzurrt oder ohne Stoßdämpfungsvorrichtung angebracht waren, aus ihrer Halterung gerissen wurden. Dabei wurden die Anlage, die Kompressoren und der größte Teil der hydraulischen Apparaturen zerstört. Der vordere Torpedoraum war zerdrückt worden und stand sofort unter Wasser. Innen herrschte ein unentwirrbares Durcheinander von aus der Halterung gerissenen Torpedos, Torpedotransportschienen und zerquetschten Körpern. Die Treibstofftanks unter dem Bug waren aufgerissen. Normalerweise wären schon große Mengen an Diesel an die Wasseroberfläche gelangt, hätte die dicke Schlammschicht den Bootskörper nicht so rasch umhüllt.

Der hintere Torpedoraum und der Abschnitt, in dem sich die Ruderanlage befand, waren ebenfalls durch die Wucht der Druckwelle und die Zerstörung der äußeren Anlagen aufgerissen worden. Der Waffeneinsatzoffizier wollte gerade durch den hinteren Torpedoraum zurückgehen, als die Welt plötzlich unterzugehen schien. Das offene Kugelschott hatte ihn gegen ein Schott geschmettert, als das Wasser in den Hilfsgenerator knallte und in die E-Schalttafel drang. Das Wechselstromnetz im Boot war sofort zusammengebrochen; nur noch die Gleichstrom-Notversorgung konnte aufrechterhalten werden.

Im Abschnitt mit den elektrischen Motoren war die Haupt-Seekühlwasseranlage geborsten. Durch den Druck in fast einhundert Metern Tiefe schoß aus dem achtzehn Zentimeter starken Rohr eine Säule eiskalten Meerwassers an die Decke. Durch die Wucht wurden die Kabelschächte, die über die gesamte Länge des Abschnitts liefen, heruntergerissen. Diejenigen, die es schafften, danach wieder auf die Füße zu kommen, krallten sich irgendwo fest und bahnten sich durch den auf- und abhüpfenden Strahl der Gefechts-Beleuchtung und die wogende, bis zur Brust reichende Wasserflut einen Weg zum vorderen Kugelschott, durch das man in den Maschinenraum gelangte. Es waren zehn Männer erforderlich, um das Kugelschott gegen den durch das steigende Wasser komprimierten Luftdruck im Motorenabschnitt zu schließen. Sie schafften es in allerletzter Sekunde. Schwitzend hatten sie sich mit aller Kraft dagegen gestemmt, ihre Ohren vor den Schreien der Verletzten verschließend, die zurückgelassen wurden, um in dem wirbelnden, überfluteten Grab, das einst der Motorenraum war, zu sterben. Ein Mann hatte das vordere Kugelschott des Maschinenraums, das in den hinteren Batterieabschnitt führte, geöffnet, aber sofort wieder zugeknallt, als er die von der einzigen Notstrombeleuchtung angestrahlte, grüne Wolke von Chlorgas sah, die alles Leben erstickt.

In der Zentrale waren alle, einschließlich des Kommandanten, durch den Aufprall kopfüber hingestürzt und die gesamte Länge des Raums hinuntergeschleudert worden. Sie fanden sich in einem unentwirrbaren Knäuel von Armen, Beinen, Körpern und gegen das vordere Schott geschleuderten, herausgerissenen Ausrüstungsteilen wieder. Die Al Akrab war in einem Neigungswinkel von fünfzehn Grad in den Canyon eingeklemmt; ihre Stellung war auf die überfluteten, vorderen Abschnitte, die sich durch das Gewicht in den Schlamm gebohrt hatten, und auf den ausgleichenden Auftrieb, der noch im Maschinenraum übrig war, zurückzuführen. Ihre Vorlastigkeit verfestigte sich durch die Schlammbewegungen, die dem Aufprall folgten.

Vier der Gefechtsleuchten in der Zentrale waren nach dem Aufprall hängengeblieben. Ihr schwacher Lichtstrahl zeigte die Zerstörung in der Zentrale: Die Sehrohre hingen neben ihren Schächten, die massigen Feuerleitkontrollstände waren in eigentümlichen Winkeln gegen den zylindrischen Bootskörper gepreßt, überall standen Flurplatten hoch und aus kleinen Rissen im inneren Rohrleitungssystem zischten kleine Wasserfontänen in den Abschnitt.

Der Kommandant war bei seinem Sturzflug zum vorderen Ende des Abschnitts auf den Sonaroffizier geprallt, der eine Sekunde zuvor gegen das Schott geschleudert worden war. Der Offizier war bewußtlos. Der obere Teil seines Kopfes war ein blutiges Durcheinander von gebrochenen Schädelknochenteilen und blutverschmiertem Haar. Aus Mund und Ohren rannen schmale Rinnsale von Blut. Der Stellvertreter war anscheinend tot. Bei dem Sturz war sein Kopf zwischen dem Periskopschacht und einer Säule in der Mitte der Zentrale eingeklemmt worden. Der Musaid war zwischen den Stühlen der beiden Tiefenrudergänger, die regungslos auf ihren Stühlen hingen, zusammengesackt. Aus ihren zerschmetterten Gesichtern tropfte Blut auf die Überreste der Kontrollstände. Sie waren zwar angeschnallt gewesen, aber der Aufprall hatte ihnen am Ruderjoch das Genick gebrochen.

Der Kommandant kam inmitten eines tiefen, dröhnenden Geräusches, das um den ganzen Bootskörper herum zu hören war, wieder zu sich. Das Unterseeboot bewegte sich leicht in Richtung eines ebeneren Kiels, wodurch der Kommandant von der leblosen Gestalt des Sonar-Offiziers wegrutschte und auf das Rost geschleudert wurde, auf dem normalerweise die Flurplatten lagen. Sein linker Arm hing schlaff hinunter; er hatte kein Gefühl in seinem Schultergelenk. Seine Lippen waren eine geschwollene, unförmige, blutige Masse, als ob jemand ihm mit einem Rohr ins Gesicht geschlagen hätte. Er versuchte aufzustehen, aber seine Füße hingen fest in dem Gewirr aus Rohrleitungen und Kabeln, die normalerweise von den Flurplatten bedeckt waren. Niemand sonst rührte sich. Die Luft im Abschnitt wurde schon ziemlich heiß und feucht. Er versuchte es noch mal, und diesmal gelang es ihm, sich aus den Leitungen zu befreien und auf eine der Flurplatten zu ziehen, die nicht herausgebrochen war. Er kroch hinüber zur Tauchstation und berührte vorsichtig den Musaid, der aufstöhnte. Der Kommandant versuchte, mit einem heilen Arm den Musaid herumzudrehen, erkannte aber dann, daß beide Schultergelenke des älteren Mannes durch den Druck ausgekugelt worden waren. Seine Arme baumelten neben dem Körper. In der Dunkelheit schienen sie noch länger als sonst. Sein Kopf fiel wieder auf seine Brust zurück, er atmete flach und unregelmäßig.

Kommandant Al Khali wandte sich ab. Den nutzlosen linken Arm steckte er in seinen Hosenbund, wobei er die beginnenden pulsierenden Schmerzen an seiner linken Schulter ignorierte. Er kroch durch die Trümmer in der Zentrale hinüber zur BÜ-Box, die an einem Kabel neben einer Stütze baumelte. In dem Durcheinander von Körpern, die gegen das vordere Schott lehnten, bewegte sich jemand; ein Stöhnen war zu hören, aber er ignorierte es. Er drückte den Knopf für den Maschinenraum.

»Maschinenraum, hier Zentrale«, krächzte er. Wegen seiner zerschmetterten Lippen fiel ihm das Sprechen schwer.

»Zentrale, hier Maschinenraum«, erwiderte eine ängstliche Stimme. »Allah sei Dank. Wir dachten, wir seien die einzigen. Wir sind hier hinten eingeschlossen!«

»Hier spricht der Kommandant«, erwiderte er und versuchte, seiner Stimme Autorität zu verleihen.

Einen Moment war es still, dann meldete sich die Stimme aus dem Maschinenraum wieder.

»Kommandant, wir haben die hintere Ruderanlage verloren, den hinteren Torpedoraum, den hinteren Hilfsgenerator und den Elektromotoren-Abschnitt. Wir sind im Maschinenraum. Der Abschnitt ist bis zum Sockel der Dieselmaschinen überflutet. Das hintere Kugelschott ist abgestützt und hält. Wir sind hier hinten fünfzehn Überlebende. Wir können nicht nach vorne kommen. Der Batterieabschnitt achtern ist mit Chlorgas gefüllt.«

»Ist der Maschinenraum noch wasserdicht?«

»Ja, Kommandant. Wir haben einige kleinere Lecks, die wir aber stopfen können. Wir haben ziemlich viel Öl-Dampf in der Luft. Wir müssen den Ballastluftzylinder anzapfen, um genug Sauerstoff zu haben, Kommandant. Wir können hier nicht sehr lange bleiben.«

Der Kommandant überlegte. Einer der beiden Notausstiege des U-Boots befand sich über dem Dieselraum. Sie waren in einhundertzwanzig Metern Tiefe. Das war an der Grenze für einen freien Aufstieg, aber mit der russischen Variante der Momsen-Haube war es machbar.

Aber dem stand die bedeutendere, strategische Überlegung gegenüber. Wenn die Männer ausstiegen und den Aufstieg an die Wasseroberfläche überlebten, ohne daß ihre Lungen zerplatzten, würden sie gefangengenommen und das ganze Komplott würde vor die Augen der Weltöffentlichkeit gezerrt werden. Er schüttelte den Kopf, um einen klaren Gedanken zu fassen. Er brauchte Zeit.

»Haltet den wasserdichten Zustand aufrecht; zapft soviel Sauerstoff an, wie ihr braucht. Ich schicke jemand nach vorschiffs, um einen Statusbericht zu erhalten.«

»Maschinenraum, zu Befehl.«

Der Kommandant schaltete die BÜ-Anlage ab. Er hatte eine ziemlich genaue Vorstellung von der Situation vorschiffs und nicht die geringste Absicht, irgendeins der Kugelschotts zu öffnen, vor allem nicht das, das in den vorderen Schiffsteil führte. An den Vorreibern am Rand des Stahlschotts setzte sich ein feiner Wassernebel ab. Der Gang, der zu den vorderen Kojen und dem Waffenabschnitt führte, stand offensichtlich unter Wasser. Er ahnte, auch ohne es zu überprüfen, daß es dort keine Überlebenden gab. Aber er wollte die Ingenieure glauben machen, daß er noch Zugang zum vorderen Teil hatte. Er wollte verhindern, daß sie in Panik gerieten und den Notausstieg benutzten. Er schaute zur Decke hinauf, an der in der schwachen Gefechtsbeleuchtung die runde, bronzefarbene Ausstiegsluke zum vorderen Notausstieg zu erkennen war.

Er setzte sich wieder hin – in den Trümmerhaufen, der einmal die Zentrale gewesen war, rückte seinen verletzten Arm mit dem gesunden zurecht und rieb sich das Gesicht. Es war vorbei. Die Mission war fehlgeschlagen. Er hatte versagt. All die langen Vorbereitungsmonate, die Wochen voller Heimlichkeiten, die Furcht, entdeckt zu werden, die Operationen, die für das Minenlegen erforderlich waren, die Angst, die ihr ständiger Begleiter gewesen war und ihnen manchmal das Herz bis zum Halse hatte klopfen lassen – alles umsonst. Er hätte auf den Waffeneinsatzoffizier hören sollen, der empfohlen hatte, die verfluchte französische Mine irgendwo mitten im Atlantik abzuladen. Die Geometrie war falsch gewesen. Der Zerstörer war viel näher gewesen, als er vermutet hatte, und das verdammte Ding war praktisch direkt hinter ihnen hochgegangen.

Es blieb nur noch ein Teil der Mission, der erfüllt werden konnte: Den Amerikanern durfte kein Beweis in die Hände fallen. Unter keinen Umständen durfte er den Männern im hinteren Maschinenraum gestatten, den Notausstieg zu benutzen.

Die Mission war fehlgeschlagen. Jetzt war es ihre Pflicht, jeden Beweis für die Verschwörung zusammen mit der Al Akrab zu begraben. Er humpelte zur BÜ-Anlage zurück.

»Maschinenraum, hier Zentrale.«

»Maschinenraum.«

»Hört meinen Plan: Noch ist oben Tageslicht. Wir wissen nicht, ob der Zerstörer die Explosion überlebt hat. Vermutlich nicht. Aber da war auch ein Helikopter. Sehr bald werden mehr amerikanische Streitkräfte hier sein. Wenn einer von uns jetzt versucht, zu entkommen, werden sie ihn abschießen, sobald er an der Wasseroberfläche ist. Laßt uns bis spät abends warten. Wir haben immer noch gefüllte Luftballasttanks und den Batteriestrom vorne. Das Ausblasen funktioniert noch. Wir werden bis etwa ein Uhr warten, dann alle Ballasttanks ausblasen und das Boot an die Oberfläche bringen. Es wird schon gelingen. Nur der hintere Abschnitt ist überflutet. Dann werden wir in die Rettungsflöße umsteigen und es riskieren.«

»Aber, Kommandant: Die vorderen Abschnitte müssen doch ebenfalls überflutet sein – bei dieser Druckwelle . . .«

»Nur der vordere Torpedoraum ist verloren«, unterbrach der Kommandant schnell. Die Lüge kam ihm schnell über die Lippen. »Und sehr wahrscheinlich einige der Treibstofftanks. Wir sind auf Schlamm geprallt. Wir sind hier oben dreißig Überlebende. Ich habe alle Überlebenden in die Zentrale kommen lassen und das vordere Kugelschott abgedichtet, falls die Kojenabschnitte vorne nachgeben, aber im Moment halten sie noch. Viele von uns sind verletzt, und wir haben nicht genug Luft für alle, um den Notausstieg zu benutzen. Wir müssen also versuchen, das Boot an die Wasseroberfläche zu bringen. Der Rest des Bootes ist intakt geblieben. Wir können die Torpedo-Preßluftbehälter benutzen, um sogar einen Teil des Wassers aus dem vorderen Torpedoraum auszublasen, bevor wir versuchen, mittels der Hauptballasttanks aufzutauchen. Ihr könntet das gleiche mit dem Elektromotoren-Raum versuchen. Die anderen Abschnitte sind klein. Wenn wir das Boot nicht mit der Luft aus den Ballasttanks gehoben bekommen, dann könnt ihr den hinteren Notausstieg benutzen, und wir werden es durch den vorderen versuchen. Aber im Moment müssen wir uns still verhalten – bis zum Einbruch der Dunkelheit. Erst dann können wir den Aufstieg wagen.«

Es entstand ein langes Schweigen. Dann antwortete der Schiffstechnische Offizier. Seine Stimme klang müde.

»Maschinenraum, zu Befehl. Wir erwarten Anweisungen.«

Der Kommandant schaltete die BÜ-Anlage ab. Er schaute über die Trümmer und die ineinander verschlungenen Körper. Auf der gegenüberliegenden Seite des Raums bewegte sich der Musaid. Er stöhnte vor Schmerzen. Alle anderen waren still. Er erinnerte sich an das eigenartige, rutschende Geräusch, das er draußen gehört hatte. Er hatte sich kurz gefragt, was es ein könnte. Plötzlich wurde ihm klar, daß sie in einer Art Wadi oder Canyon gelandet sein mußten. Das rutschende Geräusch mußte von Sand und Schlamm stammen. Die See begrub sie unter sich. Er nickte sich selbst zu. Alles fügte sich.

Er warf einen Blick auf seine Uhr. Es war erst kurz nach achtzehn Uhr. Wenn er die sieben Stunden noch abwartete, würde der rutschende Schlamm des St. Johns Canyon das eine verbleibende Problem gelöst haben. Hoffentlich für immer! Er setzte sich hin und lehnte sich mit dem Rücken gegen die Verkleidung des Periskopschachts. Er schloß seine lädierten Augen.

KAPITEL FÜNFUNDSIEBZIG

USS GOLDSBOROUGH,
Freitag, 9. Mai, 18 Uhr 15

Kurz nach 18 Uhr kam eine ganz leichte Brise auf. Langsam richtete sich die Goldsborough nach ihr aus – ihr Bug fungierte dabei als Wetterfahne, die das sinkende Heck in den Wind hielt. Aus den Schornsteinen kam kaum noch Rauch; nur aus dem vorderen entwich noch eine schwache Rauchwolke.

Die Schlagseite nach Backbord war ausgeprägter geworden. Von den Hauptaufbauten hinter der Brücke zog eine Dunstwolke beißenden, grauen Rauchs herüber; sie stammte von den Dutzenden kleiner Feuer, die noch immer zwischen den Überresten der zertrümmerten elektrischen Anlagen schwelten. Abgesehen von dem Stöhnen der Verwundeten lag eine unheimliche Ruhe über dem Schiff.

Mike saß in seinem Stuhl. Er versuchte, seine Gedanken auf die Schiffssicherung zu konzentrieren und sich von den zunehmenden Schmerzen in seinem Bein abzulenken. Die Schmerzen hatten messerstichartig pulsierend in seinen Knöcheln begonnen und zogen jetzt über das ganze Bein bis in den Unterleib, als ob sie eine Verabredung mit seinem hämmernden Kopf hätten. Seine beiden Melder notierten eifrig die von den verschiedenen Stationen eingehenden Meldungen über Risse im Rumpf, gebrochene Wasserrohre, leckende Tanks und schwelende Feuer an Elektroanlagen. Der Dieselhilfsmotor achtern war aus der Fassung gerissen worden, und die Schalttafel des vorderen hatte Feuer gefangen; deshalb war der Strom ausgefallen. Die vier dampfgetriebenen Turbo-Generatoren hatten zusammen mit der Anlage ihren Geist aufgegeben.

Es gelang Mike nicht, in dem Stuhl eine einigermaßen erträgliche Stellung zu finden, und er bedauerte, daß er sich hatte hineinhieven lassen. Sein blutdurchtränkter Kopfverband wog schwer. Hin und wieder wischte er sich Blutstropfen von der Stirn. Er konnte kaum den Kopf hochhalten. Seine taub gewordenen Füße waren auf der Fußstütze aufgebockt, aber nicht so, wie er es gern gehabt hätte. Jeder Herzschlag löste in seinen Knöcheln einen messerscharfen Schmerz aus.

Der Chief Hospital Corpsman, der von allen nur ›Doc‹ gerufen wurde, hatte es ungefähr vierzig Minuten nach der Explosion endlich bis zur Brücke geschafft. Zwei Freiwillige mit gesunden Gliedern halfen ihm. Der Doc hatte gerade ein Schläfchen auf dem Untersuchungstisch im Schiffslazarett gehalten, als das Schiff getroffen wurde. Er war gegen die Decke geschleudert worden, aber wieder auf der Matratze des Tisches gelandet. Außer Blutergüssen am Auge und einer blutigen Nase war er unverletzt geblieben. Sein Assistent, genannt ›Baby Doc‹, hatte auf einem Stapel weicher Kapock-Schwimmwesten oben auf der Back gesessen und war ebenfalls unverletzt geblieben.

Der Doc hatte sich um die Verwundeten, die im Steuerhaus auf dem Boden lagen, gekümmert, vor allem um die Männer mit Mehrfachbrüchen, die vor Schmerzen stöhnten. Mike hatte er eine Morphiumspritze angeboten, aber Mike hatte abgelehnt. Er nahm so gut wie nie Medikamente. Eine Morphiumspritze hätte ihn sicher außer Gefecht gesetzt, und er mußte nicht nur bei Bewußtsein, sondern auch bei klarem Verstand bleiben. Er hatte sich statt dessen ein starkes Schmerzmittel geben lassen. Der Doc hatte Mikes Knöchel vorsichtig geschient. Mike hatte vergeblich versucht, die Tränen zurückzuhalten.

»Wie schwer sind die Verletzungen?« hatte er mit schwacher Stimme gefragt, nachdem der Doc fertig war.

Der Doc gehörte zu der Gruppe ›alter‹ junger Männer, die man bei der Navy vorwiegend in den PUP-Diensträngen fand. Er war erst vierunddreißig, sah aber aus wie fünfundvierzig. Und jetzt, nach dieser letzten Stunde, sah er aus wie sechzig. Trotz der Verfärbungen durch den Bluterguß konnten die schwarzunterlaufenen Augen in dem hageren Gesicht den Schock über das Ausmaß der Verletzungen kaum verbergen.

»Oben an Deck haben wir vier Tote, Capt'n, und mindestens weitere vier unterdecks. Darüber hinaus bestimmt einhundertfünfzig Schwerverletzte«, seufzte er. »Einfache Geschichten wie meine nicht mitgerechnet – sondern Knochenbrüche, Gehirnerschütterungen, Verbrennungen. Baby Doc is' mit 'nem Team von vier Freiwilligen zugange, und ich hab' die zwei hier. Aber uns geht das Zeug aus – vor allem Morphium und Schmerztabletten. Ich hoffe, daß verdammt noch mal schnell Hilfe kommt.«

Er korrigierte seine Haltung, um auf dem nassen Boden nicht auszurutschen, und sah, daß Mike einen Blick auf den Neigungsmesser warf. Zehn Grad Schlagseite nach Backbord.

»Die werden wir bekommen, Doc. Der Hubschrauber, der das Ganze mitangesehen hat, wird das alles schon über Funk an den Träger weitergegeben haben. Außerdem sollen zwei Spruances auf dem Weg und innerhalb der nächsten Stunde hier sein, falls sie an dem Wrack in der Fahrrinne vorbeigekommen sind. Ich warte immer noch darauf, daß die Snipes einen Diesel-Generator ans Laufen kriegen, damit wir eine Notsendefrequenz benutzen können.

Der Chief Corpsman schüttelte den Kopf.

»Die Snipes sind ganz schön mitgenommen, Capt'n. Jeder, der unterdecks war, hat entweder gebrochene Knochen oder steht unter Schock. Ich hab' mitgekriegt, wie der XO versucht hat, 'n paar Leute zusammenzutrommeln, um wenigstens notdürftig 'n paar Lecks zu stopfen, aber viele haben ihn einfach nur angestarrt, obwohl sie nicht die Knochen kaputt haben. Die vier Jungs, die unten getötet wurden, waren in Heizraum zwei. Da is 'n Dampfrohr geplatzt – na, den Rest können Sie sich vorstellen. Seitdem is' keiner mehr unten gewesen. Die Temperatur beträgt immer noch über einhundert Grad Celsius. Ein Heizer konnte entkommen; er is' durch die Bilge getaucht und am Notausstieg wieder raus. Aber die anderen hat der Dampf erwischt.«

Er schaute sich um.

»Es ist irgendwie unheimlich – das Schiff sieht gar nicht so schwer beschädigt aus, dabei ist ihm buchstäblich das Rückgrat gebrochen worden. Ich habe Hunderte von kleinen Lecks gesehen.«

»Ja. Ich mache mir wegen dieser Lecks große Sorgen«, sagte Mike und suchte wieder den Horizont nach Anzeichen von Hilfe ab.

Die beiden Fischkutter, die sie südwestlich ausgemacht hatten, waren winzige Punkte am Horizont. Andere Schiffe waren nicht zu sehen. Die Sonne stand tief am westlichen Horizont. Mike schaute wieder den Doc an.

»Wenn Sie Ihren Rundgang machen, halten Sie die Männer an, irgendwas in die Lecks zu stopfen, um das Eindringen des Wassers zu verlangsamen. Sie sollten Lappen um die geplatzten Rohre wickeln und alles, was sie finden können, in die Lecks unterhalb der Wasserlinie stopfen. Mir ist nichts über ein großes Leck berichtet worden, und ich weiß, daß sie dabei sind, das Munitionslager der Dreiundfünfziger abzustützen, so gut es geht. Aber es sind die vielen kleinen Lecks, die die Schlagseite verursachen. Wenn die stärker wird, gehen wir unter. So einfach ist das, Doc. Sie können noch laufen – gehen Sie, und erzählen Sie das den Leuten.«

»Das habe ich, und das werde ich weiter tun«, sagte der Doc abwehrend. »Aber die Leute sind wie benommen: Die nehmen einen Lappen, wollen ihn in ein Leck stopfen – und dann schauen sie ihn nur an! Aber wir bleiben dran.«

»Danke, Doc. Ich weiß, daß Sie schwer unter Druck stehen.«

Während der Doc nach unten eilte, hörte Mike überrascht das Geräusch eines Benzinmotors oben auf dem Hauptdeck. Es mußte dem Exec gelungen sein, eine tragbare Feuerlöschpumpe ans Laufen zu bringen. Die P-250-Pumpen wurden von Benzinmotoren angetrieben. Sie konnten entweder Wasser in die Feuerlöschschläuche pumpen oder Wasser aus einem überfluteten Raum abpumpen – oder beides gleichzeitig. Das holprige Geräusch des kleinen Motors, der mit voller Kraft lief, war tröstlich. Die Goldsborough hatte noch zwei P-250 an Bord. Er merkte, wie er ungeduldig darauf wartete, auch ihre Motoren zu hören.

Er lehnte sich zurück. Er war in der ungewohnten Situation, daß es fast nichts gab, das er selbst hätte tun können. Normalerweise hätte er jetzt eine ganze Befehlslitanei losgelassen, um die Schiffssicherung zu organisieren, aber bei so vielen Verletzten war die Sicherung völlig zusammengebrochen. Der Exec war irgendwo auf dem Schiff und versuchte, kleine Teams auf die Beine zu stellen, um die Lecks unterdecks unter Kontrolle zu bekommen. Die beiden Docs versuchten, überall auf dem Schiff so vielen Verwundeten wie möglich zu helfen. Der Rest der Besatzung war entweder benommen, verletzt oder stand unter Schock. Mike gab immer wieder Befehl an alle, die erreichbar waren, sich zuallererst um das eindringende Wasser zu kümmern. Davon abgesehen, konnte er nur wenig tun – außer warten.

Er hatte versucht, sich zu bewegen, aber sein Kopf hatte dabei so heftig geschmerzt, daß er ihn jetzt noch nicht einmal mehr hochheben konnte. Er fragte sich, ob er eine Gehirnerschütterung hatte. Der Verband um seinen Kopf fühlte sich wie eine nasse Matratze an. Den Blicken der Männer auf der Brücke nach zu urteilen, mußte er wirklich einen erschreckenden Anblick bieten.

Die Situation war unheimlich. Der Doc hatte völlig recht. Normalerweise würde es überall auf dem Schiff vor Geschäftigkeit wimmeln: Männer, die sich um die Lecks kümmerten, die Trümmer zusammenräumten, Wasser abpumpten, Feuer löschten und den Verletzten halfen. Offiziere würden in dem Lärm und Durcheinander herumlaufen, um die Situation wieder unter Kontrolle zu bringen. Jetzt herrschte auf dem Schiff fast völlige Stille – bis auf den Motor der Pumpe. Zu viele Verletzte lagen in kleinen Gruppen auf den Decks. Einige trugen Verbände, aber die meisten hatten Decken um die Beine gewickelt, während die beiden medizinischen Teams die Runde durchs Schiff machten und versuchten, den Männern zu helfen und den Schockzustand zu bekämpfen. Abgesehen von den herausgefallen Glasscheiben und dem Durcheinander auf dem Boden, hatte die Brücke nicht viel mitbekommen. Mike dachte an den Trümmerhaufen im CIC, in dem einige schwere Gerätschaften zu Zwischendecks verbolzt waren. Oben hingegen – soweit er das sehen konnte – waren die Geschütze noch in Stellung, das Radar noch auf dem Mast, die Reling straff. Nur die Gruppen von Männern, die gegen Schotten lehnten oder ausgestreckt auf einem Stapel Schwimmwesten lagen, deuteten auf das Ausmaß der Katastrophe.

»Captain«, rief einer der Signalgasten, »ich glaube, da kommen ein paar Helikopter.«

»Aus welcher Richtung, Sigs?«

»Aus Osten, Sir.«

Der Träger befand sich östlich von ihnen. Der Helikopter mußte zurückgeflogen sein, die Sonar-Bojen abgesetzt und statt dessen hoffentlich Ärzte und medizinische Versorgung an Bord genommen haben. Die großen SH3s konnten, wenn es sein mußte, bis zu acht Personen in ihren Passagierkabinen befördern.

Mike suchte forschend den Horizont ab. Er versuchte, sein Fernglas aus der Tasche zu nehmen, aber bei der Bewegung drehte sich alles in seinem Kopf. Schließlich erblickte er die beiden näherkommenden Punkte, die tief über dem Wasser flogen. Während er sie beobachtete, kam der Exec auf die Brücke zurück. Seine Uniform war verschmutzt und durchnäßt. Er stank nach Treibstoff und sah erschöpft aus. In seinem Gesicht stand Furcht geschrieben.

Langsam wurden aus den Punkten Helikopter, die sich jetzt im Schwebeflug Backbord näherten, zuerst Richtung Heck flogen und von dort wieder an Backbord entlang zum Bug, um sich einen Überblick über die Situation zu verschaffen, während sie sich tänzelnd in der Luft bewegten. Mike packte den Exec an seinem nassen Hemd und zog ihn näher zu sich heran.

»Die Schanz muß kaputt sein«, schrie er, um den Krach der Rotorblätter zu übertönen. »Können Sie nach vorne gehen und sie einweisen, ihr Zeug auf der Back abzusetzen?«

»Ja, Sir«, schrie der Exec zurück.

Er holte tief Luft, als wolle er Mike noch etwas sagen – aber dann drehte er sich um und verschwand durch die Hintertür des Steuerhauses. Einige Augenblicke später erschien er auf der Back und half dabei, Verletzte hinter die Geschützlafette zu ziehen. Dann kletterte er die Stahlsprossen an der Seite der 51er hinauf und stellte sich so hin, daß die Piloten ihn sehen konnten. Er winkte mit den Armen, um ihre Aufmerksamkeit auf sich zu lenken. Seine nasse Uniform flatterte heftig in dem starken Luftwirbel der Rotorblätter. Er hielt seine Arme in Form eines Kruzifixes hoch, beugte sie dann nach innen, um den Piloten zu bedeuten, näherzukommen.

Der erste Helikopter folgte sogleich dem Signal. Der Exec

dirigierte ihn an der Seite des Schiffes entlang, hielt ihn dann auf gleicher Höhe über Deck, das der Pilot nun nicht mehr sehen konnte, während der Mann an der Winde in Khaki-Uniformen gekleidete Männer mit Schwimmwesten und Schutzhelmen auf das Deck des Zerstörers hinunter ließ. Der erste Helikopter setzte zehn Mann und einen Notfallkit ab, flog zur Seite und wartete im stationären Schwebeflug. Der zweite Helikopter flog heran, drei weitere Männer wurden abgesetzt und größere Mengen medizinischen Versorgungsmaterials in grauen Kisten, auf denen auf beiden Seiten ein rotes Kreuz aufgemalt war, ausgeladen. Dann drehte auch er ab und beide flogen gen Osten – in den dunkler werdenden Himmel.

Mike beobachtete von der Brücke, wie der Exec dem medizinischen Team einen kurzen Zustandsbericht gab. Dann schwärmten alle aus, um sich um die Verwundeten auf den Decks zu kümmern. Der Exec kam wieder auf die Brücke zurück in Begleitung eines Arztes. Der Adler an seiner Uniform wies ihn als einen Captain des Medical Corps der Navy der Vereinigten Staaten aus.

»Capt'n«, sagte Farmer, »das ist Captain Worthington, Senior Medical Officer auf der Coral Sea.«

Mike blinzelte ihn schwach an. Er hatte Angst, seinen Kopf zu bewegen. Die Augen des Doktors weiteten sich, als er das blutverschmierte Gesicht, den verbundenen Kopf und die geschwollenen Knöchel des Captain sah. Als Mike sich nach vorne beugte, um ihn zu grüßen, sah er, daß die Rückenlehne des Kapitänsstuhls blutdurchtränkt war. Er schüttelte erst gar nicht Mikes Hand, sondern beugte sich direkt hinunter, um Mikes Knöchel zu untersuchen, während er weitersprach.

»Skipper«, begann er, während er die Knöchel freilegte, »der Helikopter, der Ihnen bei der Operation zur Seite stand, hat vor etwa einer Stunde gemeldet, daß Ihr Schiff hier draußen von einem U-Boot torpediert worden sei und daß es wie eine kleine Atomexplosion ausgesehen habe. Der Pilot hat eine – oh, tut mir leid«, warf er ein, als Mike vor Schmerzen keuchte –, »er hat eine schnelle Lageeinschätzung vorgenommen, überall Verletzte und Rauch gesehen und festgestellt, daß das Schiff Schlagseite hat. Er ist, so schnell er konnte, zum Träger zurückgeflogen, um Hilfe zu holen. Die beiden Helikopter sind auch jetzt wieder zurückgeflogen, um noch ein paar Leute zu holen – wie schlimm sind Ihre Verluste?«

Mike atmete schwer: »Acht Tote und über einhundertfünfzig Schwerverletzte«, sagte er mit schwacher Stimme. Seine Sehkraft ließ nach.

»Heiliger Strohsack!« rief der Doktor aus. Er unterbrach seine Arbeit an Mikes Knöchel, stand auf und nahm aus seinem Gürtel ein kleines tragbares Funkgerät. Er zog eine Antenne heraus und begann zu sprechen:

»Mutterschiff fünfhunderteins, hier spricht SMO, over?«

Er hielt das Funkgerät an sein Ohr und dann wieder vor den Mund.

»Fünfhunderteins, hier spricht SMO. Melde Mutter, daß hier über eins fünf zero, wiederhole, eins fünf zero Verletzte sind. Wir brauchen alles, was an medizinischem Hilfspersonal verfügbar ist.«

»Und Morphium und Schmerztabletten und Zeug um Flicken und Stopfen«, fügte Mike mit schwacher Stimme aus seinem Stuhl hinzu. »Und . . .«

Der Doktor nickte ihm schweigend zu, während er dem Gerät lauschte und dann die zusätzlichen Anforderungen weitergab. Er horchte wieder, sagte »Roger, warten Sie eine Minute« und drehte sich zu Mike herum.

»Der CO hat mich gebeten, Sie zu fragen: Besteht die Gefahr, daß Ihr Schiff kentert? Anscheinend nerven ihn die vom Stab damit.«

Mike atmete tief durch und schaute den Exec an. Die Helikopter waren angekommen, bevor er Gelegenheit hatte, sich von Farmer über die aktuelle Situation informieren zu lassen; aber die Schlagseite der Goldy wurde immer stärker und – sie rollte nicht in der leicht kabbeligen See. Sie war wie ein alter, verrotteter, vollgesogener Baumstamm in einem See, der auf jede Wellenaktivität mit einer halben Welle Verzögerung reagiert.

»Ja«, warf der Exec in bestimmtem Ton ein, »die Gefahr besteht!«

Er drehte sich zu Mike um. Sein angespannter Gesichtsausdruck spiegelte seine Betroffenheit wider.

»Wir haben mehr Verletzte, als ursprünglich angenommen. Zweihundertfünfzig trifft es wohl eher. Immer die gleichen Verletzungen: gebrochene Beine, Füße und Knöchel bzw. Gehirnerschütterungen. Die Männer, die gehen können, laufen wie Zombies herum. Die meisten stehen unter schwerem Schock.«

Er schüttelte den Kopf, als könne er damit all die schlechten Nachrichten vertreiben.

»Es tut mir leid. Ich hatte noch keine Gelegenheit, Ihnen zu berichten. Wir versuchen verzweifelt, Leute zu finden, die unverletzt geblieben sind, um Lecks zu stopfen und unterdecks Wasser abzupumpen. Aber dort sind alle Maschinen ausgefallen; wir haben keine Pumpen, keine Abzugsrohre, nur das tragbare Gerät zum Abpumpen. Wir haben haufenweise kleine, schwelende Feuer, und in die Hauptabschnitte läuft Treibstoff.«

Er wandte sich wieder dem Doktor zu, der dem Bericht mit offenem Mund zugehört hatte.

»Melden Sie der Coral Sea – wenn wir innerhalb der nächsten Stunde nicht mindestens einhundert einsatzfähige Leute an Bord haben, wird die Goldsborough mit Mann und Maus, d. h. zweihundertfünfzig Verletzten an Bord, untergehen.«

Der Doktor schluckte, nickte und ging auf die Brückennock, um die Meldung an die Helikopter weiterzugeben, die jetzt wieder kleine weiße Punkte am Horizont waren.

»So schlimm steht es also, XO«, sagte Mike mit nachlassender Stimme.

»Ja, Sir. Obwohl ich glaube, daß die Goldy es noch länger als eine Stunde machen wird. Das Problem ist die Schlagseite. Je höher das Wasser in den Abschnitten steigt, um so mehr loses Gerät rollt nach unten, und sie neigt sich noch weiter über mit dem Ergebnis, daß noch mehr Wasser eindringt – Sie kennen das Problem. Ich hab' kleine Teams zusammengestellt, die versuchen, Lecks aufzuspüren. Es sind aber meistenteils Risse im Rumpf – weniger offensichtliche Löcher. Die Wellentunnel sind überflutet, und im Maschinenraum Zwei ist der Hauptkondensator geplatzt. Das Wasser steht schon bis zur Hälfte der oberen Ebene. In die Heizräume kommen wir nicht hinein. Da kann Gott weiß was los sein. Sie können es von hier nicht sehen, aber das Heck ist schon bis zur Reling unter Wasser. Der hintere Lagerraum ist überflutet, ebenso wie die Provianträume an Backbord. Einen Mann habe ich beauftragt, die restlichen Unterwasserbomben zu entschärfen – Sie erinnern sich sicher an das Schiff im Zweiten Weltkrieg, das das nicht getan hat – alle Überlebenden starben!« Er hielt inne.

»Ich schlage folgendes vor: Wir nehmen die CO2-Rettungsinseln runter, blasen sie auf und machen sie längsseits fest. Dann lassen wir die Verwundeten über die Bordseite hinunter.«

»Wir können die Goldy also nicht retten?« rief Mike schmerzlich bewegt aus.

Der Exec schaute auf den Boden.

»Nein, Sir«, sagte er leise. »Ich glaube wirklich nicht, daß wir das können. Wenn wir die gesamte Besatzung zur Verfügung hätten oder wenigstens den größten Teil, könnten wir es versuchen. Aber wenn die wenigen einsatzfähigen Männer, die jetzt gegen das eindringende Wasser kämpfen, der Fluten nicht Herr werden, haben die Verwundeten keine Chance. Wir haben nicht genug Leute, um beides gleichzeitig zu machen. Aber es ist Ihre Entscheidung.«

»Na großartig, XO«, sagte Mike und versuchte seinen Worten eine gewisse Leichtigkeit zu verleihen – allerdings ohne Erfolg.

Er warf einen Blick auf den Neigungsmesser. Er zeigte jetzt elf Grad. Dann schaute er zurück auf den Horizont im Osten. Nichts war zu sehen – keine Kontakte, keine Frachter, keine Fischer, keine Motorboote. Nur die wartende See, die im schwächer werdenden Sonnenlicht schimmerte und im Osten dunkler wurde, als die Sonne hinter ihnen unterging. Achtzig Prozent seiner Besatzung waren verletzt. Und er konnte sich immer noch nicht erklären, was sie getroffen hatte.

Der Doktor kam zurück ins Steuerhaus. Zwei aus seinem Team kamen durch die Tür und begannen, sich um die auf dem Boden liegenden Verletzten zu kümmern.

»Ich hab' dem Träger das Wesentliche gemeldet, Captain«, sagte er. »Ich bin sicher, daß die Helikopter in Staffeln fliegen können. Der Flug eben hat nur dreißig Minuten gedauert. Sie werden es versuchen. Und sie haben auch gesagt, daß zwei Schiffe auf dem Weg hierher seien.«

Er ließ seinen Blick über die Brücke schweifen und wieder

zurück auf Mikes kreidebleiches Gesicht. Er versuchte, Mikes Zustand und den Grad seiner Schmerzen einzuschätzen.

»Hat Ihnen Ihr Schiffsarzt etwas gegen die Schmerzen gegeben?«

»Ich habe ein paar Schmerztabletten genommen«, sagte Mike.

»Die werden verdammt wenig ausrichten«, brummte der Doktor und griff nach seiner Tasche.

»Ich kann nichts Stärkeres nehmen, sonst klapp' ich zusammen, und dann hat dieser junge Mann hier das Kommando und würde wahrscheinlich alles versauen«, sagte Mike mit einem schwachen Lächeln. »Außerdem muß ich eine Entscheidung treffen.«

»Wie Sie wollen, Sir«, sagte der Doktor und schloß seine Tasche wieder. »Dann werd' ich mich mal um die Jungs hier kümmern, und danach wechsele ich Ihnen besser den Kopfverband, sonst klappen Sie noch wegen des Blutverlusts zusammen. Ihre Leute sollen das Funkgerät behalten. Es piept, wenn jemand Sie anruft.«

Er gab dem Exec das Funkgerät. Dann drehte er sich um, um seinen Leuten zu helfen.

»Lieber Gott«, murmelte er bei dem Anblick, der sich ihm auf der Brücke darbot.

Mike stützte seinen Kopf an der blutdurchtränkten Rückenlehne ab. Wegen der Schlagseite mußte er schräg auf dem Stuhl sitzen. Er schloß für einen Moment die Augen.

»Captain«, sagte der Exec ruhig. »Wir müssen eine Entscheidung treffen.«

»Ja, ich weiß. Okay. Lassen Sie alle Verwundeten auf Deck nulleins, mittschiffs oder vorne aufs Hauptdeck bringen. Wir bilden zwei Gruppen. Ein paar Jungs sollen die Rettungsboote fertig machen und entlang Backbord festmachen, wie Sie vorgeschlagen haben. Wir sind jetzt bei elf Grad; bei zwanzig beginnen wir, das Schiff zu evakuieren. Mit Hilfe der Stokes-Trage kriegen wir zwanzig Mann in ein Boot. Uns bleibt vielleicht nicht mehr viel Zeit, wenn die Goldy erst mal bei zwanzig Grad angelangt ist. Aber jetzt will ich sie noch nicht aufgeben; mal abwarten, womit der Träger ankommt. Auf der Coral Sea sind viertausend Mann. Und zwei Spruances sind auf dem Weg. Die Navy hat uns zwar vorher nicht geglaubt, aber normalerweise ist sie bei Rettungsaktionen ziemlich auf Draht. Sagen Sie der Besatzung, daß wir die Verletzten alle an einen Platz versammelt haben, damit die Docs nicht das ganze Schiff absuchen müssen. Versuchen Sie, möglichst Chiefs für das Runterlassen der Rettungsinseln zu finden – falls noch welche einsatzfähig sind. Und sagen Sie dem Chef-Doc, was wie vorhaben. Und jetzt sehen Sie besser zu, daß Sie runterkommen. Wenn die Helikopter auftauchen, stellen wir ein paar Leute ab, um bei den Booten zu helfen. Die anderen können sich bei der Schadensbekämpfung nützlich machen. So, jetzt geben Sie mir das Logbuch, bevor Sie gehen.«

Der Exec holte das Logbuch von dem sich neigenden Kartentisch und gab es – zusammen mit einem Stift – dem Captain. Es fiel Mike sofort aus den Händen. Der Exec hob den wegrollenden Stift auf und gab ihn Mike wieder.

»Danke, XO. Sie haben Ihre Sache hervorragend gemacht. Wie immer. Gehen Sie, und organisieren Sie die Leute.«

»Aye, aye, Sir«, erwiderte der Exec. Es schien, als wollte er noch etwas sagen. In seinem Gesicht arbeitete es. Aber dann drehte er sich um und ging zur Brückennocktür an Steuerbord hinaus.

Mike schlug das Logbuch auf und fand den Eintrag über das Aussetzen des Feuerbefehls für die Unterwasserbomben und die Anweisung ›Ruder hart Steuerbord‹. Es gab keine weiteren Eintragungen. Er drückte auf den Kugelschreiber und begann zu schreiben. Er wollte diese letzte Steuerbord-Drehung erklären. Plötzlich schien das sehr wichtig. Tief hinten in seinem ramponierten Hirn wußte er, daß dieses letzte Manöver sein Schiff gerettet hatte, auch wenn das, was er um sich herum sah, dem Wort ›retten‹ eine neue, tragische Dimension verlieh. Eine halbe Stunde später rutschte der Schreiber langsam aus seiner Hand. Er hatte das Bewußtsein verloren. Sein Kopf fiel auf die Brust, und aus dem durchtränkten Verband tropfte das Blut auf die Seiten des Logbuchs. In der zunehmenden Dunkelheit auf der Brücke bemerkte es niemand.

KAPITEL SECHSUNDSIEBZIG

USS GOLDSBOROUGH,
Freitag, 9. Mai, 19 Uhr 30

Der Lärm brachte Mike wieder zu sich. Eine Menge Leute standen um ihn herum. Einige sprachen ihn an. Er war verwirrt und erstaunt – über den Krach, aber auch darüber, daß er die Leute zwar alle hören, aber niemanden verstehen konnte. Er konnte seinen Kopf keinen Millimeter mehr bewegen. Deshalb konnte er die Gestalten um sich herum nur wahrnehmen, indem er die Augen fast bis zu den Brauen hochzog. Das Innere des Steuerhaus zugleich hell und dunkel: Immer wieder durchbohrten gleißende Lichtstrahlen von Kohlefaden-Scheinwerfern auf beiden Seiten des Schiffes die Dunkelheit der Nacht.

Er versuchte, sich zu bewegen, aber mehrere Hände hielten ihn zurück. Er hörte Stimmen, die sagten, »Langsam, langsam, mein Gott, sehen Sie sich seinen Kopf an. Wir müssen diesen Verband entfernen.« Dann hoben sie ihn hoch und legten ihn auf eine der aus Maschendraht – statt aus Kanvas – gefertigten Stoker-Tragen, deren Form dem menschlichen Körper entsprach. Der Rahmen war mit wasserfestem Kapok umwickelt. Während einige Hände ihn festschnallten, wechselten andere den Verband an seinem Kopf. Er war erstaunt, daß er beim Hochheben keine Schmerzen fühlte. In seinen Knöcheln hatte er kein Gefühl mehr, und sein Kopf fühlte sich wie ein Holzklotz an – sogar als sie den Verband von seinen blutverkrusteten Haaren lösten. Er konnte das zwar hören, aber nicht fühlen. Er spürte überhaupt keine Schmerzen mehr. Er versuchte zu sprechen, aber seine Lippen bewegten sich nicht. Sein Gesicht fühlte sich verkrustet an. Selbst seine Augenlider schienen zusammenzukleben. Er konnte das Geräusch eines Helikopters hören – vielleicht waren es sogar zwei –, als sie ihn auf der Trage festschnallten. Durch die Steuerbord-Tür des Steuerhauses konnte er – indem er den Kopf kaum merklich zur Seite drehte – längsseits den verdunkelten Umriß eines Schiffes erkennen: hellrote Positionslaternen, deren Licht wie ein ruhender Pol inmitten der blendenden Helligkeit der weißblauen Scheinwerfer schien. Er bewegte den Kopf ganz leicht zur anderen Seite und sah den gewaltigen Schatten eines weiteren Schiffes an Backbord; seine Silhouette war hell erleuchtet.

Durch den Krach der Helikopter drang das heisere Brummen von mehreren P-250-Maschinen und tumultartiger Lärm von Dutzenden von Männern, die an Maschinen arbeiteten, von Kettensägen, die Stützbalken schnitten, von Vorschlaghämmern, die Holzstücke gegen nachgebende Schotten schlugen, von großen Mengen von Meerwasser, das von der schwarzen P-250 über die Seitenwand abgepumpt wurde. Hinzu kamen das Tuckern der Dieselmotoren von den längsseits liegenden Booten und Wortfetzen, die hin- und herflogen.

Das Team, das an den Tragen arbeitete, hob ihn hoch und trug ihn durch die Backbord-Tür des Steuerhauses hinaus. Wegen der Schlagseite hatte das Team Schwierigkeiten, ihn in der Horizontalen zu halten. Es schien, als ginge es abwärts. Mike konnte nicht mehr erkennen, ob die Schlagseite schlimmer geworden war oder nicht. Bei all dem blendenden Scheinwerferlicht von den Schiffen längsseits konnte er überhaupt so gut wie gar nichts mehr erkennen. Von den stählernen Seitenwänden der riesigen, längsseits liegenden Schiffe wurde das Geschrei der Männer, die mit der Schadenssicherungskontrolle beschäftigt waren, wie Echos in einer Schlucht zurückgeworfen. Wieder versuchte er zu sprechen, aber die Worte kamen nicht über seine Lippen. Sein Mund war ganz ausgetrocknet.

Nachdem sie ihn über die beiden Leitern auf das Hauptdeck hinuntergetragen hatten, glaubte er, den Exec im Gespräch mit einem anderen Offizier zu erblicken: Die beiden standen in einem weißen Lichtkegel. Aber er war nicht in der Lage, den Exec zu rufen – und dann war er auch schon weg. Ein heftiger Gestank nach Benzinabgasen, Treibstoff, Dampf und Salzwasser umfing ihn, als sie ihn auf dem Hauptdeck absetzten. Er hatte den Gestank auch von der Brücke aus wahrgenommen, aber hier unten war er viel intensiver. Er konnte sehen, daß die anderen Tragen hier aufgereiht waren. Daneben stand jeweils ein Begleiter. Die Männer, die Mike trugen, hielten jedoch nicht an, sondern stiegen vorsichtig über die auf dem Boden liegenden Gestalten und gingen weiter nach achtern, bis sie die Tür zum Durchgang in die Offiziersquartiere erreichten. Mike sah mit Erstaunen, daß das Hauptdeck dahinter überflutet war. Die Träger standen bis zu den Knien im Wasser und die Reling ragte in einer gebogenen Linie, aus deren Verlauf die Umrisse des Rumpfes zu erkennen waren, aus dem schwarzen Wasser. Sie verschwand dort, wo das Achterdeck und das Heck hätten sein sollen. An einem der Rettungspfosten war ein Motor-Rettungsboot befestigt. Bevor Mike sich von allem ein Bild machen konnte, wurde er über die zum Teil überflutete Rettungsleine hochgehoben und in das Boot niedergelassen, das sofort ablegte. Er hörte, wie ein anderes Boot sofort danach anlegte. Er schloß die Augen – wie zum Schutz gegen die heillose Verwirrung in seinem Kopf. Minuten später wurde er an Bord eines Helikopters gehoben, der auf dem Flugdeck auf einem der längsseits liegenden Schiffe warmlief. Es war ein weißer Helikopter mit einem breiten, diagonal verlaufenden orangefarbenen Streifen an der Seite, was ihn als einen Helikopter der Küstenwache auswies. Wieder standen eine ganze Reihe Offiziere um ihn herum und sprachen auf ihn ein. Er glaubte, ausgerechnet den IV. zu erkennen, aber die Lichter und der Lärm waren zuviel für ihn, und er schloß die Augen. Er hörte das tiefer werdende Röhren der Motoren und spürte, wie der Helikopter abhob, einen Augenblick lang schwebte, eine Kurve beschrieb und wegflog. An Bord des Helikopters befanden sich noch anderen Verletzte in Tragen. Zwei junge Frauen in Uniform legten Infusionen an. Eine von ihnen bemerkte, daß er zu ihr hinübersah, und kam zu ihm.

»Alles in Ordnung, Seemann?« rief sie über das Getöse der Rotorblätter hinweg.

Er versuchte zu nicken, aber sein Kopf war auch festgeschnallt. Er konnte seine Lippen immer noch nicht bewegen. Sie erkannte seine mißliche Lage, holte einen feuchten Lappen und wischte ihm damit das verkrustete Blut aus dem Gesicht und von den Lippen. Dann reichte sie ihm eine kleine Wasserflasche mit einem gebogenen Schnabel aus Stahl. Dankbar trank er einen Schluck. Es schmerzte ihn an den Zähnen und schmeckte salzig. Genauso wie der Kaffee der Bootsmanns-Maate. Sie legte ein kleines Kissen unter seinen Kopf und lockerte den Stirngurt. Dann wandte sie sich wieder den Männern mit den Infusionsflaschen zu. Bevor Mike wieder langsam wegdriftete und das Bewußtsein verlor, fragte er sich erstaunt, wer sich wohl um das Schiff kümmere.

KAPITEL SIEBENUNDSIEBZIG

Jacksonville Naval Air Station Hospital,
Freitag, 9. Mai, 21 Uhr 30

»Mrs. Martinson«, sagte die hübsche junge Corps Wave von der Aufnahme. »Ich glaube, daß der Mann, nach dem Sie gefragt haben, jetzt eingeliefert wird. Sie geben die Namen von den Helikoptern aus durch. Wir versuchen, eine Liste zu erstellen. Der nächste, der landet, hat einen Montgomery an Bord.«

»Danke, Sally«, sagte Diane.

Sie beeilte sich, die sterilen Verbandspackungen auf den stählernen Handwagen zu stapeln. Dann schob sie ihn auf den Gang hinaus und hastete in Richtung Notaufnahme. Das Krankenhaus befand sich in höchster Bereitschaftsstufe. Das gesamte Personal und jeder Freiwillige, der auf der Liste stand, war dienstverpflichtet worden, um mit der Flut der Verletzten, die von der Goldsborough eingeflogen wurden, fertig zu werden. Die offizielle Geschichte, die im Krankenhaus kursierte, war, daß die Goldsborough auf eine alte Mine aus dem Zweiten Weltkrieg gefahren und fast untergegangen sei. Angeblich sollten es über zweihundert Verletzte sein. Aufgrund der bereits vorher vom Marinestützpunkt Mayport eingelieferten Verletzten erreichte das Krankenhaus langsam die Grenzen seiner Aufnahmefähigkeit. Als Diane den grünen Korridor entlanghastete, sah sie, daß in jedem Zimmer Licht brannte: Dutzende von Leuten, Personal und Freiwillige, bereiteten eilig alles für die ankommenden Verletzten vor. Die Lautsprecherdurchsage des Krankenhauses ertönte unablässig: Ärzte wurden ausgerufen, medizinische Ausrüstungs- und Versorgungsgüter an die entsprechenden Stellen dirigiert. Sie wetteiferte mit dringenden Instruktionen, die von der Aufnahme zu den Zimmertüren entlang dem Gang gerufen wurden. Es lag das Gefühl eines kaum zu kontrollierenden Infernos in der Luft.

Als Diane in der Eingangshalle der Notaufnahme ankam, sah sie vor den Doppelglastüren eine große Menschenmenge stehen: Angehörige mit blassen Gesichtern, die verzweifelt versuchten, einen Blick auf die Aktivitäten in der Ambulanz zu erhaschen, die mit fahrbaren Trennwänden abgeschirmt worden war. Ein roter Pfeil auf dem in aller Eile gefertigten Schild mit der Aufschrift ›Triage‹ wies den Weg zur Notstation im Nordflügel. Sowohl in der Halle als auch draußen vor dem Ambulanzbereich waren Sicherheitspolizisten postiert, die den Menschen den Zugang verwehrten. Um zwei Offiziere in Khakiuniformen, die Klippbords konsultierten, war eine kleine Gruppe von besorgten Angehörigen versammelt.

Sie dankte Gott, daß sie den Status einer Freiwilligen hatte. Einzig ihre Gray-Lady-Uniform würde ihr Zugang zum Ort des Geschehens innerhalb des Notaufnahmebereichs verschaffen. Aber eigentlich wollte sie in den Nordflügel. Sie schnappte sich einen Stapel Decken von einem herumstehenden Wagen und drängte sich durch die Glastüren. Ein gestreßt aussehender Corpsman schnitt ihr unverzüglich den Weg ab. »Die müssen zur Notstation«, sagte sie hinter ihrem Stapel mit einer Stimme, die keinen Widerspruch zuließ.

»Ach so, Ma'am, die ist hier gerade durch. Ich glaube, sie benutzen den gesamten Nordflügel.«

»Danke«, sagte sie und versuchte dabei, den Sing-Sang der Krankenschwestern zu imitieren. Sie eilte davon, bevor es ihm einfallen konnte zu fragen, warum auf der Notstation denn in einer heißen Nacht wie dieser Decken benötigt wurden. Sie warf einen Blick in die Notaufnahme, als sie vorbeiging. Hinter den Vorhängen herrschte mühsam kontrolliertes Chaos: Dutzende von Ärzten und Sanitätern, die sich – inmitten blauer Arbeitsanzüge und anderer Kleidung, die sich auf dem Boden türmte – um Patienten kümmerten. Die normalen vier Bettenbereiche in der Notaufnahme waren aufgelöst worden; statt dessen standen dort jetzt mindestens zwanzig Krankenbetten wahllos eng nebeneinander. Zwischen all der grünen Desinfektionskleidung und den Verbänden erhaschte Diane einen kurzen schockierenden Blick auf nackte, blutige Haut.

Sie hastete durch eine weitere Doppelglastür in einen normalerweise selten genutzten Flügel. Ein Paar doppelte Metalltüren öffnete sich hinten am Ende des Ganges, und das surrende Geräusch eines Helikopters vom Landeplatz neben dem Krankenhaus hallte durch den Gang. In den Zimmern auf beiden Seiten wurden noch mehr Leute untergebracht: In Zweibettzimmer wurden vier Betten geschoben, und zwei Notärzte-Teams gingen von Zimmer zur Zimmer, um zu diagnostizieren, wer als nächster zu sofortigen Behandlung in die Notaufnahme mußte und wer ein Stockwerk höher verlegt werden konnte, um dort zu warten. Sie erblickte den übergewichtigen CO des Krankenhauses, der wie ein Chirurg gekleidet mit hochrotem Kopf eine kleine Gruppe im Krankenhaus wohnender Medizinalassistenten von Bett zu Bett führte, auf Verletzungen zeigte und Diagnosen stellte, während sich die Studenten an den formlosen Fleischklumpen unter teilweise blutigen Bettüchern zu schaffen machten.

Alle Lampen waren eingeschaltet, Diane mußte in dem plötzlichen grellen Lichtschein blinzeln. Ärzte und Krankenschwestern huschten an ihr vorbei, riefen den Sanitätern und Assistenzärzten Anweisungen zu. Niemand nahm von ihr Notiz. Sie arbeitete sich weiter den Gang hinunter, vorbei an fahrbaren Betten, in denen blasse junge Männer mit schmerzverzerrten Gesichtern lagen. Nur wenige hatten die Augen geöffnet. Viele trugen grüne Kopfverbände; auf einigen waren große, dunkle Flecken zu sehen. Diane hielt ihren Stapel Decken weiter fest an sich gepreßt. Sie versuchte die Panik, die sie angesichts des Grauens um sie herum überkam, zu unterdrücken und niemanden anzustarren. Sie ging weiter zum Ende des Ganges, das dem Helikopter-Landeplatz am nächsten lag.

Als sie näherkam, sah sie, wie der Helikopter die Stellung seiner Rotorblätter veränderte und röhrend und surrend in den dunklen Himmel aufstieg. Unter seinem Heck drehte sich ein rotes Licht, das die offenen Türen wie scharlachfarbene Blitze traf. Unmittelbar danach landete ein weiterer Hubschrauber; seine Landescheinwerfer erfaßten den Eingang; Lärm war zu hören. Eine weitere Gruppe Sanitäter hastete mit quietschenden Bettgestellen an ihr vorbei in Richtung Landeplatz – in die in gelbes Licht getauchte quadratische Landezone.

Sie war bemüht, sich möglichst unauffällig zu verhalten. Sie setzte die Decken ab und wartete in einer Ecke in der Nähe des Eingangs. Sie hatte Angst, daß sie Mike Montgomerys Einlieferung verpassen könnte, weil jemand ihr eine dringende Anweisung geben würde. Der Helikopter setzte mit einem leichten Aufprall auf, die Anstellwinkel der Rotorblätter veränderten sich, und die fahrbaren Bettgestelle wurden an die Schiebetür – ein rechteckiges dunkles Loch in den weißen Seiten des Helikopters – herangeschoben. Nach wenigen Minuten wurden die ersten Betten bereits wieder hineingerollt. Diane hielt verzweifelt Ausschau. Das Herz schlug ihr bis zum Halse. Das hatte es die ganze Zeit getan – seit der Frachter in die Luft geflogen war und sie im Anschluß daran den Anruf des Commodore entgegengenommen hatte.

Sie hatte gerade mit ihrer Freundin in Orlando telefoniert, als die erste donnernde Explosion die friedliche Freitagnachmittag-Routine auf dem Stützpunkt erschütterte. Unmittelbar danach erschütterten zwei weitere das flache Stützpunktgelände. Vor lauter Schreck hatte sie – ungeachtet der kreischenden Fragen ihrer Freundin – den Hörer fallengelassen und war zum Fenster gerannt, um auf den Hafen zu schauen. Die Wohnquartiere der Offiziere befanden sich am Strand südlich des Trägerbeckens. Der Fluß war auf der Nordseite. Sie hatte die grau-schwarze rotierende Rauchsäule, die sich in den Himmel schob, über die Palmenwipfel hinweg gesehen. Wie ein Kino-Monster, das die weit entfernten Schiffsmasten zunächst klein erscheinen läßt und dann sekündlich größer wird, hatte die Säule schließlich ein unvorstellbar großes Ausmaß erreicht. Es erinnerte an die Wolke, die seinerzeit aus dem Vulkan St. Helena aufgestiegen war. Eine sehr lange Minute später hatte eine weitere Explosion einen orangenfarbenen Feuerball gen Himmel geschleudert. Dadurch war die Rauchsäule noch größer geworden und hatte die Form eines Atompilzes angenommen, der in die Nachmittagsluft aufstieg.

Dieser Explosion war dreißig Sekunden später eine weitere gefolgt. Ein Metallhagel ging über den Palmen und den Flachdächern aus Teerpappe und Kiesel nieder. Sie hatte den Hörer an sich gerissen, ihrer Freundin gesagt, daß sie weg müsse, daß etwas Schreckliches auf dem Stützpunkt passiert sei, und aufgelegt, als die Sirenen vom Träger-Becken zu heulen begannen.

Sie hätte am liebsten den Wagen genommen und wäre hinunter gefahren, aber sie wußte, daß das Unsinn gewesen wäre. Die Rauchsäule war inzwischen ganz schwarz geworden. Sie erhob sich unmittelbar hinter den Piers für die Träger und wurde von dumpfen Schlägen kleiner orangener Feuerbälle durchsetzt. Draußen auf dem Rasen waren die Stimmen von Nachbarn zu hören, die sich dort versammelt hatten, um zu sehen, was los war, und sich Teile der glitzernden Trümmer ansahen. Es war jetzt offensichtlich, daß, was immer auch passiert war, sich draußen im Fluß und nicht auf dem Stützpunkt zugetragen hatte.

Sie schlüpfte zur Hintertür hinaus. Auf dem saftigen Gras lagen überall winzige, glänzende Teilchen – wie Konfetti. Einige Metallstückchen waren jedoch größer und deutlich erkennbar. Sie merkte, daß sie barfuß war, und lief ins Haus zurück, um Schuhe anzuziehen. Danach hastete sie zum Strand hinter dem Haus und machte sich auf den Weg den weißen Strand entlang zur Flußkreuzung. Obwohl sie schnell ausschritt, brauchte sie zwanzig Minuten, um die Steinmolen zu erreichen, wo ihr der heiße, brennende Benzingeruch der rumorenden, hoch in den Himmel steigenden Säule aus Rauch und Flammen entgegenschlug. Überall auf dem Stützpunkt war das Geheul der Sirenen zu hören. Dutzende flackernder blauer Ambulanzlichter waren auf den Zerstörer-Piers zu sehen. Der Strand war übersät mit Trümmerstücken. Je näher sie an die Mole herankam, desto größer wurden sie. Die meisten waren aus Metall, aber auch Glas und solche, die nach Fahrzeugteilen aussahen, waren darunter. Von einem der großen Felsen auf der Mole konnte sie etwas erkennen, das nach verbrannten, schwarzen Überresten eines großen Schiffes aussah. Das flache Heck war noch an den Schornsteinen und den Rudern, die aus dem Wasser herausragten, erkennbar. Die Schornsteine neigten sich einander zu; sie sahen aus, als seien sie aus Spitze gefertigt, mit leuchtenden orangefarbenen Flammen, die sich durch das Gitterwerk aus Stahl kräuselten.

Mehr und mehr Leute versammelten sich am Strand, um das Wrack zu sehen. Ein Lastwagen der Sicherheitskräfte kam die Sanddünen heruntergerumpelt. Wütend befahl der Fahrer allen, den Strand sofort zu verlassen und in ihre Wohnquartiere zurückzugehen. Eine neue Explosionswelle bewegte die Schaulustigen schließlich, der Anweisung Folge zu leisten.

Sie war ebenfalls zurückgegangen und hatte in der nächsten Stunde die kochende und rumorende Rauchsäule beobachtet, während sie sich mit den Nachbarn über mögliche Ursachen austauschte. Schließlich hatte ihr Telefon geläutet. Diane war darüber nicht sonderlich beunruhigt, da sie wußte, daß ihr Mann von dem Unfall im Fluß nicht betroffen gewesen sein konnte, da er an Bord der Coral Sea war. Nach dem fünften Klingeln hatte sie abgenommen und war überrascht gewesen, die Stimme von Commodore Aronson zu hören. Besorgt und schuldbewußt hatte sie gleich an ihren Anruf in Norfolk gedacht. Der Commodore hatte sehr wahrscheinlich keinen besonders angenehmen Tag gehabt – auch schon vor der Explosion im Fluß nicht.

»Mrs. Martinson? Hier spricht Eli Aronson.«

»Ja, Commodore?«

Obwohl sie sich bemüht hatte, war ihr keine andere Antwort eingefallen. Er seinerseits ließ sie einige Sekunden in dem entstandenen Schweigen schmoren.

»Wie ich höre, haben Sie heute morgen beim CincLantFleet angerufen«, begann er schließlich.

»Ja, das habe ich.« Sie schluckte. »Es tut mir leid, wenn ich . . .«

»Macht nichts. Die Sache wäre ohnehin herausgekommen. Und mir scheint, daß das, was gerade passiert ist, damit zu tun hat . . .«

»Was ist da draußen eigentlich genau passiert, Commodore?«

»Zur Zeit verfügen wir nur über ziemlich bruchstückhafte Angaben. Sicher wissen wir nur, daß einer dieser großen Toyota-Frachter sich der Flußkreuzung genähert hat und alles nach einer Routine-Durchfahrt aussah. Einige Augenzeugen behaupten, daß er torpediert wurde – drei große Unterwasser-Explosionen an Backbord, die gewaltig genug waren, um ihn durch den halben Fluß zu schieben. Unmittelbar danach hat er angefangen, nach Backbord zu rollen, und ist innerhalb von Sekunden gekentert. Dann stand er vom Steven bis zum Heck in Flammen. Er war bis obenhin mit Fahrzeugen beladen, d. h. vollgestopft mit einigen tausend Treibstofftanks. Wir glauben, daß die ihn schließlich in tausend Einzelteilen in die Luft gejagt haben. Wir haben eine Menge Verletzte auf den Piers und auf dem Stützpunkt, und das Lazarett wird ganz schön zu tun bekommen – aber das ist nicht der Grund meines Anrufs.«

Diane schluckte, sagte aber nichts. In gewisser Weise hatte sie wahrscheinlich mit ihrem Anruf die Karriere des Commodore zerstört.

»Sind Sie noch da Mrs. Martinson?« Seine Stimme klang hart. »Ich rufe an, weil ich glaube, daß dieser Frachter da draußen ein Opfer von Minen wurde – nicht von Torpedos. Die Flußeinfahrt ist viel zu flach für Torpedos. Das bedeutet aber, daß unsere nette kleine U-Boot-Theorie wohl doch kein Hirngespinst ist. Dank Ihres Anrufs müssen sich jetzt, während wir miteinander sprechen, die Befehlshaber in der Atlantikflotte mit diesem Problem herumschlagen. Es bedeutet aber auch, daß die Goldsborough sehr wahrscheinlich innerhalb der nächsten Stunde auf eine ziemlich unangenehme Überraschung stoßen wird. Wenn wir Glück haben, kann die Coral Sea rechtzeitig gewarnt werden; aber darauf können wir nicht bauen. Das muß Norfolk entscheiden. Sicher ist jedoch, daß der Admiral, ich meine den CincLantFleet, Admiral Denniston, eine umfassende Untersuchung anordnen wird, wenn er das nicht schon getan hat. Ich wollte Sie in dieser Hinsicht vorwarnen: Welche Art von Beziehung Sie auch immer zu Mike Montgomery unterhalten – sie wird erbarmungslos ans Licht der Öffentlichkeit gezerrt werden, Mrs. Martinson. Und nach der Reaktion der hohen Tiere in Norfolk zu schließen wird das keine angenehme Veranstaltung werden – weder für Sie noch für Mike.«

»Ich verstehe«, erwiderte sie leise.

»Tun Sie das wirklich? Das glaube ich kaum, aber im Moment hab' ich genug eigene Probleme – und das gilt auch für Mike.«

»Dank meines Anrufs.«

»Nun, ich muß zugeben, daß ich mich in ziemlich drastischen Beschreibungen ergangen habe, als ich von dem Anruf erfuhr. Aber dann habe ich mir gesagt, daß es so am besten ist.

Spätestens als der Toyota-Frachter in die Luft geflogen ist, hätte ich sowieso Farbe bekennen müssen. Aber ich möchte Ihnen einen guten Rat geben: Wenn Mike zurückkommt, wird hier der Teufel los sein. Ich mag den Typ und hegte sogar die Hoffnung auf seine Beförderung. Das ist auch jetzt noch möglich, je nachdem, wie die Sache da draußen abläuft. Aber es wird nicht möglich, ja sogar völlig undenkbar sein, wenn bekannt wird, daß er etwas mit der Frau des Chefs des Stabes hatte. Falls Sie jemals die Absicht hatten zu verreisen, Ihre Mutter zu besuchen, was auch immer – jetzt ist der richtige Zeitpunkt dafür. Ich weiß nicht, wie es um Ihre Ehe mit J. W. Martinson steht, aber wenn Sie jetzt das Feld räumen, könnte das unserem Freund Michael helfen, den Sturm, der ihn erwartet, heil zu überstehen.«

Diane schwieg. Sie konnte ehrlichen Herzens nicht sagen, ob der Commodore wirklich das Beste für Mike im Sinn hatte oder ob es sich um eine besonders infame Taktik handelte, um ihr heimzuzahlen, daß sie sein kleines Geheimnis in die offiziellen Navy-Kanäle gestreut hatte. Durch das Küchenfenster war das Geräusch von einigen weiteren Folgeexplosionen zu hören. Ihr fiel absolut keine passende Antwort ein.

»Auf Wiederhören, Commodore«, sagte sie und hängte ein.

Anschließend hatte sie fast zwei Stunden lang in der Küche gesessen und war durch sämtliche emotionalen Höhen und Tiefen gegangen, von Tränenausbrüchen bis hin zu ohnmächtiger Wut über das ganze Navy-System. Mike würde an den Pranger gestellt werden, dafür, daß er mit seiner U-Boot-These recht behalten hatte, und – wenn sie nichts anderes finden könnten – würden sie ihm aus seiner Affaire mit ihr einen Strick drehen. Tief im Innern wußte sie, daß sich die offiziellen Navy-Ränge um J. W. scharen würden, den armen betrogenen Ehemann. Dabei würde es keine Rolle spielen, daß er bereits Gott weiß wie lange eine Affäre mit einer anderen Frau in Norfolk hatte. Sie mixte sich einen Drink – und schüttete ihn anschließend in den Ausguß. Vielleicht hatte der Commodore recht; vielleicht sollte sie wirklich aus ›Dodge City‹ verschwinden, bis sich alles beruhigt hatte.

Aber was würde Mike denken? Wie würde er sich fühlen,

wenn die ganze Scheiße hochkommen würde und sie einfach abgehauen wäre? Er hatte gesagt, daß er sie liebte, und sie empfand das gleiche für ihn. Er hatte sie als Frau und als Mensch wieder zum Leben erweckt – nach einem langen Aufenthalt in einer Wüste, in der alle Gefühle verdorrt waren: ihrem Leben als Mrs. Chief of Staff. Der einzige Ort, zu dem es sie jetzt mit aller Macht hinzog, war das alte Hausboot; einfach nur dort sein, wenn er zurückkäme – ganz egal, was die gesamte Navy-Einrichtung davon hielt. Aber das könnte, nein, würde es für Mike ausgesprochen schwierig machen. Sie war immer noch mit diesen Gedanken beschäftigt, als das Telefon läutete. Sie hatte es nur angestarrt. Eine Vorahnung hatte ihr den Hals zugeschnürt. Schließlich hatte sie schnell den Hörer abgehoben.

»Ja, hallo?« hatte sie sich gemeldet.

»Diane? Hier spricht Margaret Forrest. Ich bin im Büro der Gray Ladies in NAS. Diane, könnten Sie jetzt sofort zum Krankenhaus kommen? Es werden viele Verletzte von diesem Unfall in der Flußeinfahrt eingeliefert, und jetzt haben wir noch die Meldung erhalten, daß offensichtlich auch draußen irgend etwas Schreckliches mit einem der Schiffe aus Mayport passiert sein muß. Wir sollten sofort jede verfügbare Hilfe ins Krankenhaus beordern.«

Dianes Mund war ganz trocken geworden. Ihr Herz hatte zu hämmern begonnen. Sie hatte kaum die Worte über die Lippen bringen können.

»Wie – heißt das Schiff?« hatte sie geflüstert.

»Die Gold-irgendwas. Ich kann mich an den Namen nicht mehr genau erinnern. Aber sie sprechen von ungefähr zweihundert Verletzten. Es ist sehr ernst. Können Sie kommen?«

Diane war fast ohnmächtig geworden.

»Ja«, hatte sie mit schwacher Stimme gesagt, »ja, ich komme sofort.«

In diesem Augenblick rumpelte das dritte, fahrbare Bett durch die Türen, und Diane wurde wieder in die Gegenwart zurückversetzt. Der Patient war bewußtlos und an eine Infusionsflasche angeschlossen, die einer der Sanitäter neben dem Bett her trug. Diane lenkte ihren Blick wieder zurück in die

Dunkelheit. Sie schoben das letzte Bett vom Landeplatz, während der Helikopter bereits Anstalten machte, abzuheben. Der von den Rotorblättern erzeugte Wind knallte fast die Türen zu; scharfe Sandkörner flogen ihr ins Gesicht. Als das fahrbare Gestell durch die Türen hereingerollt wurde, erhaschte sie einen kurzen Blick auf Mikes Gesicht. Sie mußte sich auf die Lippen beißen, um nicht laut aufzuschreien.

Sein Gesicht, oder besser der Teil, der zu sehen war, war schwarz vor verkrustetem Blut. Ein Auge war ganz zugeschwollen. Sein Kopf war fast vollständig bandagiert, und der Verband selbst war blutdurchtränkt. Zwei dünne, hellrote Blutfäden liefen das Gesicht und den Hals hinunter. Unten, dort wo die Unterschenkel hätten sein sollen, waren zwei Schienen und Verbände.

Die Sanitäter rollten das Bett den Gang hinunter. Diane folgte ihnen wie ein Roboter. Ihr Gesicht war aschfahl. Einer der Helfer drehte sich um, um zu sehen, warum sie ihnen folgte. Sie zeigte auf die Trage.

»Das ist der Captain«, sagte sie.

Sie hielten an. Auch die anderen beiden Helfer drehten sich jetzt zu ihr um – eine offensichtlich sehr erschütterte, gut aussehende Frau, die die Uniform der Gray Ladies trug.

»Wer war das? fragte einer von ihnen.

»Das ist der Captain des Schiffes. Captain Montgomery«, sagte sie.

»Heiliger Strohsack«, rief der Corpsman aus. Er schaute sich nach einem Offizier um.

Das Notversorgungsteam unter Führung des Krankenhauskommandanten kam aus dem nächsten Zimmer. Der Corpsman rief den CO.

»Sir, das ist der Captain des Schiffes.«

Der hochgewachsene Arzt kam eilig zu ihnen hinüber und nahm eine erste Untersuchung vor. An der Trage hing eine Plastiktasche mit einem Zettel, auf dem die erste Diagnose der Ärzte auf dem Schiff vermerkt war. Er überflog ihn kurz, hob den Verband an Mikes Kopf hoch und schüttelte den Kopf.

»Wahrscheinlich Schädelbasisbruch; beide Beine und Knöchel gebrochen, wahrscheinlich subdurales Hämatom. Starker

Blutverlust«, diagnostizierte er; einer der Assistenzärzte schrieb alles mit.

Er warf einen kurzen Blick auf Diane. Dann wandte er sich an den Senior Corpsman.

»Operationssaal«, befahl er.

Die Corpsmen schoben das Bett weiter den Gang hinunter. Diane wollte ihnen folgen, aber der Arzt mit der frischen Gesichtsfarbe versperrte ihr den Weg.

»Wir brauchen Sie hier, Mrs. ...?«

»Martinson«, erwiderte sie tonlos. »Aber ...«

»Ich verstehe, Mrs. Martinson, und ich nehme an, daß Sie den Patienten kennen. Aber wie Sie sehen können, brauchen wir jede freie Hand und jede Hilfe, die wir kriegen können, hier unten. Dorthin, wo sie ihn jetzt bringen, können Sie ihm nicht folgen, und Sie werden ihn auch sehr wahrscheinlich für die nächsten Stunden nicht sehen können. Vielleicht können Sie draußen seine Frau ausfindig machen und ihr sagen, daß er hier im Krankenhaus ist. Aber dann kommen Sie bitte zurück, okay?«

Sie nickte schweigend und kämpfte mit den Tränen, während das Notversorgungsteam in das nächste Zimmer rauschte. Einer der Assistenzärzte warf ihr im Vorbeigehen einen neugierigen Blick zu. Dann zog eine Schwester sie mit sich, die Hilfe brauchte, um einen Patienten aus der Trage in ein Bett zu heben.

KAPITEL ACHTUNDSIEBZIG

NAS-Krankenhaus Jacksonville,
Samstag, 10. Mai, 5 Uhr 30

Diane erwachte vom Läuten der Nachtglocke im Wartezimmer der Intensivstation. Sie war auf der durchgesessenen Kunstledercouch eingeschlafen, die in einer dunklen Ecke stand. Ihr ganzer Körper war steif und schmerzte. Langsam setzte Diane sich auf und schaute sich in dem dunklen Raum um. Die drei anderen Frauen, die am Abend dort gewartet hatten, waren gegangen. Sie hatten wahrscheinlich das Licht ausgemacht, als sie gesehen hatten, daß sie eingeschlafen war.

Sie versuchte, sich an Einzelheiten der vergangenen Nacht zu erinnern. Nachdem Mike in seiner Trage in den OP gebracht worden war, war sie zweieinhalb Stunden mit der Versorgung der in großer Zahl eingelieferten Verletzten beschäftigt gewesen, ehe sie sich freimachen konnte, um Mike zu suchen. Vom erschöpften Operationsteam im fünften Stock hatte sie erfahren, daß seine Operation drei Stunden gedauert habe und daß er auf die Intensivstation im dritten Stock verlegt worden sei. Dort hatte sie eine Weile im Wartezimmer gewartet, bis eine Reihe von Angehörigen – sie erinnerte sich, daß sie noch gedacht hatte ›rechtmäßige Angehörige‹ – Auskunft über das Befinden ihrer Männer und Söhne erhalten hatte. Schließlich hatte sie sich ein Herz gefaßt und war zur Information gegangen. Sollte sich der Corpsman über ihre Frage gewundert haben, so hatte er sich jedenfalls nichts anmerken lassen. Der Zustand von Commander Montgomery sei nach einem größeren Eingriff stabil. Ob sie seine Frau sei? Nur die Ehegatten und nächste Angehörige hätten Zutritt. Aber sie könne gern die ganze Nacht warten, wenn sie wolle, um sich über sein Befinden auf dem laufenden zu halten. Die letzte Information, die sie aus dem Personal auf der Intensivstation herauspressen konnte, war, daß sein Zustand weiterhin stabil sei und er – falls keine Komplikationen aufträten – durchkommen werde. Sie hörte, daß die Nachtglocke am Schalter wieder betätigt wurde.

Ein Offizier stand an dem dunklen Informationsschalter. Offensichtlich wartete er auf den diensthabenden Corpsman. Im Wartezimmer und im angrenzenden Gang war nur die Nachtbeleuchtung eingeschaltet. Diane reckte sich, gähnte und versuchte, gegen ihre Erschöpfung anzugehen und ihre steifen Glieder zu lockern. Ungeduldig drückte der Offizier noch einmal auf die Klingel. Aber niemand kam durch die Schwingtür aus rostfreiem Stahl, die zur Intensivstation führte. Diane schaltete eine Tischlampe ein.

»Sie kommen raus, sobald sie können«, rief sie. »Manchmal können sie einfach nicht weg.«

Da spricht die Gray Lady, dachte sie respektlos. Immer auf der Seite des Personals.

Der Offizier drehte sich um – und sie erkannte den Commodore. Er trug eine zerknitterte Khaki-Uniform und sah aus, als sei er die ganze Nacht auf den Beinen gewesen. Sein Gesicht wurde überschattet von den Anfängen eines schweren, dunkelgrauen Bartes. Er starrte sie einen Moment an, dann kam er zu ihr hinüber. Seine mit einer Goldtresse verzierte Mütze warf er auf einen Stuhl. Sein suchender Blick blieb auf der Kaffeekanne hängen – aber die war schon seit langem leer. Im Wartezimmer und auf dem Gang war es totenstill.

»Nun«, sagte er, »wie ich sehe, haben Sie meinen Rat nicht angenommen.« Seine Stimme klang müde, aber nicht böse.

»Das Krankenhaus hat angerufen«, sagte sie. »Sie brauchten jeden, den sie kriegen konnten.«

»Das kann ich mir gut vorstellen. Gott, was für eine Nacht. Was für ein Tag und was für eine Nacht. Wie geht es ihm?« fragte er und ließ sich schwer auf das andere Ende der Couch fallen.

»Schädelbasisbruch, gebrochene Beine, gebrochene Knöchel . . .«

»Klingt, als spräche man von der Goldsborough«, entgegnete er traurig.

»Die Operation hat bis nach Mitternacht gedauert«, fuhr sie fort. »Sie haben mir gesagt, daß sein Zustand danach stabil war und daß sie die Kopfwunde beobachten. Irgendwann nach zwei Uhr bin ich wohl eingeschlafen. Sie sagten, sie würden mich rufen, wenn es irgendeine Veränderung gäbe.«

Sie schüttelte den Kopf, um wieder klar zu werden. Sie sehnte sich nach einer Dusche und Kaffee. Sie stand von der Couch auf – auch, um dem mißbilligenden Blick des Commodore auszuweichen – und sah nach, ob in dem Schrank neben der Kanne noch Kaffee und Filtertüten waren. Dem war so!

»Wie wär's wenn Sie Wasser holen, und ich uns einen Kaffee mache?« sagte sie.

Er nickte: »Das wird das erste Vernünftige sein, das ich in den letzten vierundzwanzig Stunden getan habe.«

Er ging mit der Kanne auf die Herrentoilette. Sie setzte eine neue Filtertüte ein, füllte sie und stellte die Maschine an, als er mit der Kanne zurückkam. Dann setzten sich beide wieder hin und sahen auf die Kaffeemaschine. Der Duft frisch gebrühten Kaffees brachte eine Spur von Leben in diesen schrecklichen Raum. Draußen begannen die ersten Anzeichen des hereinbrechenden Tages die pechschwarze Dunkelheit zu durchdringen. Aus der Intensivstation drang immer noch kein Laut.

»So«, sagte sie – »Was in Gottes Namen ist da draußen eigentlich passiert?«

Er schloß die Augen und lehnte sich zurück. Zuerst dachte sie, er würde ihre Frage ignorieren und einschlafen wollen. Aber dann begann er zu berichten:

»Sie haben die Goldsborough zurückgebracht – mit knapper Not, und vielleicht ist sie inzwischen trotzdem an dem Pier gesunken. Weil die See so spiegelglatt war, beschlossen die beiden Spruances, nicht auf Schlepper zu warten, sondern haben die Goldsborough einfach wie ein Sandwich mit Schlepptrossen in die Mitte genommen und sind mit einer Geschwindigkeit von fünf Knoten eingelaufen. Neben den Trossen waren Männer mit Äxten postiert, für den Fall, daß sie untergehen würde. Das Schiff ist allem Anschein nach völlig auseinandergerissen – im wahrsten Sinne des Wortes; Hunderte von Rissen im Rumpf, der größte Teil der Maschinenanlagen ist nicht mehr zu gebrauchen, und fast die gesamte Besatzung liegt entweder hier im Krankenhaus oder unten im Duvall General.«

Er schaute sie jetzt an: »Und wir wissen nicht, wie es gekommen ist.«

»Dafür ist doch wohl ohne jede Frage das Unterseeboot verantwortlich«, sagte sie.

Er lächelte sie an und schloß wieder die Augen.

»Ah ja, das Unterseeboot. Das geheimnisvolle, höchst unwahrscheinliche, ziemlich ausgeschlossene, kaum anzunehmende Unterseeboot.«

Er schwieg einen Moment, als wartete er darauf, daß sie es sagte.

»Sie werden es vertuschen, nicht wahr?« sagte sie. Diesmal lachte er – es war ein bitteres Lachen.

»Sie sind ebenso gescheit wie gutaussehend«, sagte er in bewunderndem Ton. »Eine Punktlandung. Denn das ist genau der Punkt. Ich habe gestern, d. h. vergangene Nacht zwischen den ersten Berichten über das, was draußen passiert ist, und dem Beginn der umfassenden Bergungsaktion ein paar sehr unangenehme Stunden zugebracht. Ich mußte an mehreren politisch hochbrisanten Konferenzschaltungen zwischen Norfolk, dem Type Commander, dem Fleet Commander, dem Generalstab in Washington, Verband Zwölf und uns kleinen Fischen in Mayport teilnehmen. Ihr Mann ist übrigens zurück. Er ist mit einem Helikopter von der Coral Sea zurückgeflogen. Der Träger wird gegen sieben Uhr heute früh einlaufen – aber solange konnte Ihr Mann nicht warten. Ob der Sitz für einen Verletzten gebraucht wurde, war dabei nicht wichtig.«

»Das ist J. W.«, murmelte sie.

»Das Unterseeboot, das nicht da war«, fuhr er fort, als hätte er nichts gehört. »Wir haben Berichte von der Helikopter-Besatzung der Coral Sea, die zu diesem Zeitpunkt für die Goldsborough eingeteilt war. Sie bestätigte, daß Torpedos gefeuert wurden. Sie bestätigte elektrische Torpedos von der Goldsborough, die sie auf ihrem getauchten Sonar hören konnte, und ein paar verdammt riesige ›Ficker‹ – bitte entschuldigen Sie meine Ausdrucksweise, aber das ist O-Ton –, die von einer unbekannten Quelle auf den Träger abgefeuert wurden. Sie konnten sie sehen. Anscheinend hat Mike mit seinem Schiff ihren Kurs gekreuzt und ihnen ein paar Unterwasserbomben in den Weg gelegt, wodurch drei der Torpedos konterminiert wurden. Einer ist ihnen entwischt, und die Helikopterpiloten konnten am Horizont seine Kielwasserspur in Richtung des Trägers sehen.

Dann bekam der Helikopter einen Kontakt auf seinem getauchten Sonar. Einen deutlichen Kontakt, der sich nach ihrer Aussage mit hoher Geschwindigkeit nach Westen entfernte. Sie sagten, es sei wie im Sonar-Training gewesen: ein guter, deutlicher Kontakt. Die Goldsborough hat noch einen Torpedo abgefeuert – sie konnten ihn durchs Wasser schießen und schließlich verpuffen hören; wahrscheinlich auf dem Meeresboden bei dem flachen Wasser. Der Helikopter hatte keinerlei Waffen an Bord. Dann hat der Kontakt plötzlich nach Osten gedreht und kam genau auf die Goldsborough zu. Der Helikopter erhielt den Befehl, den Kontakt abzubrechen und sich zwischen der Goldy und dem Gebiet, das der Träger fluchtartig verlassen hatte, zu positionieren. Sie unterbrachen die Ortung und positionierten den Helikopter auf die befohlenen Fünftausend-Meter-Linie. Was danach geschah, beschreiben beide als ›jemand hat ein kleines nukleares U-Boot hochgehen lassen; ein kleines nukleares U-Boot, unter Wasser, Backbord achteraus von der Goldy‹. Die Explosion war so groß, daß die Goldy vollständig in der Wassersäule verschwand, wobei man sich erinnern sollte, daß der Masttop der Goldy neununddreißig Meter hoch ist. So hoch muß also die Druckwelle der Explosion gewesen sein. Der Pilot hat daraufhin aus Angst, die Welle könne ihn auch erfassen, seinen Drahtschneider aktiviert, sein Zweihunderttausend-Dollar-Tauch-Sonar sausen lassen und ist aufgestiegen. Eine verdammte, beschissen große Welle. Eine riesige, beschissene Unterwasser-Explosion. Wissen Sie, was ich glaube?«

»Was?«

»Ich glaube, der Bastard hatte nach seinem kleinen Besuch im Fluß noch eine Mine übrig. Die Minen im Fluß, die den Toyota-Frachter erwischt haben, haben dieses sechszigtausend Tonnen schwere Schiff – sechzigtausend Tonnen, das ist fünfzehn mal so schwer wie die Goldsborough – fast aus dem Fluß geworfen. Dafür haben wir Zeugen aus unseren eigenen Reihen. Das, plus die Tatsache, daß bisher keiner große Lecks an der Goldy hat entdecken können. Nur Abermillionen kleiner Löcher und Risse. Dazu weist jeder an Bord die gleichen Verletzungen auf – genau wie Mike hier. Eine ungeheuer starke Druckwelle. Die Minenleute sagen, daß große Minen eine zwanzig bis dreißig G starke Druckwelle hervorrufen können, wenn sie richtig plaziert sind.«

»Eine Mine«, sagte sie. »Aber von dem Unterseeboot, das auch die anderen in den Fluß gelegt hat?«

»Ja. Ich glaube, die Minen im Fluß dienten der Absicherung – oder vielleicht waren sie sogar als Hauptwaffe gedacht. Die ganze Sache mit dem Angriff auf den Träger war von vornherein ziemlich gewagt. Normalerweise hätte man davon ausgehen können, daß er mit Begleitschiffen einlaufen würde – reiner Zufall, daß keine mehr dabei waren. Und das Wasser ist wirklich ziemlich flach da draußen für jede Form von U-Boot-Manöver – einhundert, einhundertzwanzig Meter. Da bleibt nicht viel Platz. Ich glaube, daß die Minen für den Träger gedacht waren, nur – daß sie den falschen Träger erwischt haben. Zusammen mit siebenunddreißig Japanern – keiner hat die Katastrophe draußen im Fluß überlebt.«

»Ich hab' gesehen, wie das Ding hochging«, sagte sie. »Es war schrecklich.«

»Ja. Ich war auf der Deyo, im CIC. Es hat eine volle Minute lang Toyota-Frachterstücke geregnet, als die Benzintanks explodierten. Riesige Minen. Wir haben ein Minensuchboot rausgeschickt – natürlich, als alles vorbei war. Minen waren keine mehr da, aber der Fluß ist an der Stelle jetzt dreißig Meter – gottverdammte dreißig Meter – tiefer als vorher. Die Minenjungs sagen, daß es riesige Monster gewesen sein müssen, nur die können solche Löcher machen: drei- vielleicht viertausend Pfund; höchstwahrscheinlich mit Gas verstärkter Sprengstoff. Und ich glaube, daß der Bastard genau das auf die Goldsborough abgefeuert hat, als Mike ranfuhr, um ihn mit seinen Unterwasserbomben zu erledigen – der einzigen Waffe, die vielleicht etwas gegen diesen Kerl hätte ausrichten können, weil die Torpedos immer nur den Boden ansteuerten.«

»Aber was würde denn mit dem Unterseeboot passieren, wenn es bei einer solchen Explosion noch in der Nähe wäre? Würde sich das nicht wie eine Art größere Unterwasserbombe auswirken?«

Der Commodore lächelte.

»Hätten Sie Interesse an einem Job?« fragte er. »Nein, ich nehm' das lieber zurück: Intelligente Mitarbeiter im Stab – zu gefährlich. Ja, Sie haben recht. Dem U-Boot, das ja ganz und gar unter Wasser war, wird es ebenso ergangen sein wie dem Zerstörer – wahrscheinlich noch schlimmer. Wahrscheinlich ist es nicht weit weg von der Goldsborough gesunken.«

»Was bedeutet, daß die Navy guten Gewissens behaupten kann, daß die Goldsborough Opfer einer Mine wurde, genau wie der Toyota-Frachter, aber daß all das Gerede über ein Unterseeboot reine Fantasie war – weil uns kein Beweis in die Hände gefallen ist.«

»Exakt. Obwohl sie suchen – und wie sie suchen! Eine Stunde, nachdem der Frachter in die Luft geflogen war, haben sie eins der neuen Minensuchboote aus Charlestown runter beordert. Die sind mit fünf Sonargeräten ausgestattet und dazu noch Tauchern, und die Küstenwache ist mit ihrem ›Tethered Eye‹ draußen. Die Wassertiefe beträgt dort zwischen einhundert und einhundertzwanzig Metern, und sie suchen wirklich jeden Winkel ab. Aber der Boden ist durchsetzt mit Canyons. Das wird ganz schön schwierig werden.«

»Aber so oder so werden sie nichts finden, oder? Und wie werden sie die Minen erklären?«

Der Commodore schaute an die Decke.

»Wenn ich Presseoffizier wäre, würde ich laut darüber nachdenken, nicht verkünden – man beachte den Unterschied –, daß eine Gruppe von Minen aus einem alten Minenfeld aus dem Zweiten Weltkrieg auf dem Boden des Golfstroms in der Nähe der Küste, wo es bekanntlich Gegenströmungen gibt, seit vielen Jahren herumdümpelt – und nach so langer Zeit schließlich doch noch verheerenden Schaden anrichtete. Die Minensucherei vor der Nord-Ost-Küste Floridas wird jetzt für eine ganze Weile Hochkonjunktur haben.«

Diane stand auf, um nach dem Kaffee zu sehen, und goß zwei Papierbecher voll. Sie setzte sich wieder hin und sah den Commodore über den Rand ihres Kaffeebechers an.

»Und was passiert mit der Goldsborough?«

»Sie wird außer Dienst gestellt werden. Sie kann nicht mehr repariert werden. Danach wird sie verschrottet.«

»Und Mike?« fragte sie leise.

Der Commodore trank seinen Kaffee geräuschvoll – in kleinen Schlucken.

»Das ist eine schwierige Frage; die Antwort hängt von der Betrachtungsweise ab«, sagte er schließlich. »Ihm ist die Rettung der Coral Sea zu verdanken; daran gibt es keinen Zweifel. Wenn das russische Torpedos waren – und das waren sie wohl –, hätten sie genug Kraft gehabt, den Träger zu verfolgen und zu erledigen. Aber Mike hat die Coral Sea bereits angerufen, als das erste Fernschreiben mit der Warnung aus Norfolk eintraf, hat es bestätigt, als die Coral Sea in der Gefahrenzone auftauchte, hat sogar von Treibminen gesprochen und sie schließlich dazu bewegt, den Kurs zu ändern. Er hat ihr ebenfalls eine Warnung zukommen lassen, als die Torpedos entdeckt wurden, mit der Empfehlung, nach Norden zu drehen. Diese Kursänderung hat den Träger vor der Zielerfassung durch den einen Torpedo, der der Goldsborough entwischte, bewahrt. Darüber hinaus war Mikes Manöver mit den Wasserbomben von entscheidender Bedeutung für die Reduzierung des Bedrohungspotentials auf ein Viertel. Wenn die Goldy nicht da draußen gewesen wäre, hätte der Bastard die Coral Sea mit einer Streuung von sechs Torpedos erwischen können. Dann könnten die Minen noch immer da liegen und auf ein Opfer warten.

»Aber gleichzeitig hat er durch die Rettung der Coral Sea deutlich gemacht«, sagte Diane, »daß der Verband nicht nur in der Einschätzung der Situation falsch gelegen hat, sondern auch dann noch geschwiegen hat, als immer wahrscheinlicher wurde, daß dort draußen ein U-Boot operierte.«

Mit geschlossenen Augen nickte er langsam.

»Und das ist – politisch bzw. karrieremäßig gesprochen – ein schwerwiegendes Vergehen.«

Er nickte wieder, nahm einen Schluck von seinem Kaffee und sah sie an, während Diane versuchte, eins und eins zusammenzuzählen:

»Erschwerend hinzu kommt die Tatsache, daß er eine Affäre mit der Frau des Stabchefs hatte – ein weiteres schwerwiegendes Vergehen im Hinblick auf seine Beurteilung. Lassen Sie mich raten: Sie werden anbieten, das eine gegen das andere aufzurechnen. Wenn er überlebt und unter der Voraussetzung, daß er kein Wort mehr über libysche U-Boote verliert, wird man ihm eine Medaille umhängen – eine von denen, die man in der Abgeschiedenheit irgendeines Admiralsbüros überreicht – und ihn vorzeitig pensionieren.«

»Bingo«, sagte der Commodore.

»Aber da ist noch etwas, nicht wahr? Ich wette, es ist mein Job, zu ihm zu gehen und ihm – sobald es sein Zustand erlaubt – das alles recht freundlich zu erklären. Und wenn es mir gelingt, ihn davon zu überzeugen, das Angebot anzunehmen, und wir – vermutlich zusammen – sang- und klanglos verschwinden, wird niemand mir oder Mike irgendwelche Schwierigkeiten machen – besonders nicht seine Hoheit, der Chef des Stabes.«

Der Commodore nickte wieder und beobachtete ihre Reaktion aufmerksam.

»Na wunderbar«, sagte sie bitter. »The Navy Way! Typische Navy-Manier! Egal ob richtig oder falsch, Hauptsache nach Navy-Art. Aber – sagen Sie mir: Was passiert denn mit den ganzen Leuten? Das ist doch fast die gesamte Besatzung der Goldsborough? Hunderte von Verletzten?«

»Opfer höherer Gewalt. Eine herumirrende Mine aus einem Krieg, der vierzig Jahre her ist. Die Untersuchung wird entscheiden, wer dabei ein Held war und wer nicht. Der Exec der Goldsborough war ein großer Held – er hat sie oben gehalten bis die Spruances eintrafen. Er wird eine frühzeitige Berufung zum Commander und ein eigenes Kommando erhalten. Er hat es verdient. Viele andere werden Medaillen erhalten. Alle werden eine Einheitsverdienstmedaille für die Rettung des Trägers erhalten und die Verletzten das Verwundetenabzeichen sowie eine Belobigung für die Personalakten; irgendwas dem Sinne nach, ›daß Soundso ein heldenhaftes Opfer brachte, als sein Schiff – um einen Träger zu retten – über eine Mine fuhr‹. So ähnlich. Mal abgesehen von den Schmerzen und dem Leiden, wird sich das, was mit der Goldsborough passiert ist, für ihre Karriere als förderlicher erweisen, als alles andere, was sie jemals auf dem Schiff getan hätten.«

»Nichts geht über die Karriere«, sagte sie verbittert.

»Viele von ihnen sind nichts anderes als Karrieristen«, erwiderte der Commodore.

»Aber viele von ihnen wußten, daß ein Unterseeboot da war. Wie will man das denn vertuschen?«

»Es wird zwei Arten von Zeugen geben: Die große Masse der Mannschaft, das schiffstechnische Personal, das Geschütz- und Feuerleitpersonal, die Leute in den Munitionslagern – die waren doch nichts weiter als Opfer bei der ganzen Sache. Die Untersuchungskommission wird ihnen erzählen, daß ihr Commander sich geirrt hatte. Schließlich hat niemand das U-Boot gesehen. Sie *glaubten,* sie hätten einen Kontakt. Sie *glaubten,* Torpedos zu hören. Dabei war es die ganze Zeit eine Mine. Die zweite Kategorie Zeugen werden die Offiziere auf der Brücke und im CIC sein. Denen wird man erzählen, daß die Minengeschichte ein Täuschungsmanöver von entscheidender Bedeutung für die nationale Sicherheit ist.«

»Wie um alles in der Welt will man denn das rechtfertigen?«

»Wissen Sie das wirklich nicht? Nun, das wird sich etwa so anhören: Gentlemen, wir müssen diese ganze Geschichte begraben, weil es das einzig Richtige ist. Die ganze Navy, das ganze Verteidigungsministerium baut auf der Theorie der Abschreckung. Eine erfolgreiche Abschreckung hängt in hohem Maße vom Image ab. Die andere Seite muß glauben, daß du ein Riese bist, mindestens vier Meter groß, wenn nicht ganz perfekt, so doch nahe dran. Sie muß glauben, daß jede Herausforderung eine *sichere* Niederlage bedeutet. Die Navy kann einfach nicht zugeben, daß ein U-Boot aus einem Land der Dritten Welt den ganzen langen Weg hierher zurücklegen konnte, ohne auf See oder von unseren überlegenen Nachrichtendiensten entdeckt zu werden, wochenlang in unseren Operationsgebieten herumfahren und erfolgreich die Einfahrt zu einem unserer wichtigsten Seehäfen verminen konnte, und es ihm fast gelungen ist, einen unserer Träger aus dem Hinterhalt anzugreifen, der – ähm – bedauerlicherweise – ohne Begleitschutz fuhr. Schlimmer noch, daß die lokale Befehlshierarchie alles tat, um die Warnungen eines CO, der der Sache auf die Spur gekommen war und nicht loslassen wollte, zu entkräften.«

Er lehnte sich auf der Couch zurück, schloß die Augen – und hielt ›seine Rede‹.

»Das Ganze ist eine einzige vermasselte Scheiße – von vorn bis hinten. Aber eine, die keinesfalls bekannt werden darf. Glauben Sie mir, Gentlemen. Die Sache wird Konsequenzen nach sich ziehen – auf höchster Ebene. Einige hochrangige Leute werden ihre Posten verlieren. Aber es ist aus Gründen der nationalen Sicherheit unbedingt erforderlich, daß die Angelegenheit hinter verschlossenen Türen behandelt wird. Das ist einfach unsere Pflicht – sonst würden Tausende von Offizieren und Navy-Angehörigen, die tagtäglich exzellente Arbeit leisten, gebrandmarkt werden, und sie würden das Vertrauen in die Urteilsfähigkeit des nationalen Oberkommandos verlieren. Wir bitten Sie, die Sache zu begraben, Ihre Medaillen mit Anstand zu akzeptieren und sich weiter auf Ihre Karriere zu konzentrieren, die jetzt – nach dem außerordentlichen Beitrag, den Sie und Ihr Schiff geleistet haben – um so vielversprechender erscheint.«

Sie starrte ihn lange an. Er zog die Augenbrauen hoch, als wolle er fragen ›War das etwa nicht überzeugend?‹ Ihr wurde bewußt, daß diese kleine Rede, oder eine, die sehr ähnlich klingen würde, jetzt, während sie hier saßen, wahrscheinlich von professionellen Redeschreibern den letzten Schliff erhalten würde.

»Und was wird aus Ihnen?« fragte sie schließlich.

»Ich werde keine Medaille erhalten, und ich werde auch in Pension gehen – allerdings nicht sofort. Ich war der eigentliche Anstifter und Hauptkomplize bei dem schwerwiegenden Vergehen, die Herrschaften bloßzustellen. Ich muß gehen, weil ich es besser hätte wissen müssen. Man bringt Admirale nicht in peinliche Situationen. Ich hätte mit der Sache ›besser‹ fertig werden müssen. Mike hatte sein erstes eigenes Kommando; deshalb gilt für ihn ›Im Zweifel für den Angegklagten‹. Ich aber war bereits auf einer höheren Befehlsebene. Der Punkt hierbei ist, daß du zeigen sollst, daß du einer von ihnen bist oder sein kannst. Ich habe wohl genau das Gegenteil demonstriert. Aber sie werden mir nicht ›weh tun‹, weil sie wissen, daß ich alt genug bin, um vielleicht eines Tages doch den Mund darüber aufzumachen.«

Diane schüttelte langsam den Kopf und schwieg. Er beugte sich nach vorne.

»Manchmal muß in Friedenszeiten so etwas passieren, um das System endlich wieder wachzurütteln. Und glauben Sie mir: Wenn man aus dem Ton ihrer Stimmen gestern oder letzte Nacht auch nur ansatzweise Rückschlüsse ziehen kann, dann ist da einiges in Bewegung. Mike und ich werden uns dabei auf der unteren Skala des Lärmpegels befinden, im Gras – wie sie es nennen – und glauben Sie mir, das ist genau der Platz, an dem ich und Mike und Sie sein sollen.«

Diane setzte ihre Kaffeetasse ab und schlug die Arme um ihren Körper. Die Augen hielt sie auf den Boden geheftet, während sie nachdachte.

»Wird Ihnen eine neue Aufgabe zugeteilt werden?« fragte sie eher beiläufig.

»Wenn sie Sinn für Humor haben, ernennen sie mich zum Chief of Staff von Verband Zwölf«, erwiderte er.

Diane fand das sehr komisch. Sie begann zu lachen, zuerst leise, dann immer lauter, schon leicht hysterisch. Sie lachte immer noch, wobei ihr die Tränen aus den Augen liefen, als der diensthabende Sanitäter aus der Intensivstation kam. So hatte er noch niemanden jemals im Warteraum der Intensivstation lachen gehört. Er blieb verunsichert an der Stahltür stehen.

»Mrs. Martinson?« rief er. »Commander Montgomery ist bei Bewußtsein. Wir haben ihm gesagt, daß Sie hier draußen warten, und er möchte Sie sehen, Ma'am. Die Ärzte sagen, daß er durchkommen wird, wenn keine unvorhergesehenen Komplikationen auftreten. Wenn Sie möchten, führe ich Sie jetzt zu ihm.«

Er erblickte den Commodore. »Sir, kann ich Ihnen helfen?«

»Nein, junger Mann«, sagte der Commodore. »Führen Sie die Dame zu Commander Montgomery. Mrs. Martinson, Diane – werden Sie über das, was ich gesagt habe, nachdenken? Werden Sie versuchen, ihn zu überzeugen? Alles andere wäre ein Kampf gegen Windmühlenflügel.«

Diane stand auf, strich ihre verknitterte Gray-Ladies-Uniform glatt und fuhr sich mit der Hand durchs Haar. Sie streckte die Arme nach oben. In einer einzigen anmutigen Bewegung enthüllte sie so ihre Schönheit, Intelligenz und Vitalität. Der Sanitäter schaute sie bewundernd an. Dann schenkte sie dem Commodore ein strahlendes Lächeln und wandte sich ohne Antwort ab, um dem Sanitäter zu folgen.

KAPITEL NEUNUNDSIEBZIG

Das Unterseeboot AL AKRAB,
Samstag, 10. Mai, 5 Uhr 45

Der Kommandant kam langsam wieder zu sich. Durch den stechenden Schmerz in seiner Schulter und das Gefühl, keine Luft mehr zu bekommen, war er aus seiner Ohnmacht erwacht. Er lag ausgestreckt auf den sich neigenden Flurplatten. Seine Beine hatte er in einer Gräting festgeklemmt, um nicht den nassen Boden hinunterzurutschen. Wegen des abnehmenden Sauerstoffgehalts in der feuchten, dunklen Enge der zerstörten Zentrale war er dennoch halb betäubt. Das Chlorgas war jetzt ganz deutlich zu riechen. Die tiefliegenden Augen in seinem eingefallenen Gesicht brannten wie feurige Kohle. Die beiden Gefechtslampen spendeten noch ein schwaches Licht.

Die Nacht über hatte er mit den überlebenden Ingenieuren im Maschinenraum Kontakt gehalten. Nachdem die Bordanlage wegen des Stromausfalls nicht mehr zu benutzen war, war er auf die schallverstärkten Kopfhörer umgestiegen. Sie hatten mit den Vorbereitungen für den nach Einbruch der Dunkelheit – gegen zweiundzwanzig Uhr – geplanten Aufstieg begonnen; aber das plötzliche Auftauchen minensuchender Sonare hatte sie unterbrochen. Die Sonare waren so nahe, daß man sie durch den Bootskörper hören konnte. Gegen ein Uhr dreißig hatten sie sich zwar entfernt, aber ein erneuter Schlammrutsch gegen ein Uhr fünfzig hatte die Al Akrab mit lautem metallenem Dröhnen noch tiefer in den Canyon rutschen lassen. Sie hing immer noch mit der Nase nach unten nach Backbord gekippt. Nachdem das U-Boot seine ›Talfahrt‹ beendet hatte, konnte man den Schlamm draußen noch etwa eine Stunde lang weiterrutschen hören.

Der Kommandant hatte der Schlammbewegung zugehört und versuchte, sich eine Vorstellung der Umgebung zu machen. Er war überzeugt, daß sie sich in einem Canyon in der Nähe des Bodens befanden. Er war sich ziemlich sicher, daß das Entfernen der Sonare darauf zurückzuführen war, daß das U-Boot unter Schlammschichten begraben lag. Wenn das zutraf, waren die Notausstiege sowieso nutzlos. Er fragte sich, ob das den Ingenieuren klar war. Sie waren weiter achtern. Vielleicht hatten sie den sich bewegenden Schlammschleier noch nicht wahrgenommen. Er schaute hinüber zum Tauchkontrollstand – auf die regungslose Gestalt des Musaid, der gegen einundzwanzig Uhr gestorben war. Inzwischen war es kurz vor Tagesanbruch – Zeit, dem Ganzen ein Ende zu bereiten.

Er zog das Kopfhörergerät zu sich hinüber und streifte den Hörer über. Seine Bewegungen waren langsam; es dauerte einige Minuten, bevor er die Brustbügel-Halterung gelöst hatte.

Er warf einen Blick auf die Druckanzeige des Hauptlufttanks. Beide – sowohl er im Kontrollraum, als auch die Überlebenden im Maschinenraum – hatten die Luftballasttanks angezapft, um ihren Abschnitten Sauerstoff zuzuführen. Die Anzeige für den vorderen Bereich zeigte weniger als fünfzig Prozent verbleibende Luft. Der Kommandant hatte bereits vor vielen Stunden beschlossen, das Ende der Al Akrab vorzubereiten. Er rief den Maschinenraum. Der LI antwortete.

»Wie hoch ist der verbleibende Druck in euren Tanks?«

»Zweiundvierzig Prozent, Kommandant. Wir müssen mit dem Auftauchen sehr bald beginnen, sonst haben wir nicht mehr genug Luft, um das Boot nach oben zu bringen. Der Sauerstoffanteil ist sehr niedrig. Wir sind schon alle recht benommen hier hinten.«

»Ich verstehe«, antwortete der Kommandant. »Die vorderen Tanks sind bei siebzig Prozent. Bei dieser Tiefe können wir die Ballasttanks mit dreißig Prozent der Lufttanks ausblasen. Wir haben also genug Luft, um es einmal zu versuchen und es eine gute Minute lang ausblasen zu lassen. Aber ihr braucht mehr Sauerstoff, damit ihr wieder alle Sinne beisammen habt. Wir können euch etwas von uns abgeben. Öffnet die inneren Lüftungsventile am Haupteinlaß. Ich werde einen unserer Lufttanks an das Haupteinlaßrohr anschließen und etwas von unserer Luft einlassen, so daß sich alle aus eurer Gruppe etwas erholen können. Dann werden wir mit dem Aufstieg-Manöver beginnen. Wir müssen das Risiko mit den Amerikanern auf uns nehmen, wenn wir die Wasseroberfläche erreicht haben. In einer Stunde ist Tagesanbruch.

»Wie Ihr befehlt, Kommandant«, sagte der LI mit dem ersten Anflug von Begeisterung in der Stimme.

Der Kommandant seufzte, nahm den Kopfhörer ab und kroch zur Konsole für die Ventilsteuerung auf der Backbordseite der Zentrale, vorbei an den Leichen des Musaid und der beiden Tiefenrudergänger.

Die Ventilkonsole befand sich auf der überliegenden Bootsseite; deshalb mußte er auf eine Straklatte des Bootskörpers klettern, um die Ventile zu erreichen. Die Schmerzen in seiner Schulter machten ihn hellwach. Er mußte eine Minute pausieren, weil sich in seinem Kopf alles drehte. Der Haupteinlaß lief vom Schnorchelmast über die Zentrale direkt nach hinten in den Maschinenraum zu den Dieseln. Es gab zwei weitere große Ventile, durch die über den Schnorchel frische Luft von der Wasseroberfläche ins Boot gelangen konnte, um die Besatzung – vor allem nach wochenlangen Einsätzen unter Wasser – mit frischem Sauerstoff zu versorgen, während die Diesel aufgeladen wurden. Eins dieser Ventile war im Maschinenraum, das andere in der Zentrale. Sie verfügten über hydraulische Lenkung, konnten aber auch von Hand bedient werden. Über dem Ventil war die Schnorchelklappe. Darüber befand sich der Schnorchelmast, dessen bronzefarbenes Kopfventil – unter Druck von Tonnen von Meerwasser – fest auf der Spitze des Schnorchels saß.

Der Kommandant beobachtete die Ventilkonsole, die durch den Batteriestrom noch immer – wenn auch schwach – beleuchtet war. An der Veränderung der Anzeige konnte er ablesen, daß das Ventil im Maschinenraum geöffnet worden war. Es handelte sich um ein im Durchschnitt fünfzehn Zentimeter großes Ventil. Sein Plan war einfach: Er würde jetzt das ebenfalls fünfzehn Zentimeter große Ventil in der Zentrale öffnen. Dann würde er nach vorne kriechen und den Vorreiber am vorderen Kugelschott in der Zentrale lösen. Das Meerwasser würde hereindonnern und die Zentrale in weniger als einer Minute überflutet haben. Dadurch würde die verbleibende Luft in das Lüftungsventil zurückgedrängt werden und durch das

Haupteinlaßrohr neue Luft in den Maschinenraum befördern.

Sie würden keinen Verdacht hegen. Sie würden auf den Flutplatten sitzen bleiben und ihre Gesichter in Richtung der frisch hereinströmenden Luft halten. So würden sie immer noch sitzen, wenn nach etwa einer Minute statt der Luft ein fünfzehn Zentimeter starker Wasserstrahl mit vollem Tiefendruck hereinschießen würde. Nicht einmal hundert Männer könnten ein Ventil gegen die Kraft eines solchen Strahls schließen. Es würde alles in weniger als einer Minute vorbei sein.

Al Khali holte tief Atem und mühte sich einhändig mit dem Handsteuerrad ab. Langsam drehte er das Rad. Ein schwaches Zischen ertönte beim Druckausgleich zwischen Maschinenraum und Zentrale. Er glitt am Schott wieder nach unten und zog sich über die langsam erstarrenden Leichen zum vorderen Kugelschott. Er setzte sich darunter, mit Blick auf die Stahltür mit ihren sechs Vorreibern, die fest auf den bronzenen Keilen saßen. Durch die Kondensation der stillstehenden Feuchtigkeit in der Zentrale auf der einen und das kalte Meerwasser auf der anderen Seite ›schwitzte‹ die stählerne Oberfläche des Kugelschotts sichtbar. Durch das Wasser, das mit diesem Tiefendruck durch die Dichtungen sickerte, hatte sich feiner Wassernebel um das Schott abgesetzt. Um an die unteren Vorreiber zu kommen, mußte er zwei Leichen beiseite schaffen.

Dabei hätten sie es fast geschafft, dachte er, während er den Schraubenschlüssel auf den ersten Vorreiber setzte und ihn mit seinem unverletzten Arm herunterdrehte. Unter dem enormen Druck von der anderen Seite bewegte er sich kaum. Er mußte sein ganzes Körpergewicht aufbieten und sich an den Schraubenschlüssel hängen, damit der Vorreiber sich von dem Keil löste. Das ganze Kugelschott ächzte. Der Wassernebel am Rand entwickelte sich zu kräftigem Sprühwasser, als sich der Vorreiber langsam drehte. Er unterbrach für einen kurzen Moment, als die beiden Metallstücke noch etwa einen halben Zentimeter Kontakt hatten.

Sie hatten ihre Sache so gut gemacht – waren wochenlang unentdeckt geblieben, hatten das Fischkutter-Problem erledigt, waren dem alten Zerstörer entkommen und hatten die Minen gelegt. Er setzte den Schraubenschlüssel auf einen zweiten Vorreiber auf der anderen Seite des Schotts an. Wieder mußte er sein ganzes Körpergewicht einsetzen, um den Vorreiber zu bewegen. Aber der alte Zerstörer war ihnen zum Verhängnis geworden. Ich habe ihn als Feind unterschätzt, sagte sich Ali Khali. Aber er war zweimal zurückgekehrt, um die Gewässer des Golfstroms zu durchsuchen, und ein weiteres Mal am letzten, entscheidenden Tag.

Endlich bewegte sich auch der zweite Vorreiber. Wieder ächzte das Schott. Der schwere Stahl gab langsam nach und begann sich zu verformen. Oben hatte sich eine Ausbuchtung gebildet, und das Sprühwasser war jetzt kräftig genug, um bis zur Decke der Zentrale zu schießen. Sein rechter Arm war tropfnaß, und seine Augen schmerzten vom Salz. Er ließ den zweiten Vorreiber wie den ersten – kaum noch befestigt – und wandte sich dem dritten zu.

Aber zumindest hatten sie ihren Angriff durchgeführt. Genaugenommen zwei, denn die Minen hatten ja auch ein Opfer gefunden. Der alte Zerstörer hatte ihren Angriff auf den Träger vereitelt, obgleich ein Torpedo den Unterwasserbomben entkommen war und Kurs nach Osten genommen hatte. Er würde nie erfahren, ob er sein Ziel erreicht hatte. Aber die letzte Mine hatte ihr Ziel erreicht – wenn sie dabei auch die Al Akrab in den Tod gerissen hatte. Wir werden sterben, wie es einem Skorpion entspricht.

Er schwitzte jetzt heftig und keuchte in der sauerstoffarmen Luft. Das Schott knirschte jetzt bedrohlich. Die Ausbuchtung wurde immer stärker: Das Wasser strömte bereits über die Hälfte der messerscharfen Sülls. Der dritte Vorreiber würde die Sache zu Ende bringen. Er hielt den Schraubenschlüssel auf den dritten Vorreiber gepreßt und zog sich daran bis zum Schott hoch – von Angesicht zu Angesicht. Eiskaltes Meerwasser lief ihm das Gesicht hinunter, spülte ihm die Haare in die Augen brannte in seinen Augen – die Todeswaschung! Eine letzte Reinigung seines unwürdigen Körpers und seiner brennenden Seele. Er holte tief Atem und rief zum letzten Mal »Allahu Akbar – Allah ist groß« dann zog mit letzter Kraft am dritten Vorreiber.

Mit einem Druck von neunzig Tonnen knallte das donnernde

Meerwasser das Kugelschott gegen sein Gesicht und überflutete die Zentrale innerhalb von dreißig Sekunden. Die Ingenieure, die darauf warteten, daß der Luftdruck anstieg, hörten vorne einen dumpfen Schlag und bemerkten dann den plötzlich einsetzenden Luftstrom aus dem Einlaßventil. Der LI saß auf den ölverschmierten Flurplatten des Maschinenraums in unmittelbarer Nähe des Ventils. Sein vom Sauerstoffmangel benommener Verstand versuchte ihm zu sagen, daß mit dem Geräusch aus der Zentrale irgend etwas nicht stimmte: Es klang weder nach sauerstoffreicher Luft aus einem Ballasttank, noch wirkte es so. Das war etwas ganz anderes: Es war das Geräusch eines gefluteten Ballastanks – geflutet! Wasser! Nicht Luft! Wasser würde durch das Ventil hereinströmen. Er schrie laut auf und versuchte, seine Beine zu befreien und aufzustehen, um an das Ventil heranzukommen. In diesem Moment jedoch brach der gewaltige Wasserstrahl durch das Ventil. Es dauerte eine volle Minute, bis der Maschinenraum überflutet war. Das röhrende schwarze Wasser löschte Männer und Beleuchtung gleichermaßen aus. Die Heftigkeit des Strudels ließ nach, als der Wasserdruck die Luft im Maschinenraum auf eine dichte, heiße Tasche oben an der Decke komprimiert hatte. Das Unterseeboot, das nun, bis auf einen Batterieabschnitt völlig überflutet war, rollte jetzt ganz über. Es rutschte noch tiefer den Canyon hinunter, was eine weitere Schlammlawine auslöste, die es zwanzig Meter unter sich begrub.

In zwei Meilen Entfernung horchte der Passiv-Sonar-Mann an Bord des nagelneuen Minensuchbootes USS Avenger konzentriert und machte seinem Supervisor Zeichen.

»Gibt es hier in der Gegend vulkanische Aktivitäten, Chief?«

»Nein, erwiderte dieser selbstgefällig. »Die Meeresboden-Konturkarte zeigt eine Menge Canyons und Untiefen; vielleicht haben wir deshalb 'n paar seismische Aktivitäten, aber man muß schon zum Mittelatlantischen-Rücken rausfahren, um auf vulkanische zu stoßen. Wahrscheinlich hören Sie ein Schlammrutschen; hört sich wie ein leises Grollen an – als rollten Kieselsteine irgendwo runter.«

»Ja, genau. Ich hab' ein starkes brodelndes Geräusch gehört und dann das, was Sie beschrieben haben. Peilung einhundert, mittlerer Abstand. Jetzt ist aber wieder alles ruhig.«

»Ja, das passiert andauernd. Ignorieren. Ist nur Schlamm. Dinge, die sich nachts selbständig machen, wissen Sie. Hat nichts zu bedeuten.«

KAPITEL ACHTZIG

Naval Air Station Hospital,
Samstag, 10. Mai, 6 Uhr 30

Der Sanitäter führte Diane an der Aufsicht vorbei zum Hauptbettenbereich der voll belegten Intensivsation. Die Betten waren in provisorischen Versorgungseinheiten nebeneinander aufgereiht. Jedes Bett war an drei Seiten von Life-Support-Systemen umgeben. Die Männer und Frauen in grünen Kitteln arbeiteten in zwei Schichten. Die Luft war kühl, fast kalt. Überall waren die Geräusche von elektronischen Monitoren, Sauerstoffgeräten und Herzschlägen, die nach Intensität und Stärke variierten, zu hören. Die Deckenbeleuchtung war ausgeschaltet, aber jede Versorgungseinheit verfügte über eine Bettlampe. Es gab noch andere Besucher. Einige schliefen auf Stühlen neben den verhüllten Gestalten im Bett. Diane wünschte, sie hätte einen Pullover mitgenommen. Aber sie wußte, daß ihr Frösteln nichts mit der Raumtemperatur zu tun hatte. Sie gingen die Bettenreihe entlang, bis sie zum letzten Bett kamen.

»Da sind wir, Ma'am«, sagte der Sanitäter. »Die Schwester hat gesagt, Sie können so lange bleiben, wie er wach ist. Dann müssen Sie gehen.«

Diane nickte dem Diensthabenden zu. Dann schaute sie auf die übel zugerichtete Gestalt im Bett.

»Hey, Seemann«, sagte sie sanft und versuchte, die Tränen zurückzuhalten.

Mikes normalerweise beeindruckendes Gesicht sah unter dem riesigen Verband – dem größten, den sie jemals auf einem Kopf gesehen hatte, winzig aus. Über Schläuche und Kabel an beiden Armen war er an verschiedene Geräte angeschlossen. Eine häßliche Drainage lugte unter seinem Kopfverband hervor. Sie bemerkte, daß sein Herzschlag auf dem Oszilloskop über seinem Bett stark und regelmäßig war. Seine Füße lagen erhöht auf einem eigenartigen Apparat aus rostfreiem Stahl und waren mit vielen Verbänden umwickelt. Die Schwellung an seinem Auge war etwas zurückgegangen, seitdem sie ihn zum ersten Mal gesehen hatte. Seine Gesichtshaut war zwar blaß, aber sauber – nicht mehr schwarz. Ein bronzefarbener Betaisadona-Streifen, wie er zur Vorbereitung von Operationen aufgetragen wird, lief über seine Stirn. Sie setzte sich auf den Metallstuhl neben dem Bett. Pro Bett stand ein solcher Stuhl zur Verfügung. Er schaute sie an, und sie sah, wie sich in jedem Auge eine Träne formte.

»Okay, Mike«, sagte sie und ergriff seine Hand. »Es ist okay, nicht weinen.« Sie merkte, daß auch sie jetzt weinte.

»All die Jungs«, flüsterte er. »Alle furchtbar zugerichtet. Das Schiff – völlig hinüber. Alles mein Fehler.«

Er schloß die Augen und holte tief Atem. Nach einer Weile öffnete er wieder die Augen und blickte Diane ins Gesicht.

»Haben sie das Schiff zurückbringen können?«

»Ja, sie haben das Schiff zurückbringen können. Es ist in Mayport, und alle sind gerettet. Und es ist nicht dein Fehler. Die Navy hätte dich nie und nimmer alleine dort rausschicken dürfen.«

Er lachte kurz auf und zuckte zusammen.

»Die Navy hat mich nicht rausgeschickt. Eigentlich hat die Navy gesagt, nicht auslaufen und die Sache vergessen. Der Commodore und ich haben uns das ganz alleine ausgedacht. Wo ist er überhaupt? Die Schwester sagte, er sei draußen.«

»Er ist wieder nach Hause gegangen. Wir haben miteinander gesprochen. Er hat mir ein paar von den Sachen, die draußen passiert sind, erzählt. Und die Navy ist verdammt froh, daß du rausgefahren bist. Sie wissen, daß sie dir die Rettung des Trägers verdanken. Und sie wissen auch, daß da draußen ein U-Boot war. Aber . . .«, sie zögerte.

»Ja, aber«, fuhr er fort. »Laß mich raten. Das U-Boot wurde nicht gefunden. Niemand hat es gesehen. Und wir werden in Zukunft nur sehr wenig über ein U-Boot hören.«

Er schloß wieder die Augen. Sie fragte sich, ob er wieder eingeschlafen war. Sie wollte nicht gehen. Aber dann schlug er die Augen wieder auf.

»Er hat mit dir gesprochen? Der Commodore?« fragte er. Seine Stimme wurde schwächer.

»Ja, und zwar eine ganze Weile, bevor sie mich zu dir gelassen haben.«

»Und er ist nicht gekommen. Also mußt du der ausgewählte Bote sein, der Überbringer des ›Angebots‹, stimmt's?«

Diane hielt den Atem an. Plötzlich hatte sie Angst, wie Mike reagieren würde. Vielleicht würde er glauben, sie sei eine von seinen Feinden. Aber er schien auch zu wissen, was jetzt kam. Er drückte ihre Hand.

»Solange nur du und ich aus dieser bösen Sache zusammen rauskommen«, sagte er. »Ich liebe dich, Diane.«

Diane spürte, wie eine plötzliche Wärme ihr Herz erfüllte. Sie hätte ihn am liebsten in den Arm genommen, wagte aber nicht, ihn zu berühren. So ein großer, starker Mann. Und doch sah er inmitten dieser Versorgungseinheit in dem Bett so zerbrechlich aus. Sie legte beide Hände auf ihre Lippen und lachte und weinte gleichzeitig.

»Und ich liebe dich, Mike. Nichts wird das ändern.«

»Weißt du«, sagte er. »Die Sache wird ganz schön Wirbel verursachen. Ich nehme an, man bietet mir einen würdevollen Abschied an, solange ich meinen Mund über das U-Boot halte. Sie werden sich um die Mannschaft kümmern, ein paar Medaillen verteilen und sich irgendeine Geschichte zurechtlegen über das, was da draußen passiert ist. Liege ich richtig?«

Er versuchte tatsächlich, sich aufzurichten, aber sie drückte ihn sanft in die Kissen zurück.

»Ja«, sagte sie. Sie beobachtete ihn aufmerksam. Sie bemerkte das Zucken in seinem Gesicht, wenn die Schmerzen zu groß wurden. Sie preßte ihre Finger auf seine Stirn. Plötzlich spürte sie, daß er die Stirn runzelte.

»Aber das ist noch nicht alles, nicht wahr?« flüsterte er. »Wenn ich meinen Mund halte, lassen sie auch *dich* in Frieden ziehen. Das ist also der zweite Knüppel. Diese Scheißkerle . . .«

Wieder versuchte er, sich aufzurichten, gab es aber stöhnend vor Schmerz wieder auf, sobald er den Kopf bewegte.

»Schscht«, flüsterte sie. »Wir müssen jetzt nichts entscheiden. Du mußt dich ausruhen . . .«

Er hatte sich wieder zurückgelegt. Er schien noch kleiner zu werden. Er hielt die Augen für eine Weile geschlossen, während sie seinen Arm streichelte. Dann schaute er ihr ins Gesicht.

»Deine Entscheidung, Diane. Du bist diejenige, die den ganzen Scheiß durchstehen müßte, von jedermann auf dem Stützpunkt brüskiert würde. Der Crew würden sie nichts anhaben, und meine Karriere ist ohnehin zu Ende. Aber dich können sie auf jede erdenkliche Weise schikanieren. Du brauchst nur ein Wort zu sagen, und wir lassen das ganze Pack hinter uns.«

Sie schaute ihn lange an. »Ich glaube, ich bin aus anderem Holz geschnitzt, Michael«, flüsterte sie, »ich glaube, mir ist egal, was die anderen denken.«

»Dann sagen wir ›nein‹ zu ihrem Angebot«, flüsterte er wild entschlossen. »Sag ihnen, daß ich verspreche, zu niemandem ein Wort über das U-Boot zu verlieren, außer einer Stunde im Mittagsmagazin, dem Twenty-Twenty, der BBC, NBC, ABC, Dan Rabid . . .«

Sie lächelte und verschloß seine Lippen mit ihren Fingern.

»Warum«, sagte sie, »warum der Navy überhaupt etwas sagen?«

Er starrte sie an.

»Sie werden wissen wollen, ob ich mitspiele«, warnte er. Seine Stimme war krächzend und schwach.

»Sag ihnen nichts«, sagte sie. »Und auch nicht der Presse. Du bist der Captain. Sag gar nichts! Dein Schweigen wird lauter sein als jeder Kommentar. Jedesmal, wenn ein Reporter dich etwas fragt, lächelst du nur geheimnisvoll. Je länger du schweigst, desto stärker wird der Druck auf die Navy werden, endlich mit der Wahrheit herauszurücken. Ein zerschmettertes Schiff und zahllose Verletzte – darauf wird sich die Presse stürzen. Sie wird die Sache richtig durchschütteln – wie ein Terrier eine Ratte. Sie werden mit anderen Leuten auf dem Schiff sprechen wollen, auch mit der Besatzung des Helikopters. Die Admirale sind keine Idioten – sie werden schnell erkennen, daß ihre Vertuschungsversuche dem nicht standhalten. Sie werden schließlich mit der Wahrheit herausrücken müssen, und das wäre das beste Ergebnis, das wir uns wünschen können. Denn dann müssen sie sich Gedanken machen, wie man ein nächstes Mal verhindern kann.«

»Der Commodore sagt mir ständig, ich soll meinen Mund halten«, sagte Mike mit einem schwachen Lächeln. Seine Augenlider öffneten und schlossen sich abwechselnd. Sie streichelte seine Wange.

»Vielleicht versuche ich es«, flüsterte er einige Minuten später. »Solange du die ganze Scheiße durchstehen kannst. Verdammt, vielleicht muß sich sogar der Stab des CinC in Norfolk um deinen Fall kümmern.«

Diane lächelte jetzt. Sie wußte, daß alles gut werden würde.

»Irgendwie glaube ich, daß ich wahrscheinlich mit dem Stab des CinC ganz gut fertig werden könnte, Mike«, sagte sie. Aber Mike war bereits wieder eingeschlafen.

ENDE

NACHBEMERKUNG DES AUTORS

Dieses Buch ist ein Roman, der Vorfall, von dem erzählt wird, hat sich nicht ereignet. Das Schiff, das in diesem Buch hauptsächlich beschrieben wird, die USS Goldsborough, ist nach einem tatsächlich existenten, mit Lenkflugkörpern bestückten Zerstörer benannt, aber die Beschreibung der Bewaffnung wurde in Anlehnung an die Handlung verändert. Die anderen Schiffe, die in diesem Buch eine Rolle spielen, werden im allgemeinen mit ihrer tatsächlichen Bewaffnung beschrieben, wobei aus Sicherheitsgründen verschiedene Details abgewandelt wurden. Die Schauplätze der Handlung – der Flottenstützpunkt Mayport in Florida und die Operationsgebiete der Flotte in Nord-Florida – sind wirklichkeitsgetreu geschildert. Die ozeanographischen Verhältnisse und ihre Auswirkungen auf die U-Boot-Jagd (ASW – Anti Submarine Warfare) der Marine sind präzise wiedergegeben.

Über die tatsächliche Fähigkeit der US Navy, mit solchen Problemen umzugehen, muß sich jeder, der sich dieser Aufgabe stellen will, ein eigenes Bild machen. Die in diesem Buch zum Ausdruck kommenden Ansichten oder Meinungen über Politik und Taktik der Marineführung oder des Militärs sind ausschließlich die des Autors und spiegeln nicht notwendigerweise die Ansichten oder die politische Linie des Department of Defese wider. Jede Ähnlichkeit zwischen lebenden Personen und den Hauptfiguren des Buches ist rein zufällig.

ÜBER DEN AUTOR

P. T. DEUTERMANN verbrachte sechsundzwanzig Jahre in der amerikanischen Navy. Seine Karriere begann in den frühen 60er Jahren als Befehlshaber auf einem Patrouillenboot für Operationen im Landesinnern in Vietnam. Im Anschluß wurde der Annapolis-Absolvent Kommandant eines mit Lenkflugkörpern bestückten Zerstörers und Flottillenadmiral eines Zerstörer-Geschwaders. Seine gesamte Dienstzeit auf See hat Deutermann auf Kreuzern und Zerstörern verbracht. Während seines Dienstes an Land war er als Spezialist und Berater für den politisch-militärischen Bereich in Washington tätig. Er beendete seine Karriere als Generalstabschef einer Einheit der bewaffneten Streitkräfte. Während seiner beruflichen Laufbahn hat er verschiedene Fachartikel sowie einen Text über Marine-Operationen veröffentlicht. *Jagd auf die Skorpion* ist sein erster Roman.

GLOSSAR

Dienstgrade und Funktionen

Admiral	Admiral
Anti-Submarine Air Controller	U-Jagd-Luftraum-Überwacher
Atlantic Fleet Commander	US-Befehlshaber für die Atlantik-Flotte
Boiler Chief	Kesselmeister
Captain	Kapitän / Kommandant (Kdt)
Chief Bosun	Bootsmann im Range eines UO
Chief Engineer	Schiffstechnischer Offizier
Chief Gunner	Erster Geschützführer
Chief Hospital Corpsman	Leitender Sanitätsfeldwebel / U-Offizier
Chief of Staff	Chef des Stabes
Chief of the Boot (Senior)	Vertrauensmann (Dienstältester)
Chief Petty Officer (Senior)	ältester Portepeeunteroffizier (PUO)
Chief Staff Officer (CSO)	Stabsoffizier beim Chef des Stabes
CincLantFleet	Commander in Chief Atlantic Fleet / Oberbefehlshaber der Atlantikflotte
Colonel	Oberst
ComCruDesGroup	Befehlshaber des US-Kreuzer- und Zerstörer-Verbandes
Commanding Naval Operations Officer (CNO)	Flottenbefehlshaber
Command Duty Officer	Wachhabender Offizier (Offizier vom Wachdienst – im Hafen)
Commander at Sea	Befehlshaber in See

Commander, USN	Korvetten-/Fregattenkapitän der US-Marine
Commanding Officer (CO)	Befehlshabender/Kommandant
Commanding Staff Officer (SCO)	Befehlshabender Stabsoffizier
Commodore	Flottillenadmiral
ComNavSurfLant/Commander Navy Surface Atlantic Fleet	Befehlshaber US-Marine der Atlantikflotte
ComSecondFleet	Kommandeur der 2. US-Flotte
Communications Chief	Funkmeister
Communications Console Officer	Fernmeldeoffizier
Conning Officer	Tauchtechnischer Sicherheitsoffizier (STO)/Wachhabender im Bereich U-Boot OPZ/Turm
Corpsman	Sanitätsfeldwebel
Department Head	(Haupt-)Abschnittsleiter
Deputy Commander	stellvertretender Kommandant
Division Officer	Divisionsoffizier
Diving Officer	Tauchoffizier, im Dt. mit Tiefensteuerleiter gleichzusetzen
Ensign	Leutnant zur See
Executive Officer (XO/EXO/EXEC)	Erster Offizier (IO)
Executive Assistant (EA)	Rechte Hand des 1. Offiziers (Adjutant)
First Lieutenant	Oberleutnant
Fleet Commander	Befehlshaber der Flotte
General Maneuvering Safety Officer	Sicherheitsoffizier
Gunner/gunner's mate	Geschützbediener
High Admiral	Großadmiral
Joint Chiefs of Staff (JCS)	Generalstab, bestehend aus den Generalstabchefs der Teilstreitkräfte

Junior Officer (JO)	Offizier niedrigeren Ranges/ dienstgradjunger Offizier
Lieutenant	Kapitänleutnant
Lieutenant Commander	Korvettenkapitän
Lieutenant (junior grade)	Oberleutnant zur See
Major General	Generalmajor
Messenger	Funker/Bote
Maritime Patrol Aircraft/MPA	U-Jagd-Flugzeug
Officer in Tactical Command/(OTC)	Taktischer Verbandsführer
Officer of the Watch	Wachhabender Offizier
Officer of the Watch Bill	Wachleiter
Officer on Deck	Deckoffizier (verantwortlich fürs seemännische Personal)
Operations Officer (Ops)	Operationsoffizier
Public Affairs Officer (PAO)	Presseoffizier
Petty Officer First Class	Bootsmann
Petty Officer Third Class	Hauptgefreiter
Planesman	Tiefenrudergänger
Political Officer	der politische Offizier/ Politoffizier
Porkchop	›Provi‹/Proviantmeister
Quartermaster (Q-gasket)	Steuermann (smaat)/ Rudergänger
Radioman	Wartungsmann der Fernmeldeanlagen/Funker
Rear Admiral	Konteradmiral
Repair/Shipyard Superintendent	Instandsetzungsbevollmächtigter
Sergeant	Stabs-/Unteroffizier
Senior Captain	Kapitän zur See
Senior Boiler Tender	Kessel-/Dampfantriebsmeister
Senior Medical Officer	dienstältester Sanitätsoffizier
Snipe	Heizer
Sonar Chief	Sonarmeister
Staff Officers	Stabsoffiziere

Surface Supervisor	Seeraumüberwacher
Surflant Fleet/Surface Atlantic Fleet	Atlantische Überwasserflotte
Type Commander	Typenkommandeur (z. B. Chef einer U-Boot-Flottille)
Wave Commander (Women's Appointed Volunteer Emergency Service)	freiwilliges Marinehelferinnenkorps
Weapons Officer (WEPS)	Waffeneinsatz-Offizier
Yeoman	Verwaltungsunteroffizier

Fachausdrücke

ASAP as soon as possible	– umgehend; so schnell wie möglich
closest Point of Approach/	– dichtester Annäherungspunkt
Movement change report (Moverep)	– Bewegungsmeldung; Meldung über bevorstehende Positions- und Kursänderungen
Navy Exchange	– Einkaufszentrum für Marineangehörige
Posrep (Position report)	– Positionsmeldung
SITREP	– Situations-/Lagebericht
Desron (Destroyer Squadron)	– Z-Geschwader
BÜ-Anlage	– Befehlsübermittlungsanalge
Bold	– Torpedotäuschkörper (Köder)
IC	– Internal Communication
ELOKA	– elektronische Kampfführung
ETA	– Estimated Time of Repair geschätzte Reparaturarbeit

MICHAEL CLYNES

MORD UND MYSTERIEN IM ZEITALTER HEINRICHS VIII.

MICHAEL CLYNES ist das Pseudonym eines der erfolgreichsten Autoren historischer Kriminalromane. Der lebenskluge Abenteurer Roger Shallot ist seine faszinierendste Gestalt.

Bisher erschienene Titel:
Band 13470
Im Zeichen der weißen Rose
Band 13515
Das Mysterium des vergifteten Kelches
Band 13568
Die Morde des heiligen Grals
Band 13631
Die Verschwörung von Florenz

BASTEI LÜBBE

Sie erhalten diese Bände im Buchhandel, bei Ihrem Zeitschriftenhändler sowie im Bahnhofsbuchhandel.